宋代辭賦全編

（二）

主編　曾棗莊　吴洪澤
編委　張明義　李　静　李耀偉　宋恩偉　張家鈞
　　　文　琪　劉正國　文　瑜　文國泰　舒澤群
　　　盧本莉　盛華武　龍福華　程在茂　文　敏
校勘　文　波　文　莉　吴思青　龔文英

四川大學出版社

宋代辭賦全編卷之十七

騷體辭　一七

車遙遙

薛季宣

車遙遙兮路逶迤，思夫君兮君今知。今安適兮南入楚，願爲聲兮逐君語。君不言兮聲不聞，聲何當兮言在君。四庫本《浪語集》卷一二。

欸乃歌

薛季宣

《欸乃曲》，名見元次山集，讀如襖靄。柳子厚集字作欸乃，見劉言史《瀟湘》詩曰「曖迺知從何處生，當時泣舜斷腸聲」，音復不同。今名從次山，詩從言史。

欸乃兮江湘，繚兮繞兮衡之陽。龍衣兮黼裳，帝何之兮陟方，我不見兮攪我心腸。欸乃兮蒼梧，杳兮渺兮遠隔重湖。龍駕兮鸞車，帝何之兮昇遐，我不見兮泣涕漣洳。雲夢兮漪淪，欸兮乃兮岣嶁峋。青天兮白雲，帝何之兮上賓，我不見兮戚此下民。四庫本《浪語集》卷一二。

神人暢

薛季宣

堯事天理人，堯民賡歌其聖作。

莫莫昊天，莫夥烝民，感兮格兮君之仁。混茫萬宇，自都於野，余一人爰主。於何道兮，暢浹神人。於何道兮，人神我與。盪蕩兮帝德，高高兮不極。吾不知其名兮，命焉弗得。其人則天兮，天乎其仁。吾不知其際兮，究焉無適。伊神人之交暢兮，其帝之力。四庫本《浪語集》卷一三。

操舜操

薛季宣

舜立爲天子，思事親之樂，謂巍巍之位不足保作。

黄屋兮巍巍，人道兮委蛇。念父母兮庭闈，三牲日饋兮，夫豈不時也。偺不如在野兮，親幾履也。惟昔樂而勞今兮，吾將已也。四庫本《浪語集》卷一三。

襄陵操

薛季宣

禹治水作。

湯湯洚水兮，懷山襄陵。浩浩滔天兮，昏墊生靈。道之人於海兮，王事有程。啓呱弗子兮，匪我忘情。四庫本《浪語集》卷一三。

霹靂引

薛季宣

禹僇防風氏作。

天地肅兮陽伏藏，以時出兮萬物攸行。聲碎訇兮，蟄蟲咸作。蟄蟲不作兮，自底殀亡。象震出兮惟君王，發號令兮驚四方。慴封禺之守臣兮，自爲聾瞶。死霹靂之下兮，式彼天常。噫！餘非好殺兮，刑憲有章。四庫本《浪語集》卷一三。

適薄歌 薛季宣

夏民去桀歸湯作。

瞻彼薄兮，俗灝灝兮。父母邦兮，蔑强暴兮。瞻彼薄兮，俗洋洋兮。父母邦兮，蔑暴强兮。茫茫禹迹，紊其經紀。適彼薄兮，言歸父母。四庫本《浪語集》卷一三。

箕子操 薛季宣

箕子爲奴作。

天道渾渾兮不享，緊神器從神兮適彼西鄰。愲社稷之阽危兮君無與守，將正而斃兮誰善其後。負罪囚奴兮九疇我保，庶湯孫之復兮載興商道。四庫本《浪語集》卷一三。

文王操 薛季宣

商末鳳鳥集於周作。

鳳兮鳳兮，鳥之王兮。覽德輝兮，爲嘉祥兮。匪下昌兮，我王明兮。四庫本《浪語集》卷一三。

克商操

薛季宣

武王作。

天命文考，翦滅大商。發將天命，戈矛有光。非餘武兮，獨夫自亡。非餘武兮，天啓先王。四庫本《浪語集》卷一三。

麥秀歌

薛季宣

箕子過殷墟作。

麥秀漸漸，殷商宫兮。肅肅清廟，儼惟墉兮。城郭依然，澮畎通兮。惻我心摧，悼人亡兮。痡彼盛時，阜雍熙兮。車蓋幢幢，來朝宗兮。自我成湯，德顒顒兮。恍如夢驚，留眼中兮。今我不見，内猶霿兮。四庫本《浪語集》卷一三。

神鳳操　　薛季宣

成王以鳳鳥至，歸美周公作。

大樂和諧兮，神鳳來儀。彼周公之聖兮，餘何德以當之。四庫本《浪語集》卷一三。

汾亭操　　薛季宣

文中子去隋作。

我思周道兮，適彼鎬京。遵逵孔直兮，踖踖其行。驅車潼華兮，草莽罥餘。軸限河渭兮，濟無津梁。日銜山兮天欲夜，愁雲結兮不成雨。我心惻兮思故鄉，汾亭寂兮汾之陽。陶唐氏之遺風泯然其若亡，睠吾徒兮狷或狂。振還轅兮去京邑，戾塗泥兮道猶澀。汾亭上兮有六世之遺書，野有田兮汾有魚。宵續經兮晝狎佃漁，辟闕裹兮薙萊蕪。倡絃誦兮開羣儒，神交周孔兮獨樂有餘，神交周孔兮獨樂有餘。四庫本《浪語集》卷一三。

水仙操

薛季宣

伯牙學琴於成連，成連與東之海山。操舟而去。伯牙居歲所，因覩感而得琴道作。

海山中兮四無居人，海之濤兮渺漠而無垠。浮空興地兮，風雲濫其出没。朝而潮夕而汐兮，浩兔烏之吐呑。彼鳥兮飛鳴，彼鹿兮跂跂。聊淹留兮歲聿其莫，鼓絲桐兮從夫君而與歸。四庫本《浪語集》卷一三。

沉舟操

薛季宣

走夢濟江而船首折作，九月九日。

悠悠之川兮，汎彼洵河。一江動盪兮，恬風静而騰波。瀾翻下瀨，聲渢渢兮，柁師不可以告語。沉舟折首兮，天其奈何。愚夫婦兮，中倉不濡。行褚還於高岸兮，婦沾漬之長吁。身之亡矣，與存不殊。渺江波之彌漫，走於行之不濟也，噫，命矣夫！四庫本《浪語集》卷一三。

劉復之哀詞

薛季宣

走罷令鄂陵，就舍永寧。劉君復之始鄉貢，自莆田校藝南宮第一。試郡之户曹掾，郡人亟稱其賢，參之友生，百口如一，走不敢知也。已而歲大災，餓癘比屋，復之請粟於郡，身挾醫拉鄉士夫，家至户到，以哺以藥，作舍作粥，養視亡歸。道之棄兒，畢見收乳。州將不樂不爲沮，僵踣礙途不爲止。頃之，從者染疾死，壁者繼而死，親識爲懼，復之志益堅。用是疾者瘳，餓者飽，孩者長，死者葬，一郡四城，惠濟如一。民有知者，字司户曰劉父。其蚩蚩者，但謂官之生我，而不知司户之德。走心乃大服。介鄉先生鄭景望吏部一見，於是始定交。曾未及親復之，有公事，其謀必見。及走難，出入官府，然不敢不應。復之垂被代，征兵有潰歸者，聚城南仁王寺，且將起爲變。復之因人見語，期會於城南。走謂復之，信德在人，可喻而解。疾馳如會，則復之固已前至。潰卒聽命，罷休矣。走感復之，又嘗爲軍政地。復曰：「主命者何若？」相視笑而罷。郡人至今鮮有知其事者。復之已受代，走及朋從復之爲數日游。言有至難，發端如響，噫！誰曰復之世士不曉天下之務邪？趣召而朝，幸其語合，分社司牧，尚未爲棄。何意長沙之鵬又止賈生之座！走勉復之，不潔去就，是不爲無恨矣。聞病良已，弓招踵門，啓沃簡衷，芸閣校讎，不繇召試，用以爲天之相道，真可爲善類喜。旋即以參佐出，尚高其勇退。走之再召，多復之推挽之力。於走辭命，復之開譬，以書謄答。亡何，价以亟返。復之道次三衢，死矣。嗚呼！音容如接，緘墨尚新，人已隔生，有慟而不自知者。每恨民之無援，賢於人者輒死，孰有若復之之賢、之志、且有其地，方起爲天下用，而發軔軸折，是則當世之感，於故人尚何道！復之之逝，走嘗哭之以詩，懷不已已。故志其德在吾鄉與未聞於人者，與走之事契始末，爲文以哀之，且以寬釋其親與其兄著作公。復之名朔，紹興三十年進士，年若干。辭曰：

天胡不仁兮，瘼此下民。良苦乏賢兮，賢人名去而僊。緊世途之好徑兮，正路榛塞。閶闔重重，有栗階而進兮，不崇朝而折翼。鴟鴞司政兮，蝙蝠之晨。猿仁何咎兮，擯自王孫。寧是不思兮，天實爲之。皇浩浩之充天兮，豈其已而。鴻翺翔而遵逵兮，退飛者再。摶扶摇之直上兮，竟翱翩而長逝。夫豈人爲兮，呼天不聞。人莫不死兮，不亡者存。小官之不卑兮，賢聲載路。視彭鏗其猶夭兮，後昆有裕。楙實雙而一瘁兮，哀哀者母。紛孺弱之呱前兮，蒼天太苦。生者作德兮，死者有仁。嗚呼哀哉，家國無人非餘患兮，餘悲夫抱志之不伸。四庫本《浪語集》卷一三。

七屈

薛季宣

無然先生居崆峒之山，巢喬松之下，不設藩籬，不爲庭户，引水以通其流，耕田以餬其口，語默不常，無能知其極者。冠服者七人，同行於野，聞其事於野人，豫然詢其居處，謀從而師尊之。進趨乎先生之所，遡風而前，承風而語，以請於先生曰：「竊聞天高而物覆焉，地厚而物載焉；聖人德配天地，而民取制焉；小人無似而各有志焉，迄未知終之所屆。夫子之道，廓如無外，灝如無際，寂然不動，而變適不窮，曷知始而知終，無乎不在，無乎不通，固已合德二儀，同成歲功矣，中庸其有擇焉。不識蹇蹇之志，可言於前乎？」先生曰：「可哉！」

微生者，位六人之後，撅然而進曰：「有鳥有鳥，巢林之巔。有魚有魚，則潛於淵。百歲之日在大化，爲噂呭之間。行樂須及時，日月爲我延。我有高堂金玉，成之瓊室；椒房珠璣，綮之華閣。層樓接漢，淩煙浮廡。脩廊凝虛，回環後聳。崇臺間以流泉，彫楹刻桷。栢梁桂楣，深湛海澗。岌嶪天齊，懸壁瑠樂。琇栭宛曲，檻僻玄墀。甍雲連而鱗比，簷軒翥而鸞飛。星居煥其錯落，粲神光之陸離。别姬姜之嬋娟，皆紅粧而翠眉。髮鬢如雲，粉光如玉。麗質天成，清標振古。冠芙蓉之嵯峨，曳霓裳之楚楚。衆樂合奏，八音具舉。吹洞簫，鳴建鼓，鬭登歌，紛屢舞，奠金罍，酌清酤。羅饈珍之百味，具鳳卵與龍肝。文豹之胎，玄熊之蹯，丙穴之魚，槎頭之鯿，紅鱠絲瓊而並薦，嗶果肴其麗鮮。方丈綺錯，五齊濃淵，燕樂嘉賓，以畢歲年。耳熱酒後，醉歌狂顛。歌曰：『烏菟川逝兮不我遲，寧知昔是兮今非？人生能幾時，有酒不醉夫何爲！』予以爲樂，不知其外優焉游焉，聊以卒歲，夫子將許而進之乎？」先生曰：「瞽哉！燕安枕藉，吾知其斧斤酖毒也，不知其他。」

榮生曰：「三光錯行，所以成天德也；百吏攸司，所以爲民極也。三公之位，九卿之職，既尊且榮，光輝赫弈。莫不紆紫綬，綰金章，班彤庭，升玉堂，密勿泰階，以從君王。吹嘘則品物生春，叱咄則風雷改色。無志而不信，無求而不得。内子受小君之封，諸兒執郎官之戟。九族恩覃，四方是則。爵從九命，列土苴茅。王人致伯，治陝分郊。謚寧方夏，紀司百辟。宮殿蓊其屯雲，九章爛其車服。樂舞六佾，城周百雉。有寶玉之分器，列山川之命祀。鄉明而治，南面稱孤。宗祏之享逮高曾，惠澤之溥滋萬夫。弓矢賜於天王，征伐行於諸侯。濟濟盛鴛鷺之行，糾糾羅熊羆之夫〔一〕。整我卒徒，一時肄武。既飭我車，既勒我馬。千乘轔轔，騴騴四牡。建拂天之翠旗，載干雲之丹旗。前行霧合，後騎星羅。擊鼓其韸，載驅載馳。兩首蜿蜒而蛇行，八陣舒卷而雲飛。山川以之晻曀，日月以之騰暉。於是鳴金鉦，斂雲霓，放卒騶，效勇力，乘高陵，蹶巖石，合圍電轉，逐如飈風。拔潛水之蒼蛟，落陵口之素禽，下飛虎於木末，執玄豹於山南。獲獸堆岑，血蹤蔽林。顧夕陽而旋返，翕女樂之嘉音。舞袖欻其輕颺，紛衆鼓其鳴琴。厭厭夜飲，和樂且耽，朝宗於王，綽有加禮。實獲我心，於穆不已。士之通達於時，至於斯而極矣，夫子將許而進之乎？」先生曰：「彼哉！不義而富且貴，於我浮雲如也，不知其他。」

誕生曰：「蚯蚓不可以語神龍之變，燕鷃不可以語鵬程之遠。知小力單，曷施曷展？知方之士，固不與志富貴者同其蹇淺也。彼高蒼蒼，有神都焉，是曰鈞天，實爲

〔一〕「糾糾」句：原作「熊羆羅糾糾之夫」，據永嘉叢書本乙。

玉京。粤有□靈之殿，廣樂之庭，兩曜一府，千官衆星。跨虹霓以爲梁，馭煙霞而以乘。礒礋爲之喊嘘，號令震其雷霆。至人鍊形，身乃輕兮。鶴駕龍車，迎而升兮。絶塵叫閶，以遐征兮。其樂無涯，不可名兮。滄溟之東，弱水西界，壺山青葱，巨鰲首出。金闕玉堂，銀階瑤陛。聳高高而不極，帶浮雲之溶洩。玉樹扶踈以成林，琅玕參差而縈帶。朱棗若瓜而小核，蟠桃如柈而並蔕。馥郁香草，維蘭維蕙。輪囷丹芝，蘂蕤其砌。鳳鳥翺翔於園樹，麒麟馴擾其庭際。仙靈之人，皆壽無極。飛魚薦其朝飱，玉醴爲之夕食。吞日華，嗽瓊液，服青霞，縈素霓。雍雍容容，披雲御風。遊倐忽其千里，欻始上而已降。其樂非人間之類，蒙悦心而熱中。夜吸沆瀣，旦含太和。鍊靈砂之丹火，咀玉蘂之瓊華。嗽珠漿，飲神醴，餻肉芝，嘗石髓，鳴天鼓，叩貝齒。頂朝霞之危冠，佩天樞之神璽。緝鶴氅而爲衣，蹈五雲之高履。旦旦朝元，庶乎高企。幾應之來下，將以追夫仙者。油雲爲我生，青鸞爲予舞。東朝木公，西賓金母。遊神八極，寓目萬寓。老矣後天，壽莫知數。是亦不徒生矣，夫子將進而許之乎？」先生曰：「誇哉荒唐！方士之言，聖人不道也，吾不知其他。」

庸生曰：「太上立德，其次立言，吾不敢以希上，次庶幾而企焉。仲尼之述者六經，今或亡而或存。《易》以盡神，《春秋》凝命，《禮》、《樂》存誠，《詩》、《書》正性，《孝經》立其大本，魯《語》會其蹊逕。其次諸儒之説，亦彰彰而孔明。《中庸》述於子思，《易傳》成於卜商，《春秋》左氏之辭，《公羊》逮於《穀梁》。爰及史篇，善惡是揚。諸子則曾、王、荀、孟，賈、董、韓、揚，異端則楊、墨、孫、吴，佛、老、申、商，鬼谷之徒，其言之詳。紛競陳而破卷，咸有正於羣經。吾將獵其菁華，簸其粃糠。汎遊覽於前修，畢哦詠其辭章。自含醇而吐醨，維舍短而取長。懷玉之瑜，茹菊之英。賦詩篇，續《離騷》，補《官箴》，廣歌謠。舒箋染翰，吮墨含毫。文燦羣華，璀瑳瓊瑤。追逸蹤於絶迹，發新意於來今。仰不愧於先賢，中有當於人心。蔚神文之娓娓，哂才士之浮淫。作自我而名家，夫豈人之臣僕，以明道之淵源，擬三光之旁燭。用馳騁於中原，等騄驪之行陸。摛章霏其雨散，麗藻郁其蘭馥。栗栗嚴冬之凛，煦煦春陽之燠。以是爲木鐸而鳴之，於以贊夫化育。夫子將許而進之乎？」先生曰：「小哉！辭文一藝爾，君子依仁據德，而後藝可遊焉。六經不謂是也，吾不知其他。」

汲生曰：「草之繁蕪，不離於腐木之披離，不逃於蠹。均受氣而成形，乃索然其如寓。諒無德而稱焉，匪他之故。人，萬物之靈也，可寘焉而無務。且修名之不立，誠君子之所矜。必於身而有見，將有事而足稱。孝於家，忠於國，信其言，果其行，夫然後行而名以此成。位乎人之廟堂，將守忠之言進，必致主於三王，庸括囊而循静，諫惟其正。捋虎鬚，逆龍鱗，而道以此信；冒叢棘，回帝力，而後爲稱職。羌自效於小官，亦昭昭如必聞。寧直躬而隕首，無左道而逢君。如牧民於都鄙，澤逝廣而惟均。凡小人之務勤，慎兢兢其及人[一]。若夫將三軍[二]，帥六師，討不庭，誅畔夷，倚分甘而均逸，款共燠而同饑。進螳螂於轍下，流春酒於江湄。進遇敵於前行，畢同心而載馳。陣雲敷而霧卷，飆已往而還來。震雷鼓之喧天，聲磅砰其如披。摧堅城而執豹貅，斬豪首而攬牙旗。前無敵之可當，展如虎而如貔。惟安人於一怒，夫豈高其勇力。用博濟而施仁，永躋民於壽域。近悦附而忻忻，致侁侁而遠來。達乎上其如是，沈以顯其清議。體正以方我則章之，言善以當我則揚之。行頗以僻，我則直之；道曲以畔，我則辟之。期此道也，無時而不振，無時而不明，無時而不立，無時而不行。以我之軀，麽然之微，入雞之羣，如鳳之儀，廁石之間，如玉之瑰。夫子將進而許之乎？」先生曰：「淺哉！役乎名者不可與有立，悦乎外者不可與適道，吾不知其他。」

高生曰：「驪龍之飛，何羅之網？丹鳳之翔，豈爲俗羈？苟汩没於囂塵，將鶩羊

[一] 兢兢：原作「兢」，據永嘉叢書本補一「兢」字。

[二] 若：原作「將」，據永嘉叢書本改。

而視之。知遠引之足尚，遁世絶俗夫何疑！式高舉而深藏，於以全其天力。惟患道之不宏，豈爲人而役役？我有良玉，藴精於璞。我有狐裘，反披其鞹。資一身而有餘，夫何爲乎有作？青山幽幽，浩蕩江湖，有石有泉，有雲有霞。紛佳景之不常，萬象變於須臾。孫竹粲玉，笄野花，鋪錦綺。松檫檫而孤貞，泉涓涓而清泚。鳥日夕其往還，人安閒而自喜。築室山阿，茅茨素樸，孰爲主客？孤雲野鶴，鼓絲桐以抒情，音寥寥而滿壑。時披髮而行吟，窅不知其何樂。雜幽蘭與杜蘅，不爲人而方馨。岌孤峰之壁聳，佩瑲瑲其磵聲。百草夥其咸遂，猗盈前而青青。面有漣漪，步有輕舠，恣野情之安往，匪憚涉於風濤。水涵虚而無涯，歌肅肅其清高。鼓蘭橈，漾澄流，撥青萍，狎浮鷗。迅短蓬，披鷺蓑，采絲蓴，擷錢荷。穿芙蕖之芳叢〔一〕，杳出没於蒹葭。慨自如其忘返，視汀島其如家。舟悠悠以何之，迹泛泛之輕舠。投絲綸，引肥鱸，縷膾玉，鬭春華，薦冰盤，倒冰壺，茹新薇，飯香菰。樂生而已，宛不知其所如。萬物不足爲吾累，眇一身而安虞，於以窮年，其樂只且。豈以我之清潔，而逐物之營營乎？豈以我之浩浩，而從人之浮躁乎？如斯而弗去也，夫子將進而許之乎？」先生曰：「遠哉！獨善

〔一〕芳：原脱，據永嘉叢書本補。

其身可矣，以爲道則未也，吾不知其他。」

安生者逡巡而退，蔑然無言。先生曰：「而何言？」安生曰：「予何言哉！六子之言詳矣悉矣，吾不知其極矣，予何言哉！」先生曰：「亦各言其志也。」安生曰：「予何志？要歸其中而已爾。必也將有行也，將有明也，舍天地而何方哉？夫天之高高，漠漠而蒼蒼，曷知其大，曷止其鄉？日入陰生，粲爛三光。雲油然其連鬈，膚寸合而還亡。轟霆閃電，雨施風行。生春長夏，秋收冬藏。乾乾不息，其出無方。綿古亘今，弗改其常。凡此道也，固已植立乎其中，有意存焉，失得寧免於茫茫？伊坤形之厚博，其以何而能度？宏山海其深高，瑣細及於沙石。芚芚草木之敷榮，煙火炎而旁爍。金從革而中剛，水至柔而潤澤。鳥之飛，獸之馳，夫豈容其私？匪得於此，曷之爲？天無爲而時行，地無爲而物生。人儀形於兩儀，惟至命而存誠。道之妙也，下焉而卑，上焉而亢。信之則盡乎庶物，舍之則密而退藏。凡動靜出處，語默柔剛。云爲用成，名君子之五常。伊執方而弗通，乃形器而可量。羌不滯於端倪，允合德而無疆。淪舍，曲直員方。故非此而無行，終亦不知其所從。毫杪之差，忽焉而亡。彼天地之時山澤，履朝堂，處富貴，攷興亡，將朝夕之不違，蹇有行而曲當。故夫得一之至，貫通萬彙，變動不窮，舉臻理義。不可曁也，庸可志也！不可陳也，庸何言也！予何言，予何志！」先生唯然而進之曰：「庶哉，至矣當矣，平矣常矣，博厚而高明矣，吾與其行矣！」六人者隳如若廢，靦然喪氣，而問諸安生曰：「夫子之道可以無志乎？」安生曰：「此非吾所識也。雖然，志吾志也，烏知其棄置也？」六人者擭然如瞽之決其眥也，始知安生之大，盡棄其習而學焉。弗愆其素，弗移其外。居無幾，而咸有所屈。四庫本《浪語集》卷一四。

九奮

薛季宣

啟憤

啟憤兮申冤，訴哀情兮嗽矢言。叫蒼天之無辜兮，指心以爲正。將求信於旬始兮，或咎繇之我聽。神羊不世有以觸邪兮，其誰宜爲政。親莫親於手足兮，而爲之詬病。重莫重於君臣兮，而讒言以興。余服蘭而佩芷兮，扈江離與蕙茝。紉留夷而緯楬車兮，以爲束帶。青雲冠兮遠遊履，心曠漭兮横四海。日月昭其清明兮，孰興雲霿。余既有此高潔兮，羌謂余爲卑污。鳳皇翔於九霄兮，燕雀與程其度。蒼蠅矢之亂白黑兮，人夫何爲乎不悟？於穆修靈之高厚兮，天與地其作配。三辰焕其服章兮，揭招摇而爲蓋。拂白蟎之純素兮，列蒼龍於左輔。朱鳥熒煌而先後兮，神龜昌揚而禦侮。東南海而西界羌兮，商於崇其北户。愉昭明而震起兮，諶發揮於天下。余日望其遵此途兮放意咸池，乘玉虬兮俱奮飛。開閶門兮造東父，逍遥遊兮太微。何鵾鶵兮名鳳皇，駕金車兮翺翔。之桑間兮溱、洧之側，樂盤遊兮三旬不息。余心隱憂兮，惟靈修之故也。靚修飾而娟娟兮，而以爲惡也。余静好而弗余親兮，蹲踏蛾眉之妬也。足頓地而不我知冤兮，仰天而不吾訴也。省吾私而内不疚兮，此固天之數也！悲幽幽兮楚宫深，望漠漠兮楚雲陰。指天極兮清高，聊適我兮遐心。吸正陽與沆瀣兮，於夕陰與清旦。騎朝霞而御白蜺兮，以遊以衍。和六氣而與居兮，不知我之爲物。升天入地兮，儵來往忽。靈修可告語而獻之兮，將我從而我咈。重曰：

皇蒼愉和，物無他兮。陰靄飛騰，儼惟瑕兮。雲收風静，恬静嘉兮。悠悠我心，可如何兮！

怨春風

怨春風之不仁兮，既發我羣芳與衆葩。羌無遠而不屈兮，爛錦綺之紛華。柳青青兮花漫漫，黄鸝擲兮聲度轉。香襲衣兮緋緋滿路，又吹殘兮何故！匪黔嬴之媢嫉兮，是殘醜類〔一〕。摧傷物之通美兮，且以成其獨異。彼丹葩兮適榮樹端，今飄零兮匝地熳熳。昔芬馨兮襲人旖旎，今質存兮已塊然而少氣。野之草兮昔芽萌其嫩緑〔二〕，今生砌兮亦盤盤而錯錯。余敢卜於靈氛兮，問其何故？靈氛示余以其繇兮，曰皇之常度在天地。萬物其盡然兮，夫子何疑？暢其理而誠告兮，子其知之。曰人生百年猶樹花兮，三春發榮粲其葩兮。光彩馨香能幾何兮，壹夕飄風竟辭柯兮。彼隨飈兮展轉，或歸根兮或遠，或一墜於庭闈兮，或遂沈於坑圊。風何知而花何有兮，子之心焉眷眷。嗟世態之汩於是非兮，孰通其説？西施見斥兮，嫫母爲説。毀棄尺璧兮，鼠璞見珍。明月沈埋兮，魚目爲嬪。美自美而惡自惡兮，贋與真其誰分！春與秋其代謝兮，子何與而傷春？余不得此之高意兮，懷達人之至言，斯從事於來今兮豈然！

去　郢

桂櫂兮蘭舟，去景兮悠悠。維赤岸兮裵徊，睠丹陽兮夷猶。中腸鬱結兮神情惝怳，

〔一〕類：原作「數」，據清初鈔本、永嘉叢書本改。
〔二〕緑：原脱，據清初鈔本、永嘉叢書本改。

思夫君兮聊淹留。浮涔江兮放於河漢[一]，泛淪漪兮極其汗漫。悵始異而終同兮匪他，回波瀾兮顧復之豈遠！婉清揚兮採蓮女，要美人兮北渚。攬芳蘅與若英兮，備雜采之芬馨。將日昃之與期兮，指潛波而爲盟。羲和晻曀其西入兮，暮雲合而美人不見。怨芳心兮，泣蘼蕪余以衍。秋風起兮颼飀蕭索，幽蘭秀兮芙蓉亂落。感北江之東注兮，泝洄之宛宛。羌順天而不極兮，蕩波之有沔。鳴鳩雨而逐婦兮言歸以霽，動人情兮弔孤影而零涕。去靈修而自放兮，余心不忍。回素首而不見其形兮，於斯焉其逾逝。

亂曰：冶余容兮安閒自喜，菾窈窕而不我嘉兮何以？苟承恩之不在貌兮，蒼天謂何，分此生兮已矣！

東首

愁城結余之方寸兮，羅累千之雉堞；繚其外惟怨水兮，知褰裳之不可涉。揖輪般俾攻以械兮，訴余曰罔克。礪利刃而斬其關兮，礙重門而莫得。登東丘而延佇兮，見滄溟之滉瀁。深湛漫兮，受百川之漭漭。朝與夕有汐潮兮，冉冉來而西漲。江河之波倒流

[一] 河：清初鈔本、永嘉叢書本作「沱」。

而西傾兮，泝崇丘而以上。欻忽洄流兮已往來，孰使之然兮去誰與讓？曰夏后之勤勞兮，導川流之歸王。執玉帛而朝萬邦兮，淩會稽而會計。穆百神之受其職兮，罔或不至。瑣防風氏之恃脩軀兮，朝宗敢後！缺我斨兮破齊斧，骨專車兮以徇於天下。於越守東藩而奉其祀兮，盛浸淫於中世。句踐王兮始大，北争衡兮吴會。棲會稽而幾不免其身兮，惟種、蠡之與謀。朝嘗膽以苦身兮，將反之於寇讎。吴夫差之不仁兮，忍闔廬之餘恨。甘蟲蠹心兮，尚不靦乎其面。説妖女而築姑蘇兮，咈胥臣之悶悶。乘鴟夷而蹈斥溝兮，不及夫椒之親見。麋鹿遊於吴宫兮，火災興於探鷇。羌伯越於中原兮，通舟梁於梁宋。痛曾孫之殞其緒兮，西面朝於雲夢。鄂渚豫章有虎狼之遺跡兮，曾不知其所重。虚鍾離而徠封豕兮，寧待我師之所控。心招摇兮故丘，將蹈海兮襲滄流。望鯨鯢兮山峙，蹇産吾心兮索然無氣。

遡江

越夏首兮西泝，張清蒲兮疾去。鵁吻低佪兮翱翔風便，回首東冥兮日遠。睇蘭洲兮芳杜若，羌吾好兮不得泊。聞持鼓兮韸韸，余心結兮尚何樂！西風駛兮江皋，舟迎風兮遡流。進將寸兮退尺，凝遠眺兮江水幽幽。江風號兮漫天素濤，走鯋逼人兮將吞舟。

余奈何兮儵忽，下有蛟龍兮出没。江豚得意兮若神，肆跳梁兮衝突。泊兮恍烏雲潑墨兮吾上。天地變兮不可測，渠泉飛兮無峭壁。邅徊余桂棹兮，蘋叢至止。曳方竹而相羊兮，攬芝中沚。蘇椒紅兮和虀，搴辛夷兮用餌。雜蘪兮蓀蘭，載辣兮薜芷。風細細兮波停，縱余舸兮於征。長歌自放[一]，顧一返兮屏營。倡曰：扁舟大江，遡狂風兮。下地登天，轉飄蓬兮。人之死生，將彼舸之攸同兮。停橈待濟，考攸終兮。賡曰：逆天理兮，雖大而覆。順其然兮，百福攸助。叛水性而余求兮，噫其何故！

賦巴丘

巴丘兮崢嶸，嶔岑兮洞庭。秋霖兮闇淚，春草兮愁生。巴之蛇兮脩之，雲英甲兮火晶。戟微手足兮惟行，雲霧飛騰兮匪翼。知紬信兮天性，展轉委蛇兮至行。朝之遊兮衡岳，莫飯流兮湘曲。鹿猋起兮中洲，人之逐兮悠悠。紛繚亂兮海波弗静，逐之顛者相望兮莫得持其腰領。鹿冠元兮森槎千角，蛇銜取兮不畏觸。歲三遷而解甲兮，骼髏具吐。羌有獲兮，故無取象。巨牙之雙植兮，肥腯頑健。肉雞兔虎龍而牛斡兮，得鼠狶爲首

[一] 放：原作「返」，據清初鈔本、永嘉叢書本改。

面。性羊狠而馬行兮，狗猴心而蛇變。既備此十二神象兮，害於田其不遠。蜿蜒蛇之怒兮，吸無勞乎宛轉。雖有此脩鼻駢齒兮，寧復餐而以卷！不勞咀此齒牙兮，害以蛇除。珠顯灼而光明兮，不在短狐之毀謦。遊若蘭兮芳洲，卧香蒲兮翔素流。芷江兮戲豫，丹穴兮優游。何蜂蟲之陰戾瑣微兮，藏形於闇。騎蛇頭而啜之兮，墮厥頤而脱頷。阜堆骨兮名陵，風悲雨泣兮千齡萬齡。象種繁兮蛇既斃，欲吞之兮誰能？舍鹿犇兮其復獲，登蛇丘兮涕零零！

記夢

解荃維兮放蘭舸，蹇南越兮洞庭波。噴浪花兮飛白雪，身何居兮入明月。聊凝神兮隱處，夢龍宫兮波之下。珍珠庭兮紫貝闕，璆琳宫兮犀甲户。朝龍君兮殿堂，芰荷巾兮蘋藻裳。圭琉璃兮苻帶，佩美玉兮琅璫。龍君遊兮何之？水晶宫兮丹水湄。驂蒼虬兮飛廉御，豐隆車兮爲後屬。磣磾驅馳其左右兮，使風伯爲清路。都離宫兮忘反，命羣臣兮燕衎。葅蘩蘊兮形鹽，列鯨胎兮黿卵。張鈞天兮廣漠野，鼓蛇鼖兮震鼉鼓。鏗浮磬兮□龍鍾，歌湘靈兮奇相舞。三行兮清酤，戞止兮柷敔。觀其臣之就位兮，厥令尹曰瞋鮭。揔羣蝦而將之兮，胄乃元惟鯢魚。緣蛙聲之聒聒兮，位高於五諫。鱣魚大而無庸兮，處之冗散。鬱鬱余心之惛默兮，周章而蹇産。欲嗽詞而夢覺兮，嗟言之而已晚。忽忽余見斯情物兮，徒臨流而悵惋！

行　吟

行吟兮大澤，邈無人兮臨水石。被髮兮徙倚彷徨，遇隱淪兮嘉客。艤魚舟而前致恭兮，問余以名。何徒摇爾精兮，焦然爾形。曰原楚卿之貴戚兮，三閭次也。同王姓而氏惟屈兮，靈均先人之字也。世滔淫而混濁兮，我惟潔清。彼醉者之紛拏兮，同怒余之獨醒。漁父愀然而教之兮，曰聖人之致一。不必動而營皇兮，卓時中之變物。貴莫貴於和光兮，太潔在情之甚嫉。混濁世兮，胡不揚波而泥淈？衆皆醉兮，尚可餔糟而醨歠。不同人而求自異兮，宜一朝之見絀。指清流之灝灝兮，余將以逝。方浴茝而沐芳兮，振衣冠而卒誓。不自塵其皓皓兮，受汶汶而蒙世。父行歌而鼓枻兮，舟飄飄然無凝滯。歌滄浪之水兮時乎清濁，斯濯纓兮斯濯足。望斯人兮摇摇，欲從之兮無由。煙雲邈兮不可見，嗟斯人兮已遠！

沉　湘

觀吾生兮，何爲乎今之世？永悲傷兮，耿耿夜長而㪍寐。臨清湘兮思逝無舟，悵欲行兮不濟。擬飛騰兮，假羽翰於黄鵠。鵠已亡兮，曾是余之能服！將解衣而下遊兮，潛川不貫。懼射工之余中兮，備蛟龍之芻豢。登衡山之嵯峨兮栢松委靡，怨飄風之怒狂兮害於物理。猨狖嘯侶兮上獲我冠，荆榛塞路兮下穿我履。望蒼梧兮，將重華之云愬[一]。巉九疑之不可辨兮，又藐然其煙霧。殺竹枝而求淚斑兮，思二妃之椉度。哀靈修之返無期兮，蓀舍兹將安寓！首陽河濱遠而不可適兮，視申子夷齊其有故。將從此汨羅之泚水兮，儻務成之或遇。悲女須之嬋媛兮，臨流而止。余涕滂沱兮心悲江渚，念我獨兮斯不可以久處。心如石而莫轉兮吾其此介，與子别兮余將於邁。褰余衣兮不我止，蹈清泠兮余乃已。抱巨石兮懷沙，諶同流兮灝波。其窮幽兮眇眇，皇乃德兮太皓。

《九奮》，走之所作也。走世官於楚，身嘗主簿荆州，假令東鄂，皆故楚地，江陵又楚都也，感靈均之志，以爲九者，天地萬物之通數，因憤怨而奮發，作《九奮》，言將質諸天地萬物而自奮於淵泉也。四庫本《浪語集》卷一四。

[一]重：原作「望」，據清初鈔本、永嘉叢書本改。

磨李固碑文

薛季宣

興元南鄭有漢故太尉李公之碑，其刻文皆古佐書，遺漢之珉寶也。紹興中，楊太尉安撫利州東路，其鎮在興元。作舍落成，求石爲誌甚亟。尉無以塞命，磨是碑應之。太尉聞而怒曰：「而豈不知李太尉先漢名臣，以予武人，寘諸有過地爾！」謀黜尉，不果。世以李公之正，漢碑之古，字書之法，刻畫之妙，所宜傳示來世，永永無窮，一旦没於庸人，可爲碑弔。走則異是，故以悱辭發之。其辭曰：

太極渾渾，權與地天兮，嘻！品物流行，貞於本原兮，嘻！揔揔林林，孰識其然兮，嘻！顧之無後，望之無前兮，嘻！竅心有九，莫適窮研兮，嘻！開闢來今，胡得而言兮，嘻！胡得而言，是以爲全兮，嘻！自古在昔，聖人有作兮，嘻！無遵一行，無宗一學兮，嘻！絶地通天，際克寥廓兮，嘻！窮仁非仁，至樂非樂兮，嘻！蕩蕩無名，無能以度，是以爲先覺兮，嘻！君子愛人，當以道兮，嘻！皇極神人，玄灝灝兮，嘻！萬古無言，寧可攷兮，嘻！老也後天，名壽考兮，嘻！惟后侯之修直兮，嘻！亶降精於神靈兮，嘻！冠芙蓉而纓蓀兮，嘻！懷明珠而佩蘭兮，嘻！更漢祚之中衰兮，嘻！蹇正揆而扶持兮，嘻！紛蕭艾之塞途兮，嘻！抵黨人於蘱危兮，嘻！名礫坯爲美玉兮，嘻！指驪珠爲魚目兮，嘻！余執金而寧斃兮，嘻！眂衮章如牢狴兮，嘻！揭車余服有遺芳兮，嘻！萋斐貝錦漫成章兮，嘻！地久天長同久長兮，嘻！美好善兮惟昔人，嘻！豐碑勒銘兮頌成仁，嘻！嗟嗟節義兮，等太虚之無垠，嘻！是何爲兮，爲堅久之道信，嘻！亘千齡而猶建兮，其誰知夫至真？嘻！秉山石兮鄭之尉，嘻！知李公兮達其意，嘻！磨貞珉兮明至義，嘻！唯公道兮不以兹而興替，嘻！子瞻之柳伐於山東兮，嘻！仲尼之栢殘於杏壇兮，嘻！一聖二公復何非兮，嘻！樹伐碑亡，行當不疑兮，嘻！四庫本《浪語集》卷一五。

床銘

薛季宣

惟其平兮，據之安兮。其反側兮，何以息兮！四庫本《浪語集》卷三二。

門銘

薛季宣

潭潭室廬，門居孔道。闢兮闔兮，乾坤可攷。口兮法兮，興戎出好。是謂樞機，毋然草草。四庫本《浪語集》卷三二。

宋代辭賦全編卷之十八

騷體辭 一八

寄遠辭

羅願

過黎陽而遂西兮，煩嘉友之臨餞。道躊躇而屢顧兮，忽背馳而不可挽。幸介弟之勤我兮，守權輿其益堅。人情豈其惡逸兮，慮我脩塗之易倦。粲高原與平隰兮，冰雪凜其同踐。山負石以當逕兮，泥飛屐以相濺。喜招招以卬涉兮，又風濤之交戰。幾四載之皆乘兮，初不悟其已遠。亦既降乎廬阜兮，縣尹告以舟辦。謀不主於雲夢兮，果若大江之爲限。分渚陸之異遵兮，弟亦曰予將返。試往閱於千帆兮，前車近其當鑒。挾忠信以臨深兮，猶一覘而色變。愛我者於是而委去兮，吾然後知所恃之惟天。寧戒懼之遂忘兮，託命於南公之雞犬。捨親戚與墳墓兮，初豈以易芻豢。抑甚珍其所懷兮，每欲棄置而未忍。行四方以經營兮，膂力猶幸其可勉。荆又用武之國兮，庶幾少施乎吾辯。至天性之燥濕兮，蓋終身陋巷而不厭。非將老無聞之爲病兮，且安往而不樂其貧賤？獨夫人之信此兮，跂予望之而不之見。秋蘭何時其可致兮，聊以報乎足繭。明萬曆刻本《羅鄂州小集》卷一。

七月上浣游裴園醉翁操

樓鑰

茫茫，蒼蒼。青山，繞千頃。波光，新秋，露風荷吹香。悠揚心地倐然，生清凉。古岸摇垂楊，時有白鷺飛來雙。隱君如在，鶴與翺翔。老先何處，尚有流風未忘。琴與君兮宫商，酒與君兮杯觴。清歡殊未央，西山忽斜陽。欲去且徜徉，更將霜髩臨滄浪。

武英殿聚珍版《攻媿集》卷六。

和東坡醉翁操韻詠風琴

樓鑰

泠然，輕圓，誰彈，向屋山。何言，清風至陰德之天。悠揚餘響嬋娟，方晝眠。迴立八風前，八韻相宣知孰賢。有時悲壯，鏗若龍泉。有時幽杳，仿佛猿吟鶴怨。忽若巍巍山顛，盪蕩幾如流川。聊將娱暮年，聽之身欲僊，弦索滿人間，未有逸韻如此弦。武英殿聚珍版《攻媿集》卷六。

雪谿僊隱

樓鑰

余讀《叢桂堂記》，而知雙流宋氏之盛。觀《登科記》，而知四川類元仲正之名。忽過餘於寂寞之濵，問其所以來，則懷閬風之綬，而訪其大父閬中君雪谿之僊蹤也。其詳見於楊獻子之記矣。又言其先君諱庶俊，特才多藝，閬中素所鍾愛，年止四十。於是時，正仲之生始九閲月爾。少長，女兄淑仲告之曰：「汝之生也，卜人曰棄之，先君不然，取《洪範》攸好德之言，作詩以名汝。謂壽富康寧考終，是有命焉。惟好德在人，爲可勉。詩末以世科爲屬，自爾刻本誓斷絶世故，將從雪谿爲物外游。不幸志不克就，汝其識之。」則又泣曰：「先君已矣，大父之來四明，不知其果何在。萬里來遊，志在此也。」余聞其言而哀其意，爲作楚辭以招之。

君之生兮天之西，望雪山兮名之以雪谿。君之游兮海之湄，隱於雪竇兮杳然何歸。

子從其父兮孫訪吾祖，子志不遂兮孫之心良苦。嗟嗟閬中君兮棄家而遠游，蹇胡爲乎不久留。其遂蟬蜕塵埃而僊耶，其亦肥遯得道不死而隱於四牕之幽耶？捫蘿以尋於爛平兮既不可見，莽白雲之廿裏兮欲進兮焉求。青檽兮實繁，莎羅兮花稠。鞠侯兮相與羣，白鷴兮嘯其儔。謂爲遠兮何景物之良是，謂在邇耶將徑之何由？肖君像兮兹堂，謹奉嘗兮良疇。君其來兮庶幾其見之，君之不來兮徒相羊以夷猶〔一〕。武英殿聚珍版《攻媿集》卷六。

祭趙觀文彦逾文

樓鑰

惟我朝之天族兮，分銀潢於仙源。極富貴於承平兮，盛人才於瓜瓞之綿。仰高帝之子孫兮，固龍種之不凡。惟我公尤爲傑出兮，掇儒科於妙年。初小試於簿領兮，騰政譽

〔一〕原注：「是集傳寫多訛缺處，因無善本參校，每仍其舊。此首『青檽』句，原缺『檽』字，『鞠侯』句原缺『鞠』字。今據陸龜蒙《四明山詩小序》云：『有青檽子味極甘，有猿謂之鞠侯』補入。又考《寧波府志》，宋耕號雪豁，世家雙流。紹興中爲閬中令，後仙去。其孫德之聞其在四明，來訪，至雪竇山，遇蜀僧告以山後爛平山有宋宣教居焉。德之攀躋至巔，果見丹竈，而終不得耕所在，乃置祠其上而歸云。足補樓鑰是序所未詳，謹附注於此。」

於瀛壖。葺水利於不朽兮，兩舟之濟人不知其幾千。由宰縣以佐郡兮，聲名上徹於細氈。阜陵畀以三輔兮，藹遺愛之流傳。上不畏於强禦兮，下撫恤於黎元。鉏積蠹之狡穴兮，伸累載之幽冤。將使指於諸道兮，振風采於兩川。一介不輕取予兮，信靡勞之弗宣。出藩入從兮，擢文章之邇聯。當紹熙之末年兮，鯁論至於駢肩。公實領袖於時髦兮，心鐵石而愈堅。劇羣情之危疑兮，方憂夫杞國之天，發大計於丹衷兮，皇天后土實臨公之一言。彼頌梁公之取日兮，謂咸池與虞淵。未若公之善斷兮，定策於萬衆之先。進忠謀於長樂兮，又從容於平勃之間。覩大明之繼升兮，措世於泰山之安。無官可以酬公兮，視政路之清班。偉君子之勞謙兮，推勳名而弗專。望蜀道而再登兮，兼制閫於帥垣。服袍帶而擕琴龜兮，追軌躅於趙張之賢。方讒邪之競起兮，若蜩螗之羣喧。馳睿旨於萬里兮，俾書龍飛之末與顛。陷宗臣於罔測兮，將於此而求旃。孰知公方平心直筆以進兮，無一語之黨偏。守陪都之管籥兮，歸佚於棹間。繙萬書以自適兮，若將終其身焉。痛妖孽之肆行兮，哀凶鞠頑而盜大權。又妄興於兵端兮，致塗炭於三邊。公雖身在外兮，切憂時而拳拳。豁天地之開闢兮，更漢化而改弦。起大老於海濱兮，詢黃髮而罔愆。屈故事而不得共政兮，爲帝師於經筵。俄引疾以告歸兮，返錦里而名全。猶薦賢以報上兮，又開東宮之新編。曾經濟之未究兮，忽一疾而不痊。邦國爲之殄瘁兮，惟我十倍於哀纏。

悵登門之雖晚兮，幸接武於甘泉。頃丐外而投閒兮，亦來問舍以求田。登百尺之樓兮，十載奉公以周旋。約五日以往還兮，澹若水而無間然。酒三行而棋再戰兮，望之者或以爲仙。時抵掌以劇談兮，若相和之篪壎。忝賜環之同日兮，祖生先我而著鞭。我方困於沈疴兮，尚踸踔而蹣跚。陪露門之進讀兮，又聯鑣於九閽。公既扁舟而東下兮，謂將相隨而出關。乃匏繫而不得去兮，徒尺書之翩翩。謂獨居而無偶兮，幸蚤歸而毋留連。荷公之心相知兮，夢日繞乎故園。何天之不憖遺兮，棄塵區而蜕蟬。念吾母之窀穸兮，公之賜及乎九原。感二子之受知兮，正禮舉於後而公山舉於前。繄龍門之高峻兮，殆吾父子之宿緣。何雲翰之未乾兮，驚身世之遽遷。寄薄奠於繐帷兮，慘東望之風煙。尚乞身以掛冠兮，期執紼於南陽之阡。相距纔四歲兮，亦豈久於人寰。爰矢心以致辭兮，灑哀涕之潺湲。武英殿聚珍版《攻媿集》卷八三。

祭王侍御伯庠文

樓鑰

嗚呼！公之來兮雙旌，紛馬輿兮往迎。公之去兮丹旐，慘千里兮相弔。曾日月兮幾何，樂何少兮哀多。欲攀轅兮執紼，變歡謡兮悲歌。嗟若人兮宜久，蹇何爲兮中壽？巷哭兮失聲，紛雨淚兮如溜。設祖祭兮道周，奠單杯兮泣柩。瞻望兮弗及，此恨兮何究！甘棠兮峴碑，尚千載兮不朽。武英殿聚珍版《攻媿集》卷八三。

祭從舅汪删定大辯文

樓鑰

嗚呼！惟舅甥之間兮固曰至親，粵我之於諸舅兮有異於他人。蓋生長外家兮非一朝一夕之積，公亦依於伯父兮自齠齔而爲羣。飛黄著鞭兮媿駑馬之弗進，一日千里兮悵奔逸之絶塵。無詩不酬兮無樽酒之弗與，琢磨至切兮亦游焉息焉而是均。迨公之鼓篋上庠兮我亦繼薦於鄉老，喜南宫之接武兮相與賜第於楓宸。情好益篤兮幾類於同氣，年不相遠兮亦忘其分之卑尊。仕於百僚之底兮氣出萬夫之上，小試以事兮無不關於細氈之聞。逢此百罹兮凡三仕而三已，鼻間栩栩兮眇軒冕於浮雲。不負臨賀兮反貽怒於柄臣，引經諏律兮又以激僚友之紛紜。卷懷於家兮志則在於當世，沈酣經籍兮益以探聖賢之深醇。進於朝兮可以使藜藿之不採，居於外兮可以使功利之及民。投以所問兮惟明時之所用，此公之所自許兮人亦以期於君。忽奇禍之作兮真出於意表，曾一指之傷兮害右肱之屈伸。驚一世之英兮奄蓋棺而事已，紛孤嫠之叫號兮何蒼蒼之不仁！嗚呼！鑑裁至高兮不以我爲不足，語詞章之雄兮若謂我其可以與於斯文。顧憂患之沈迷兮荷撫憐之日至，登公之堂兮君今其安存？望丹青之圖像兮何精神之逼真，念一息之千古兮不知涙涕之沾襟。翩飛旐之南征兮今其已矣，言不成章兮尚何問於穹旻！

武英殿聚珍版《攻媿集》卷八三。

暮之春[一]

陳傅良

暮之春兮物維其嘉，乾際兮坤涯。毋將雛兮彼實者華，魚在藻兮燕子還於故家。今者不樂兮云何？

暮之春兮風日與柔，桑女兮南疇。相爾夏畦兮悲秋，斲冰兮長夜無裘。今者不樂兮何求？

[一] 原注：「御翰扁榜。」

暮之春兮雍雍熙熙，堯裳兮舜衣。五絃之琴兮一夔，曾不知結繩與秉鉞兮何時？瞻言千載兮忽焉其遠而。

山有龜蒙兮水有沂，天未喪斯文兮在茲。二三子兮皇皇欲何之？鼓瑟兮爲誰？捨此兮吾將安歸？

止齋兮年年，室環堵兮兩山有川。鷗鷺巢簷兮圓荷田田，豈無芳草兮杜鵑。世微孔子兮獨抱乎韋編。

雲漢之章兮光燭天，朝宗兮列仙。胡歸晚兮病骨拳然，與客歌商兮忘食與眠。點爾何如兮吾未知其孰賢。四部叢刊本《止齋先生文集》卷一。

西廟招辭 並序

陳傅良

淳熙十有三年二月，知瑞安縣事公非先生之曾孫劉龜從再作西廟，以祠宣和縣令王公經國。於其落也，邑人陳某爲作迎神一章，使工歌之。經國，字公濟。其守禦事，許忠簡公嘗識之，故不敍。

君昔兮胡不去斯？君今兮胡不來斯？文棟兮琱楣，峴山之麓兮江圻。旨酒牲兮潔肥，皓遺老兮鬚眉。坎擊鼓兮吹篪，君勿來兮遲遲。山蜿蜿兮榕陰萎蕤，江水清夷兮無蛟與螭。君之來兮可以娱嬉，君不共安兮誰與共危？鳴玉兮袞衣，彼亦君兮一時。莽中州兮爲夷，匪冢則廟兮牛羊纍纍。尚我民兮有知，子子孫孫兮永依。揆之兮以是非，君舍此兮安之？田有畔兮澤有陂，桑稻兮誕彌。懷不報兮忸怩，日早暮兮夜何其，猶容與兮誰須？四部叢刊本《止齋先生文集》卷一。

祭張國紀文

陳傅良

嗟呼國紀，吾欲誦子之美兮，累百紙而莫殫。吾欲哀爾夭兮，淚懸河而何乾？招子之魂兮，冥冥其安逝？托子之孥兮，交貧而力不逮。蓋自故老之傳，書籍具在。疾驅者途短，軸不折者厚載。高明兮鬼瞰其屋，愁苦兮弗災與害。曼膚兮鼎食，鋭頭兒兮無蓋。仁三族兮報之豐，自詧焉不延厥世。以余講聞兮籍甚，於目睹兮每背。至國紀而一不酬兮，余誰問兮茫昧。豈天若不謀或邂逅兮，聖賢以爲定計。匹夫兮細故，將善十勇兮九悔。徒長言兮何尤？聊一觴兮以酹。四部叢刊本《止齋先生文集》卷四六。

謝龍王文

趙善括

民以病告，吏以誠禱，神以靈報，此上下有相須之理，幽顯有必通之道。粤秋七月，旱則苗槁，民以病告於令，令以誠禱於廟，神意昭格，響答殊效。雖未有報神之功，敢爲歌詩，侑其觴而爲之導。歌曰：

雷鼓兮轟轟，舞雲纛兮掉霓旌。電鏡兮曄曄，耀珠宫兮翻貝闕。翳日烏兮金紫銷，落河魚兮銀海潮。南畝盈兮龜兆潤，大田秀兮蛸毛奮。禾黍兮芃芃，時和兮歲豐。昔侯來兮萬民徯，今侯歸兮千里喜。秀麓兮蒼巒，方池兮翠壇。簫鼓聲兮奠芳酒，香火緣兮期永久。聽吾民兮奏侯功，錫鎮玉兮蒙帝封。四庫本《應齋雜著》卷四。

留窮文

崔敦禮

子雲之《逐貧》，退之之《送窮》，辭各偉麗。余反之，作《留窮》。

屢空先生正月晦日揖窮鬼，與之坐而告之曰：「子高陽之裔，顓帝之支。衣必縷裂，食必用糜。生號窮鬼，没爲窮神。死以是日，人謂送貧。吾與子遊於兹有時矣，其相得如膠漆之固，其相與如魚水之情。故不敢追逐流俗，結柳車，縛草船，載糗與粻，繫牛引帆，以送子行。子能舍我而他之乎？」

言未既，欻然若有笑於列者曰：「先生欺予哉。夫安貧樂道，雖士之常，貧而無怨，亦人之難。人有蘭宫秘宇，雲楣虹梁，棼橑布翼，棟桴高驤，蔕倒茄於藻井，飾華榱與璧璫。此宫室之麗，人所共安也，而先生以余之故，獨得夫甕牖而蓬窗。六珍殊品，四膳異肴。窮海之錯，極陸之毛。尹公爨鼎，庖子揮刀。列方丈以華錯，陳員案而星羅。此膏粱之味，人所同願也，而先生以余之故，獨得夫藜菽而簞瓢。翡翠火齊，流耀含英。懸黎垂棘，夜光在焉。碝碱綵緻，琳珉青熒。珊瑚玉樹，周阿而生。此衆寶之奇，人所娱心而侈目也。而先生以余之故，常捆載垂橐，曾不得一金之爲資。固宜絶我棄我，屏之遠方，門神户靈，叱爲不祥，逐故就新，招迎富康。而方且眷眷留我而不忘，敢問所以受知於先生者何如也？」

先生曰：「吁，子來前。子之儔朋，非三非四，在十除五，滿七除二，順厥天常，立爲名字。凡所以日訓誨於前，使吾佩聖人之道而不爲流俗之歸者，皆子之志也。且夫刻剥侵削，肥己瘠人，漁民之財以資厥身，此可以富矣，子則曰奈何傷吾之仁，其名曰仁窮。禄可苟求，位可力致，見德不思，惟利是嗜，此可以富矣，子則曰奈何傷吾之義，其名曰義窮。覬覦貪饕，進進不止，矯矯亢亢，罔顧廉耻，此可以富矣，子則曰奈何傷吾之禮，其名曰禮窮。籠以術數，周以心計，揣摩低昂而罔市利，此可以富矣，子則曰奈何傷吾之智，其名曰智窮。爲姦爲欺，爲鄙爲吝，乖誕弗恤，貨殖是徇，此可以富矣，子則曰奈何傷吾之信也，其名曰信窮。凡此五窮，爲吾五友，厄窮相隨，貧賤相守，教之誨之，使我不苟。吾其在下，得此五友，磨礱訓勵，以飭厥躬。吾其在上，得此五友，傑卓清特，以奮厥功。使千百世之下，凛凛乎仰吾之清風，所謂富貴不能移其志，勢利不能動其衷者也。若夫慕外物之謂樂，謂貧賤爲可悲，斥吾五友而去之，兹余之所不忍爲。」

已而五窮相顧失笑曰：「先生知我矣，願與爲友，無相棄。」四庫本《官教集》卷一二。

《復小齋賦話》卷下　揚子雲《逐貧賦》，昌黎《送窮文》所本也。至宋、明，而斥窮、驅戇、禮貧之作紛紛矣。

津人問

崔敦禮

崔子遊於江湖之上，見夫競舟之民，相先以爲樂。臨流而觀，倚杖竊歎，未知所謂。有津人者操舟而來，鬢眉蒼然，輯棹而止。於是進而問曰：「彼乘危而有鬭心，何取爲樂哉？且以争爲樂者有之矣：博者争盧，奕者争局，壺者争馬，射者争鵠。或談笑於几席之暇，或撙以禮文之縟。今乃涉巨濤之滄茫，較扁舟之遲速，或騰趠而隨決，或盪汩而顛覆。何取爲樂哉？」

津人曰：「噫！競舟之樂子亦危之耶？且天地者，大江湖也。人身者，一舟楫也。一身之間，視聽言貌思，則競之所由作也。人有丹其轂，則驕視於蓬累；繡栭藻井，則誇勝於圭蓽。覘鍾鼎者，恨簞瓢之不如；睹青紫者，恥緼袍之不敵。此競於目者也。嗚蛙鼓吹，清濁之相喧；黄鍾瓦釜，邪正之相比。南磬北竽，激草玄之嘲；東瑟西缶，爲濺血之地。此競於耳者也。離堅則約從爲姦，合異則連衡爲賊。誣善之辭，銷骨而鑠金；是己之學，操戈而入室。此競於口者也。抱負者以折腰爲恥，貴倨者以俛眉爲屈。干戈之怒，起於争長；刀鋸之慘，興於膝席。此競爲貌者也。交戰於得喪之途，相攻於愛惡之域。方寸之地，有山川之險；肝膽之邇，有楚越之敵。此競於心者也。夫以人之一身，而挾此五競。日涉於物，膠膠而與之鬬。馳騖於愛河，衝突於欲海。履風波而不愕，觸機穽而不悔。今子舍此不爲之怪，而切切然笑楫師之愚，憂榜人之殆，此吾所未解也。」

崔子聞之，悚然而作曰：「隱君子也。」於是再拜而起，三揖而前曰：「吾學有年矣，吾目競於色，耳競於聲，口競於言，貌競於形。七情紛争，思慮營營，不得須臾寧。今也何幸，得從先生游，願聞一言，庶幾乎知道。」

津人莞爾而笑，掉頭而歌曰：「吾之舟兮常虚以遊，哀樂喜怒兮一毫不留。不與物涉兮駕空以浮，萬方覆卻兮無觸吾舟。吾之舟兮常虚以游。」歌畢，延緣葦間，刺船而去。《永樂大典》卷三〇〇三。

太白遠遊

崔敦禮

《太白遠遊》者，崔敦禮所作也。太白在天寶間，當高力士、楊國忠之徒用事，不能俛首以同俗，浮遊四方，浪跡自肆。詠歌之際，類多託配仙人，與俱游戲。周歷天下，放意寥廓，無所不至。太白豈無意於世者？憂思憤鬱，假以自適，其屈原《遠遊》之意歟？敦禮遊當塗，弔青山之墓，因集其言，檃括爲楚詞。命曰《太白遠遊》云。

人間不可以託兮悲清秋，信長風而雲行遊泰山。浩漫其將何之兮尋范居士，悵飄忽而徂征淮陰書懷。天生材以有用兮將進酒，思逢時而經綸梁甫吟。苦恩踈而媒勞兮答裴侍御，坐長歎以撫膺蜀道難。雞聚族以争食兮，鳳孤飛而無隣鳴皐歌。璠草隱於深谷兮，層丘蔽以蒼榛古風。驊騮拳跼而不得食兮，蹇驢得志以鳴春答友人。蝘蜓嘲龍兮魚目混珍，嫫母衣錦兮西施負薪鳴皐歌。世道有此翻覆兮感秋，誰察余之堅貞雪讒。塊獨處此幽默兮鳴皐歌，乃黽息而虬蟠孟少府書。不曠蕩以縱適兮，何拘攣以守常大鵬賦。將倚劍乎天外兮，欲掛弓於扶桑孟少府書。以倥偬而爲巢兮，以虚無而爲場大鵬賦。運以大風之舉兮，假以摩天之翔楊右相書。前期浩乎漫漫兮，浮四海而横八荒敬亭山。赤玉舄以東上兮，烟蒼蒼其逢山古風。逢羽人於天門兮，方曈好其容顔。遺我書以鳥跡兮，讀不閒而三歎遊泰山。偶然值乎青童兮，緑髮雙雙其雲鬟。笑我學仙之晚兮，蹉跎凋乎朱顔遊泰山。

玉女飄飄而下兮，遺我以流霞之杯。稽首拜而自媿兮，棄世何其悠哉游泰山。隨風恣其飄揚兮古風，不知東走之迷贈苑金卿。忽撫己而自笑兮古風，問南登之路岐灞陵行。採姹女於江華兮，收河車於清溪送權十一。臥香爐以餐霞兮書懷，窺石鏡而心清。遥見仙人於綵雲兮，把芙蓉於玉京。期汗漫於九垓兮，接盧敖於太清廬山謠。乘輿任夫所適兮敘舊，鳴騶忽其西馳送劉副使。栽若木於西海兮上雲樂，採瓊蘂乎崑山古風。揖叔卿於雲臺兮，恍惚凌乎紫冥古風。飲玉漿於丹丘兮，備洒掃以明星西岳雲臺歌。赤松借予以白鹿兮，挾兩龍以相從古風。傳秘訣於韓衆兮，精誠與夫天通登天柱石。西上既窮其登攀兮登太皇峯，雲飄然而無心酬王司馬。八極可以神遊兮，賦大鵬於北溟。激三千以崛起兮，向九萬而迅征大鵬賦。訪廣成於至道兮，聞大塊之幽居。掇玄珠於赤水兮，天下不知其所如大獵。登雲霄以直上兮南軒松，入無窮而遺形登天柱石。騎日月而羽化兮，翼鴛鸞而雲行敬亭山。出宇宙之寥廓兮孟少府，玴閶闔之崢嶸大鵬賦。戴長雲之河車兮飛龍引，十二樓與五城書懷。登真朝於玉皇兮贈從弟，賜瓊漿以玉杯古風。聽天語之察察兮明堂賦，廓如雲而天開葉和尚讚。天地同乎枯槁兮宋少府，生世如乎轉蓬効古。君子化爲猿鶴兮，小人或爲沙蟲古風。營營爲何所求兮，雞鳴趨乎四關古風。十步而九太行兮望瓦屋山，世路多乎險艱古風。傳其語以銘骨兮古風，永願辭於人間望廬山。忽魂悸以魄動兮遊天姥，即歸路而長歎獻當塗宰。轉天車於六龍兮贈裴十七，雲駢下而飄翩春日行。風爲馬兮霓爲裳遊天姥，靡星旃兮大獵賦迴鸞車遊天姥。燭龍銜光以照物兮，列缺揮鞭而啟途。欻翳景以横翥兮，逆高天以下垂大鵬賦。望四海兮何漫漫古風，長相思兮在長安長相思。復長劍而歸來兮寄丹丘子，謁九重之天門贈從弟。白日照吾之精誠兮梁甫吟，效剖膽而輸肝行路難。吐崢嶸之高論兮，開浩蕩之奇言大鵬賦。所謂代馬不思乎越兮，越禽不戀乎燕古风。流波思其舊浦兮，落葉墜於本根者也謝赴行在表。四庫本《官教集》卷三。

太白招魂

崔敦禮

《太白招魂》者，崔敦禮所作也。敦禮既作《遠遊》，又念太白自知不容於時，益傲放不羈，以自昏穢。時無宋玉，不能作《招魂》之辭，以復其精神而風其上，徒於詠歌之際，外陳四方之惡，内述長安之盛。憂時愛主，有屈原《大招》之遺風。吁，其悲夫！因集其言，檃括爲些語，謂之《太白招魂》云。

子爲謫仙兮憶賀監，薄遊人間送張祖序。傲岸不諧兮答友人，世路艱難古風。折芳洲之瑤華兮寄情人，採瓊蘂入乎崑山古風。愁長安之不見兮登鳳凰臺，坐拂劍而長歎送竇司馬。魂一去而欲斷兮，與春風而飄揚惜餘春賦。飄揚其竟何託兮古風，造化爲之悲傷古風。於是帝命巫陽招魂辭，若有一人愁陽春賦，神氣黯然恨賦，精魂飛散李長史書，遲爾歸旋送二季。乃下招曰：魂兮歸徠，無東無西，無南無北些大招辭。碧海之東，長鯨潰湧，不可以涉些古有所思。揚波噴雲，蔽天鬐鬣些古風。齒若雪山，掛骨於其間些公無渡河。歸徠招魂辭，去無還些遠別離。魂兮無南招魂辭，南山白額窮奇貙貒些，牙若劒錯鬣如叢竿些。口吞殳鋋，目極槍櫓些大獵賦。歸徠招魂辭，飼豺虎些古風。魂兮無西招魂辭，西當太白，横絶峩嵋些。地崩山摧，天梯鈎連些。崢嶸崔嵬，朝虎夕蛇些。磨牙吮血，殺人如麻些蜀道難。歸徠招魂辭，行路難些樂府。魂兮無北招魂辭，北緣太行，嶝道峻盤些。馬足蹶側，車輪摧岡些。氣毒劒戟，嚴風裂裳些北上行。歸徠招魂辭，北上苦些北上行。魂兮歸來，君無上天些招魂辭。天鼓砰訇，雷震帝旁些。投壺玉女，笑開電光些。風雨之起，倏爍晦冥些梁父吟。犬吠九關，殺人以憤其精魂些書情。歸徠招魂辭，天路何因些酬崔司户。魂兮歸徠，君無下此幽都些招魂辭。閉影潛魂恨賦，遺迹九泉些望瓦屋山。劒輪湯鑊，猛火熾然些大鍾銘。疑山炎崐，苦海滔天些尊勝幢頌。歸徠招魂辭，保吾生些秋賦。魂兮歸徠招魂辭，還故鄉些古風。高樓甲第，連青山些南都行。飛檻磊砢，栱夤緣些。雲楣横綺，桷攢欒些。皓壁畫朗，朱甍鮮些明堂賦。金窗繡户，朱箔懸些散花樓。魂兮歸徠招魂辭，列珍羞些汪氏别集。月光素盤，飯彫胡些宿荀媪家。魯酒琥珀，紫錦魚些酬中都小吏。白酒新熟，黄雞肥些别兒童。山盤秋蔬，薦霜梨些尋范居士。吳鹽如花，皎白雪些。玉盤楊梅，爲君設些梁園吟。魂兮歸徠招魂辭，恣歡謔些將進酒。南國美人，芙蓉灼灼些古風。洛浦宓妃，飄飄飛雪些感春。長干吳兒，豔星月些越女辭。西施東鄰，秀蛾眉些効古。一笑雙璧，歌千金些古風。琅玕綺食，鴛鴦衾些寄遠。博山爐中，香火沉些陽叛兒。魂兮歸徠招魂辭，醉壺觴些早春。青娥對燭，儼成行些贈江夏太守。玉童兩兩，吹紫笙些古風。佳人當窗，彈鳴箏些春日。玉壺美酒，清若空些。看朱成碧，顔始紅些前有樽酒。連呼五白，行六博些梁園吟。赤雞白狗，賭梨栗些行路難。半酣呼鷹，揮鳴鞘些行行且游獵。金鞍龍馬，花雪毛些。霜劍切玉，明珠袍些白馬篇。魂兮歸徠招魂辭，入長安些東巡歌。清都玉樹，瑶臺春些擬古。萬姓聚舞，歌太平些春日行。伐鼓槌鐘，啟重城些。日照萬户，簪裾明些。騎吹颯沓，引公卿些鼓吹入朝曲。白日紫暉，運權衡些古風。倒海凌山，索月採蓀些書情。文質炳焕，羅星旻些古風。魂兮歸徠招魂辭，樂不可言些飛龍引。

亂曰：長相思兮在長安，絡緯秋啼兮金井欄長相思。望夫君兮安極，我沉吟兮歎息劍歌賦。懷洞庭兮悲瀟湘惜餘春賦，把瑶草兮思何堪。念佳期兮莫展，每爲恨兮不淺同上。荷花落兮江色秋，秋風嫋嫋夜悠悠悲清秋賦。魂兮歸徠招魂辭，謝遠遊江上秋懷。

四庫本《宮

教集》卷三。

九序

崔敦禮

《九序》者，崔敦禮所作也。敦禮居江東，江東之民好祠信鬼，有楚之遺風。歌樂鼓舞，獨無楚人悽惋之詞以侑祀事。因訪其地，作爲《九序》之歌，上以陳事神之敬，下以見修身行己之志云。

春日兮繁鮮，車闐闐兮句曲。天絙瑟兮拊鼓，滿芳菲兮瓊筵。朝霞爲羞兮沆瀣爲醴，瑶華玉饌兮錯襍而陳。前靈之來兮赤城空，駕白鶴兮御清風。羣仙從兮哆哆，雲晻曖兮車隆隆。靈之去兮返太清，騎日月兮朝紫皇。下視九州兮塵泱茫，五嶽俎豆兮四溟杯觴。製瓊琚兮余衣，集芳蓀兮余裳。荷佩兮離離，蘭旌兮揚揚。欲往從兮未得，望夫君兮彷徨。

正　曜

若有人兮水中央，魚鱗衣兮白蜺裳。荃橈兮桂旗，欲女迎兮風薄之。神之駕兮兩龍，驂白黿兮蛟螭從。朝余陟兮三山，夕濟兮牛渚。神不來兮夷猶，使我心兮苦復苦。濯纓兮姑溪，結佩兮採石。誠不已兮幽通，信不墜兮物格。若有臨兮風飂飂，作莫雨兮愁江皋。神交兮意接，來不言兮去無迹。倏雨歇兮雲收，山青青兮水悠悠。

華陽洞

天雲冥冥兮疊嶂，君獨立兮山之上。石嶝險兮水道寒，思夫君兮未敢言。無言兮皇皇，山阿之人兮告我以不難。木樛蔚兮下俯，石避礙兮行旁。余冠兮巍巍，余步兮逶遲。俛首非吾之願兮，斜徑其將安之。朝騁望兮昭亭，夕宿兮雙溪。網蕙茝兮爲蓋，葺蓀蘅兮爲車。欲騰駕兮高翔，恍導余兮上隮。揭北斗兮奠椒漿，簸南箕兮羞瓊蘂。靈欣欣兮顧余，亶正直兮爲神予。

中水府

汎汎兮吾舟，沛吾乘兮東流。東流兮何之，有美人兮天一涯。烟杳杳兮南徐，雲連連兮北固。海何爲兮清明，江何爲兮流注。彼美人兮山之曲，鎮龍關兮轉陰軸。約束海若兮呵水馮，夏不苦雨兮冬不疾風。汙邪穰穰兮海沂阜豐，我民報事兮罔有不恭。採秀實兮山巔，擷芳馨兮澗底。霜秈兮水芒，蕙肴羞兮椒糈。神之格兮樂享，愡蜿蜿兮來止。

下水府

鍾山崒兮江之湄，葯爲祀兮辛夷祠。神乘白馬兮執素羽，朝與日出兮莫雲歸。噫嗟兮明神，烈烈兮用光。生乎疾盜兮奮不顧死，死焉助順兮赫然發靈。湛清尊兮明水，揚玉桴兮扣雷鼓。扣鼓兮如何，我欲言兮淚滂沱。憒有妖兮蟠中土，雜蘅臯兮穢蘭宇。豺豕兮人居，猰貐兮室廬。願神我福兮我祥，舉長矢兮射天狼。使河洛兮囬波，令岱華兮還光。山蒼蒼兮水湯湯，神之威兮儼不忘。刳肝爲辭兮瀝血，陳神之聽兮聞不聞？

田間辭三首

朝余往兮東疇，景翳翳兮雲油油。牛驅耕兮載泥重，鞭不前兮挽犂用。歲云暮兮暮維何，倉庚鳴兮布穀和。疾吾耜兮固吾耒，趣甘澤兮及時播。

我耕兮我田，雨浪浪兮雷填填。水漫漫兮種不下，出門見水兮淚滂沱。惠我晴兮疾耕而耨，螟敗之兮穎弗得秀。嗚呼，我無時違兮，時不我予。時不予兮奈何，蹇無忘兮吾事。

數稻兮登場，牽牛兮入屋。噭咷兮田家，歡迎兮稚子。三年力耕兮今逢年，庾則實兮庖有鮮。草藉兮陶盤，豳吹兮土鼓。握牛兮誰歌，和之兮余舞。樂復樂兮歲晏，冰雪集兮堂下。時亹亹兮不再，蓀何爲兮田野。

北山之英

强敵驕兮晉多壘，忽登山兮望廷尉。風霾兮殺氣昏，突槍檑兮亂鈎陳。予君麾兮從君鉞，戰陵西兮捍溪栅。虹食壘兮火焚旂，公之死兮去如歸。公有子兮憤争先，勇没地兮羞戴天。父死忠兮子死孝，令名揚兮日月照。物有始兮豈無終，得所歸兮孰如公。喜幸生兮畏義死，語呢呢兮顧妻子。草木盡兮糞土委，聞高風兮汗流趾。四庫本《宫教集》卷三。

楚州龍廟迎享送神辭

崔敦禮

紹興辛巳，金人嘗以銳師樓船蔽海而下，欲以奇襲我。將臣李寶受命迎拒，既下海，即沉牲釃酒，禱龍神而行。事還，具上神之詭異以請於朝。天子既推功不居，報禮上下，則惟有神之功，厥尤彰灼。下其事淮南漕司，擇傅海地建廟。乙丑三月，楚州鹽城縣告廟成，漕當以上命往祭。某既以漕檄爲文，又私自作迎享送神辭三章遺縣令，使歲時歌以祀之。

君之來兮殊廷，雷隆隆兮雨冥冥。從天吳兮罔象，紛萬怪兮如雲。若有物兮震奔沛，吹逆浪兮揚回旋。授天矛兮下討，披蒙霧兮祥氛。地平天静兮日月清明，我民蒙福兮萬年報禋。

辛楣兮葯房，蘭枅兮桂楹。翼翼兮新宫，穆將進兮芳馨。栢實兮松液，芝華兮若英。奠瓊斝兮清酤，玉俎折兮嘉牲。雅聲兮遠紹，鏘和平兮鼓鐘紛，繁會兮竽笙靈。連蜷兮須摇，儐晻藹兮紛紜。潔我心兮恭事，靈欣欣兮燕寧。

君之去兮朱宫，乘飛雲兮御迴風。貝闕兮豐敞，金臺鬱兮穹隆。珠胎兮炫燿，周玉樹兮青葱。天琛兮水碧，衆寶萃兮玲瓏。良辰兮高燕，命馮夷兮展舞。陽侯兮海童，羣仙兮啟路。君肯臨兮尚春容，君不我留兮我心忡忡。紬清思兮幼眇，惠我民兮盍終。四庫本《宫教集》卷三。

田縣尉悲風詞

臨安道中作

廖行之

風蕭蕭兮吹我衣，念故人兮我心孔悲。飛霞爲襜兮彩雲爲旂，胡徘徊兮耒江之湄。風蕭蕭兮吹我裳，念故人兮我心孔傷。星辰爲珮兮明月爲璫，胡襄羊兮耒山之陽。耒山高高兮耒水清清，高者君之氣兮清爲君之神。君挾此以生兮不隘以大，胡皎以明兮忽湮以曖。堂有老兮室有稺，能不抱孫兮樂親以戲子。如不暇恤兮親寧忍忘，孰奪之去兮不少翱翔。大江之南兮淛江之東，昔與君兮笑言相從。想丹旐兮埋圭玉於土中，千里泫然兮余獨感此悲風。四庫本《省齋集》卷一〇。

蔡覺軒哀辭

熊慶胄

西山之陽，有名儒曰覺軒先生，姓蔡氏，西山隱君子之子也。西山是爲慶元之黨人，紫陽朱子題其墓，尊之曰先生。乃今有孫，是似其祖，人復以先生尊之。先生行甚高，度甚夷，所學蓋自孔氏，將進而未止，隤然處順，淵乎似道，是可謂能世其家矣。人士敬之，府公聘之，諸公貴人又薦之。乃自山中特起爲命士，將典教於州郡，以覺後學。先生辭焉，有避莫得，使者書幣在門，先生驚焉。已而得微疾，鉤深探微，涵茹古今，窮晝夜益不懈，心怦怦以悸。越數日，竟正襟危坐而逝。嗚呼！若先生者，可謂順理安常者矣，順受其正者矣。山中之君子野人，皆驚呼失聲甚哀。

豫章熊某，其同門婿也，是有世舊，哀有甚焉。思昔求道未獲，蓋將以紫陽之敬程子者請事於左右。先生曰：「子知言也，益友也，奚師之足云？」顧念斯言，輔仁服義，庸非得易道之益謙也歟！斯文日衰，吾道如綫，良可哀已。於是修其辭曰：

道之大原兮在天，待夫人兮弘焉。維聖賢之述作，斯有覺於民先。慨先覺之寥寥，傳後覺兮於一編。凜正性而不踰，妙探賾而無前。蹇濩落而不偶，將白首於山泉。方抱道之將進，忽隨化而溘然。豈斯世之紛龐，不可得而參肩。抑聞道而既早，不復畀其耆年。將定命之有終，斡旦晝而推遷。仰高天而難問，慨神理之幽玄。緊修名之有立，尚磅礴於八埏。《事文類聚翰墨大全》戊集卷五。

祭姊文

熊慶胄

嗚呼痛哉！人孰無親，何其孤且艱邪！人孰無家，何其羈且迍邪！人孰無憂，何其殷復伴邪！人孰無疾，何其棘復痓邪！人孰無子，何其風沙摶邪！人孰無妾，何其鴟梟奸邪！人孰無死，何其抱沈冤邪！人孰無冤，是必往呼天邪！天道幽遠，人道近可言邪！以人占天，何近何遠，特一息之間邪！嗚呼痛哉！《事文類聚翰墨大全》戊集卷四。

宋代辭賦全編卷之十九

騷體辭　一九

鳴水洞辭 並序

王炎

艾西有澗水，自黃龍山西流，達於巴陵郡之平江而注於湘水。平江故羅縣，以地志考之，此水即汨之原也。其間泉石最佳處曰鳴水洞。青山中裂，水行石上，懸注崖下爲瀑流，遠望之如曳縞素，迫視如撞璚玉而碎之。瀑布上，水徐行則皺緑，度石齒間多沸白，如操琴筑音。又其上，石絶水爲疊石之窪，大小不一，皆如古樽罍錡釜狀。水與石争，怒聲澒洞，如風旋雷吼。兩崖皆峭險不可陟降，蒼松數百株，相扶瘦立，枝格偃屈。據木末俯眡崖下，使人神凄髮豎，有蕭條遺世之意。崖上有轉雷亭，韓舍人子蒼作而名之，歲久亭壞，惟故址僅存。沈粹卿攜酒邀予遊其上，愛其景清甚，欲去復留。予不能飲，亦累數觴不醉。薄莫始歸，粹卿曰：「此境視之不減匡廬三峽，畫之當勝輞川，惜其在窮山深谷，人無知者。移而近通都大邑，其價可值萬緡。」予謂泉石之奇絶，山靈愛護，留以遺幽人勝士，非求知於世俗也。馬蹄車轍不至山間，乃能全其清耳。粹卿以予言爲善，因識其大槩而系之以辭曰：

艾之西兮汨之原，山石劃斷兮穹嵌而嶄嵓。瀑流下注兮其上絶而爲亹。有蛟有龍兮伏而不怒，雷鳴崖下兮窮年風雨。誰斧鑿此雲根兮，遺予以罍洗。松有樛枝兮屋之深深，苔蘚斑斕兮織績以爲茵。觴酒於上兮聽潺湲，西峰銜日半規兮，徘徊猶未忍旋。予欲緪朱絲兮，節清音而度曲。招玄鶴使舞兮，醉予醽醁。有玉韞櫝兮幽人之軸，秋蘭之珮兮夫容之服，瘦石寒泉兮矢其弗告。四墉無隙兮巉崿青青，白雲漠漠兮截洞口以爲扃。輪鞅莫來兮無傷我清，不執券而兼并兮莫予與争。四庫本《雙溪集》卷九。

懷忠堂辭 並序

王炎

顔魯公知湖州，作放生池，又刻碑池上，其碑見存。池畔有魯公祠堂，題曰

「懷忠」。北山程公嘗作楚辭一章，刻石廡下。其辭甚古，然未盡事實，因以辭續之：

跂逸駕兮前修，佩武符兮典州。迹已陳兮德新，可敬而慕兮幾春復秋。意其存兮閟千萬年之原，謂其逝兮乃在浮羅之顛。奮忠精兮取義，貫羲娥兮爛然。隘塵寰兮上征，揮八極兮爲仙。黄鵠脱驂兮素虯停驅，幾弭節兮念遺民而來顧。高弁蒼蒼兮清茗瀰瀰，公來遊兮湖山增美。遊觀罷兮來歸，有蒲與荷兮清泠之池。魚鳥懷生兮欣欣焉其有依，銀鉤蠆尾兮燦翠珉而陸離。絃琴兮擊鼓，羞羔豚兮酌醑。跪起以薦兮，願公燕喜。公燕喜兮吾民樂康，却災沴兮蠲除不祥。雲來兮萬祀，烝嘗兮不忘。四庫本《雙溪集》卷九。

祭薛季宣文

王炎

始度試官於永嘉，友陳子以尚賢。遡先生之高風，每服膺而拳拳。迢承贄而敬謁，接清音之琅然。天光發而外映，神邃靚而藏淵。緊下學兮上達，左右取而逢原。會九流於一貫，瑩神機之通圓。憫俗學之失真，徵空言於簡編。儻詩書之不可應世，殆孔壁之無傳。若夫樂易疏通，沈深靖專，其識造微，其動中權，有如風雲之感遇，籌帝幄而經綸乎徐元直、李鄴侯之事業，而識者謂度爲知言。嗟乎！先生其已矣，倏赴音之來前。將人世之迫窄，乘箕尾而追羣仙。吾獨哭而不知其慟，恐斯文之鬱淪。彼後生之譾薄，將安仰夫北斗與泰山也。

念公昔者，中都庀官。我將從之，公使淮堧。改轅而歸，日竢公還。公出守霅，我有家艱。公書招我，我行實難。伊會之期，夫何屢遷？天實毖兮一見，維余頑兮莫鐫。葬九原兮不作，咎昔行兮匪虔。嗚呼哀哉！殮弗與兮舉衾，葬弗助兮引棺。命炙雞兮漬酒，侑以文兮涕湲。四庫本《浪語集》卷三五。

麟書

汪若海

中山之山，綿地千里，東有茂林，是爲東藪，南有茂林，是爲南藪，西藪居傍，北藪在後。三百六十，蹠實而走。麟實君之，四靈之首。猗哉唯麟，元枵之精。音中律呂，步中規矩。遊必擇土，詳而後動。懷仁載義，禮修視明。六合同歸，天下太平。示武不用，忽於守成。威靈日降，火德大虧。白狼鉤隱，騶虞化微。歲星復合，機星位迷。斷鰲立極，獸樽不施。競執虎子，號禿角犀，左右前後，覆楦蒙皮。

夫諸橫流，天戒罔憂。閹競指鹿，相不問牛。狡容是用，乃有攸攸。以燕代燕，猾裏是遊。脣亡齒寒，蛇不依猴。一猪治燕，首鼠兩頭。於是北藪之北，崛有異獸，射鹿以聲，殺人以酎。合麟滅仇，與麟格鬬。雙雙俱來，孟極是覆，謀我山北，左衽是守。我有孽狐，素匪粹白，鉛刀一割，將無我宅，挾轡抱薪，大河是劃。我有解廌，觸邪不懼，北藪奥區，何爲其與。元枵曰然，中山率舞。天禍中山，耕父淩波。天狗雹落，不恐雍和。中山所恃，邪界大河。倉光弗用，守以蒲牢。異獸鯨躍，魚鱉爲橋。

於是中山，曾無闉候，以指昌門之練，而北荒之獸。抵垂天之繒，蹈亘野之維，割野掃地，靡不被夷。中山之族，曾不能一，摧其斑而崇林已圍矣。且夫越國踰限，輕肆麟趾，趫捷有餘，實投死地。塹以龍淵，絡以虎壘，徒撅雷骨，夔鼓張勢，睥睨摩牙，未敢輕噬。兩者相苦，必見蚌捕，漁父寔來，唾手可虜。云何黔驢，蹄彼虓虎，驢既敗露，彼乃拗怒，矗矗緣雉，如履平地。我無臛疏，禦彼一燧。我走百群，負彼一矢。一矢尚可，乃有六幟。罔結一解，天動地岌，或斷尾自免，或碎袪宵逸。麟居五門，開明蔑一，毛屬號呼，機駭轟軼，鹿蜀不佩，子孫是棄。麟乃惻然，舒節屈狄。六虯弗禦，匹馬讋蹕。駭不存之地，倒手足之義。

越在草莽，自辛至癸。唯此獸心，厥計甚詭：「吾居中山，沭猴而冠，必得如約，交頸相歡。」中山之族，踴躍大喜，空其珍怪，億萬數計。狒狒聞之，大笑不已：「北藪置麏，四方逐鹿，雖得中山，何異空谷。挾麟取麏，伐木拔根；挾麟執鹿，天下未逐。麏鹿方疑，克而無補。麏鹿既定，猶之外府。果存麟族，是自遺虎。吁嗟我族，命垂狐狷，遥噱絃中，占麏之風。麏而可取，吾屬且虜。麏而自置，翟犬可世。安得朏朏之與遊，而釋我之憂也哉！」

於是中山之族，猲獢迫懼，相與謂狒狒曰：「固知饕餮之心，騁嗜奔欲，窮山極海，貪殘我族。我族猥夥，可以谷量。未直其鋒，已迸其疆。故兹不武，蛾伏北荒。雖然，孽狐止戈，解廌興戎，是邪，非邪，孰雌孰雄？」

狒狒笑曰：「今日割北藪以弭禍，明日割西藪以取容。中山之地有限，而北荒之割無窮。是使中山地弗容錐，而吾族不得邪徑而託足也。割與不割，是非莫決，知和知戰，雌雄乃見。寍犨既多，尾將如何？蘊手斬手，蘊足斬足。欲守我林，必固我麓。滋蔓難圖，見兔呼獹。如呼小兒，安得狻猊。彼獸之蛇，必食以貘；彼獸之豹，必食以駮。以攫以拏，匪熊匪羆，乃嗾夫獒，雖猛何爲。是故虎兕出於柙，麟可係而羈也。」

中山之族曰：「然則何如？」狒狒笑曰：「麟出而還，是豢中山。彼銜橛不變於外，則係羈復生於内。毋作由鹿，而信其族。彼豢之者，將食麟肉。麟化白龍，羿射爾躬。麟往則拘，孰獻騶虞。麟走則顛，孰載駏驉。麟放獵狗，澆隕厥首。麟復何求，狐死首丘。麟或可冒，兕觸魯縞。孰爲外助，合彼窮奇；孰爲内助，合我老羆。猶蚌鷸虎，蜘蛛執豸，毋言我弱，逢彼之賣。吾爲此庚，孰用斯謀！吾謀甚效，毋愧謝豹。中山掩衣，左之右之。世無老馬，吾誰與歸。吾恐楚終欺於秦，而大業之後，無難易之臣矣。」

中山之族曰：「然則奈何？」狒狒笑曰：「得巴蛇所吐之骨，以除心腹之疾，則反縛貳負，可使爲相顧之屍。不然，吾將反屑蔽目，化爲山猑之哭矣。」

中山之族曰：「反縛之道奈何？」狒狒乃屏去左右，授以秘計。此時鴟夷子適遊中山，目擊中山之事，乃潛書之，以爲一笑。鴟夷子曰：「麟，百獸之長也，一跌於北荒，遂屈節於異類，失麟之爲麟矣，貽狒狒之笑，宜哉！北荒圍中山，業已講解，狒狒猶笑而不知止，因以得笑疾，故其後裔，見人則笑。嗚呼！屈於百世之上，不能伸於百世之下，理固然也。久或有負世之累，豈惟舉世笑之！惟來世允以爲口實，可不圖哉！」

越遭吳難，辱甚中山，於是鴟夷子出《麟書》一編，越王句踐讀之，曰：「嗟乎！寡人甚羞夫狒狒者。」鴟夷子曰：「王如甚羞夫狒狒，則請授以秘計。」

句踐遂欲聞秘計，鴟夷子曰：「事以密成，語以泄敗。大王不密，則國人與聞；國人不密，則吴人與聞。曾未足以肥越，而適足以重越之禍矣。」句踐曰：「今日之言，出於子口，入於予耳而已，幸毋過慮。」於是句踐卒授秘計，反滅强吴，抗衡上國，鴟夷子之力也。

鴟夷子屢徙立名，其於世飄然若不繫之舟，其好釋亂解紛，迺出於天性，誠有所不忍。異時或有所不忍，當以《麟書》揣之。其意以爲魚不可脱於淵，神龍失勢，則與蚯蚓同，故持其綱而驅之。《麟書》所以制天下之命也，當世莫之能用，而功亦不能以自見，豈鴟夷子計有然否哉？時有遇不遇也！於是鴟夷子念世無可與共成功者，託越之事，以敘《麟書》云爾。寶顔堂秘笈本《麟書》。

汪若海《上麟書表》（《麟書》卷首） 太學生臣汪若海誠惶誠懼，頓首頓首謹言：臣於十一月二十五日從張叔夜幕中，爲兵火所逼，倉惶走艮嶽，匿於神運石之下。居一夕，忽遇磐固侯謂臣曰：「吾居太湖，鴟夷子去越時，遺書一編，屬吾秘之，語甚異，殆弗曉。咋睹城中惕號，暮夜亟鑚火取讀，若爲今日計者。幸上皇遇我素厚，吾寧石人，不有下邳老父之奇，子其爲我獻之嗣君。」臣再拜曰：「唯唯。」臣歸而讀之，其引獸合事，符應不失，如光之與影。臣竊論之，《麟書》舉天下之獸而言之也，論以一網，則畢其議矣。夫網獸之與見網於獸，不可不察，故曰：「事貴制人，不貴見制於人。」然而用之匪道，其道必隱，此鴟夷子之所以秘之於磐固侯，磐固侯之所以歸之於陛下也。臣聞絃斷不可復續，而西國有續絃之膠；人死不可復起，而神醫有起死之藥。故黄石變化爲老父，能興漢於未萌；神運感槩出《麟書》，欲存宋於已壞。天授之意，其實一也。臣謹昧死再拜以聞。

汪若容《朝請大夫直秘閣汪公若海行狀》（《新安文獻志》卷八一）於文無所不能，探紙筆立就，初若不經意者，比成章，蹈厲風發，膾炙萬口。論兵幾，策時事，決河漢，灼蓍龜，不足以當其豪且審也。其《麟書》引獸合事，羅百獸而尊麟，使賣國叛君者讀之色愧。

鄧肅《麟書跋》（《麟書》卷末）靖康丙午冬，王城失守，太學汪君東叟寫以《麟書》，俾一時廢興之迹，昭若日星。且曰：「未平定，吾不可以求進也。」故託名鴟夷子，將以自蔽。然作如是文，書如是事，安得以自蔽邪？

呂本中《麟書跋》（《麟書》卷末）司馬長卿作《大人賦》，詼詭譎怪，不可致詰，然意實有在，漢武帝蓋未之知也。汪子之爲《麟書》，蓋得法於此。予固知之矣。

汪藻《麟書跋》（《麟書》卷末）此吾家千里駒也。以文滑稽，而非滑稽也。嗚呼，孰司帝閑，收此駬駮也哉！

《江西詩社宗派圖録·呂本中》靖康之役，太學生汪若海作《麟書》一卷，恢詭譎怪，不減長卿

《大人賦》。居仁謂其意實有在，漢武帝蓋未之知也，東叟之爲《麟書》，蓋得法於此，予固知之矣。老臣憂國之言，遂使東叟圍城上書，忠義激發之氣，千載如見。

《四庫全書總目》卷一二七《麟書》一卷，宋汪若海撰。……史稱若海豁達高亮，深沉有度。金兵至汴，若海上書樞密曹輔，請立康王爲大元帥。及京城失守，若海復述麟爲書以獻，卽此本也。其書託麟爲喻，以儷詞作韻語，詭言鴟夷子授之磐固侯，大旨主用兵之是，斥和議之非。又言不當追回康王，而勸欽宗以死社稷，用意甚爲剴直。因當時金人已破京城，故不敢顯言，而以廋詞寄其意。後有鄧肅、吕本中及其從父藻三跋。

紀夢 並序

楊冠卿

戊戌春孟十日夜，漏下數刻，夢至廣庭。某官侍帝傍，領之使前，曰：「帝念爾有志事功，年四十弗克就，將錫爾以官，授以纂述文字職。命下在春之仲季間。」既覺，喜甚，莫知所云。楚有靈氛善占簭，厥翌日薰沐扣之，端筴拂龜，卦得神助，且告以吉之故。退述顛末，作《紀夢篇》。越兩日，獻於府下。某官方秉事樞，與天子進退天下士，幸記録斯語，無使南柯之槐、黄粱之枕得肆其説，而謂功名事業皆夢幻中物，終不可期，某願也。

閹茂正於孟陬兮，罄萬寓以回春。隱几以觀羣動兮，咸欣欣而向榮。胡彿鬱於此懷兮，若有不得其平。愴歲月之不吾與兮，髮種種其將零。編籍漁樵兮，老未立乎修名。驅閶闔九重兮，奚昨夢之難成？恍余神以遐鶩兮，排寥廓而上征。鞭玉虬以騎麟兮，驅望舒而撫流星。扣陛級之靈瑣兮，拜羣仙於紫庭。衆莫知予所爲兮，跪敷衽以前隣。有美人兮遥相望，凜而潔兮岌而長。蒼玉佩兮雲錦裳，森劍衛兮環帝傍。頷之使前兮聲琅琅，乞我蜚霞兮相與頡頏。拔鯨牙兮酌天漿，接武兮班行。纂述兮辭章，余將從之兮相羊。彼申申訓敕兮，謂必好修以爲常。

聞命而回，蘧然形開。疑其所之，南柯之槐。吉日兮維戊，命靈氛兮占其故。羌紛紛兮索瓊茅，筳篿以探其緒。精誠既孚兮，靈氛告余以吉語：「陽長陰消，是曰神助。二月之交，詣於在所。天其或者，名騰公府。」我謂儒冠，身焉多悮。誠若登兹，梯榮有路。誓竭其愚，報國士遇。孰聞此言，皇天后土。四庫本《客亭類稿》卷七。

悼琴僧

楊冠卿

妙能大師善鼓琴，戊戌秋，示寂湖之覺海。悼其音之不復傳也，弔之以文。其辭曰：

大音希聲，聞而莫得。器非所寓，叩之以寂。宓犧神農，削桐爲琴。發揚太古之音，以鳴夫至道之默默。協和天人，通神明德。故其聲不流漫而喧譁，不沉晦而湮滅。高下洪纖，或揚或抑。汎焉雲絮之飛浮，劃若勇士之赴敵。千態萬狀，變化無極。御之者既足以理性而反真，聽之者又且改容而正色。此聖神製作之妙，君子之所尚，而衆人固所罕識也。嗚呼哀哉！師進此道，殆匪一日。神交古人於千載之上，伯牙師曠相與同堂而合席。碧澗猿渡，塞門雪積。落霞繽紛，秋風淅瀝。舞三疊之胎仙，傾蒼崖之碎璧。寄妙理於絃外，一唱三嘆，蓋有不可得而致詰者也。嗚呼哀哉！

憶昨招提，風月佳夕，幅巾欵門，危坐孤石。傾耳至音，襟塵消滌，星河易翻，不覺東方之既白。遼鶴言歸，師方寢疾。一頫仰間，而遽爲塵跡也耶？嗚呼哀哉！師今已矣，知音者稀。掛琴於壁，絶朱絃之松風，生龍池之蟣蝨。薦誠芻奠，寫我胸臆，庶幾乎攝衣升堂，廣陵之音復傳，不愧相知於古昔。四庫本《客亭類稿》卷七。

天孫對 並序

楊冠卿

《天孫對》者，江陵楊某作也。秋孟六日，烏程尹誕毓璿源，厥翌日天女之孫儷神於河漢濱，因拾古語設爲《天孫對》，以祝壽嘏於無終窮。

秋孟七夕，天女之孫，得貞卜於玄龜，蹈石梁而款天津。前期一日，楊子束袵屏息，再拜稽首，邀祠於庭。祈去蹇拙，覬夫天巧，以無滯於心。須臾起視，天宇澄清。絳節朱幡，紛紜錯落，隱微之中，若有所答曰：「天孫告汝，吾以至巧，專美於天，能成文章，妙合自然。翌辰之良，俫儷於神。神儲崧嶽，生甫及申。今之聰明皎厲，蹻武間、平，惠孚百里，平易近民者，即吾所降之英。若其慶會風雲，旋乾轉坤，力補造化，輔贊彌綸，復周公之禮樂，作聖宋之一經，則吾之黼黻帝躬，經緯星辰，亦僅足以擬其倫。汝今脂牽問塗匡廬之陰，兩及其門，色辭愈温。推轂發軔，方且激西江而醒涸鱗。汝其好修爲常，無負所知，凡所欲爲，公寧汝遺。況夫金薤之書，瓊琚之詞，千態萬狀，怪怪奇奇，特公之筆端膏馥，沾丐士類，推其餘而淑諸人者，歸斯受之，復何辭焉。汝且拜且祈，朝斯夕斯，則將逢道原於左右，續元氣之淋漓。神授意取，動皆得宜。」

楊子俯伏聽命，精誠馳騖，若有所嗽，而莫敢遽。俄有童孺，青袖朱裳，翩然而俫，爲之語曰：「積之厚者施必豐，德之至者報必隆。公方受天下重賞，膺褒德之封。

揭貴名於日月，保眉壽於無終窮。汝遊其藩，依其垣，親道德於前後，亦既有年。吾將召丹丘羽人，相與講論，紀懸弧之瑞，以盡形容於言。子亦欣然從之乎？」楊子欣悟，攬衣而起，欲殫所云，莫知童子之處，逡巡而退，遂書其對。四庫本《客亭類稿》卷七。

玉芝歌

陸九淵

靈華兮英英，芝質兮蘭形。瓊葩兮瑶實，冰葉兮雪莖。石室兮宛宛，苔茵兮菁菁。陰長松之偃蹇，帶飛瀑之琮琤。實青端而黄表，眇中藏而不矜。匪自昭其明德，羌無愧兮疇能。四庫本《象山集》卷二五。

賀王使君

楊簡

《南風》，頌王使君也。使君有寬裕和樂之德，如南風焉。

南風薰兮，如其仁兮。盎乎惠和，物之樂且欣兮。

南風薫兮，人之近兮。天温厚之氣，以幸吾鄱江之民兮。

南風薫兮，於誕之辰兮，何以壽之？有南山之椿兮。

南風薫兮，我不靳兮，無請弗獲，以幸吾樂平之民兮。（《南風》四章，章四句）四庫本

《慈湖遺書》卷六。

祭豐宅之文

袁燮

嗚呼公乎！生長名門，人品卓如。長纔六尺，膽大於軀。見義勇於必爲，見惡果於驅除。若大川之決，勢莫能禦；若莫邪之刃，利無與俱。自參謀於宣幕，始漸展於鴻圖。洎丞郡於豫章，憫疾疫之毒痡。委巷窮閭，徧歷勤劬。人給之藥，病者以蘇。推是心於作牧，達民情之慘舒。推是心於建臺，究邦用之盈虚。當邊陲之驛騷，分閫寄於名都，氣讋强鄰，誰敢侮予。帝深念其勞勩，俾易鎮於南徐。俄一疾兮不起，飛丹旐兮

歸歟。殊勳未立，真才先徂。朝家失所倚仗，壯士爲之長吁。生輕財而重義，殁傾囊兮無餘。信清敏之裔孫，庶乃祖兮無殊。

嗟我與公，肝膽交孚。屢貽我以書尺，豁此心之鬱紆。覬復接於誨言，講濟時之規模。此志莫酬，愴焉欷歔。念牽帷兮一慟，纏衰病兮躊躇。陳薄奠兮一觴，表素心之區區。嗚呼哀哉！四庫本《絜齋集》卷二二。

祭蔣從道文

吕祖謙

嗚呼！弁服之襘然，弦歌之鏘然，子游其間兮，呻吟挾策而纍然。賈區之囂然，怪珍之錯然，子廬其間兮，講誦下帷而嗒然。貌甚癯兮志則堅，力既憊兮道方邅。出門軸折兮，淪晝景於虞淵。大塊噫兮化機旋，森回薄兮紛糾纏，夭壽不貳兮又奚怨。猗朋游兮昔蟬聯，交一臂兮失九泉。踸傳觴兮江之壖，暮山合兮横蒼煙。宋刻本《東萊吕太史文集》卷八。

祭薛季宣文

王遇

人孰不有死，有不知慟之爲誰兮。聚散固有常，奈何名世之不易得兮。昔遇聞風既久，幸及今而登門兮。吁嗟我公，世方倚以爲津梁兮。始學志古今人，心則在乎天下兮。清明曠達，樂於聞善，而大者遠者不與兹兮。百未施一，乃如斯而已兮。則行則藏，固不在先生兮。學未及傳，而其徒將焉之兮。世道寂寥，而復不憖遺兮。先生固不亡，而斯人其何如耶！矧遇小子，受教未幾兮。豈謂一見，而遽爲終身之恨兮。臨風一酹，以發吾哀兮。上爲天下慟，而下以哭吾私兮。四庫本《浪語集》卷三五。

余久客都城秋風思歸作楚語和吴郎採菱叩舷之音

劉翰

秋風兮淒淒，山中兮桂枝。彈余冠兮塵墮，芳草緑兮未歸。家遥遥兮辭楚荆，傷去國兮重登臨。撫長劍兮增慨，復鳴鋏兮成音。採中州兮蘭芷，望美人兮千里。我所思兮天一方，共明月兮隔秋水。四庫本《江湖小集》卷九〇。

冰花盂洗銘 並序

衛博

隆興初元冬十一月癸丑，洗有冰華，秀異如生，鐫寫者僅能形似。若十二月甲申盂有冰，亦如之。乃銘之以侈厥祥：

陵陰機兮洩天巧，搴桂影兮茁瑤草。若諄告以厥祥，鳴玉兮其子孫永壽用寶。四庫本《定庵類稿》卷四。

平江府刻漏銘 並序

衛博

平江今股肱郡，官府庶事既復升之舊，唯刻漏草創，其制非是，無以示民早晚。郡守王晌實命改作。某月朔，漏成，銘曰：

挈壺水兮任衡石，公無私兮見天則。察四氣兮正六律，時無易兮政不忒，通晝夜兮永無極。四庫本《定庵類稿》卷四。

謝雨祝文 諸神廟

衛博

風馬兮雲車，神之行兮天之衢。歷九關而上訴兮，軫斯民之嗟吁。前豐隆而後元冥兮，馳閶闔而下帝都。策神龍之淵潛兮，駕阿香於山隅。蕩八表之歊煩兮，澤萬物而昭蘇。旋乾兮轉坤，神之功兮不可踰。竟厥德以幸吾民兮，尚五風十雨之時須。椒漿兮桂醑，鼓鍾兮笙竽。聲頌詩而報豐年兮，神之明其可誣？四庫本《定庵類稿》卷四。

祀蠶先 並序

曾丰

人以蠶兮爲衣，蠶以桑兮爲糧。柞、檽、棘、欒，豈無葉兮可食之，今蠶嗅矣訖不嘗。是以未即治蠶，先期治桑。或問蠶祖，則曰園客之妻，吴縣之婦。抑嘗攷之，赤帝之女，學道得仙，巢於桑樹。憑桑而靈，享蠶者胙。夫人生理，繫桑與農。寒衣兮饑食，用異兮功同。通郡縣祀稷，爲於農兮有功。彼蠶先雖未廢，自后外其孰崇？厥功同，其祀異，幾何不與世之所謂受施而忘報者類？大事難乎文拘，曠禮可以義起。祀彼蠶先，由吾家始。又從而爲聲詩以相傳，庶幾遍區夏而皆祀。其詞曰：

旦穀兮辰剛，聿蠲衷兮齊以莊。孔傴兮再摻擎，厥拳兮三迎將。飛廉掃兮，涴者以清；赤松灑兮，溽者以涼。靈之來嫖嫖兮，若翔兮上；靈之下婉婉兮，若倚兮傍。靈之趨蹬蹬兮，若參兮前；靈之坐盤盤兮，若據兮中央。乃陳其太牢，侑以兮糜餹。餻柔兮膋肉腯，鼠腦脆兮糜薌。靈其肸只，勿虛我佖只。世傳沙宅兮亥地，泥屋兮壬方。棗種南舍，風來兮東廂。夫是謂兮宜蠶，徵其如我教兮未詳。顧蠶兮消長，惟靈兮弛張。紛再登三熟與四出，信吉利而蓋故常。雅志兮蠶事，匪徒製兮己之裝。絲吾欲繫象兮俾不折，繭吾欲投火兮俾不傷。於以試兮允哉驗，殆將補兮舜裳。靈其炯只，勿虛我景只。蛹有種，蛾有秧。圓嶠兮色黑，寒國兮色蒼。絲一指兮大，繭一尺兮長。蠶有兮彼異，何當畀兮千斯箱？靈其欲只，勿虛我企只！四庫本《緣督集》卷一。

乞如願

曾丰

丙午歲首，有商叟過余，曰：「如願，叟孌醜也[一]，逸不知其姓某，或曰喜母之女，

[一]「叟」下原衍一「叟」字，據清鈔本删。

歡伯之婦，得自青洪君之手，至自彭澤湖之口。嫵奉兮叟左，婉承兮叟右。叟歉兮授以豐，叟薄兮授以厚。假非玄女横縱兮坤六，倒顛兮乾九，安能轉叟之凡百奇爲一切耦乎？委以赤心，期之白首。歘於晨興，潛以形走。門有守，户有候。其故縱之，守候是咎。守壘候荼，睊眙嗟吁。奉職警梱，曷嘗少踈？猶疑未獲，未出而廬。爰搜爰索，迺籲迺呼。則趦趦趄趄，闖於東廡；糢糢糊糊，霿於紫姑。彼紫姑者，能文知書，叟不識字，勢難動渠。公善形容，以乞焉，彼宜響應以歸歟？」

喜不自禁，則節文而爲歙，曰：「來，紫姑識！甘有兮松醽，糅以兮膠餳，紫姑來下，盼余馨識。辛有兮椒醁，糅以兮葱餉，紫姑來下，盼余馥識。淡有兮桃醾，糅以兮柏飴，紫姑來下，盼余馡識。三薰兮三酹，夫有懇兮其敢昧？久求如願兮顧兹在，幾爲余兮割愛識。來，紫姑！伊嫠且嫋識。凡借顔色，饒髭鬚識。厥有李赤，豫讓、范睢識。若乃鬼殘，彼非刑餘識。彼所有若所無，緩急自可相須識。詎必如願，而弗以乞余識！」

羌紫姑，形不露脰，而有影若拇，殆余授邪。羌如願，聲不露喝，而有響若叶，殆余訶邪。「公其願貴，或願富邪？」「貴豈能玉余骨使莫腐，富豈能冰余肉使不臭邪？文章可傳，金石不朽。要貴其精，須遲以久。余心所願，汝假之壽。」應聲講論，似曰

「有有」。四庫本《緣督集》卷一。

祀南海神

曾丰

赤精炎官兮，神一靈兮幻只。鴻澤龐施兮，神一念兮胚只。上清委照兮，神功行兮簡只。浩劫彌沙兮，神慶休兮綿只。太虛窈窕兮，神徜徉兮栖只。瀕海渺瀰兮，神漫浪兮僑只。沆瀣溟涬兮，神固自兮飫只。肥腯芬薌兮，神孰何兮貯只？昏頓顓冥兮，神惻怛兮矜只。顛連號呼兮，神恍惚兮聳只。焄蒿悽慘兮，神憑憑兮下只。狎猥媟嬻兮，神恢恢兮涵只。譖曰：蒙兮景只，有嘉斯穀兮羅只，有旨斯醑兮酹只。神兮歆只，有皎斯衷兮監只，有蹇斯數兮翊只。四庫本《緣督集》卷一。

梁父吟 並序

葉適

諸葛亮生初平、建安時，值何、董交亂，豪傑並争，皆藉王室爲辭，知其勢非代漢不已。又自量其材非有超世之度者，亦莫能用也。耕於荆山之陽，以苟免不聞爲事，其甘窮約而不厭者將終焉。然自是遂與劉備周旋於長坂、武林之間，使備得益州而相之，立禪拒丕，制天下之命。雖功業不究，然秦、漢以來可謂人臣之盛，未有若此者。亮之未没也，自表後主曰：「成都有桑八百株，薄田十五頃，子弟衣食自有餘饒。至於臣在外任日，別無調度，隨身衣食，悉仰於官，不別治生以長尺寸。臣死之日不使内有餘帛，外有餘財，以負陛下。」及卒，如所言。余讀至此，未嘗不太息也。使亮終已不遇，而抱孫長息以老於隆中者，其躬耕之獲豈少此哉！何故自親漢、魏之勞，至令遺恨以死。是殆以天下厚其身者乎？當幼孤之際不潔其名，處富貴之隆不安其利，伊尹、周公蓋庶幾焉，豈與管仲能合諸侯則三歸反坫，蕭何保關隴乃賴田宅貰貸以自汙比哉？史記亮耕隴畝，好爲《梁父吟》，身長八尺。余既高孔明之行事，而想見其詠歌之思，於是追述其意，爲《梁父詞》以傳於後，使讀是詞者，孔明之心猶有考也。詞曰：

依大麓之遺址兮，儲后土之神靈。樂天地之休嘉兮，皇涓潔而薦誠。集后土之雍容兮，刺百聖之禮文。卻大輅而御蒲秸兮，惟儉德之是崇。端一心而燔燎兮，卜仁義乎永年。刻玉檢而請命兮，何事秘而弗傳。嘉梁父之草木兮，被赫然之寵榮。咨梁父之遺老兮，悲忽不覩乎穆清。維千乘萬騎之雜沓婐婉兮，猶彷徨其行聲。夫天運之適合兮，雖聖其猶莫知。彼河之洋洋兮，雖美而不濟。泰山之椒既風雨又艱險兮，乃登封以類告。豈其不可一兮，伊所遇之獨異也。雖伊周之輔世兮，曾何足以自喜。

喟余生之孔棘兮，邈不及夫七十二君。日月幽而不明兮，遭玄夜之方長。競鐵鉞而日弊兮，逐亡鹿而裂其髀肩。漢氏之爲的兮，而不遺其餘民。余既樸陋而不能謀兮，又怯耎而畏兵。搢珽瑁於盜賊兮，何不朽之可幾。曾死亡之幾何兮，苟亂世以自免。幸此土之平樂兮，依鎮南之不遠。余耕兮隆中，地沃衍兮宜稑穜。相原隰而下上兮，町厥壤之百畝。彼二代之民樂兮，豈不愛其皆有此。偷予腹之獨飽兮，視歲行其在酉。天既溉之以雨露兮，余又滋之以澮畎。禾穰穰而同穎兮，或一稃而二米。霜露下此稈楤兮，余與牧之竪被之。雀鼠敗其秉穗兮，余與隣之父刈之。貢龠合於許下兮，尚玉食之萬一。俾君父之啓魏兮，相祀事而勿失。

昔文王之盛德兮，奔走商之暴虐。蔑君臣而自恣兮，吾何用乎此粟。瀫冕兮茅蒲，衮衣兮襏襫。余力耕而胼胝兮，藉豐草而一息。扣犉角而長歌兮，聲中《雲門》之律。歷山已蕪兮，鳥下喙其蒐茈。有莘之臣日以遠兮，野老鋤其故泥。計其食此兮，月不能一鍾，恥一夫之釋耒兮，故爲無所用於耕。嗟聖賢之心兮，余或識其微隱。余誠遺望不可逮兮，復嗣歲之將興。四部叢刊本《水心先生文集》卷六。

白紵詞

葉適

有美一人兮表獨處，陟彼南山兮伐寒紵。挑燈細緝抽苦心，冰花織成雪爲縷。不憂絶技無人學，只愁不堪嫁時著。鄭僑吳札今悠悠，争看買笑錦纏頭。四部叢刊本《水心先生文集》卷六。

謝雪文

葉適

當庚寅之上謁，粲晴光其朝晰。步堂皇以屢瞻，漸重雲之晡起。霰已下兮還止，陰已交而似霽。越庚寅之三日，續終日而並萃。高崖峩兮特映，遠蒼茫兮平施。抽寒疾之關鑰〔一〕，洗麥苗之昏穢。徧國人而相語，何肸蠁兮斯異。事有時而適合，物或疑於偶值。

〔一〕「疾」上原有「日」字，據光緒刻本删。

惟應節而不濫，尤神靈之可貴。念欲報之靡足，寫以詞而未既。四部叢刊本《水心先生文集》卷二六。

祭朱文昭文

葉適

嗚呼！子生逾七十，余猶病其不延；子訃已隔年，余尚意其或存。獨釣孤耘，蜑浦蠻村。汲墳魯壁，暗理冥論。蓬蒿當徑兮蒹葭門，面肉擁腫兮眼眵昏。書成家而不食，緝野蠒以自溫。嗟子去今何之兮？雹先置，雲後軒。聽我苦詞，有來熒魂。四部叢刊本《水心先生文集》卷二八。

栗山書社祭神文

黄榦

揚抱兮拊鼓，燎薌兮奠糈。羽駕集兮繽紛，神翩翩兮來下。拜舞兮鏘鏘，劍舞兮滿堂。陳齊謳兮趙瑟，羅桂酒兮椒漿。神熏熏兮既醉，詔諸生兮上征。操弧矢兮射魁斗，跨龍首兮登天庭。諸生兮蹈舞，神之靈兮予祐。鼓詞鋒兮一戰，掃千軍兮莫予禦。秋風高兮槐黄，月魄皎兮桂子香。旂紛紛兮耀神，凱音奏兮琅琅。諸生喜兮交賀，宰肥牛兮烹羊。走靈祠兮百拜，報神休兮不忘。元刊本《勉齋先生黄文肅公文集》卷二二。

晦菴先生小祥祭文

黄榦

先生兮道德，百世兮彌彰。天地兮齊壽，日月兮齊光。自古兮有死，先生兮不亡。殘子兮何之？菀結兮慘傷。嬰兒兮失哺，逆旅兮悲鄉。德容兮在望，佩服兮琅琅。髣髴兮耳目，顧瞻兮茫茫。歲月兮不淹，遽易兮星霜。矯首兮武夷，白雲兮高翔。褰衣兮無從，寫哀兮此堂。良友兮駢羅，賢孫兮侍旁。先生兮夙心，英靈兮未忘。瑶席兮玉斝，桂酒兮椒觴。靈來兮何許？涕泗兮淋浪。四庫本《勉齋集》卷三六。

祭象山陸先生文

孫應時

嗚呼！先生之姿，英亮卓越；先生之志，奮迅堅決；先生之學，簡易昭晰；先生之論，敷暢條達。先生用心，貞實惻怛；先生教人，感動激切。先生德行，平正高潔；先生文章，嚴健超絶。嗚呼！斯所謂名世之才，振古之傑。信乎天實付之以斯道之重！宜若開之以格君之烈。名鼎成於天下，進益乎於朝列。一造膝以極論，喟皇心其有發。騫將行兮或尼，闊不見兮采葛。優游兮山林，詠歌兮風月。獨私淑兮其徒，蜕塵埃兮玉雪。出緒餘兮一邦，楚之人兮大悦。忽巷哭以過喪，竟何爲乎造物。嗚呼哀哉！昔道統之承承，百聖儼其合節。昉洙泗之無師，已參差而異説。矧千載之墜緒，親左提而右挈。膏衆車而並駕，羌實難兮一轍。迺先生之仁勇，無力争於毫髮。般紛紛其奚恡，淺或疑於相軋。加數年其可冀，會皇極以昭揭。愴此事之今已，渺方來而孰察！

憶趨隅於逆旅，心專專兮藴結。踊申旦而不寐，實冥蒙之一豁。曰深恨其自兹，戒斧斤之斬伐。邈東西以有年，耿微衷兮如渴。日行役以過楚，期欲往而道輟。曾報書之幾何，痛終天之永訣。寫此哀其已晚，望眼眩而心折。尚不辱於師門，儻歆誠兮一歠。

四庫本《燭湖集》卷一三。

宋代辭賦全編卷之二十

騷體辭　二〇

棄硯答

周南

有物於此，寒暑激射，背面剥蝕。仲夏之月，拂烏几，啟藏室，舒蠶繭之楮，握雞距之筆，將以續《廣騷》於未晡，了百函於一日。既而墨跂跂而如距，翰欲濡而旋嗇。周子乃呼僕夫滌外膠，盪幽默，擬陰鑑，導靈液，終樸厚而古醜，蔑呵噓之滴瀝。乃喟然而嘆曰：「物壯則老，理久則息。囿於形者皆然，而況乎石之泐。」

於是氈包席裹，將棄舊而規新，期易鈍而爲利。午夜見夢，曰陶泓氏，應答條理，一一可紀。曰：「若憎予之遲緩而不及事乎？我雖漫漶，飽閲世態。形刓心存，不磨在子，何底凝之尤，而索我於形骸之内？我與子居，今四十年。子學點染，於我磨研。

餘波所及，文字生焉。學淺學澀，短章大篇；予取予求，不汝瑕殄。我質顓愚，不利走趨。中間太學，辱在泥塗。黃塵滿面，墨突無煙。載飢載渴，不飲盗泉。我心匪石，知白守黑，窮年矻矻。昔子在莒，有褐之父，善治文字，髮未種種。弁髦同棄，桐門魚里。得子之始，膠漆自比。功成斡盡，俯仰誰記？今其存者，獨余在爾。子何不思故舊之不遺，而忍於狧糠而及米？」

余應之曰：「物庶新奇，適用者宜。今有支機搗練，爲物之卑，靡濡靡潤，猶莫之爲，況乎詞翰於是乎出，而淹速隨之。子如椎魯，發藻者誰？今將告子以弘農之譜，子未可輕爲主人疵。夫硯品數十，故有錯精銅、裁水玉、傅偃漆、截筠谷，采美蚌之殼、浮查之木。彼鐵中之錚錚，亦餘子之碌碌。又有屑石末出，陶穴發瘞，土㼽瓦鑄。雖埏埴以爲器，然非我之族類。乃若青州之砥，絳絲黃裏；維淄之坑，有聞無聲。駞基羅君，繡織五紋；洮河腰玉，價侔結緑。雖未足爲天下之寶，皆嘗狎主黑壤之盟。今將與子訂楚産，窮越砥，訪南唐良工之子孫，驗西巖絶頂之脈理，定七里之優劣，續五絶之款識。子其志之。夫斧柯之山，青花如秋，紫雲炫目，紺潤奪玉，尚其色也。莨弘灑淚，鸐精絢内，九暈微心，有間有正，貴其目也。浮輕漚，飄麝末，圓毫促點，薄重乾膩，聲之隱也。黝眉黃眼，玉乳金沙，蒸雲含星，旋轉如渦，體之異也。黼形縠理，有茫索索，若煙非煙，若縷非縷，文之細也。暮天如水，秋雨新霽，表裏澄潔，無間奴隸，瑩之至也。凡此數者，寸有所長，與人莫逆。或靜而敏，或順而澤，滿脣抱水，噴墨成紙，低心承潤，無趾自至，故能發微文，湧泉思，侔德於萬石君之家，索價不啻二萬錢之貴。今子欿然孔穿，褊陋黯淺；有度而遲，符采不昡。乏刮眼之相視，漸老色之上面。投閒置散，乃分之宜。挾故而問，則吾不知。」

乃莞爾而笑曰：「凡子所稱，皆研之靡。有物於此，天地儲精，日星耀芒；凝以雨露，結以陰陽。其形則長短大小，或圓或方；難終難窮，不主故常。其文則輕清重濁，能玄能黃，一經一緯，迭爲文章。其噓則觸石而致千里之潤，其翕則涸陰而凍七澤之温。默則收聲於厚壤，語則出響於玄淵。是爲無名之璞，造化之甄。故陶唐氏得之而爲純懿，夏禹氏得之而廣疏鑿。孔子得之而修墜地之文，孟子得之而距摩頂之墨。若夫帝鴻之玉紐，太公之金匱，河東之故刻，魯廟之穿札，雖模範之尚存，而不知道術已爲天下裂矣。於是滅於坑焚，散於屋壁，愚黔首，尚刀筆，進大滑。雖斯文之未亡，足爲硯之一阨。厥後，馬遷發名山之藏，班固揭蘭雷之秘，相如招徠烏有之徒，子雲作爲墨客之對。又數百年，韓愈氏回狂瀾，汲古綆。作傳以附，見其出處；修文以瘞，藏其破碎。然皆不過實爲文字之祥，而資筆墨之戲。今我不惜漏洩於言語，蓋欲子略識真才與大體。而乃專持匠石氏之説，宜吾以禿翁而見棄也。且夫尤物移人，慢藏誨盜。彼平生之長物，充耳目之玩好。然木石之怪，聖賢弗寶。故偃王爲之以玉璞，而訖於貽石室之辱；晉懷寫之以銅鏐，而無以禦陸沈之擾。方其寶之也，自謂可以潤生民，澤世教，然迄於争奪瓦解，原壤如燎，烏睹夫終身之與俱而貯水之不耗哉！矧夫一氣變化，萬類氤氳；空花結習，是身非身。故醜好沿於所見，而高下生於相形。澮臺無貌，墨臀無名。或餓死於縱理，或始生而有文。高黑子而成帝，莽紫色而餘分。雖八彩之至貴，亦重瞳而自焚。彼人肖天地之形而猶若是，況乎一拳石之無情？彼其著星，壓贅醜點。或黄中而通理，或羅縷而自陳。剡芒奇詭，觸濁經清。譬如木傷雨而奸黬，礎欲潤而暈生。爾乃生差别之想，分利鈍之根。擬形容於厥象，指瑕纇以爲真。是何異指波心之烔而索月，見空中之肆而爲人耶？居，吾語汝。九韶不奏，孰嚅鳳咮；一勺之水，豈容龍尾？鸜鵒來巢，《春秋》所以紀異；不食馬肝，食肉未爲不知味。若認贅以爲嫡，以有眼爲最佳，剸持黜朱之論，幾何而不見笑於大方之家？矧夫端石無鈺，歙材少膩。譬如柔曼之乏風骨，亦猶通敏之多粗糲。彼未能以免俗，必反常而爲貴。然求百於千萬，嘗無十之一二。非沾沾而自喜，則消耎於精鋭。況鄴臺屋上之烏，尚欠淳灰之洗；而距野澄泥之字，未免下同於犨碎。其他渴則乞索，飽則滯淫，無之靡闕，有不爲珍。

今子豈嘗學書而得敗箧者哉？不然，何至以下駟而驕人？且吾嘗有大造於子，其知也耶？」

曰：「何如？」對曰：「子之爲人，廉而近劌。其色焦然，微有剛利。欲投膠而變濁，常蒿目以憂世。惡毁方而瓦合，幾轉喉而觸諱。傷中心之坦直，貽四面之汙痏。向及其鋒而用之，則剸汝於是非久矣。顧方爲子收卷而小靳，何乃責我以未能汪洋而大肆？然則子爲蹈火不熱，入水不濡乎？胡爲納之罟擭坑穽之中而不知避已？」

余乃内熱震悸，三揖而進之曰：「余聞石不能言，今子無鬚眉而甚口，乃過於童烏之言《玄》。豈天將憐之，假神以啟其衷乎？吾今知子矣。」

曰：「若知我謂何？」曰：「子見素而抱樸者也。學黄老之道，傷墨氏之兼愛，而隱於漆園之下者也。昔吾見蔑之面，今吾見蔑之心矣。挫其外方而不割也，刳其中虚而爲盈也，摧屈其鋒鋭不鬬其捷也，肌色昏然毋以氣驕人也。其以虚玄爲之骨，黝默爲之體者乎？子殆有道者也。」

曰：「斯言過矣。我雖於淡泊相遭，而形爲心之累。少共絹素之用，長識淄澠之味。上之豈不願學爲文雅以鎮俗？中之豈不知發爲波瀾而飾治？下豈無几案之材而規升合之水？我豈石之人哉？我惟涉筆其間，有見必識。蒸亥豕之涉波，見出晝之濡滯。聞或行而或尼，非臧倉之沮毀。吾既不能削方而爲員兮，信有失流行而坎止。幸託好於金石兮，逐浮沉於下里。子以我爲不能斲而小之則固宜，若曰進於道矣則恐未。子言過矣，毋重吾罪。」

余惡其荒唐而無端崖，復從而扣之曰：「天生萬民，必授之職。始吾期子之道爲沈濁，今子乃言有命之通塞，果且有知乎哉？請子一決其用舍行藏，庶幾不憂夫玄之尚白。」於是辭窮吻索，自知不能究詰，請以太卜之瓦兆，參諸《連山》之宓《易》。乃命史蘇端蓍策，視墨拆，遇董先生下帷之兆，曰：「余不堪也。」又筮之，遇䷕賁之䷳艮。賁之貞，火也。其悔，山也。文明以止，晦其明也。其繇曰：「他山之石，有文在脈。時止則止，幽人貞吉。」

龜筮既襲，東方將白。主人就席，舉手揖客。陶泓父笑言啞啞，早知翰林主人之設客難，萬言不如一默。四庫本《山房集》卷四。

西峯大聖送水祝文

周南

曩祈慧蔭，致禱龍囦。屋壁生雲，雷霆驅令。由一瞬頃，成大勝因。輒涓良辰，祇送靈液。尚惟昭鑒，畀我有年。峯攢巒兮龍之淵，色黤黮兮水之玄。吹雲霧兮涵星躔，釃膏油兮澤炎田。嗟沮龍兮宅幽潛，應小云功兮返亦無言。湛清酤兮送靈泉，瀨之祠兮眇萬年。清鈔本《山房集》卷三。

起水祝文

周南

九華之峯兮千仞其崇，有淵其渟兮潛虬之宫。升虚陵冥兮隨感而通，粤春徂夏兮旱氣藴隆。首種弗入兮歲將鞠凶，羣望並走兮靈雨未濛。乃飭禮幣兮改命於龍，靈波出地兮暘烏微曚。豐隆轟車兮屏翳冥空，天昏地黑兮流洽四封。枯萎起舞兮惔焚隕融，吏德良薄兮神施實洪。是一掬水兮變化無窮，久而不返兮懼於不恭。酒脯菲薄兮莫明予衷，歌以送之兮雨暘時若而年豐。《山房集》卷三。

送龍泉祝文

周南

九華之峯兮千仞其崇，有淵其渟兮潛虬之宫。升虚陵冥兮隨感而通，粤春徂夏兮旱氣蘊隆。首種弗入兮歲將鞠凶，群望並走兮靈雨未濛。乃飭禮幣兮改命於龍，靈波出地兮暘烏微曚。豐隆轟車兮屏翳冥空，四方播灑兮吹濡以風。神非無意兮天畜其功，既開其始兮忍靳其終？是一勺水兮變化無窮，吏德良薄兮匪施未洪。久而不返兮懼於不恭，酒脯菲薄兮莫明予衷。惟神終惠兮，賜之雨足而年豐。《山房集》卷三。

妻李氏祭嫂宋氏文

陳淳

哀我嫂嫂，何遽喪兮。棄我父母，不終養兮。反令舅姑，哭汝葬兮。三衾爲婦，一如夢兮。人道反常，何勝痛兮！我感疇昔，而來慟兮。一樽之奠，有餘愴兮。君蒿如在，其來享兮！四庫本《北溪大全集》卷五〇。

妻李氏祭姊八姨文

陳淳

嗟嗟姊兮，何數之奇，而命之促也？往歲既喪爾良人兮，何未匝四朞而姊又繼之不淑也。棄其父母，不以周旋兮，反令爲汝哭也。四十八年兮，如夢之倏也。僅有一子兮，庶幾其遺躅也。幽閒貞静之姿兮，不可以復贖也。温恭婉娩之容兮，不可以復矚也。我疇昔姊妹之情兮，何勝其痛毒也！感窀穸之屈期兮，病不能以行服也。姑一奠以寄哀兮，歎然終不足也。惟靈之格思兮，少鑒我心曲也。四庫本《北溪大全集》卷五〇。

代姨子奠外祖母黄氏文

陳淳

惟靈以膏腴之胄，朴淑之資，出自江夏，適於隴西。育一男而一女，早畢夫昏嫁之儀，與君子以偕老，享壽齡於七十四朞。在人生之希有，固亦何憾而怨咨？惟痛念夫我父之蚤世兮，不得預行服之列，鞠躬盡瘁，以答授室之義；而我母又繼以先亡兮，不克執喪服勤以終大事，而報夫劬勞罔極之恩私。此實孤外孫終天之所長恨，無一日忘諸心者，而在靈亦豈能恝然瞑目於斯？上無以訴之天神，下無以白之地示，惟願達此情於我父母兮，交相陰隲以默祐。使我粗克立於斯世，以無墜乎香火之祠，則其於無可奈何之中，或稍其庶幾。嗚呼哀哉！日月不居，窀穸有期。聊薄奠之敬陳，以寓哀乎此詞。詞不盡兮哀長，惟靈如在其鑒兹。四庫本《北溪大全集》卷五〇。

祭姨母葉氏文

陳文蔚

昔文蔚童蒙之歲兮，託外家而棲處。承學於伯舅兮，開通其愚魯。拜姨母之膝下兮，恍然如見於吾母。方癡頑而無知兮，賴姨母之摩撫。時饑飽而飲食兮，衣穿弊而紉補。豈一朝夕之故兮，寔終年而寓旅。下違離之拜兮，倏四周於寒暑。暨再侍於音容兮，痛喪臨於外祖。時文蔚角猶丱兮，亦悲憂而悽楚。屬外家之禍慘兮，匆匆而散聚。已拘牽於世故兮，迹東西而無所。汲汲負米之不暇兮，彌歲年而莫覩。邈音問以無聞兮，豈江山之遼阻。靡報德於涓埃兮，但銘恩於肺腑。至乙亥之孟春兮，僅再拜而俯僂。心尚冀於再見兮，動出門而齟齬。以今秋而爲期兮，將肅趍於堂廡。何長鬚夜扣門兮，訃以不祥之語。值文蔚抱疾而呻吟兮，第涕零而如雨。竟未洩一慟之哀兮，常藴結於心縷。酒徒盈樽兮，殽徒載俎。嗟宿願之莫償兮，梗衷情而荼苦。庶靈魂其來鑑兮，痛永隔於今古！四庫本《克齋集》卷一一。

祭國維趙通判文

陳文蔚

出於神明之胄兮，寔熙陵八世之孫。少傅間關而南渡兮，諸父幸大其門。內焉郎曹而次對兮，外焉玉節而朱轓。公生而素富貴兮，歉然不自以爲安。質直以爲尚兮，無事於繁文。禮雖微而必謹兮，不卑人而自尊。尤然諾以爲重兮，弗須臾而踐言。直情而無隱兮，洞見於肺肝。當官而蒞事兮，奉法以爲先。焦勞於百里之寄兮，陡鬢雪而蒼顏。莆田之風月兮，方將以平分。何一疾而不起兮，竟齎志於九泉。

文蔚猥以凡庸，久荷知遇。定交壯年，以至遲暮。豈無異同？卒莫牴牾。昨冬告違，公已病楚，力疾相陪，杯酒勞苦。爰以歲月，爲予歷數。因嘆人生，交處如許。寔今所無，感念至屢。別去未幾，心不敢忘。再拜致書，候問温凉。亦幸手札，告我甚詳。意謂自此，永康以彊。忽有便風，吹來不祥。憂心如酲，怛然內傷。亟走哭之，淚傾兩行。即遠告期，禮宜臨穴。方此辦行，如有所奪。河魚爲患，顛頓疲薾。西望靈輌，竟阻牽紼。遣桂代行，緘詞哽咽。事與願違，心縷千結。寄衷情於一酹，慨古今之永訣。四庫本《克齋集》卷一一。

元默書來作溪翁亭成且索詩因寄四章

韓淲

潛山之水兮流幽幽，溪翁何在兮流不休。昔之隱於此地兮將何求。後世之人兮因築亭以遨遊。

潛山之水兮聲潺潺，溪翁何在兮聲可觀。昔之隱於此地兮應甚安，後世之人兮因名亭以考槃。

潛山之水兮波渙渙，溪翁何在兮波可玩。昔之隱於此地兮信無患，後世之人兮因登亭以蕭散。

潛山之水兮源遠遠，溪翁何在兮源不見。昔之隱於此地兮自無怨，後世之人兮因兹亭以繾綣。四庫本《澗泉集》卷六。

黄山高

汪莘

新安黄山爲吴越諸山之祖。臨川孟侯在郡日，怪余無黄山詩，因賦此篇。

黄山高哉，巋然爲江東之巨鎮兮，壁立於兩浙之上游。摩天戛日以直上，陽枝陰派盤數州。四海不知兩根本，行人但覺雲飛浮，嘗試芒鞵竹杖造乎其間兮，一溪桃杏紅爛熳，萬壑松柏寒颼颼。懸崖絶磴可望不可到兮，古木倒掛險更遒。上有靈泉瀑布千萬道，如銀河自天争瀉而競注兮，硡雷濺雪隱現穿林幽。中有青鸞黄鶴千萬對，雄唱雌和迭舞而交鳴兮，深林自適，復有雪白數點之猿猴。山中自昔無曆日，花開葉落成春秋。殘英脱葉不知其所從來兮，但見夫澗谷之間，桃花如扇，松花如纛，竹葉如笠，蓮葉如舟。菖蒲九節餵白鹿，靈芝三秀眠青牛。人間三月春已暮，洞中花卉春長留。奇香異氣逐風去，散落塵世誰能酬？黄山高哉，雲際一峯尚可畫，雲外一峯畫不得，霜繒鋪了掉首休。丹砂一峯獨天争日月，九龍一峯拔地張旂旒。天都一峯傑出於三十六峯兮，星斗森羅掛珠殿，日月對展瓊瑶樓。中有一人兮龍冠而鳳裘，左容成兮右浮邱。我時收却釣竿樵具作一束，投諸曹阮溪中流。浴余身兮湯泉，風余袂兮帝所獲。鼓隱隱兮管啾啾，水精盤兮碧玉甌。帝酌我兮勞我，左右爲余兮凝眸。指余以南峯石壁記，授余以紅鉛黑汞大丹頭。黄山高哉！余將覽秀巢雲鍊其下，坐令萬物不生疵癘黍盈疇。清雍正刻本《方壺先生集》卷一。

隆興府社後祭諸廟文

衛涇

風清露潔，秋過半兮。民免啼號，誰之賜兮？報禮有常，吏敢後兮？牲幣既豐，酒則旨兮。馨香所薦，來肸蠁兮。永佑我民，祓凶咎兮。四庫本《後樂集》卷一九。

皇子百晬浄髮文

衛涇

伏以天開蕃衍，時對長嬴。續蒼宫之震索，迎朱陸之離明。燕應祠而垂裕，熊協夢以儲精。啟瓜瓞之昌盛，顯芣苢之和平。秋序踰半，晬日就盈。承璇源之帝錫，藹玉稟以天成。備儀犀幄，臨澡祼屏。喜溢椒庭之邃，香浮蘭液之清。拂紺髦而雲委，呈寶鍔以霜凝。善頌交集，嘉祥遹膺。茂覃訏之粹質，永耆艾之修齡。奉慈宸兮愷懌，聯華蕚兮輝榮。受百福兮穰穰簡簡，繼多男兮蟄蟄繩繩。四庫本《後樂集》卷一九。

雲山歌

徐僑

雲山窈兮風微，山徑繚兮雲依。蘭馨兮晨晞，松樛兮夕暉。有禽消揺其間兮不去，飛俛啄兮蔌薇。昂吟兮緑筠枝，春與鼯騰兮秋鶩與啼。希鸞鵠兮志亦幾，絶樊弋兮隨所棲。空碧臨臨兮山四圍，泉咽咽兮流以時。寧易地兮頫若箕，與世相忘兮幽人期。山雖高兮步坦夷，雲雖深兮光陸離。胸洞洞兮陶然以怡，祇天命兮安厥宜。宛委别藏本《毅齋詩集别録》。

行行歌

徐僑

行行兮何之？郊之疇兮山之徑。耕藝兮雨晴，樵牧兮昕暝。室廬兮其倫，老稚兮其性。負者蹇兮趨者勁，役而歌兮遊以詠。機杼兮國資，雞犬兮家政。草萋萋其青兮，木蔚蔚其盛。吭林鳴兮尾川泳，空雲騰兮月出嶺。威之兮風以令，胡然而然兮，森森兮天之命，職我其間兮毋不敬。宛委别藏本《毅齋詩集别録》。

鶯兮歌

徐僑

鶯兮鶯兮載好音，羽毛自珍兮藏山林。春出依柳兮秋隱林深，丘隅有木兮游知所止。睍睆求友兮期遠匪比，出處有度兮觀者爲儀。温乎其聲和兮，聽者心夷。鶯兮鶯兮其禽乎〔一〕，其禽之君子歟？宛委别藏本《毅齋詩集别録》。

燕兮歌

徐僑

燕兮燕兮，頡頏於飛。語呢喃兮聲哲支，居慕賢兮身緇衣。高明依棲兮王謝儕其主，去來有節兮春秋兮其旅。良時賡歌兮對爾吟哦，清燕論文兮聆爾話語。燕兮燕兮其禽乎，其禽之嘉賓歟？宛委别藏本《毅齋詩集别録》。

〔一〕鶯兮鶯兮：原作「鶯兮」，兹倣《燕兮歌》「燕兮燕兮其禽乎」例補。

九懷

高似孫

蒼梧帝 湘夫人

望九疑兮雲雨，心慘慘兮思君。冉冉兮愁痕，楚波深兮斑竹活。歷嵯峨兮極眺，訊遐心兮誰將。蛟何躍兮衝波，鴻何驚兮離網。湘有蘋兮渚有荎，欲將誠兮無能宣。蒼莽兮何之，孰亮余兮嫓娟。羽何音兮鏘鏘，鳳何儀兮濟濟。朝騰余軔兮梧陰，夕娱兮清澧。蹇躊躇兮自喜，遡清川兮如洗。植館兮雲中，樹之兮石磊磊。貝闕兮鱗堂，雜青楓兮始霜。芷路兮蘅薄，桂飛橑兮蘭房。相芰荷兮可衣，美秋菊兮曾糧。瑶華兮在席，江有蘺兮吐芳。被薜兮帶蘿，表之兮以蘭香。彙衆卉兮揚徽，貯芳辛兮同薰。哀紘切兮入雲，靈來下兮繽紛。捐余瑲兮中流，遺余玦兮北渚。儼奉君兮嘉薦，乃遺余兮芳杜。時契闊兮難再，聊歌風兮自語。

思禹 湘君

攬九州兮余憂，民將魚兮誰瘳。水受令兮安流，麦芃芃兮方秋。老帝力兮茫茫，射神魚兮飛舟。朝帝君兮不下，莽故疆兮生埃。踏蒼龍兮倏東，棲靈游兮故宫。擢桂棟兮蘭房，蕙幬兮荃床。翳殘書兮鏬蠹，杳空山兮神揚。神揚兮何極，有人來兮爲之太息。濕刓石兮酒寒，隱懷君兮傷惻。蓀橈兮桂檝，海若兮獻月。采水碧兮紫淵，弄蠙珠兮冰穴。無一芳兮可酬，心難吐兮猶咽。砥柱兮湯湯，龍門兮阻長。事難古兮悲傷，迹蒼莽兮蹇余以何往？朝欲逝兮河津，夕濯衣兮西澂。花漲兮波惡，魚鬬兮雲舞。沐余冠兮嵯嵯，濯予瑲兮楚楚。靈心懌兮來下，乃遺余兮芳杜。玩芳杜兮三嗅，時不來兮孰與？

越王臺　東皇太一

草長兮菲菲，越山青兮霏微。玉在珮兮欲語，望故宫兮如歸。酒闊兮猶香，傻流光兮庭幃。芳俎進兮蘭藉，玉鱗寒兮牲肥。靈翺兮醉只，笙噓雲兮霑衣。鼓輕舠兮無留，月共載兮依依。樂莫樂兮知幾，哀莫哀兮別離。鷓鴣愁兮忘飛。

鴟夷子皮　雲中君

江欲冷兮丹楓，月將缺兮初鴻。天如仄兮沉波，檝有聲兮追風。易莫易兮謀功，難莫難兮圖終。東山兮誰作，若斯人兮猶窮。水下鷺兮溶溶，山插雲兮叢叢。叫夫君兮不聞，拊遺聲兮如空。君不來兮誰晤，余心憂兮沖沖。

浙水府　少司命

越山兮青青，江波兮噴薄。萬里兮長風，引驚瀾兮去之。夫君兮以淵爲期，水何爲兮勞苦。越山兮升雲，江水兮未平。舉酒兮訊君，將與余兮心傾。若有人兮颩雲旗，舞神魚兮踏文螭。奏水星兮叫冰夷，横壯氣兮海爲飛。麋臺兮生草，言如毛兮人杲杲。夕宿兮江皋，越兵西兮如拉槁。一沐浴兮九江，水揚波兮淙淙。飛余橈兮鴈渚，舍余璫兮漁矼。望美人兮未來，心不怡兮難降。有酒兮如冰，呼膾具兮魚龍。腥澆磊塊兮洗磅礴，有老父兮愁偏醒。

秦　遊　東君

君之來兮鞭潮，令冰夷兮毋驕。撫余車兮安驅，海難填兮魂銷。龍翼軥兮既東，旌翠昏兮生埃。蛟抗刃兮波赤，嘫霧光兮蓬萊。樂莫樂兮佳游，哀莫哀兮忘歸。簫鍾兮鐃鼓，吳歌兮楚舞。魚飛兮鴈奔，君之樂兮俁俁。愬蹕兮嵯峨，陳席兮楚楚。撰德兮蒼崖，秦誇聲兮豪詡。騎雜遝兮鑾玲瓏，窮禹迹兮窺踐宮。民如蟹兮誰能聰，海水作兮號魚龍。歡未殫兮樂未終，金母號兮漢旌紅。

江夫人 大司命

江上兮青山，水既去兮復還。引微風兮無瀾，擢桂檠兮閑閑。望美人兮來下，靈翩翩兮從女。劈中流兮揚舲，鴈邕邕兮遵渚。玉衣兮晝裳，御清氣兮前青鳳。穆川后兮静波，湘君遺兮蘭芳。行貞兮昭昭，瑠明兮玉娟。天門兮爲開，萬夫哀兮惟女賢。翠帷下兮沉沉，花飲露兮陰陰。素鱗寒兮不動，寄風瑟兮瑶音。涉江兮采蘋，剪綃兮蠲塵。奉瑶華兮結辭，靈不見兮愁人。愁人兮奈何，目眇眇兮微波。路杳靄兮脩長，其奈何兮夕歌！

東山 河伯

若有人兮山阿，樂莫樂兮在薖。絜余珮兮有蘭，愜余裳兮有蘿。凌八荒兮騁望，悵山河兮悲壯。倒天漢兮濯江淮，眇風雲兮晤懷。竹樹兮冥蒙，海月兮朣朧。君何爲兮山中，鴻奔南兮逼輕舟。歌聞天兮擊中流，氣浩浩兮横九州。山冉冉兮生雨，水汪汪兮迷浦。鳺一叫兮花愁，期美人兮春渚。

嵺山雨 山鬼

砥蒼崖兮燕危磐，枕淵洄兮夏留寒。谷懷煙兮川引霧，出漁鄉兮入樵路。屋如懸兮石將危，蕩蘭舟兮揚桂旗。江有蘺兮溪有蓀，沙一抹兮雲垂垂。來宜雨兮颿宜風，香在鑪兮各爲功。村醪熟兮春無度，水羞香兮雲登俎。晴陰節兮花亂飛，老漁歌兮野巫舞。靈埃樂兮憺忘歸，人無忘兮雨而雨。維余舟兮欸神關，石齾齾兮蘿漫漫。帷之褰兮風毳急，石可憩兮苔痕斑。潭中人兮夜漁急，神魚舞兮陰妃泣，報靈君兮千罟集。水如練兮月冥冥，若有絃兮作湘聲。舟欲去兮且復留，耿不寐兮空隱憂。百川學海本《騷略》卷一。

山中楚辭

高似孫

山中可樂不可説也。既釐越一壑，多種草木，多釀酒，日與客游，不知日之夕西、時之老也。乃輯歌語爲《山中楚辭》。

一

山如罨兮棲柔煙，鳥徘徊兮翠如褰。蔭松栢兮牽丹泉，猿在上兮鶴在前。拍浮丘兮延偓佺，話坎離兮生坤乾。問山月兮今何年，月得道兮玄之玄。

二

月澄午兮收雲，嚼鮮芳兮予酒。朝列宿兮將舉，炯其北兮惟斗。斡四令兮無惰，活元氣兮呦呦。一疊兮上訴，思超凡兮辭垢。

三

穆東皇兮受命，樂山中兮俱春。風引樹兮欣欣，雨生波兮粼粼。天有心兮康予，朝復朝兮趨新。春空勞兮又去，山青青兮予親。

四

若古兮多奇，御夏兮高明。蹇千山兮在下，石吐泉兮泠泠。采新果兮半熟，被疏絺兮全輕。非老子兮孰悟，亦晉人兮予盟。風來南兮洗琴，棋落落兮爭聲。心有官兮自玉，天相知兮同醒。

五

桂樹兮團欒，籬菊兮可采。石磊磊兮沿荔，鴈嗷嗷兮離罭。人心悽兮易涼，時令遷兮誰綷？攬古昔兮自悵，視彭殤兮何待。吁嗟秋兮，不以悲而能輕，不以愁而爲怠。若得意兮騷者，酒淋騷兮如海。

六

木蔌蔌兮皆冬，汛山林兮迎雪。匠此妙兮磅礴，信天人兮豪傑。當是時，鴈分黯淡之雲，花弄扶疏之月。酒涉雋兮少對，詩造微兮自悦。天山兮誰飢？蔡州兮誰决？眇斯人兮毋作，雪霏霏兮空潔。百川學海本《騷略》卷一。

欸乃辭

高似孫

客有遺王右丞《捕魚圖》者，愛其風景蕭遠，漁事安閑，無一毫較利競名之意。切慕其趣，樂其高，爲之歌，曰《欸乃辭》。

帝子降兮北渚，目眇眇兮愁予。嫋嫋兮秋風，洞庭波兮木葉下。揭揭兮寒荚，濊濊兮輕罛。有鵜兮在梁，鴻何爲兮離網。白蘋深兮騁望，水之清兮濯纓。翁不語兮嗔偏醒，欸乃一聲兮天水淥。百川學海本《騷略》卷一。

後欸乃辭

高似孫

柳子厚《漁翁》詩，蕭蕭湘君、湘夫人清風，不可以筆墨機緘索也。世人論次《楚辭》，乃以《天對》、《晉對》推之，知者淺矣。因掇杜公句伴《漁翁》詩，爲《後欸乃辭》，嗟嘆之不足也。

洞庭瀟湘白雪中，中有雲氣隨飛龍。漁父天寒網罟凍，山木盡亞洪濤風。

又歌曰：漁翁暝踏孤舟立，滄浪水深青冥闊。不見湘妃鼓瑟時，至今斑竹臨江活。

又歌曰：漁翁夜傍西巖宿，曉汲清湘燃楚竹。煙銷日出不見人，欸乃一聲山水淥。百川學海本《騷略》卷二。

崿臺神絃曲

高似孫

《神絃曲》出於唐，娛靈斿也。崿臺介剡山水間，神境奇拔，中抱霖雨，時庸濯靈。似孫甲戌春奉先公綍車過臺下，酹江有祈風反。須臾，一帆脱矢，直擣山步，灘磧不驚，神光赫流，肇敏桴鼓。乃依《楚辭》章句，度迎神、送神辭，刻諸山中，用毋忘英造。

迅雙槳兮刊中流，風與力兮颿無留。瞥逝鴻兮呵慵虬，芷泣香兮木鳴樛。宛有人兮山之幽，翠蒻字兮旌柔柔。朝陽瀅兮夕陰洲，月不動兮雪霜浮。期靈君兮一徠游，虚谷應兮寒颼颼。酒可醺兮蘋可羞，靈不鄙兮攄吾愁。

水清清兮石鑿鑿，浪攻崖兮風洗壑。天飛涼兮衆木作，元氣湧兮魚龍惡。若有人兮老叢崿，跨黄羆兮度蘅幄。夕鴻溟兮曉名嶽，懷霖雨兮時雹雹。靈來娭兮瑟蘭勺，水光開兮煙罷漠。律予辭兮徵眇邈，林劃嘯兮靈歎樂。百川學海本《騷略》卷二。

花飛引

高似孫

蘇楚自盧山來，與予同在山中數月，酒必酒，詩必詩，予平生友如楚者不一二數。其去也，各灑淚花竹間，不勝依依，乃書此送之西。

花少思兮離離，企佳人兮不來。風嫋嫋兮吹愁，緑滿樹兮香在苔。鳩哀兮山裂，芳菲兮今歇。杳新知兮誰悦，期佳人兮奈何別！百川學海本《騷略》卷二。

蓬萊遊

高似孫

植臺松桂杉篁之表，翠樾如圍，一塵不汩。字以「蓬萊」，游而有其辭。

緑連霧兮窈窕，翠生香兮輕浮。花得道兮無妍，鳥涉仙兮何愁。心太平兮太平，功如水兮先秋。喬松來兮樂去聲余，蓬萊樂兮堪游。

木采采兮交蔭，雲飛來兮隨鶴。月欲去兮仍西，風吹花兮未落。花未落兮猶春，酒依依兮如昨。王與謝兮讓余，蓬萊游兮堪樂。百川學海本《騷略》卷二。

秋蘭辭

少司命　　高似孫

「秋蘭」歌，三閭大夫以奉司命者。至漢張衡賦兩言之，「秋蘭被涯」，又曰「繼秋蘭之幽華」。而酈炎、「秋蘭榮何晚」。曹植、「秋蘭被長坂」。潘尼、「流聲馥秋蘭」。傅玄、「秋蘭豈不馨」。江淹「秋蘭被幽崖」。諸人疑於蘭眷眷者，而《九歌》遺情輒鬱弗彰，悲夫！乃抒蘭辭酹大夫。

秋蘭兮青青，得道兮如素。娟娟兮好脩，行隱隱兮不渝。夫人兮孰懷美，蘭何爲兮靚處？秋蘭兮英英，含章兮自明。山中兮無人，其與誰兮晤傾？悲復樂兮樂復悲，悵來者兮不可期。悲莫悲兮有所思，樂莫樂兮心相知。贈子兮雜珮，朝能來兮夕能會。暮雨兮生愁，心繚悷兮何能慨。訊蒼蒼兮如何，天不語兮雲嵯嵯。吐琬琰兮自通，宛清揚兮山之阿。望美人兮不來，闃寥寥兮浩歌。雲裾兮風裳，引沆瀣兮朝陽。澹自樂兮優尚羊，豈無人兮而不香。百川學海本《騷略》卷二。

小山叢桂

高似孫

《招隱士》，淮南小山之所作也。漢淮南王安好書，招致賓客游士八公之徒爲辭賦，篇章曰大山、小山，猶大雅、小雅也。而騷之意度氣藴，小山能知之。然其詞有曰「山中兮不可以久留」，乃作《小山叢桂》，庶幾於招隱者仍反其詞焉。

桂樹叢生兮山之幽，偃蹇布護兮翠交流。壑谿錯互兮雲崒霄，石戔戔兮溜鳴瑶。鶴陰陰兮猿嗷嗷，攀援桂枝兮聊佳留。聊佳留兮遲遲，訊有華兮東籬。風景兮不可支，襟將舒兮孰怡？碕兮曲，山崒屼，擘磧邃兮心慌惚。潏兮沕，寥兮瑟，榿蘿密，叢灌盤紆兮杳藏日。嶙峋鑿落兮蕫蘢回複，榛薄葢蒀兮葩華菜郁。青蘿素蔓兮薇蕪彧毓，兕勇熊遒兮來嘯來伏。山中梺梺兮嵬嵬，泠泠兮濟濟。蛩唧兮禽嘶，秋風兮自來。攀桂枝兮聊須留。桂花開兮芙蓉寒，桂花落兮芰荷乾。若人兮悲秋，山中兮胡爲不可留？百川學海本《騷略》卷二。

章華宮對

高似孫

楚王見大夫於章華之上，妃嬙奏瑶勺絃管，玉金振作。王曰：「宋玉嘗稱『有女清淑夭鮮，居色之麗』，有是夫？」大夫曰：「臣聞女不畏醜，而畏乎妬，自古然也。臣不敢言。」楚王曰：「寡人則異於是，試爲寡人言之。」大夫進曰：「臣聞宋玉以《風賦》諫，《神女賦》諫，又以《大言賦》諫。雖進規展忠不一，蹈原之危且切，而其含意微妙，詞亦婉矣。所謂『清淑夭鮮、居色之麗』者，特喻夫士耳。女以色爲命也，文獨不爲之命歟？色有自畏，文豈不然？言何益！」楚王曰：「善，迄爲寡人言之。」大夫曰：「唯唯。臣聞宋玉嘗歷九土，行五都，游咸陽，道京洛，出入鄭衛溱洧之間。當是時，春日載陽，綿蠻倉庚，有女清揚，爰求柔桑。中有一姝，窈窕含光，温柔容冶，瑩不受粧。玉嗟其美，又慕其莊，爰弛於行，歇之詩章。其詩曰：『静女其姝，俟我於城隅。愛而不見，搔首踟躕。』女曰：『參差荇菜，左右采之。窈窕淑女，琴瑟友之。』玉又曰：『爰采唐矣，沬之鄉矣。云誰之思，美孟姜矣。』女又曰：『舒而脱脱兮，無感我帨兮，無使尨也吠。』時乃度益恭，辭益肅，揚詩守禮，終不過差，是足稱也。」

於是楚王稱善而嘆曰：「寡人不能有也，大夫爲寡人圖之。」大夫避曰：「臣不敢！臣不敢！」百川學海本《騷略》卷二。

朝丹霞

高似孫

歲辛酉元日夜半，夢升天。雲炁彤爍，光流玉霄，朱門金鋪，丹碧璀璨，金榜在上，曰「丹霞宫」。帝君被髮仗劍，坐於中闕，武士金胄肅然，揮呵曰：「汝本朝太宗皇帝也。」予歛服端拜，心神竦昂。歷屋數十間，見霞衣星冠，出入者百數。乃依入者以趨，至庭下，爲天樞院。須臾，兩貂蟬擁靈君，贊曰「天樞上相」。予拜，相亦拜。大青杯設茶，冷如冰。東横兩朱几，几上籤卷秩秩，因輒問：「此何書耶？」相曰：「郊年進上帝故事也。」以其一授予，黄羅而金欄，一行三字，字大書。一黑牀設大玉盆，予曰：「此非洗玉盆乎？」相笑曰「是」。俄揖予輿，過一二十廊，至小軒，甚窈靚。軒下六井，銅爲欄。顧予曰：「一井有水，水通海，自海井導爲六耳。」又過小廊，至一齋，凡三楹，環設可一二十几，几各一研。予捧玩驚喜。最後一石刻曰「陽嘉元年」，相舉以賜予，自勉以道，予拜而受。夢忽寤，時已五鼓。既以詩記其事，因閱唐顧况《朝上清辭》，愛其幽古婉暢，脱去塵滓，依稀其趣，作《朝丹霞》。

沐佳施兮清靈，滌三生兮無腥。迅玄挺兮嘉會，蜕吾骨兮坯吾形。杳倏駕兮潛青，宜舞剛風兮鶬分翎。上何有兮無能名，老積炁兮寒泠泠。窈復窈兮流火庭，物受鍊兮愁六丁。爍此鼎兮神無停，雪盡垢兮朝朱陵。轉璇樞兮上亭亭，一語契兮驚群星。味清浄兮不可經，玄復玄兮發新硎。晝琳琅兮黄金繩，帝監觀兮燕清寧。聞不聞兮皦無際，毛髮竦兮心爲冰。井有波兮通滄溟，玉抱德兮誰能銘。愴來歸兮析然醒，道有成兮其當升。百川學海本

《騷略》卷二。

高似孫《騷略序》（《疎寮小集》）《離騷》不可學，可學者章句也，不可學者志也。楚山川奇，草木奇，原更奇。原人高志高文又高，一發乎詞，與詩三百五文同志同。後之人沿規襲武，摹倣制作，言卑氣嫚，志郁弗舒，無復古人萬一。武帝詔漢文章士修楚辭，大山、小山，竟不一企，况《騷》乎！嗚呼，《詩》亡矣，《春秋》不作矣，《騷》亦不可再矣！獨不能忘情於《騷》者，

非以原可悲也，猶恨夫《騷》不及一遇夫子耳。使《騷》在刪《詩》時，聖人能遺之乎？嗚呼，余固不能窺原作，猶或知原志者，輒抱微款，妄意抒辭，題曰《騷略》。越山川曾識舜禹，作《蒼梧帝》，作《思禹》。又經句踐君臣，作《越王臺》，作《鴟夷子皮》。吳爲越所滅，失於棄胥也，作《浙水府》。始皇東游，以功被石，作《秦游》。王、謝諸人殊鍾情於越，迄爲蒼生一起，作《東山》。其以德著於腏祠者侑之歌，作《江夫人》，作《嵎山雨》，命之曰《九懷》。嗚呼，後之視今，今之視昔也，知我者《騷》乎！

黄居中瀟湘圖歌

高似孫

天晅而雨斷兮作蒼梧九嶷之高秋，風行而川怒兮洩瀟湘洞庭之奔流。樹不知名兮山抱復嶺，沙不計程兮水趨他洲。波作止兮蛟舞蛟蟄，雲晦明兮猿呼猿愁。原不可作兮蘭亦塵土，賈傅歸漢兮鵩其何尤？誰呼魚兮北澨有酒，誰鼓枻兮南津有舟？懷斯人兮杳靄千里，目悵望兮吾其歸休。《江湖小集》卷四三《疎寮小集》。

宋代辭賦全編卷之二十一

騷體辭　二一

陳將軍哀詞

周文璞

扞環城兮保赤子[一]，歸王所兮執弓矢。雖有妻子兮不如兄弟，嗟全家兮南向而死。護行殿兮卧旗鼓，統伍符兮莫余侮。故宫蕪兮胡作主[二]？哀將軍兮鬢垂素。氣力絶兮委塵土，後來孤童兮不勝惻楚。天陰陰兮春寂寂，曰余兄兮有廟食。偕友于兮往作配，駕鐵駟兮載雲旆。山中人兮望余歸，江鼯翔兮花亂飛。四庫本《方泉詩集》卷四。

[一] 環：原作「壞」，據《南宋群賢小集》本及《江湖小集》卷五九改。
[二] 胡作：原作「孰爲」，據《江湖小集》改。

弔青溪姑詞　周文璞

青溪之瀆有小廟焉，相傳以爲溪神蔣子文之妹也。旁二偶人，陳叔寶宫人也。癸酉歲，或言有妖據之，郡太守毁三像於溪中而犁其廟。彼亡國妃嬪可棄也，姑不可棄。善惡無别而廢者，古今不可勝數也，何獨此哉？因感之，爲弔詞曰：

投余兮緑波，彼土偶兮奈何？余魂兮無依，依余兄兮山阿〔一〕。兄靈兮甚雄，青骨兮朱弓。稱天兮訴余冤，令讒夫兮不終〔二〕。四庫本《方泉詩集》卷四。

清夜辭　十首　葛長庚

霜清兮露冷，暮天碧兮微雲飛。北風兮吹我衣，梅花下兮明月來幾時？

〔一〕依：原脱，據《南宋群賢小集》本及《江湖小集》卷五九補。
〔二〕令：原無，據《南宋群賢小集》本及《江湖小集》卷五九補。

月明兮星稀，煙漠漠兮風悲。空階兮竹影，悄無人兮螢飛。
微雲兮淡月，萬籟静兮猿啼。梅花兮無人言，夜氣清兮露凄凄。
風起兮霜下，池塘冰兮井水寒。望清都兮鶴未還，明月兮空山。
清都兮絳闕，五雲深兮冥冥。玉樓高兮珠殿寒，漠漠兮無聲。
橙黄兮橘緑，湛霧飛兮夜月寒。幽人兮夜坐，顧影兮自憐。
南山兮北隴，相對兮碧崔嵬。青松兮白石，暮煙兮猿哀。
餐松兮飲水，望絳闕兮思歸。白雲兮黄鶴，胡不來兮何時？

憑虚兮御氣，乘風兮鴐浮。朝罷兮歸來，天邊兮月鈎。

百年兮一炊黍，萬幻兮一浮漚。吾不知兮此身，騎鯨兮醉游。明正統腥仙重編本《海瓊玉蟾先生文集》卷三。

山中憶鶴林

葛長庚

碧桃兮花落，青鳥去兮春寂寞。風止兮雪霽，望美人兮天一角。

可惜兮春光，芹泥香兮燕忙。花紅兮水暖，望美人兮天一方。

白雲兮孤飛，鴈向北兮燕南枝。青山兮方疊，望美人兮天一涯。

蒼崖兮巍巍，對落花兮倚斜暉。猿啼兮鶴唳，望美人兮天一隅。明正統腥仙重編本《海瓊玉蟾先生文集》卷三。

紅巖感懷 四首

葛長庚

山高兮風寒，煙濛濛兮雨漫漫。雨霽兮雪飛，半夜無人兮倚欄。明月兮空山。

猿啼兮鳥哀，風颼颼兮雪皚皚。雪霽兮雲收，思我故人兮傷懷。古徑兮蒼苔。

風悲兮花落，鳥哀哀兮水簌簌。水寒兮石蒼，幽人自感兮惸獨。古洞兮枯木。

草青兮煙冷，山蒼蒼兮水楚楚。山深兮地僻，青鳥不來兮淒苦。斷煙兮荒草。明正統

臞仙重編本《海瓊玉蟾先生文集》卷三。

鶴謡 八首

葛長庚

鶴者胎化之禽兮明明，後玄鵠兮前蒼鷹，冲若舞兮太清。

鶴者還丹之使兮洋洋，縞雲哀兮玄綺裳，嗅以下兮郴陽。

鶴者冲虚之梯兮冥冥，朱霞弁兮翠錦葼，浩然歸兮遼東。

鶴者飛仙之御兮英英，十二裙兮六六領，翻而來兮華亭。

鶴兮鶴兮芝田兮，遐征不可望兮，倏去忽來兮。

鶴兮鶴兮瑶池兮，若有控以御兮，杳不可詰兮。

鶴兮鶴兮玄圃兮，是必有以致兮，將爲誰來兮。

鶴兮鶴兮丹丘兮，下界塵土腥兮，何當致我歸兮。明正統臞仙重編本《海瓊玉蟾先生文集》卷三。

武夷歌

葛長庚

天下武夷兮第一山溪，昇真有洞兮大王天柱交相齊。不知何年中秋兮玉帝賜宴會曾孫，幔亭結雲霞兮綵橋跨虹霓。欲訪仙蹟兮搜剔地靈，遡洄乘舟兮陟險杖藜。身輕欲生羽翰兮捫煙蘿而躡天梯，下視人境杳邈兮但見亂峰參錯相高低。龍洞通天池兮巖鶴舞雙翎，鐵骨藏玉匣兮玉蜕和香泥。月浸觀音石兮恍有金身現普陀，風號玉女峰兮疑是湘江虞妃啼。仙館學堂兮聞書聲，丹爐茶竈兮曉煙迷。船架半壑兮使星會泛河漢歸，機留古洞兮天孫去作牽牛妻。棋盤開巖石兮釣臺瞰晴川，巖有虎嘯兮窠有金鷄棲。獅子伏巖兮耀日氣猶鮮，仙羊化石兮眠雲青草萋。大小藏蘊靈異兮下有龍湫水泠泠，一線天通九有兮旁有風洞凉凄凄。翰墨羅列兮因之生興，廩石高貯兮可以忘饑。紅塵迴絶兮山中發蘭桂，神仙何許兮雲間聞犬鷄。茶洞幽窅兮懸崖飛瀑布，桃源深邃兮沿流得徑蹊。有人卜居大隱屏兮學宗周孔事鹽虀，但見此心止止兮煉成大藥服刀圭。武夷君去後兮有十三仙之同時，代不乏人之兮仙階陸續躋。或尸解兮隻履歸去，或飛昇兮鐵笛長嘶。以今視昔兮吴李可接踵，不須懷古兮感慨而愴悽。作詩勉同志兮欲倩仙掌摩丹崖，我醉揮椽筆兮大書特書而留題。明鈔本《海瓊白真人文集》卷一。

屏睡魔文

葛長庚

人生無百年，能有幾一日？況百年三萬六千日，總有三百六十萬刻，且如一刻，但撚指間。而晨興暮寢，古今之常也。一百年内，以百五十五萬刻可以應酬，以百五十五萬刻可以寢息，除寢息之外，人生只有五十年光陰矣，況不滿百年者乎！

今但好睡，曾無知草木之不如也。元神離舍，涣散無歸，真氣去體，呼吸無主，雲掩心天，波渾性海，慧鏡生塵，智劍無刃，以興爲寢，以明爲晦，冥然如黑山，黯然如鬼谷。其酣兮如酒醉不醒，其瞑兮如藥酘酩酊。其滋味兮如羣魚入網羅，其意思兮如飢鼠貪畫餅。其鼾兮如雷霆攪萬山，其鼽兮如波濤落崖井。以慧刃攻之不破，以智索挽之不回。明窗浄几之静辨，素簟小枕之清哉。内而虚谷貯萬神，外而大塊宅百骸。雙眼如膠漆也，四肢而委石也，睡魔來也，與心猿意馬而作伍也。謁心君而不臣，覩谷神而不拜，占吾身之瓊臺玉闕，作睡魔之營寨。其勢高萬丈，其力重千斤。賊我之魂魄，葬我之精神。盜吾家之丹砂，劫吾家之寶帑。幻出窟宅，變現物象。追之不敢以符籙，順之不可以奠爵。於是貶青州從事，呼黑甜，喚黃嬭，而召雲腴使者，授以劍一，使之斬之。恬然而不動干戈，恰然而不改聲色，睡魔愈熾。遂命墨松御史、兔穎中書、玄玉騎吏、剡溪都尉驅龍役虎而戰之，塞鼻緘舌，以耳聽耳，以眼視眼。

其睡魔也，潛身於華胥，戢跡於槐國，化而爲蝴蝶，改而爲螻蟻。兩楹之間，歔欷有聲。遂乃結柳輿而緝草舟，盛楮錢而囊竹黍，畫牛而挽車，繪龍以棹舟，三揖睡魔而語之曰：「聞子欲去久矣，擇日具舟車。汝等當辭，吾有飯飽幾盂，有酒醉幾壺，攜汝朋儔行，不可復滯居，倏然如雲飛，瞥然如電舒。汝曹自問，心有意於行乎？」屏息而潛聽其言，返眼而內視其形，啼笑不成，恍惚不寧，縮肩而竦頸，張眼而吐舌，初疑其有無，今知其爲睡魔也。

如有言曰：「睡本無魔，汝心自黑。汝寒我不衣，汝飢我不食。與汝無絲毫之忿，與汝有膠漆之契。今欲歸而無家，雖辭子而安得不落涕？我鬼也，非人也，奚用乎舟車，奚用乎飲饌？吾欲餐而無口，吾欲衣而無袒，吾欲車而無路，吾欲舟而無岸。汝能推反思，非吾爲汝患，汝但洗心而習定，可以封形而閉神也。」復語之曰：「汝徒聞我靜坐則窺我户牖，汝徒見我默思則越我宮牆。吾非陳搏夢入鴻荒，吾非襄王夢入高唐。不可妖我，劈汝天斧！」

睡魔四五，面面相顧，亦復有言曰：「吾雖曰睡魔之精，乃汝自身之一靈。神清則睡魔去，神昏則睡魔生，但睡其形而不睡其神可也。聚之爲元精，蓄之爲一靈，融之爲太虛，放之爲太清。令子住舍而留形，可以不死，可以長生。」予笑曰：「不知我之屏睡魔乎？睡魔之屏我乎？」正統道藏本《修真十書·上清集》卷四二。

海瓊君隱山文

葛長庚

玉蟾翁與世絶交，而高卧於葛山之巔。客或問：「隱山之旨何樂乎？」曰：「善隱山者不知其隱山之樂。知隱山之樂者，鳥必擇木，魚必擇水也。夫山中之人，其所樂者不在乎山之樂，蓋其心之樂。而樂乎山者，心境一如也。對境無心，對心無境，斯則隱山之善樂者歟。」

問曰：「隱山之旨固如是，山中之隱者豈不知山中之味乎？」曰：「山中之味，山中之樂也。隱山者知味乎道，而不知味乎山也。吾將以耳聞目見者爲子談之。」

客曰：「唯唯。」曰：「隱山者不可以山之樂而移其心，不可以心之樂而殢其山。山自山也，心自心也。隱者且不曰，古何如人，今何如人，彼山如是，此山如是。有如是隱山之人，有如是隱山之時，又有如是隱山之趣。其時也聖賢胥會，其人也崇尚道德，其趣也修鍊形神也耶。吾恐如此知，如此見，必不逮古人者十常八九焉。山中之隱者非曰必林巒而爲山，非林巒而不爲山。然其人人自有所隱之山也。其清虚寂静，高爽深幽者，此人之山者，山其心也。其是非寵辱，貧富貴賤者，此人之市者，市其心也。今人以爲大隱居鄽，小隱居山者，不無意也。自名利之習熾，以物慾之事攻，則厭鬧思静也。自恬適之興滿，修進之念冷，則嫌静思鬧也。若夫人能以此心自立，雖園林之僻者亦此心也，市井之喧者亦此心也，不必乎逃其心之喧，適其心之欲。喧不必乎樂其境之勝，疾其境之不勝。知如是山，樂如是心，謂之真隱焉。欲隱山者，善隱心也。無事治心謂之隱，有事應迹謂之山。無心於山，無山於心也。是故先須識道，後隱於山。若未識道而先居山者，見其山必忘其道。若先識道而後居山者，造其道必忘其山。忘山則道性怡神，忘道則山形蔽目。是以忘山見道，人間亦寂也；見山忘道，山中乃喧也。法法虚融，心心虚寂，何城市之可喧，何山澤之可静？山静而心常喧者，莫市之若也；市喧而心常静者，莫山之若也。喧而不喧，静復何静。語默無非山，動静無非市。恬淡息於内而不亂，蕭散揚人者，殆猶魚鳶之飛躍天淵也。適其所樂而已矣。其樂非耳目之樂而後樂，非情識之樂而後樂。樂者在心，不可以形容，不可以知見。心之樂者，隱者之樂也，於山無預也。以清浄爲道場，以恬退爲法事，以安樂爲眷屬，不欲與世交，不欲與物累。其修身也，不事乎百骸；其養形也，不溽乎五味。視死之日，如生之年；執有之物，如無之用。其安禪也，雲溪煙壠；其經行也，月洞風林。有麋鹿以爲朋，有松竹以爲鄰，有春韭秋菘之富，有晨霞晚露之貴。語其衣也，編草而紐蒲，緝茅而綴蕙；語其食也，炊参而糗苓，飯松而飼檜。飲石骨之冷泉，哺山肝之腴泥，行枯木之前，坐古巖之下，住深林邃谷之間，卧長松幽石之上。日則長嘯於泉雲之幽，夜則孤眠於煙靄之深。其寒暑也，心暑乎道而不知夏之暑，心寒乎道而不知冬之寒。知冬之寒，則冰霜冽其膚而不變松栢之容；風雪凍其形而不改山石之操；知夏之暑，亢陽瀝其汗而不生惱熱之心，炎火熾其於外而不動。逍遥山谷，放曠丘鄽，遊逸形儀，寂静心腑。吾恐市鄽之下，聲色闐闠，塵勞膠擾，五色得以盲吾眼，五音得以聾吾耳，五慾得以汩吾心。始乎入吾之心，吾心之所不可入，則日以之動摇，夜以之傾撼。吾心無所守，則必徇乎事之所奪，任乎物之所營，然則山野之間，亦如市鄽。何也？閑花野草，可以眩人目；幽禽麗雀，可以聵人耳。子非隱其心，而欲隱於山，可乎？古先賢哲隱山之意固如是，隱山之事則不然。世俗趨於利，風教溺於欲，沉醉乎名利之鄉，夢寐乎人我之域，出生入死而不知，貸罪賂福而不覺，是聖人之所憂，故聖人之所隱也。聖人所憂不在乎心之憂而憂其人，聖人所隱不在乎山之隱而隱其心。故芻狗乎含靈之形，而金玉乎含靈之性。是非質其形於山之外，而亦妙其性於山之內，惟聖人知之。子欲聞山中之味，山中之旨乎？夫山之爲山，人之爲人，人亦不欲必乎山而後隱，山亦不欲必乎人而後存。存乎山，隱乎步，而不起煎煩之念。茅廬竹舍，草氈松爐，不可以爲寒；茂林脩竹，冷風寒泉，不可以爲暑。笑傲煙霞，偃仰風雨，樂人之所不能樂，得人之所不可得。有葉可書，有花可碁。其爲琴也風入松，其爲酒也雨滴石。其寧心有禪，其鍊心有行。視虎狼如家豚，呼熊兕如人僕。其孤如寒猿夜號，其閑如白雲暮飛。不可以朝野拘其心，不可以身世穽其志。以此修之謂之隱，以此隱之謂之山。其爲山非世間之所謂山，其爲人非世間之所謂人。人與山俱化，山與人俱忘。人也者心也，山也者心也。其心也者不知孰爲山，孰爲人也。可知而不可以知知，可見而不可以見見。純真冲寂之妙，則非山非人也。其非山非人之妙，如月之在波，如風之在竹，不可得而言也。」

客曰：「請事斯語，當從先生遊。」曰：「子爲誰？」客曰：「紫元子也。」正統道藏本《海瓊問道集》。

知宫王琳甫讚銘

葛長庚

萱堂一枕兮紅光入懷，龍巖虎石兮瑞氣結神胎。北帝真人兮斡箕統魁，丙子生。蘭亭禊日兮虚星落庭槐。丙子肖屬北帝也。又況北神生日槐木，乃虚危之精。生而神靈兮珠庭日角，煙髯威肅兮電眼閃爍。髫齔善詞翰兮心宇該博，方寸晞慕兮片雲孤鶴。青衿蜕體兮琳宫遇師，模九天降雨露兮皮冠而羽裾。瓊鍾振玉梵兮聲徹太虚，歷職表白。蘂殿校圖籍兮緑軸丹書。次嘗掌籍。冲鍊白鉛花兮紅爐點雪，轂神無象兮碧潭秋月。函丈二席兮價聞上闕，副知宫事。砭愚斲陋兮誨語飛瓊屑。袖裹青蛇兮脊外之青銅，踏破鐵鞋兮養素於竹宫。參謁洞府，歸於太一。兩階饒舌兮御前享天爵，御前符水法師。筆下吼雷霆兮鉢内藏蛟龍。長歌歸故山兮古松寒菊，羣參蚋聚醯兮薫衆主飦粥。勉領官盟。飛罡化訣兮正一天心，法視微聽冲兮靈寶中盟。籙霞衿珠珮兮秉圭視玄壇，監度法籙。青鉤黑鐵花兮落紙鬼膽寒。玄域中興兮扶頹起墜，三界稽首兮萬神生懽。舍真而宅仙兮僝陶鳩梓，藻棁横龍樓兮花磚砌蜿垿。修造殿宇。御賜蒲獸兮晨夕奮瓊音，百度復舉兮宗綱崛起。死讚骨行兮質俚而不文，紅顔皓齒兮甲子一周春。時六十歲。兩鬢生黑絲兮人言四旬許，金丹已熟兮鸞鶴天上人。

天上人兮自號曰拙庵，笑傲乎三華兮諸方已罷參。所居乃三華殿，博山飛冷蛇之篆兮啟瑶笥而誦琅函，横羽扇、岸綸巾兮麈尾發清談。清談之時，有方外客至而歌之曰：

青布衲，碧藜筇。詩吟白芍藥，曲唱紫芙蓉。一局著殘人事醒，七絃彈破世間空。時乎泛一葉於滄海之外，時乎飛片羽於虚空之中。鐵笛横吹老龍泣，金樽一倒琪花紅。孤猿嘯夜月，淡露滴秋風。雲錦谿深碧無底，天蒼山秀緑不窮。白鶴卧占眠牛草，丹鵲飛上棲鴉松。真人一聲長嘯於蓬萊之東，青童回首指道神仙中之最雄。《修真十書·上清集》卷四三。

南山

李濤

南山，思美人也。

彼美人兮，在南山之陽。豈不爾思？道阻且長。彼美人兮，在南山之側。我不見兮，寤寐思服。彼美人兮，悠悠我思。何以予之？瓊瑰玉珮。汲古閣影鈔南宋六十家小集本《蒙泉詩稿》。

祭程樞密文

程珌

嗚呼！分祝融之派，有墨嶺之峯兮，鬱千仞之孤蒼。峙一氣之清淑於兩儀既分之後兮，鍾異人於山之陽。餘數千載以來兮，蓋法從之相望。獨玉樞之一星兮，甫再見於黟、寧之二邦。唯公早歲兮，頡頏於詞場，於蕃於宣兮，嘉績多於阜康。歸侍玉皇之香案兮，簪筆而持囊。乃一朝貳本兵兮，蓋將登庸乎贊襄。胡海寧天荒之既耕兮，乃弗竟乎千載之明良。

嗚呼！疇昔之夜，瞻乎紫垣之旁。雲曶合兮飛駁，掩瑶魁兮失光。太史占之，曰是何祥。嗚呼！允懷平時，譜牒梓桑，言論所及，家國皇皇。里社數條，謀之孔臧。曰立忠壯之廟，徙閔口之屯兮，言而未償。惟望牛之奇偉兮，蓋參訂之甚詳。曾浹侍之踰旬，乃變起於杳茫。羞蒲供之蕭蕭，誦真諦之琅琅。魄之降兮佘山之岡，魂之升兮白蓮之方。泝浙江之波，上嚴君之瀨，以達於練溪之浦兮，此心蓋隨之而南翔。然耿耿兮終莫降，徒清淚兮漲濤江。明嘉靖刻本《程端明公洺水集》卷一六。

祭葉水心文

程珌

曠寓宙以奚歸兮，唯道爲依。逢論訟之方興兮，聊解安於翠微。觀肖翹之喙息兮，與夫草木之參差。驗斯人之耕鑿兮，信裘葛之惟時。方渾沌之初剖兮，詎止見其象滋。如天玄地黄之形色兮，寧事乎龍馬之神奇。上徹昆侖之巔兮，下周渤澥之湄。仰窺盤古之初兮，俯占來代之期。感羲黄之啟鑰兮，居然萬世之師。馳帝塗、驟王軌兮，洋洋易易之流輝。暨炎劉而訖五季兮，亦未始不啜其糟醨。彼風后、力牧之倫兮，迨夫皋、卨之疇咨。築巖耕野之徒兮，接於周召之倚毗。由漢唐之良輔兮，以至於我宋之元龜。雖治體之分兮，有醇駁古今之異，而功業之見兮，有崇卑義利之睽。然皆本於躬行兮，非空言而可致。亦必依道有立兮，非一切而背馳。蓋粒非五穀兮何以爲食，而嘉肴不食兮亦奚療饑？蓋是理也，嘗發揮於洙泗之語，又辨證於七篇之辭。舍而弗講，紛紛奚爲？一仁義兮涉歲，一敬一兮靡時。焦脣敝舌，更請迭疑。審思力行，必也兼之。矯矯我公，長鳴盛時。告之吾君，不激不卑。内達國家之體，外明當世之宜。使卒行之，庶幾雍熙。胡午軸之已停，乃結轍於崦嵫。不能者時，天寔爲之！

思疇昔之秦淮，獲從容乎歲朞。每接函問之席，常嗟行道之遲。公曰不然，唯人在兹。自爾契闊，緘書亦希。先邱雙蓮，惠然賦詩。曾報牘之未馳，乃凶問之東來。傷非我私，爲斯人悲。香烈茶清，公其格斯。四庫本《洺水集》卷一二。

代路祭文 二首

程珌

嗚呼！丹旐飛兮慘都人，千鍾奠兮徧江濱。孰有出而不歸兮，今歸獨榮。濟輀車於子胥之江兮，寸濤不驚。從慶國於太白之山兮，千歲齊名。

嗚呼！春風蕭蕭兮白楊飄，春雨陰陰兮漲江潮。江妃警衛兮波不摇，會車千乘兮慘煙霄。天竺之山兮女則標，清酒一樽兮楚魂銷。明嘉靖刻本《程端明公洺水集》卷一六。

天台二張居士哀辭

程珌

繇昔休明之世，必有賢者兮，采於山而漁於泉。今君也遺子以書，課犍於耕兮，吾非傲世而徼仙。世之同氣若瞽兮，人道散而孰銓。君之仁足以拊孤嫠兮，誼足以風普天。彼黄馘槁項兮，既没世而名不稱焉。若顔與閔之不試兮，有洙泗以爲賢。曰延陵季子之墓兮，抑奚爲而獨傳？彼洙泗聖人吾不得而遇之矣，盍亦求其可壽者而託焉？嗚呼，此千萬世孝子順孫之志兮，昔人所以重嘆其卷卷。明嘉靖刻本《程端明公洺水集》卷一六。

子時歌

程珌

順數方來兮，遡而上之洪荒。今不必短兮，古不必長。地有時而玄兮，天有時而黄。知靡草之先秋兮，又當知喬松之傲霜。知滄溟之連山兮，又當知太華之有長江。朝云西暮云東兮，豈期悉避乎陽光？入濛汜浴虞淵兮，又孰知其扶桑！吾烏乎而折衷兮，但當付萬化於茫茫。四庫本《洺水集》卷二三。

止止閣辭

釋居簡

欻其羊角，海立兮山錯崿。寂然土囊，鏡浄兮一漚弗作。方寸兮淵淵，不風兮自湍。溺馬兮殺人，襄陵兮懷山。息風兮水如砥，息機兮心如水。歌吉祥兮安時夷，猶彷徉兮奚以爲。四庫本《北礀集》卷二。

紫芝詞 並引

釋居簡

安僖諸孫希恉卜母宅兆，得芝四莖，叶其吉，其友北礀某爲之詞。

石兮瓊，木兮椿，飛兮鳳，走兮麟。草兮芝，配是四靈。絶類兮離倫，拔萃兮茁英。不時兮自解，不植兮自萌。軟濕兮紫潤，麗澤兮芳新。食秀兮春滋，挹粹兮露零。太和兮藹藹，至潔兮津津。山雲兮溶溶，溪水兮泠泠。華風兮致祥，霽月兮薦清。馬鬣未封兮玄堂未扃，發之者天兮感之者人。四庫本《北礀集》卷二。

姚山僧舍怪梅詞

釋居簡

有楚者梅，根於牆陰，寒梢過牆，當池之心。池水不渾，比梅德尊。維德之清，請與水論。水謂梅兄：「既清且奇。亦復怪古，歲寒不移。古則背俗，怪則違衆。彼衆與俗，邈不汝共。」兄曰「不然，賦形大鈞。有萬不齊，粤維鈞成。伊予所賦，絶不諧俗。俗睍盡白，以白自淑。」水泣訴兄：「兄謹勿言。我維漣漪，乃行潦怨。盍同籛天，俾遂厥性。反爾怪古，及我澄瑩。」兄謝漣漪：「爾毋蔓辭。天匪汝諧，遂及我私。」四庫本《北磵集》卷二。

空聖予哀辭 並引

釋居簡

新安空聖予倜儻有大志，喜勝己者，雖年小事之謹。老叢林有從上爪牙，先佛照愛之重之。橘洲中飛語，故舊匿影，公毅然奔走，借援於大縉紳，諸老韙之，余亦韙之。辭曰：

可忘者年，不可忘者言；可勝者人，不可勝者天。交以此道，匪自棄焉。我方耕於委羽寬閒之野，兄則峙兩化城於阿蒙宿兵之地，而丹明堊鮮。簞食豆羹，酣嘻沛然。不作不食，彝訓在前。寧即鬼羣，耻加素餐。視貨殖而傲岸，嗟幾何非乞墦？志尚與我同兮，防愈決而愈堅。兄死行殭，彼生骨殘。贖可百身，吾身可捐。不可贖兮，淚交涕潸。我哀不聲，兄聽不還。四庫本《北磵集》卷一〇。

下竺印哀辭 並引

釋居簡

盛世苦心如公者，或寡矣。貧而游學，隙光席地，汗牛充棟，反覆沉潛。肯綮砉然，吾方發硎，不則如求亡子，如喪考妣。百花成蜜，味中邊甜，豈獨忘言，亦復忘意。通宗極九難則疾風敗葦，虛堂得不前席；感般若寂寥則奔川渴驥，解空得不奠枕。起廢住山，名動九重。以境攝心，觀開九品。無生可樂，有死無憾。哀勝幢之將仆，系之以辭。辭曰：

旦講兮花飛，暝講兮雨新。換萎一去兮弗言歸，優曇閴寥兮芬陁淒。其天台正續如一髮引千鈞，未即斷者幾何？措之於泰山盤石兮，其誰振之？豈無他人，未若靈之簡繁撮要兮，單拈徑提。於戲噫嘻！靈山儼然，絲毫不移，詎知夫塔中兩雄與諸分身？僉曰是真精進，是名真法，供養如來者，舍靈其誰？四庫本《北磵集》卷一〇。

弔池陽郡博盧蒲江喪耦與女

釋居簡

池陽郡博蒲江盧中之室人與女之喪也，或以韓愈用魚子、細腰、鵩梟、蝮蛇已孟東野失子之戚，而已蒲江之悲。韓愈之説行，吾怨赤子不得養於其父母矣。雖然，能不悲乎？悲而不知止，非中也，要歸其中而已。作而弔之曰：謂生可一兮生則萬殊，謂其萬殊兮死同一趍。胡壽夭之不齊兮，夫人所以籲天長號而疾呼。彭不貸殤，鶴不續鳧，吁其來也久矣，將安悲乎！四庫本《北磵集》卷一〇。

招魂 並引

釋居簡

招魂，楚俗也。天長右統軍吴從龍陷賊，賊偉其勇，釋縛而使喻泰降，至則囑泰堅壁，而死於賊。吴之中表韓應祥慷慨，三招其魂，使余爲之辭。辭曰：

扃鐍兮失常，鋒鏑兮濫觴。遜人兮鶩翔，跨青齊兮距張，拊海泗兮扼吭。既反噬而陸梁，恩懷柔而霈雱。冀小瘖其酲狂，厥類愈其突唐。陽貢琛而偃蹇，陰欲甬於真陽。狼烽直兮地近，鐵城横兮天長。真將軍兮藐視，控三面兮獨當。策羣寇之素藴，雖六奇而可箱。嗟衆寡之不競，聯逸響於解陽。死雖死而弗亡，盍歸來兮故鄉。

海陵兮重圍，銜枚兮疾馳。令兮吾誰違，死有所兮得之。忠以義持，援不我支，弦開空拳，馬蹄不飛。忍死兮詭隨，登樓車兮反詞。大勇兮死弗移，彼不乏與數奇。洎齕氈兮乳羝，斫頭便斫頭兮何怒爲！齦穿爪透兮氣廩，而將軍兮孰分等夷！魂兮安之，歆余招兮來歸。

天險兮濤山高，一衣帶兮百虎牢。滔滔兮東之，孰湔兮腥臊。積骸兮山白，釃血兮原赤。鬼餒兮喑喑，人眩兮岑岑。鬼兮無人祀，人痡兮詈鬼。野迥兮不耕，望秋兮無穗。盍歸乎來兮，古登陸之大邦。潮打城兮流瀧，雪激灩兮三江。雲帽岑兮峭崒，石玲瓏兮四窗。海物貢兮品夥，海塗穰兮歲康。鄰用情兮浹洽，俗好古兮厚厖。故廬兮在其下音户，葉落花開兮朝暮。四庫本《北磵集》卷一〇。

智門能禪師哀辭 並引

釋居簡

公與松原岳公同參密菴而嗣岳，或以大溈之於翠巖、卍菴之於大慧爲之説，公輒掩耳。出世後提倡大非分座時。吾哀之，爲之辭。辭曰：

發足兮銅梁，觀方兮不知方；觀方兮知方，跨九州兮不越乎銅梁。飄零匆匆，半生轉蓬。可友者親，可媿者攻。視百世之上，百世之下，佛祖心之所同兮理之所同。劍池兮鷲山頂，萬象兮清涵兩鏡。造詣兮深穩，碧落碑兮無假本。心兮密傳，意兮在弦，倏兮泠然，覺後覺兮孰爲乎先。雲蜚兮水回淵，蕙帳淒涼兮嗟猨。四庫本《北磵集》卷一〇。

泉禪師高原銘

釋居簡

或謂水出高原，曰高原則萬斛泉源不擇地而出，又何謂也？或曰，高原陸地，不生蓮花。此彈偏擊小之辨，皆非吾之所謂道。爲之銘。銘曰：

峻極兮層稜，巋不可登，吾非雲顛。迥闃兮坎窞，杳不可瞰，吾非九淵。雖然，彼習夫崇深，曷嘗舍旃兮不扳不援。弦直兮砥平，哀今兮匪中而邊。正因兮急難，思鶺鴒兮在原。四庫本《北磵集》卷六。

彰教石雲板銘

釋居簡

兩朶雲峙，中可貫，考之清越而渾圜，刻詩五十六字，曰莫翁題，不書姓名。

寺無者宿可訪，訪諸野，曰：「建炎初，雲居隆藏主來住此山，過湖口，得於民。」或曰徐氏舊物。二説未知孰是。寺蓋李氏有國時徐魏惠王墓田。王，温第六子，名知證，字義明。距寺七里，有江南翰林學士常夢錫所撰碑，太廟令王崧所書，屹立驛路傍。元祐元年，龍圖學士蔣之奇制置江淮荆湖時所作碑陰，則在寺。物之隱顯固有數，嘉其瘖而復震。銘曰：

切堅兮采英，剪雲兮賦形，在縣兮審厥聲。聲聞於人，人惟聞聞。寂寥兮歸根，塵消兮不痕。四庫本《北磵集》卷六。

臨川王正叔嘯隱銘

釋居簡

懷壯圖，嘯長舒。自樂蘧廬中之天地，豈特以天地爲蘧廬。學道兮自娱，飲水兮飯蔬。是謂立天下之正位兮，居天下之廣居。四庫本《北磵集》卷六。

蔣山沖癡絶寄初祖達摩并馬大師畫像索贊

釋居簡

穿耳耳未嘗穴，缺齒齒未嘗折。北度一葦，可航西歸。隻履自挈，或謂之空劫已前中流砥柱，或謂之拈花已後金口木舌。又曰正宗別調，又曰直指曲説。皆非吾之所謂道也。若夫求大乘器，走十萬里，俟人作興，器豈大乘？夙負先覺，禮聞來學，學而知之，既遠且邈。負是四者，吾恐五竺之鐵，不足鑄此錯也。金雞毒，一粒粟，未踏殺人，已先跌足。一十八灘兮障回死水，八十四人兮淹浸弗死。洪都兮泐潭，宗風兮肆凌厲，一波動兮萬波起。派兮支兮滔滔者皆是，更無一箇識玄旨。只有歸宗較些子，檢點將來，玄沙道底。四庫本《北磵集》卷六。

代人祭印元實 吴寺

釋居簡

先師避席歸休，上賞有薦賢之譽；老子被命補處，成規如畫一之歌。連璧之明，冏冏在目；斷金之利，悠悠同心。杲也晚生，日敬執友；靈乎崇篤，時分隙光。方懷好音，忽得凶訃。我心則折，泫然而永歎曰：霽月兮殞團，桂零兮露乾。靈一去兮不還，猿鳥淒涼兮寥寥空山。四庫本《北磵集》卷一〇。

代祭前人

釋居簡

於戲靈乎！尸乎此山也，春江白鷗兮，自然相宜。洪川之西，煙霏霏，雲依依，向蒙蒙兮，今誰撤之？抑山靈得以自私，將物各有數兮姑待時。錫駐不飛，油然發揮。勃窣兮伽黎，古野兮丰姿。巨鏞横撞兮萬指景隨，瀾翻四辯兮四河渺瀰，不起於座兮金碧光陸離。兹特緒餘耳，終將觀其大有爲。胡不期頤兮朝露晞，一燈不夜兮懷哉一夔。

四庫本《北磵集》卷一〇。

祭秀州簡上人湖州選上人

釋居簡

觴有沆，豆有雋些。爾簡嘯，爾選延，爽余望促爽余展。執御兮忘遠，軸折兮輪弗碾。焚爾瓚，瘞爾璉，賈於有聞兮又何怨？四庫本《北磵集》卷一〇。

宋代辭賦全編卷之二十二

騷體辭　二二

昭君曲

劉宰

讀鄭虞任所賦及石湖諸賢題卷昭君事，反復略盡，管見容有未合，漫書卷尾。

朝日曜兮春花，玉壺炯兮清冰。耿余心兮不欺，付姸醜兮丹青。君王兮宵衣，壯士悲歌兮戰死。豈余身兮憚殃，抗風沙兮萬里。崔嵬兮增城，璀燦兮昭陽。羌末路兮多艱，幸朕時之不當。氈裘兮娛嬉，穹廬兮容與。怨羣胡兮我欺，諗九天兮誰許。南風兮徐來，掩涕兮無語。四十五十兮無家，抑有甦兮嫠女。明萬曆刻本《漫塘文集》卷一。

和樓倅宗簿 昉

劉宰

某病不可仕，歸老漁樵。郡通守樓宗簿好古樂善，意其違世獨立，似古隱者，歌楚詞以遺之，辭嚴義正，足與屈、宋並驅。友人王仲永料院復用韻見寄。見黄門而稱貞，雖不能不爲知言之累，然厚意不可孤也，謹次韻以謝，前以自見，後以見區區之望云。

其一

草莽莽兮平臺，鳥翩翩兮去來。側身兮引睇，長太息兮徘徊。攬余轡兮高騖，豈不夙夜兮謂行多露。漱流泉兮枕石，憺無營兮得我所。同心兮離居，未傾蓋兮有書。歲既晏兮無娱，我思君兮君開關而望余。

其二

余幼好此奇服兮，歲荏苒而華顛。聞若人之好修兮，搴衆芳而獨專。結微情以陳詞兮，鱗鴻杳以無傳。惟聖哲之茂行兮，在舉能而任賢。横江湖以揚舲兮，寧維楫之可捐。爛晨光兮破羣幽，清風發兮涼氣颼颼。瓊珮兮鏘鏘，玉鸞鳴兮啾啾。時不可兮驟得，君胡爲乎此留。明萬曆刻本《漫塘文集》卷一。

月桂辭送陳兄部運京口

劉宰

芳菲菲兮月之桂，子之家兮傳芳世世。月之桂兮古猶今，往則得兮子寧不嗣音。冠鷃冠兮謝章甫，司征商兮河之滸。更兼官兮部運，幸訖事兮無忤。歸來兮歸來，倚門悵望兮高堂慈母。明萬曆刻本《漫塘文集》卷一。

書竇文卿墓

劉宰

棟宇兮煌煌，鬢髮兮蒼蒼。羌一言兮會心，駕吾車兮建陽。車既駕兮遄歸，今良是兮昨非。釋衆累兮春冰，耿吾心兮夕暉。斯道兮孔壽，斯人兮不忘。十載兮重來，泬漻兮此堂。風撼兮寒松，霜凋兮百草。佳城兮菀菀，萬古兮是保。明萬曆刻本《漫塘文集》卷一。

陳文瑩哀辭

劉宰

隱君陳氏，瑩中其字，文瑩其名也。世居金壇，少孤，與其弟自力以養其母。稍長知命不偶，屬其弟以學，去而爲浮屠。浮屠氏歸潔其身，而君慷慨慈惠，非泊然忘世者，曰：「吾觀音師欲以慈悲心濟物，可推是心者，惟醫乎。」即從浮屠氏之爲醫者游。凡浮屠氏之爲醫者，與俗浮沉，惟利是嗜。君所與偕，汲汲封植，以遺其後，而君如不聞。有以疾告，貧且下必盡心焉。或扣疾弗審，即拂衣就視，主者謝無辱，君弗爲止。或疾有異，主者意弗決，進諸醫訂短長。後生好己勝，口語紛紛，君退聽，似不能言，徐舉其言之善者，曰某意與某合。或曰某説某不及，或曰某得其一未得其二。貌温而氣和，辭婉而理到，雖異己者亦屈服。人以是咸愛敬之，旁百餘里率具禮迎致。凡所用藥，擇材必精，和劑必審，稱疾之宜，不視所施。凡施之入，具藥之餘，首以奉母，一錙之珍，雖遠必致，養生送死，費皆出於君。既失所恃，則以資雅尚。

宅一區，在望仙門裏，周圍可五六畝，嘉花美木，列植交陰其後。巨竹千挺，森如立玉。好古名畫，求之如弗及，聞人有善本，即命工臨寫，匣藏壁展，卧輿對之。或與己同好，亦乞與不靳。性不解飲而愛客，好事者識其意，餽以名酒。客至無間雅俗，出以飲之。褰脱實於林梢，擷新柔於雨後，惟所可致，或載酒從之，亦無彼己之嫌。三酌之餘，放歌起舞，怡然自適，挾賢挾貴，一所不計。或規以愛無差等，則曰：「吾道固然，君言非吾砭也。」

開禧改元，君於是生七十有三年矣，素康强無疾，忽左脛微腫，顧謂弟子曰：「吾且逝矣。」有問疾者，亦以是言告，問者曰：「君疾未殆也而云爾，何哉？」君笑曰：「吾知之審矣。」弟子曰：「君設有不諱，何以告我？」君曰：「吾固空也而歸於空，何以告汝？」又問，則曰：「甚矣汝之愛我也，抑吾有托於汝，吾將盥吾手，濯吾足，聽誦觀音氏之書而炷香其前，以終吾師觀音氏之心，於汝意若何？」弟子曰：「唯。」則奉而行之。又五日而卒，實六月既望。

自浮屠氏之説入中國，墮工商士農之業，隳仁義禮樂之教〔一〕，識者病之。若陳君者其人歟？予曰：「君蓋隱於浮屠氏者，不然君一念愛母不愧潁考叔，以醫濟

〔一〕隳：原作「墮」，正德本同，此據四庫本改。

人庶幾郭玉、華陀，好畫而能别，希近世米南宫父子，盃酒間任情逸又彷彿晉、宋間人物，豈浮屠氏所得羈哉！」

或曰：「君誠放達者，則荷鍤自隨，死便埋我，其得矣，庸何傷？」余曰：「達者君之所自得，傷之者人之情也。不然，日用飲食雖粗給於目前，而不能有一毫以遺其後，犇走左右雖不乏於平日，而不能留一人以嗣其傳，設機穽以伺方來者，或疇昔同袍同衾之子，而睥睨覬覦於其旁者，又前日之親且厚也，可不傷哉！」故從而爲之辭。辭曰：

香蜚兮桂叢，花翻兮藥欄。物有瘁兮必榮，君何爲兮不還。夏簟兮冰寒，冬軒兮春燠，事非遠兮可追，君何爲兮不復。飛蓋兮翩翩，税駕兮闐闐，靡來弗容兮一笑掀髯，今何之兮芳草芊芊。左圖兮右書，清樽兮緑醑，情性浩浩兮式歌且舞，今何之兮風葉自語。浮雲兮霎霎，層冰兮峩峩，羌一散兮莫收，顧本來兮若何。日麗兮晴空，波澄兮緑水，悟本來兮若此，寧墮甑兮復視！巢在兮鳩居，花成兮蜜移，客有來兮太息歔欷，繄世事之可傷兮匪君之悲。明萬曆刻本《漫塘文集》卷三六。

姜君玉哀辭

劉宰

嗚呼，士之不幸，孰有甚於吾君玉者耶！夫以淵明之貧，東野之困，猶嘗爲令爲尉，君玉再舉於鄉、竟不得名列九品而死，其不幸一也。以冀缺之耨，伯鸞之游，皆賴賢妻相與以取敬於人，君玉中年方娶，娶未久而離，晚雖得妾，竟不能有子，爲鰥獨之夫而死，其不幸二也。顔子猶有郭内外之田，揚子雲亦有一區之宅，君玉故業不多，悉以畀諸弟，晚卜居北固山下號最佳處，矮屋三間，曾未足庇風雨而死，其不幸三也。是三者有一於此，足爲無告之民，而君玉實兼之。嗚呼，士之不幸，孰有甚於吾君玉耶！

初，余未冠，游鄉校，惟牛隆叟、陳仲思及君玉肩與爲友。隆叟圓而君玉踈，仲思莊而君玉易。余性與君玉近，故君玉顧余尤厚。後十餘年，余與隆叟相繼登第，仲思晚得官，科名尤高。隆叟官達，今爲四川茶馬使。仲思滿溧陽尉，當路薦之，方爲時用。余雖疾廢，然少也亦嘗犇走州縣。獨君玉抱負挺挺，終老場屋。其所居號最佳處者，余雖不及到，聞在北固山之陽，當舟車往來之衝，而有幽趣，名當不虛。君玉嘗閔鄉先達之無後，歲寒食必率同志類而祭之，人服其義。嗚呼，孰謂君玉今亦自爲無後人耶！

初，故中書舍人陳公居仁鎮京口，擇士之望得君玉，使留東閤。後三十餘年，當寶慶丁亥，公之季子出守九江，挽君玉偕，亦會君玉之弟君秀爲德化尉。君玉曰：「吾既得與故人游，又可以邇吾弟，吾胡爲不往？」遂行。明年夏得疾死，享年六十一。君秀秩未滿，先遣其子護君玉喪歸殯先塋之側。倘使岳侯聞之，慨然曰：「有能葬君玉者，費於我乎取！」余與君玉密友新春陵通守劉君聖與奮欲往，君秀書來言：「吾爲人弟而不得身葬其兄，不名爲人，子置之。」余輩以是不敢，姑爲之辭，使哀君玉者援君玉祭鄉先達例歌以祠之。其辭曰：

北固山兮嵯峨，秦潭之水兮與海通波。嗟若人兮挺生，鍾厥靈兮餐和。文章兮陸離，意氣盛兮吐虹霓。是所是兮非非，世道險巇兮我心則夷。香菲菲兮花浥露，敬幽扃兮最佳處。君之去兮幾時，蔓草荒兮前路。佳處兮猶存，卧空尊兮壁根。君之去兮不歸，朝霞散兮晚煙昏。招英魂於千載，尚有取於斯文。明萬曆刻本《漫塘文集》卷三六。

悼方教萬里母夫人高氏

劉宰

德方茂兮相攸，選璧水兮得名流。悵鸞鑑兮蚤孤，營鵲巢兮末由。言歸兮吳市，立家兮承祀。侃母敬兮朋來，孟母遷兮習美。雙鳳兮齊飛，緑綬兮映斑衣。誘修短兮定分，幸予季兮可依。泮水兮洋洋，絳帳兮煌煌，三釜禄及兮八秩彌康。忽攀號兮無所乘，飛雲兮歸帝鄉。望長洲兮極浦，屹武丘兮祖墅。紛送車兮千乘，咽嗚笳兮隴樹。葱葱兮佳城，儲休祥兮千古。明萬曆刻本《漫塘文集》卷三六。

舟行三章

劉學箕

桂櫂兮蘭槳，泝流兮沿洄。天迥兮空明，湍激兮聲哀。水落兮石出，路轉兮溪回。鷗飛兮山净，魚戲兮藻開。淹留兮何爲，盍賦兮歸來。

扁舟兮容與，浮雲兮舒卷。波澄兮練横，山秀兮屏展。散髪兮平岡，濯纓兮清淺。

皇皇兮何之，路長兮悠緬。早賦兮歸來，迷途兮未遠。容與兮扁舟，長吟兮閒情。白石兮離離，秋雲兮霙霙。我思兮先廬，水潭兮山屏。帳空兮鶴怨，人去兮猿驚。早賦兮歸來，涉園兮欣欣。四庫本《方是閒居士小稿》卷上。

紫芝頌 並序

劉學箕

辛未歲七月某日，予於故廬之前見有執紫芝而過者，就觀焉，繼求其餘焉。人曰：「此公祖塋之所産者。」盡以授予。予得之喜甚，即往省諸墳塋。山之上下皆芝也，一莖一葉者有之，一莖九葉、十葉而成房者有之。其莖若漆之瑩，其葉則紫而浄，槁而不枯，榮而不華，扣之而有聲。擕之而歸，人之疑信者相半，予之自信則不疑也。然芝也，不種於人，不恆有於世，人雖遇之，孰知其爲芝乎？林者吾知其爲木，葉者吾知其爲竹，松栢蓬蒿蕭艾吾知其爲松栢蓬蒿蕭艾，惟芝也不可知；不可知，則其謂之非芝也亦可矣。雖然，芝之生必有禎祥，昌其後，芝爲端；世物也，芝之果不爲禎祥也。夫世之疑者不足怪也，怪其弗識也，識則無所疑矣。余感其事，故爲之頌。

維芝雋潔兮，非眷之力兮。毓無種裔兮，是爲芝之德兮。維芝敷生兮，非人之耘兮。特見挺出兮，是爲芝之神兮。惟芝緜茂兮，靡候耕耨兮。抽蔚擢秀兮，是爲芝之壽兮。維芝突萌兮，固守其貞兮。槁而實腴兮，是爲芝之靈兮。適山而採之，雲根連野兮。拔不滯茹兮，伊人之取捨兮。採之盈篚兮，人莫知己兮。吾其與爾兮，自信而不恥兮。四庫本《方是閒居士小稿》卷下。

瘞鶴銘 並序

劉學箕

甲子歲，自都梁攜二鶴歸。戊辰冬，斃其一，所獨存者悲唳不食，引吭長鳴，若失侶者，每竊悲之。乙亥歲，予遊安康，於故人任叔厚寧復得一隻。間關水陸，由漢渚下大江、轉番陽，凡六千里而後至家。涉歷山川，與予相從，不爲不久。翔舞清唳，霜清月曉，助予雅致，不爲不多。在彼有得朋之懽，於吾遂閒居之適，可謂得其所矣。丙子七月十八日，爲僕陳七戕其亢而殞其一。丁丑正月十九日，又爲練十游蕩，致饑餓而并絶其二。予悲念惡劇，情所不勝，雖撻之逐之，不足以償僊禽之非命，而釋予之憤懣也。既作詩以悼念，復作銘以瘗之。

嗚呼！鶴之壽，不知其紀兮。千六百年，鸞鳳同止兮。引茲員吭，抗纖趾兮。感彼簫聲，舞清徵兮。回翔金穴，鍾秀美兮。蕙帳蘭巖，怨何以兮。胡不一舉，飛千里兮。乃隨穆王，化君子兮。厄於僮奴，命枉死兮。氣填胸臆，彈厥指兮。豈非尸解，離塵滓兮。假託世緣，歸弱水兮。縞衣玄裳，棄敝屣兮。九皋從茲，掩雙耳兮。終不劈琴，薦羞匕兮。幣裹纁黄，葬山屺兮。世無還丹，不復起兮。作銘見情，於以誄兮。四

庫本《方是閑居士小稿》卷下。

祭十二姪縣丞文

彭龜年

嗚呼！惟予與汝兮，序同父子。惟汝視予兮，休戚一體。如手之運兮，如足之履。信詘進退兮，惟予心之使。余行千里兮，汝徒以侍。余疾且死兮，汝嘘以續其將絶之氣。余欲善其族兮，汝耘汝耔。余欲遏其惡兮，汝屹然猶中流之砥。汝之生兮，余猶有恃。汝既死兮，余其已矣。豈惟余失左右之助兮，抑家之否。柳之風兮凄其，梧戴月兮天低。耿耿乎余懷兮，惟汝知之。汝不見兮，我心傷悲。余疑兮誰決，余有得兮孰識？

經畚一甓兮，淚盈臆。視影空堂兮，汝竟付萬里於不説。衫䄻䄻兮煙浮，陟復降兮一丘。千秋萬歲兮，汝惟此遊。

今日汝往兮，余不能令汝之留。異日及泉兮，又安知無山川之阻脩？旂揚揚兮去只，魂杳杳兮山之趾。囊肉爲餅兮，刌肺以齊。饗人所尸兮，汝平日之所旨。嗟余之姑息汝兮，不能如屈建之循禮。猶庶幾汝一來兮，寧謂余爲不知？嗚呼哀哉！四庫本《止堂集》卷一五。

陳克齋先生哀辭

彭龜年

淳熙十有二年五月二十有六日，克齋先生陳公以四川制置司主管機宜文字卒於官。期年，乃克歸葬，以九月十有七日封。公自受學於南軒先生以歸，與諸公講論於鵝湖之上，玩索涵養，日進以新。發而見諸事業，皆以其學推而放之，不矯不揉，職局其才，惜乎其不大也。今人所欣慕而樂道者，猶不足以盡公，而公死矣。於其葬也，門人宣教郎、主管建昌軍仙都觀彭某謹辭而哭之。辭曰：

有美一人，温如玉兮。樂易平曠，無韜服兮。端莊嚴重，非邊幅兮。内實外充，孰不足兮。追幽窮遠，何罨罨兮。克己求仁，軌前躅兮。湘中之種，鵝湖暴兮。既耔既耘，而不穀兮。雖則不穀，抑�穖兮。匪名之求，而熇熇兮。匪文之工，而郁郁兮。舉而措之，匪自價兮。用無不可，何局促兮。其用則狹，道不辱兮。官於蒸湘，逮遡蜀兮。施置紛紜，世所匱兮。謂公止此，見何蹙兮。設不止此，寧公福兮。時或阻難，衆疑蓄兮。赤子龍蛇，倏反覆兮。

公今其亡，世誰屬兮？事或糅紛，禍福伏兮。幾微如毬，潛沕穆兮。公今其亡，曷之卜兮。嗚呼旻天，不我淑兮。生才如公，而不篤兮。茁斯條斯，彼樸樕兮。物固不齊，如指掬兮。我又何尤，彼亭毒兮。如公秉德，而福禄兮。日引月長，膏不沃兮。云何一疾，不可復兮。天不可知，問之鵩兮。《永樂大典》卷三一五五。

過楊忠襄墓哀辭

游九言

所貴乎大丈夫者，爲其有耻心也。孰不好生而畏死，寧死弗顧者，爲其所以自立於天地間有重於生故也。如其不耻，則大丈夫不足爲難，而名義不重矣。建炎己酉，金虜寇江，駐東采石[一]。先是，車駕幸越，杜充以宰相總諸道兵，鎮江左，前執政李棁供饟事，顯謨閣待制陳邦光守建康。充懦不能戰，以軍六萬人列江岸，乃閉壁莫敢出。虜諜知，遂渡江，我師自潰，充與麾下數千降虜北去。虜入建康，棁先降，邦光欲棄城，度不能遁，亦降。通判楊公邦乂獨不從，大書其衣裾曰：「寧作趙氏鬼，不爲它邦臣。」授其僕曰：「持此以見志，吾死矣。」棁、邦光慚謝，猶强擁公上馬，即野次，俱見虜酋四太子者。命之拜，公叱曰：「我不降，何拜！」虜莫敢迫，縱歸。明日，遣其將張太師諭公，授以舊官。公以首觸階陛求死，虜大驚，止之。徐曰：「公所守固高，然勢去矣。第歸審思之，明日復來。」公亟移書其酋曰：「世豈有不畏死而可利動者？幸速殺我。」又明日，四太子觴二降人於堂上，樂作，召公立庭下，公注視棁、邦光曰：「天子以若扞城，賊至不能抗，又不守節，更與共燕樂，尚有面目見我乎？」虜取幅紙書「死活」二字，謂曰：「無多言，即欲死，書『死』字下。」則顧旁吏有簪筆者，躍起奪而書曰「死」，於是虜皆動色，又使引去。明日再以見，公遥望四太子，遂大罵：「若夷狄而圖中原，天寧

[一] 東：《默齋遺稿》卷下作「軍」。

久假汝，行磔萬段，尚安得汚我！」虜怒，使人疾擊，梃交下，公罵不絶口，見殺，剖腹取其心。明年虜去，州以事上聞，詔贈直祕閣，官其子二人，即死旁爲墓立廟，賜謚忠襄。

九言嘗謂節義者，國家之元氣也。人無元氣則死，國無節義則亡。朝廷有伉直之風，則遇變多伏節之士。大丈夫臨難不可免，遂以身死之，所以立君臣之義，明逆順之理，使任人之事者曉然知廢義背理決不可以立乎天地之間，其有功於名教也大矣。嗚呼！我國家涵養二百年，自熙、豐一壞，蔓延以至政、宣，變起倉猝，當時京師不屈，僅得數人，而繼之者公也。使靖康之難一時有位人人如數公，戎虜安得談笑而移城闕？又使靖康之難無公等數人，南渡何以中興？然則有國家者，平時獎崇正直，扶持人心，其可忽乎！以建康論之，杜充輩皆宰執、侍從，相倡降賊，公以州佐貳乃挺然若此，則官職又可輕予乎！使朝廷以充之柄授公之手，城未必遽陷。今既敗事，在公報國之義固已無負，而朝廷所失何如哉！此又爲古今忠義之士所深嘆也。

公，吉州人。政和乙未進士。後六十九年，建州游九言爲吏金陵，再拜墓道，嗟歎而爲辭曰：

山雲起兮陰陰，木嘯風兮蕭森。罥荒榛兮頽隧[一]，野鳥怨兮清音。噫丙午兮燕安，藹薦紳兮多盤。繫苞桑兮弗戒，渝舊好兮開邊。兵釁生兮召戎[二]，澒大地兮塵蒙[三]。粲承平兮百載，莽夷門兮廟宫。我踰邠兮梁山，蛇洊食兮江干。擁貔貅兮首鼠，紛雅拜兮後先。公獨立兮慨陳[四]，人自靖兮此身。寧爲鬼兮趙氏，肯涅緇兮虜庭！肴醑飼兮苟哺，弗自知兮貌赬。握玉麟兮拜犬豕，曾莫嗅兮羶腥。豈曰余兮獨死，汝尸坐兮偷生。振英聲兮堦下，氣烈動兮清寧。凛名義兮身世，九鼎重兮一羽輕。翳翳兮幽藏，頽陽照兮山荒。髪毛爪齒兮一世同腐，廟貌圭衮兮千古之光。春秋兮代謝，勿替兮烝嘗。宋元方志叢刊本《景定建康志》卷四三。

義靈廟迎享送神曲 並序

游九言

宣和二年冬，清溪民方臘嘯聚，首破睦州，二浙震動。知台州趙資道、通判李

[一] 罥：原作「骨」，據《宋名臣言行録》續集卷七、《文章辨體彙選》卷七四一、《默齋遺稿》卷下改。

[二] 兵：原無，據《宋名臣言行録》續集卷七補。

[三] 澒：《宋名臣言行録》續集卷七、《文章辨體彙選》卷七四一作「傾」。

[四] 公：原無，據《默齋遺稿》卷下補。

景淵聞亂憂顧，官吏騷然，獨司户曹事睢陽滕侯膺力陳備禦。守與丞迫大義，不敢違，然咸無固志。侯乃爲書别父母兄弟，遂議大脩城守。且議曰：州歲發漕司糴本爲緡錢十七萬，半猶未行，姑留弗遣，諸邑秋税應折錢者輸米。守勿任漕責，侯請身之，軍儲遂充。乃擇胥吏、隸役、營壁子弟聚而教習，號忠義兵。復慮細民無賴，或餌於寇，盡擇市廛游手，名役而實給之。報益急，郡寮詾動欲行，侯謁守請止之。通判遽言：「户曹忠矣，如衆論何？」侯責曰：「大夫世列顯貴，荷國深恩，身按察而首亂階，可斬也。」丞色沮，竟先出其孥，守聞已遣。由是傾城士庶，讙囂四出，侯不能禁，獨召所給細民諭以利害，貸兩獄罪囚，令共立功，皆感勵願從。

三年春，仙居民吕師囊應賊，導之破縣。報至，守、丞遂奔。侯慮惑衆，斬死囚十三，聲言某官以下棄城，皆伏誅矣。師囊水陸並下，蔽塞川野，城上望之，危懼欲變。侯誓於衆曰：「城之存亡，即某之死生也，上天監之！」廼晝夜乘堞，用寧衆心。凡攻城日，盡破其機械，賊失利退一舍，據招延寺。侯慮戕及原野，命開門取逋亡官吏及士民數萬歸，曳柴負粟，益修守備。師囊果悉衢、婺之旅，號十九萬，復迫城。侯親執弧矢，連殪二酋，闔城奮呼出戰。師囊寇温州，更遣舟師梁忠、陳禧追襲，温人喜，開門迎之。朝廷命將始至，然侯所上功，皆聽守、丞歸爲狀，己弗自言；而温州之捷，復飭二校遜功王師。於以見侯忠厚不伐，非競名者。時姦臣閹尹用事，守既逃罪，丞以熙、豐故家，貴宦連結，反得進職，就綰州符。侯僅比捕盜七人之賞，改京秩，去爲衢州司録事。守貳同時而賞亦異章，況侯之功乎！

是時郡士潘君大年、陳君師恭與侍郎陳君公輔序記始末，皆有因人成事之嗟，羣情可見矣。台人遂自爲辭，題曰滕户曹焉。後北騎亂華〔一〕，所至紛擾。侯貳政淮寧，剪巨寇，保陳州。及居憂南京，士民遮使者，願起侯少尹，卒捍重圍。應天之人祠之，名堂「清忠」。漕淮西，復破虜於蔡〔二〕，州人祠之，名堂「忠惠」。蓋仗義不一。獨台州守貳棄城，身爲曹掾，可去而不去，卒以死守，使虜犯京師而見用於朝〔三〕，不肯以堂堂社稷與人必矣。

〔一〕北騎亂華：原作「金人南下」，據宋人集乙編本改。
〔二〕虜：原作「敵」，據宋人集乙編本改。
〔三〕虜犯：原作「敵圍」，據宋人集乙編本改。

夷考宣、政之末，縉紳最盛，侯僅以一官之微，保全四郡，所活生齒不知筭計。彼平時荷寵光，踐中外，艱難之際竟何如乎！而侯自立功後，勸進大元帥於濟州，反以遷都廷争五事見嫉時相，廢居興化。既還，無室廬可棲，台之父老迎至天台，卒老死，葬焉，世事又可勝嘆乎！

廟祠户曹逾七十年，紹熙己酉，適進職者之孫踵來貳郡，乃增繪其祖，更名「雙廟」。邦人訴於朝，隨即撤去，得正舊像，賜廟號「義靈」。繼室趙夫人猶存，邦人復走千里，併其孫仲宜，迎居廟旁。侯之烈久矣，亦知台之士大夫之不忘德也。

嘗慨天下之事邪正是非皆可易位，惟人心不可厚誣，是謂天高地厚，立人極而不昧。倘弗恃此，則古來憸佞得志，變亂白黑多矣。守城之績可卑，户曹之廟可驟，台人之心誰得而移之？增廟於孫，亦欲光其祖，君子勿罪。獨深慨當時姦臣盜弄國柄，不過營私。安知積欺不已，馴致靖康之禍，九廟震摇，萬方流毒，豈特一州而已，寧不痛哉！

某客丹丘，覩邦人歲祭，乃作迎、享、送神三辭，俾祝巫歌以侑觴。辭曰：

北固山兮朝暉，鼛鼓奏兮吹篪。盼夫君兮來止，紛老稚兮扶攜。歛芳馨兮薦豆，君弗語笑兮我懷悽。聊相羊兮引醑，慰我願兮無違。

青溪煽兮氛妖，洶二浙兮波濤。花石粲兮江南驛騷，匪氓好亂兮生不聊。欻鑾方兮同嘯，紛醜類兮江臯。愬精誠兮上天，哀萬命兮孤墉。屬櫜鞬兮奮厲，忽並殪兮兩兇。嗟我父子兮耕農，何以報德兮維孝與忠，千齡萬代兮子孫之從。

巫覡醉兮君馬嘶，風雲驅兮吹靈旗。凌浩蕩兮將何之？山靡迤兮白鶴飛。歲歲今兮望君歸，君遊勿遠兮我民之依，山阿寂寞兮頽陽西。白鶴山有侯別廟。四庫本《默齋遺稿》卷下。

禱雨辭 並序

游九言

慶元庚申夏不雨，熼風挾日，播植蕉黃。九言涖邑全椒，徧禱莫孚。或言烏江有龍洞山，山出青蛇，神龍之裔，人多崇之。因民之憂，越境躬造。自湯泉入山未百步，有蛇而藍者道絶中道，從者喜曰：「龍也。凡禱雨類索於山，幸遽得之，勿失。」余疑焉。

夫山川吐雲，霈爲潤澤，蓋天地陰陽之氣也。人一氣相爲流通，精神懇惻，乃有感動。龍靈物，能乘陰陽變化，故言興雨必求之。若可捕也，龍其何神？挹洞水足矣，捕蛇非禮也。既至，酌奠甫畢，忽顧石楯之上，翠鱗驤首，盤不盈握，目光警耀，若竚而竢。衆亦驚怪，奉以潔器。雲陰護行，空濛絲洒，用彰厥應。明日飄潤草木，又明日簷溜璁琤。四民喜驩，炷香再拜。餞龍之日，遂大傾注，溪澗充盈，豐登有兆。

嘗觀天下至毒螫莫過虺蟲，江南有號青竹者，修細如筋，螫人若針芒，死者十九，幸而一活，肢膚已殘。今蛇無異青竹，唯弗傷人，以手掬之，夷猶不懼，復能吸酒。蓋形雖同而善惡遠甚，玆爲龍裔歟？古今以來，君子小人狀貌固同，唯交際而情遂見，蛇亦然哉？蛇本螫類，而慈祥若此，是尤可敬異也已。湯泉主僧道海曰：「蛇室洞旁，弗搜弗獲，今先五里而見其相迎也，又知世雖我捐，而神不余斁也。」既感龍君之惠，迺爲辭曰：

山硐硪兮巖幽，望君居兮大江流。歛變化兮嵌竇，起霈澤兮九州。烏餤餤兮暘空，鼓坎坎兮阿丘。儼裔孫兮戾止，吸巵酒兮嬉游，謂余不來兮盍虔修？瀸泉瀦兮石洌，老木毅兮枝樛。御雲氣兮顯晦，靈夭矯兮千秋。《方輿勝覽》卷四九。

水心葉先生哀辭

呂皓

某自絶爲舉子文，懼兩失之，始旁求世之老師儒而問道焉。蓋自國朝儒風大振，百餘年間，講究道德之蘊奧，性命之精微，宜莫過於洛。考論古今之因革，政治之得失，宜莫過於蜀。及其徒之繁也，吹颷煽餤，而二黨遂成，迭爲勝負。既而上之人咸厭之，而有他尚焉，斯二者始浸息矣。南渡以來，一二遺老尋墜緒而揚之，於是道學之風獨熾。世之争趨利達而冒嫉之者，遂又蟻附而蜂起。某猶及接東萊、晦庵二老之流風焉。公時方盛年，乃渺然若無所睹，夷然若無以異，泊然若無所與，爰積二十年絶學之功，操一己絶識之見，大放乎振古絶世之文，崛起於東南多士淵藪，世雖披靡而人猶少向。邇也某嘗暇日取龍川陳公與晦庵朱公往復辨説王霸之淳駁，與夫漢唐之要略，推析而錙銖之，疏其目爲書幾萬言，而求正於公焉。

而公復書，謂討論精確如此，某豈不能贊一語之決？要是面前人各持論未定，不欲更注脚，徒自取煩聒，嘉定甲戌之春也。先生既戒以置前話，遂以其所素學，假《老子》著《通儒説》以自見，往復五十餘條。其末也爲之序文曰：「子之言，近道之言也。雖不解《老子》，自足以發身，自足以進於道。」嗚呼哀哉！生平知心，惟後谿劉公與水心二公耳。劉公訃至，始遣哀辭，將與東州之士共哀之也。涕未乾，亟遣人問公疾，乃得凶問。兩月之頃，再失知心，餘生真已矣。繼自今蒙頭結舌，待盡故山而已。嗟乎痛哉！吾自哀之不暇，尚何暇爲東州之士哀乎？其詞曰：

惟公目閲四瀆之亂流兮，不激西東；手理千載之棼絲兮，任彼錯綜。絶學無憂兮，靡間窮通。絶識難追兮，洞徹始終。接諸儒之統緒兮，不徇人而苟同。擅一世之文衡兮，養以道而益充。淵、軻已上兮，猶足折衷。荀、楊而降兮，未愜乎中。帝制屢褒兮，已極其隆。時論未厭兮，庶登顯庸。牆數仞兮，門則闢之。堂數尺兮，室則甚夷。我且直之兮，一動於微言而深知。若二老之論截不通兮，使得以撤其籬。《通儒》八十一章兮，聲叩而響隨。示余以四十七條兮，多是而寡非。謂言老去而學不倦兮，未有如吾子陽。出處之大節兮，吾謹識之衷腸。將與子之書俱上兮，俾爾死而不亡。時疾已革兮，尚緘寄以二章。

吁嗟乎！人生知己真難遇，少年角立氣未降。出門同人不我同，偶得一二又參商。昔賢四十便抱蜀，誰能需血鬢毛蒼？高山流水長自在，伯牙死後琴虛張。聯篇累牘宛在目，寧忍視之中心藏。從今未死竟何爲？禿筆如束口如囊。惟時登密浦之上，矯首東甌涕泗滂。吾自寫吾哀而已，那知地厚與天長。金華叢書本《雲谿稿》。

吴侍郎祭文

度正

維嘉定七年歲次庚戌，三月戊辰朔，十一日丙子，門生具位度正謹以清酌庶羞之奠，致祭於近故判府安撫制置閣學侍郎吴公先生之靈。嗚呼，伊洙泗之絶學兮，至皇朝而復傳。粤肇端以迄今兮，時僅踰於百年。眇先覺其未遠兮，已異説之紛然。幸斯文之復興兮，而晦翁、南軒、東萊三先生出焉。南軒親得五峰兮，懿門人其多賢。公執經以祇承兮，實追蹤乎淵、騫。風舞雩以游詠兮，佩《詩》、《書》以周旋。究經綸於體用兮，融事物而貫穿。合内外以並進兮，該天人而不偏。胡所賦之多艱兮，踐世路而迍邅。值狂寇之繹騷兮，悼赤子之仆顛。公一介以佐幕兮，望瘴鄉而直前。皇恩霈其遠暢兮，期指日以息肩。一舉掃其餘孽兮，瘡痍復乎桑田。青天爛其白日兮，何宵人之當權。信黨人以醜正兮，訹帥勢以爲愆。公瀝血以陳詞兮，竟觸怒而莫湔。遂自投於寂寞兮，曠十年而不遷。徐浮言之雨涸兮，來細札以招延。登冊府以沉潛兮，覽萬古之遺編。冠獬豸以升進兮，儼氣類其芊芊。衆目傒其敷施兮，作舟楫而濟川。俄黨禍之忽作兮，紛縉紳其拘牽。鳳凰翔於青冥兮，終下擊於鷹鸇。將卷懷於明時兮，慨遺老於林泉。方洶洶其未艾兮，忽改轍而易絃。復網羅以參用兮，畀一節於窮邊。望修門而再入兮，陪餘論於官聯。曾不得一日少安兮，又驅馳乎十連。臣未學乎軍旅兮，嘗從事於豆籩。庸夫狂以蹙國兮，甚者甘心於腥羶。人情靡其振搖兮，多壘充斥而駢闐。皆恐懼而畏怯兮，惟退縮以自全。公如山之不動兮，誓一身之棄捐。奉九重之温詔兮，指西土以來宣。冒六月之徂暑兮，犯三峽之驚湍。尊禮其才賢兮，斥去其輕儇。道迪其俊秀兮，發達其蒙顓。規矩以教人兮，俾自得於方圓。農優游於壠畝兮，商賈安於市廛。《杕杜》以勤其歸兮，《出車》歌以勞還。何蒼蠅之營營兮，謂白爲黑鈍爲銛。浩然歸志高一室兮，曾無幾微之可憐。駕言出遊戾止岳麓兮，羣洙泗之三千。成德達才誾誾侃侃兮，方仰高而鑽堅。攝衣以從之遊兮，何一疾而不痊。豈如湘纍之在陂澤兮，厭塵垢而登仙。

嗟小子之何知兮，與賓幕之初筵。嘗自謂其可教兮，每握手其拳拳。期之以萬里之遠兮，抑推與之甚專。想巍冠之濟濟兮，小子或其後先。歎斯言之莫酬兮，欲仰訴而無緣。念何尤於人兮，又何上怨乎天。自古皆歸於盡兮，獨斯道兮綿綿。薄陳一觴，有涕漣漣。嗚呼哀哉，伏惟尚饗！四庫本《性善堂稿》卷一三。

菊坡疊遺梅什忽惠蘭芽此變風也敢借前韻效楚詞一章以謝來辱

鄭清之

霜雰雰兮風乍力，草變衰兮蛩罷織。思秋蘭兮委蕭艾，望椒丘兮聊止息。悵佳人兮既遠，紛吾美兮誰識。忽有人兮好脩，遺予佩兮春色。茁瓊芽兮九畹，帶杜蘅兮被石。凛層冰兮峩峩，杳光風兮驟得。卜蘭居兮南坡，拂余龜兮食墨。四庫本《安晚堂詩集》卷八。

宋代辭賦全編卷之二十三

騷體辭　二三

招隱辭

洪咨夔

雲氣斂兮天目之巔，濤江綫横兮海門濺濺，扶桑子半兮陽烏翩翩。可俯而掬兮，咽以天井無聲之泉。子其隱乎，吾與子兮拾荃〔一〕。

雲氣冒兮天目之趾，疊湫漬薄兮洞石齒齒。列缺正晝兮，睡蛟蟄起。可豢而擾兮，浴以天河倒流之水。子其隱乎，吾與子兮採芷。

〔一〕荃：光緒刻本《西天目祖山志》卷五作「筌」。

雲氣吐兮天目之腹，乳潭沉沉兮鴨潭煜煜。徐伍朝往而暮來兮雙碧鹿。可挽而舞兮，侑以天風步虚之曲。子其隱乎，吾與子兮莳菊。四庫本《平齋集》卷二三。

立春祭太一祝文

洪咨夔

天尊神兮挾東皇，龍駕翱兮周八荒，五福舍兮迪時康。祠壇紫兮歌青陽，神宴娭兮夜未央，星留俞兮集祥光。四氣和兮萬有昌，三垂晏兮九農穰，多受祉兮命溥將。四部叢刊本《平齋文集》卷一六。

鍾惠叔哀辭 並序

洪咨夔

惠叔臨安人，諱應僑，與余内同母；余仲女，其子阜婦也。君蚤敏悟絶人，讀書日千言。場屋屢見頭角，氣盛志勇，風進駆駛。得前輩格言，題滿屋壁，坐卧與對。伊洛諸老書，多隱括爲歌詩，時時自諷詠。以苦志得奇疾，每發輒神游六虚，驂巒鸞鵠，與浮丘安期相後先。寤則索酒轟引，耳熱浩歌，吸呼月露，以盪胸中之峥嵘，幾豪矣。而操行純白，與人交，無貴賤皆盡情。奉重闈，惟恐少攖其和，喪母過哀，悴以死，年止四十有五，吾黨共惜之。余敗官寄廬西壥，期與君周旋作暖熱。至未幾，君捨之去，可勝欷哉！葬有日，爲賦哀辭，相柩紼，且以塞余内余女之悲。其詞曰：

凡託形於溟涬兮，藐起滅於一漚。前乎名世之既往兮，後方來而未休。來者不我接兮，往者不我留。譬草木苟吾臭味兮，攬而祛以寫憂。便儇嶔巇之紛前兮，鷃斯人之好脩。凝乎其觚而不堅兮，澹乎其靚而不浮。素忠信以爲絇兮，粮詩書以爲羞。索珊瑚於海若兮，采夜光於崑丘。默會心其躍如兮，獨起舞而長謳。樂得朋而講習兮，甕未蛆其已篘。暖潤兮泉瀏，淒巘兮雲幽。松矯矯兮雪明，柳濯濯兮煙柔。君其蘭亭、竹溪人物之儔耶，胡思瓴神放而莫收！若士聳身八景之上兮，禦寇泠風而跨九州。排赫戲以超遥，挾鴻濛與夷猶。頫人寰而隘之，不翅蟻垤蜂牖、蟣蠓而蜉蝣也。徑御毋於少廣之庭，謁帝於碧瑶之棲。世之壽者未必薰兮，夭者未必蕕。蒹葭老於霜露兮，胡梧桐之不能秋！豈魂氣聚散之靡常兮，聽推還而斡流。抑百鬼常瞰乎高明兮，三彭甘心乎爾仇。不然萬物芸芸各歸其根兮，蹇彼蒼尚奚尤！薄寒兮梅窩，嫩涼兮荷洲。佇立以望兮君

不來，有酒不樂兮謂我何求！嗚呼天乎，何奪吾良之亟兮，孰論心乎白頭！四部叢刊本

《平齋文集》卷三二。

盧山五猗

洪咨夔

猗若人兮葛巾，渡柴桑兮水泠泠。稚子髧兩髦兮從而後，東家有酒兮緑參天其蔭柳。山風涼兮月瞑，枕白石兮未醒。漭無極兮天游，不知乾之爲馬兮坤之爲牛。

猗若人兮錦袍，屏九疊兮紫雲高。騎雲氣兮超遥，汗漫下上兮昌羊以遨。左手兮提北斗之杓，右手兮挈東海之鼇。摩兩耳兮酣熱。眇八荒兮秋毫。

猗若人兮草堂，谷簾夕陰兮香爐朝陽。表溟涬以爲門兮，架虚空以爲屋。四海非無友兮，邀白雲而同宿。風露瀸兮我琴，舞玄鶴兮龍吟。與太古兮同音，尚靈脩兮知心。

猗若人兮黄犢，春風蕩兮瑶草緑。犢護草兮行復止，隔林呼兮老觳觫。眠犢背兮閑

閑，仰看青天兮飛鳥還。恍夢游兮何所？箕山潁水兮匪巢伊、許。

猗若人兮深衣，萬鐘不爲泰兮一簞而遯肥。溪之清兮不受淄，月離離兮風披披。芙蓉兮涉採，欲淡兮心夷。駕言兮何之？羲文兮與歸。四部叢刊本《平齋文集》卷二。

跋陳慧父竹坡詩藁

真德秀

昔王子猷居必種竹，曰何可一日無此君！而子猷行不副名，見謂汙濁，然則子猷固愛此君，政恐此君不愛子猷耳。今竹坡君並溪而廬，種竹萬箇，而有詩千篇，好風涼月，長唫其間，此君有知，亦當欣然爲君一笑也。建人真某爲作歌曰：

萬玉兮森森，清風兮滿林。有幽人兮高蹈，時擊節兮長唫。長唫兮陸續，鳳爲起舞兮鸞爲度曲。羌此樂兮誰知，雖簞瓢兮亦足。四部叢刊本《西山先生真文忠公文集》卷三四。

百丈山靈澤殿迎送詞

真德秀

仙居兮岧嶤，絳闕兮丹霄。霓爲旌兮霞幌，頫人世兮讙囂。念我民兮良苦，遲真仙兮下顧。旱太甚兮欲無年，仙不來兮其誰愬！鶴駕兮躚躚，飛龍兮翩翩，紛千亓兮走百鬼。風倐倐兮陰威，靁填填兮雨後隨，不崇朝兮澤萬里。仙澮焉兮何營爲，挽輜軿兮小駐，曰吾仙兮民之母。百丈之山兮龍湫之淵，仙宫於兹兮不知其幾年。仙母我厭兮欲我去，民思報恩兮，或鞏而材，或畚而土。飾新宫兮巖之隈，儼侍衛兮繪雲雷。瀹棕魚兮脯䅿筍，冀仙靈兮長徘徊。别館兮何許，有巃峰兮有白馬。朝嬉遊兮百嚮，夕容與兮天姥。仙之樂兮未央，顧我民兮毋或忘。錫吾年兮大有，俗欣欣兮樂康。四部叢刊本《西山先生真文忠公文集》卷四〇。

廣惠廟祝文

真德秀

□□□□之爲郡，介乎浙右而隸乎江東，然厥甚□□□□□瘠則夐異乎江浙之風。以下下□□□□□上之賦，雖粒米狼戾，且糞其田而不足，況於逢歲之艱凶？既前驅以旱魃之虐錟兮，又後繼以妖蝗之銛鋒。環千里皆赤地兮，況望其櫛比與崇墉！赤子嗷嗷而誰愬兮，分捐瘠於溝中。嗟人力其奚施兮，賴神明之哀恫。雪霏霏其三白兮，又零雨之濛濛。既優渥而霑足兮，獲及時而趨工。顧某之何知兮，屢干瀆乎靈聰。蓋隨扣而隨應兮，噌吰之鴻鍾。豈某之愚足以動神聽兮，蓋神之愛人，故頻鑒乎微衷。瞻𦶜𦶜之被野，森雲濤之氄空。苟兼旬之明霽，即坐收其全功。神既加惠於其初兮，顧豈惜委呪於其終！冀燥濕之孔時，俾黍禾之偕豐。易枯藁而昉潤，轉愁慘而春融。某將大書特書，以紀神之休應兮，期焜燿於無窮。四部叢刊本《西山先生真文忠公文集》卷四八。

外舅楊提刑熹哀詞

魏了翁

嗚呼公乎，其安之乎！言膏其車，於梁之西，不我後先兮遭逢百罹。雷虺虺其未愸兮，霧淫淫其無輝。呼靈氛爲余占，將引車而南之。心忽忽其未安兮，目炯炯其懷疑。豕白蹢兮涉波，女婉孌兮調飢。吾其綟桅而還歸乎！日曖曖兮高舂，路漫漫兮嶮巇。呼巫陽而莫余聞兮，傷采旄之逶遲。嗚呼噫嘻，我將安之乎！突梯絜楹，我不敢爲；劬躬盡力，亦莫我知。華萼之椒，珠江之湄，山媚水秀，雲清日熙。玉植青葱，交幹連枝。蘭膏在室，芳醑盈巵。四方上下不可以託兮，其將反吾之故居。孰得孰喪，孰成孰虧，是將奚極，竟亦何爲！集遐感其靡已，豈惟恤乎吾私。噫！四庫本《鶴山集》卷九一。

公主剃胎髮祝壽文

吴泳

伏以青煒熙和，絳河爛明，寶婺炳秀，蘂宫毓精。帝子降兮瓊圃，天孫下兮玉京。如蕣吐英，如蘭茁芽。菀春柳其方荑，粲穠桃其始華。南薰入紘，月良日吉。夏簟清安，夜衣芬苾。寶刀具，瑶席張。滌犀錢兮泛瓊果，進鞶帨兮沐蘭湯。雲鬟兮削青，螓首兮凝緑。阿保抱持，傅姆延祝。宜君宜王兮萬斯年，宜兄宜弟兮百其禄。更祈覃訏，共燕戩穀。四庫本《鶴林集》卷三九。

祭王存道總幹文

陳耆卿

嗚呼存道！手足以揮萬字兮，不能取一京秩；舌足以瀉三江兮，不能愬其窮於造物。伊少日之爽邁兮，可以横飛於空闊。誰牽其翼使下垂兮，乃欲達而不達。屹賢書之兩登兮，且遲遲乎一枝之折。稔之以太學之虀鹽兮，始升名於解褐。人意其平昔之抱負兮，可以勇行而不跪。奈之何入眼之青衫兮，已不禁乎垂肶之白髮。沃教雨於洪都兮，慰儒生之枵渴。屈俎豆而裨軍餉兮，疑其不足以有發。或曰梯遠而級大兮，固無嫌於猥屑。胡稟命之不融兮，屣百年於飛雪。慨吾黨於膠庠兮，早相從而甚悦。耳驚聞於不祥兮，初甚疑其浪説。恍二千里之銘旌兮，自湖湘而歸浙。乃知君之果死兮，欲叫天而孰爲之徹。嗚呼！萬事無端兮前途如漆，一生英概兮今丘今穴。氣有聚散兮豈問賢哲，文以爲酹兮千秋此别！《永樂大典》卷一四〇四九。

太宗皇帝古詩御書贊

岳珂

乾德之五星，旋於降婁，開文祥兮；太常之英姿，跨頡歷籀，開大荒兮。游藝之神，轢古轢今，奚鍾王兮。維副車之題，在承平時，謹毖藏兮；維北宫之璽，施於中興，傳帝皇兮。維臣其得之錦弢瓊函，絢宸章兮。《寶真齋法書贊》卷一。

神宗皇帝龍字御漢體書贊

岳珂

應龍之神兮，休命之申兮。利見大人兮，四聖之傳兮。有筆如椽兮，得龍之全兮。

時以乘兮，世之熙寧兮。騫騰兮，天衢之亨兮。與物惟新兮，驅雷滃雲兮。澤沛無垠兮，旋坤轉乾兮。聲氣自然兮，其合以天兮。嗟兮龍兮，漂兮遺蹤兮。歸來兮，漢之宫兮。四庫本《寶真齋法書贊》卷一。

孝宗皇帝杜甫夜宴左氏莊詩御書贊

岳珂

帝淳熙兮重華，燦璧跗兮秀萼。根六藝兮正以葩，蔽一言兮思無邪。噫！後人兮誰耶？有臣甫兮不浮以夸。窮不詘兮之死靡他，志不忘君兮於天之涯。九淵兮鯨牙，洶怒兮奔拏。閲三百年兮鼓吹羣蛙，噭如英韶兮屏淫斥哇。搴月兔兮汎靈槎，登鈞天兮泰皇家。御墨兮驚鴉，十行兮整斜。紫電兮丹霞，因風兮塵沙。臣有扁舟兮狀筆竈茶，願託寶墨兮水雲蒹葭。光清夢兮隨鑾車，臣身江湖兮臣心不遐。四庫本《寶真齋法書贊》卷三。

張長史秋深帖贊

岳珂

煒五帖兮迨今，信第一兮秋深。彼伯高兮書淫，人争取兮千金。攷步武兮可尋，付纖穠兮何心。娩關沈兮鳴琴，尚海岳兮知音。四庫本《寶真齋法書贊》卷五。

范忠宣南都帖贊

岳珂

符祐戰，九河溢，砥柱植兮。珪確競，天地昏，清風滌兮。大中之道，關百聖而不熄兮。用之不失其時，公獨得兮。公筆之不倚而字之不泐兮，公意之不偏而態之不迫兮，我觀此書，公心尚可覿兮。四庫本《寶真齋法書贊》卷一六。

霍仁仲指教帖贊

岳珂

金斗之魁祥，爛兮流光。玉墀之西箱，頎兮荷囊。寶墨之淋浪，蔚兮遺芳。百年之中緗，宜兮𢊍藏。四庫本《寶真齋法書贊》卷二一。

吴傅朋游絲書飲中八仙歌帖贊

岳珂

天絲兮舞空，春光兮怡融。杲麗日兮柔風，想八仙兮飲中。倒景兮騎紅，落紙兮游龍。俱下上兮西東，笑春歸兮無蹤。墨皇兮化工，留玩兮何窮。四庫本《寶真齋法書贊》卷二三。

張章簡康寧帖贊

岳珂

予官京口，前後十年，接公之枌榆兮。讀《耆舊傳》，慨想其人，莫覿其居兮。維帖之得題，標失真蹟，以迷其初兮。覺民跋證莫近斯，於以識公書兮。四庫本《寶真齋法書贊》卷二四。

朱文公離騷經贊

岳珂

偉兹帖之奇瑰兮，羌筆力之有神。走緘縢之來詔兮，並垂棘而足珍。從鯉庭而載來兮，得陳亢之異聞。書三閭之孤忠兮，將争光於儀鄰。予嘗竊真疑兮，謂意或有在也。方淳熙之繼明兮，德如天其大也。挈道統而在上兮，固無嫉邪之害也。先生之溯伊濂兮，又非沅湘之派也。寓物以寫興兮，自前世以固然。豈先生之適正兮，乃獨取於沅淵？行或過乎中庸兮，雖爲法而不可。其忠君愛國之誠兮，亦不虞乎後日之禍。彼不學兮周公仲尼，知莊士與醇儒兮或羞稱之。律風雅之末流兮，若未免於或變。使交有所發兮，亦足以廸天性民彜之善。以今日之書兮，固非出於感時；則異時之《集注》兮，亦何病乎俗人之悕。原屈原之心兮宗國之楚，作《春秋》兮固安在乎黜周而王魯！先儒之心兮百聖之矩，藏此帖兮昭於今古。四庫本《寶真齋法書贊》卷二七。

余忠肅典瞻益辨二帖贊

岳珂

珥貂佩玉之舒徐兮，引筆行墨之豐腴兮。閲世論人以其書兮，尚可以想慶元之初兮。四庫本《寶真齋法書贊》卷二七。

擬九頌

程公許

鴈湖先生李公以嗣世之賢爲儒林哲匠，參貳幾政，協謀鋤姦，功不自言。横遭媢嫉，賦閒歲久，學日充，德日進。旱霖川航，四海係望。公許嘗竊論楚臣《九章》、《九歌》，傳者謂其「託陽數以陳詞，悃悃款款之忠，一篇而三致意，庶幾君之一悟而國賴以安，非私於爲己也」。雖楚詞有詩人主文譎諫之義，而頌以美盛德之形容，斯文之作，體則騷，而文則頌，無乃不類乎。鴻飛遵渚，吾黨望於公者，雖累詞千百，安能摹倣其萬一？是則託楚騷，紀陽數，表公之志，頌公之德，於古人託物引類之義，或有取焉耳。

龍鶴山

龍吟兮九淵，鶴唳兮九天。飛仙兮下寥闊，鶴可馭兮龍可鞭。白雲兮垒谷，飛泉兮鳴筑。掇瑶草兮帝庭，搴瓊林兮木末。問老仙兮何爲，珠庭宴兮悦怡。啟瓊笈兮探道帙，眄靈童兮往授之。粲儷李兮芳奕葉，主斯文兮千歲期。維嵩嶽兮峻極，緊甫申兮孕質。彼圩頂兮尼丘，非毓聖兮何述？偉兹山兮萬仞，獨載英兮一家。下培塿兮何有？上帝閽兮可排。龍奮鬣兮翔騫，鶴整翮兮褊襹。灑瓢滴兮澤苗槁，何蕙帳兮吾久淹！

通德門

馳余馬兮南北，慨永懷兮故國。豈喬木兮吾敬，緊世臣兮取則。許、史兮金、張，煜煜兮煌煌，薰天兮富貴，達觀兮粃糠。水有源兮木有本，傳不傳兮天若吝。彼高密兮崇門，後何稱兮子孫。維指李兮蟠根，光萬丈兮斯文。父子兮昆弟，面命兮叮嚀。闔户兮車不停軌，滿堂兮烜朱與紫。顧所重兮未然，寧以彼兮易此。佩禮義兮服詩書，保厥美兮久不渝。百世兮嗣守，張赫奕兮吾閭。守一經兮範金石，寧鄭公兮專通儒。

峨峰書院

修眉兮連娟，曼翠靄兮麻源。君門獰兮九虎，蹇予留兮三年。三峨之山兮遠萬里，見似人兮胡不喜！半輪秋兮促公歸，空高徑兮班屐齒。蹈夷險兮一心，既何戚兮何欣。忍較功兮曲突，莽蒼狗兮白雲。清風颯兮綺疏，明月耿兮庭除。紛縹帙兮插架，尚青衿兮來趨。渺天涯兮延佇，時與拂兮蠹魚。雪堂兮躬耕，萬古兮芳馨。匪天窮兮人厄，九鼎重兮斯文。

鴈湖

水平湖兮溶溶，鴈鳴秋兮雝雝。氣相求兮聲相應，渺萬里兮葭葦叢。晴雲淡兮天宇清，行不亂兮字縱橫。伊美人兮心和平，韻塤篪兮錦繡文。湖光澮兮酒温巵，鑑湖影兮燭鬢眉。縱百坡兮何聚散，如此水兮湼不緇。彼弋人兮奚慕，何南北兮定處？媚媚兮秋風，瀟瀟兮夜雨。飛鳴兮向陽，何心兮稻粱。望層空兮接羽，友鴻鵠兮高翔。

石　林

貌棱層兮心潔貞，玉韞質兮金作聲。芙蓉冠兮獨立，佩寶璐兮繽紛。胡拳拳兮石友，期歲晚兮相守。瞠俗眼兮老醜，自心知兮堅久。彼平泉兮森離立，紛品第兮羅甲乙。吾何嗜兮狷介，寧與汝兮同癖。琴書兮左右，龜鶴兮前後。覿面兮崢嶸，忘言兮一笑。泰山兮非大，拳石兮非小，體無不具兮性何不有。喦喦兮層霄，藹膚寸兮澤九州。時卷舒兮爲世，亘古今兮獨超。

南　閣

葵傾心兮向陽，車導迷兮指南。彼赫曦兮麗晝，奚信耳兮銅盤。路通行兮九軌，奚窘步兮嫛姍。理有室兮必通，物無幽兮不闡。懿君子兮姱修，曾何心兮獨善。曼余目兮流觀，瞻咫尺兮威顔。慨冥行兮一世，撫余衷兮獨安。惟納約兮自牖，苟牆面兮孰誘。擁前旒兮余察，昏擿埴兮余考。周道兮如砥，君子兮所履。彼矇叟兮何知，跬步兮千里。倚檻兮永歌，君門九重兮奈何。倚皇明兮寤鑒，蹈前修兮不頗。

平舟

滄海兮渺瀰，杳莫見兮津涯。愕風濤兮澒洞，問靈皇兮何之。天蒼蒼兮正色，水混混兮相接。何人心兮過險，陡平陸兮震慴。維水流兮不盈，縱涉險兮心亨。亦可載兮可溺，毋以弱兮意輕。兀漏舟兮澎湃，矧維楫兮不戒。羌左重兮右輕，曾何恃兮弗敗。引余袂兮褰余裳，整余柂兮屹余檣。舟中人兮乃心一，險可濟兮患可防。乘流兮上下，如平武兮康莊。思古人兮莫我遻，志尊堯兮慨以慷。固天命兮有當，繄人謀兮允臧。

朝陽閣

東方兮煌煌，烜吾目兮晨光。耳翰音兮三唱，屏羣英兮遠藏。攬衣兮起起，危檻兮徙倚。寧餐華兮學僊，何炙背兮誇美。衆鼾睡兮昏莫知，我心惻兮獨徘徊。胡羲馭兮不少尼，恐君行兮迫崦嵫。晞余髮兮扶桑，騁余乘兮暘谷。翫咸池兮洗光，佇閶闔兮開鑰。建采旄兮飛虹，駕蜿蜒兮八龍。鸞鳳兮前導，靈鳥兮後從。於微閭兮發軔，景未仄兮帝宫。及曜靈兮未晏，尚察余兮從容。

醴泉墅

桑枝緑兮麥齊腰，醴泉山下兮春和柔。有美一人兮山之曲，薜荔屋兮蕙裯。溪流兮清瀏，嵐靄兮穠秀。鳥語韻兮清風，花氣馥兮晴晝。山中人兮衮繡衣，汎濫游兮憺忘歸。溉千頃兮芳茝，藝百畝兮留夷。歲暮兮華實，折以遺兮所思。懷渺渺兮何極，時不可兮再得。丹鳳兮飛飛，何兩美兮未合？山中人兮忍淹留？皇渴佇兮石田秋。樂行兮憂違，余心兮焉求。草萋碧兮日婉娩，炯四目兮余袂挽。披霞緼兮紬瓊編，倚僊翁兮與周旋。樂莫樂兮醴泉之墅，役薪水兮公忍余棄！凌汎景兮從之遊，渺下顧兮一稊米。四

庫本《滄洲塵缶編》卷二。

述九頌

程公許

嘉定十二年春，西師弛備，敵騎坌入天漢、三泉、洋川，蜀大震。上用心惻，始下詔圖任舊人，起前參知政事眉山李公於洞霄祠館，以端明殿學士知遂寧府。未就鎮，潰兵嘯聚，自利、閬、果擣虛入城。公乃弭節潼川，與季弟左史直院侍郎公

共議招降，以伐其闞西之謀。賊始疑沮，逡巡引避。用能延景刻，會將士以蹙之，賊固爲吾机上肉矣。兵火創殘，流離未復，公始至，是究是圖，俾就安集。民遂德之，家置一喙。先一州而後天下，挽天河以洗兵甲，蒼生屬望於公，不啻旱秧之渴雨。先是歲行丁丑，公初度之臨也，公許嘗賦擬騷《九頌》爲公壽。公讀之喜，謂其文駸駸乎子駿、與可伯仲之間。愚不敏，懼不敢當也。今歲己卯，公之壽籍方周一甲子，而雨露疏恩，適丁斯時，泰道初亨，壽儁登用，紀年太極，自當與宋匹休。公許感公文字之知，不敢碌碌自比常倫，再抒鄙思，爲《述九頌》九章，章各有指，所以侈公道之開而申前作之未備。繪畫日月，非僭則狂，愛助之情，則在可取。是歲十一月既望，門人程公許拜手謹序。

毓粹

五氣兮順行，萬彙兮嘉生。緊人兮有異，毓其秀兮最靈。紛總總兮横目，何一濁兮一清。豈后皇兮爾私，命曰賢兮粹精。雖才品兮靡易，匪先覺兮曷程。誕空桑兮開有殷，崧嶽降兮周之禎。矧皇運兮配天，作之輔兮差肩。藹遺芳兮簡編，屹柱石兮多賢。眷指李兮嫡裔，祖柱下兮老僊。扶輿兮瑞霧，溶洩兮非煙。鞭鸞兮馭鶴，抉雲漢兮來九天。粲文端兮郁郁，帝所賚兮坤軸。經天兮日星，緯地兮嶽瀆。綿萬禩兮不泯，爲生民兮耳目。

載　英

岷山兮五嶽丈人，大江兮四瀆之尊。羌鬱積兮佳氣，固人物兮載英。環兩川兮千里，何江鄉兮專孅？匯千頃兮玻瓈，龍與鶴兮集止。山之隱者聃耳孫，子正見兮楊氏女。乘汎景兮軼罡風，藹僊蹤兮山之趾。禀帝命兮叢霄，聊世人兮游戲。五男子兮翹英，今嶢嶢兮鼎峙。彼談、遷兮世史官，悵有歉兮曷及季。真人兮高翔，眄塵寰兮粃糠。憫俗兮惛瞀，蹇余佩兮熒煌。老翁泉兮龍鶴之雲，前蘇後李兮藹芳馨。岷可礪兮江可竭，不可沬兮英與靈。

經　文

天不椓兮斯文，寄命脈兮哲人。爛咸陽兮熖虐，不可燬兮六經。苟日月兮可晦，何天地兮長存？言不文兮行不遠，義欲正兮詞欲贍。學之荒兮氣之浮，匪艱深兮必蹇淺。公昔來兮帝旁，佩瓊蕤兮雲錦裳。六龍兮伏軫，從之兮彩凰。愍世兮溷濁，下掃兮不祥。屈、宋兮導前，卿、雲兮翼後。韓、柳兮並馳，杜、李兮齊驟。建安七子兮隨行，江左諸謝兮羅左右。抗吾旃兮典籍場，軼吾轂兮風雅囿。探金匱兮秘圖，掞國華兮冊書。範金石兮揚律呂，散人世兮猶緒餘。民之生兮有司命，彼指南兮亦有車。秉斯印兮千萬壽，後有覺兮余楷模。

耀德

郊見帝兮琮璜，瑟彼瓚兮流斯黃。物有專兮靈粹，寧糅雜兮尋常！懿君子兮毓德，可蠡測兮蘊藏？稟堪輿兮間氣，學遠紹兮皇王。探墜緒兮鄒魯，集臯夔兮衆芳。俗薆薆兮要艾，紛余佩兮蘭纕。衆襘襘兮冶服，爛余裳兮織襄。石渠兮紫橐，斗樞兮黃閣。持衆美兮效君，寧濡跡兮康國。世惛惛兮莫吾與，矯茲媚兮私處。畦於閭兮珣琪，藝瓊蔬兮元圃。曖晴旭兮養和，霏瑞霧兮來下。苟昭質兮莫虧，猶可遺兮遠者。及羲鞭兮未晏，導帝之兮軌路。

亮節

蘿門兮薜户，宛其姝兮静女。撫瑶瑟兮清歌，歌不絶兮如縷。事君子兮歲幾何，薺非甘兮蘗非苦。金石兮貞心，恩深兮雨露。黵半額兮姱倡，豈娥眉兮能嫵。山之顛兮虎豹嘷，波洶洶兮蛟龍饕。君欲行兮孰導，隱余思兮鬱陶。願一列兮無從，首倦櫛兮頻搔。賨輅兮瑶轍，道阻兮積雪。君何志兮遠遊，危斷綏兮惙惙。歲冉冉兮將遒，蹇奚淹兮山椒？愕曦鳳兮戾止，曰有詔兮汝謀。日有食兮仍曜，景有晏兮復朝。荀蓀蔆兮弗諼，聊延佇兮中洲。

固屏

蚩尤旗兮飛炱，天狗墮兮隱雷。天運兮日蹙，目漲兮氛埃。一失兮一得，孰强兮孰弱！莽三垂兮骨縱横，恣强敵兮横奔突。天萬里兮杳莫知，何一朝兮飛羽愕？皇乃眷兮西顧，愴赤子兮何負。白駒兮來思，忍空谷兮逸豫？有俶兮東方，千騎兮煌煌。淑旂兮綏章，往欽兮汝臧。膏余車兮秣余馬，遲汝不來兮盍整余駕。忽霧塞兮飈回，梗緑林兮轔藉。不我後兮我前，幸刼災兮天假。怒轍兮徒勞，鼎魚兮焉逃！民生兮何尤，膏火兮煎熬。蛟涎兮脱禍，父母兮鞠我。集鴈兮中洲，作之屏兮蜀之左。内訌兮外阻，誰禦兮誰拒！膚寸兮鬱遥岑，先一州兮後天下。

入輔

龠淪兮澤有水，渺莫窺兮涯涘。鼓之雷兮嘘之風，沛萬里兮流莫止。潏濤瀾兮汎東洋，張乾綱兮翕坤紀。渺觀兮古今，賢運兮齊軌。狼跋兮其胡，赤舃兮几几。東征兮遲遲，滔滔兮不歸。歸來兮何時？繡裳兮衮衣。美人兮嫮好，思不見兮令人老。昔與余兮成言，忍棄之兮異道？九疑兮緬哉，重華兮宴娭。蒼龍兮峙闕，岧嶤兮帝臺。蕙裯兮芷幄，從之兮九垓。麾青虬兮以梁，驂孔鸞兮以駕。靄雲旃兮繽紛，恍松喬兮來御。步咫尺兮帝軒，帝一笑兮何言。恍流眄兮下土，掃埃氛兮九埏。余左兮汝右，余先兮汝後。汝作朕兮股肱，拜稽首兮皇萬壽。

紀生

一之日兮周正，建子兮良辰。黄鐘兮起律，魯臺兮望雲。氣機兮翕闢，往來兮不停。皇揆予兮初度，秉幼志兮潔貞。延日月兮察幽，晞雨露兮瀹氛。菾拳拳兮余愛，何險艱兮弛勤。與菾違兮星紀，思專專兮曷已。九折臂兮成醫，信情質兮可恃。端策兮以占，有孚兮韋編。陰極兮陽復，豈賢運兮不然？剡甲子兮一周，測天度兮循環。丹臺兮定録，壽紀兮日延。理無窒兮不亨，物去故兮就新。蠖屈兮求信，根之歸兮再榮。彼涸陰兮毓質，亦忍俟兮陽春。洪鈞兮密庸，播物兮無垠。開八荒兮壽域，如華胥兮大庭。

侶　真

天門開兮九重，爛鉤陳兮紫宫。烜舜瞳兮萬里，穆五紘兮從容。予唱兮孰和？勞心兮⿰忄盧⿰忄盧。渺煙塵兮蕭瑟，慨世途兮荆棘。上帝兮孔仁，賚予兮良弼。金碧波兮漲漪淪，妖氛洗兮景氣新。皇軫思兮六合，佇公來兮經營。天蒼兮地厚，日月兮悠久。民命兮以延，國脈兮以壽。雲髯髾兮僊者家，瑶之臺兮户瓊玖。飯寶屑兮醴玄霜，脯擘麟兮果梨棗。馭鶴兮鞭龍，故山兮春風。吾誰侶兮赤松，匪上玄兮曷從？撫塵劫兮浩蕩，燕鈞天兮樂融。長接引兮羣品，與龍漢兮無窮。《滄洲塵缶編》卷二。

亨泉詞

程公許

《亨泉詞》，眉山程公許爲常博張侯賦也。侯家資陽考槃蓮花峰下，坎地得井，竅木以成。有洌且寒，昔堙今渫，以「亨」取義，而爲之銘。宿學鉅公，咸有紀述，肅容伏讀，靈源至味挹注不可窮。顧後生何敢與於斯文？疇昔承教下風，所願求益，倣楚騷體作亨泉之詞。若曰紉艾擷蕭，祈頡頏於飛霞之佩，則公許所不當僭。

有閟兮寒泉，運而往兮幾何年。地靈兮啟秀，不我後兮不我先。川媚珠兮圓折，蓮吐蚰兮便娟。坤文郁兮瑞世，所思邈兮西都之虞淵。芳至今兮未沫，世載英兮曷維其已。考槃兮山之阿，龜何以兮食只。築之垣兮登登，忽而凹兮窈而深。累甓兮尋丈，刳木兮虛心。木爲仁兮仁者静，水閟險兮中不失信。矧生數兮土以培，固受命兮獨也正。孰牖兮孰窒，孰導兮觱沸？否傾以亨兮繄所遭，余何喪兮何得。美人兮委蛇，洞酌兮永歌。昔泥不食兮匪我吝，今渫可汲兮湛不波。韋絶編兮堂上，晤三聖兮惝怳。有孚兮坎習，不窮兮井養。消息兮盈虛，道之體兮《易》之象。沛吾軜兮八荒，志拯溺兮靡遑。雞鳴喈喈兮霜月曉，紛紜歸夢兮殷轆轤之下銀床。萬家兮渴飲，渺千里兮相望。猿奚悲兮鶴奚怨？旱欲霖兮川欲航。功成兮不居，媲彼泉兮有常。纓可濯兮滄浪，鯉可羞兮漢之姜。修綆兮汲古，涴新學兮肺腸。美人兮歸何時？樂莫樂兮舊鄉。四庫本《滄洲塵缶編》卷二。

仙谷詞送别西憲楊少卿奉祠東歸

程公許

攬飛雲兮遐思，軼迅飇兮流目。涪之水兮渺瀰，秘殊境兮僊谷。彼僊谷兮何有？辟埃氛兮泬寥。森幽篁兮擁翠，蓊嘉栢兮相樛。路窈窕兮山盤紆，田可稼兮谿可漁。谷中人兮歸何時？霧冥冥兮雨霏霏。人心洪濤兮衝君航，世途羊腸兮隤君馬。盍舍策兮停橈，聊相羊兮田野。蘭室兮蕙裀，鶴舞兮猿嘷。君歸來兮何樂，澹無取兮焉求！敷床兮千萬軸，問何如兮嶽之麓。慨視世兮搶攘，忍潔身兮幽獨？谷中人兮無淹留，靄膚寸兮澤九州。芳菲菲兮未沬，期歲晚兮逍遥。四庫本《滄洲塵缶編》卷二。

撰先伯桂隱先生哀詞

程公許

伯父桂隱先生以嘉定十一年正月十三日卒於丹棱之里居，後十二月十七日葬。程氏自唐入本朝，號眉山望族。曾叔祖夔州府君，由上庠擢政和二年進士乙科，浮沉州縣間，以學行爲縉紳榘範。叔祖飛烏府君早世，不克大耀。先生夔州嫡長孫，飛烏嫡長子也。生長見聞，嫻於禮度，非詩書不嗜，非道義不友。終老韋布，爲鄉達尊。家君子蓋先生之親手足，稚齠出繼，友愛尤洽。公許每歸鄉省墳墓，拜先生堂下，丰神散朗，談論贍博。其卒且葬也，不得一慟以寓其哀。先生早悟道家秘訣，形留神往，豈真死者乎！乃倣楚人之詞，爲文以招之。詞曰：

丹山之巖兮阻且深，丹山之雲兮閟其霖。中有姝兮静處，冠岌峩兮瑶簪。方轗兮坎滯，聊返轡兮穹林。辛夷兮爲屋，芷幄兮蘭衾。世與我兮異好，不可揉兮精金。信有味兮恬漠，亦何怨兮寡朋。猿嗥兮鶴憤，鳥悲兮蛟吟。忽西崦兮墮日，急響絶兮玉琴。載營魄兮焉逝，空桂枝兮蕭森。朔風兮陵厲，白晝兮多陰。素車兮丹旐，曷返兮遥岑。天高兮地厚，古往兮來今。彼達觀兮超曠，奚死生兮愛憎。四方兮上下，杳眇兮莫尋。鶴歸兮何日，瑶草碧兮勞我心。涕浪浪兮霑襟，君無滯兮遠淫。歸來兮娱樂，故山兮崚嶒。四庫本《滄洲塵缶編》卷二。

安人趙氏哀詞

程公許

安人趙氏，故大丞相衛文定公之季女，今朝散郎、主管建寧府武山冲祐觀虞公之妃，嘉定七年六月十一日終，後二年九月二十七日葬。公鍾情嘉耦，述文誌墓，語皆傳信。眉山程公許做楚騷之亂爲詞以相挽者，以寬公之悲云。

商飈之蕭瑟兮，百草莽其披離。何深林之敷蕙兮，藹芳華其不虧。物有生而專孍兮，豈伊人而不然？閺濬房其窈窕兮，非從夫將孰稱賢？媢璇源之駛瀏兮，四僊之峰其巀嶪。袞衣藹其碩膚兮，笄珈配之煒曄。有齊季女淑且明兮，天作之對奚苟求？懿玉屏之有孫兮，嗣寬閒之潔修。面嘉命其必敬戒兮，庶幾君子之好逑。歌福履之將兮，詠室家之宜。潄屣珠玉吾何有兮，佩禮義而服書詩。顧俗好之騖榮兮，得則盈而失則沮。孍君子其獨不羣兮，期百歲而偕處。夫何孤鸞一朝而舞鏡兮，悼亡賦而鬢霜。念天秩之有典兮，幽明離隔其忍忘！冷辟邪而燼絶兮，疊旁行其蛛蝨。耿松岡之夜月兮，尚欣欣以從舅姑之遊。悼人命其孰司兮，參大衍其非夭。信流芳之未沬兮，豈獨華髮而曰壽？苟天理之可恃兮，君子之步其丹霄。湯沐大國日可冀兮，尚足慰芳魂於一丘。四

庫本《滄洲塵缶編》卷二。

宋代辭賦全編卷之二十四

騷體辭　二四

後生可畏箴 並序

袁甫

或問曰：「聖人曰後生可畏，何謂也？」吾應之曰：「子知夫人之生乎？」曰：「知之。」「子知夫生之倍數乎？」曰：「未解也。」吾語汝，夫七千二百日，較之一日，則爲七千一百九十九倍，其相去可謂遼絶甚矣。吾以爲七千一百九十九倍，可斂而僅爲一倍。問者駭曰：「談何容易！」吾曉之曰：「再積七千二百日，我所歷之日如是，彼所歷之日亦如是。彼我對觀，則我加於彼，非僅一倍乎？」吾復語之曰：「子以一倍爲少乎？不知積而久之，其少也不足以倍。」問者益駭，吾曉之曰：「又積七千二百，我所歷之日如是，彼所歷之日亦如是。彼我對觀，我得其三，而彼得其二，我何足以倍彼？又積之，則我四而彼三；又積之，則我五而彼四，我於是歲盈百矣。又積之，則我六而彼五，於是歲過百矣。嗚呼！始也以一日而較，其爲倍也七千一百九十九，已而我視彼僅倍，又已而不及倍，又已而五四焉，六五焉，久之而歲俱盈百焉，回視七千一百九十九之倍於一日也，果如何耶？」問者若有遺失。吾曰：「子勿異也，請爲子述《後生可畏箴》。」其詞曰：

我孶孶汲汲兮，遡萬里之脩程。懼後來之見迫兮，揚余鞭未嘗暫停。使我而微怠微息兮，其迫愈不皇寧。矧夫我息而彼奮，我息而彼興，將不止迫我，又將陵駕我兮，而莫之與京。我瞠乎其在後兮，彼將摩青雲而上征。嗚呼！勿謂彼脆，乃敵之勍。光陰何迅，中夜以驚。忽然深省，如醉得醒。老而知畏，何異後生。本無老少，日光月明。萬古一息，無虧無成。何以用力？業業兢兢。四庫本《蒙齋集》卷一六。

鉛山縣石梁銘

袁甫

鉛之山兮蒼蒼，鉛之水兮泱泱。劚山骨兮爲梁，臥洪波兮康莊。題巨扁兮彌章，萬目具瞻兮，萬古之光。四庫本《蒙齋集》卷一六。

祭拙堂致政韓公文

袁甫

惟天不輕畀人兮，壽爲九五福之首。皓首朱顔，婆娑林下兮，信人間之稀有。集茲福於厥躬兮，又回顧夫我後。後人命懸於天兮，孰豫知肯堂與否？偉韓公之獨稟於天兮，蓋積善之素厚。森堦除之蘭玉兮，何弟恭而兄友。歲在癸未兮，二子雙綰乎藍綬。耿名門之輝光兮，譽喧騰乎萬口。咸謂儒家氣味，不比北平之有子兮，鸞鵠停峙，足以傳諸不朽。我未瞻公之典型兮，先於長嗣焉定交。體質金玉兮，義理薰陶。一見傾蓋兮，延誨兒曹。我仕大江之東兮，又王事之相遭。長嗣迎公以來兮，兩臉有似乎蟠桃。遂升堂以展敬兮，情誼奚翅乎漆膠。次嗣詞學之競爽兮，瀉萬斛之波濤。羌塤篪之迭和兮，暢一翁之逍遥。龍賓兮相邀，濁酒兮山肴。此樂何極兮，知不知吾常囂囂。

人謂公才兮，少時勇決。遇事敢爲兮，志意彌烈。晚年名堂以拙兮，心如石鐵。斂鋒鍔於不用兮，攖萬變而不折。陋流俗之鍥薄兮，遵道德之軌轍。寧安己之分義兮，奚顧彼炙手之可熱。倚長松以嘯詠兮，凛清風之高潔。此吾拙堂之所賦兮，昔公一覽而擊節。謂知予心兮，勝予自説。次嗣通籍兮，慶事不絶。長入朝路兮，出分風月。天子有詔兮，峻奉常之班列。將整裝而上征兮，胡爲乎求醫問藥而中輟。嗚呼！歲幾兩周兮，拙翁言别。每問訊兮，憂心惙惙。忽訃聞兮，使我悲噎。有子可託兮，孫枝芽茁。死生晝夜兮，達人一瞥。拙翁何憾兮，兹理洞徹。身有時而盡兮，光明亘萬古而不滅。到此乃知拙翁之作計兮，今而後其計非拙。靈乎有知，諒我遠而不遑奔慟。寓誠一巵，千里對面，其歆我詞。四庫本《蒙齋集》卷一七。

祭趙景賢使君文

汝麋　陽枋

何其乎蒼蒼，哲人萎兮邦之良。期德業之久大，慨修短其無常。仁不必壽，德不必昌。深培何係乎完久，邁種豈偕乎綿長。襟春風兮芳辰早歇，稟厚氣兮急景飄揚。展也視履，嗟乎考祥。使樂善之日沮，而悖德之滋狂。關風俗兮盛衰，係正理兮行藏。公止於此，云胡不傷。公資稟高明，才華卓出。好語開口，妙句落筆。貫百家而剖析，飽信史而涉歷。齊漢儒兮不羣，輩謫仙兮俊逸。厭華摘實，反求六籍。詠《詩》之性情，用《禮》之文質。《語》、《孟》觀其會通，《典》、《謨》究其精一。既又即日用常行，而參之於《易》。戰野於銅峽之遇敵，設險於渝江之城壁。秀屏禦寇兮擊蒙，昌溪井收兮勿幕。涪會廣振民之惠，黔巑公施溥之溢。歲晚兮理益明，官窮兮志愈立。公於《易》蓋自得之，力行之，非但言辭綴葺而已也。惓惓心期，約予歲寒，方欲講大有之盛，進匪躬之言，明得輿之義，贊碩果之全，期公以美在其中，發於事業，而膺黄裳之元。公今已矣，予又奚言。

嗚呼！善政時事也，興學任職也，社粟方惠也，叢塚漏澤也，殆公之善者幾也。北山維麓，渠渠巖瞻，輪焉奂焉，賁光於前。熏山谷之香，嗣蓮蕩之賢，揚紫陽之帖，彰樂活之傳。山高矗天，江流成淵。公之心與伊川之《易》，皦如萬古之長存。嗚呼哀哉！公其歆旃。四庫本《字溪集》卷九。

宜春郡博士陳茂獻哀辭

王邁

天之生賢兮孔艱，既曰生之兮曷不其延？豐之才而嗇之數兮，意乘除之或然。吾非爲茂獻惜一死兮，蓋爲世惜一賢。木堪棟於明堂兮，俄漂摇於風雨；玉可藻於清廟兮，遽委棄於泥土。不曰有命在天兮，杳乎不明其故。豈物之生而有才兮，皆鬼神之所妬？充茂獻之純孝兮，可移爲忠以事君。雖欲爲而不可兮，猶可證於方冊之遺文。施茂獻之友悌兮，可熏善良於國人。雖施者之不遐兮，猶可挹其紫荆之餘芬。嗟人之達道兮，豈不知順受其正。獨我輩之情鍾兮，有不能以自勝。命短而所存之甚長兮，吾於君乎何病？尚其相爾弟昆暨後嗣兮，天至斯而始定。四庫本《臞軒集》卷一一。

秦伯舉哀詞

少作

劉克莊

建康男子秦綱，余丙寅歲始識之於西湖。時朝廷議北伐，一日除三宣撫使，諸戎帥皆遥制河南北、山東西全盛時故疆，領其節度，剋日進攻。綱固喜功名，用其策干長安貴人，皆莫省。既而師出無功，三宣撫俱罷，詔出樞臣督視京口。余里人方侯信孺被選使虜帳議和，辟綱偕行。比三往返，侯坐吏議謫臨江，綱送侯出涕，居鬱鬱不樂。明年，郴、吉賊竊嘯，聲撼嶺外，詔起侯守曲江，會合討捕。綱曰：「壯士時不可失。」徒步往謁。時赤水峒賊散白旗踰嶺，侯曰：「是軼入吾境，不可縱。」分帳下兵，以綱將之。募土豪鄉導，披溪谷，窮巢穴。綱入益深，所將士多亡去，賊格鬭轉苦，綱死之。訃至，侯哭之野。綱爲人短悍，有膽氣，飲啗兼人。

嘗游邊，多與退校故將游，對客語今古成敗，指關塞虛實，歷歷可聽。憶余客都城，大風雪，卧邸中，綱夜踐雪邀余買酒鱠鯽。酒酣，出其詩與文，皆悲健豪語。顧寢榻上敗絮一襲，書一卷，取視之，輿地志也。

噫！綱死矣。余性懦，愛綱之豪且果，又病其鋭也，又患乎偷生者之多也，又哀夫以綱之布衣而死也。且寇興以來，廟堂困籌慮，大農窘供億，居討賊之任，能礪鋒穎與賊角一戰者未聞也，況死節乎！乃爲哀詞以弔綱。或曰：「綱有母在而輕死，聶政所不忍爲也。」余曰：「不然。彼韓相俠累非得罪於天下者，政乃以其親之遺體快他人之私讎，此名教之所宜絶也。峒寇之罪通天矣，豈獨綱欲得而僇之，雖綱之母固將甘心焉。張湯死，母不哭，吾意綱母子亦然。客有自曲江來者，言方侯祠綱於佛寺，因書以寄侯，使刻之祠中。綱字伯舉，死時年四十餘。其詞曰：

余憫士之媮兮，吁嗟乎悲哉！持婉孌爲身梯兮，指狷介爲禍媒。質魁然而美好兮，中慴怯如婦孩。嗟夫君兮何慨慷，氣尤鋭兮力孔剛，倚長劍兮撫八荒。彼肉食者出而專征兮，亦入而訏謨。設一塵之警兮，駭鳥鼠之奔呼。臣節棄如遺兮，或忍蒙夫垢汙。嗟夫君兮生羈窮，短褐穿兮食不充，孰激而死兮義之從。庾嶺峨峨兮下有江，桄榔蔽天兮號哀急之濤瀧，鑾雲蜑雨兮瘞玉其邦。跨脩鯨而翳鵠兮，遊汗漫與空谾。烏虖！世以敗爲辱兮成爲榮，君以義爲重兮生爲輕。陳哀詩兮祼薦，乘迴風兮送迎。宋刻本《後村集》卷三五。

憫時命

嚴羽

憫時命之不當兮，去重華之日遠。懷貞慤之操行兮，遭此世之泱漻。志浩蕩以耿介兮，思低回而蹇産。衆日進而蔽壅兮，何靈修之爲怨。因時俗之傂傀兮，背矩矱而不可化。獨好脩以增姱兮，宜反謂余以多詐。惟天地之不可正兮，指黄泉以爲期。欲余屈心以從俗兮，雖九死其猶不忍爲。執太原之擾兮，蹈焦原之峻。世沈淖而莫予知兮，吾愈嶢嶢而自信。昔伯陽之逢紛兮，時亦去其遑遑。繄周公之不復夢兮，曷疑尼父之惋傷。陰與陽其轇轕兮，天與地其回薄。八柱將撓兮，四極安託！嗟余生之多艱兮，哀衆命之將落。願披志以抽憑兮，思自近而不可得。獨抑悒而無誰語兮，怊茫洋而焉極。涕淫溢而澒溶兮，向高穹而嘆息。吾將遯俗以潔居兮，從巢父於箕山。采三秀以咽蒼栢兮，聊以終吾之永年。哀山谷之多風兮，霰雪冥冥而不見天。豺狼縱目以相嘷兮，虎豹群而食人。信自適而無所兮，蹇淹留而懭悢。目𥈭𥈭而外浮兮，精專專而獨往。搴太清以爲珮兮，檻灝氣以爲桂。芳颯遝而並御兮，豈獨椒桂與江蘺。厭此世之多嚚兮，時遠眺而去之。揭太乙之長竿兮，建招摇之飛旗。天吳爲余奔走兮，龍伯爲余指麾折。鄧林以爲策兮，眇八合而驅馳。左裾拂乎崑崙兮，右袂掩乎月窟。訪混沌之所止兮，趨清冥而歷荒忽。撫盤古之頂兮，挽天皇之臂。敘予心而嗽詞兮，曷爲乎鴻荒之不再世。吾將揭北斗而量九州兮，均人命之所與。定日月之所舍兮，使長照臨此下土。又恐群靈之好讒兮，俾上帝之憑怒。不照余之精誠兮，吾將安愬。臨天路而徬徨，魂廷廷兮失度。

亂曰：邅余車以來歸兮，曾何足以舒憂。羌靈脩之不吾祐兮，於今之人其何尤。懷余情而終古兮，聊與化而逍遥。四庫本《滄浪集》卷三。

雲山操爲吳子才賦

嚴羽

山巃嵸兮白雲，雲冥冥兮高山。若有人兮居其間，超逍遥兮盤桓。芸櫨兮菌桷，羅橘柚兮爲堂，塗予室兮楓香。擥葛藟兮爲帷，藾蔞雜兮佩幃。穹岫兮玄厓，瀑流兮相陘。皎積雪兮奔雷。攢林杳其蔽日兮，掛飛猱之清哀。雲中之君兮白鹿，山靈繽兮下空谷。風蕭蕭兮灌木，雲山兮幽幽，羌躑躅兮夷猶。惆悵兮予懷，非夫君兮誰思。投余簪兮太息，從夫君兮歸來。四庫本《滄浪集》卷三。

放歌行

嚴羽

進賢之冠兮，高乎岌危。山玄之佩兮，長乎陸離。苟非其道兮，曷如蕙帶而荷衣。堯舜邈其不逢兮同，我之心其孰得而知。寧輕世肆志兮，採商山之芝。與其突梯滑稽，有口如飴，據高位而自若，鈞厚禄而無疑，則余有蹈東海而死耳，誠非吾之所忍爲。四庫本《滄浪集》卷三。

金天移文

林希逸

時友人以喪偶，自號「在家僧」，戲作贈之。嘉定庚辰。

金天寶界，竺嶺玄雲，飛輪馳騎，曰我訪聞，有人下土，口業云云，期中峻約，爰勒移文。夫空桑孤特之流，超塵邁俗之相。脱苦海以冥搜，小人寰而遐想。此固人間希有上士也。至如色界沈昏，愛河汩處。投之埃氛，昧此賓主。蟲窠蟻穴之中，蜂雄蝶雌之侶。迷以執迷，誰謂荼苦。下愚之常，我所不數。其或身被絢華，心厭塵濁。迺求道於玄微，知用心乎寥廓。悼世網之莫逃，具禪心之先覺。

有若宋人謝康樂者，我西竺所謂在家菩薩也。亦其神超識到，燭道所在。不沈於已昏，不溺於可愛。雖非妙達於根株，是亦粗得乎三昧。若是者，亦足尚矣。今有海濱俗士陳某者，竊其名而强自號。曾不逾時，跡與心背。破玄門之規，犯前修之戒。惟口是而心非，故前貞而後敗。蓋其始也，燕孤無偶，鸞隻不雙。粲雖不哭，岳實悼亡。霜寒冬瓦，月冷秋床。情凄凄而易感，哀續續以難忘。於是借説空無，紓悲寄意。期以玄機，袪此俗累。昧生天之因，竊在家之義。誘我雲月，欺我松桂。雖駕言於雙修，實攖情於穢翳。然且和鉛舐墨，引類呼儔。私相標置，彼唱此酬。演長句，束短篇。爲欺爲誕，曰𧷢曰玄。自以證身如來，可同李白；思歸兜率，何異樂天！使我龍象歡傳，法筵瞻仰。以爾塵中人，能作如是想。奈何凡骨難醫，慾流莫斷。飛絮不黏泥，燕沙求作飯。故七情作炎，五欲交起。見惑温柔，頓忘法喜。求卿卿之歡，忽如如之理。於是謳歌繞梁，粉黛列屋。主人之心，日且不足。何懷貝葉書，有意採蓮曲。當尚子平畢婚娶之年，歎牧犢子雉朝飛之獨。猶且續寶瑟之鳴絃，粲洞房之花燭。昔兮同世界於浮漚，今兮忘泰山而逐鹿。此時此心，將玄將俗。

嗟夫！禪關既鍵，火宅自焚。重將恩愛子，種此憂惱根。是豈不汙我緇梵，辱我法門。使玄猿抱慚，白兔懷恥。恨斯人之我欺，嘆迷波之易靡。然詩案具存，前言在耳，亦烏得爲無罪也已！我緣此誤，懲艾永劫。遂勑禪關，具載玄牒。嗟爾後來人，莫造綺語業。四庫本《竹溪鬳齋十一藁續集》卷七。

問雲將辭

林希逸

玉融子以周瑜赤壁之年，困不得騁，神紆思結，兀兀無聊，欲訪童子於崆峒，求神人於姑射。彷徨廣漠之野，忽遇雲將、天游於塗，跪而拜曰：「先生至人也，弟子幸矣，得承下風。竊有所疑，願從先生質之。」雲將曰：「嘻，何居乎！子其語我來。」

又拜而進曰：「方今荃宰道明，衡階正平，登良選公，越有常程。垂髫者習史，黄耇者談經。投盧擲雉，摸索姓名。幸而得儁，羽翼乃成。走也生不逢辰，命窮在斗。挾傲世之愚，昧適時之巧。窺陳篇而不事鉤纂，味前言而不工雕鏤。年不後人，茫乎何有。處窮阨而不羞，爲猵獺之所笑。逝將改圖，莫得其要。寧曲肱飲水以自足乎，將捷徑窘步以追曲乎？寧捧心以效里婦乎，將娥眉以受謡諑乎？寧逆旅棲棲乎，將執御揚揚乎？寧爲澤中雉乎，將爲韝上鷹乎？寧爲飲啄之鶩乎，將爲浩蕩之鷗乎？爲魚而透網乎，抑點額乎？爲雞而吐綬乎，抑斷尾乎？寧看跕跕之鳶乎，抑友昂昂之鶴乎？抑伈伈俔俔以拯窮饑之水火乎，將寂寂默默以保膏肓之泉石乎？寧爲唐衢之哭乎，將爲孫登之嘯乎？寧縱湖海之豪，高卧百尺樓乎，將學農圃之事，退守三畝園乎？寧沈詩於瓢乎，抑誦佳句於左丞乎？寧瘞文於塚乎，抑持奏牘上公車乎？寧藩牆置筆爲子玉乎，抑簸弄排偶以爲摩空之賦乎？寧拓落爲《玄》效子雲乎，抑破碎章句以明拾芥之經乎？寧從八仙飲乎，將食五侯鯖乎？寧飽魚羹飯乎，抑擘麒麟脯乎？寧安公居乎，抑寄蘧廬乎？寧樵服以候麻衣乎，抑檑具以謁暴公子乎？寧披羊裘以獨釣乎，抑坐皐比以高談乎？寧爲鹽車之驥乎，抑爲文繡之犧乎？寧爲宋人之迷乎，抑爲樗里之智乎？寧坐浣花之馬韉乎，抑披青蓮之宫錦乎？寧風盧仝之兩腋乎，抑夢陶翁之八翼乎？寧荷淵明之鋤乎，抑枕祖逖之戈乎？寧破戴逵之琴乎，抑撾禰衡之鼓乎？寧抱書以隨半山之驢乎，抑候氣以逐出關之牛乎？寧餐霞飲露以求輕舉乎，抑嘗糞舐痔以希進取乎？然富貴神仙，恐兩誤乎？寧饑吟困飲以詩酒自污乎，抑熊經鳥伸以納新吐故乎？寧爲打鍾義山乎，抑爲曳裾鄒陽乎？寧爲書蠹乎，將求禪悅乎？寧蒙破衲以究三玄三要乎，將繫芒鞋以待三熏三沐乎？寧槌鶴樓、翻鷃洲以快意乎，抑營燕巢、守蜂窠以苟活乎？寧槁項黄馘以求其趣乎，將撫壯棄穢而改此度乎？路何識而可通，身何居而可容？寧爲工乎，寧爲農乎？豈數不終奇、會有逢乎，抑窮果有鬼、不可送乎？豈徒聳其肩以鳴不平之悲乎，抑將假其喙以聲太平於時乎？孰從孰違，何是何非？帝鄉不可期兮，思誓墓之義之。世情祇益睡兮，逝將訪豹林而師希夷。」言未既，雲將掉頭，舞手搏髀，雀躍而歌曰：「天浮乎，地游乎，百川東逝而斜河西流乎。覆我載我，勞我息我，而又何求乎[一]。」天遊起而和曰：「失我者競，知我者静。世汩汩兮如輪，我熒熒兮如鏡。彼大塊兮何心，孰爲吾之司命？」二仙三倡三和，余亦涣然釋，怡然悟，與之三歌而後去。四庫本《竹溪鬳齋十一藁續集》卷七。

潮　賾 並序

朱中有

六合之外，聖人存而不論；六合之内，聖人論而不議。潮，六合内物也。愚

[一] 而：原作「爲」，據國家圖書館藏清鈔本改。

生長海濱，往來錢塘五十年矣。幼讀《文粹》，得唐盧肇所賦，已知其疎。貧不能盡見天下書，獨以意推測，攷之《靈素》之經，驗之氣血之運，稽之陰陽，揆之物理，舟師蜑户，旁究曲詢，盡潮之情，極潮之變，欲論其所以然之狀，未敢也。晚閲高氏《會稽志》所載《抱朴子》、《吳地志》、丘光庭、鄭遂、燕龍圖諸家之説，自遂而上，荒忽誕謾不足論，獨錢塘之潮天下偉觀，燕公所謂沙潬，已盡其理，諸家言錢塘者盡廢。愚之説念不可以不概見，則設爲問答，凡十七條，輯而賦之，名之《潮賾》。顧豈敢自以爲是哉，後世有揚子雲，猶庶幾其不廢云耳。嘉定甲申仲春朔日，同安朱中有書。

或問：盧肇云：「潮及晦乃絶，過朔乃興。月弦乃小贏，月望乃大至。」又曰：「月之與潮，皆隱乎晦。」又曰：「日月合朔之際，潮殆微絶。」是耶？非乎？

答曰：非也，肇未嘗識潮。晦前兩日，潮已七八分矣，或晦日已及十分。朔日正屬大汛，而云「潮隱乎晦」，「合朔之際，潮殆微絶」，可乎？肇以月之盈虧爲潮之大小，合一月兩汛之潮，獨歸之望，謂潮始大至，不知朔與望均大至也。

或問：盧肇云：「日激水而潮生。」又曰：「潮夜大而晝稍微。」又曰：「天左旋入海，而日隨之。日之至也，水其可以附之乎？故因其灼激而退焉。退於彼，盈於此，潮之往來不足怪。」是耶？非乎？

答曰：非也。日之西没東出，悉有定時。如肇所論，日纔入海，水長而退，西退則東長，日漸向東則潮漸長，日東出海則潮漸落，則是一晝夜但一潮耳。今一日一夜凡兩潮，隨十二時遞爲進退，常差四刻。正晝當午，日固麗天，未嘗入海，潮之大至，固自若也。肇乃謂潮夜大而晝稍微，豈其然乎？肇之不識潮審矣。肇賦始舉此兩端，既不識潮，其餘繳繞遷就之説不辨可也。

或問：子言盧肇未嘗識潮，所賦不必攻而自破，既聞命矣。敢問《抱朴子》所謂「夏潮大，冬潮小，春潮漸起，秋潮漸落」，又云「天河隨天轉入地下，與海水合，三水相蕩，天轉排之，故激蕩而成潮」，是耶？非乎？

答曰：非也，此與盧肇之不識潮均一律耳。夏潮晝甚小，夜乃大，冬潮晝稍大，夜乃小。春秋之中潮極大，晝夜適相等。所謂天河，特以形似，豈真有水？晝夜之間，天未嘗不轉。苟如其説，激蕩成潮，則是潮晝夜不息，何得一晝夜間再進再退？其説疎矣。

或問：《吴地志》云：「潮水晝夜再來，來應時刻，常以月晦及望尤大至，至二月八月最高。」又云「子胥、種、蠡之神。」是耶？非乎？

答曰：所言晝夜再來，朔望尤大至，二月八月最高，此真識潮，可以破肇與《抱朴子》之謬矣。曰胥、蠡云者，非也。

或問：丘光庭設漁翁問錢塘之潮所以特大而激湧者，是耶？非乎？

答曰：非也。光庭謂浙之發源，不過千里江水入少，海水入多，故潮特大。此不必它求，慶元定海海口至上虞堰下無三百里，江水可謂入少矣，而潮之入固平平也。

或問：鄭遂《洽聞記》所論是乎？

答曰：非也。其論乃衍《抱朴子》，無足辨。

或問：燕龍圖《潮論》，是耶？非乎？

答曰：序固言之，錢塘潮頭沙潬所激〔一〕，諸家之論盡廢。今子欲詳之乎？嘗試與子於一溝之内觀之。引水滿溝，則其水必平進。於溝之半累碎石而爲齟齬，從上流傾水，勢必經齟齬而斗寫於下，水之激湧無怪也。燕公所謂潬者，水中沙也。錢塘

〔一〕潮：原無，據四庫本補。

海門之潬亘二百里，夫水盈科而後進，潮長未及潬，則錢塘之江尚空空也。及既長而冒之，自潬斗寫入江。又江沙之漲，或東或西，無常地。潮爲沙岸所排，軋其激湧，震天動地，峨峨而來，水之理也，曷足怪乎？愚所謂齟齬者，猶之潬耳。故錢塘潮候率遲於定海者，定海平進，而錢塘必候登潬而後至於江。其初來也，從浙江亭望之，僅若一線，非潮小也，其地遠，所見微耳。漸近則漸大，非潮大也，所見漸近，漸大固宜。及夫潮退，則或由潬中低處，或從潬兩尾，滔滔以至於海。蓋潬中高而兩頭漸低，高處適當錢塘之衝，其東稍低處，乃當錢清、曹娥二江所入之口。錢清江口潬最低，潮頭甚小，曹娥江口潬稍高於錢清，故潮頭差大。是説也，習於海道者莫不知之。子欲詳燕公之説，愚不得而不詳之也。

或問：前人之論或是或非，既聞命矣。敢問子之説何如？

答曰：愚不敏，何足以語此？物格知至，蠡嘗學焉。欲知潮之爲物，必先識天地之間有元氣，有陰陽。元氣猶太極也，絪緼兩間，希微而不可見。陰與陽，則生乎元氣者也。本之而生，亦能爲之病焉。詳答在後。何者爲病？常暘常雨是也。當陰陽二氣之極，則元氣不能勝。詳答在後。子欲知之，幸反覆其問。

問者曰：子所言元氣、陰陽二氣與乎潮者，何也？

答曰：夫水，天地之血也。元氣有升降，氣之升降，血亦隨之。故一日之間，潮汛再至，一月之間，爲大汛者亦再。一歲之間，爲大汛者二十四，元氣一歲間升降爲節氣者，亦二十四。潮二十四，汛隨之，此不易之理也。

問者曰：潮之隨元氣升降也，子何以知之？

答曰：察於吾身而知之也。一身之中，有元氣，有陰陽。元氣蓋所受以生者。既生矣，則血爲榮，氣爲衛，血爲陰，氣爲陽。周一身而不可見者，元氣。元氣之運，周流乎脈絡，而血乃隨之。一日之潮凡再進退，一身之血隨氣而進，晝夜未嘗息也。攷之《素問》用鍼之法，常以日加之宿上。從房至畢十四宿，水下五十刻，半日之度也。從昴至心十四宿，水下五十刻，終日之度也。從房至畢爲陽，從昴至心爲陰。陽主晝，陰主夜。《靈樞經》曰：「水下一刻，人氣在太陽，二刻在少陽，三刻在陽明，四刻在陰分。水下不止，氣行亦爾。」又《難經》脈候，人一日一夜凡一萬三千五百息，脈行五十度爲一周，漏水下百刻。榮衛行陽二十五度，行陰亦二十五度，故五十度復會於太陰。寸口注云，人氣始自中焦注手，太陰行其經絡，計二十四，亦復來會於太陰。此是脈之大會，始終各計二十五度。以此推之，人氣一晝夜之間行陰行陽各二十五度，潮一晝夜隨元氣升降者審矣。

問者曰：子言一歲二十四氣，潮隨之爲二十四大汛者，其略是矣。然朔望爲大汛之候，而節氣十有五日一易，散諸一月之中，不專在乎朔望，潮何爲而不隨之？

答曰：元氣一晝夜小升降，故一日之間潮凡再至。一月之間大升降，故十五日而易一節。以律管候氣驗之，管之長短不同，某氣至則某管應，元氣升降有大有小，審矣。天地之數，奇而不齊者也，故月有小盡大盡，歲有一閏再閏。潮之爲大汛也，隨大小盡於閏，亦未嘗差焉。驗潮之大小，莫若錢塘與西興也。雖以朔望爲大汛之候，然晦前二三日，望前一二日，潮蓋有登閘者。或朔日、二日、三日、四日不登閘，至五日而始大；或十五、十六、十七、十八、十九、二十不登閘，至二十一而始大。西興之閘稍低於錢塘，或至二十三日潮亦登。此無它，節氣參差不齊，則潮亦爲之進退。如前所云，或攙前在二十九、三十及十四、十五，或落後在初四、初五、十九、二十、二十一，其大槩固如是也。

問者曰：子言二十四汛隨二十四氣，詳且明矣。或有非時而潮忽大，當汛而潮忽小者，何也？

答曰：愚測之審矣。非朔望正汛而大，或當汛而反小，蓋適遇巨風。風順推之而來，後浪擁前，故忽大而且久不退；風逆則抑之而退，前浪遏後，故驟小而且久不進耳。癸未九月二十七八間，東北大風，慶元城外沿江平地潮上二丈餘，河水爲鹹鹵所雜，魚悉浮，此其驗也。前史所記海溢入，非由巨風，蓋天地之變，元氣之病是也。

問者曰：潮一晝夜小升降，則三百六十之晝夜，大小一律可也。今夏之日晝潮小，夜潮大，冬之日晝潮大，夜潮小，俗所謂潮畏熱畏寒，是耶？非乎？

答曰：潮畏熱畏寒，雖出俗説，實確論也。愚固言之矣，陰陽生乎元氣，至其極也，元氣有不勝焉。夏爲極陽，日昱乎晝，陽氣特盛，元氣雖升，而爲至陽所迫，氣不得伸，故潮亦不得而遂。格之於物，以火爨鼎，水半於鼎，火氣既升，水從而湧，此元氣升而潮進之象也。於鼎之上置鐵炙牀，熾炭其上，則湧水爲火所脇而復下，此潮當進而元氣爲至陽所迫而不遂也。冬爲極陰，日既西没，陰氣特盛，元氣爲至陰所薄而潮不遂，正與夏同。亦猶鼎水方湧，以疎箔覆鼎，置巨冰其上，冰氣嚴沍，湧水復下，均一理耳。畏熱畏寒，俗説是矣，特不能推其理耳。

問者曰：子言夏晝冬夜，元氣爲至陽極陰所勝，潮不得遂者是矣。敢問夏夜冬晝潮能大者，何也？

答曰：夏晝陽極，元氣爲陽所勝；冬夜陰極，元氣爲陰所勝，故潮小。夏夜日既没，陽氣少衰；冬晝日既出，陰氣稍斂，元氣得伸，故潮得遂而稍大，此甚易見。驗之於身，夏之日陽特盛，榮血得行，《素問》謂血淖液是也。故面與身多紅而澤，氣則喘促咽塞，呵之而無所覩。氣陽也爲至陽所勝，故不能自伸，猶潮之畏熱而小也。日既入，陽漸殺，人氣少舒，猶潮至夏夜而能大也。冬之夜陰特盛，榮血消縮，《素問》謂血凝冱結，如水中居雪。故指面皺而肌骨燥，人呵氣則油然而出，皆可以見。血陰也，爲至陰所勝，其不能伸，猶潮之畏寒而小也。日既出，人血少舒，猶潮之至冬晝而能大者，皆一理耳。

問者曰：夏晝潮當小而能稍大，夜當大而反小，冬晝潮當大而反小，夜當小而反大，何也？

答曰：此乃陰陽之氣錯繆顛倒。夏當南風，以陽方助至陰，故元氣爲至陽所迫而潮小。或者北風起以陰方，氣從所勝而來，陽爲之辟易，故潮遂能稍大。夏夜潮宜大也，乃與晝日同其微者，三伏中或陽氣酷烈，融而不收，陰不足以禦之，故潮亦從而小。冬或冰雪不解，固陰沍寒，故晝日宜大而反小。冬夜宜小而反大者，冬當北風，以陰方助至陰，元氣爲至陰所薄而潮小。或者風從南至以陽方，氣從所勝而來，陰爲之辟易，故潮亦能稍大。此乃陰陽之變，元氣之病耳。

問者曰：元氣升降，四時則均，何獨八月潮特大，詠歌游翫特盛此時，何也？

答曰：何獨八月，二月之潮亦甚大也。何者？極陰極陽，故冬夏之潮有小有大。二月、八月月望前後，陰陽之氣適中，元氣得伸，潮得遂其大也固宜。錢塘風俗喜游，二月花時，競集湖山間，非獨不暇觀潮，而天色尚寒，弄潮兒難以久狎於水，故是月之潮無所稱道。八月乍涼而天色猶熱，弄潮兒得盡其技，人情久厭城居，故空巷出觀，以此獨稱八月潮大耳。《吳地志》亦載二月八月潮時大，其説極是。

問者曰：潮之爲義，既聞其詳，請賦其略，如何？

答曰：唯唯。

吾聞三才之道，相與並立，未有天地，是爲太極。太極之分，爲陰爲陽。離一而三，極固自如。所謂元氣，猶太極之一也。人之生也，禀乎血爲陰，而氣爲陽。元氣無形，而非出入之息也。天地雖大，具於吾身。氣之所至，血亦隨之。水者天地之血，海爲水之所歸。元氣升降而水有進退，故潮者元氣之升而血之溢也。人之血氣分晝夜而行陰陽，潮亦晝夜再至，信斯理之必也。元氣有大升降，一歲之終，爲節候者二十四，潮之汛亦二十四。此灼然之明驗，而非出於臆也。人之血，冬爲極寒所薄，故指皺而皮毛枯。人之氣，夏爲至陽所鑠，故呵之而無所覩。猶夫夏潮小於晝，冬潮小於夜，元氣爲陰陽所勝，則不得伸，而潮亦莫能遂其餘也。今夫爨鼎而湯湧，爨者元氣而湧者潮。熾火置冰於鼎之上，則湧者復下。潮之畏熱畏寒，夫又何足怪也。凡百川之接於海，潮之進也皆緩。獨錢塘之爲江，勢洶湧而湍悍。江之接於海也既廣，外復隔於沙潬，潮冒潬而斗寫，爲天下之偉觀。觀夫潮之將來，先以清風，渺一線於天末，旋隱隱而隆隆。忽玉城之嵯峨，浮貝闕而珠宮。爾若鵬徙，又類鼇抃，蕩潏衝突，倏忽千變。震萬鼓而霆碎，掃犀象於一戰。既膽喪而心折，亦神悽而目眩。已而潮平，迤邐東去，探造化而默識，考物理而頓悟：寧曰怪神，豈藉人力？皆一氣之自然，紛衆論之辟易。笑祖龍之回渡，凜氣讋而怵惕。悵吳兒之浮誕，謂强弩之可射。暴秦東游，欲厭王氣，武肅捍堤，萬世之利。乃今日之駐蹕，發天地之奇祕。朝見曰朝，暮見曰夕，表臣子之至敬，實取象於潮汐。俗呼汐曰潬。儼皇居之壯麗，來玉帛於萬國。鬱葱葱而佳哉，綿宗社而千億。謂余不信，請觀於潮，亦足以知中興之可冀，而識天地之闔闢也。清嘉慶刻本《寶慶會稽續志》卷七。

朱中有《潮賾後記》（《寶慶會稽續志》卷七）　《潮賾》既出，親舊書來，問閏年多兩汛，與節氣二十四不相應。愚答之曰：前問答中謂天地之數奇而不齊，月有大小盡，歲有一再閏。潮之爲大，汛隨大小盡與閏，亦未嘗差。節候參差不齊，故潮汛亦有攙先落後之異。此數句特舉其略，不曾細細條析，故未免致疑耳。今以壬午、癸未、甲申三年一閏考之。壬午正月一日雨水，次癸未，次甲申。置閏在甲申八月，是年十二月十九日，卻是乙酉正月立春節。壬午少了一箇節氣，甲申年尾卻多了次年節氣十二日。三年雖是多一箇閏，而節氣只是七十二箇，遞相乘除，均攤其間。蓋節氣自合均在三百六十六日，雖大略十五日一易，然壬午年五箇節氣十六日一易，一箇節氣十四日一易。癸未年五箇節氣十六日一易，甲申年六箇節氣十六日一易。三年中展了十六日，縮了一日，若不展填，不得本身所餘六日。更增十八箇小盡，添得一箇閏月，折除外，只多兩日。今以甲申本年論之，雖是十三箇月，有二十六汛，前八月二十九秋分，閏月十五寒露，九月一日霜降，節氣只是十五日，潮未嘗不同之。蓋天地之數不齊，節氣贏縮，全在巧歷運用。若謂閏月多兩汛，則甲申年頭占癸未大寒八日，年尾占乙酉立春十二日，謂之閏年多兩節氣，可乎？況年有閏，潮亦有閏。何以言之？一日兩潮，一月六十潮，人知其如是而已。一潮遞差四刻，俗謂一潮蹉五里。兩潮占十二時八刻，以一月十五日一汛按錢塘餘姚潮候，初一午時日潮數至十五日子時夜潮，只有二十九潮。蓋初六日日潮申未，夜潮五更後；初七日日潮寅時，晚潮酉時。所謂日潮寅時，即是初六夜五更之潮在此處遞互趲欠一潮，以一月計之欠兩潮，一年欠二十四潮，五年欠百三十潮，正當再閏兩箇月，折得恰好。以此蓋知潮與節候未嘗有纖毫差。但今人曉曆法者少，愚亦只能言其大概耳。今當於賦中「非出於臆也」之下，增入「年之有閏，潮亦有之。計一月不盡之潮，積於五歲之再閏，攷節氣之贏縮，蓋未嘗不相入也。亦」，然後潮之情變無餘蘊矣。

清湲圖後辭

時少章

予悲時俗之汩汙兮，欲往睨乎鴻蒙。託剛風而上浮兮，恐毳羽之不豐。乃有啟予以幽狀兮，繚陘峴其透遲。斂千嶂於掌握兮，哀百派於一巵。修梁橫絶兮平漲淼瀰，重彎迴複兮衆漁四來。突空明兮卧鮮澂，予精壯而神注兮，若有聆其拏音。願自致於其間兮，嗟道里之邈綿。萃埃壒其壓頂兮，忽不料其凋年。懷庚白而莫見兮，訪杜子其迹遼。雖枯骴之潰蝕兮，尚想見其宏標。託孤嘯於煙月兮，委逸才於篇翰。徒飛揚於迮地兮，孰知得志之爲憾。遺佔畢於來世兮，徒組藻之可尋。謂厥智之殫此兮，非彼昊疇與明。方擎嵩且挾華兮，超東海而控摶。何有九華之韶麗兮，孰睠秋浦之淙潺。顧熾陽之黧黬兮，望茂樹而少休。固知其異於高甍兮，聊以給俄頃之淺謀。

後二子數百祺兮，宛勝踐其猶白。孰使予鬱邑而傺侘兮，古與今如一丘之貉。惟宇宙之曠大兮，舍夫人其誰整！何夫人之足悲兮，恐帝監之未審。予誠非其任兮，背膺胖以紆軫。因幽狀之臨睫兮，獨默默而深省。歷代詩話續編本《吳禮部詩話》。

陳師復哀辭

時少章

開禧初，先君爲西外宗學校官，得有道莆田陳君宓時主管睦宗院，朝夕從先君遊，甚相善也。先君剛毅而和，陳君徒和而已。然好善特甚，不立私見，是非皆取於人。每先君有所爲，或出一文，必肅而拜。至他人小藝，雖不拜，亦拱而揖之。先君積異其所爲，期之甚遠。未幾各解官去，不相聞者十年。

陳君入爲將作監主簿，果抗直有聲。應詔言事，指刺權貴人，怒欲致之罪。未發，適得輪對，復上數千言，指刺彌切。遂得知南康軍，改南劍州。治郡如治家，積稅滯逋，皆弛以予民。民愛親之，人人給足，而官積亦裕。既興學修營堡，百廢皆作。又作抵當庫，儲積倉峙數萬緡，以擬水旱。或問陳君：「公不他征而富藏若此，何也？」陳君曰：「自有以爲富，無事征也。今之主郡者括囊萬貨以奉要人，舟銜馬負者相望如引繩。吾徒絶此而已。」

今天子即位之初，陳君年五十有五，上書乞致仕。丞相疑有他意，下本郡按驗。陳君亦不重請，惟杜門深居謝客。再得知漳州、廣東提點刑獄，皆不受。如是十年卒。卒之日，家無餘財。

方陳君在睦宗院時，少章方齠年，陳君愛之，日置膝間，背書爲樂，然望我良厚。時語先君：「此子他日必顯名。」其後陳君所就偉特，爲海内所慕，而少章遂潦倒，甚不副陳君之望。今其死也，遠在千里外，又不得臨其窆哭之。而先君塚上之木，亦已中柱。感念疇昔，涕不能禦，因爲哀辭一篇，以寄予之悲。其辭曰：

吁嗟陳君，其姿粹和志則武。掎奸若敵，聞善輟拜摧兩股。粤我先子，一見相諧絶違拒。曰子愿純，配我剛毅得處所。譬之酸鹹，相和成味乃登俎。我特髡髦，如鹿方茸雀方乳。君獨奇賞，捧置兩膝玩且舞。別去再紀，先子墳木大中柱。我亦顛沈，卑蹤陋跡翳林莽。獨君烜烜，勁氣上拂摩九虎。爲當宿春，訪君嶠南就談麈。胡爲不仁，北風招邀墮玄塢。先友盡矣，感傷熏心淚如雨。我疑天公，亦若世談隘且窳。隆就纖邪，束縛慷慨劇囚虜。人亡世空，嗟此廣宙誰得拄？相望千里，欲就君窆腋不羽。續金華叢書本

《敬鄉録》卷一一。

宋代辭賦全編卷之二十五

騷體辭　二五

詛楚文辭　並序

王柏

先秦之碑凡三，有祀亞駝之文，有祀大沈九湫之文，有祀巫咸之文，大抵皆詛楚也。歐陽公以《世家》推之，楚自成王十八世而至頃襄，秦自穆公十八世而至惠文，惠文末年嘗與楚數相侵伐，疑此時所作。予按秦指楚忘十八世之詛盟，率諸侯之師臨加我，其爲頃襄無疑。秦自惠文始稱王，不應自稱嗣王。惠文之末，當周慎靚王之三年。楚固嘗率趙、魏、韓、燕伐秦，五國皆敗走，乃楚懷王之初耳。惠文不與楚頃襄相值也。自是懷王數被秦兵，紿以獻地而使與齊絶，紿以會盟而劫執其君，然後頃襄始立，乃與秦昭襄同世。粲然可稽，豈《集古録》考之亦有時而疎乎〔一〕？古者出師，必聲敵國之罪，求祐於神，如武王底商之罪於皇天后土，所過名山大川是也。詛楚之祀，其遺風與？頃襄之時，國尤不競，今年失八城，明年失十一城，飲恨祈和，逆婦於咸陽，何敢率諸侯犯此氣燄方張之秦哉？

予嘗讀蘇氏之論曰：昭王欺楚王而囚之，要之割地，諸侯熟視，無敢以一言問秦者。田文免相於秦，幾不得脱。歸而怨之，借楚爲名，兵至函谷。秦人震恐，割地講解。自山東難秦，未有若此之壯者，此赧王十七年也。司馬公《通鑑》失載，後人幾不得而知，詛楚者必此時乎？秦之不道，諸侯詛之，蓋有不勝其罪者。楚不詛秦而秦反詛之，凡數其罪，考其《世家》亦無其實。豈有聰明正直之神而甘受紿於爾之浮詞，而甘受詉於爾之牲幣乎？決無是理也明矣。其碑出於鳳翔開元寺土下，後置於太守之便廳，蓋秦穆葬於雍橐泉祈年觀。今聞墓在開元寺東南數十步，則寺豈祈年觀故基耶？見坡公手筆。

後之學古者謂三詛文惟《祀巫咸》者筆法最精，王厚之亦謂筆蹟高妙，世人無

〔一〕集古録：原作「稽古録」，據續金華叢書本改。《稽古録》爲司馬光所著，《集古録》則歐陽修所録，《秦祀巫咸神文》見於《集古録》卷一。此謂歐陽公誤考，當以《集古録》爲是。

復異論，此杜工部所謂「書貴瘦硬方通神」者，此爲得之。大觀間舁入御府，人始不得而模拓。渡江後間有臨模本，失其真多矣。寶祐甲寅之春，金華王柏得於鬻書人，見而歎曰：「此事固無足取也，亦先秦之古文也，中原之舊物也。通國棄之而流落於陋巷之書生，豈不異哉？」爲之序而繫以辭曰：

於皇上帝，鑑此下民。一善一惡，有炳其分。興亡之感，請觀於秦。穆辭蹇叔，悔誓孔明。於赫元聖，存之於經。秦之於秦，豈曰强兵。昭襄詛楚，虐民慢神。言誣不怍，勒篆堅珉。自播其惡，至今猶存。羉熊拓地，城池雄深。三閭既放，舉國昏昏。詐槐而縶，强横以婚。稷兮稷兮，胡甚不仁？犧牲圭幣，猶冀神聽。神之聽之，怒終弗平。强弩之末，六國自焚。曾不百年，吕已代嬴。歐公誤考，而曰惠文。彼石弗泐，彼篆弗堙。日月磨盪，風殘雨淋。揮呵守護，奔走山靈。事豈足法，文豈足程？一時之妄，萬世之箴。繆誓既録，書生誦吟。稷詛遺醜，假託籀鳴。彰善癉惡，是曰天心。彬彬爾籀，大篆勃興。未經斯鑿，骨氣淳淳。三代遺跡，不一二聞。大觀之後，内府祕珍，陋巷之士，曷識鏤金？臨摸至再，大觀其真。有來墨本，求售且輕。摩挲慨歎，剥嗑嶙峋。折旋圓勁，隱然渾成。玉鉤鐵鎖，虬翔鳳騰。忘其不道，政以字稱。第入神品，庸長碑滕。四庫本《魯齋集》卷四。

竹宇辭四章

王柏

平生此君兮交歡，挺勁節兮琅玕。當窮冬兮萬木摇落，貞獨立兮翠寒。

承嘉惠兮君子之庭，昭爾扁兮追舊日之風聲。抗塵容兮不屈，中自守兮虚明。

周子言兮甚密。聖可學兮其要有一。止無欲兮二字，故静虚兮動直。

動直兮静虚，本立兮不孤。有容兮乃大，忤人兮任渠。四庫本《魯齋集》卷四。

河圖贊

王柏

河之圖兮開天地隤，五十有五兮陰陽相索。惟皇昊羲兮肇端乎神畫，心妙契兮不知其千萬年之隔。四庫本《魯齋集》卷六。

洛書贊

王柏

洛有龜兮負文，錫神禹兮彝倫。夏商之季兮汨堙，箕子載陳兮皇極爲之一新，萬世之大範兮存乎其人。四庫本《魯齋集》卷六。

橘榮頌

王柏

羌爾錫貢，姒氏之服兮。頌爾素榮，鬻熊之國兮。與春無競，嘉爾之志兮。表裏純白，抑予之所嘉兮。各一太極，顆顆圓兮。陰合陽開，五行爛兮。玉質金相，方有道兮。寂寂紅紫，自知其醜兮。銅彝涵泳，色香異兮。國風不采，非世人喜兮。皜皜獨立，夫何求兮。德聲而且實俟，梅之流兮。觀爾儀刑，毋自失兮。培之濯之，數弓之地兮。率性不變，真畏友兮。踰則爲枳，秉天之理兮。願我德業，與爾俱長兮。柯葉茂茂，無彫零之像兮。四庫本《魯齋集》卷七。

跋介巖潘公帖

王柏

公諱墀，字經之，仕至秘書監，以修撰華其歸。公之喪，以病不及往弔。公之葬不知其時，又不及挽其車而哭。幽冥之間，負此良友，因整比其遺帖，繫之以辭曰：

緊戚畹之柄國兮，倡僞風以賊夫天德。賴星靈之下燭兮，亟移柱而調瑟。正氣傷而未易甦兮，學問之原難一。予方杜門陋巷兮，神營營乎紙上之遺則。雖丹溪之弦誦洋洋兮，恨求道之不力。幸朋友之意氣感孚兮，一見如平生之舊識。譬諸草木同臭味兮，有不求而自得。柔兆敦牂之歲兮，維夏之日。別誠求於浄明之蘭若兮，同門畢集。是曰有美一人兮，氣肅而貌晳。凝乎其觚兮，不偏而窒，澹乎其靚兮，絶去雕飾。介巖兮，聽其言而充實。曜靈遥遥兮，健而不息。再會於巖子之故鄉兮，樂得朋而款密。君翺翔乎中秘兮，壯資善之羽翼。亦胙之以茅土兮，兩駕熊軾。暨息影於蒼山之麓兮，景翳翳以將入。柴車闖門兮，庭宇闃寂。勉勉言笑兮，若有味乎枕席。歲律甫換兮，感訃聞之孔晝。我將匍匐而往兮，兩足如縶。憑瓣香以致唁兮，東望涕泣。

吁戲哉！前乎聖哲之不我待兮，後乎賢者之不我接。薰者未必壽兮，蕕者未必折。幸同志而同里兮，又不得漸磨於朝夕。何會君之不數兮，復棄予之甚亟。思君無以爲懷兮，孰論心而自釋？攬遺帖之炳炳兮，儼若見乎其玉立。倏莫色橫空而來兮，聽雨聲之淅淅。四庫本《魯齋集》卷一二。

林省吾挽辭

王柏

羌若人兮大帶而深衣，張拱徐趍兮儼乎其若思。動有則兮神定，澹無欲兮心夷。便儇嶔鯀之紛吾前兮醯雞起滅，忠信傳習之省吾躬兮聖賢我師。伊春陽之冉冉兮生意方懋，何雪霜之不仁兮荃蘭遽萎。搴三后之純英兮時不得而榮悴，抱太極而永歸兮哀與我之其誰？雲沈沈兮淒巘，風稜稜兮斷澌。長田長田兮寂寂永夜，暢旨獨立兮千古名垂。四庫本《魯齋集》卷一八。

滕勾齋内楊氏挽詞

王柏

東風捲地兮摧千紅，松柏青葱兮啓幽宫。龍幰廣柳兮辭簾櫳，埋香掩玉兮甘長終。

芳草萋萋兮春又空，東君寂寞兮誰與同。

吳門山少兮煙水寬，一錇千金兮尚云慳。夫人勤儉兮同艱難，子荆苟美兮詟元關。平生首丘兮志應寒，雙溪渺渺兮何時還。

憶昔登堂兮拜淑儀，小子丱角兮勤將攜。夫君念我兮力不遺，歲月滔邁兮鬢成絲。西望紫翣兮清魂飛，緘哀千里兮空漣洏。四庫本《魯齋集》卷一八。

陳卿内邵氏挽詞

王柏

羣山峨峨兮屏下環，鍾爲人英兮司賢關。風雅解頣兮簪佩珊珊，有女穎悟兮拱聽帷間。識性情之正兮婦德閑，雞鳴戒旦兮夜漫漫。冰清玉潤兮卿月相傳，夫君騎鯨兮今幾年。綱紀繩繩兮閨門肅然，樂山堂兮花木正妍。蕙槁蘭萎兮棄釵鈿，凄凄東塢兮藏風煙。畫翣流雲兮去翩翩，飛絮寂寞兮隨珠軿。忍看雙璧兮沈黄泉，鼂趺螭首兮何時鐫，山靈呵護兮祚綿綿。四庫本《魯齋集》卷一八。

鄭寺正挽辭

王柏

北山崚嶒兮配井絡之勳名，子孫繩繩兮聿彰厥聲。一麾不顧兮番禺君，甘領祠官兮挂長纓。操存益固兮涵養益深，臨行一念兮之清明。

坦溪渺瀰兮配流慶之深長，園林帶宅兮風月無疆。鷗鷺受盟兮舉清觴，胡不百年兮長徜徉。澡身更服兮神氣安詳，遺頌洒然兮墨耿光。

北山寂寞兮號東風，坦溪嗚咽兮繞元宮。曉露滴滴兮泣蒼松，芳草萋萋兮券臺窿。體魄永藏兮魂遊太空，一聲蒿里兮春無容。四庫本《魯齋集》卷一八。

馬華父母葉氏挽詞

王柏

苕溪猩鬼兮呼嘯幽篁，綉衣一出兮血膏斧鋩。笳鼓歸來兮拜舞北堂，潢池夷靖兮母訓是將。慈顔開喜兮家國之祥，薫風自南兮草木正長。胡不百年兮俾壽而康，庭萱夜殞兮奩玉晝藏。使者菲屨兮桐杖皇皇，一道生靈兮悲如我傷。

瑶岩嵯峨兮龍翔鳳飛，元廬肅啓兮松楸露晞。東望宰隴兮券臺依依，靈辰不留兮夷牀曉移。紫萸黄菊兮奠祖一卮，熏爐經卷兮儼如生時。靈幄香銷兮猶有嬪衣，音容寂寂兮萬古永歸。龍幰黼翣兮驂神魈，一聲蒿里兮風號谷悲。四庫本《魯齋集》卷一八。

李三朝奉哀詞

王柏

羌與公別兮幾二十年，思渺渺兮路漫漫。棹剡溪兮乘輿，訪故迹兮愴然。下晉齊之拜兮如夢，挑燈道舊兮猶平生歡。我少公兮六歲，悼彼此兮華顛。解予佩兮授予館，言未終兮歲已闌。會公疾兮孔熾，怛毉窮兮技殫。聞易簀兮數語，意穆穆兮詞嚴。湛神爽兮不變，驗學力兮深堅。自磐川與玉局兮，交一世之名賢。宜公之好修兮，羞芳蕙而糗荃蘭。退静處而莫我知兮，老冉冉其流連。厭塵世之轇轕兮，倏昭明而遂仙。幸與公兮永訣，撫往事兮自憐。言告言歸兮邁邁，有懷渭水兮淵淵。棲遲故隱兮全純愚而孤處，當歲莫之急景兮聞公窀穸之有端。皎皎兮懿行，卓卓兮瑶鐫。涵泳以適意兮鳳岡樵隱之遺稿，纂記以廣業兮《春秋》族系之巨編。豈待是而不朽，掩既往之孤騫。蘭風之皐兮望不極，歌《薤露》兮有淚懸泉。四庫本《魯齋集》卷一八。

蔣叔行挽辭

王柏

萬山蟠兮有宅一區，吁嗟吉士兮心古而色愉。平生激烈兮談忠義之事，求師教子兮必有道之儒。流德誼兮鼎鼎，浸策定兮功名之途。引壺觴兮自適，玩日月之雙車。有淑兮爾配，絲枲兮劬劬。指期頤兮二豎立疾，既偕老兮亦相繼而長徂。望雙旌兮有慟，酹一束兮生芻。

萬山蟠兮新此一丘，吁嗟乎吉士兮靈辰不留。佳城鬱鬱兮馬跼不進，前岡隱隱兮牛眠是求。窀蜿蜒兮有隧，枕臯隰兮沃流。東望兮廬舍，西望兮松楸。白雲兮生死同壑，黄壚兮杖履昔遊。孤哀哀兮罔極，悼愁愁兮千秋。悵素紼兮莫執，相爾些兮商謡。四庫本《魯齋集》卷一八。

朱昭父挽些

王柏

春風初開兮别君南浦，誄君輀軸兮冬又暮。曾歲律之未改兮生死異路，吁嗟乎實齋兮有前修之風度。瑟瑟僩僩兮凝然寒素，不忮不求兮未嘗偭繩墨而改錯。視萬馬之奔逸兮斂組轡而獨駐，安於一實兮豈斯世之足語。天何賦之厚兮而奪之遽，何旅翣之未返兮合豺虎而哮呼？凜世道之聰軸兮良士瞿瞿，想君一笑於冥冥兮豁然大悟。山靡靡兮旁圍，水潺潺兮在下。付萬事兮雲空，顯一壑兮千古。四庫本《魯齋集》卷一八。

悼蔡修齋

王柏

羌世運之緯繣兮，何故老之不憖遺。持寸膠而救千丈渾兮，誰與同而共治。身一約而蹈遺烈兮，不沾直而不徇時。西極八桂東連吳會兮，貫南紀以周馳。以節用愛人兮以静重爲威，謂直方大之德才學識之長兮親結上知。方增重乎本朝兮，而疾疢以乘之。猶癯癯乎筆削之志兮，浩浩乎汗青之未期。遺稿山積兮孰續而孰維，擅一代之鉅典兮疑造物之好虧。吁嗟乎！修齋之典刑兮，蹇長歌乎已而。

余幼好此奇服兮，今冉冉而華顛。悼窘步之數奇兮，安陋巷之瓢簞。公獨閔其寂落兮，擥微芳而遐搴。時舒愛而申情兮，曾不間夫郵傳。弭嫯節而西來兮，拱茂行之淵淵。吸松齋之沆瀣兮，飽坐嘯之蘭荃。鳳高飛而莫縶兮，徒延佇而路漫漫。何音問之不淑兮，駭騎箕而遂仙。睇長江而太息兮，涕淫淫而惘然。撫巨編之遺則兮，神馳乎洋奧之佳阡。念歲律之云莫兮，奈狂風之鼓天。四庫本《魯齋集》卷一八。

挽時僉判

王柏

靈辰不留兮，挽者何悲？羌茂行之皎皎兮，而今已而。惟孝友百行之首兮，何習俗之日漓？惟不虧其降衷兮，何足尚乎浮辭？靈辰不留兮，斯人永歸。《薤露》一聲兮，行人淚垂。

靈辰不留兮，挽者徘徊。羌若人之秉德兮，佩先訓之不回。以直道事人兮，任當路之疑猜。坎壈一官兮，窮達何有於我哉！靈辰不留兮，君社塘之夜臺。《薤露》再歌兮，亦孔之哀。

靈辰不留兮，挽者邁邁。羌前修之典刑兮，何後生之昧昧！平鄉常人之號兮，豈直欲以之而自晦？静觀世道之日詭兮，蓋亦惡夫奇奇而怪怪。靈辰不留兮，路曼曼乎長夜。歌《薤露》之三章兮，識者爲之永嘅。四庫本《魯齋集》卷一八。

徐制參挽歌

王柏

北風高兮，歲律將殘。望東隴兮，目斷旌丹。有美君子兮，擘衆芳而自飾。直哉惟清兮，不亢不激。鬱十五年之朝望兮，僅彯纓於列院。參幙府以自詭兮，乃劬劬而忘倦。宜表世而厲俗兮，曷止於斯？靈辰不留兮，祖奠載期。《薤歌》之一章兮，孰不孔悲。

歲律殘兮，北風正南。渡梅花之橋兮，龍幰鑣鑣。有美君子兮，蒼梧翠竹。善繼善述兮，恢韋齋之芳躅。羌世道之緯繣兮，孰識夫異體而同氣。惟不忘其所由生兮，合羣從而一視。慨垂絶之吁嚀兮，欲蛻而理融。靈辰不留兮，將永閟於幽宫。再歌《薤露》之章兮，號萬壑之長松。

北風北風兮，歲律告終。豈惟歲律兮，嗟世道之益窮！有美君子兮，非斯世之人物。有古人之風兮，有無我之德。我亦何知兮，託先世之餘契。兩書相勞苦兮，藹然敬愛之意。迹雖疎兮此心不忘，死生契闊兮悵十二里之高岡。歌《薤露》之卒章兮，有淚滂滂。四庫本《魯齋集》卷一八。

挽邵公容春

王柏

北風獵獵兮申原之幽，元扉啓兮靈辰不留。蘇、黄之像兮儼其如在，容春之人兮杳不可求。一棺兮厚德，萬古兮高丘。

申原幽幽兮北風正高，《薤露》一聲兮山鬼夜號。古人考終兮如蛻，遺編不朽兮風騷。一丘兮安固，萬古兮滔滔。

北風北風兮丹旐飛飛，中原邁邁兮鐸聲孔悲。素韡欒欒兮二子皇皇，如有望兮魂其來歸。地有靈兮人傑，表爾隧兮豐碑。四庫本《魯齋集》卷一八。

宋史館檢閱所性先生時天彝父挽些

王柏

大專槃物兮剛柔盪摩，五行雜揉兮顓蒙孔多。陶一氣之奇佹兮，奄宇宙之幾何。握異采之陸離兮，蹇儃佪而逶迤。襲正軌之茂則兮，恥踐迹而循科。御長轅而獵太空兮，摧九折之峨峨。孑不羣而介立兮，衆嚻嚻而肆呵。玄虬蹶泥兮，浸雄虹於頽波。隴廉孟娵之莫辨兮，世蒙瞀其層。眺神渺渺而上征兮，訴緯繣於太和。忽修靈之聿皇兮，任侏儒之傞傞。咎將誰執兮，豈天賦之未蔼。落日下大野兮，慨高風之吟哦。羌若人之莫見兮，感生意於庭柯。卓豐詞兮九里，亘千秋兮不磨。四庫本《魯齋集》卷一八。

挽蔡文叔

王柏

南風之薰兮五絃絶，可以解慍兮憂心益惙。念寓形於溟涬兮，藐一漚之起滅。前乎數千年之名世兮，後方來而未歇。往者不我留兮，來者不我接。何彼頑之弗夭兮，而獨萎乎此哲。非夫人之立極兮，凜世路之迫阨。惟聖斯惻兮，建學校以壽吾道之脈。士不可辱兮，又焉可殺。孰悟我聖明兮，幾襲秦之亂轍。我公之忠憤貫日兮，所以疾驅而竭竭。一去國兮一陰方猾，再去國兮重陰栗烈。鄙夫熟視兮，壯羣邪之蟠結。目斷留田兮，歌《南風》之闋。

南風之時兮吹彼棘薪，喬木斯壞兮棟梁曷任。欂櫨棍闑與店楔兮，匠眯眯而弗尋。况承天之八柱兮，窮歲月而莫登。天豈不生材兮，鬱牛山之嶙峋。雨露之所潤兮，存日夜之肫肫。及大厦之將顛兮，無一木之可乘。羌小民之怨咨兮，謂天不仁。非道通乎三極兮，孰識天心。天既仁愛我民兮，篤生偉人。一去就兮，治亂攸分。天亦仁愛我公兮，不使見强敵之駭奔。危機發兮，衆寐昏昏。秉離明以爲燭兮，魂營營而上征。目斷留田兮，歌《南風》之再吟。

南風南風兮，莫甦槁質。坎離互宅兮，已翩翩乎月窟。駕朱鳥以啟路兮，潛元宫而永息。終長夜之漫漫兮，委人間之正則。道所以經世兮，名不可以虚得。方一去而即悟兮，可以淑艾乎士習。倘再去而能悟兮，庶姦諛之屏迹。使長孺居中司馬遂相兮，狂酋當爲之怵惕。又何至於闖江踰嶺兮，喋血上國。思魏徵而奠九齡兮，吁其何及！公雖九原兮，疑遺忠之尚盡。我被公之知兮，始終如一。不得哭公於堂兮，不得執公之紼。我何負於神明兮，兩足如縶。歌南風之三疊兮，恨無極。四庫本《魯齋集》卷一八。

哀倪孟容父詞

王柏

憶昔見公兮，季原之堂。兄弟怡怡兮，清約是將。藹子姓之弦歌兮，頭角昂昂。來者起敬兮，知德義之日昌。造化無情兮，慨有季之先亡。氣象少異兮，燈火凄涼。幸二子之自奮兮，視前有光。何禄養之不久兮，遽驚風木之傷！痛日月之未改兮，已變故常。以公之剛介兮，豈北面於緇黄？我知公之心兮，縈不足以挽其恨之長。東風作惡，雪絮正狂，黄壚曉啓兮，松楸蒼蒼。勞生兮永佚，世事兮茫茫。交之道兮日落，老有淚兮滂滂。四庫本《魯齋集》卷一八。

盛化州挽些

王柏

悼世習之緯繣兮，爭鶩乎險阨。藴異采而儃佪兮，已喧豗而吠怪。孰視衣冠之故宇兮，蘩雜菅蒯。酣一盎之醯蚋兮，較得失乎瞹曖。公胡爲乎高搴兮，提一劍以北指。恐修名之不立兮，氣軒軒而有偉。捫虱以談當世之務兮，江東莫比。燼世讎於蔡焰兮，同雪國恥。驅馳乎鼉叢魚梟兮，上功萬里。中原咫尺兮，莫歸寸疆。素志剥落兮，怊惝怳而淒涼。霾輪縶馬兮，猛思故鄉。晚得一障兮，遥遥乎南荒。時繽紛而易變兮，又何可以久留。謫星墮境内兮，吾將奚求。魂營營而上征兮，叩太儀之幽幽。斂智囊而不售兮，遺恨千秋。夙聞公名兮，意卓犖而不羈。解后公之揮麈兮，心朗氣夷。嘗叩公之所歷兮，動中事機。將欸密乎山扉兮，杳璜佩而莫追。悲風起兮江村，白日下兮大塈。表獨立兮雄碑，間一丘兮今古。四庫本《魯齋集》卷一八。

挽通守陳䂓院

王柏

羌西方之屹然兮，鍾此奇才。方世道之緯繣兮，棄騏驥而駕駑駘。以一尉而誅二凶兮，宜異言之喧豗。炯此念而安民兮，皇恤乎身災。公論雖屢蝕兮，猶有時而復開。開之何未久兮，而終不能遂公之壯懷。詩書兮自適，優游兮力齋。扶疾而告修善之訓兮，俄怛焉而順隤。彼西方之無情兮，忍璜佩之沈薶。生於是死於是兮，湛一氣之去來。惟心無媿而氣不餒之言兮，萬古莫得而塵埃。況有不朽之銘兮，表獨立於崔嵬。四庫本《魯齋集》卷一八。

挽施子華

王柏

二五交運兮，雜揉乎剛柔。美惡厚薄兮，何稟生之不侔。厚者未必薰兮，薄者未必蕕。羌寓形於溟涬兮，藐起滅之一漚。惟父母之哭子兮，蹇彼蒼之大尤。吾嘗抱此至痛兮，知毅翁之恨難收。雖我不識子兮，知謹實而好修。撫新碑而感慨兮，相鐸聲之謳。奥山兮泉瀏，凄巘兮雲幽。夫子有命矣夫之嘆兮，可以釋而翁之憂憂。四庫本《魯齋集》卷一八。

挽王夫人

王柏

秋山蕭蕭兮，連山之岡。有幽一宫兮，千古其藏。毓野堂之世則兮，綿瓜瓞以承芳。來宗牖而自度兮，如奉姑嫜。相君子之婉婉兮，發軔康莊。囿一世之天兮，遽瘞佩而沈璜，秋風蕭蕭兮連山之岡。

連山之岡兮，秋風蕭蕭。有永千古兮，幽宫迢迢。一編之《女訓》兮，慨遺音之寂寥。藹清芬其如在兮，聲悦影彰。忍雙親之望望兮，遲女歸而魂消。靈辰不留，誰其擬招？連山之岡，秋風蕭蕭。四庫本《魯齋集》卷一八。

祭鼓院叔父文

王柏

嗚呼！叔父天姿，璞玉渾金。叔父學問，陶鎔性情。南軒先生，侍講交承，叔父及見，服膺典刑。晦庵先生，講道於閩，叔父綵侍，北面受經。由是得《易》之元，得

《禮》之誠。餐和履粹，仁熟理明。當其處也，則宦情澹泊，志在乎浴沂而鼓瑟。及其出也，則不負所學，有心乎致君而澤民。其律己以潔兮，撓之而不濁；其接物以恕兮，盎然而如春。議論則正大而高遠，政事則豈弟而廉平。何善人之不淑兮，禍福之莫測！嗟彼蒼之茫茫兮，號呼而弗膺。

追念疇昔，歲在甲寅，先皇御極，羣才彙征。於時叔父，仕版疏榮。越三十年，僅綴廷紳。造膝三事，感動帝宸。眷注方隆，意自此升。叔父乃曰，福過災生。露章力請，求老山林。爰握符竹，退安里門。堂堂晝永兮，玉川之風腋。更闌燕坐兮，一縷之煙沈。嘆雁聯之寥落，弔隻影之煢煢。意謂叔父，獨殿於諸老，天必萃餘慶以錫脩齡。何葆衛之素謹，而疾疹之相承；何梗芥於胸臆，而憂念之獨深；何鼎烹之弗御，而藥石之莫憑！語蹇步弱，數月康寧。方展初陽之慶，倏驚長夜之魂。竊意仲秋，先皇上賓。天以叔父，先朝舊臣，生不能大用於斯世，死將收名於仙京。鶴馭冉冉，玉樓告成。修竹遶屋兮，霜風悲吟。寒梅掩色兮，夜月傷神。勁畫淋浪兮墨猶新，一室蕭然兮榻生塵。風度凝遠兮，尚可求於夢寐。諄諄誨語兮，不可得而復聞。嗚呼痛哉！

石筍一氣，棣華五人。衮衮通籍，奕奕家聲。諸孤積纍，降禍弗矜。惟餘叔父，亦繼湮淪。澆風獵獵兮舟喪楫，世路崎嶇兮車折輪。酹巵酒以慟哭兮，雖可寓猶子之哀悃。非相與以勉旃兮，何以慰叔父之英靈。伊冥懷之遼邈，鑒此意以來歆。四庫本《魯齋集》卷一九。

祭汪約叟文

王柏

嗚呼！《伐木》始廢，《谷風》繼興。翻覆雨雲，老杜太息。一貴一賤，翟公署門。惟先君子不苟交情，金蘭落落，倒指數人。於公伯仲，契好尤深。豈酒食之詡詡，豈勢利之營營。破鐍削町，敷肝露誠。道義同趣，憂喜一心。燕話終日，呼僮命燈。清夜促膝，曉雞屢鳴。悵獨善之先往，痛親庭之繼傾。藐爾諸孤，賴公尚存。折節行輩，言和氣温。勸勉期望，如親父兄。二十年矣，景物飄零。不替疇昔，不問死生。感義槩之，猶古豈今。人之可倫，侍公歌笑。曾幾何日，忽報公訃。驚悼失聲，而今而後，何所依承，此故感先契而哭公也。

麗澤夢奠，日月浸長。邦人祀事，春秋不忘。而公薦祼於上，厖眉皓首，陟降乎夫子之堂。起敬於上者，相與指之曰，是嘗親承乎道德之光。熏和染粹兮，濟濟乎前脩之軌度。揚葩振眇兮，恂恂乎後學之津梁。瑞芝靈草，霜雪摧謝，猶有古松兮，偃蹇乎孤罔。玉繩璇象，清曉隱滅，猶有長庚兮，煌燿乎西方。嗟老成之彫落，而典刑之遽亡，此故爲鄉黨而哭公也。

方玉卮稱比内之壽，而璪旒推錫類之仁。駘背黄耇，詔以名聞。安車駟馬兮(一)，將見其加璧之召。前哽後咽兮，庶幾乎親饋之勤。此蓋熙朝之盛典，豈徒梓里之光榮。邦君謂公，德齒俱尊。一紙之奏，方離於畫戟。如綸之命，將下於楓宸。何掉頭之不顧，乃高蹈於冥冥。錦誥奕奕兮，竟不得屈公之膝。青衫閃閃兮，竟不得加公之身，此又爲朝廷而哭公也。

嗚呼！人孰不有生，所不足者期頤之年。人孰不有死，所可畏者疾病之纏。公壽開乎九袠，炯視聽之益妍。蚤灌鍊於玄鼎，而陶鎔乎性天。雪鬢燦爛，鶴骨蹣跚。與物無競，神怡體安。精覃孔孟之奥，時吟約叟之篇。近染微恙，藥既告痊。溢喜氣於簡牘，慶杯酒以檀欒。人影方散，肴核未捐。變忽生於肘腋，舟遽移於夜川。一劑不及進，一語不及宣。嗚呼痛哉！素編記日兮墨猶未乾，遺恨滿樓兮溪山黯然。女牆寂寂兮愁夜月，錡釜漠漠兮沈曉煙。故公之生也，人莫不敬。及公之死也，人莫不憐。嗟先

(一) 兮：原脱，據續金華叢書本補。

世之交游，至是而絶迹矣，徒泣涕以漣漣。敬陳薄奠，侑以菲言。四庫本《魯齋集》卷一九。

祭時遁澤墓文

王柏

憶昔兮杖屨，幾度兮同遊。倚晚霞之危檻，泛夜月之輕舟。杯中兮傾倒，言外兮綢繆。乃隔千古，乃顯斯丘。青山詩料兮供不盡句，流水世情兮涵不盡愁。曠落寂而無友兮，誰爲玩此芳草？嗟來者之不我接兮，往者之不我留。渺八荒兮，君逍遥於何所。奠桂酒而歌《大招》兮，君其來下。四庫本《魯齋集》卷一九。

宋代辭賦全編卷之二十六

騷體辭　二六

越問

孫因

越問序

莊舄，越人也，仕楚而爲越吟；夏統，越士也，入洛而爲越唱。越俗之好吟詠，其來尚矣。亦聞有大述作者乎？蘭亭有序，脩禊事也；金庭刻銘，愛輕舉也；康樂山居之賦，陶性情也；微之州宅之詩，寫物景也。若是者謂之大述作，可乎？曰：未也。若昔河東柳先生，會粹三河之遺事，網羅千古之異聞，作爲《晉問》，以昭來世。斯文也，可謂大述作矣。

先生晉人也，居晉土，習晉事，爲《晉問》，職也。晉有堯之遺風，不可以有加矣。居乎越者，亦知越之事，可與晉方駕乎？晉，堯都也；越，舜、禹之邦也。古有三聖人，越兼其二焉。加以種、蠡之所經營，王、謝之所栖隱，司馬遷、李太白、杜少陵之所游覽，以至國朝諸名賢之所流詠，班班可攷，而大述作未聞也。

惟紹興間，狀元王公以幕府元僚，援筆作賦，搜奇抉異，雄麗偉卓，雜用《二京》、《三都》、《晉問》體，蓋自有會稽以來之大述作也。然嘗熟復詳繹，其間猶未能無遺恨焉耳。何者？越之四封，最爲廣袤，南踰句無，北界禦兒，東至於鄞，西盡姑蔑。至後漢時，提封尚數千里。今之越雖非昔之越，然都督一道，封疆猶不爲狹，而斯賦所録止及境内之山川，此其遺恨一也。

會稽土地所宜，以金錫竹箭爲稱首，職方氏九牧之貢莫先焉。蓋金錫竹箭，戎備所資，非其他一草一木比，正當表而出之。而是賦所述，乃雜舉夫秔秫桑蠶、楓松桐梓、雞頭鴨脚、馬乳鳧茨、木蘭海榴、園蔬木菌之屬，他郡獨無之乎？此其遺恨二也。

並海魚鹽之饒，東南大計仰焉。柳河東《晉問》於魚鹽二物〔一〕，各爲專條，以侈其富饒，鋪張揚厲，無慮數百字。彼三河所出，尚未敵海藏之什一也。兹賦纔一語及之。往往纖悉於赤鱔黄額之族，而闕畧於縱壑之巨鱗；搜羅乎餘粮石英之品，而簡棄夫積雪之寶鹽。此其遺恨三也。

〔一〕二：原作「一」，據雍正《浙江通志》卷二六八改。

紹興之初，翠華巡幸，駐蹕者彌年，實履舜、禹之故迹。陞州爲府，冠以紀元，且嘗就行殿舉大享禮。中興之業，於此乎濟，可謂是邦曠絶之盛典。而玆賦俱不之及，此其遺恨四也。

然自有越以來，所謂大述作者，獨此一賦而已。

王公作賦後五十七年，有書生孫因自句章徙餘姚，逍遥鹿亭樊榭間，處越土，爲越民，飽越飯，酌越水，每欲補《越絶》之所未載，廣越賦之所未備，而未能也。又九年，帥憲新安汪公衣繡衣，持玉節，森畫戟，載朱幡，臨制七郡四十二縣。臺府多暇，百廢具興，輪奐恢閎，山川改觀。鯫生幸覯盛事，竊謂越爲大都會，公有大規模，以其大學問、大力量，寓於大建立、大施設，中興百年所未覩也。獨無大述作，可乎？

宗工鉅儒之記述，騷人過客之題詠，金石震耀，黼繡周張，《韶》鳴《濩》應，宫唱吕和，所謂述作，亦一時之盛矣。使張平子、左太冲、柳河東諸人見之，將曰：此大規模也，談何容易！他郡小小創置裁革，則伐石爲一記，濡墨爲一詩足矣，獨施之越則不可。越，舜、禹之邦也。牧是邦者，舜、禹之臣也，而可易言之乎？愚不敏，成《越問》一篇，釐爲一十五章，凡三千九十五字。借楚詞體而去其羌誶謇侘之聲，倣《晉問》意而削其詰屈聱牙之製，非足以發揚會稽之盛，庶幾附郡志之末云。

篇　引

典午氏之盛旹兮，余鼻祖曰子荆。謀樂郊以隱居兮，颺漱石之清名。有聞孫曰承公兮，嘗令鄞與餘姚。愛會稽之山水兮，爰徙家於兹城。當永和之九年兮，惠風暢夫莫春。偕王、謝之諸公兮，會脩禊於蘭亭。賦臨流之五言兮，寄幽尋之逸興。泛迴沼倚修竹兮，松風落而泠泠。維興公尤好事兮，作流觴之後序。助逸少之高致兮，齊芳譽於難兄。既乃登陸而游兮，歷天台與四明。漱飛瀑於筆端兮，遺擲地之金聲。

余自句章徙姚兮，倏綿歷乎十稔。慨風流之浸邈兮，幸猶爲夫越氓。掬清泉之潺湲兮，友過雲之溶洩。訪樊榭之杳靄兮，棲石窗之玲瓏。客有過余兮，謂余博覽而好古；後世爲越人兮，胡不志夫越之風土？余謝不能兮，傴余指而縷數。前有靈符之記兮，後有龜齡之賦。嗟彼皆已爲陳迹兮，時亦隨夫所遇。儻含毫而不斷兮，將羞余之鼻祖。

封　疆

九州皆有山鎮兮，職方氏獨先會稽。射祥光於斗分兮，占星紀於天倪。牽牛炳其初躔兮，屈須女之七度。少陽當其正位兮，爲萬物之潔齊。南控引乎閩粤兮，北連亘乎鉅海。日出扶桑之東兮[一]，風行浙河之西。八山蜿其中蟠兮，羅千嵒以爲障。三江匯而旁注兮，渺萬壑以爲谿。洞天峆岈以連雲兮，俯九垠其如芥。洪濤沸渭以拍天兮，轟三軍之鼓鼙。宅卧龍之岧嶢兮，蠡城屹其環繚。帶平湖之浩淼兮，雲鏡鑄而天低。闞陵門而四達兮，八風颯其遝至。飛翼樓而舞空兮，天門沈其可梯。提封方數千里兮，運甌、吴於掌上。七郡四十餘縣兮[二]，歸中權之總提。兹古今之大都會兮，爲九牧之冠冕。諒天地之設險兮，他郡寧得而攀躋！

客曰：「偉哉山川兮，信美矣其無慊。然吾聞固國兮，不以山谿之險。」

金　錫

觀地産之所宜兮，惟金錫之最良。貢品肇於有姒兮，暨蒼姬而加詳。雖歷代之所珍兮，凛英氣其猶祕。甌冶子之神奇兮，爰採取而鍊淬。剖赤堇而出錫兮，山色變而無

[一] 東：雍正《浙江通志》卷二六八、《南宋文録録》卷二作「隅」。
[二] 郡：《南宋文録録》卷二作「都」。

雲。涸若耶之銅液兮，俯不見夫潛鱗。鑄嶺岌其插天兮，冶井浸而寒洌。前豐霳爲擊橐兮，後雨師爲灑塵。發銅牛之藏屑兮，赭林麓以炊炭。棄右冶之餘滓兮，草木爲之焦爛。炎煙漲乎銅孤兮，寒光浮乎鍊塘。越砥妥其斂鍔兮，鑄浦沸其若湯。合衆靈而成器兮，爲寶劍凡有五。曰湛盧與巨闕兮，蓋珍名之最著。既屬之善相之薛燭兮，復謀之南林之處女。水試則斷蛟螭兮，陸用而剸犀虎。掃攙倉使澌滅兮，伏蚩尤使奔怖。豈吳鈎之敢抗兮，非燕函之能禦。

客曰：「偉哉利器兮，誠爲越國之珍。斯劍客之喜談兮，非文種之願聞。」

竹　箭

維苗山之竹箭兮，禀勁氣於乾坤。實東南之美材兮，聲價等乎瑶琨。良工相夫陰陽兮，加利鏃以爲矢。習國人於射瀆兮，震電激而星奔。挾之以六千之君子兮，從之以八千之子弟。可以償方張之闔閭兮，走善射之樓煩。彼羣仙之會聚兮，亦以射而爲樂。登石室之射堂兮，射東峰而的白。丁令威爲拾箭兮，山上下以求索。獲遺鏃於樵夫兮，償以樵風之南北。

客曰：「異哉斯事兮，誠振古之怪奇。然越人之彎弓兮，則談笑而道之。」

魚鹽

百川會同滄海兮，浩不知夫津涯。吐雲濤以瀾汗兮，沃日御而渺瀰。藏巨靈之贔屭兮，見天吳之惚恍。戴五山之業峨兮，涵百怪之陸離。巨魚出没其中兮，不知其幾千里。鼓浪沫以成霧兮，嘘雲氣以成霓。任公子之投竿而釣兮，五十犗以爲餌。閲期年而得魚兮，牽巨鉤而下之。鬐鬣怒而刺天兮，白波湧而山立。膏流溢而爲淵兮，顱骨積而成坻。自浙水以東兮，無不餍若魚之肉。彼赤鱚黄頯何足數兮，又況梅魚與桃鰡。維天地之寶藏兮，有煮海之鹺鹽。曝曜靈以摝沙兮[一]，浮蓮的以試滷。編篔簹以爲槃兮，處烈焰而不灼。霜鉛倏其凝沍兮，霜花颯其的皪。兹海若之不愛寶兮，豐功被乎天下。抑造化之自然兮，詎人爲之力假！

客曰：「富哉魚鹽兮，此越國之寶也。是特以利言兮，吾願聞其上者。」

舟楫

越人生長澤國兮，其操舟也若神。有習流之二千兮，以沼吳而策勳。尋笠澤以潛涉

[一] 沙：原作「涉」，據四庫本及雍正《浙江通志》卷二六八改。

兮，北渡淮而會盟。擅航烏之長技兮，水犀爲之逡巡。浮海救東甌兮，有握節之嚴助。治船習水戰兮，榮衣錦於買臣。渡浙江而誓衆兮，鄮稽之内史。率水棹以拒戰兮，淩江之將軍。坐大船若山兮，公苗山陰之傑。汎波襲番禺兮，季高永興之人。想萬艘之並進兮〔一〕，紛青龍與赤雀。風帆倏忽千里兮，駕巨浪如飛雲。今競渡其遺俗兮，習便駛以捷疾。觀者動心駭目兮，相雜襲如魚鱗。

客曰：「盛哉舟楫兮，他郡孰加於越？然同濟或不同心兮，請置此而新其説。」

越　釀

揚州之種宜稻兮，越土最其所宜。秫種居其十六兮，又稻品之最奇。自海上以漂來兮，伊仙公之遺育。別黄秈與金釵兮，紫珠貫而纍纍。酒人取以爲釀兮，辨五齊以致用。湑鏡流之香潔兮，貯祕色之新瓮。助知章之高興兮，眼花眩乎水底。侑謝傅之雅遊兮，陶丹府而哦詩。集羣賢以觴詠兮，浮罰觥乎子敬。指鳴蛙爲鼓吹兮，暢獨酌於稚珪。斯越酒之醞藉兮，非宜城、中山之比。刭投醪之醇德兮，能使勇氣百倍於熊羆。

〔一〕艘：四庫本作「船」。

客曰：「旨哉越釀兮，固越俗之所怡。然自征榷之法行兮，安得薛戎而蠲之！」

越茶

日鑄山之英氣兮，既發越於鏌鋣。地靈洩而不盡兮，復薰蒸於草芽。雖名出之最晚兮[一]，爲江南之第一。視紫筍若奴臺兮，又何論乎石花。維瑞龍之爲品兮，與此山以相亞。意山脈之通貫兮，仙種同乎一家。汲西巖之清泉兮，松風生乎石鼎。滋芳液於靈襟兮，沆瀣集乎齒牙。歐公録之《歸田》兮，蘇仙流諸佳詠。伯玉註於詩版兮，文正賞其甘華。至雁塔與花塢兮，固郡志之所載。若餘姚之瀑布兮，尤《茶經》之所誇。嗟陸羽之不逢兮，宜鑑味之絶少。世方貴夫建茗兮，孰有知夫越茶？

客曰：「世非不知兮，顧茗禁之已苛。亦幸其不盡知兮，姑舍是而言他。」

越紙

緊剡藤之爲紙兮，品居上者有三。蓋篠簜之變化兮，非藤楮之可參。在晉而名側理

[一] 出：原作「山」，據雍正《浙江通志》卷二六八、《南宋文録録》卷二改。

兮，儲郡庫以九萬。曰姚黄今最顯兮，蒙詩翁之賞談。加越石以萬杵兮，光色透於金版。近不數夫杭由兮，遠孰稱夫池繭[一]。半山愛其短樣兮，東坡嗜夫竹展[二]。薛君封以千户兮，元章用司筆硯。數其德有五兮，以縝滑而爲首。發墨養筆鋒兮，性不蠹而耐久。惜昌黎之未見兮，姓先生而爲楮。使元輿之及知兮，又何悲剡藤之有？

客曰：「孅哉越紙兮，有大造於斯文。然世方好紙而玉兮，又烏知乎此君？」

神仙

陽明太玄之天兮，乃羣仙之所游。有金堂與玉室兮，挹方丈與瀛洲。伯經得道泉兮，乘雲氣於木杪。仙公韜光丹井兮，發函書於船頭。騎青騾以入市兮，薊子訓之賣藥。切鯔魚以作膾兮，介元則之垂鉤。宏景寄跡鈞槎兮，隱吏棲於梅市。廣信駕龍白日兮，羽人萃於丹丘。擷芝草以爲侣兮，左元放之金液。湌桂屑而飲水兮，范少伯之扁舟。煉日精以回形兮，虞翁色若嬰孺。位上清而標籍兮，思元跡混俗流。嚴青能服石髓

[一] 池：原作「地」，據雍正《浙江通志》卷二六八改。
[二] 嗜：原作「耆」，據雍正《浙江通志》卷二六八改。

兮，終斷穀而輕舉。伯陽煉成神丹兮，雖蜕形而不留。御天風而上征兮，與日月以齊壽。皆地勝之所招兮，舉塵寰而少仇。

客曰：「神仙信有兮，特祕怪而難求。吾聞越多隱君子兮，試詳言而旁搜。」

隱逸

謝隱士當少微兮，精神見乎天文。嚴子陵應客星兮，光芒動夫至尊。居剡下以高潔兮，戴安道之父子。游嵩嶽以偕隱兮，孔述睿之弟昆。郤米餉而不受兮，朱百年之夫婦。愛肥遁以就閒兮[一]，阮萬齡之祖孫。閉蓬户以觀書兮，淳之棲於究岫[二]。輕白璧而不盼兮，景齊隱於日門。扣藥船而引聲兮，歌競傳於仲御。漁鏡湖以賦詩兮，島尚號於方干。黄公列乎四皓兮，成定儲之羽翼。稽康儕於七賢兮，著養生之至言。王子猷詠《招隱》兮，愛山陰之竹種。謝靈運賦《山居》兮，采地黄與溪蓀[三]。著貂裘坐巖石兮，

[一] 愛：原作「受」，據四庫本及雍正《浙江通志》卷二六八、《南宋文録録》卷二改。
[二] 究：原作「窮」，據雍正《浙江通志》卷二六八、《南宋文録録》卷二改。
[三] 與：原作「爲」，據四庫本及雍正《浙江通志》卷二六八改。

弘之志不在釣。袘豹席與椶屩兮[一]，志和豈羨夫回軒[二]？彼皆不事王侯兮，以高尚而辟世。亦地氣之所鍾兮，多秀水與名山。

客曰：「士各有志兮，斯固古之逸民。夫何欲潔其身兮，弗念君臣之大倫？」

勾踐

昔勾踐兮思報吳，問國政兮五大夫。辟田野兮實倉府，訪疾苦兮字幼孤。抱冰兮握火，置膽兮坐卧。采葴兮與葛，側席兮闔左。觴酒豆肉兮，必均其施。樂不盡聲兮，食不致味。鷙鳥匿形兮，踰二十祀[三]。吳無稻蠏兮，越有地利。一朝興師兮，三戰得志。姑蘇既墟兮，横行淮泗。伯東諸侯兮，賀貢畢致。赫然雋功兮，又何可議？

客曰：「異哉兮，彼長頸而烏喙。如其可與共樂兮，何鴟夷之遠避？」

[一]屩：原作「橋」，據《新唐書》卷一九六《張志和傳》、《唐才子傳》卷八改。
[二]夫：原無，據雍正《浙江通志》卷二六八、《南宋文録録》卷二補。
[三]二：原作「一」，據《春秋左傳注疏》卷五七、雍正《浙江通志》卷二六八、《南宋文録録》卷二改。

舜禹

帝舜生於姚丘兮，地近夷而居東。母握登感天瑞兮，漾祥光於大虹。歷山其所耕稼兮，陶漁皆有遺跡。二女降於嬀汭兮，百官備而景從。大禹巡於禹山兮，會羣臣而計功。執玉帛者萬國兮，戮後至之防風。託菲飲以名泉兮，鑿了溪而宅土。發金簡於石匱兮，藏祕圖於山中。望邑名夫虞姚兮，山靈護夫禹穴。儼廟貌於千古兮，遺化被於無窮。緊帝王之所在兮，宜風俗之近古。習孝悌與勤儉兮，亦好遜而上忠。客曰：「於戲大哉兮，又何可以比隆！然有爲者亦若是兮，豈無與舜、禹之事同？」

駐蹕

維六飛之南渡兮，潢濤江以東歷。後舜、禹三千年兮，履舜、禹之遺迹。駐翠蹕以彌年兮，因改元而頒詔。爰陞州而爲府兮，冠紹興之大號。舉大享之上儀兮，即行闕而蔵祀。視總章與重屋兮，亦庶幾其遺意。登堂而望稽嶺兮，懷克勤之令德。留建炎之御製兮，彰復古之素志。采上虞之囊封兮，終然法乎舜禪。山鬱葱以蜿蜒兮，鍾禹陵之佳氣。御香四時來下兮，道冠蓋以相望。拱觚稜於雲闕兮，儼威顔而天咫。緊百年之父老兮，及親逢乎盛事。想天民之視阜兮，與虞夏而同治。客曰：「幸游舜、禹之邦兮，復逢舜、禹之君。然儻無舜、禹之臣兮，孰能牧舜、禹之民？」

良　牧

自大駕之西幸兮，府遂爲於近藩。賜行殿爲府治兮，曁擇牧之惟艱〔一〕。張毘陵首當是選兮，實股肱之舊弼。仍土階之素規兮，因舊宇以爲安。朱忠靖繼剖符兮，屹具瞻於巖石。趙忠簡亦相望兮，凜清風而獨寒。忠定王之來鎮兮，當乾道之四禩。捐帑以置義租兮，闢宫而祠先賢。諒棠陰之蔽芾兮，思召伯其如憩。宜大封於是邦兮，良天道之好還。後五十餘年兮，誰儷美以增飾？維我新安公兮，鶱逸駕而獨攀。剖滯訟如澌流兮，召雨暘如應響。使百城俱按堵兮，令滄海無驚瀾。立吏膽於秋霜兮，洽民氣於春澤。出干將於寶匣兮，照沆瀣於銅

〔一〕擇：原作「澤」，據四庫本及雍正《浙江通志》卷二六八改。

盤。圜扉鞠爲茂草兮，麥岐藹其連秀。令修户庭之内兮，民樂湖山之間。既修政而人悦兮，文書省於幙府。新百廢以具興兮，聳輪奐之偉觀。八邑不知有役兮，一道不知有費。若天造而神設兮，豈民力之或煩。化榛莽爲宏麗兮，敞隘湫爲爽塏。革蠹橈而雄疊兮，易朽腐而堊丹。兹棟隆之規模兮，特於此乎小試。非成毁之相仍兮，數循環而無端。鎮越嶠乎中踞兮，修廊翼其旁拱。何獨斂夫散氣兮，所以重夫中權。巨扁揭乎雲霄兮，鈎筆粲乎星斗〔一〕。山靈爲之呵護兮，珍光赫而屬天。

前方台之月華兮，後蓬萊之雲氣。左燕春之凝香兮，右清白之寒泉。繞層城以拂雲兮，開屏障於四面。卧林影於雲壑兮，棲山光乎一軒。吸平湖於酒杯兮，浮翠峰於茗椀。送歸鴻於天外兮，數飛鷗於海門。動秋聲之摵摵兮，泊晴嵐之藹藹。餞崦嵫之夕照兮，賓暘谷之朝暾。上越王之危臺兮，誦唐人之傑句。鷓鴣飛而地迥兮，晴烟渺而天寬〔二〕。飛蓋游乎清夜兮，羃輕烟之素練。棹歌發乎中沚兮，浴明月於金盆。麗譙湧乎青冥兮，角聲起而寥亮。佳山蔚其照眼兮，洗萬里之陰雾。新隄平而擬掌兮，沸行歌以載

〔一〕鈎筆：雍正《浙江通志》卷二六八、《南宋文録録》卷二作「鈎畫」。
〔二〕烟渺：四庫本作「絲裊」。

路。漕渠濬而舉舾兮[一]，鼓千艘而駢闐。雄威扁、營壘創兮，雷歡聲於貔虎。泮宫修、貢闈闢兮，遂飛躍於魚鳶。臺府煥而一新兮，巖壑爲之改觀。他人視之拱手兮，公談笑而不難。既游刃之有餘兮，復善刀而藏用。寂然若無所營兮，湛中襟而靖淵。炷爐香而讀《易》兮，悟至理於《泰》《否》。託寄軒之柱刻兮，等蘧廬於乾坤。上方蕆事明庭兮，將入扈於豹尾。如旄倪之借留兮，紛截鐙以攀轅。緊郢曲之寡和兮，信蕭規之難繼。民願公無遽歸兮，帝謂吾今召環。雖卿月之暫駐兮，幸臨照夫越土。恐使星之遷次兮，迫太階之魁躔。推治越之道治天下兮，固我公之餘事。然越人愛公如慈父母兮，願託歌而永傳。客乃斂衽肅容兮，屏氣弗敢復言。孫子於是濃墨大字兮，終夫《越問》之篇。清嘉慶刻本《寶慶會稽續志》卷八。

蝗蟲辭

孫因

開禧三年孟冬，孫子行野中，見有伐鼓舉烽者，意其捕寇而即戎。就而問焉，則盡

[一] 舾：原作「重」，據四庫本改。雍正《浙江通志》卷二六八作「鍤」。

田間之老農也。得物狀甚怪：喙剛而銛，目怒而黔。或振其股，或掀其鬐。羽翼未成，已學飛舞；兩腋之下，可達一縷。余異其狀，問於田父。田父愀然曰：「子識今秋飛蝗之狀乎？此其子孫，而彼其祖父也，官命我輩捕之。」余曰：「蝗何負於官而見捕乎？」

田父仰天泣涕曰：「是害我稻黍者也，王法之所不恕。始，吾小人謂爲瑞物也，炷香而祝其來；既來矣，則田之毛髮，化而爲黃埃，然後知其爲災。初以爲祥，後以爲殃。昔恨其來暮，今懼其不去。吾小人惟無知，故若此。觀子之貌類學古者，乃亦懵然，何哉？吾小人記爲兒時，從村市一老生學，老生授我一編書，我忘名而記其略曰：某食苗心者，某食苗節者，某食苗根苗葉者。又曰：吏侵牟生蟊，乞貸生蟘，冥冥犯法生螟，賊虐無辜生蟹。然自垂髫至帶白，未識其形色也。今雖識之，反不願識矣。」

余曰：「盡乎？」曰：「不能。」「然則吾爲若諭之使去，可乎？」曰：「幸甚，恐不可諭耳。」余曰：「金石無情，可動以誠；昆蟲無耳，可格以理。蝗能爲害，亦能聽吾誠矣。」

試掇魁傑者數輩，置於前詰之曰：「使汝害稼，天歟人歟？惟天惠民，必不使爾爲吾民病也。苟官吏召汝，則民何辜？且食，民天也，汝啖民之天，以充其體膚，天將汝誅矣。速去，無久居！」

頃之，若有昂首揚目趯趯而股鳴者，聽之，則曰：「今爲害者豈我乎？牟人之利以厭己之欲者非蝗乎？食人之食而誤人之國者非蝗乎？利口而邦之覆、磨牙而民之毒者非蝗乎？故窮奇、饕餮，虞之蝗也；夷羿、豬浞，夏之蝗也；受臣億萬，商之蝗也；蹶楀、家伯、仲允、聚子，周之蝗也；齊豹、庶其、牟夷、黑肱，春秋之蝗也；儀、衍、申、韓、楊、墨、列、惠，戰國之蝗也。鞅、睢、斯、高、蒯、邯、翳、欣，蝗於秦者也；酷吏、游俠、外戚、佞宦，蝗於漢者也。大者如是，小者不可算也。自漢而下，蝗日益盛，民日益病；蝗日益碩，民日益瘠。雖唐之貞觀、開元間，號多樂歲，蝗未息也。

嗚呼！其爲害三千餘年矣。跔跔躍躍，實繁有徒，去之復生，芟之愈蕪，其庸有既乎？必有良史特書屢書，而胡獨罪余？且夫節按常程，無非急征、鬻獄、賣判，價隨重輕，外託公計，内爲己贏。若是者，不謂之蝗可乎？匱金囊帛，峙如山岳；封餽苞苴，道塗盤錯。一筵之費，或至千索。咀嚼已竭，未厭谿壑。不稼不穡，取禾三百。若是者，不謂之蝗可乎？大昕會朝，崇朝退食。水珍陸羞，映照巾羃。是中其誰？羔羊正直。乘馬從徒，呵哄塞衢。鳴玉曳履，鏘鏘步趨。明旦封事，問之則無。月糜都内錢，日廩太倉粟。輔郡致醇醴，京府飾居屋。休問坎伐檀，不論鼎覆餗。若是者，不謂之蝗可乎？屯雲百萬，耄弱相半。問其所工，鍼韡鳧鍛。負米已喘，執戈已汗。褒衣麗襦，市廛嬉媮。私第一占，終身晏如。食粟而已，烏知其餘？此冗兵之爲蝗也。官如傳舍，彼長子孫。所在朋曹，螯螯詵詵。舞文冒賄，齧我本根。幸而黜涅，復爲官軍。此吏胥之爲蝗也。傑閣廣殿，金臒炳烜。土偶蒙珠，牆壁湧鈿。黔首無知，禍福驅煽。此夷鬼之爲蝗也。節、察、防、團，遥刺等官，本待有功，豈爲養安？養安以逸，坐糜厚秩。率民户百，不能供一。贓吏斥歸，更得真祠。豈念祠廩，亦民膏脂。推此以往，其他可知。貴介姻族，乃及傔僕。倚勢豪奪，飛食人肉。鼓吻弄翼，道路以目。凡此皆人其形，而蝗其腹者也。其爲民害，章章如是。若夫惰田之農，淫浮之技，曳縞之商，纂組之女，依倚市門之子，假飾衣冠之士，瑑瑑碌碌者，尚不與此。然則豐年富歲，常有數十百萬飛蝗在天下，咋人骨髓，豈特食稻黍而已！況害稼者有時，害民者無期；害稼者遇官吏如魯中牟，則不入境。今聖天子齊明潔蠲，至誠動物。我雖無知，將率我族類而遠遷矣。然我輩雖去，民終未得晏然也。使若屬未殄，天下寧有豐年乎？」

因述其語，書以自省，且俾觀風者得之，以爲有位警焉。《南宋文録録》卷二。

陸宣公祠騷辭

趙孟堅

祠在嘉禾東門鴛湖水中。自節齋先生建立，連政修崇，兼以陳公舜俞、趙公汝愚配祀，然未有明建祠之意，以爲迎饗送之詞者。輒不揆，賦楚辭以補祀事之闕文云。

滄波兮鱗鱗，渺涵浸兮青旻。引余睇兮何思，思有唐兮貞臣。世混濁兮其逢，豈余宜兮弗伸。蹇溷嫉兮羣僉，紛吠噬兮狺狺。慨百奏兮仁義，跪屣袂兮重陳。不負君兮與學，甘殺身兮成仁。能不忘兮在莒，豈土運之中屯？遺高風兮來思，羌有屬於後人。侯是邦兮多賢，美人才兮作新。擬甍棟兮龍宫，招忠魂兮水濱。合里社之前修，配祠祀兮拳勤。公神遊兮九霄，奚是邦之獨親？維桑梓兮必恭，寧作興之無因！期滋蘭兮成芳，戒一蕕於衆薰。彼木蘭兮桂槳，蕩秋月兮花春。醉壺觴兮流泳，雜雅鄭兮繽紛。誰於是兮興懷，曾華實之靡分。朗余詞兮一奠[一]，儼英靈兮若存。嘉業堂叢書本《彝齋文編》卷四。

景陸堂宣公泉銘 並序

趙孟堅

甘棠勿翦，峴石興思，慨念先猷，其來尚矣。若夫旌遺芳於既往，開微緒於將來，撫物興懷，即躬詔訓，風以動之，厥有深旨。欽士思泉，宜黄君之所甚崇也。君雙井太史公之諸孫，域其名，蓋之其字也。質凝堅壁，操肅稜霜，事上無謟，戢下有威，其諸古之遺直夫！尉是禾興，考圖繹志，曰：「嘻，其敬哉！維治之宅，唐相宣公之遺基也。坎甃之泉，亦吾宣公之斲也。彼美人兮窅弗可覿，幸徵其迹也。凡見其迹，如見其人，宜景其行也。表而彰之，吾惟汲汲，何昔聞之寂寂也？」於是即其基肇堂，曰景陸堂；礱石楯泉，曰宣公泉。豈徒侈輪奐、濯滄浪而已哉？端居是堂，夷夷于于，榮辱俱忘。寵内相，遷忠州，始終一節乎。漱芳

[一] 朗：原作「浪」，據四庫本改。

斯泉，湛湛泠泠，甘辛無作，毁賓參，救陽城，恩雠兩泯乎。其然無媿然矣[一]。居心固合，於是表而彰之，景仰皆吾心乎，忠讜皆伊人乎[二]。一物之微，善人心之樞紐乎！小子孟堅，庸嘉乃心，敬述以銘，僭其奚辭。乃銘曰：

洵美宣公，侃侃忠兮。延延英聲，千萬齡兮。匪如伊人，孰體諸心、履諸身兮。維涪諸孫，如玉温兮。冥冥心乎，若合符兮。乃肇乃龍，高風崇兮。其夷其泠，於以鑑中扃兮。敢告後來，毋使此風頹兮，適吾之願兮。公千萬齡，如親見兮。嘉業堂叢書本《彝齋文編》卷四。

祭魏參政文

方岳

嗚呼，蜀自三蘇公不作，於今幾何年兮，予嘗意其水恧而山羞。天地之秘寶韜光剷彩，鬱屈而不平兮，故其發也勃焉，而有斐君子特立於西州。學探邃古之奥，文洗時俗

[一] 原校：「其然云云，有脱誤。」

[二] 讜：原作「儻」，據四庫本改。

之陋，而浩然於胸中者自一宇宙兮，蓋蹴訓詁之囿而姬孔之與游〔一〕。以其精微者治身，以其粗淺者治世，是心固將堯舜吾君民兮，而不知一葦杭之，何以障百川於横流。彼誰其秉國之鈞〔二〕，如重陰且霾，日月爲之晦冥兮，而矯然獨鶴之嘹唳，乃欲空百鳥之喧啾。抱遺經於荒遐之裔，樂斯道於寂寞之濱者，與歲月而相忘兮，亦既築山房於白鶴之麓，而眠雲卧雪，吟風醉月，侃侃乎其無物外之憂。但遨嬉於翰墨之林，而秦篆漢籀流落人間者，太山一毫芒兮，至其妙於心，則伏羲以前之《大易》，而筆於書，則獲麟以後之《春秋》。忽雲翳之劃開，豁中天之大夜，下尺一趣諸老以來歸兮，人固以爲適當太平之期，願觀德化之成，而衆君子之聚在本朝者，殆將人稷契而身伊周。歷觀近歲諸賢之志，各欲出其力以救斯世之淪胥兮，而彼蒼者天，豈其不欲平治耶，胡駕言中道而摧輈！西山其頽，而天目之老、晉陵之魁亦相繼而凋落兮，獨吾白鶴山人在，而且猶傍睨如棋之局、孤閒横水之舟。然庶幾其可以繫中外之望，以待天人之定兮，而復乘雲

〔一〕囿：原作「圃」，據《翰苑新書》别集卷一二改。
〔二〕鈞：原作「均」，據《翰苑新書》别集卷一二改。

氣，騎箕尾，渺松江以上征，而不爲蒼生其少留[一]。疇昔之夜，謁公南徐，曰衆讙之不可息而予亦信以爲然兮，及今見之，則慨歎其爲李西平之子，而嘉奬其爲異於臧宫、馬武之儔。人生傾意氣耳，故今聞公之喪，晝喟而夜吁兮，而況朝失元老，士失宗儒，其將付斯世於悠悠。乃作白鶴之些曰：白鶴飛兮山之幽，梳雪羽兮風飀飀。時不與兮吾誰尤，白鶴歸兮河之洲。蘇臺杳兮雲正愁，嗅華表兮天知否。明嘉靖刻本《秋崖先生小藁》卷四四。

祭杜丞相文 代太學[二]

方岳

嗚呼！天下不見司馬文正之忠清粹德兮，於今百六十有二年。世道之升降凡幾，人材之消長凡幾，蓋有不勝其慨然者矣，而公方起從海濱，共更化絃。一時之兒童走卒亦皆論名氏兮，而都人士之攀緣相登，争睹其儀形者亦皆咨嗟太息，以爲甚矣其似文正

[一] 少：原作「小」，據《翰苑新書》別集卷一二改。
[二] 代太學：原無，據《翰苑新書》別集卷一二補。

也，是何退然山澤之儒，臞如列仙。上方舉國以聽焉，而四方顒顒，延頸跂踵以望太平之期兮，奈何乎心勦神疲於應物，其胸中之所欲爲者，曾微江河之一涓。雖移疾者屢[一]，然猶國有蓍龜，士有砥柱，若不見其運遭兮，而君子恃之以無恐，小人讋焉而莫前。今夬矣而未遇，復矣而未泰兮，正升降消長之一機也，而公乃騎箕尾而捨旃。將恐上心漠然於此矣，而元哀亦無與相彌縫兮，凡吾黨之所扼腕者，固匪人之所垂涎。天下之勢方如駕漏舟於風濤浩渺之衝兮，忽檣摧而維絶，則旁觀之損神，亦不自覺其失聲而呼天。

試嘗評之，公之與文正其清介同，其公忠同，其夙夜盡瘁以遺其身者無不同兮，獨秉國不及於踰年而青苗助役之未蠲[二]。然而青山流水，居無五畝之園，以獨樂花木之秀野而藝風煙兮，則公之貧又似乎差賢。意公之心，使天下清明常如今日[三]，不至於變怪雜出，舞鰌鱔而號狐狸兮，方瞑目於九泉。古所謂死而後已者，其公之謂兮，吾爲天下悲而已矣，不自知其涕漣。明嘉靖刻本《秋崖先生小藁》卷四四。

[一] 屢：原作「婁」，據《翰苑新書》别集卷一二改。
[二] 未蠲：《翰苑新書》别集卷一二作「來前」。
[三] 天下：《翰苑新書》别集卷一二作「朝廷」。

祭徐侍郎文

方岳

靈之游兮淒其以風，噫！慟以軷兮洶胥濤而與東，噫！世無羊叔子兮莽吾寃其曷窮，噫！非此其悲兮羌世變惟時恫，噫！時耶勢耶，天乎人乎，求所以死公者而不可得也，渺籲帝兮深衷，噫！明嘉靖刻本《秋崖先生小藁》卷四四。

祭費宰文

方岳

土山焦兮金石流，赫炎曦兮焮予輈，公之來兮山幽幽。梧桐凋兮楊柳黃，星闌干兮澮不芒，公之去兮山茫茫。仕何樂兮忽今古，以輀歸兮秋月苦，君子別兮萬山阻。明嘉靖刻本《秋崖先生小藁》卷四四。

宋代辭賦全編卷之二十七

騷體辭　二七

洞庭君山辭　時附戍蜀船行

鄭起

山爲君兮水爲臣，水爲臣兮象爲兵。君有定位兮兵無定形，知山知水兮知君臣之性情。不知師不知比兮，又奚知用兵之精？余經山之外兮，睹山水之杳冥。佳氣葱鬱兮，或天香而龍腥；煙雲變化兮，或狗狀而人形；風濤洶湧兮，或崖立而天平。或夕陽兮漁歌，或曉霜兮鐘聲。或雪下兮雁叫，或夜半兮鼉鳴。或仙人張樂兮，霞珮之軿軿；或神丁從駕兮，車騎之轔轔。冬寒春暖兮，湖草幾番之青青；今來古往兮，人物幾代之廢興！嗟余行役兮，顧鬢影之星星。無由登山臨水兮，與鷗鷺盟。北風吹袂兮，又將之荆。徘徊不忍去兮，聊以歌而行。知不足齋叢書本《清雋集》。

辭弔富沙梨山大王祠　唐詩人李頻也

鄭起

梨山之陽兮有廟煌煌，州人祭享兮釃酒椎羊。王之未死兮守土此方，王之既死兮州人不忘。建山之峭兮建水之長，建秔之粲兮建茗之香。州人禱福兮王錫吉祥，魂之來歆兮雲旗央央。蛇虎遁伏兮松桂芬芳，梨花煒煒兮王之甘棠。自古詩人兮憔悴異常，王之爵位兮何啻於唐[一]。昔駕五馬兮今衣衮裳，詩人之窮兮詩人之昌。知不足齋叢書本《清雋集》。

招魂酹翁賓暘

鄭起

君之在世帝敕下，君之謝世帝敕回。魂之爲變性原返，氣之爲物情本開。於戲！龍兮鳳兮神氣盛；噫嘻！鬼兮歸兮大塊埃。身可朽，名不可朽；骨可灰，神不可灰。

[一] 兮：原無，據文例補。

采石捉月，李白非醉；耒陽避水，子美非災。長孫王吉命不夭，玉川老子詩不俳。新城羅隱大奇特，錢塘潘閬終崔嵬。陰兮魄兮曷往？陽兮魂兮曷來？君其歸來，故交寥落更散漫；君其歸來，帝城絢爛可徘徊。君其歸來，東西南北不可去兮；君其歸來，春秋霜露令人哀。花之明，吾無與笑；葉之隕，吾實若摧。曉猿嘯，吾聞淚墮；宵鶴立，吾見心猜。玉泉其清可鑑，西湖其甘可杯。孤山暖梅香可嗅，花翁葬薦菊之隈。君其歸來，可伴逋仙之梅，去此又奚之哉！知不足齋叢書本《清雋集》。

祠神詞

李龏

食蘋兮崑崙，駕文鰩兮西海。登群玉之府兮白雲熊熊，祠司天兮毛采。占筵篿兮瑶池，怳余心兮飃厲。旋升兮軒丘，即平圃兮佇眙。颯晨風兮丹木，間環玉兮泠泠。神來歸兮洋水，舞青鳥兮都庭。陳桂尊兮藉白茅，申微詞兮再拜以傴。歆余誠兮神何私，惟怙終兮拙魯！《永樂大典》卷二九五一。

路祭方右史文

李昴英

輀車東浮兮，黄水之灣；傾城挽送兮，積涕回瀾。魚龍泣護，海山慘顔，惡人多壽兮，賢者不使之生；還天不可問兮，時事愈艱。十年締交兮，相照膽肝；色笑若平生兮，夢寐之間。羅浮之約付渺茫兮，冷月空山；想像蒼虬於炎洲兮，一酹招魂。四庫本《文溪集》卷一二。

與張草廬

趙汝騰

予欲嗣奏聘君，草廬寄聲止予，歌以答之。

姑蔑之墟，郡郭之隅。幽闃兮陋巷，卑渫兮繩樞。真人兮匱藏，道貌兮山臞。有時兮過市，徐行兮當車。天津游兮聞鵑而慨嘆，鹿門登兮采藥而躊躇。明月兮嘯咏，白雲兮卷舒。我評其人陶邵之徒，疇昔歲兮司銀臺。力抗疏兮徵玉廬。朝奏墨兮欲下，暮出書兮尼諸。君一笑兮草芥，余三惜兮璠璵。擬箋天兮嗣請，近因風兮止余。仰高致兮慕予，積卑忱兮願攄。善不進兮不已，終當諒乎純愚。四庫本《庸齋集》卷一。

答徐直方問無極歌

趙汝騰

謂無極不可狀兮，造化之樞。謂無極可狀兮，聲臭俱無。至哉濂翁兮是刱是圖，後來諸老兮交辨鵝湖。彼是此非兮畦畛何殊，究其指歸兮風乎舞雩。吾默會於心兮徵以《通書》，陰陽動静兮何始何初。人人有是兮，奚問乎吕、陸、張、朱。四庫本《庸齋集》卷一。

遺徐端友壽母夫人歌

趙汝騰

望東雲兮懷玉，産二英兮鸑鷟。持榮名兮壽親，頌大椿兮對菊。飱初英兮慕屈子之菲菲，飲寒潭兮陋胡廣之碌碌。我敬愛之，勉以猗緑。垂芳兮無窮，介母兮多福。四庫本《庸齋集》卷一。

次劉錦山和歸去來詞韻以贊其歸

衛宗武

歸去來兮[一]，問君曷月其還歸？林澗久矣積愧，猿鶴怨而生悲。羌廣、受之已邁，猶風流之可追。慨裴、張之嗜寵，知止足而則非。縱裾瓊而珮玉，異芰製而荷衣。儻見高而識遠，庶吉先於動微。

甲刃樅樅，車馳卒奔。雖有金屋，不如蓽門。所可樂者，惟吾道存。書左圖右，土簋窪尊。未抗志於伊、吕，姑怡情於孔、顏。必義路之是遵，匪仁宅而莫安。嚌道德之永味，透名利之上關。齊得喪於一致，混榮辱而並觀。視世故之紛綸，類風埃之往還。方《黍離》之傷周，幸豐年之歌桓。

歸去來兮，四十載之交遊。邈千里之嵇、吕，判二仲之羊求。悵猗蘭之同臭，那諼草之忘憂。偉經濟之大才，固聖哲之可疇。歸公有衮，用汝作舟。然顛頤之失類，戒拂經其於丘。於滔滔而中砥，毋汎汎而乘流。清賀監之一曲，悟司空之三休。

[一] 歸：原作「問」，據文意改。

已矣乎！懸車告老維其時，名雖足貴毀隨之。達官鄙子諒，高蹈思安期。有負郭之腴田，宜以耘而以耔。有排闥之錦幛，可或觴而或詩。亟膏車而秣馬，投紱歸來夫奚疑。四庫本《秋聲集》卷六。

贊寄顔

衛宗武

貌臞而形尫，氣直而行方。我本平平蕩蕩，人謂踽踽涼涼。德何有兮，涓流之澗。文何有兮，寸草之芳。匪徒羡游汗漫而過列缺，蓋直欲超泰清而窮混茫。必飄飄兮出蠛蠓之甕盎，肯戀戀兮競雞鶩之粃糠？儻一朝而聞道，可千古而不亡。四庫本《秋聲集》卷六。

葉通判哀辭

衛宗武

嗚呼！知生死之故兮，固莫異夫有夜有晝。何芝蕙之可歎兮，而蕭艾之獨茂？何樗櫟之易久兮，而杞梓之弗壽？惟文昌之有孫兮，爲吾邦之翹英。德之粹不瑕之古璧兮，行之潔無滓之寒冰。其氣温乎可即兮，所立卓爾不羣。贊會府而材器穎脱兮，理劇邑而盤錯刃。迎班振鷺以高騫兮，期翳鳳而上征。胡退鷁之斜飛兮，倏展驥而外更？既别乘之三駕兮，所至騰實而蜚聲。非攬轡於一道兮，亦盍戟列而香凝？由當路之背公植私，惠貪黜廉兮，才者賢者困抑而弗伸。使阨窮至病且老兮，竟卷藏其奇藴修能。髮挺挺而欲立兮，每爲此而不平。

曩天畀其際逢兮，忝銓闈之同登。始霧披而識眉目之異兮，倏天合而爲肺腑之姻。氣臭若金蘭之無異兮，契好若魚水之相親。當選海之汩没兮，渺莫測其涯津。賴塤篪之迭和兮，義每篤於斷金。借春風牙頰以汲引兮，飛鶚表而上騰。一至再左推而右輓兮，遂與諸彦而并升。愧終無所成名兮，罔克補報其涓塵。念占籍而雖同貫兮，邈地異而迹分。恨履道之弗同坊兮，莫親炙而親薰。記司鑰而上省闥兮，獲邇典刑。敘間闊而悦情話兮，釀爲之傾。俄如輪而如雲兮，世寖殊而事殷。各東馳而西騖兮，知孰死而孰生？暨征旆之返自鄞兮，喜全璧於一門。許拔宅於我館兮，舉室爲之歡欣。奚日征而月邁兮，竟弗踐於此盟。

水之北有山兮，架招隱之樓岑。上棟下宇兮，惟竢時之落成。邀佚駕以來遊兮，共聽鶴唳而猿吟。抱此志而弗克遂兮，俄聞疾起於逡巡。屬去臘之上故都兮，汲汲乎爲人事，牵於衆兮，其往也不容稽程；歲迫乎除兮，其歸也祀典欲循。念念乎一問寢食兮，卒莫造夫閒閎。豈料賢人之嗟兮，果協乎龍蛇之辰。遽飄飄其仙去兮，孰能反其冰雪之魄、秋水之神？

吁嗟吾親，洵美仁兮。式如玉，式如金兮。文墨議論，不復可覩聞兮。君蒿悽愴，將何所窺尋兮。一見之難，爲不盡吾力兮，抱此恨以終其身。百罹之逢，顧何有吾生兮，恨不相從以反其真。痛德人之千古兮，惟長號而淚零。莫躬奠於兩楹兮，寫哀悰於斯文。四庫本《秋聲集》卷六。

奠常端明文

衛宗武

嗚呼！凡囿形於溟涬兮，等浮漚於生死。前乎名世之既往，後乎方來而未已。往者寥寥不可見兮，猶逝川之莫回。來者紛紛於目睫兮，孰若皓月華星之有煒？惟公克繩其祖武兮，考世家則實中興御史之名宗。克肆其儒業兮，於先祠而襲吾郡宣公之芳趾。舒翹揚英兮，乃魁別省而擢巍科。蜚聲騰實兮，乃登華途而歷膴仕。漢符方剖而司六察兮，信近代之罕聞。魏笏有光而擠前賢兮，視先烈而愈偉。嗟直道之難行兮，志莫伸於權臣。曾幾時而左遷兮，班退列於卿寺。豈君子之不見幾兮，固丐去之甚勤。惟我朝之尊有德兮，夫豈容於易退。爰予節而兼兩道兮，儼照臨於福星。惟正身而肅百吏兮，自澄清於浙水。其論思禁近兮，則有異具臣。其彌縫省闥兮，則無忝宰士。擬昌黎以尹京兆兮，乃力辭彈壓之尊。出望之而守馮翊兮，莫不謂輔佐之器。暨升資殿而次四府之聯，將入廟堂而宅百揆之位，何運序兮推移，俄陵谷兮易置，遂與世而相違兮，做淵明之閉關。至没齒而絶交兮，爲漢人之掃軌。公之德兮，大圭片玉之不瑕。公之行兮，寒冰萬壑之難擬。文如行雲流水之閒雅兮，不爲時花美女之纖妍。政如熙陽瑞露之煦濡兮，不爲繁霜烈日之嚴厲。内臺外節，出藩入從之踐歷凡屢兮，田惟洛陽之二頃，居惟河汾之敝廬，其高風廉尚之足以障頹瀾而挽薄俗兮又如此。曰壽曰考而又耄兮，夢奠楹而若先有知。全名節而以終兮，事蓋棺而迄無所愧。觀近世之尊崇顯貴者固繁，如先生之光明俊偉者能幾？

某雖匪聚廬，幸同州里，顧以德而以年，盍師從而兄事？記宦轍之周流兮，遂良覿於泛紅依緑之邦。涉歲月其幾何兮，慨俯仰有魚龍鵬鷃之異。逮跛躄之復升兮，甫獲綴班於文鴳。喜聲光之密邇兮，豈特希榮於附驥。藥石之冀其熏炙兮，庶增益其未能。輪雲之倏其紛綸兮，竟莫酬於素志。聞公兮既脱荆榛，喜公兮復還桑梓。念杭葦而往兮，擬造請於文堂。奈出門苦礙兮，卒莫至乎闕里。訶牘遣兮，方僕夫之載馳；訃書至兮，歎哲人之俄逝。登門牆之爲日淺兮，每惋恨其納交未深。慕風節之與人殊兮，爰愛敬之不能自已。遠致束芻而寓誠，莫奉一觴而親酹兮，哀哉而靈兮鑒止。《永樂大典》卷一四〇四六。

爲清渭濱作雪深室歌

釋文珦

梅林三德寺清渭濱，扁所居室曰雪深。潛山老叟見之而喜，喜而與之言曰：六合之内，草木萬殊。桃李媚春而轉眼淪漠，蒲柳憚秋而掃跡披靡。以無堅操，故人皆賤之。唯梅不然，如巢許輩介然獨立。雖春光駘蕩，羣卉葩艷，而不能誘之使從，泊如也；雖寒風栗烈，冰雪凌厲而不能脅之使沮。雪愈深，精神愈清勁。寒英玉潔，暗香澹如，此其所以爲梅而異於衆芳也。孟軻氏謂富貴不能淫，威武不能屈爲大丈夫者，得非有取於梅與？知子之志可尚也已，乃載歌曰：

積雪兮深深，萬卉兮消沈。梅獨花兮水之陰。容斯静兮暗暗，香斯清兮不淫。有孤操兮慰予心，爲高歌兮詔主林。四庫本《潛山集》卷一二。

放鶴操

釋文珦

相彼胎禽兮有志凌霄，翦翎鎩翼兮羈縻於籠牢，爲時人之近玩兮中心鬱陶。有高人兮逆知其然，養成羽儀兮縱之於千仞之巔，使全其性兮逍遥乎九天。九天之高分穹窿，鶴之樂兮融融，維高人之德兮與天無窮。四庫本《潛山集》卷一二。

諭鶴文

戴埴

鶴，陽禽也，而游於陰，一墮矰繳，入於樊籠，飲啄棲遲，無復介然雅淡之態。少焉羈韝稍縱，奮長喙，引修吭，跳踉落泊。過者驚怒，觸罪蹈辱，羣鳴如訴。予心惻然，呼而諭之曰：「猛獸搏也，拘於檻，子其猛而搏者耶？鷙鳥攫也，縶於紲，子其鷙而攫者耶？仙姿浮曠，而懷清迥，觀子之性，泊乎淵静。丹眸含精，洪髀舒縞，觀子之形，粲焉月皎。逸氣出塵，幽響警露，觀子之心，飄飄雲路。九臯摩空，萬里籋雲，度蓬壺，跨崐閬，豈不邁往而絶塵哉！饑不啄腐鼠，謂在田也；渴不飲盜泉，謂在野也。翩短尾彫，混跡雞羣，鬱鬱豢養，壯志未伸，又非頡頏煙霞、軒翥林汀也。結而脰，束而翎，羽翼既成，青田赤霄非子之故程也耶？」言猶未畢，群鶴忿悁，竦毛勵翼，長紆抑之未伸，悼哀訴之弗直。皇皇向我，若有歌者曰：「豢予於儲胥之下兮，質予於勺水之陂。褰頓悴之弗察兮，仍顣頷之莫知。紛外侮之多僨兮，懼昭質之纖夷。曠一飽之靡安兮，矧上征乎崦嵫？」嘹唳四起，悲聲徹天。修辭慰藉，一語莫宣。回視周除，孤雄屹立，寂若無聞，淡若無識。揖而延之，化爲羽客，翩然馭風，九垓瞬息。四庫本《江湖後集》卷九。

琴操

姚勉

友山李道士抱琴來，爲予作三曲，請詩，各爲之操。

九皋

青山鬱兮白雪深，四無人聲兮鶴鳴在陰，聲聞於天兮而有遐心。吁嗟乎！有美一人兮無密爾林。

君臣慶會

衣裳治兮帝巖廊，五絃歌詠兮民物阜康，禹臯夔龍兮劍佩鏘鏘。吁嗟乎！安得君臣兮如此一堂。

觀瀾

若有人兮江之干，志在流水兮必觀其瀾，清風蕭蕭兮水聲潺潺。吁嗟乎！世道江河兮誰底其間。四庫本《雪坡集》卷四二。

書李文溪吳城山龍王廟詩後

姚勉

此寶祐甲寅文溪解章貢節，舟過吳城山而作是詩也。文溪於是横野水之舟，又三年矣。余讀是詩，有感焉，乃集騷辭四句，書其後見意。

靈胡爲兮水中，載雲旗兮駕飛龍。望美人兮未來，極勞心兮忡忡。傅增湘校訂豫章叢書本《雪坡舍人集》卷四一。

横浦操

劉黻

山峩兮水泚，地鱗鱗兮嶺之阯。睠林木兮多焦，盼美人兮曷處。矩古兮礙今，行植兮毁深。豈不能喑喑兮與時浮沈，奈抱此蹇蹇兮若膏肓其不可鍼。横浦兮幽絶，梅貞兮蘭潔。蜂蝶遠兮一氣冽烈，宇宙皎兮明月。四庫本《蒙川遺稿》卷四。

憶筇竹杖詞 有序

舒岳祥

謝敬齋昌元所惠，出入與俱五年矣。丙子避地留致庵，歸訪之，已失所在。

筇竹杖，筇竹杖，敬齋惠我侔璆鋈。萬里岷江下峽船，大竹一筒中貯兩。四明直在海東頭，我得一條長在掌。蛟龍已蜕脊骨全，色如黄玉中心堅。節圍五寸莖似筆，重如鐵石聲鏗然。杖兮杖兮吾與爾，曾入千巖萬壑裏。虎豹遠遁兮魑魅不逢，走及狙公兮追及鹿。子忽不見兮誰從，寧入水兮爲龍，或以撾馬兮其毁不逢。日暮兮山空篁竹，鬼歗兮霧雨其濛。四庫本《閬風集》卷二。

田公姥詞

舒岳祥

田公布衣五尺長，田姥角冠八寸强。平生布施不造殃，教養兒孫耕與桑。田公姥，生爲農家夫與婦，壽考百年作田祖。歲歲田頭管風雨，春三秋九享雞豚，環玟神靈如對語。田公姥，聽儂歌，看儂舞。使我倉有秔，使我庾有稌。使我囷有黍，使我富牛羊，千斯牸兮百斯牯。田公姥，儂肴芬芬兮儂酒湑湑。官税既輸兮公役不煩，男不爲人驅女不爲傖婦，讀書識字應門户。四庫本《閬風集》卷二。

祭舅氏文田公姥詞

舒岳祥

北山之下，有善人兮。心平氣和，言恂恂兮。有璞無琢，玉斯完兮。彼藻藉者，匪其天兮。有蔡藏穴，何必灼兮。保其元身，不以赫兮。既壽而康，順以歸兮。世變崎嶇，公則夷兮。我爲時戚，匪公悲兮。公則逝矣，世愈晞兮。我爲公甥，年既耆兮。葬不視窆，筋力衰兮。是以爲媿，胡以文兮。遡風緘臆，覆罍尊兮。四庫本《閬風集》卷一二。

春日　　陳杰

三章：二章章五句，一章六句

江永初泛大江，瞻言禹迹，而有無窮之思。

江之永兮，朝宗於海。匪江永兮，洛水攸會。洛書其系兮曷敢不愛。

江之永兮，於海朝宗。匪江永兮，河水攸同。河圖其系兮曷敢不恭。

江之永兮，我瞻禹迹微。江之永兮，三正幾息。三極其系兮，曷敢不惕。四庫本《自堂存藁》卷一。

烏烏歌　　樂雷發

莫讀書，莫讀書，惠施五車今何如！請君爲我焚却《離騷賦》，我亦爲君擘碎《太極圖》。揭來相就飲斗酒，聽我仰天呼烏烏。深衣大帶講唐虞，不如長纓繫單于。吮毫搦管賦《子虛》，不如快鞭躍的盧。君不見前年敵兵破巴渝，今年敵兵屠成都。風塵澒洞兮豺虎塞途，殺人如麻兮流血成湖。眉山書院嘶哨馬，浣花草堂彎塞弧。何人笞中行？何人縛可汗？何人丸泥封函谷？何人三箭定天山？大冠若箕兮高劒拄頤，朝談回、軻兮夕講濂、伊。綬若若兮印纍纍，九州博大兮君今何之。有金須碎作僕姑，有鐵須鑄作蒺藜。我當贈君以湛盧青萍之劍，君當報我以太乙白鵲之旗。好殺敵人取金印，何用區區章句爲。死諸葛兮能走仲達，非孔子兮孰却萊夷。噫！歌烏烏兮使我心不怡。莫讀書，成書癡。四庫本《雪磯叢稿》卷一。

樂宣《雪磯叢稿跋》　先生生於有宋叔季，……時元兵大起，直北多虞。公嘗爲《烏烏歌》、《車攻賦》，勵志發憤，折衝禦侮。值時相當權，昏庸畏懦，竟不能用。遂使大志莫酬，可慨也已。丙辰以病告歸，繼罹憂制，遂不起復，閑居以詩文自遣。要其旨趣幽深玄遠，温雅和平，而其英邁之氣，正大之情，往往見於言表。其所抱負雖不獲少試，而經綸康濟之術，亦自可見。

寄雪篷姚使君

樂雷發

贈君昆吾湛盧之寶劒，青雀黄龍之巨航。懸黎垂棘之美玉，都梁篤耨之名香。佳人佳人在何處，濯足洞庭望八荒。揭車緋緋薜芷緑，欲往從之道阻長。倚寶劒兮翼軫，膠巨航兮沅湘。玉以彰君子潔身之德，香以表騷人流世之芳。我所思兮隔秋水，天吳翕忽蛟螭翔。佳人佳人蹇誰與，愛而不見心盡傷。四庫本《雪磯叢稿》卷一。

佳人兩章寄許東溪

樂雷發

衡之山，鬱蒼蒼，我有佳人，在山之陽。木難爲佩兮雲錦爲裳，愛而不見兮我心憂傷。安得爲鵾鵬，凌風置君傍。衡之江，清且漪。

衡之山，鬱蒼蒼，我有佳人，在江之湄。朝飡菭蘠兮夕饌江蘺，欲往從之兮我馬虺隤。安得爲琴高，沿波與君隨。衡之江，清且漪。四庫本《雪磯叢稿》卷一。

宋代辭賦全編卷之二十八

騷體辭　二八

四明七觀

王應麟

東野先生弢光環堵，根極深寧，慕白賁以息影，玩素履以洗心。有南州公子，儼然踏門，言曰：「竊懷太史公之志，廣攬四方之恢詭譎怪，升高能賦，山川能説，庶幾一二於君子之九能。今至是邦也，願啟我以偉觀，博我以奇概。」先生曰：「余卧游詩書之囿，眎不踰几席，敢誦舊聞，吾子自擇焉。昔嘗窺宛委之簡，見神禹之《山經》。東有山曰句餘，實維四明。南餘姚、北句章，二縣以爲名。即山氏州，俶自開元之盛。其山嶕嶫巃嵷，谽谺嶔崟，駿極顥蒼，危碧峭青。方石四面，天劃神剜；出入三光，窗豁牖谹。對脩眉於天姥，接五界於金庭。兹謂赤水之天兮，瑶扉闢而不扃。松、晉、羨、期之儔，來宅來燕，彷彿壺瀛。駟虬乘翳，娭翔紫清。山中人兮冠切雲，駒皎皎兮鴻冥冥。或梯空而上，或履雪而行。從逸老以逍遥，賦二韭與三菁。景幽棲之至行，道義重而貨輕。珍木嘉艸，蔆葑萬榮。呫甘嚌芳，有果青檽。茗十二雷，采襭區萌。川原出焉，練澄黛渟。雲蒸雨降，豐我稻秔。其下桑土，鼉綸繭純。紅女織棐，交梭吳綾。躡跂蹻以攀躋，徑沓嶂之紆縈。跂蹻即屐屬字。僸參同之伯陽，佇客星之子陵。軼埃壒乎區外，連飛遯而離羣。安石之東山，謝敷之太平。咫尺可尋也。爾乃地載神氣，支分脈聯。大隱之峰，名士楊適生焉。鳴鶴之岫，二虞喜、荔兆焉。將與子朋霞侶月，釣石耕烟。諷《遠遊》於穹谷，吟《考槃》於鳴泉。分靈藥之刀圭，友造化而飛高圓。倘有意乎彼，謂鰐鮫霧溼之蟠鬱，未知有建德之國，空同之仙。」

公子曰：「愚行天下，睹終南、嵩、岱之高，輿公登陸，徧矣。」先生曰：「海於天地間最鉅，故觀於海者難爲水。駕言徂東，浩漾滄溟。羲和浴於榑桑，日杲杲兮金鉦。朝潮夕汐，與月虧盈。有鰌如山，從以鯤鯨。神虬驤首，吐雷噓雲。方其駭濤虎浪之興，銀峯萬仞，雪屋千層。簸空抗嶽，沃日吞江，雷公爲之矍踢，天杭爲之蕩震，叶平聲盧《賦》、竇《志》未能該也。穆之《圖論》，目擊其真。天門之水，灌泲潤瀹，浤浤汨汨，遠注析木。三吳轉粟，粲粲粒玉。饑甿仰哺，檣連尾屬。夐舶迅舸，蠻緤夷琛。東洎青徼，南薄朱根。登山而望，渺渺鷗鷺之浮天根。候五兩以飄飆，爰居戢而澂氛。雕題卉服，馯寒貊雞林。揚柂東門，樣鷁江湄。爰有狻猊犀象，翠羽火齊。薇水龍鱗之馥郁，蠙珠木難之瓌麗。《杜陽》所未編，辛文不能計。世道窊烏瓜切隆，如濤降升，蓋獻龜於明者治之兆，雨毛於鄮者亂之萌。在昔勾踐，疆宇至鄞。仰瞻沼吴，蒲羸之濱。曰甬勾東，浹口外洲。戰争蟻穴，興亡貉丘。秦政騁欲，狼心未滿，游鄮踰月，從流忘反。海水羣飛，洪荼於民，一瞬爲墟，鮑車魚罾。迨漢六葉，濯征東粤。句章出師，命臣韓説。典午末造，妖寇鴟張，裕以豪英，往戍句章。唐季不綱，盜覆此城。巨容筒箭，獲醜策勳。想霸諸夏，吞六王之雄圖。螭舟兕楫，射蛟之弧。殿殿闐闐，憎陽侯，虩天吴。矯矯三將，如熊如貙。雹矛雨矢，揃刈攘除。威殫勢遷，紂入鯢居。昆明幾劫，桑田半蕪。吾將訪其遺躅，既堙没而無餘矣。建炎凱獻於高橋，六飛安行於海澨。隱士相如，抒忠納説，何懋賞之謬謬，豈亦若新城三老之縹遰？颿千古以永慨，澮東波之無窮。誦潛聖之緒言[一]，謇乘槎其焉從？壯魯連之高蹈，閔精衛之深衷。子好游乎？」

[一] 潛聖：雍正《浙江通志》卷二七〇、《深寧先生文鈔摭餘編》卷三作「往聖」。

公子曰：「水至平，端不傾，心術如此象聖人。荀子《成相》不在險也，請更端以教。」先生曰：「海物惟錯，雋味崪焉。任公垂餌，便嬛揄竿。波臣效異，鱗萬介千。寸鮚腹蟹，亭以埼名。漢律獻醬，惟遠見珍。蛆采疲民，君嚴奏免。貢纔鯽骨，元豐仁儉。瓷鰲蚌蛤，鱟鯸鰡鰒，首石齒鋸，赤尾比目。繽品類之數百，愉茂安之慘蹙。亥市攸聚，水族有簿。兼韓子之南烹，藹鬻蠔與章柱。雖石華海月之詩，綺貝繡螺之賦，弗能殫舉。東嘸之鰅，邪頭之鮸，潘國之魦，且甌之蜃，珠蟞紫魼居怯切，其來如雨。鱵魛鰜鱥，數以盆皷。於是擊鮮鼎食，羞用膳經。嘯父蝦鮺側下切，宣子魚飡。陳登之鱠，虞悰之鯖。芼以秋菘，酟以冬橙。掇苔髮以爲菽，醉鼇杯而未醒。若乃潤下作鹹，散鹽爲貴。宿沙肇鬻而海王之筴，祈望之守昉於齊而征利。漢郡設官，三十有六。會稽則海鹽居一，此三縣猶未置也。考諸《唐志》，鄮始有鹽，晏、巽管搉，瀍寖以嚴。海瀕稚耋，弗能音耐苦淡。若作和鬻，甘耆鹺鹼音減。酌醴燔枯，鱐鮑恣啖。繇是亭監棊布，牢盆歲增，負塗山積，熬素雪凝。翦竹葦以供煬，釋耒耨而肆勤。一卷三斛，川浮陸馳。行商通其儥音鬻，巡院譏其私。劉晏置巡院，捕私鹽。蓋日用飲食不可以無，朝虀箬裹[一]，其功與

[一] 裹：原作「裏」，據雍正《浙江通志》卷二七〇、《深寧先生文鈔摭餘編》卷三改。

醯醬俱。馬齒水精，冰鏤霜明。古云食肴之將，詎屑玉而嘰瓊。東箭箬茁，越竹筍萌。楊氏之果，染霞垂星。鹽音豔爲夏槁，屏羶撤腥。飫高、裴之菜食，奚猗氏之足云？魚鹽之湊，民殷財阜，不謂之樂郊邪？」

公子曰：「海加租而魚不出，鹽顓利而人窮怨。不聞蕭望之、朱文季之言與？《漢食貨志》、《後漢·朱暉傳》。吾冬饘夏麮丘舉切，藜羹不糝，味無味夫何慊，願聞所以利民者。」

先生曰：「先民有夏，盡力溝洫。魏之豹、起，西門豹、史起漢之兒、白，兒寬、白公。疏泉灑流，沕潏膏澤。維鄮之邑，厥壤鹵舄。原高隰下，易暵以溢。相時鍾洩，守宰逌職。我懷休明，循良輩出。斡造化機，卷舒神術。有豐無窶，潦霽惟一。觀乎句章，減陂之舊，内史修復，所居民富。言觀乎南，湖曰小江。溉田置堰，元緯氏王。蘭鞠無絶，如古桐鄉。觀乎西南，堰曰仲夏，頃凡數千，雨我多稼。築者季友，惠以厚下。湖有廣德，實在西界，刺史曰侗，增修勿壞。夷庚起隄，峋也建埭。誰其填閼音淤，利微害大。發議請復，志不克遂。唐有西湖，爰在東郊。陸令開廣，農殖嘉苗。湖姓以錢，亦處東鄮。受溪七十二，環塘八十里。四牐七鄮，重治者李。滈滈清渠，有蒓有莯，有蒲菡萏，煙海雁鳧。蓋自晉以來，遏川水種，既浸既潤，民食無覂方勇切。介甫鳴弦，乃隄乃陂。瘠土衍沃，遺黎之思。吏隨以窳，棄稷弗務。新溝之歌靡聞，均水之約莫舉。甽澮塞而坼龜，坊音防庸圮而涸鮒。曩晦一鍾，今食二鬴。孰能諗夫愛民者，塗之人可以爲禹。」

公子曰：「佐耕以水，展也民利。思不出位，吾將有俟。欲聞閎大傑特之觀，無隱乎爾。」先生曰：「明多名山，竺乾氏居之。寶地金繩，祖花禪枝。南有雪竇，東有太白。飛瀑淙淙，層巒巘巘[一]。大梅之巉崿，衣荷飡松之詠澹如也。玉几之岝嶺，神耀得道之銘炳如也。吳市子真，松風隱居，陳蹟故在，是邪非歟？文正之詩，大年、希白之筆，釋子之所夸詡，存乎否乎？雖然，著本論者，惡其學幻而言哤。意者，辟世之士，晞髮濯纓，岑蔚林密，魚潛龜藏。思昔山人有徐，廣《孝經》之指。王、蔣、顧三隱席珍韞璞，不蘄流俗之知己。璜也自謂似龐，藴僧騰客之該洽，故老稱美。今嵁嵒之下[二]，豈無草耕木茹，匪黄匪緇，蟬蜕囂滓。欲往從之，耄且休矣。子謂斯何？」

公子曰：「姑舍是。側聞是邦，鴻生碩德所治教也。南豐曾子，江漢星斗之望，牧於斯。忠肅陳公，雪竹霜柏之操，貳於斯。船司空則以道之晁，倉庾氏則子約之吕。正

[一] 層：原作「曾」，據雍正《浙江通志》卷二七〇、《深寧先生文鈔摭餘編》卷三改。

[二] 嵁：原作「堪」，據雍正《浙江通志》卷二七〇、《深寧先生文鈔摭餘編》卷三改。

學參前修，姱節映終古。前代令有瑄，長史有吉甫，未足數也。文獻濡染，必有聞而知之者，敬在下風。」先生曰：「明士鄉也，有越大夫種之英風，其人通達而多能。有大里黄公之高標，其人恬静而自珍。董子以孝行著，愛親者式其儀刑。任奕以文章進，擿藻者襲其芬馨。宏、云、光、修，四士尚義，挹其勁操，思特立以獨行。故虞仲翔以俊異之生，爲海嶽之精。陸士龍因吏民之謹，知禮教之明。屯艱否閉，堙曖湛冥。宋以文治，賢路恢宏。丘樊緼褐，化爲紳纓。邑校求師，再書延致，斯廣川之淵源也。順昌嬰孺，以「俞」爲字，斯新息之慈仁也。孝通神明，《凱風》終養，斯朱康叔之純誠也。引裾强諫，辛毗其直。鉤黨挂名，范滂自出。臨難盡節，解揚之匹。石交歲寒，之死不渝，信義如漢脂習。郤賈胡之賻，持玉雪之廉，父子如魏胡質。之人也，編《典録》而無媿，令譽焯乎日星。下逮里巷，則有旌閭之楊，掌庫之童，若兔罝中林之好德。菌藡一時之榮華，荃茅萬世之淑慝。彼鍾、黄之竊據，郡乘幾於曲筆。」

先生言未既，公子起而稱曰：「鄭圃澤多賢，衛多君子，魯東海多卿相，汝潁多奇士，居使然也。盍語其詳？」先生曰：「世族蟬嫣，重圭累組。位槐調鼎，宅揆惟五。衮鉞焜燿乎宗翰，衡樞舄奕乎該輔。牙纛畫繡，差肩踵武。慶曆中王周始守鄉郡。紫艾紛綸，常伯亞旅。庠聲序音，洋洋鄒魯。習鄉上齒，長少有敘。流品别渭涇，公卿列韋布。俎豆秩秩，章縫楚楚。凡周之士亦世，吾州之俗近古。《春秋》二高之説，《詩》《禮》曹、鄭之詁。殊科首登於蓬萊，掄魁三冠於龍虎。名茅膴仕，多桂竇桐韓之疊矩。又有文章授訣，《孝弟》彙聚。《瀯山》清篇，武子妙句。《潛虛》有辨，《杜集》有注。家自以爲舒向，人自以爲揚、馬。茲可以言文獻乎？」

公子曰：「孅則孅矣，然世禄非不朽，科舉外有學，願識其大者。」先生曰：「故國下車，喬木蒼蒼。理義雨露，名節風霜。古之遺直，曰豐清敏，排姦詆奄，讜論廪廪，託興荷花，聞者斂衽。慶曆師儒，燕及孫曾，曰樓宣獻，斯文統盟，有德有言，既和且清。泗沂絶學，闡自關洛，朱、張、吕子，緒承先覺。臨川二陸，自得於心，若異而同，爲己功深。淳熙四儒，探賾性淵，並游三先生之門，獨契陸子之心傳。處則講貫以淑艾，仕則善教以昌言。長庚曉月，惟楊暨袁。袁亦有子，受業於楊，進禮退義，家學用光。春木芚兮，高山仰止，人固亡而書存，世未遠而道邇。顔何人哉，希之則是。若昔魯廬江贊名德先賢，沛三輔序耆舊節士。後有作者，孰謂知管晏而已？」

公子肅然改容，離席而拜曰：「廣哉！觀乎井鼃甕蠛，昭然開明。乃知西河俗美以子夏，北海風移由康成。文藝抑末，歸根六經，滌源雒本，敬義明誠。鄉黨之化，漢學是崇，讀書尚友，作聖之功。闕里近只，遵海而東，從鼃叟兮問涂，貫今古兮心同。」

河東爲《晉問》，濟北爲《錢塘七述》。余頗識鄉里故事，欲擬相如久矣，年六十始克爲之，眎晁子十六歲之作，汗顔滋甚。筆力衰薾，見聞單陋，效矉不能奇也。後十年，篋中得舊藁，不忍棄，録而藏之。山川不改，風俗非昔，祇以增懷古之一慨云。浚儀深寧老人王伯厚父述。四庫本《延祐四明志》卷一。

松鶴詞並序

方回

世之植物如槿華朝榮暮悴，而有千歲之松；動物如蟣蠓蜉蝣不能瞬息，而鶴亦不啻千歲。是故方外之士貴之。今夫松下苓上，絲堅貞傲，霜雪蟠屈肖龍蛇，清吹摇動，常聳然於塵壒之外。鶴，青田之種，華亭之唳，故仙人相之有經，輕舉之士跨之以遊四海者也。今之寫真者，必喜繪羽衣綸巾之徒徜徉松鶴之間。唐人有詩曰：「祇應松上鶴，便是洞中人。」言其標致之相似也。又曰：「養雛成大鶴，種子作高松。」言脩心鍊性之人可以長生久視，能與松若鶴俱壽也。

杭宗陽知宫天台陳悦道，其門弟子稱爲松鶴真人，長身而古貌，言嘿而神閒。

爲之詞曰：

千桃李之穠華兮，不如我之孤松。彼眩三春之朝露兮，我專一邱壑之風。聽此以洗耳兮，又何有乎牛鬬之聰。百鶯啼兮萬蝶舞，不如我獨鶴兮襹褷其羽。顧月池之在地兮，各以影而自侶。九轉砂成兮鶴頂同丹，我鬢不凋兮松鬣長青。何十八公之爲夢兮，胎僊夜鳴。醉魂醒亦貞其心兮亦癯其形，與我作朋兮俱千齡。四庫本《桐江續集》卷二九。

古齋箴 並序

方回

孔子定《書》始堯舜，皆曰「若稽古」，則此所謂古在堯之前。至繫《易》，推言伏羲、神農、黄帝，又曰「上古穴居結繩」，則此所謂上古又在伏羲之前。邵堯夫《經世書》「堯即位甲辰」，至今壬辰僅三千六百四十九年耳。數雨算沙，古事何極，而况堯以前之古乎？《經世》以十二萬九千六百年爲一元，一萬八千年爲一會，三百六十年爲一運，三十年爲一世。堯之生當已會一百八十運之末，去混沌始分之時已六萬四千八百年，其果然乎？《漢書》謂三統上元至伐紂之歲十四萬二千一百九年，又謂漢太初元年距上元十四萬三千一百二十七年。宋有《一家星書》，謂上元甲子之歲，日在虚宿四度，距景祐元年甲戌積一千十五萬四千九百五十年。劉道原《通鑑外紀》則謂開闢至獲麟二百七十六萬年。以此數書相較，皆不可强合。然則堯以後年數可考，堯以前年數不可考。以孔子定《書》繫《易》之意爲法，古之可以細考者自堯始，古之可以略考者自伏羲始，伏羲以前之古鴻濛希夷，先儒盤古之説，自不一端，其莫可考也夫，其亦不必深考也夫！濟南張君受益嘗以喜聞過名其齋，予爲之記。又别爲古齋以扁其燕居之室，而求箴焉。予再四叩其説，則曰：「吾之所謂古，不如是拘拘於年數之間也。顧吾之好古有三：專心致志者得之讀，觸目興懷者得之游，寄情寓意者得之玩。古莫古於書籍，《易》起一畫，《書》首二《典》，《詩》美刺，《春秋》褒貶。吾精覽熟復，以此四經爲據，決諸子、諸史、諸集之醇疵是非。《三禮》惟《儀禮》古而不完，《周禮》爲劉歆竄改，《禮記》雜漢儒言不純古。近世朱氏《四書》，吾服膺焉，以窺關洛之正傳，異端邪説，莫我敢伺，庶幾見古人大旨。此一古也，得之讀者也，非專心致志不可也。古莫古於山川，過鄒魯而知孔孟萬世永賴，登泰山而想七十二代之封禪，與夫秦侈漢誇，今皆安在？堯平陽，舜九疑，禹會稽，后稷、公劉豳、邰，文、武豐、鎬，吾采其風聲而究其所以治周，九鼎輕而七雄並馳，夕陽亭一言而十六國迭起。

六朝宴安於江沱，五季僭竊於遐僻，吾臨其戰爭之場而弔其所以亂。齊景公不如西山之餓夫，爾朱榮不如湍石之嚴子，勿拜之木，不唾之地，其骨秀，其名芳。此一古也，得之游者也，觸目亦豈可少哉！至如古器物之好，則王通嘗失言焉。其言曰：『古之好古者聚道，今之好古者聚器。』器可聚也，道如之何而可聚？先儒固以此譏河汾之不知道矣。聚器之弊，世誠有之。古王者有天球河圖，赤刀琬琰，離磬崇鼎，諸侯有夏后氏之璜、封父之繁弱以爲鎮國之寶。後世不復知此。陳庭之矢，汲冢之簡，岐陽之鼓，豐城之劍，以資博識可也。韓宣請環於子產，魏丕求玉於吴質，顧凱發羽化之驚，桓玄輟寒具之設，則少蕙矣。故蘇眉山於石幼安之畫苑，王晉卿之寶繪堂，直以爲二子之病，作記以諷之。《淳化閣帖》，黄長睿疵其半僞。《宣和博古圖》，洪景盧笑其多訛。近日法書名畫，以木刻御府名家印罔利於市。自米元章已爲無李論，而所至山水圖，輒以爲真李成吾，於此别其真贋，博觀約取，庋藏一二，時出閲之。朋友取去，亦無顧惜。此又一古也，得之於玩，而非玩物喪志之謂，亦吾情之所寄，意之所寓而已，非真有所執著於其間也。然予深知受益之爲人，當於古人中求耳。勗古心，行古道，於古誼尤高。急人之私，如救焚溺；揚人之善，如甘飴蜜。又有在於三好古之外者，顧今人未盡知也。」箴曰：

古書籍兮吾其讀，朝明寫兮夜殘燭。嚅嚌雋永兮梯高邱，感慨惻愴兮瞠吾眸。古聖賢之蹤可追兮，吾捨是其將焉求。古器物兮吾其玩辟，離耜益兮柝豫楫渙。吾聖師觀於廟兮，感欹器而永嘆。苟貪多而闘靡兮，則未有積而不散。蘭亭之闕於辯才兮，不知一旦有蕭翼也。世已無昭陵之真迹兮，又焉知復有定武之石也。形而下者有盡，形而上者無窮。無窮之古，撐腸飫胷，有盡之古，盍相與一笑，付之太空之風。四庫本《桐江續集》卷二九。

勉齋箴

方回

《易》稱伏羲、神農、黄帝，《書》紀堯、舜、禹、湯、文、武、周公，暨周衰而有孔子。自天地開闢以來，歲年亦久矣，生靈亦衆矣，而人之得號爲聖人者，不過此數人而已。惟聖人不勉而中，不思而得，生知而安行者也。下聖人一等，則必擇善而固執，學知而利行。故《論語》一書，無非聖人所以勉學者，與夫學者自勉相勉之言。今之人既不能自勉，又不能交相勉，間有一二能出一語以勉人，則或者聞乎勉己之言，深以爲諱。如是則甘於自愚，而又相率天下之人皆爲愚人而後可也。

潤之金壇張君光遠德輝，其先高祖本濟南人，是爲南渡文簡公諱綱名臣也。今德輝以勉名齋，與黃文肅公之齋名適同。古之命名而同者多矣，於齋名乎何嫌。紫陽方回爲之箴曰：

騏驥之不行兮，不如跛鼈之千里。荆軻之猶豫兮，不如蜂蠆之有尾。飢食渴飲人禽同兮，所不同者精義而明理。辟穀服氣而長生兮，寧朝聞道而夕死。井九仞而不及泉兮，山未成一簣而止。浚之深而崇之高兮，亦在乎勗之而已。生知上聖固懸絶兮，抑堯舜與人同耳。愚可明而柔可强兮，毋自咎乎質之不美。吁噫！美質固易得兮，唯至道其難聞。學者之用其力兮，非苦骨而勞筋。初旁收而並蓄兮，博載籍而窮典墳。外資師而取友兮，内紬繹於心。君又繼之以明辨兮，羌縷析而毫分。四者至而誠不篤兮，將無墮於虚文。致其知雖多途兮，望聖涯尚其無垠。惟力行以終之兮，在克艱而克勤。吁嗟！予求道之荒唐兮，夜若夢乎壇之杳。覺而發其遺編兮，童讀之雪領。自説樂不愠至知命兮，垂萬世之深。儆聖所以勉乎人兮，庸可求仁而僥倖。顔拳拳於四勿兮，曾孜孜於三省。賢所以自勉兮，尤務理直而欲屏。在子張之十九兮，或交勉之互請。蓋苦口起死於膏肓兮，而甘言平地之機與穽。嗚呼噫嘻！物則秉彝兮人而不仁，今之淺夫兮以藝自珍。小數狎物兮大閑踰身，擇術未謹兮立言未醇。眩耀夸毗兮張皇鋪陳，一語規之兮作色怒嗔。不勉而中兮惟古聖人，汝不自勉又不欲人之勉己兮，是之謂橫目之凡民。四庫本《桐江續集》卷二九。

山中之樂三章

方回

送徐明叟、胡直内、蘇德翁歸嚴瀨，併寄夏自然。

山中之樂兮樂可忘饑，飲有菊水兮茹有芝。辟穀孔易兮何澇何旱，漱嘛沆瀣兮曷其耘菑。野粟稔兮釀酒，醉而歌兮樵者和之。分半桃食未既兮，爛彼斧柯於局棋。憫闤市之遏糴兮，形或鵠而腸鼀。誰獨有此山中兮，我將焉追？送子於歸兮，聊聲我詩。

山中之樂兮樂可忘憂，草木春青兮黄爲秋。雲出雲還兮人世晴雨，寒拾槲葉兮以襦以裘。顧獨影兮無媿意，行小倦兮蔭樾以休。天四壁以爲家兮，户無可閉其奚偷。何兩角之有國兮，戰塵紅而血流。誰獨有此山中兮，我將焉求？送子於行兮，聊賡我謳。

山中之樂兮樂可忘老，匪塩匪酪兮養梨棗。曾高雲仍兮動閱數世，手樹成楝兮鬢猶未槁。一屈肘兮代謝，一寤寐兮諫夷歌皓。耿客星猶在天兮，鄗壇洛廟餘煙草。將相豈不鼎貴兮，曾腰領其未保。子獨有此山中兮，作室已考。去不我顧兮，我將焉討？四庫本《桐江續集》卷一三。

贈吴琴士會龍

方回

古琴口歌兮手弦，今琴何爲兮不然。今人作詩動千篇，不弦不歌兮無傳。《關雎》《麟趾》留遺編，《離騷》以來諸吟仙。我每見之月在淵，請君擕琴詣我古梅前。君弦其後兮我歌以先，君如夜寒不來旃。昌黎之《十操》兮，將獨歌之淚潺湲。四庫本《桐江續集》卷二一。

贈秋蓬王相士

方回

人生兮若蓬，摇落兮秋風。或南兮或北，忽西兮忽東。口口兮潦水，高之兮太空。

天翔兮征鴻，地泄兮鳴蛬。皆一氣□所使兮，曾不由夫我躬。焉得三萬六千日，無盡無藏兮惟杯中。四庫本《桐江續集》卷二七。

放鶴圖

牟巘

放鶴兮林臯，澹容與兮蕭騷。欻素風而孤矯兮，舞空中之落毛。翁在南山南北山北兮，羌欲往而從之敖。翁曷爲自還兮，波粼粼而送軔軔。鶴如迎兮乃下翶，婉欲止兮鏘鳴璬。噫！吾與汝兮，猶未離乎天弢。數數然肆可跡兮，宇宙雖大將焉逃！吾曾不得夫白漚兮以爲曹，吾何意兮客之適與遭。吾氣以爲馭，蓋未嘗去來兮，彼延竚祇徒勞。日暮客去，但見鶴啄空庭兮，首下而尻高。我亦嗒然而忘吾兮，眇天地其秋毫。嘉業堂叢書本《陵陽先生集》卷七。

祭梓潼文

牟巘

粵西日之蒼涼兮，珠玉不脛而北走。神朝發乎七曲兮，夕余至乎帝所。嗟九州之博大兮，何必懷乎故都！睠都梁之醇龐兮，山川莽其回互。紛莎草之被堤兮，又蕙茝之盈室。詔鸞鶴以服輈兮，曰此焉止息。嘉歲年之豐靖兮，羌不知其神之力。誰忽幻此怪妖兮？蔽幽篁而不見。曰狐九首以晝嘷兮，驅豐隆使攘除。神輔帝之不殺兮，千里之按堵。爰亭壇之是經兮，洞虛明而軒翥。揭嘉名以冠顔兮，植羣芳而羅廡。歘雲旓之冠娭兮，澹容與乎壽宮。儼多士之在庭兮，陳椒醑以薦衷。命餘觴以沾丐兮，介景福之昭融。蔚斯文之熠興兮，與玆山其無窮。嘉業堂叢書本《陵陽先生集》卷二二。

壽星畫像贊

何夢桂

仗青鹿兮藻章，舞白鶴兮虹裳。神人儼兮雲上，壽千歲兮未央。《潛齋集》卷一〇。

孤梅歌[一]

何夢桂

有客曰孤梅，訪予於易庵，孤山之下與之坐，夜未半，孤月在天，笑謂孤梅

[一] 題目爲編者所擬。

曰：「維此山與月與子，是三孤者，爲不孤矣。」因相與釃酒，更誦逋仙「疎影」「暗香」之句，聲滿天地。酒酣，又從而歌之，歌曰：

蹇西山之孤竹兮，商周二君。藐三徑之孤松兮，晉宋一人。天地冰霜兮，木落歸根。遺萬物而獨立兮，吾梅兄其僅存。夫孤高不易抗兮，故多以落落而遭世之悶悶。孤潔不易保兮，故多以皎皎而受人之昏昏。惟涅而不緇兮，梅質之清。磨而不磷兮，梅操之貞。嗟梅之愛兮，曠世無聞。將梅有心兮，千古誰論！四庫本《潛齋集》卷一。

昨日王德父何昭德回後曝背於庵後大山上甚樂因成數語效大山體亦皆寫景聊以寄似

何夢桂

碧旻收雲兮，秋氣肅清。萬籟聲沉兮，秋日晶熒。青山峑峑兮，白石瑛瑛。麋鹿跂跂兮出高陵，野鳥活活兮兩岑對鳴。黄犍濕濕兮逐羝羣，或訛或寢兮於野於坰。吾忘吾獨兮，吾與禽獸兮爲鄰。違市朝兮不與世攖，利名不入兮寵辱忘驚。聊遺吾形兮放吾情，美背曝兮不可以遺君。時分吾席坐兮，採樵負苓。吾其徜徉乎此山以終吾生兮，其樂無央。四庫本《潛齋集》卷一。

逐婦吟

何夢桂

《逐婦吟》，思夫君也。

妾生不辰兮命孤奇，妾嫁夫君兮尚髫垂。被讒放逐兮妾不復歸，欲出門兮心重悲。心重悲，非別離，夫與姑，命相依。願姑謹攜持，山有豺狼水有螭。四庫本《潛齋集》卷一。

偶書塔塢水中石

何夢桂

白石兮磷磷，清泉兮泠泠。岸有蒲兮水有芹，敲竹節兮金石聲。長嘯歌兮驚鬼神，世間豈無宦海之可航，仕路之可騁兮，不如此壑之安且平。魚自泳兮鳥自鳴，花自開兮木自榮。任我心兮流水，等世事兮浮萍。上下天地兮，吾併忘乎吾身。四庫本《潛齋集》卷一。

宋代辭賦全編卷之二十九

騷體辭　二九

贈人鑑蕭才夫談命

文天祥

歲單閼，人鑑蕭才夫過予，以予命推之，言頗悉。是秋迄次年，予所遭無有不與其言相符。噫，人鑑其神已！爲之辭曰：

眇陰陽之大化兮，布濩垓埏。出王游衍之度思兮，曾淺淺乎爲天。自青紫食窮經之心兮，怪詭乘之而相挻。竊掠五緯之膚兮，誑其愚以自賢。方疾其拂耳騷心兮，羌作炳於眇綿。將事實與行會兮，抑抉幽而鉤玄。予將窺前靈之逸跡兮，就有道而正焉。四部叢刊本《文山先生文集》卷一〇。

滄浪歌[一]

文天祥

吴伯海自號滄浪，爲徐徑畈所喜，擕諸公詩來訪，因有感，作《滄浪歌》并呈巽齋先生。

世混濁而不清兮，蟬翼爲重，千鈞爲輕。彼滄浪其無據兮，何纓非足，何足非纓？嗟靈均之好脩兮，安能受物之汶汶？掘泥揚波以相從兮，羌不知漁父之用心。莞爾而歌，鼓枻而行。噫！漁父其何如兮，掉頭乎靈均。四部叢刊本《文山先生文集》卷一〇。

劉良臣母哀辭

文天祥

維婦德之中正兮，昉乎人彝。彼美其盛壯兮，甘白首於一嫠。夫仁者必有壽兮，及耄而望期頤。夫有德者必有後兮，紛四世其蕃滋。嗚呼！全而生之兮，必全而歸之。

[一] 題目爲編者添加。

從一以終兮，尚得正其何悲！四部叢刊本《文山先生文集》卷一〇。

鄒翠屏改葬哀辭

文天祥

霜露成冰兮寒谷悲，陽春歸兮草萋萋，君一去兮何之？造舟爲梁兮車馬悠悠，朝出遊兮暮歸休，君一去兮誰留？君故人兮如雲，白髮兮繽紛。高臺曲榭兮如昨，歌舞兮成陳。君自莳兮桂花，昔芳稚兮今婆娑。秋香飄兮九霄[一]，君不見兮奈何？四部叢刊本《文山先生文集》卷一〇。

祭都承胡石壁文

文天祥

嗚呼！世婉變以偷生，公指九天以爲正也。人卮蠟以自矜，公玉雪而不曜明也。俗鬼蜮以誑人於冥冥[二]，公揭日月而撑雷霆也。石壁之鋒，神入天出，金鐵可摧，孰爲

[一] 兮：原脱，據明景泰韓雍刻本、嘉靖鄢懋卿刻本補。
[二] 蜮：原作「域」，據四庫本改。

公直。石壁之藴，尊華賤質，泰華可移，孰爲公筆。四海一雲，我卷我舒。大川獨航，予紼予纚。萬微未燭，吾蓍吾龜。更幾千百載之祝融，而復爲此奇。嗟乎余乎，登門何晚，哭野何遽。操几杖兮焉從，持佩玦兮何所。紛雲委兮川流，化經綸兮爲土。羌蘭艾兮荃茨，蹇離騷兮宿莽。苟余情乎得當，質九京兮千古。余有言兮孰聞，寄浪浪兮雕俎。四部叢刊本《文山先生文集》卷一一。

祭道州徐守宗斗文

温州人，文武兩科

文天祥

嗚呼！龍虎變化兮人物之英，風霆流行兮宇宙之名[一]。天下之嗇兮一州之贏，三年而一日兮侯度是程。及召驛之垂駕兮，胡疢之嬰。没而可食於南邦兮，憂民憂國之誠。某交誼兮雲仍，王事兮弟兄。樂莫樂兮知心，悲莫悲兮余哭之煢煢。下神與兮臨蒸，桂棹兮積雪斮冰。操弧矢兮上征；絶虎虺兮縱横。噫至人兮無死，歆余奠兮如生。四部叢刊本《文山先生文集》卷一一。

[一] 宙：原脱，據明景泰韓雍刻本、嘉靖鄢懋卿刻本補。

祭安撫蕭檢詳文

文天祥

名逢辰，號平林

嗚呼！江右之望，偉哉我公。驅馳白首，惟孝惟忠。異時廊廟，謀選元戎。惟公老成，必在其中。開慶之警，四國交訌。吉爲樂邦，飄風其衝。拜公於家，麾節祟祟。公起倉卒，談笑從容。臣有一死，惟義之從。不敢震鄰，不敢震躬，事平上印，訖不言功。優游里居，惟以壽終。嗚呼！尚論公之平生兮，撫蒼莽而歔欷。命之通塞兮，毀譽隨之。議論之所從始兮，惟桑梓之不可欺。方淮漢之落落兮，猶曰風馬牛之不相追。亦既與我父兄同生死兮，寧不我知。天有萬分於人兮，而或猶有怨咨。自公之既歿兮，使人方感激而追思。曰何爲予室之不漂摇兮，予子之不流離。思而不可作兮，父老至於涕洟。豈非生而有定論兮，尚或接於愛憎之私。死而愛憎無所麗兮，忽天定其奚疑。

嗟乎！見危臨事而不苟兮，所以委質而爲臣。吾亦自盡乎吾心兮，固非欲求知於人。然自古固非抱屈於一世兮，俟百世而方伸。亦有百世不可俟兮，聽諸天地與鬼神。公死而有遺思兮，斯人豈不靈。是不爲無所遇於當世兮，尚何憾乎冥冥。議論定於其鄉兮，而傳之天下後世，無不本諸人心。禦大災，捍大患，而得祀兮，以不忘其德音。贈以嘉有功兮，謚以尊名。天下有道兮，天王聖明。吉山之陽，公魄所歸。素車盈盈，白馬纍纍。我思古人兮，斗酒隻雞。尚不憚於千里兮，何百里之辭。即公墓兮，酹酒以致哀。作文以誋地下兮，尚有信於方來。四部叢刊本《文山先生文集》卷一一。

代富川酹魁星文

文天祥

維極有斗兮，垂河漢以耀芒。耿衆星之環嚮兮，儼黄道之開張。瞻前杓之烜赫兮，東枕乎龍角之蒼。一水盈盈兮，咫尺相望。一舉手而高摘兮，搴萬丈之虹光。吐奇氣於六合兮，夕閶風而翊扶桑。宇宙之啖啖兮，其將見於吾水之涯，吾山之陽。擊雷鼓兮電煌煌，酌金罍兮蓻天漿。四部叢刊本《文山先生文集》卷一一。

代酹解星文

文天祥

維庖人之中肯綮兮，奏刀騞然。若有物以默運其肘兮，故利器排劃而彌堅。矧斯文之新發硎兮，淬磨乎仁義之淵。斫月桂兮，高五百丈。剸蛟斷犀兮，奚足言視。一朝解十二牛兮，直游刃乎吾前。於戲神哉！使我頭角露崢嶸，相我筆下生雲煙。靡靈旗兮風翩翩，舉天瓢兮酌天泉。四部叢刊本《文山先生文集》卷一一。

思小村劉

文天祥

春雲慘慘兮春水漫漫，思我故人兮行路難。君轅以南兮我轅以北，去日以遠兮憂不可以終極。蹇予馬兮江皐，式燕兮以遊遨。念我平生兮思君鬱陶，在師中兮豈造次之可離。忠言不聞兮思君忸怩，毫釐之差兮天壤易位，駟不及舌兮臍不可噬。思我故人兮懷我親，懷我親兮思故人。懷哉懷哉不可忍兮，不如速死。慨百年之未半兮，胡中道而遄止。魯連子兮義不帝秦，負玄德兮闕不名。爲人委骨草莽兮，時廼天命。自古孰無死兮，首丘爲正。我行我行兮，夢寐所思。故人望我兮，胡不歸，胡不歸？四部叢刊本《文山先生文集》卷一三。

又六噫

文天祥

颷風起兮海水飛，噫。文武盡兮火德微，噫。鷹鸇相擊兮靡所施，噫。鴻鵠欲舉兮將安歸，噫。櫂歌中流兮任所之，噫。獨抱《春秋》兮莫我知，噫。四部叢刊本《文山先生文集》卷一四。

題汪元量行吟卷

文天祥

吴人汪水雲羽扇綸巾，訪予於幽燕之國，袖出《行吟》一卷，讀之如風檣陣馬，快逸奔放。詢其故，得於子長之游。嗟夫異哉，乃爲之歌曰：

南風之薰兮琴無絃，北風其凉兮詩無傳。雲之漢兮水之淵，佳哉斯人兮水雲之仙。

一百五日，廬陵文山文天祥履善甫。四庫本《湖山類稿》卷五。

和夷齊西山歌

文天祥

歌曰：「登彼西山兮採其薇矣，以仁易暴兮不知其非矣。神農虞夏忽然没兮，我安適歸矣。吁嗟徂兮命之衰矣。」後二千餘年，某廼倚歌而和之曰：

小雅盡廢兮出車采薇矣，戎有中國兮人類熄矣。明王不興兮吾誰與歸矣，抱《春秋》以没世兮甚矣吾衰矣。

又從而歌之曰：

彼美人兮西山之薇矣，北方之人兮爲吾是非矣。異域長絶兮不復歸矣，鳳不至兮德之衰矣。四部叢刊本《文山先生文集》卷一五。

擊壤歌

柴元彪

擊壤歌，擊壤歌，仰觀俯察如吾何。西海摩月鏡，東海弄日珠。一聲長嘯天地老，請君聽我歌何如。君不見丹溪牧羊兒，服苓餐松入金華。又不見武陵捕魚者，艤舟緑岸訪桃花。高人一去世運傾，或者附勢類飢鷹。况是東方天未白，非雞之鳴蒼蠅聲。朝集金張暮許史，蠛蠓鏡裏寄死生。犀渠象弧諧時好，干將鏌鎁埋豐城。失固不足悲，得亦不足驚。秋花落後春花發，世間何物無枯榮。十年漂泊到如今，一窮殆盡猿投林。平生舒卷雲無心，儀舌縱存甘喑喑。噫吁嘻，豪豬鞾，青兕裘，一談笑頃即封侯。後魚纔得泣前魚，予之非恩奪非讐。眼前富貴須年少，吾將老矣行且休。休休休，俯視八尺軀，滄海渺一粟。憶昔垂九齡，牽衣覓李栗。回頭華髮何蕭蕭，百年光陰如轉燭。乃歌曰：

不編茅兮住白雲，不脱蓑兮卧黄犢。仰天拊缶兮呼烏烏，手持鴟夷兮薦醽醁。

乃賡載歌曰：

招夷齊兮採薇，拉園綺兮茹芝。折簡子陵兮羊裘披，移文靈均兮佩瓊枝。敢問諸君若處廟廊時，食前方丈，侍妾數百，得志爲之而弗爲。《柴氏四隱集》卷三。

和蘇金華歸去來辭以送之

金履祥

歸去來兮，先生庸何歸？豈陋邦之難仕，緊當路之無知？抑直道之難行，伊民命之蕭斯？既歸輿之方浩，寧挽留之非癡。薄宦情於清光，審去就於先時。覽盈虚其如彼，歎奔走以奚爲？

歸去來兮，車班班而將駕，旆悠悠以先驅。轅欲東而或挽，輪將發而或支。謂單父之爲政，寧有民之忍欺？障貪殘之横決，非夫子其爲誰？彼稚饑之未恩[一]，此鼓琴之已希。胡爲乎忘百里之命，翔千仞之輝？

嗟夫！君之去此，是吾民之數奇。將焦熬之益熱，見百里之罄垂。吏婞婞以齎怨，民盻盻而觀頤。歸去來兮，先生毋庸歸，聖賢無必不爲之意，而天下未嘗無不可爲之幾。觀廉直之得民如此，則公道之未泯奚疑。胡不舒南溟之雲翼，活東海之波魚，移松菊之清歡，爲黔黎之愉怡。其毋以蘭芝爲糧，毋以許瓢爲巵[二]，毋與猿鶴爲伍，而與斯人爲辭。不然，五柳先生幾於閉關，毋遺王河汾之笑嗤。四庫本《仁山文集》卷二。

廣箕子操

金履祥

炎方之將，大地之洋。波湯湯兮翠華重省方[三]，獨立回天天無光。此志未就，死矣死南荒。不作田横，横來者王；不學幼安，歸死其鄉。欲作孔明，無地空翺翔，惟餘

[一] 稚饑之未恩：金華叢書本作「椎肌之未息」。
[二] 許瓢：金華叢書本作「椰瓢」。
[三] 兮：原無，據金華叢書本補。

箕子仁賢之意留蒼茫。穹壤無窮此恨長，千世萬世聞者徒悲傷。四庫本《仁山文集》卷二。

王士禎《居易録》卷一　元金履祥吉父《仁山集》二卷，董遵所編。仁山道學，不工詩，而《廣箕子操》一篇特工。……吳師道跋云：「宋末爲相者曾聘先生館中，先生以奇策干之，不果用而去。先生感激舊知，後爲賦此，辭旨悲慨，音節高古，真奇作也。」此《操》似爲陳宜中而作。

招隱吟

連文鳳

碧澗清泉白石寒，神仙一往不可攀，蓬瀛縹緲非人寰。天風高兮翔青鸞，欲往從之，春花秋葉殘。歸去來兮畏途而惡灘，歸去來兮緑水與青山。衣蓑笠箬，烟幌雲關，揖許由，拉巢父，相與徜徉兮廣莫之間。黄塵不飛兮白日閒，芝苓森森兮風露漫漫。四庫本《百正集》卷上。

和歸去來辭 並序

柴望

陶靖節辭，豈易和哉。《歸去》一篇，悠然自得之趣也。無其趣，和其辭，辭而已。坡仙之作，皆寓所寓，各適其適，有趣焉，不爲辭也。余動心忍性於歸田之後，視得喪榮辱若將浼焉。暇日趺坐柳陰，吟詠陶作，與灘聲風籟互相應答，知山水之樂，不知聲利之爲役也。悟而得焉，遂和其韻。

歸去來兮，買山無錢吾何歸？望故鄉以迢遞，對秋風而堪悲。覺吾老之將至，難年少之復追。知今日之計得，視昨事而俱非。春悠悠兮無際，絮冉冉兮沾衣。奚浮漚之上下，隨朝露之霏微。

人生過隙，如駒斯奔。堂有白髮，終朝倚門。故山無恙，猿鶴猶存。晨興剪韭，時乎開樽。邀明月以同飲，對春花以酡顔。問梅友之消息，報竹君以平安。水循除而隸隸，鳥幽鳴而關關。寄白日之笑傲，何浮雲之足觀。曾無得而無喪，任飛去而飛還。將羲皇之向上，又何爲乎齊桓？

歸去來兮，若秉燭而夜游，殆形骸之役役，果何競而何求？知樂吾之所樂，奚憂人之所憂？扣白石之朝歌，而飯牛於雲疇。名若飄瓦，身如虚舟。一死生爲大幻，委塵世乎糟丘。觀今昔以隨化，付長江之自流。思遊者之既倦，盍聞早而休休？

已矣乎！亦視夫行藏之時，以決吾之去留。胡爲乎莫知其所之，趣舍無所適，賢否同襟期？譬殖者之必穫，乃稂莠而弗耔。聊一觴而一詠，撫良辰而賦詩。於以静觀乎物表〔一〕，奚復疑人之我疑！四庫本《柴氏四隱集》卷一。

題梅竹圖

家鉉翁

是邦無梅竹，因見王善鄉此圖，感而賦。

余家乎岷之下兮，有梅蕭蕭，有竹森森。今泊乎瀛之野兮，秋草萋萋，黄沙冥冥。有懷彼美兮，在天一垠。夢不可即兮，聊因其似而記其真。真兮似兮，豈墨君筆史之可尋？皓兮蒼兮，吾獨想其歲寒之心。四庫本《則堂集》卷六。

和歸去來辭 並序

家鉉翁

東坡、潁濵、元誠、了翁在遷謫時，皆嘗和淵明此辭，久之皆得生還故郡。余

〔一〕於：原無，據《秋堂集》卷二補。

羈留北方十有一年矣，客有持諸老和辭見示者，讀之感慨不能已，因亦和成一篇，以見其引領南望之意。丙戌冬録寄祖仁弟。

歸去來兮，天涯萬里將安歸！落日孤雲在何許，百感會而多悲。念開元之盛際，事已遠而莫追。哀天寶之末造，世日降而日非。瑺怙權而染鼎，裳倒植而成衣。權門焰焰而踵熾，國脈浸浸而遂微。

智者見幾而勇逝，愚者苟得而歡奔。謹者避射而括囊，弱者含汙而箸門。耽大厦之千礎，顛一木之僅存。爾焜爾污，我全我尊。墮九仞而皇恤，視千古而有顔。旅既焚而胡號，節甚苦而難安。辯義利之兩界，嚴理慾之一關。睇聖涯之浩瀚，陳衆説而遐觀。慨時運之已往，冀道脈之猶還。處幽谷之昧昧，希正途之桓桓。

歸去來兮，余胡爲乎遠遊！方羈縶之未釋，豈安閒之可求？咽氈雪以自厲，視簞瓢而何憂！惟余早志當世，謂八荒之可疇，謂津可梁，謂川可舟。冀剥極之猶輿，期渙奔之必丘。嗟斷梗之中葉，倏長隄之潰流。賢愚汨而同盡，萬事畀於一休。

已矣乎！鍾儀拘而獲釋，解揚躓而得全，子卿困而終歸，忠宣浩乎弗留。水萬折猶將障而東之，鳥暮投林豈無期？余縱不能效靖節躬東皐之耔，猶欲陪子由賡夜雨對床之詩。天運周星而必復，明年其歸尚奚疑！四庫本《則堂集》卷六。

落月

湛祐

月落兮厓空，墮白璧兮土中。草木頳兮山川失容，雺霜亂兮猿鶴無蹤。我思子兮屈伸肘，昔班荆兮道舊。子悲我兮酸楚心，醞酒衍兮微我有咎。兩十五年兮時異同，秋霜木葉兮桃李春風。繡天空兮雲藹，我悲子兮負文采。山龍華蟲服青紅，又圖淵深澤東匯。自峽水兮雪翻，子悲我兮勢旦昏。穹龜長魚浪黄濁，又窮險艱窺海門。兩心知兮此疇昔，餘外冥鴻印空碧。焉知霧雨十年間，翻是多情好紬繹。

嗚呼！去非兮已而，昔相得者不如今悲。孰雪霜兮子能我慟，孰肝肺兮我能子知。嗚呼！去非兮已而，夜雨黄粱春一瞑，長歌短些哀無盡，三生圓澤事芒芒，魂招不來月滿梁。海山仙館叢書本《隱居通議》卷五。

《隱居通議》卷五　此桂舟諶公爲故友范去非作也。奇麗悲咤，趣味深長，足與《毁璧》並駕。去非與桂舟相知極深，然他議論有不盡合，故其間云「兩心相知此疇昔，餘外冥鴻印空碧」，意謂疇昔惟此一節相知，餘事則如冥鴻也，蓋致其不滿之意，而詞旨深婉如此，他人不能爲也。

汪日賓真贊

陳著

詩書以沃其中兮，睟目盎乎吾之餘；衣冠以正其外兮，儼自媚乎吾之初。情周乎與物兮，於由由而介介；義見乎應事兮，於膠膠而舒舒。庶乎免於今之世兮，其將進於爲少游、王彦方之徒。四庫本《本堂集》卷三六。

祭姊夫童慶純文

陳著

維年月日，眷弟陳某謹以清酌庶羞之奠，致祭於故處士童慶純姊夫之靈曰：

吁嗟乎！君而死，葬日且薄矣。闕母，端平三祼。而我先君，遊二千里。我罹斯艱，哭不能起。君心念我，謂家可棄。爰挈其孥，提囊負笥。其來僕僕，甚勞弗弛。六年之久，弗墮初志。

昔我有盧，受齧於水。母時未病，材料圖徙。中道而病，病死誰理。君傷而籌，鳩集其事。維綱維紀，維我之姊。維奔維走，維君子女。棟宇斯成，風雨攸芘。我時孤居，獨學無侶。君方攜子，於泮之涘。我思游從，君曰來止。燈火飲食，勞以休爾。愛之至也，教之則備。何子何我，以一等視。

昔我先君，爲我擇配，必儒之門，匪儒則置。君親執柯，媒以契是。鳳凰歸占，君之猶子。之子於歸，執我罍篚。匪德於私，先君之慰。吁嗟乎！世之人知愛其子，孰知其他。知營其居，孰知其餘。子當愛育，及人者誰？子當婚娶，孰人之顧？有義於一，孰備於四？君之於我，四義則備。

我昔父母，以子妻君。謂君爲義，我幼已聞。始惟聞之，乃終身之。舉此四義，凡百可知。我意君壽，與君周旋。年僅六十，云胡不夭。君之二男，是書是賴。君之二女，亦既長大。男何可期，女當有歸。我姊既老，我分相宜。不曰不才，厥惟志哉。言有窮也，有無窮哀。乃復哀之以詞曰：

桂酒兮芳馨，殽核旅兮進退逡逡。君之去兮何之？歆我奠兮尚來歸。歸來歸來兮，恍猶見而終非。懷義我之深兮，耿欲報之無期。涕疾下而淋衣兮，佇吞聲而迴思。人之生而固有死兮，嗟無憾其幾希。獨青春而不羈兮，九萬里而風飛。駕重湖而泝西江兮，鷗鷺狎而忘機。清淮洶其拍枕兮，眇浙水之東西。冉冉其告奠兮，鷩志淒淒。回問田園而失笑兮，眷丘隴而欷歔。子參差以讀書，賫此志而何爲？慨雪堂之風流兮，規一室而與之名。紛萬象之過箭兮，倒壺觴而獨清。生死寄之醒醉兮，孰死而孰生？迨其死之不復兮，乃知其醉不復醒。翕忽而飄蕩兮，固不自知夫前日之有形。奈闕彼南山與亭亭。四庫本《本堂集》卷八八。

戊寅正月二十六日更四夢中見朝兒大慟淚如雨因作招魂詞三章

陳著

朝兒朝兒，汝之家嵩溪之湄。梅竹參差，風清日遲。窗户逶迤，有書有詩。汝昔娛嬉，今汝何之？汝而有知，父在斯，母在斯，兄及弟在斯，來歸來歸！

朝兒朝兒，汝之死雲南之羈。水湍石坻，山頹樹欹。行者足胝，望者神危。汝昔我隨，今汝誰依？汝而有知，父在斯，母在斯，兄及弟在斯，來歸來歸！

朝兒朝兒，汝之葬丹山之支。林寒鳥希，雲深虎嘶。蕭蕭風悲，冥冥雨垂。汝安邪非？我其汝思。汝而有知，父在斯，母在斯，兄及弟在斯，來歸來歸！四庫本《本堂集》卷八九。

屠退翁哀辭

陳著

名進之，字漢卿，號退翁，居連山溪口。癸巳歲

余與退翁契非他人比，其子應觀來哭，而以二親未葬告余，余助之薄。於其行贈數語，庶乎有見而哀者。

哀哀退翁兮，予之畏朋。死而莫葬兮，閲一周星。予見其遺孤兮，哭之失聲。翁富於積學兮，案雪囊螢。緯而成文兮，理以爲經。舒翹於學校兮，場屋之蜚英。户屨如雲兮，於台乎明。一鶚嘘而翔兮，謂竟至乎青冥。風不競而退飛兮，猿鶴與逢迎。顧初心其如何兮，是有命也而誰争。卒窮以死兮，衣不周於斂形。曾幾何時兮，而晝哭之喪并。一淺寄於坏土兮，非重泉而奚扃；一孤露而凝塵兮，非同穴而奚寧。家無擔石之儲兮，眇寒脈之惸惸。納納其宇宙兮，茫茫其丘陵，斧若堂不爲過兮，而蓬顆之難營。痛死者之無歸兮，生者何以爲生？感世道之不古兮，義風颯其飄零。使斯人而不得葬

兮，天乎豈其無情？誰知天也有人兮，亦在乎吾道之有盟。余欲助而力不强兮，其孤告行。麥舟之心誰獨無兮，當有如堯叟之於曼卿也。四庫本《本堂集》卷八九。

吴學志哀辭

陳著

伍山吴甫之子志學，方垂髫時，余見而器之。試以一二語，應聲答，可人意爾。後每見必叩，所學甚進，磨以歲月，則將有成。年二十有闕，不幸以暴疾卒。天也，非人所能與？然所以喪其子而不使之死有憾，則其責在父母。世方淫於佛，而山甫貧。皆曰火之，棄其餘於水，足矣。山甫慟，既語之曰：「昔吴季子之子死於嬴博之間，歸其骨肉於土，孔子以禮許之；要離之火妻灰子，揚子雲至爲痛斥。東漢佛教來，荼毗二字始爛熳於天下。我名教中人也，忍使其子至於此極耶？」乃稱家營葬。余往弔有覿焉，因敬其父之知禮，幸其子之不爲異教所辱也，而爲之詞曰：

人之生有死兮，如夜之於晝。壽無短長兮，惟人之可否。顔子之夭，乃其命也夫。壽如盜跖兮，君子不謂之壽。而既知所學兮，方與日而俱新。天固嗇其年兮，於而乎奚咎？魂升魄降兮，骨肉必復於土。名教雖嚴兮，流俗易以誘。彼獨何心兮，固爲之繆。述禮不有所主兮，將死者莫正其邱首。茲既得以歸全兮，馬鬣以固封，懼其鬼之餒兮，且爲之擇所以後。四時之薦斯有以屬兮，百年之墓斯有以守。父母之心得兮，而復何憾之有。余哀而辭兮，亦以慰而之父母。

歲丙申良月，嵩溪遺耄陳某八十三歲譔，且書以授其父白之。四庫本《本堂集》卷八九。

剡縣解雨五龍潭等處送神辭

陳著

稼如茨兮黍與粳，十日不雨兮彼蒼。御龍君兮徼祥，環嵊之土兮雨其滂。焦捲發秀兮摇晚涼，田水泱泱兮秋風香。龍倪歌舞兮飽有望，神之賜兮何可忘。登山臨水兮送將，神亦勞止兮歸安故鄉。四庫本《本堂集》卷三六。

賦虚谷黄子羽所藏吴山西俊墨蘭三章

陳著

虚谷兮委蛇，雲英英兮日遲遲。繁陰兮土滋，蘭之生兮，彼桃李其安知。

虛谷兮明陽，紛百草兮樹千章。馨香兮自將，蘭之有兮，何蕙茝之敢芳？虛谷兮沈寥，霜雪降兮風蕭蕭。榮華兮飄摇，蘭之全兮，清寂寂而彌高。四庫本《本堂集》卷三六。

賦墨梅

陳著

直放而爲横出之勁兮，瘦吐而爲淡佇之馨，羌寂莫以自韻兮，而萬里其流聲。風霜之表神與交兮，明月在天水在下。耿耿於其間兮，於以觀我生之清明。四庫本《本堂集》卷三六。

賦墨鷺

陳著

山林以爲家兮，出而與風烟之爲縹緲。水之湄素與狎兮，專一嗜而謀飽。紛紛下而上兮，若不能以終日矯。静潔以待兮，固有獨立於寒梢之表者也。四庫本《本堂集》卷三六。

題畫扇

陳著

江極目兮沙路平，驢卓耳兮風蹄輕。彼何人兮爲此行？我欲從之到蓬瀛。四庫本《本堂集》卷三六。

賦賈養晦所藏王庭吉迪東墨水仙花

陳著

歲云暮兮陰凝，若有人兮亭亭。玉質兮黄中，淡無言兮含馨。雪霜貿貿兮弱植自矜，宇宙納納兮誰與爲情？斂而全其素兮，何有乎丹青！四庫本《本堂集》卷三六。

題女冲所藏彩箋

陳著

天空濶兮西東兩山，路平平兮春草班班。今而後兮百里之間，思渺渺兮水竹之灣。

四庫本《本堂集》卷三六。

題兒泌所藏彩箋

陳著

山一抹兮，天之末兮，彌隱隱而彌妍。松矯矯，龍其脊兮，颯張髯而自全。有美一人兮，橋之外，水之邊。意其悠然有見兮，雙鷺飛飛而在天。四庫本《本堂集》卷三六。

宋代辭賦全編卷之三十

騷體辭 三〇

孝友先生祠迎享送神詞

王逢

東海隅兮三州，宅鼋鼍兮蛟龍湫。羌聲教兮悠悠，靈斯藏兮道修。

道不行兮長邁，祠學宫兮子孫永賴。日薄堵兮風林鳴，如聞音之謦欬。

楚葵青兮靡靡，牲甚肥兮酒旨。白駒兮猋馳，儼衣冠兮戾止。有聖賢兮依歸，魚川泳兮鳥雲飛。靡潛伏兮弗昭著，靈自今兮欽孰違。《吳都文粹續集》卷一六。

啟白雲哀詞

釋道璨

越之白雲有大比丘曰某，字某。早受即具之學於北峰、柏庭諸老間。嘯巖主南湖，門嚴户峻，極靳許可，俾受諸生章句，紬文中義，多得古人言外意。晚歸舊業，一語不掛人間世事，静專一閣，夜修懺事，晝誦《楞嚴》、《圓覺》，飲食外無他營，鄰寮並舍，履跡不印其地。余東游，嘗往見之，行年九十，目光照人，面有孺子色。二子元澄、元省，皆叢林聞人，而位不償其有。省尤篤孝養，近寓仗錫。忽一日折簡取省，命置龕中庭，沐浴更衣，趺坐其間，群鄰僧誦浄土佛菩薩號。待省不至，走人促之於路。既至，面授後事已，和南而逝。闍維舍利如豆如菽粟，精瑩鮮明，五色相激射。實寶祐癸丑二月十五日也。余嘗謂清泰故家，夫人皆可歸宿，信之篤，行之果，鮮有不至。若夫境觀内融，聖凡情盡，則紅白藕花大如車軸，亦豈果在迢迢十萬億國土之外哉！余與省遊二十年，昔聞其師之行而高之，今聞其師之死而哀之。非哀之也，哀斯世不復有此人也。辭曰：

彼美人兮，落百念於紛兮。極十萬億刹土以馳神兮，吾將御寶蓮以終吾身兮。彼美人兮，西方之人兮。《無文印》卷一四。

魚鲊迎送神詞 並序

王柟

古者祭不越望，諸侯祭封内山川，名源淵澤皆列祈祀，謂其出雲雨能潤澤，施大而恩多也。後世偶而事之，屋而貯之，瀆矣。柳有魚鲊山，特爲峭拔聳秀，中有神湫，凛然可畏。往昔相傳，禱旱輒應焉。嘉祐蕭汝爲記其事，顧不窮格其理，而胥爲荒怪，盛稱神爲某人某配，倍古義以誣神，果何所稽述哉！景定癸亥，柟以秋成，躬至其下，歎其山水雄深，知其必能徼福於吾州也。明年孟夏，浹日不雨，民莫能殖。柟用悼懼，亟齋宿燎熏，檄汝掾陳君起東致命而禱，乞神湫既。粤翼日，丁卯，柟登蘇仙山，望桃花之顛，勃有沓靄。午登三台閣，遐眺則油然滃焉。率郡僚迓神於門外，氛氣騰踴，砰霆激電，與湫俱至。自是霖雨周浹，允相我農人，嗚呼！山川之靈，赫乎其不可泯者如此。柟切有感乎神之惠，而思所以報之。每惟吏惰不恭，率怠忽於神，深用謹戒。既蠲既薦，復使還水於湫，妥神於山，而後足以竭其衷焉。考《柳江集》，舊有桂邑迎神送神詞，因効《九歌》體爲二章，以紀神烈。迎之者懇惻，送之者眷戀，事神事人無二道矣。嗚呼！此非巫祝之所能知也。俾侑聲歌，神將知之云爾。

迎神

耿吾懷兮慷慷，望刿靈兮山中。龍堂兮杳室，瑶圃兮珠宫。乘清氣兮齊速，澤我民兮焉窮？蘭芳兮椒醑，神肯來兮從女。湛一勺兮玄淵，何有秋兮在予。叶韻音與。繽並迎兮未來，叶韻九之反。渺雲車兮委蛇。使豐隆兮先驅，驂兩龍兮輝輝。靈既雨兮揚波，倏而來兮余所。爲謇將儋兮清都，聊容與兮婾娱。把瓊枝兮精糈，翾會舞兮鯱竽。跪敷衽兮陳詞，皇既降兮有孚。極我心兮勞止，神哉師兮其蘇。

送神

神之來兮既留，仍羽人兮丹丘。撫嘉橘兮實庭，吸流泉兮同流。風淅淅兮雨霏霏，駕群靈兮往從之。乘水車兮東行，翳扶桑兮咸池。雨我兮福我，神格思兮而在左。若信脩兮慕予，羌愈祗兮皇妥。時不可兮淹留，薦華酌兮肴羞。澈高堂兮延竚，謇吾懷兮雜憂。聊夷猶兮猋遠舉，乘回風兮不得語。子交手兮將歸，樂新知兮愁予。同上叶韻。欲報之兮奈何，叶韻奚。願豐澤兮無虧。千秋兮萬歲，保爾生兮子孫獨宜。《永樂大典》卷二九五一。

秋胡行

徐集孫

五年行邁兮歸遲遲，採桑山陰兮奉親慈。冰霜自潔兮清節持，有客遺金兮志不移。橐有金兮盍專爲母馳，心悦桑女下車兮人可知。庭中見妾兮徒忸怩，載思往事兮妾心悲。恐君不如妾之有節兮言姑已而，君不知孝兮人道衰，妾不死兮欲何爲。《江湖後集》卷一六。

祖庭觀丁歌

王奕

八月八日，偕廟學教授曹彦禮及孔、顔、孟三氏諸孫童齊集遊達泉，到沂水，緬想風雩之樂，余乃浴沂，作《詠歸歌》。

浴乎沂，潄乎達，晞予髮兮二水之湄。風飄飄兮吹衣，高門出兮雩門歸。千八百年之下兮何時，得躡遐踪兮逶迤。欣慨交集兮眇黄唐之莫追，已而已而，逝者如斯兮予將何之。

八月望日，深衣抱高廟御琴奠酒，首歌《南風》，繼作憶顔三氏，諸孫環立以聽，爲杏壇一時之盛。千古之下，令人憮然，作歌云：

秋日暉暉兮槐市成林，白鳩關關兮漢柏陰陰。杏壇高兮幾尋，奠桂酒兮孤斟。蒼梧不可呼兮，猶得抱南風之琴。哀顔夭之不永兮，傷哉兮遺音，契千古兮遐心。歸兮歸兮，乃今不負吾衣之深。四庫本《玉斗山人集》卷一。

登青山太白墓文

王奕

青山八尺之土，不足以揜公萬丈之光；采石長江之水，不足以洗一死之疑。誦公大雅諸詩，知公所志真有關於世教，何止於風雲月露之爲。憶儀鳳不可以乘，呼祥麟不可以縶。羈唐朝齷齪組綬，何足爲公筋骸之維。必朝蒼梧，夕元圃，飛出宇宙之外，然後足以快公之襟期，凡睛俗皆何能窺公仙人之姿。予浴沂而歸，策蹇過此，酹荒祠兮一巵，其與公華陰倒騎之日，越千載而一時。安得起公髑髏，還公智慧，與公攜手跨赤虬兮，遊乎天地。於是爲之歌曰：

蘆筆書空兮風淒淒，自注：祠前有手種芒，四時常青，墓前葉上有墨點。竹墨泌地兮兩垂垂。青楓黒塞兮夢公者誰？四庫本《玉斗山人集》卷二。

哭妹貞娘節烈

鄭君老

哀哉吾妹兮生不逢時，痛哉吾妹兮死此亂離！灰塵漲空兮鐵騎南馳，旌旂蔽野兮日色無輝。兇徒蜂起兮濁亂民彝，恣行劫掠兮四野傷悲。我妹遇兹兮尚在閨闈，若逃患難兮計無可爲。恐被污辱兮決死無疑，一刀自刎兮澌血淋漓。死仆於床兮不變容儀，刀不落地兮手尚堅持，英烈如生兮人誰敢欺！嗟我獨生兮於世何裨，汝危莫援兮恨無窮期。悠悠我思兮泣涕漣如，人皆有死兮特出異宜。哀哉痛哉兮噫嘻！獨存汝名兮萬古無遺。民國十八年鉛印本《霞浦縣志》卷二五。

琴寥歌

于石

柯山鄭君德彝家藏唐雷霄二琴，不彈而掛之壁。其師徐子觀取昌黎二《操》以銘之，其將傳青霞子之燈者與？

壁乎琴兮不彈，心乎道兮忘言。操履霜兮猗蘭，忠與孝兮兩全。松風兮澗泉，琴無絃兮有絃。青霞兮柯仙，道不傳兮有傳。四庫本《紫巖詩選》卷二。

廬山歌

陳宓

某少時誦《廬山歌》，謂人境佳致歐公盡之矣。及來寓目，思拾其遺意廣之，輒犯不韙，次韻以寫其清癯之狀。喜事君子或見恕焉。

廬山清哉誰與儔兮，嶄巖峭直跨番易彭蠡而蹴九江[一]。長川幽窅亘古今而不息兮，雨激而風撞。山深境寂人迹所希到兮，盡日僅一逢樵叟鶴髮而眉龐。路逶迤而險阻兮，越數千里之危磴。暑六月而不知兮，但覺鳴珂戛珮其下紛淙淙。天隔車馬之氛埃兮，獨許策杖而跆矼。宜幽人之履道兮，志精一而匪哤。草木堅勁而不凋兮，列雲外之羽幢。

[一] 嶄：原作「嶄」，據文意改。

如凝之之嚟白兮，娩兹山而爲雙。田多瘠而少腴兮，食不飽而體不瘫。清松爲醪呼月爲燭兮，窪尊瓢飲孰取乎瓊卮而翠缸。彼叢物欲以自蔽兮，莫爲之鑿通明之八牕。醉生夢死真蟪蛄兮，閲千萬歲獨有貞栢與聖玒。苟能保此而不渝兮，又何有乎施邦！一到令人不忘兮，長神醉而心降。寫此詩以自娱兮，當萬幅之圖畫而揭以千仞之杠〔一〕。續修四庫全書影印本《復齋先生龍圖陳公文集》卷一。

西湖歌

陳宓

余宰安溪，有陳塘，負郭三里，農田水利仰焉。時有欲以獻鉅室爲田者，余峻治之，移放生池就焉。故有亭，葺而名以流惠。山遭其際，湖狀如月，因以名焉。休沐與同寮遊〔二〕，所以接歡欣、慰勞勩、爲民事地也。其年夏，喻景山來訪遊焉。景山，奇士也，雨大作，酒未半，欣然泛小舟，徑荷花間。彼其興蓋李太白、賀知

〔一〕杠：原作「枉」，據原韻改。
〔二〕寮：原作「寮」，據文意改。

章之流，旁人咲之而已益自得，曰：「不見咲於庸人孺子，尚足謂之人哉！」陳某異之，與之飲而爲之歌。

夫君之遊兮，嫣荷爲之咲迎。夫君之歸兮，白鷺爲之致情。嗟此湖幾千百年兮，曷嘗遇夫夫君之清[一]。人如玉兮水如鏡，雨如珠兮山如屏，我爲此歌兮不知誰爲之聲。抑天籟之自鳴，抑性情之自生。風卷其紙，陶然忘形。續修四庫全書影印本《復齋先生龍圖陳公文集》卷一。

佽飛廟迎神引

謝翱

劍歌兮擊筑，茇青兮蓼緑。夕濟甬兮沉玉，步巫兮禹孫。葺神藩兮楚軍，神之乘兮海雲。嘤芳兮越兕，斬將兮神祐。秋零露兮爲酭，春集鴉兮神語。風蕭蕭兮滿旗，雲之車兮來思。四庫本《晞髮集》卷五。

[一] 夫君：原作「失君」，據文意改。

廣惜往日

謝翺

《宻真院絶粒示兒》，宋禮部侍郎謝枋得所作也。粤人謝翺用其語，爲楚歌以節之。其詞曰：

漢有臣兮龔勝卒，噤不食兮十四日。今忍饑兮我復渴，道間關兮踰半月。幸求死兮得死，苟不得兮無術。鳳笙兮龍笛，燕羣仙兮日將夕。風吹衣兮珮蕭瑟，駿龍兮寥天，行成兮緣畢。四庫本《晞髪集》卷五。

登西臺作楚歌招文丞相魂

謝翺

魂朝往兮何極，莫歸來兮關塞黑，化爲朱鳥兮有咮焉食！四庫本《西臺慟哭記》。

水村歌

錢仲鼎

舟摇摇兮，風嫋嫋兮。波鱗鱗兮，鷗翩翩兮。扣舷漁歌兮，孰知其他兮。《趙氏鐵網珊瑚》卷一二《水村隱居記》引。

啄木辭

黎廷瑞

木鬱鬱兮有蠹生之，穴冥冥兮木竅以委。皇賁於鴷兮厥服孔儀，往伺於木兮爾喙爾夷。朝於木瘿兮莫於木枝，蠹宿於根兮而鴷不知，厦將墮兮其何以支。四庫本《鄱陽五家集》卷三。

送鶴神

黎廷瑞

農夫相傳，鶴神之屬三千，若登天度歲則民有粮，在地則否。故作此以送之。

玄裳兮縞衣，紛爾乘兮遄歸。嗟我甿兮苦復苦，穀懸於天兮麥在土。爾之族兮類且多，躡爾食兮如旽何。旽之憂兮，來年际爾天爾田。天祟祟兮有廩，皇之漿兮可飲。樂莫樂兮爾還，勿復來兮人間。四庫本《鄱陽五家集》卷三。

鵬飛操

黎廷瑞

朝吾發兮海溟，夕吾抵兮天門。鱗脱軀兮欲蜕，翮之起兮如雲。濤山湧兮雪浪，駕天風兮浩蕩。霓掩映兮霞蒸，倏横飛兮徑上。龍腰余兮鳳來迎，帝下觀兮環珮鳴。逍遥遊兮既極，澹河漢兮無聲。河漢無聲兮有意，誰知之兮漆園吏。桐之孫兮吏之魂，吏不語兮孫能言。忘言兮且止，極吾思兮隱几。春風菲菲兮杏壇花，春服翩翩兮沂水涯。聊徜徉兮税駕，奚必之兮南華。四庫本《鄱陽五家集》卷三。

歸去來辭

陳普

歸去來兮，吾生復何之？故園三徑在，桃李不成蹊。臺榭荒凉已無憂，階除寂寞人已希。胡飄飄而不返，將役役以奚爲？丈夫不自量，處世寧堪悲。省一朝之若是，悟百年之已非。飯山曾是餓唐甫，首陽曾是餓夷齊。名重天下何足比，利重天下何足奇。覺利名之不昧，知貧賤而勿悲。

歸去來兮歸去來，長安縱好休徘徊！足巾屏之行李，拂藜杖之塵埃。杜宇知我意，聲聲苦相催。故園行樂處，滿地生蒼苔。

歸去來兮閩山之巔，山奇水秀可以忘年。水渺茫而潔白，山排闥以争前。昔年桃李，依舊成阡。石徑縈紆而藤蘿聳茂，茅茨幽迴而松菊争妍。盤餐三百品，食足二頃田。吟且詠，樂且禪，飽而嬉，困而眠。心坦坦，腹平平。正是故園行樂處，誰知此樂樂悠然！東風起兮百草芊，綠楊飛絮杏花鮮。蝶翅亂，鳥聲喧。翠欲黛，紅欲燃。

歸去故園行樂處，幽鳥一聲啼杜鵑。落花紅紫草成氈，黄梅肥彈柳三眠。蟬嘒嘒，蝶翩翩。笋翻籜，荷叠錢。

歸去故園行樂處，幾陣南風入舜絃。西風至兮鴻鴈來，萬物蕭條景物猜。蟲聲切，猿嘯哀，梧桐敗，菊花開。

歸去故園行樂處，清風明月好安排。霜風凛凛雪花飛，村落無人猿夜啼。泉酒冽，溪魚肥，燃獸炭，揆蹲踞。

歸去故園行樂處，竹外梅花三兩枝。紅日三竿漁父去，雲迷四野牧童歸。朝暮之情可已矣，四時之景已如斯。已矣乎曷之？予知歸去兮，松菊候門而南山聳媚，花鳥欣迎而北嶺喧呼。悔知非之既晚，樂成賦以歸歟！明萬曆刻本《石堂先生遺集》卷一五。

和歸去來辭

陳仁子

北窗高卧，暗誦柴桑翁《歸去來詞》，釋焉忘世。又間讀漆園翁《内外篇》，耆焉忘身。故嘗論柴桑翁，安乎天者也；漆園翁，游乎天者也。今之士汩没利名之塗，顛倒死生之囿，齠童稚迄黄馘，衈衈焉幾無所歸。回顧二翁，真若隔世。因緝壯語，和陶篇以自樂所歸云。

歸去來兮，溟涬齊物奚從歸！眇雞蟲之失得，泯鳧鶴之憂悲。騎箕尾兮汗漫，御泠風兮焉追？混彭殤之均寄，知堯跖之孰非？逍遥不貸之圃，澶漫無形之衣。豈天地兮果大，曷稊米兮真微？

我歸甚適，勿駕勿奔。莽蒼其野，大塊其門。塗卻似失，導窾若存。昭琴不鼓，魏瓠奚樽？和天倪以曼衍，葆冲虚而厚顔。悟栩蝶之真夢，比木鴈之終安。驅六鑿之勃室，止五兵之闖闠。隱槁梧而自嗒，等濠儵以同觀。冥駢拇之附贅，肯敝跬之往還。會息黥於爽籟，鄙糟魄之齊桓。

歸去來兮，同造化以天游。身橛株而勿滑，心灰木以焉求？孰南面之果樂，奚髑髏之堪憂？視萬物之一馬，小滄海之蛙疇。園若飄瓦，茫乎虚舟。寄形豨韋之囿，馳精隱弁之丘。脱牛馬之穿絡，渺秋水之涇流。略呴濡之濕沫，任死生之浮休。

已矣乎！鴻濛廣莫無已時，吾身無去亦無留。將超象罔而問之，覆載有紀極，神遊無盡期。躍身冶而鑪鎚，撫心田而鋤耔。詠漆園之玄語，和柴桑之妙詩。下歸去來之注脚，陽卻支離奚足疑？影印清初影元鈔本《牧萊脞語》卷三。

責汨羅水辭

陳仁子

屈原仕楚，爲三閭大夫，盡忠於國。至襄王邇讒遠直，遷原江南，原不忍見宗國危亡，自湛汨羅而死。予謂原忠臣也，《離騷》、《九歌》數千萬言，侃侃忠藎，動天地，感鬼神，馮夷天吴，預聞其語，亦必愴然。當原墜淵以没，奚獨無波神陽呵陰護，一援手出之深碧者？忠臣既亡，宗國奚賴？遂假文責之。辭曰：

汨羅之水兮其色幽幽，沉彼忠精兮疇出諸溝？藏抱不平兮悠然安流，曾不若浙水之漂胥兮，怒濤岔激成海潮。

汨羅之水兮其逝油油，瘞此忠骨兮骼胔誰收？魚腹腲脮兮蘭芷包羞，曾不若鄱水之溺眊兮，魚鱉惡死蛟鼉浮。

就其淺兮沙石清泚，精魂冥冥兮，吁嗟乎汨羅之水！就其深兮淵湫无底，碧血沉沉兮，吁嗟乎汨羅之水！影印清初影元鈔本《牧萊脞語》卷三。

茶陵懷古辭 五首

陳仁子

茶陵，漢一小縣也。地距中都差遠，聞人先正車轍屐齒或不及，以故古跡蕪没，鮮聞登臨訪覽，彷徉興懷。得其表表有關世教者五事，作《茶陵懷古辭》，與好奇商之。

炎帝陵 炎帝非事遠游，蓋詢民之瘼而不忍舍

鴻靈兮紛幽，肇火正兮千古商丘。莽原隰兮食不乃粒，肆耒耨兮力省而功稠。穆滿兮駿游，嬴政兮軼輈。若烈山氏不遠萬里而遺屐鑾煙兮駕言焉求，緊風沙之稽顙兮荒裔

重譯而嗹嘍。眇黄屋兮弗娛，撫絃瑟兮遐軫乎嫠憂。通晝市兮有無均貿，鞭百卉兮甘苦齊搜。恫民瘼兮不寐，寧驅馳兮揩揩而未休。乘雲兮菟裘，森清衛兮紛獨老此梧楸。彼世之豢安於蠖濩兮，又焉似心八荒其周流。

赤松壇　赤松非好長生，蓋媿世之進而不知止

雲之山兮淡以深，壇之矗兮層責。鬱松幢兮如御，閟岫幌兮疑扃。世匪尠兮仙靈，渺珪組兮塊囂。紛挹清風兮烱烱，尚唤醒兮借箸。蹶項之謀臣白雲兮英英，霞爲襬兮霧爲巾。仙乎仙乎！餐水玉於皇代兮，奚意萬世飫死於榮名。鳩利腥之貪螘兮，鑽禄牖之飛蠅。苟得喪之芥帶兮，曾不顧阤皇輿而沸滄溟。蜕下土兮坌塵，心安羨兮長生。將媿貪夸而砭濁世兮，何尚無續取履翁從游之素心。

秦人洞　秦人非苦涉險，蓋長之酷而不能處

我揞我笻兮洞深，石齒齒兮蘚鱗鱗。我憇我笻兮洞口，萑篠蟠兮山鬼嘯。龕室兮陰窈，叢薄兮相繆。莽潛兮螿蝗，岩閟兮蚪蟉。何厭世兮寬敞，獨穴處兮夷猶？茎不揆兮中悁，謂輕生兮謬悠。羌酷嬴之未饜兮，甫箕斂而頭會。鳩韋素而機阬兮，灰六籍而

瞽昧。擊博浪而不諧兮，饞吏日詠而加害。與其桎身於五木兮，九瀕危而奚悔！思芳名兮秦人，揆秦人兮匪今。若桃源之種桃兮，奚意能長乎子孫。

漢侯祠　漢祠非爲官爵，蓋思昔之德而不忍忘

浦有芰兮江有蘋，烏楂楂兮鷗馴踞。香火兮山深，尚衣冠兮漢之人。白馬盟兮牲刉衈，河如帶兮山如礪。何璽未再傳兮，吳楚狺狺而逆噬。曾不念輔車之齒依兮，蟲百足而奚斃？晁錯籌而僇兮，主父襲而貴。定王分而侯兮，節侯析而裔。安冠屨之天經兮，剖井邑之九地。衍恭儉之賸馥兮，融桑梓之遺惠。蹇興廢之何常兮，寧折旋蟻封而免戾。國三葉而竟除兮，獨廟食千齡而勿墜。誇夫兮迠迠，苟逐膻兮貪生。溘汩没兮埃壒，孰貽聲兮千年？神之留兮江沉沉，神之往兮雲冥冥。人之祠神兮，豈貴王子侯之簪纓！

馬王城　馬王非當應順，蓋乘世之亂而不知分

策余轡兮神州，跂余望兮椒丘。粲江湘兮兩戒，矗雉堞兮荒陬。問何王兮遺址？粵馬氏兮攸閑。邅回兮遐矚，矖堪輿兮悠悠。緊文軌之一家兮，疇器岐而幅裂。競搏强

而騁騖兮，匪應順而理愜。獬猢躑躅於林藪兮，潛蜺盤桓於湫穴。時無聖明兮，故大者王而小者竊。慨古今兮紛糾，悠狙攫兮虎鬬。淒積垝兮斜陽，孰皇圖兮綿久？城基兮蜿聯，城草兮芊葂。主久易而名空存兮，又焉用舐鼎而垂涎？影印清初影元鈔本《牧萊脞語》卷三。

我思古人

陳深

陸君承之，余畏友也。其好古嗜學與余同，而天資爽朗，邈不可及。暇日撰此辭遺之，冀有以勵我也。

緊古人之寥寥兮，夫何思之弗諼？蹇余生之獨後兮，曾不得與之周旋。曠斯世而勿見兮，故增欷而永歎。撫遺籍而玄覽兮，蚕所聞之可尊。彼丹心之耿著兮，諒雖亡而實存。苟遡風而遐契兮，尚何有於古今。覽元化兮無窮，感徂景兮如駛。余髪兮種種，余懷兮亹亹。驷黄虬兮遐征，仰超然之高軌。猗聖言兮如天，至道兮如海。超鴻濛兮何極？窺浩茫兮無涘。孰導余以正適兮，遵坦涂而容曳。惟諒友之昭昭，庶訂余之憒憒。嗚呼噫嘻！古之人兮惠我無疆，忽不見兮心之傷。余之思兮曷云其忘，往者不可及來者猶可望。非夫君之相和兮，誰逍遥以徜徉？四庫本《寧極齋稿》。

宋代辭賦全編卷之三十一

賦 天象 一

天賦

吴淑

太初之始，玄黄混并。及一氣之肇判，生有形於無形。於是地居下而陰濁，天在上而輕清。斯蓋羣陽之精，積氣而成。澒洞蒼莽，不可爲象，溟涬濛鴻，莫知其終。其氣皓旰，其體穹隆。觀文以察時變，垂象而見吉凶。

大哉乾元，萬物資始。定辰極於保斗，驗日星於磨蟻。其運也，轉如車轂；其速也，流如弩矢。半覆地上，半居地底。或似卵以含黄，或若奩而抑水。方既見於王充，安亦聞於虞喜。落下準之於地中，耿詢測之於室裏。悠哉博厚，倬彼昭回，榆稱歷歷，罔説恢恢。雪霜降而風雨施，無非教也；四時行而萬物茂，復何言哉！懿彼秉陽[一]，本乎親上。著不息而行健[二]，列三光而成象。抑高見張弓之道，臨下識覆盆之狀。

若夫玄景映壁，繁星貫珠，究宣夜之説，習《周髀》之書。申須言之而盡妙，裨竈論之而有餘。亦聞九野爲稱，十端是紀，爲萬物之祖，用四時作吏。驚鄭國之再旦，悟齊公之仰視。萇弘違之而支壞，穆子夢之於壓己。

至若黄帝蓋象，顓頊渾儀，可以表測，誰能管窺。道悠久而聞《禮》，步艱難而見《詩》。既居高而治下，亦常正而無私。嘗論冒笠之象，寧知倚杵之期。仁已喻於放勛，高仍同於仲尼。授之人時，正以璿璣。唐堯羲和之命，高辛重黎之司。故王者被衮以象矣，燔柴而祭之。南郊就陽之位，圓丘父事之儀。以災異而垂譴，豈玄遠而難知？故其德表清明，道稱柔克，瞻浩浩之元氣，仰蒼蒼之正色。虧以東南，奥其西北，街指畢昴，宫稱營室。難諶而靡常，無親而輔德。常虧盈而益謙，每無爲而成物。鄒衍曾談，保章是職。雨粟既見於神農，降種亦聞於后稷。共工觸山而折柱，女媧補闕而鍊石。秦

[一] 哉懿：原闕，據明秦汴校刊本、四庫本補。
[二] 著不息：原闕，據明秦汴校刊本、四庫本補。

密嘗陳於辯對，裴楷亦昭於敏識。

若夫域中爲大，得一而清，立圓儀之八尺，識《太玄》之九名。製既聞於陶景，妙或説於張衡。旋轉識彈丸之狀，覆燾見欹蓋之形。爾其運以六氣，承之八柱，既警晉而啟魏，亦與唐而授楚。故當欽若，豈宜戲豫。傳虞昺之妙識，伏姚信之精慮。

至若巫咸叫閽，陶公擊門，《詩》稱雲漢，柱識崑崙。聞湯王之仰舐，傳鄧后之曾捫。推耿、落於揚子，一渾、蓋於靈恩。既識左旋，亦云周復。嘗聞不足而裂，每爲蓋高而跼。思真之論精微，道養之言委曲。或云歷於兩地，或云通於飛谷，斯皆臆度之謂，豈見聞於耳目也！宋紹興刻本《事類賦》卷一，嘉靖十六年秦汴刊本。

日月光天德賦 陽景陰魄，光彼天德

王禹偁

日月焜煌，麗乎天兮秉陽，既垂光於率土，實耀德於穹蒼。配行健之功，功深煦育；叶無私之道，道契皇王。是何鑿混沌之精，掛羲舒之影。循環分晝夜之度，盈縮遞歲時之景。重輪重珥，爲當代之休祥；行疾行遲，是何人之馳騁。但見乎來往天心，舒陽慘陰。浴咸池而杲杲，逗斜漢以沉沉。仰之彌高，自可侔於聖德；無幽不燭，固取象於君臨。藹藹晨曦，亭亭夜魄，覆盆雖隔於照燭，圓蓋實資於輝赫。運行不息，四時於是乎成功；遐邇具瞻，九土以之而光宅。觀其日之始也，升若木，拂扶桑，光天德兮臨八荒。龍吐焰而氛霾蕩盡，烏騰晶而魑魅潛藏。於以瑞呈五色，於以明列三光。月之始也，出金天，突瑶水，光天德兮照千里。兔奔而桂影時摇，蟾躍而露華輕委。於以輾碧落而皎兮，於以掩繁星而嘒彼。厥象昭然，斯爲得天。附高明而能久，蘇物彙以無偏。行中道而曈曨，幾彰聖代；逐左旋而出没，暗送流年。我國家道契貞明，功齊剛克，修五紀以叶用，照萬邦而取則。夫如是，叔寶之徒，宜咏歌於帝德。四部叢刊本《小畜集》卷二六。

曆者天地之大紀賦

聖人以通天地之數

蘇頌

昔聖王建官司地，因象知天。推曆用明於大紀，考星咸自於初躔。合三體以爲元，成書最密；舉一篇之定策，備數無愆。古有善談，載於前志。因太初創立之首，述往聖知時之義。莫不究極象數，精窮天地。有時以紀夫啟閉，有日以紀乎分至。躔離弦望也，於此而爲正；晦朔昏明也，於此而攸示。下可辨乎斗建，上靡差於辰次。況夫曆惟君審璣衡之運，所以緒正於元功；使民知寒暑之來，然後順修於時利。況夫曆爲一歲之本，紀明太極之基。惟精祲之至妙，豈深思之與知？必也迎辰以策，定晷於儀。帝舜則羲和而分命，顓頊則重黎而是司。皆所以準厥二氣，乘於四時。聖有作也，人皆度之。制自清臺，得舉正履端之要；職由太史，盡觀文察理之宜。

若乃辰集於房，日窮於紀[一]。孟陬既協於月建，攝提亦隨乎杓指。國將頒正朔以爲令，王乃觀情性而順理。章蔀元之書兮著於彼，子丑寅之正兮見於此。可以察發斂於未然，定慘舒之所以。推其生律，子陽午陰而互分；治以明時，春作秋成而是擬。且夫天之運也，日與星而代逢；地之道也，柔與剛而莫窮。非乃聖無以探其賾，非立法無以舉其中。我乃錯綜氣候，參稽變通。起建星而運算，故積歲以成功。考連珠合璧之辰，得名尤邃；應大呂黃鍾之統，立道斯同。用能鉤校舊儀，審觀新度。成敗因之而遂紀，氣節於焉而可步。於以極陰陽之大端，於以備五六之中數[二]。亦何異魯經比事，

[一] 日：《皇朝文鑑》卷一一作「月」。

[二] 五六：《皇朝文鑑》卷一一、《歷代賦彙》卷一作「六五」。

舉二中以歲成；義《易》窮神，合五位而象布。後王以是曆象不可不審，經紀不可不循。或立元而謹其始，或節事而授於民。馮相則致乎日月，保章則志夫星辰。以定五十五數，以通三百六旬。所謂見道而知治，何患以天而占人？

彼爲刻漏以考中星，但紀曉昏之度；處璇璣而觀大運，蓋明氣候之因。猶未若測運動於二儀，齊往來於七政。建乃星紀，先夫算命。吾皇所以監古曆之尤疏，頒新書而考正。天人之際，因以明焉。乃知夫作者謂聖。《蘇魏公文集》卷七二。

《石林燕語》卷九　蘇子容過省，賦《曆者天地之大紀》，爲本塲魁。既登第，遂留意曆學。元豐中使契丹，適會冬至，契丹曆先一日，趨使者入賀。契丹不禁天文術數之學，往往皆精，其實契丹曆爲正也。然勢不可從，子容乃爲泛論曆學，援據詳博，契丹莫能測，無不聳聽。

《丞相魏公譚訓》卷三　祖父言：年十六歲侍曾祖爲揚州通判，命作《夏正建寅賦》。賦成，曾祖曰：「夏正建寅，無遺事矣，汝異時當以博學知名也。」

又　祖父年十六，省試《斗爲天之喉舌賦》。盛文肅主文，見曾祖曰：「賢郎已高中，而點檢試卷者謂以聲聞（去）爲聞（平），爲不合格，遂黜。」祖父自是始切意字學，發明爲多。

又　祖父試館職《興王賞諫臣賦》、《吹邠迎寒詩》，胡武平爲考官，見之曰：「近歲唯馮當世與公在三上，賦對蠱興王賞諫臣事，皆切中。如《吹豳迎寒》詩，蠱該一部《周禮》矣。」《賦話》卷五　宋蘇頌《曆者天地之大紀賦》云：「制自清臺，得舉正履端之要；職由太史，蠱觀文察理之宜。」又云：「亦何異魯經比事，舉二中以歲成；羲《易》窮神，合五位而象布。」融會兩漢《律曆志》，而出以疏宕，似平易而實精微。

五六天地之中合賦

奇偶相合，兹得中正

楊傑

撲散太極，形分兩儀。天五得其中也，地六從而合之。數各有常，法乾健而坤順；位皆處正，併陰偶於陽奇。聖人述《易》，幾微窮神。高厚以謂地，自二以至十。天始一而終九，數相協而運行，義故得而悠久。凡十有一畢乎道，其道皆然；惟五與六合而中，以中爲偶。大抵一闢一闔，五柔五剛，八與三而契會，四曁七以更相。亦皆助生成於品彙，廣變化於無疆。胡爲數之五六，獨合體於中央？蓋夫共播日辰，日有甲而辰有子；協爲聲律，聲上宫而律上黄。

以中中其不中，以正正其不正。上全真宰之化，下遂羣靈之命。氣降爲味，陶然覆載之間；民受而生，賦以中和之性。是所謂象有滋，滋有數；窮則變，變則通。名數本堪輿之用，交通爲造化之功。設在衆甫，合夫大中。一氣始分，類本從於三兩；五位相得，獨無黨於初終。後世商建五官，周分六職。經有五典，士敦六德。豈非取法於高卑，然後鑒人之失得？觀而作服，可爲色以爲章；敘以成疇，故曰福而曰極。定數若此，至神在兹。既可推以造歷，又可準而揲蓍。亦猶三五異位而同功，孔子述卦爻之義；一六共宗而在北，揚雄明首贊之辭。則知地數雜而不純，天數純而不雜。物理深藴，歲功周匝。就五十有五之中，五六謂之中合。宋紹興刻本《無爲集》卷一。

《賦則》卷三　明晰完粹。

日賦

吴淑

日，實也，人君象之而臨極者也。爾乃懸象著明，至陽之精。赫矣流珠之狀，皎然連璧之形。杲杲始出，旭旭初升。或委照於窮桑之邑，或淪光於不夜之城。既説有冠，亦云抱珥。神號鬱儀，火傳陽燧。行度惟一，在天無二。或見踆烏，或書王字。既入而息，在中爲市。升咸池而擢秀，奄六螭而息轡。玄端而朝，東郊以祭。掌十煇於眂祲，夢三分於魏帝。既仲夏而永於火，亦季冬而窮於次。徒聞皷缶於大耋，詎見翻車之壯士。嘉黃琬之捷對，偉晉明之幼慧。或夾赤鳥而垂譴，或貫白虹而驚異。

爾乃觀五色，翫重光，對昆吾而臨鳥次，入細柳而出扶桑。爲學聞師曠之喻，入懷爲漢武之祥。比畏愛於衰、盾，識興亡於夏、商。

若夫長留反景，都廣無晷，瞻寅賓以東出，歷虞泉而西靡。仰夫久照，觀乎麗天，同晷既聞於萬里，周圍亦説於三千。爾其升明星而景秀，逼崦嵫而光戢，揭之既見於仲尼，捧之亦傳於程立。秦皇過海，將觀其東出；周穆駕駿，欲見其西入。爾其晞光景之曮曮，矚晷度之遲遲，爲君父夫兄之象，則寒暑陰風之宜。豈見流金而鑠石，唯觀樹表而陳圭。

若乃陽事不得，譎見於斯，庶人走，嗇夫馳。伐鼓用幣，擊檄縈絲，共抑陰而助陽，終更也而仰之。是知火氣之精，陽德之母，稱耀靈而號大明，照四方而臨下土。蝕因麟鬬，行同驥步。揮戈既見於魯陽，棄杖復聞於夸父[一]。羿曾見射，羲嘗爲御。或説再中，或云亭午，美葵藿之傾依，傷桑榆之遲暮。

[一] 於夸父：原闕，據明秦汴校刊本、四庫本補。

至若出蘇門，升温源，乍喜披雲，還欣負暄。張重對漢明之問，宣父屈童子之言。若夫浴甘泉，出暘谷，既揚光於日觀，亦分華於若木。及夫戴丹穴，入太蒙，迴女紀而大還，經離石而下春。斯皆光景之非盛，未若比王道之當中。宋紹興刻本《事類賦》卷一。

秋陽賦

蘇軾

越王之孫，有賢公子，宅於不土之里，而詠無言之詩，以告東坡居士曰：「吾心皎然，如秋陽之明；吾氣肅然，如秋陽之清。吾好善而欲成之，如秋陽之堅百穀；吾惡惡而欲刑之，如秋陽之隕羣木。夫是以樂而賦之。子以爲何如？」居士笑曰：「公子何自知秋陽哉？生於華屋之下，而長遊於朝廷之上，出擁大蓋，入侍幃幄，暑至於温，寒至於凉而已矣，何自知秋陽哉？若予者乃真知之。方夏潦之淫也，雲烝雨泄，雷電發越，江湖爲一，后土冒没，舟行城郭，魚龍入室。菌衣生於用器，蛙蚓行於几席。夜違濕而五遷，晝燎衣而三易。是猶未足病也。耕於三吳〔一〕，有田

〔一〕三：原作「二」，據《經進東坡文集事略》卷二、《皇朝文鑑》卷五改。

一壥。禾已實而生耳，稻方秀而泥蟠。溝塍交通，牆壁頹穿。面垢落塈之塗，目泫濕薪之煙。釜甑其空，四鄰悄然。鸛鶴鳴於户庭，婦宵興而永歎。計無食其幾何，矧有衣於窮年[一]。忽釜星之雜出[二]，又燈花之雙懸。清風西來，皷鐘其鏜。奴婢喜而告予，此雨止之祥也。蚤作而占之，則長庚澹其不芒矣。浴於暘谷，升於扶桑。曾未轉盼，而倒景飛於屋梁矣。方是時也，如醉而醒，如瘖而鳴。如痿而起行，如還故鄉初見父兄。公子亦有此樂乎？」

公子曰：「善哉！吾雖不身履，而可以意知也。」居士曰：「日行於天，南北異宜。赫然而炎非其虐，穆然而温非其慈。且今之温者，昔之炎者也，云何以夏爲盾而以冬爲衰乎？吾儕小人，輕愠易喜。彼冬夏之畏愛，乃羣狙之三四。自今知之，可以無惑。居不墐户，出不仰笠[三]。暑不言病，以無忘秋陽之德。」公子拊掌，一笑而作。宋刻本《東坡後集》卷八。

[一]「計無」二句：《新刊國朝二百家名賢文粹》卷一七八作「計有食其幾何，矧無衣於窮年」。

[二]釜星：《新刊國朝二百家名賢文粹》卷一七八作「奎星」。

[三]墐、仰：《新刊國朝二百家名賢文粹》卷一七八作「障、御」。

孫覿《與蘇季文書》（《鴻慶居士集》卷一二）　讀東坡先生之文，竟一篇則心目開通。《秋陽賦》所謂「如醉而醒，如瘖而鳴，如痿而起行，如還故鄉初見父兄」，其樂蓋如此也。先生以《和陶詩》屬黄門云：「吾將集而録之，以遺後之君子。」某置力於斯文五十年矣，至是得一言一句，輒識其奇趣，亦庶幾後之君子之一耶！

《老學庵筆記》卷五　東坡贈趙德麟《秋陽賦》云：「生於不土之里，而詠無言之詩。」蓋寓「時」字也。

《經進東坡文集事略》卷二　晁補之云：「《秋陽賦》者，蘇公之所作也。或曰：『越王孫』者，蓋趙令時。學於公，恭儉如寒士，有文義慷慨。而公猶曰：『公子何自知秋陽？』此如吕后謂朱虚侯不知田耳。而公自謂少貧賤暴露，乃知秋陽，以諷公子學問，知世艱難之義也。」令時乃世曼之子。

《詩話總龜》後集卷四八　「白藕作花風已秋，不堪殘睡更回頭。晚雲帶雨歸飛急，去作西窗一夜愁。」此趙德麟細君王氏所作也。德麟既鰥居，因見此篇，遂與之爲親。余以爲乃二十八字媒也。蓋德麟名令時。東坡作《秋暘賦》云：「越王之孫有賢公子，宅於不土之里，而詠無言之詩。」蓋「時」字也。坡云：「教人別處使不得。」

李耆卿《文章精義》　文字有反類尊題者，子瞻《秋暘賦》，先説夏潦之可憂，卻説秋暘之可喜，絶妙。若出《文選》諸人手，則通篇説秋暘，漸無餘味矣。

《復小齋賦話》卷上 趙德麟名令畤，東坡作《秋陽賦》，首云「越王之孫，有賢公子，宅於不土之里，而詠無言之詩」，蓋畤字也。坡云：「且教人別處使不得。」元姚燧效之，作《烏木杖賦》：「史鰌之孫，其畏可象，析而杖之，奔走相餉。」序云：「史仲威得烏木杖，嘗析一遺余，爲賦報之。」

新月賦

庚午歲宿直作

徐鉉

五月五日，繁陰乍晴。倬彼新月，麗於太清。映玉繩而絢彩，搽銀漢以騰精。對鳷鵲西南之影，步明光東北之楹。歷歷遲漏，悠悠我情。雖萬古之不易，感一年而始生。乃有騃女癡男，朱顔稚齒，欣春物之駘蕩，登春臺之靡迆。雜佩璀錯，輕裾飒纚。紛乎拜祝，怡然宴喜。人歲歲以潛换，景年年而若此。昔我當年，胡云不然？世路多故，流光暗遷。易壯心於大觀，變玄髮於華顛。顧一毛之無濟，媿兩綬之徒懸。況乎萬象虛明，九門奥祕，對宣室以方罷，閱通宵而不寐。憂心似醉，既慷慨於君恩；急景如馳，更淒涼於往事。想愬月以長歌，遂抽毫而見意。影宋刻本《徐公文集》卷一。

月賦

吴淑

惟彼陰靈，三五闕而三五盈。流素彩而冰静，湛寒光而雪凝。顧免騰精而夜逸，蟾蜍絢彩以宵驚。容仙桂之託植，仰天暒而助明。乍喜哉生，還欣始萌，經八日而光就，歷三月而時成。吕錡射之而占姓，闕澤夢之而見名。

若夫西郊坎壇，秋分夕祭，類在水，故應於潮；義在陰，故符於禮。取象后妃，視義卿士，故以爲上天之使，人君之姊。瞻瑞彩於重輪，共清光於千里。爾其遊西園之飛蓋，騁東鄙之妍詞。會稽愛庭中之景，陸機攬堂上之輝。圓光似扇，素魄如圭。同盛衰於蛤蟹，等盈闕於珠龜。暈合而漢圍未解，影圓而虜騎初來。

若乃珥戴爲瑞，朏魄示冲，爲地之理，作陰之宗。降祥符於漢室，通吉夢於吴宫。睹爪牙而爲咎，見側匿而爲凶。覩其素景流天，方輝入户，婦順苟或不修，王后爲之擊鼓。物惟徐孺之説，窟見揚雄之賦。彌闕山而布影[一]，入廊櫳而積素。

[一] 彌：原闕，據明秦汴校刊本、四庫本補。

厥御兮維何[一]，望舒兮纖阿。垂藹藹之澄輝，弄穆穆之金波；聞感精之女狄，傳竊藥之嫦娥。皎兮麗天，昭然離畢。應魚腦而無差，驗階蓂而靡失。亦有畫蘆灰而暈缺，捧陰燧而津流。擣聞白兔，喘見吳牛。乍認蛾眉，遥驚玉鉤。得不薦鳴琴而滅華燭，翫清質之悠悠[二]。宋紹興刻本《事類賦》卷一。

月賦

楊簡

山月兮騰騰，千峰兮畢明。入林度嶺兮，疏爽而散清。浮波泛流兮，又何其縈迴瀲灎，湛湛渟渟。雲氣盡伏，太虚碧澄。不疾而速，不行而至，忽一輪之驟升。珠無得以肖其圓，玉不可以齊其瑩。神光獨奇，萬古一靈。邈星辰之失色，截天漢之欲傾。虚明之妙，彌滿六合，擬攬之而無得，姑觸之而莫零。入竹則與之爲竹，入松則與之爲松，到几盈几，透窗可槅[三]。徹酒涵杯，跨絃詣琴。大巧造微至於此而無所用其力，至潔非

[一] 兮：原脱，據明秦汴校刊本、四庫本補。
[二] 質：原闕，據明秦汴校刊本、四庫本補。
[三] 可：《歷代賦彙》卷四四同，明叢書本作「滿」。

染而如留若凝。卻之似止而非止，進之似臨而匪臨。自古幽人雅士，孰不仰止玩止，樂之詠之？不知其幾千萬語矣，終莫能贊其不可摹寫之奇，探其造化機緘之情。廣寒宮殿近在吾方寸之地，而有目者無覩，有耳者未聆。西嶼楊子，女知之乎？楊子曰：「予惟無知，故若是樂也，故若是融融皜皜，迎之不見其首，隨之不見其後也。且不自知其爲無知，而況於知乎？子仰而觀之，清明者何乎？俯而履之，博厚者何乎？從子目之所視，所視者何乎？從子耳之所聞，所聞者何乎？彼乎，此乎？巨乎，細乎？虛乎，實乎？衆乎，寡乎？有乎，無乎？子乎，我乎？可言乎，不可言乎？可思乎，不可思乎？洙泗聖人所以無得而稱，姑託之以水，曰知者樂之；又託之以山，曰仁者樂之。某今亦姑賦之以月，而某樂樂之，子信乎？」四庫本《慈湖遺書》卷六。

月賦

汪莘

余少時讀謝希逸《月賦》，見其徵引陳熟，比興寒窘，大抵拙於文而乏於理，竊嘗以爲恨。至今取而再三觀之，皆不能易少時所見。因搜其平生所得於月者，假唐太宗、房玄齡對問而爲之賦云。

太宗與秦府十八學士講道於瀛州之上，於時宮壺漏稀，月色如晝，憑欄四顧，河山若繡，太宗慨然謂玄齡曰：「夫月何自生哉？」

玄齡稽首而對曰：「臣聞月生於坎，水主内光，在坎則隱，因離則彰。其闔處陰，其闢隨陽。魂生震始，魄露巽旁。二少分上下之弦，兩純括晦望之囊。八卦相禪，爲月紀綱，觀於卦畫，其義可詳。青者月魂，黑者月魄。出扶桑而五彩，暨中天而迴白。此月之變也，皆陰陽之相客。」太宗曰：「月之義既聞之矣，然則月之運行何如？」

玄齡曰：「其始也，一氣茫然，有物潛珍，兩儀洞開，望之如神。於是清風龍翔而啟途，丹霞鳳翥而扶輪，提白晝於既溟，竢東皇於未晨，按行於二十八舍，周流於三百六旬。出天入地，自秋徂春，横碧落而孰禦，歷黄道而常新。斗車爲之低昂，列宿爲之逡巡。此月之行也。臣又嘗縱觀焉，大何天之不罩，廣何地之不籠，高何崖之不掛，幽何谷之不通。使夫山海之間，共此燈而發蒙，霍然如攬白霓之駕，恍然如泛驪龍之宫。若乃襯珠閣而泫露，鎮貝闕而含風。藹玉圃之生煙，鬱瑶林之攄虹。亂芙蕖之萬頃，繪松栢之千重。餘輝半抹於城樓，曉色欲拂於天東。紛金章而玉佩，雜天馬而雲驄。咸謁帝而待漏，殷殷乎長樂之鍾。雖然，此陛下之月也，臣請爲陛下言士民之月。始臣爲布衣之時，隻劍孤琴，出遊四方，歸憩家林，其觀於月也，有不知所以獨舞與不知所以長吟者矣。方其射西山而散彩，委曲浦而遺陰，過銀沙而瑟瑟，渡金礫而騣騣，逐行舟而上下，與高浪而浮沈，因蒲帆而舒卷，隨桂楫而淺深。入霜雪而英華秀發，混蘆荻而蹤跡難尋。散千林而無定影，鎮九淵而有常心。或出晚霽而疑於清曉，或當晨現而訝於黄昏。或顛倒於山光水影，或披豁於地窟天根。或坐臣於偃竹之窗，或挽臣於落梅之邨。或送臣於小橋，或迎臣於柴門。或帶苔紋而粘屐齒，或移花影而泛清樽。」太宗曰：「噫，士民之月不亦樂哉！然則月之德性何如？」

玄齡避席而辭曰：「大哉，陛下之問！臣不足以與此。」太宗曰：「卿其勿辭。」玄齡乃言曰：「月之德性，至矣妙矣，惜乎賦家者流未有能聲條振理者也。夫太極肇判，天一生水。天一之精，凝爲月體，仰射天外，下徹水底，洞照八荒，晃不知其首尾。碎之自圓，撓之自止，執之若遠，睨之復邇。體有盈虛，性無生死，胡爲而虧，胡爲而盈。臣以是知生死之故，鬼神之情，然猶不足以言知月。臣愛月者也，疇昔之夜嘗夢焉。弄月於雲葉之表，釣月於浪花之端，種月於林泉之下，布月於天地之間，臣有其志而未遂也。」

太宗乃掀虬鬚，躍龍顔，大笑而曰：「卿之志朕知之矣。」酌以樽罍，食以鼎鼐，牽牛正中，再拜而退。清雍正刻本《方壺先生集》卷三。

後月賦

汪莘

汪子既賦月，客有問者曰：「子之《月賦》亦幾矣。雖然，精而未備也。」汪子曰：「何哉？客所謂未備者，豈非碧潭吐珠，清瀨碎璧，長江金湧，平湖銀溢，未極其比乎？六鰲矯首，長鯨鰯尾，鶴唳松梢，猿啼谷裏，未極其境乎？白沙翠竹，杜子美之江邨，疏影暗香，林君復之池塘，松江笠澤，元真子之所以披蓑，瀟湘洞庭，舟人之所以櫂歌而漁子之所以鳴榔，未極其適乎？羅幃珠箔，娥眉皓頰，鬢亂釵横，色授魂絶，未極其情乎？古道斷碑，莓苔緑冷，荒林古塚，陰魄隻影，未極其幽荒乎？」客曰：「非此之謂也。」

汪子曰：「然則乾爲大赤，至陽所凝，伏以大毬，焰焜熛騰，又似火輈，軋軋轢轢。月徑千里，負陰上昇，日十三度，周而復乘。颯颯生風，凛凛吹冰，赤天枯閡，太陰熏蒸。其清如洗，涼不自勝。帝居峨峨，星宫層層。琅玕成韻，珠綱硐磳。鳳棲闕角而鼓翅，龍卧天門而欠伸。芒芒厚土，萬物之輿，杳杳泉鄉，爲坤之機。以坎爲輪，以坤爲車，載地浮天，風澤洞虛。天有三百六十度，地有三百六十軸，地軸之下，無底之墟，明月通行，八達之衢，堂堂一輪，霍霍長驅。青天在下，白晝弗如，與天偕出，與日繼飛。日行汲汲，月每有餘。出海猶濕，入海不濡。鮫室停梭而悵望，龍伯借留而曳裾。於鑠東皇，太陽之雄，與月合朔，濯魂雪宫。氤氤氲氲，泥丸之中，一合一新，交泰之功。鼻煙唇焦，朱髮飛蓬，是惟火星，來嗅其風。刀圭月華，心竅玲瓏，神王骨輕，噴吐長虹。客之所謂未備者，其在兹乎？」客曰：「欲備矣，猶未極其至也。」

汪子曰：「水得於天一之餘，月得於天一之初，水散而月凝，水沈而月浮，皆由稟受之不侔也。散者散其形，凝者凝其精，沉者沉其重，浮者浮其輕，此其所以與水同出而又爲清中之清、明中之明。客又未覩夫月之城也，天書金篆，榜曰廣寒，内實有神，號曰仙官，惟有道者居之，非利名之士所可攀也。」客拱而起，俯而跽，曰：「備矣至矣，不敢復議矣。」遂拂絹素，請書以爲《後月賦》。清雍正刻本《方壺先生集》卷三。

月暈賦

楊萬里

楊子與客暮立於南溪之上，玩崩雲於秧疇，聽古樂於蛙水，快哉歡欣[一]，意若未已。偶空谷之足音[二]，予與客而亟避。退而坐於露草之徑，衣上已見月矣。寒空瑩其若澄，佳月澈其如冰。一埃不騰，一氛不生。

楊子喜而告客曰：「吾聞東坡先生之夫人曰：『春月之可人，非如秋月之悽人也。』吾亦曰：今之時則夏矣，月尚春也。」言未既，微風颯然，輕陰拂然。驚五色之晃蕩[三]，恍白虹之貫天。使人目亂而欲倒，如觀江波之漩而身亦與之回旋。

楊子懼而呼客曰：「月華方明，奚驟眩焉；紺旻方潔，奚忽變焉？」客曰：「適有薄雲，莫知所來，非北非南，不東不西，起於極無之中，忽乎明月之依。輪囷光怪，相薄相盪而爲此也。殆紫皇爲之地，而風伯爲之媒歟？」楊子釋然曰：「所謂月暈如蜺

[一] 歡：原作「所」，據汲古閣本、四庫本改。
[二] 空谷：原作「俗士」，據汲古閣本、四庫本改。
[三] 色：原作「也」，據汲古閣本、四庫本改。

者，不在斯乎？不在斯乎？方詳觀而無厭，乃霍然而無見。蓋月以有雲而隱，復以無雲而顯也。雲以一風而聚，還以一風而散也。」楊子若有感焉，乃告客曰：「天下之物，孰非月之暈耶？暈之生也，其可洗耶？暈之消也，其可止耶？而天下之士以晉、楚之富爲無竭，以趙、孟之貴爲有柢〔一〕，其去則持之而不忍，其來則居之而不耻，其癡黠何如也？」

客未對，童子請曰：「人語既寂，子盍歸息？」楊子與客一笑而作曰：「今夕何夕，見此奇特。」四部叢刊本《誠齋集》卷四三。

中秋月賦

楊萬里

乾道丙戌中秋，因與友人王才臣野酌，言及師友，有懷紫巖先生，慨然賦之。

〔一〕柢：原作「祗」，汲古閣本作「抵」，四庫本作「恃」，茲據《歷代賦彙》卷四改。

湛秋旻之不瑕兮，泝桂月其耿然[一]。鶩玉車以隻輪兮[二]，掛孤鏡之明蠲。何秋半而明倍兮，乃大異於他之夕？豈望舒之革面兮，抑羿妃之增飾？繄天地潔齊之氣兮，肇允乎否而兑乎澈？蓋風露無所容其清兮，播爲秋而哀爲月。竟歲年以俟此月兮，一之遭而百違。幽人得此豈不偉兮，乃未懌而既悲。

始予行之詰曲兮，志乎南而趾北。不臨深乎孟之海兮，矧踐迹乎顔之域。自德人之振我兮，初予導夫康莊。子竭蹷以無愛兮，奈之何阻且長？莝予馬以疾其驅兮，僕夫告予以餒而。舉一世以好徑兮，予乃獨背而馳。予蘭茹而菊餐兮，豈求飽之故也？臞予躬以鷺立兮，彼腴者哂予誤也。予既瞭而忽眩兮，欲陳詞於德人。痛斯人之九京兮，滔滔者莫知其津[三]。清莫清兮秋之節，明莫明兮秋之月。所美之不可雙止兮，予豈不知其可悦！裹乎慨而感表兮，亦不自知其奚爲而菀結。

嗟人生之處此兮，前萬斯古而後億年。競權利之屑窣兮，奚甘帶之異旃？逐逐焉

[一] 桂：原作「佳」，據汲古閣本、四庫本改。
[二] 鶩、雙：原作「鶩以」、「隻」，據汲古閣本、四庫本改。
[三] 莫：原脱，據四庫本補。

金椎之控頤兮，纍纍焉蒼苔之蝕其骨。何如予與子之追暇兮，又邂逅此秋月。悲秋豈其達人兮，愛月乃我輩事。及金樞之未央兮，獨可有酒而無醉。四部叢刊本《誠齋集》卷四三。

冰壺秋月賦

王柏

子男列爵兮國有常居，襟三洞而帶雙溪兮分女宿之墟。誰作燕坐之室兮有扁冰壺，相爾室之耽耽兮是敞是虛。主乎中兮志趣萬殊，孰有甘心乎冷淡兮詩書之癯。求名義之凛凛兮，斯焉何取？或無所爲兮，又何足以爲觀省之補？彼東風之蕩無檢束兮物物是與，夏日亦長且舒兮有酷斯暑。氣象不我侔兮恥焉爾伍。冰壺冰壺兮一以清，有月有月兮秋更明。清明相涵兮璀璨光晶，極表裏之透徹兮焕采凝瑩。彼君侯之心兮鑑空衡平，一寒自力兮千室自春。朱絲鼓兮澹和，畫簾垂兮暇整。俛焉撫字之勤兮，不計歲月之遒緊。西風生兮遠林，白露歛兮煩景。縠璧有餘最兮，猶從容待秋之一稔。

豈不懷歸兮，去爾民之未忍。眇扁舟兮家具，表遺愛兮旌旗。行行青雲之步武兮，廉德久簡於上知。念世道之已熟兮，此爲何時？聚歛慘於盜賊兮，甚東南之瘡痍。傾倒瞑眩之劑兮，勿留刀圭。既無欲以擠其剛兮，仁必有勇。飲蘭露而餐菊英兮，豈富貴之能擁？惻有隱於民瘼兮，不知震霆之可恐。人懷襟度之寬兮，我覺丰神之甚聳。蓋任重道遠之士兮，聲色凝然而不動。我非有風鑑兮，察所安之甚精。見公雖疎兮，知公獨深。畏此簡書兮，勢不得而日親。鳶魚同一天兮，各適其情，人生聚散兮，如太空之浮雲。少歌曰：

今人薄交誼兮，古重離别。人合有離兮，月圓有缺。人别不易見兮，南轅北轍。彼月之缺兮，或團團乎林樾。安得長官兮皆公如，處處冰壺兮貯秋月。四庫本《魯齋集》卷一。

宋代辭賦全編卷之三十二

賦　天象　二

星賦

吴淑

萬物之精，上爲列星。亦曰庶民之象，又爲元氣之英。梁沛見曹公之起，東井識漢祖之興。認彴約兮攙搶，瞻瑶光兮玉繩。歌既稱於重耀，傳常聞於夜明。瞻彼服箱，識兹在户。辰參既主其商晉，箕畢更占於風雨。爲張華而曾拆，感仲弓而嘗聚。定之方中，作於楚宫；宿離不忒，三五在東。子韋識宋公之德，史墨知吴國之凶。軒轅則大電繞樞，白帝則華渚流虹。

若夫覩有爛，瞻嘒彼，驚嚴光之共卧，笑戴逵之求死。息夫指之而獲罪，巫馬戴之而爲治。至於南箕翕舌，北斗挹漿，向曙而猶能落落，拱北而常見煌煌。騎尾已驚於傅説，策馬更見於王良。爾其耀連璧，輝貫珠，西陸爲昴，北陸爲虛。助夜明者天精，運中央者帝車。北斗天官之喉舌，東壁上帝之圖書。

至若爛然散錦，燦兮連貝。周騰豫知其不出，京房自明於無罪。及夫隨二使之入蜀，觀五老之游河。職在保章，命之羲和。歲則降靈於方朔，昴則淪精於蕭何。亦聞咮謂之柳，濁謂之畢。既訝如雨，復驚隕石。瞻天錢於北落，指老人於南極。又云房爲天駟，氐爲天根。大火中而寒暑退，斗柄東而天地春。河鼓謂之牽牛，織女謂之天孫。梓慎識其淫柕，卜偃占其伏辰。然而妖不勝德，亦何勞於具陳？宋紹興刻本《事類賦》卷二。

火星中而寒暑退賦 心火中則寒暑斯退

王禹偁

惟大火之照臨，亦舒陽而慘陰。寒暑將交於時令，經躔必在於天心。冬夕午焉，栗烈之風自止；夏宵中矣，鬱蒸之氣爰沉。不知誰爲種榆，其名曰火。隨衆星以拱極，正二氣而在我。小人怨咨之語，望之則銷；大鈞吹煦之期，違之莫可。所以指命顓頊，迴旋祝融。自然無出其右，寧勞舉正於中。乍疑日馭逐魯陽之戈，再懸碧落；定星示楚宮之役，迴掛長空。遂使祁寒知難而少抑，暑雨交綏而自息。垂繒之壞知止，衣葛之人動色。不知我者，謂我執造化以弄權；知我者，謂我正陰陽而作則。類聖人之南面，令之而必從；任天道以右旋，踰之而莫得。

至若北陸兇殘，人斯鮮懽，層冰飛雪以俱至，挾纊重裘而罔安。我之中矣，可以卻彼司寒。又若南訛赫怒，人失其所，焦砂爛石以何盛，輕箑纖絺而曷禦？我之中矣，可以祛其酷暑。是何表正二儀，亭亭在兹。營室橧巢兮，取之於彼；收藏長養兮，何莫由斯？標不宰之功，所以均乎六義[一]；示無言之信，所以成乎四時。大矣哉！行度無差，寒暄自退。天垂象以是仰，世作程而斯在。年年兮東作西成，明明而可久可大[二]。四部叢刊本《小畜集》卷二。

老人星賦

明星有爛，萬壽無疆

范仲淹

萬壽之靈，三辰之英。其出也表君之瑞，其大也助月之明。但仰祥光，莫辨皤然之

[一] 義：四庫本作「氣」。

[二] 可久：原無，據傅增湘校廣雅書局刻聚珍本補。

象；方資睿筭，斯垂耄矣之名。皇家以大洽雍熙，咸臻仁壽。感垂象之丕變，彰御圖之可久。爰假號於耆年，寔歸美於元后。

南郊享處，能無鼓缶之歌；銀漢經時，誰是遊河之友。觀夫落落位正，煢煢影孤。應春秋之候，出丙丁之隅。視合璧之祥兮未異，顧連珠之瑞兮若無。象兹黄髮，永我鴻圖。想天上之宵征，寧悲鐘漏；顧人間之夕景，豈恨桑榆。

是何上象著明，昌時合偶。曆數自延於人主，名實何慙於國叟。月輪遥覩，安車之意寧無；天駟傍瞻，失馬之嗟何有？此蓋君著明德，天陳瑞星，會兹鼎盛，薦乃椿齡。增芳華於信史，協休美於祥經。每覩運行，如縱心於黄道；無差躔次，疑尚齒於青冥。足使曆象者考祥，占天者改觀。掛碧空而的的，度清宵而爛爛。非時不見，如四皓之避秦；有道必居，若二疏之在漢。

大矣哉！名尊五福，位列三光。發天文之炳焕，符帝德之悠長。北闕前瞻，獨呈祥於有爛；南山俯映，共獻壽於無疆。士有仰而賦曰：天之象兮示勸，君之位兮善建。實贊天靈之數，允叶華封之願。又何必周王之夢九，而嵩嶽之呼萬者也。清康熙刻本《范文正公集》卷二〇。

《復小齋賦話》卷上 范文正公《老人星賦》「巧心濬發，妙句雲來」，真突過唐人兩作，不覺前賢畏後生矣。

季春出火賦 以「季春出火，象天爲之」爲韻

劉敞

國有常憲，月當季春。俾出火以便俗，示奉天而牖民。治曆明時，占心宿之昏見；範金合土，順炎精之日新。眇觀古初，啟迪法象。星之神也，猶隱見之有序；火之利也，宜出納之無爽。蓋天人之相與，或精祲之交蕩。得不慎爾日用，戒兹炎上？著於《月令》，候建辰而勿逾；儆乃官儀，敕司爟而攸掌。用能與世垂法，授人以時，仰列舍以欽若，率百工而悦隨。

察夫日月之交，歲既單矣；謹此陶冶之用，民咸從之。肇自五帝，至於三季，雖建國之不同，其修火也無異。蓋以稽合乾度，丕承天意，且謂阜財之道，貴節用而遵常；熯物之功，罔奸時而邀利。是以及大辰之初見，因成象之自然，奮木鐸以修禁，正夏數之得天。大則焚於草萊，符戴氏之舊記；小亦鑽夫榆柳，協鄹子之遺篇。

噫！爲政者毋慢於從辰，制器者勿亟於行火。慢則匱民而乏用，亟則争明而取禍。

故相土正其序，商人因而勃興；子産失其常，士弱議其不可。非夫識蹈先覺，智周百爲，歷春秋而協紀，奮淳耀以從宜，又安得百姓與能，咸富陶鈞之化，六府交正，蔑聞災燀之期？彼候西陸以啟冰，占定中而揆日，或義專於薦享，或功止於宫室，豈若詔司存而火紀時焉，器用於是乎出。四庫本《公是集》卷一。

五星同色賦

劉攽

德配淳古，祥開上天。五星之色同矣，四海之民晏然。驗以璣衡，察齊輝於七政；偃夫金革，啟昌運於千年。眇覿乾文，俯稽皇國，伊天事之常象，何聖人之合德，時也。懷柔乎窮髮之北，服叛乎流沙之域。人迹所及，萬寓於焉太寧；和氣致祥，五緯由之齊色。觀夫寥寥太清，垂文降精，靈臺考象而有舊，保章啟占而可明。遠而望焉，若連珠之並彩；陳其數也，告綿區之偃兵。且夫仁義修則金木爲之興祥，禮智用則水火由之凝祜。羞五事者莫若信，載四象者莫如土。倬彼如明[一]，粲然物覩。候其色兮若一，問其名兮有五。克明克類，喻王道之無偏；不縮不盈，狀君德之周普。是以海內蒙福，群生大同，鞬櫜之令丕顯，稼穡之事從隆。豈特候於建星，當太初之定曆；聚於東井，告漢祖之成功。非皇求於列星，惟星依於帝者；非星私於我皇，惟皇化於天下。赫赫垂象，巍巍純嘏。察其軌道，黎民仰首以觀乎；眩彼交光，疇人推策而知也。

甚矣哉！天之鑒人也明於視，德之逆祥也捷於馨。何精祲之晢晢，顧神化之冥冥。彼候以非煙，紀輪囷於雲瑞；占於半月，驗光華於景星。語象則幽微，推數則疎遠。豈若考五精之同色，知七兵之盡偃。方將升中而告成功，視大道之來反。四庫本《彭城集》卷二。

斗牛間有紫氣賦

陳章

天空原清，劍氣方呈。始象奪朱之色，末知埋玉之情。氛昏乍歇，淮海初平。貫牛

[一] 如：武英殿聚珍版作「天」。

斗於九霄，正當吴分；藏鹿盧於午夜，遠在豐城。歷彼歲時，間於躔次。雄鋩既表乎潛感，靈物日悲乎遐棄。增華台室，方期獨見之明；流彩天階，乍惑衆人之意。思上徹而既久，欲旁求而未遂。謂繞樞之電，郁郁彌彰；想干吕之雲，亭亭自異。殊祥可驗，直質不渝。委照自歸乎有晉，藏鋒若避於亡吴。對西揭之星，望何勞於尹喜；臨北走之塞，相寧藉於風胡。觀其出以標奇，凝而成象，既蜿蜒而久鬱，亦曈曨而再朗。陋日中之青暈，每駐寥空；拚天際之緋煙，潛通惚恍。光而不輝，昏以爲期。漠漠而淪精詎滅，昭昭而默識猶疑。東方未明，始訝乎氣之聚也；地不愛寶，益見乎天將假之。仰觀列位之中，俯叶偃兵之後，利刃猶鬱，清時幸偶。宣精溢目，乍殷銀漢之留；侔色衛身，未配金章之綬。其象也甚殊，其明也則逾。憤陸沉於江表，結一彩於天衢。凌夾月之霞，徘徊碧落；透霱空之霧，隱映白榆。永夕猶存，奇光尚匿，齊效珍之金景，鄙如虹之玉色。不因槎客之犯，如遇雷公之識。倘觀此以見求，冀龍泉之可得。同治《豐城縣志》卷二一，同治十二年刻本。

三階平則風雨時賦 泰階既平，風雨時若

孔平仲

圓極之運，泰階以平。表聖神之德盛，致風雨之時行。位正六符，炳光芒於常次；

君道修氣流四序，普散潤於群生。大儀之遠兮，其體高明；列宿之繁兮，其文交錯。騰精於下，則瑞爲之證；人事失於此，則變從而作。偉一德之温恭，感三階之炳爍。於上，燭太微紫微之居；垂象於人，應時雨時風之若。

陰陽燁燁華藻，蒼蒼昊穹。旁澤乎太一之座〔一〕，密次乎文昌之宫。則必天地協應，大同。沐之以膏雨，撓之以祥風。上燦高躔，既色齊而光大；俯呈休驗，俾根著之滋豐。靈臺齊政兮，知精祲之祥；太史占天兮，測宿離之會。上焉兩兩之悉正，下焉元元之永賴。盛澤鼓舞，洪恩霶霈。觀文察變，仰魁斗之均明；薄山流淵，蘇物情而交泰。

豈不以天至邈也，其監無私；星至遠也，其應不欺？惟上階之成象，合元元之題期〔二〕。或當乎卿大夫之列，或主乎士庶人之卑。率皆騰燿而有爛，守常而莫移。致此協氣，播於六時。薰兮解愠之美，沛若如膏之滋。順軌而居，展開德宣符之效；以節而至，無鳴條破塊之爲。斯蓋位焉不易其尊卑，行焉不差其經緯。使清微之令均被乎率

〔一〕旁澤：《皇朝文鑑》卷一一、《歷代賦彙》卷五作「常燀」，四庫本作「旁輝」。
〔二〕元元：四庫本及《皇朝文鑑》卷一一、《歷代賦彙》卷五作「元后」。

土，霡霂之澤昭蘇乎品彙。化養無外，涵濡罔既。相比而列，連炳焕於七星；仰觀其符，知協調於六氣。誠由至仁之化也，四表光被；太平之治也，兆民允懷。藹休功於萬宇，兆祥應於三階。載於傳則微淒苦之戾，出於記則無猋暴之乖。驗斗覆而歲穰，求端則正；占畢明而夷貢，取類其偕。班固志之也曉然示人，方朔陳之也勤於致主。修皇德以上動，焕台光而可覩。符作肅作聖之事，鮮極備極無之苦。又何必饗帝於郊，始能節乎風雨！《舍人集》卷二，豫章叢書本。

參賦

米芾

武帝既祠太一，受釐頒胙，意得氣泰，神怡志豫，閱符合瑞，至於嚮暮。於是升通天之臺，攬泬寥之路，睹三星聯影，晻然當户，顧侍臣曰：「是何星也？」侍臣枚臯進曰：「參星也。」帝曰：「是何主？」對曰：「是主民。」帝曰：「可得聞其晻歟[一]？」

[一] 晻：《涉聞梓舊》本作「說」。

皋曰：「臣之淺學，俳儕優隊，捷語翩言，奉歡承話。稱道盛德，受況甚大[一]，此大對也，臣不敢。」帝曰：「先生無辭。」皋乃跽而進曰：「自周衰道喪，百里一王。嗜欲加僭，民財用傷。貪如碩鼠，墮號鶺梁。匪鳶匪鮪，或潛或翔。至於暴秦，襲冕而狼。趙郊坑肉，魏野封瘡。粵嶺山斷，遼海城長。驪丘虛地，阿房繡牆。則是星也，晻晻而無光。」帝曰：「亦嘗有明乎？」曰：「有。古有治君，曰堯與禹。敬時命官，以民爲主。民知樂生，鼓腹歌舞。次逮成湯，視民如傷。一夫不獲，如己納隍。周之文武，迄於成康。道德化洽，禮義興行。刑厝不用，至於百齡，則是星也，亦嘗煒煒而晶熒。」帝曰：「宜乎自此不復有光矣。」曰：「有[二]。昔秦籙不究，上天悔亡。乃命高祖，匹夫奮張。一洗世亂，惠綏四方。化其姦宄，約以三章。及我文、景，恭儉惇樸。隱卹賑周，德澤甚渥。太倉積紅腐之粟，司農朽不校之索，則是星亦嘗煒煒而灼灼。今陛下承累世之休光，翕五福於仰戴。坐明堂神明之會，據建章珍陸之海。臣萬國，朝四裔；名王系於祈連，宛馬來於天外。致赤鴈駮麃之異物，獲寶鼎芝房之珍怪。名在百王之上游，

[一] 況：清初鈔本、四庫本等改作「貺」。《皇朝文鑑》卷一〇、《歷代賦彙》卷五仍作「況」。

[二] 有：《涉聞梓舊》本作「惟」。

德並五帝之左界。而乃晻晻而無光，臣臯所以堙鬱而未快，逡巡而不對也。古訓有言曰：民猶水也，可以載舟，可以覆舟。」言未及休，命蓋陳鉤。寢不得寐，三起問籌。翌旦坐明光殿，封富民侯。宋嘉泰刻本《寶晉山林集拾遺》卷一。

周必大《題米禮部參星賦真蹟》（清道光刻本《廬陵周益國文忠集》卷四六）右米禮部《參星賦》，筠州集本以爲首篇，其間意同辭異者多，具列如上。今秘閣有石刻，字畫稍大。此卷收斂豪逸，秀傑痛快，尤可愛重。紙背題詩一聯，不敢慢也。嘉泰癸亥秋，池州故人文思提轄葉楠之子之真自所居鐵圍山附遞壽予，其意厚矣，乃褾軸而識之。七月望日，平園老叟周某題。

歲星所在國有福賦 以「歲星所居，宜其有福」爲韻

樓鑰

國既得歲，祥斯應期，占是星之所在，有其福以誠宜。仰以驗之木精，適居常次；致當臨之邦域，咸被純禧。原天下之妖祥，係歲星之贏縮。且運於上者象不虛示，則居其下者應爲甚速。爰占景曜，適當所次之躔；俯驗吾邦，誕受非常之福。觀其瑞色明潤，重華陸離。應以仁也，既存生育之理；王於春也，又司長養之時。既循度而至止，

則錫羡以宜其。右行於天，居一辰而不忒；下臨其地，備百順以無虧。是宜君明臣直，而世格昌期；時和年豐，而人欣樂歲。師之興也，戰則必克；政之舉也，事無不濟。由龍宿之所居，故鴻禧之可繼。越人遇此，終摧吳國之强；晉室得之，果挫苻堅之鋭。大抵事將兆於休咎，星乃爲之疾徐。超而前者，或棄次而旅次；行而失者，或當居而不居。事各有證，象誠匪虚。

惟歲之在也，無東西之去；則福之來也，有山阜之如。可以伐人，請驗馬遷之《史》；所之得地，願稽班固之《書》。彼有國之昌也，由太白之當期；國之厚也，以填星之居久。況此應王者而紀於號令，主歲事而爲之統首，苟非次舍之當居，安得休祥之備有？豈不見淫在元枵之次，徒致鄭饑；既居析木之津，遂興陳後。因知歲之行也，雖本於天度；歲之居也，實昭於德馨。今也太史奏瑞，清霄炳靈，生治國之百樂，開寶運之千齡。如是則賢士已登，不必驗少微之象；刑章幾措，何煩占貫索之星？王者以是考星次之攸居，知天心之所與。斂時福而民罔不錫，討有罪而人莫能禦。方今天相中興而歲星臨之，孰敢犯王師之所？武英殿聚珍版《攻媿集》卷八〇。

風賦

吴淑

大塊噫氣，其名爲風。既破萌而開甲，亦養物以成功。識樹頭之少女，喜溪邊之鄭公。若乃詠「其涼」，稱「有隧」，入袷袖而留香，回桂椒而振氣。應廣莫而修刑，則明庶而施惠。待閶闔而藏庶物，候不周而謹邊備。空穴潛應，土囊暴起。復有應尹喜之占，被葛玄之指。乘之既聞於宗慤，御之亦傳於列子。賦宋玉之蘭臺，歌荆軻之易水；施晉武之琉璃，置宋明之令史。南海何由而雀化，佷山何神而薤靡。清清泠泠，愈病析酲。才驚虎嘯，復訝鳶鳴。驗烏鵲之移巢，識雞犬之無聲。

若乃瞻臺上之銅烏，揺廚中之翣脯。既爲天地之使，亦是陰陽之怒。來時而或能動楗，求處而每因焚羽。啟金縢而明旦，識爰居之集魯。或徵自蚩尤，或感由庶女。飛車初駭於奇肱，曲蓋始因於周武。

至若稱離合，號焚輪。穴在宜都，門傳九真。駭法獄之逢獸，驚鞠陵之見人。悠然偃草，颯爾袪塵。常聞順物而布氣，亦復矃目而眕脣。爾其悠揚轉蕙，飄揺吹棘，號怒萬竅，退飛六鶂。扇授袁宏，衣飄賈謐。戒寒每當於火見，應類或聞於酒溢。調調刁刁，羊角扶摇，才能獵葉，殊不鳴條。雖負大翼，詎能終朝。至於習習扇和，依依解凍，當大麓之弗迷，豈庶人之所共。有虞興解愠之歌，黄帝得吹塵之夢。亦復便人寧體，動草摇披〔一〕。或歌豐沛以爲樂，或濟汾河而有詞。占已聞於師曠，塵或惡於元規。奔厲而那堪拔木，祥和而秖可披衣。蓋君聖而時若，自均調而得宜。宋紹興刻本《事類賦》卷二。

風異賦 並序

梅堯臣

庚辰歲三月丙子，天大風。壬午，詔出郡縣繫獄死罪已下。夫風者，天地之氣也，猶人之呼嘘喘吸，豈常哉？若應人事之變，則余不知，故賦其大略云。

吾因逕勞適於郊，憩亭舍。日昃時，群輩外囂，曰：「火來火來！」喔呼噫嚱，出屋遠望，西北之陲。亘天接地，混混赫赫，不見端涯。逡巡則赤埃赭霧，突盪奔馳。陽精失色，白晝如晦。號空吼穴，揚砂走塊。衆心驚惶，廣衢翳昧。莫辨誰何，執手相

〔一〕披：明秦汴校刊本、四庫本作「枝」。

對。其少頃也，稍明故歸，人未寧兮，相與而爲隊。順前者措足之不暇，逆進者舉武而愈退。睇山川兮安陳，趍城郭兮安在？所可視者，五六步之内。

越翌日，四方恬霽，乾坤黯慘，物色憔悴。牛復馬還絶銜鼻，草靡木折莢實墜，禽鳥墮死泥滿喙，几案傾欹塵覆器。民廬毁壞，商車顛躓。既而衆曰：「此何景也？」伺彼往來兮，問遠邇之所自。或曰起浚都，播許、鄭，歷洛、汭，以及唐、鄧、漢、隨之地。稽厥時厥狀，無與此土異。未迨旬浹，德音遐暨。是知本聞之不僞，聊綴辭也若此。言變咎，則非愚者之能議。明正統刻本《宛陵先生文集》卷六〇。

詆風穴賦

劉攽

背崧右洛兮，維汝泱泱。左界韓鄭兮，前關魯陽。陵丘曼延兮，土膏脈良。生植遂茂兮，厥夭且長。咨飄風兮，胡很而狂。乘冬肆威兮，怒號以常。通晝亘夕兮，日月奪光。宇宙昏惑兮，顛倒玄黄。折枝排根兮，松桂毁傷。衝空動楗兮，披户登堂。獸亡其曹兮，鴻鵠失翔。問誰尸之兮，底此不祥？曰兹穴之詭異兮，竊神之機。幽嶮窮奇兮，狹中不夷。鼓舞蜚廉兮，招摇南箕。平居無事兮，淫樂而爾爲。歷九州而遐觀兮，孰樂土其若此！

獨蠻夷之僻陋兮，乃自古記之矣。邈炎州之荒忽兮，汩大海其千里。上霧下潦兮，墊隘瘴癘。魑魅羣遊兮，樂人之死。蓄爲颶風兮，瘠毒疵癘。扶濤駕山兮，舟航糜毀。歷日旋時兮，然後得已。西極曠蕩兮，陰磧無垠。流沙不波兮，瀚海無泉。五穀不生兮，蓬棘蓁蓁。熱風之來兮，天地翳昏。觸肥爲痏兮，四肢若燔。亦幸有老馳之先知兮，嗚呼而告言歸。命野獸兮，厘焉得存。彼鬼方之幽昧兮，固宜以然。慨中土之與鄰兮，不僻不偏。胡穴神之忍兮，固蔽以頑。用夏變夷兮，至於髦蠻。外百里而不同兮，茲邑獨爲匪民。

帝之高居兮，臨照在下。虎豹服仁兮，九閽莫阻。巫咸上愬兮，帝命斯許。巨靈夸娥兮，幹其絶膂。拔山投石兮，北海之渚。大野夷爽兮，八風攸敘。號令專一兮，莫予或侮。蒙常聖時兮，維民所取。穴神雖悔兮，夫孰閔汝！四庫本《彭城集》卷一。

快哉此風賦 並引

蘇軾

時與吴彦律、舒堯文、鄭彦能各賦兩韻，子瞻作第一第五韻，占風字爲韻，餘皆不録。賢者之樂，快哉此風。雖庶民之不共，眷佳客以攸同。穆如其來，既偃小人之德；颯然而至，豈獨大王之雄。若夫鷁退宋都之上，雲飛泗水之湄。寥寥南郭，怒號於萬竅；颯颯東海，鼓舞於四維。固以陋晉人一吷之小，笑玉川兩腋之卑。野馬相吹，搏羽毛於汗漫；應龍作處，作鱗甲以參差。明萬曆刻本《蘇文忠公全集》卷一。

《復小齋賦話》卷上　東坡與吳彦律、舒堯文、鄭彦能各賦《快哉此風賦》兩韻，子瞻作第一、第五韻，此亦如詩之聯句矣。以《風賦》爲題，亦如詩之賦得體矣。

秋風賦

張耒

張子夕坐於堂之南軒，有風颯然來自西方，感乎人心，異於尋常。初披偃乎草木，亦泛動乎軒窗。張子曰：「是風也，所以成歲而佐陽者乎？」時也，朱火就謝，七月始涼，既導迎於肅殺，又紹介於雪霜。其中人也，萬竅洒然，汗澤爲乾，纖絺魯縞，不勝其單。其加物也，未敗其形，先傷其情；未隕其生，先奪其英。使之嗒然委者〔一〕，見於顔色；黎然槁者，動於聲鳴。吾嘗中夜而聽之，淅瀝颼飀，羣動百蟲，怨泣悲吟，感人忡忡者，秋之聲。旦起而望之，清明高潔者，秋之容。於是庶草效實，九穀獻功，既獮於野，又嘗於宗。感天時之不留，念歲律之將窮。張子曰：「吾何爲乎？戒裘褐以備嚴冬而已。」明趙琦美鈔本《張右史文集》卷三。

颶風賦

蘇過

《南越志》：熙安間多颶風。颶者，具四方之風也，常以五六月發。未至時，雞犬爲之不寧。又《嶺表録》云：秋夏間有暈如虹者，謂之颶母，必有颶風。

仲秋之夕，客有叩門，指雲物而告予曰：「海氛甚惡，非祲非祥。斷霓飲海而北指，赤雲夾日而南翔。此颶之漸也，子盍備之？」語未卒，庭户肅然，槁葉蔌蔌。驚鳥疾呼，怖獸辟易。忽野馬之決驟，矯退飛之六鷁。襲土囊而暴怒，掠衆竅之叱吸。予乃

〔一〕委：四庫本、民國刻本作「萎」。

入室而坐，斂衽變色。客曰：「未也，此颶之先驅爾。」少焉，排户破牖，隕瓦擗屋。礧擊巨石，揉拔喬木。勢翻渤澥，響振坤軸。疑屏翳之赫怒，執陽侯而將戮。鼓千尺之清瀾〔一〕，翻百仞之陵谷〔二〕。吞泥沙於一卷，落崩崖於再觸。列萬馬而並騖，潰千車而争逐。虎豹讐駭，鯨鯢奔蹙。類巨鹿之戰，殷聲呼之動地；似昆陽之役，舉百萬於一覆。

予亦爲之股慄毛聳，索氣側足。夜拊榻而九徙，晝命龜而三卜。蓋三日而後息也，父老來唁，酒漿羅列。勞來僮僕，懼定而説。理草木之既偃，葺軒檻之已折。補茅屋之罅漏，塞牆垣之隤缺。已而山林寂然，海波不興。動者自止，鳴者自停。湛天宇之蒼蒼，流孤月之熒熒。忽悟且嘆，莫知所營。

嗚呼！小大出於相形，憂喜因於相遇。昔之飄然者，若爲巨耶？吹萬不同，果足

〔一〕清瀾：《斜川集》卷四、《皇朝文鑑》卷一〇、《古賦辯體》卷八、《歷代賦彙》卷七、《淵鑑類函》卷六並作「濤瀾」，雍正《廣東通志》卷五九作「洪濤」，《東坡全集》卷三三作「清瀾」。

〔二〕翻：《斜川集》卷四、《皇朝文鑑》卷一〇作「襄」。

怖耶？蟻之緣也噓則墜[一]，蚋之集也呵則舉。夫噓呵曾不能以振物[二]，而施之一蟲則甚懼。鵬水擊而三千，摶扶摇而九萬。彼視吾之惴惴[三]，亦爾汝之相莞。均大塊之噫氣，奚巨細之足辨。陋耳目之不廣，爲外物之所變。且夫萬象起滅，衆怪耀炫。求髣髴於過耳，視空中之飛電。則向之所謂可懼者，實耶虛耶？惜吾知之晚也。四庫本《古今事文類聚前集》卷三。

元好問《跋蘇叔黨帖》 叔黨文筆雄贍，殊爲鳳毛。坡嘗云：「海外無以自娱，過子每作文一篇，輒喜數日。」蘇氏父子昆仲，文派若不相遠，俗子乃疑《黄樓賦》，坡亦嘗辯之。《颶風賦》亦謂非坡不能作，不然，亦當增入點竄之也。風俗薄惡如此！文賦且不論，至如叔黨此帖，其得意處豈坡代書耶？可以發一笑也。

王若虛《文辨》（《滹南集》卷三七） 蘇叔黨《颶風賦》云「此颶之漸也」，少箇「風」字。又云

[一] 噓：原作「吹」，據《斜川集》卷四、《皇朝文鑑》卷一〇、《古賦辯體》卷八及下文改。

[二] 不能：《皇朝文鑑》卷一〇、《古賦辯體》卷八、《歷代賦彙》卷七並作「不足」。

[三] 惴惴：《斜川集》卷四、《皇朝文鑑》卷一〇、《古賦辯體》卷八、《歷代賦彙》卷七、《淵鑑類函》卷六、雍正《廣東通志》卷五九、《東坡全集》卷三三並作「惴慄」。

「此颶之先驅爾」，卻多「颶」字，但云「此其先驅」足矣。風息之後，父老來唁，酒漿羅列，至於塞茅屋，補垣牆，理草木，葺軒檻，則時已久矣。而云「已而山林寂然，水波不興，動者自止，鳴者自停」，豈可與上文相應哉！

《古賦辯體》卷八　叔黨以文章馳名，時號小東坡。嘗隨侍東坡過嶺，作《颶風賦》。颶風者，具四方之風也。嶺南有颶風，每作時，雞犬爲之不寧。小坡此賦，尤爲人膾炙。若夫文體之弊，乃當時所尚。然此賦前半篇猶是賦，若其《思子臺賦》，則自首至尾，有韻之論爾。文意固不害其爲精妙，而去六義之賦遠矣。

《詩藪》雜編卷五　甲秀堂坡一帖云：「邁往宜興，迨、過隨行。迨論古今事廢興成敗，稍有可觀。過作詩、楚辭，亦不凡也。」陳無己送迨詩：「真字飄揚今有種，清談絕倒古無傳。」過《颶風賦》、《鼠鬚筆》詩，各奇偉，可謂過得坡筆，迨得坡舌，不知邁何所得也。

《復小齋賦話》卷上　文章淵源，即句語亦有家法。東坡《秋陽賦》「夜違濕而五遷，晝燎衣而三易」，叔黨作《颶風賦》云：「夜拊榻而九徙，晝命龜而三卜。」

又　坡公之有斜川，人豔稱之，而集不傳，唯傳其《颶風》、《思子臺》二賦。及「試誦《北山移》，爲我招琴聽」數語耳。偶讀東坡《游羅浮山一首示子過》詩：「小兒少年有奇志，中宵起坐存黄庭。近者戲作《淩雲賦》，筆勢彷彿《離騷經》。」則又有《淩雲賦》也。

又　杜少陵《論詩》則曰「語不驚人死不休」，韓昌黎則曰「險語破鬼膽」，余讀叔黨《颶風賦》

云：「疑屏翳之赫怒，執陽侯而將戮。」少陵《朝獻太清宮賦》云：「九天之雲下垂，四海之水皆立。」真破膽驚人之語。

風賦

薛季宣

有物瞢瞢，有迹無形。不喙而呀，不趾而行。得竅而聲，撼地雷鳴。一息不停，千里其程。時畏而寒，時挹而清。萬彙以生，庶品以零。飛砂一怒，草偃遐征。小夫不識，請謁先生。先生曰：「是非虚隙之産，號令於天歟？至微至密，惟力之全歟？沈潛静謐，可以激致歟？發揚隱伏，元之噫氣歟？鴻鴻濛濛，無得無從。鼓舞萬物，名之曰風。」四庫本《浪語集》卷二。

春風賦

張侃

余尚友古哲兮，何者爲是，何者爲非？非不可以反兮，僭一己以莫追。刓精神而役四體兮，如橘中之蠹。寧澹泊山林之表兮，聲華掩匿而未露。天地同爐兮，日月同車。河瀆同源兮，性命同根。伊萬象班形兮，又同是昕昏。春榮而秋颯兮，吾又聽化工之所即。豈羣囂之踽涼兮，吾獨示之以默。

造化無私兮，粲者千百。物之不齊兮，賦有厚薄。雲噓而成氣兮，雨結而成雹。融神於不可測度兮，窅然無鄰。歲會而月孟陬兮，萌者拆而勾者伸。

静觀品類兮，自形自色。墮我其間兮，欣然自得。彼風馬牛不相及兮，制命有職。揖飛鶴以來前兮，將游仙而自適。豈曰予而未歷！四庫本《張氏拙軒集》卷五。

雲賦

吴淑

夫雲者，蓋川澤之氣而陰陽之聚也。若乃淒然而興，湙然而雨。杳藹從龍，悠揚干吕。瞻黄帝之花葩，識漢皇之龍虎。爾乃取象於《坎》，觀繇於《需》。或申歌於虞舜，或爲祥於慶都。白起薊生之迹，香隨王母之車。出符陽而聚散，去蒼梧而卷舒。

至若考西郊不雨之象，閲南山朝隮之義。蓋汾陰之寶鼎，覆西方之隱士。郁郁紛紛，非霧非塵，山中草莽，水上魚鱗。亦云帝鄉仙馭，高唐麗質，鳳翥鸞翔，龍申蠖屈。周則爲瑞於觀河，堯則呈祥於沈璧。

至於濯魚待雨，燃石聞香，金枝玉葉，繡文錦章，或見飛鳥，或瞻羣羊。保章驗吉凶之祲，觀臺書啟閉之祥。别有縹緲赤繒，翩翻白鵠，露彼菅茅，見兹珠玉。蒸既潤礎，雨當待族。漢皇興豐沛之歌，王母奏瑶池之曲。宋觀松上，漢紀封中。驚林木之爲狀，見冠纓之儼容；睹青天之樂廣，見白日之姜公。映雉兔於晴碧，駐車蓋於遥空。復有膚寸而合，觸石而起。紀黄帝之官，美仲容之器。白作湯祥，黄爲舜瑞，雖無出岫之心，亦有思山之意。觀其崔巍巃嵸，狎獵參差，亂走丹蛇，輕飄絳衣。或見夾日之赤鳥，或觀圜軫之蒼霓。斯所以垂災異之譴，警政令之虧，豈徒誦漢武「秋風」之句，翫湯休「日暮」之詩？宋紹興刻本《事類賦》卷二。

春雲賦

田錫

玉琯春迴，金門暖來，柔先變柳，繁已飄梅。悦風和之日至，賞雲彩之朝隮。其初升也，穠薈蔚兮；其少進也，澹怡融兮。依依然方觸類以多曙，藹藹然若含情而自迷。有時散作雨飛，春寒慘慘；有時亂和煙起，春陰悽悽。或蒼梧南北，或夢澤東西，或樊川與輞川，或吳谿與越谿。或宿林園，隨竹陰以籠徑；或沉村落，伴桃花而滿蹊。

或祈祈出關，或溶溶映水。或北渚縈住，或東風吹起。或勇如波駭，積芳野兮幾重[一]；或曳若練舒，横碧天之半里。江中令醉吟不足，高閣閑登；王仲宣遠望有餘，危樓獨倚。疊疊連根，磷磷淺文，千狀萬態，山陰水濆。當青麥鷰飛，野色朝浄；見平蕪雉過，韶陽夕曛。掛古木之横枝，纖微欲斷；覆孤村之半路，融薄將分。旭日未高，晴天尚早，幾片明滅兮殘雪方消，一脈輕鮮兮愁蛾澹掃。澹上國美景，五陵勝道。覆梁王之水榭，下繞落花；映韓嫣之金丸，遠沉芳草。澹霏霏，涵凝麗輝；漠漠依依，舒遲翠微。野態不定，幽容且奇。浮澤國之嶺頭，閑傷斷夢；生蘇門之席上，想滿仙衣。或漢世故宫，雀喧空屋；或梁朝古寺，水映疎籬。或阮籍嘯臺，雨吹半日；或嚴陵釣石，鳥立多時。或桑乾戰場，平沙眇莽；或椒塗永巷，羣閣參差。佇立閑望，纏綿動思，想觸石以初起，旋浮空而散馳。塞遥而歸雁相逐，天闊而殘霞共飛。餘態遺妍，思得杜陵畫品；含毫寫景，詎徵楚澤芳詞。傅增湘校訂淡生堂鈔本《咸平集》卷七。

[一] 幾：四庫本及《古今圖書集成·乾象典》卷七一、《歷代賦彙》卷六作「千」。

《復小齋賦話》卷上 田諫議錫，有宋一代謇諤之人。乃觀其《春雲》、《曉鶯》諸賦，芊眠清麗，亦宋廣平之賦梅花也。

碧雲賦

張耒

蹇臨高而延矚，悵天邊之碧雲。緬不知余何思，情坌至兮繽紛。懷幽蘭之令姿，方揚靈乎上春。顧采者之非其人，使暴露乎埃塵。我有旨酒，與子殷懃。終闊莫致，賓勞我神。白日西馳，去故就新。發采舒光，念當及晨。明趙琦美鈔本《張右史文集》卷三。

夏雲賦

應孟明

太空之中，中有奇物，縹緲悠揚，飄逸滃鬱。遠之則咸睹其狀，近之則莫知其質。舍之則藏，用之則行。其藏也，樹林陰翳，巖穴晦明，飛禽隱迹，猛獸潛形，不矜其能，不知其靈，若無所用，泉石而盟。其出也，氣類相感，勃然而興，或起於山林，或起於滄溟，昭回層漢，彌滿八紘。人之定名兮不知其幾，曰祥曰采而曰慶；彼之作色兮不知其幾，或黄或白而或青。不比三春之間散，不比秋冬之無情。梅霖之歇，火傘已乘，甘雨未濟，嘉禾如繩。農夫於此而仰望，神龍仗此而依憑。假其勢以震電，倚其威以雷霆。身近九天，奴使六丁。風力爲之略動，天河爲之一傾。渴者以愈，病者以醒，乾者以潤，槁者以榮。其神用有如此之博，農事於此而有成。若夫衛瓘披之而睹青天，文王披之而睹白日。映聖主於芒碭之間，覆賢人於林泉之密。楚王之臺兮有時而想像，滕王之閣兮終日而閒逸。難以盡狀，筆硯羞澀。

俄而風姨、月姊，二客駢集，揖予而言曰：「昔襄王披襟而稱賞，明皇斂衽而遨遊，詫我光霽，世無與儔，未聞舍我而他有與之綢繆者也。今子之賦頗工於此，不及於我，無乃太鄙耶？」予曰：不然。樽俎秩秩，談笑云云，良辰美景，此則惟君。大旱之望，實勞我心，油然而作，潤澤生民，此彼之功所以不在汝下，余又安得而不珍重其惟雲云。光緒《永康縣志》卷一二，民國二十一年石印本。

雨賦

吴淑

夫雨者，蓋陰陽之和，而宣天地之施者也。若乃滃然凄凄，霈焉祁祁，納於大麓而弗迷，自我公田而及私。五政無差，十日爲期。未能破塊，才堪濯枝。微若草間委露，密似空中散絲。飲酒方觀於御叔，假蓋寧聞於仲尼。

若夫月方離畢，雲初觸石，紆灌壇之神馭，儼高唐之麗質。雖潤不崇朝，而暴難終日。爾其駿屏翳，駕玄冥，歎室中之思婦，集水上之焦明。蜀道淋鈴，周郊洗兵。罷陛楯於秦殿，奏簫鼓於劉城。或以占中國之聖，或以伐無道之邪。

及夫舟運庭中，衣生堂上，喜甘泉之已飛，伊百穀而是仰。亦有洞中鞭石，鞍上飛雲，煩河伯之使，藉無爲之君。則有諒輔聚艾，戴封積薪。漂麥已稱於高鳳，流粟仍傳於買臣。隨景山之行車，折林宗之角巾。亦聞文侯期獵而守信，謝傅出行而致怒。或勤閔而求，或霖淫爲苦。忤羅浮之神龜，鳴武昌之石鼓。

復見商羊奮躍，石鷰飛翔，玉女披衣，雷君出裝。認天河之浴豨，觀卯日之羣羊。利物爲神，零雲有香。霈則喻宣尼之相魯，霖則爲傅説之輔商。

又云欒巴噀酒，樊英嗽水，浮朱鼈於波上，躍黑蜧於水底。陰陽胳合而風多，日月蔽虧而雲細。或因掩骼而降，或爲省冤而致。考於犧《易》，悵西郊之未零；翫彼麟經，睠北陵而可避。宋紹興刻本《事類賦》卷三。

宋代辭賦全編卷之三十三

賦　天象　三

雨賦

梅堯臣

春雨之至兮，風呵而雲導。在上爲膏，在塗爲淖。被末漸本，潤萬物者歟。施及天下，不收報者歟。入波而隨流，因積而成潦，專好而失道者歟。壞瓦漏屋，蒸菌出木，過而爲酷者歟。朝使人愁，夜使鬼哭，迷而不知復者歟。將告之雨，雨無聽也；將告之天，天且夐也。窮居知命，是何病也。噫！明正統刻本《宛陵先生文集》卷三一。

雨望賦

張耒

淡海天之蒼茫，覯驟雨之雱霈。飄風擊而雲奔，曠萬里而一蔽。卒然如百萬之卒赴敵驟戰兮，車旗崩騰而矢石亂至也。已而餘飄既定，盛怒已泄，雲逐逐而散歸，縱横委乎天末。又如戰勝之兵，整旗就隊，徐驅而回歸兮，杳然惟見夫川平而野闊。夫雲霞風月之容，雷雨電雹之變，非巧力所能爲，蓋人間之絕觀。必也登雄樓傑閣之峥嶸，憑高山巨海之空曠，徹除耳目之障蔽，而後能窮極變化之奇狀。嗟我居之卑湫兮，束視聽於尋丈。顧所欲之莫得兮，徒臨風而惆悵。明趙琦美鈔本《張右史文集》卷二。

《齊東野語》卷一〇　李德裕《文章論》云：「文章當如千兵萬馬，風恬雨霽，寂無人聲。」黄夢升題兄子庠之辭云：「子之文章，電激雷震，雨雹忽止，闃然泯滅。」……張文潛《雨望賦》云：「飄風擊雲奔，曠萬里一蔽，卒然如百萬之卒赴敵驟戰兮，車旗崩騰而矢石亂至也。已而餘飄既定，盛怒已泄，雲逐逐而散歸，縱横委乎天末。又如戰勝之兵，整旗就隊，徐驅而回歸兮，杳然惟見夫川平而野闊。」皆同此一機括也。

《宋史》卷四四四《張耒傳》　張耒字文潛，楚州淮陰人。幼穎異，十三歲能爲文，十七時作《函關賦》，已傳人口。游學於陳，學官蘇轍愛之，因得從軾游，軾亦深知之，稱其文汪洋沖澹，有一倡三歎之聲。

暑雨賦

張耒

提九山於空虛，忽並擊而俱裂。壅百川於河漢，乃防隤而一決。哀下土之微生，何足供夫摧折。方朱鳥之宵中，歲仲夏兮大熱。雖惔焚之一快，俄鬱蒸之莫洩。叢百指於環堵，顧杖屨之安設。委熏賁於九旬〔一〕，淫疾苦於百節。付六鑿於渾沌，獨天游而神悦。忽儵然而輕舉，固已窺寒門而蹈冰雪。攬北斗而酌天酒，覲上帝於玄闕。聊逍遥兮窮年，俯故居兮蚟垤。明趙琦美鈔本《張右史文集》卷一。

秋雨賦 並引

鄭剛中

秋雨踰旬，門巷窮寂，訟百慾之在身，知再生之有德，中夜感而賦之。

維歲庚午，白露戒之前夕，燃膏不繼，於夜未央，非風非雷，聲在四牕。居士醉醒

〔一〕熏賁：四部叢刊本、四庫本、民國刻本作「熏風」。

相半，覺寐都忘。横枕聽之，則秋雨之至於西江也。盧仝之屋，雜然以鳴；原憲之樞，颯焉而入。橐駝之樹，振舞而響動；子猷之竹，飄瀟而細集。其初若有若無，類李愬入蔡州之肅；後則若馳若驟，如光武破王尋之急。少焉再作，風松沸鼎，山城百家，想萬絲之斜濕。居士耳受心感，坐而嘆曰：辰角未見，孰挽河耶？然資以入土者，宿種欲麥；待以流脂者，大田有禾。收豐歲之美利，壓癘氣之偏頗，薰嘉味於酒醴，暢吾民之笑歌。是皆助天地，釀中和，予不敢以爲多也。爲腹疾乎？入蒼苔於陋室乎？將望舒得天澤之意而離於畢乎？兹未必也。化魚乎？添柳耳乎？將瓜爛文貝，棗落青璣之實乎？抑又何足惜也。雖溝畝之迅流，猶河伯之未溢。予貧甚，而門外無裹飯以來者，知子桑之病未十日也。然則予何嘆？曰：嘆陰晴之遞見，寒暑之易流也。君恩重而身已老，知己厚而心莫酬。行百里者，信九十之始半；失桑榆者，亦何時而可收？雖使驟漂横落者，盡爲孤臣之淚，猶不足以定痛，故不若息羣籟，閒清夜，庶予悲之少休。四庫本《北山集》卷一〇。

喜雨賦 並序

王炎

丙申夏四月，武昌闔郡不雨。越五月三日，崇陽宰吴侯以誠禱，雨遂優渥。按

《春秋》僖公三年春正月不雨，夏四月不雨，六月雨。説者曰：「書不雨者，閔雨也。書雨者，喜雨也。喜雨者有志於民也。」今吴侯禱雨以誠，不崇朝而雨隨之，可謂有志於民矣，作《喜雨賦》。其詞曰：

歲行於涒灘之辰，斗建於實沈之次。環鄂渚之七縣，值亢陽之爲沴。風自南而且霾，日將北而如燬。雲霓鬱而不興，旱魃驕而孰禦。策余馬於郊牧，喧龍骨之咿嚘。滮池潴其既竭，陂堰支其斷流。視衍沃而龜坼，況高田之未耰。苗已悴而半槁，懼西疇之不收。幾張頤而待哺，舉蹙頞而增憂。粤桃溪之令君，念民命之惟穀。茲土曠而農惰，雖儋石而無蓄。緊告糴之少艱，米翔踴而如玉。儻既月而旱甚，民必仆於溝瀆。講雩祀之故事，虛心齋而竭誠。謁梵王之蓮宮，羞蘋蘩之潔清。欵仙伯之靈巖，釋輿馬而草行。陰噎噎以隨蓋，颸悠悠而擁旌。柱礎濕其有汗，鐘鼓鞳其無聲。紛舉手以加額，曰雨兆其已形。龜日蔵儀，肅我庭宇。駕龍驂螭，攸屆攸止。雲將前驅，雨師踵至。越三日而爲霖，罄一同而均利。稼芃芃而驟蘇，澮汩汩而如注。免爲殍於凶年，占築場於樂歲。沸輿頌而載涂，歌令君之陰賜。其歌曰：「霢霂兮涵濡，污邪兮滿車。其饟兮有黍，稻粳兮可炊。豈弟之澤，民肥不臞。我字我撫，公留勿歸。均此大惠，公歸勿徐。」

吳侯聞而哂之曰：「父老之言何美之溢也？向也民憂而憂，此吏責也。今也民喜而喜，吏不敢以爲德也。然旱而禱，禱而雨，如重負之獲釋也。酌我醑醴，旅我殽核，合僚友而一笑，吾敢忘夫帝力！」四庫本《雙溪集》卷九。

喜雨賦

王柏

己丑之秋，七月將望，長嘯與客命駕，經從於南山之下。農人告予曰：「兩月不雨，驕陽盛熾，傷禾稼之就槁，竭陂塘而莫溉，溝澮胥涸，草木病瘁。渺一飽之未期，歛雙眉而墮淚。」長嘯愀然，歸而與客曰：「四海蒼生望霖雨，不知龍向此中蟠」，此非王金陵之詩乎？想新法之紛張，瞻青苗而色沮，澤民之事業如是乎？金陵之所謂霖雨，猶今春之淫潦，所以基後日之禍也。當其太空潑墨，雷奔電掣，溪原爲一，桑麻冒没，菌衣生於用器，蛙蚓行乎几席，麥欲秀而泥蟠，蠶正飢而葉濕，牆壁苔穿，鶯花狼藉。

於是足沈礎潤之氣，衣費香篝之煙，望玄雲之坱鬱，慨沈穡之永歎。何歛散之失時，紊盈虛之大權。而乃巽二閉户，阿香熟眠，魃鼓舞於煩世，龍深潛於九淵。幸玉清長之悔禍，遣六丁而下觀，翕炎煦畢，疏河浚泉。祝融斂迹而退避，屏翳振馭而著鞭。嘯不寐，側耳而聽。初淅瀝而萃蔡，忽砰磅而奔騰，如獰風兮入溝壑，如怒潮兮來海門。又如百萬慓悍之衆，銜枚赴敵而戈甲夜鳴。滴馬鬃於李靖，洗牛背於鬱林。點滴瓦溝兮有碎玉韻，建瓴屋角兮有瀑布聲。激竹溜之宫徵，煥花徑之精神。自是渴者澤，仆者起，枯者沃，華者成，如沈痾之遽脱，如亂邦之中興。又如光弼入子儀之軍，一號令而旗幟鮮明。化彫瘵而豐裕，消愁歎而歡忻，一點一穀，如坻如京。

童子不識秋事之可慶，但喜新得涼於户庭也。長嘯於是誦孟氏「勃興」之語，賡詩人「有年」之篇，獻於太守。太守不有，歸乎天子。天子謙謙，功不敢專，讓於皇天。天冥冥不得而名，本大德之好生也歟。四庫本《魯齋集》卷一。

夏喜雨賦

張侃

張子病暑，無以滌炎酷，倣六一翁賦之。今得一雨，嫩涼入骨，向者日之虐，今爲雨之賜。其賦曰：

張子丙午之晝，有雨徐來，清我神舍。其聲大而豪，其勢上而下。以爲絲又無機，以爲箭又無靶。初焉而衮衮，少焉而洒洒。既空階之亂滴，復斜漏而猛瀉。恍而驚曰：是何異歟？召巫咸卦之，遇《坎》䷜之《解》䷧，曰：「彌天必降，彼其濊者歟。危虛直日，彼其會者歟。寶珠雜色，彼其具者歟。今日之瑞，不疾不徐。紛紛乎屋山之捲茅蓋，瀝瀝乎嶺腹之摇松株。使饒爽塏，不亦快乎。是能納傭傻於清涼之區，脱傭傻於炎酷之墟。能釋其倦局之軀，放蕩於不譋譋拘拘乎。」言未既，有東南而至者，飄飄若迴雪之入太虛，來於綺疏。俛而謁之，封其姓，姨其字也。

張子解帶而揖之曰：「其爽籟之裔耶？抑獵蕙之系耶？楚臺揚腐之餘緻，谿谷土囊之奇異耶？小之蕭蕭拂拂之態，大之切切激激之類。尚與汝忘情乎胸襟之外耶？」於是延以佳賓，酌以醲醇。微天際之故人，誰能滌我之世塵。賓復飲我，形骸爾汝。忽乎月皎星稀之不知，又焉知黑螟之墐户，商羊之起舞！四庫本《張氏拙軒集》卷五。

聽夜雨賦

周紫芝

歲壬辰，秋七月。夜既寂，涼風發。飢蟲號寒，庭樹脱葉。子周子傲胡床以箕踞，耿秋懷之憀慄。依倚孤燈，爬搔短髮，蓋戚戚然有不悦焉。紞如三鼓，夜既分矣，有聲颯然，起於寒蕉。静而聽之，屑屑騷騷。始霏微以成滴，旋淅瀝而驚飄。聲欲斷而復續，勢中微而倏高。慘元雲之夜色，滯青蘋之輕飆。萝江聲之洶洶，雜簷溜之嘈嘈。眇長更其愈遠，睇寒窗而未朝。

若有笑謂余者曰：「此殆造物者恨愴而愁子也。子猶聞而樂之也耶？」子周子曰：「嘻！僕賤役也。疇昔之夜，流轉倦游。吴江楚澤，賈胡滯留。岢峨巨艑，舴艋扁舟。風檣浩蕩，短棹夷猶。孤蓬獨夜，風雨颼飀。天寒日暮，深山窮谷。短衣匹馬，逆旅獨宿。主人歡笑，夫飲婦屬。客子萬里，百念滿腹。風雨淋漓，寢不瞑目。方余處此，安能不淒？其以悲反而思之，有若痛定恍惚自疑，今方振衣彈冠，脱屣解靴，方床石枕，高卧茅茨，以聽夜雨之垂垂，不猶愈於向者困苦羇愁，無所於歸而栖栖者乎？何向者不動其心，而今反不樂以嬉乎？雖然，余猶以爲未也。夫鳥不厭高，魚不厭深。麋鹿跂之，志在山林。適有天幸者，不憖遺余。有田一廛，有芋一區。有薤百本，有橘千奴。其不然耶，猶能著短蓑，卧牛衣，烹伏雌，炊扊扅。老妻稚子，佩犢帶犁，以耕春畦。然後恣倦夜之熟寢，傾濁醪以解頤。和葉上之寒聲，哦曉雨之新詩。吾雖老矣，而猶可庶幾也。」

於是聞者噤莫能言，而余亦鼻息如雷，不知晨雞之喔咿。四庫本《太倉稊米集》卷四一。

憎雨賦

張嵲

皇天不容於昭明兮，白日不容於顯融。惡堪輿之清朗兮，好雲霓之晻靄。反明以爲暗兮，變晝而作夜。莽惛惛而不可訊兮，誰爲此者？豈造物之固然兮，將群陰之所爲？苟大鈞之若是兮，吾將排閶闔而問之。建列宿以爲旌兮，召豐隆以爲御。令祝融使先驅兮，歷玄冥而問故。命蓐收司刑兮，臯陶爲理。因屏翳於雷淵兮，制飛電而誅虹蜺。聞羲御之將駕兮，吾將懷椒糈而要之。皇天反其明兮，后土無所污。望舒承夜兮，昏與明其代序。卷此志而弗抒兮，吾猶窮困乎此時也。將冥行以問塗兮，又何以爲此態也。四庫本《紫微集》卷一。

聽雨賦

陳造

步前楹，瞻列星，問雨而愍晴。雲河斜，澹淡明，悲喈於邑，退坐風櫺。憂而倦，倦而寐，寐而驚。進新涼，響微零，下簷隙，喧中庭。策策而丁丁，琅琅而玲玲，非琴非筑，金撞而玉浄[一]。俄焉建之瓴，盆之傾，懸麻澍澠。雜流泉之洶駭，亂甲馬之陊轟。喜躍蹶起，呼兒晤聽。時也燥枯惔焚，自夏而秋，東騖西馳，哀祈乞靈。款龍湫，叩神扃，奠斯幣而刑牲者蓋無虚日，今始聆乎此聲。苗悴悴而將槁，悵此願之莫憑。脱如願也，槁者已矣，悴者庶其復榮。

今兹之雨，雖云後而尚及事。坐想夫南梘北酉，遠隴近平，在谷滿谷，在坑滿坑。自今以始，畎澮之淺深[二]，溪衖之縱横。淙虹兮萬斛之傾輸，鏡澈兮千頃之泓渟。映涼葉之朝翻，涵嫩畦之夜青。苞者攢櫱、秀者森芒兮，莫不引稚而抽萌。憔慼歎咤者，生意之頓回；奔騖踴踏者，舞踴而經營。洗褓子之昔憂，欻春臺之共登。且得以殺吾顔之騂頳，息勞慮之怦怦。蓋去國積年者繫夢於鄉枌，枵腹彌日者動喙於藜羹。一旦陞堂皇，挹父兄，嘗稻粱，飫侯鯖，冀幸禱祠而不獲者，不啻疇之，渠此樂之易名。而況匪輔胡車，匪根曷莖。凡吏之安否，視戚休於下，究其理，民則重而吏輕。今者里詠塗歌，含餔擊壤之餘，尚不釋然也，夫豈其情！燭既跋，僕屢更，我瓶斯卧，

[一] 浄：四庫本作「琤」。
[二] 畎澮：原作「畎會」，據四庫本改。

爾歌載賡，呃鄰雞之既鳴。明萬曆刻本《江湖長翁文集》卷一。

虎節門觀雨賦

陸游

南方既秋兮暑弗歸，老火干時兮秋金微。赫赫炎炎兮炮烙之威，赤雲如山兮其高巍巍。陽烏三足兮中天流輝，吳牛喘卧兮海鳥倦飛。水泉枯竭兮桔槔息機，禾欲茂而槁死兮婦泣而子欷。曾纖絺之不御兮如被裘衣，吾一夕而三起兮汗如寫其屢揮，昏然投牀兮飲饞蚊之方饑。

倏清風之颯來兮視庭日其蒼蒼，乃命吾駕兮登古城以徜徉。雲興東山兮瀰漫八荒，披吾襟而脱吾帽兮受萬里之涼。雨勢飄忽兮其陣堂堂，甚鋭且整兮遇者辟易而莫當，翻江倒海兮沃除驕陽，天地晦冥兮日月翳光。如天戰之初酣兮壯士顔行，飛白羽之箭兮攢緑沉之槍。既散復合兮奇正靡常，乘高督戰兮吾氣甚揚。俄雰霈之霽止兮煙斂雲藏，海山呈嫵兮天水蒼茫，泉流泱泱兮塵清土香，草木蘇醒兮興起仆僵。農夫起舞兮歲以大穰，九衢行歌兮厥聲洋洋。又如既勝兮底定一方，氛翳廓清兮寇戎披攘。岡巒靡迤兮亭障騫翔，奏凱而歸兮竹帛煒煌。

嗟夫！世有絶景，然後發馳騁怪偉之辭；士有奇志，然後悟超絶詭特之觀。昔人文章之妙兮固與造化者同夫一端。風霆之犇掣兮震薄九關，追寫以筆墨兮固知其難。彼黄塵赤日兮車馬衣冠，得斯賦而讀之兮亦足以發胸中之高寒也。四庫本《放翁逸稿》卷上。

春霖賦

薛季宣

皇八世之隆興兮，元正直於青陽。遭霖霨之嫣綿兮，竊獨悲此衆芳。氛祲鬱其繽紛兮，蔽皇蒼之澒涊。既困人以沈著兮，又申之以紆軫。斡渾天以爲蓋兮，星辰爛其昭灼。仰横空之霎靆兮，日飛霰余靡樂。坤輿磅礴以蒸漬兮，漲塗潦之狂流。草莽莽以侵堦兮，蒼蘚汩其孔蘇。藥丹頳以豔顔兮，荃胡獨罹此患！上飄風而下淫注兮，賈芬葩於未晏。蠶蠢蚫以三蜕兮，麰棲畝之云秋。胡彼蒼爲此沍寒兮，産鬆鬖之耳頭。情徊徨余靡遡兮，幾鳴哀於閶闔。羌被離於霧露兮，雖衷腸誰與答！創余懷而若刈兮，涕紛零其如雨。庶庚申之輔夏兮，鎖支祁於淮浦。烏乎悲哉兮，人生復幾春。歲流邁而多陰兮，皇淈滑於東君。不如歸睨鶤鳩之凋萬卉兮，傷靄昧而幽憂。叱神龍俾潛淵兮，馭羲和而遠遊。四庫本《浪語集》卷一。

秋霖賦

徐仲謀

連綿乎七月八月，渰浸乎大田小田。望晴霽時終朝禮佛，放朝參而隔夜傳宣。泥途没於街心，不通車馬；波浪平於橋面，難渡舟船。《宋朝事實類苑》卷七三。

《類説》卷四八　徐仲謀皇祐中罷廣東提刑，到闕時，京師多雨，仲謀獻《秋霖賦》，其畧曰……時賈文元、陳恭公秉政，奏曰：「陰陽失序，自當策免。聖恩未允，致小臣以詞語侵侮，臣等無面目師長百辟。」上怒仲謀，責監邵武酒税。

喜晴賦

張耒

積雨初止，萬境聲乾。星漢昭回，夜客高寒。晨起載欣，朝暉在門。起往從之，清明肅然。蚓安其穴，蝸不遺涎。還開通於滯濕，失沮洳之墊昏。列缺弭鞭，豐隆偃麾。羲和緩轡而安行，背扶桑而經天街。顧大田之多荒，乃愀然而興哀。聊雷霆之一嬉，遽下土而罹災。詔龍螭使伏蟠[一]，息憤怒之喧噴，曰：「余悔禍於斯人，勞苦雨師以一栝。惠我農師，豈不休哉！」明趙琦美鈔本《張右史文集》卷三。

造雹賦

周紫芝

守宮微蟲，以守爲職。碎首粉身，僅防淫慝。延緣壁間，跂跂脈脈。捕逐蚊蠅，伺昏潛隙。雜然一飽，恣意啗食。掉尾摇喉，似有驕色。技止於此，其實何得。至於平時暇日，山崖水濱。十十五五，翩翩聯聯。銜尾而下，飲於江津。哺水入穴，藏於山陰。發坎而視，碎如凝冰。是猶未足以爲怪也。乃若雷電成章，山澤通氣。陰雲四起，凍雨立至。則轟然有聲，起於蟄户。激爲飛雹，散落無數。大或如卵，小或如雨。殞草殺粟，傷人摧羽。爲物之病，蓋有不可勝數者矣。吁亦異哉！

夫物之神怪，其類無窮。故龍噓而爲雲，虎嘯而生風。蜃樓出海，蛛網横空。與夫人之幻化，有若造冰於夏而起雷於冬。或暈月以顯怪，或吐霧以隱躬。是皆一物之智，

[一] 螭：原作「蟠」，據四庫本、民國刻本改。

一人之力，而争大化於造物之功。嗟此有生，眇然其細。乃能含水造雹，毁瓦破塊。配此霰雪，以爲虐癘。是何其怪如此？徒使漢儒論之惟咎陰陽，《春秋》書之指爲災異。季武子之問申豐，猶莫知其計也。至歸咎於藏川池之冰棄而不用，曾不知考厥咎災以及斯類也。嗚呼！物苟爲孽，初無小大，皆足以自神其智。奈何古今異代，百氏小説有弗及紀。乃知四海之大，萬彙千品，而潛奸伏慝，眩耳駭目之物蓋已多矣。《太倉稊米集》卷四一。

汎湖遇雨戲爲短賦

方回

柳絮化萍，濃綠藏鶯，不見其處，止聞其聲，此豈非春工之極致歟？湛然宴坐，輕舟自行，萬恣千態，遠山縱横。透疎簾而濕衣，忽驟雨之若傾。甫下矴而閉户，才頃刻而又晴。

方子酒稍酣矣，奮雪髯而慨慷，曰：此何爲者耶！悟舒慘之不常，於是誦臣抃《表忠》之奏，歌蘇仙《薦菊》之章。彼割據於五季，若錢氏之數王。渺邱壠之無迹，愴松楸其可傷。涸銀海而出金椀，穴狐兔而上牛羊。豈不亦雄傑一時兮，終若雍門之泣孟嘗。賦梅處士，妙解影香，骨可以腐，千古不亡。鬱孤山其硉矹，擁萬樹之青蒼，罔蔗節之遺恨，保故封猶苦堂。天道茫茫，一雨一暘，榮悴隆替，柔剛微彰。謂偶然不足芥蔕兮，曰作善降之百祥；謂理有必可恃兮，曷顔夭而跖長。二客白李，遨頭曰張，嗔無故而多事，擬陳迹而揣量。指金叵羅其猶淺，舉大白而罰之觴。

方子曰：不然。老陰爲六，老陽爲九，老則必變，如翻覆手。惟知變者，可與長久。知六之變，固乃所守；知九之變，健不爲首。顧此湖中之舟與舟中之人，豈長壽而不朽！能畏謹以自修，庶吉亨而無咎。幸乘時而過分，負且乘兮致寇。環綽約之蛾眉，佩金印而如斗。管絃沸其前後，緋紫奔其左右。一旦不能自保，卒同歸於石友。蠹苗竄於三危，防風横於九畝。或裸體以罾魚，或跣足而踏藕。侔帶索之榮公，甚泥塗之絳叟。立層冰而弗寒，野茹僅其適口。無樂亦復無憂，不自知其不偶。豈不勝於孟晉而疾顛者乎！此莊子所以不爲廟犧，而李斯所以憶上蔡之狗也。

舟且抵岸，悉闢其牖。賦詩各成，肴核再取。有化爲無，無生爲有；雨晴晴雨，紛揉結糾。斯時也，度夕陽猶未至於酉，多言數窮，姑相與大笑，盡樽中之酒。四庫本《桐江續集》卷二九。

霧賦

吴淑

夫霧者，地氣發而天不應者也。爾其蒙冒霑濡，冥冥曉敷，玄豹潛藏而炳蔚，騰蛇游泳而紆餘。馬援既居於浪泊，欒巴方還於蜀都。劉猗之負國璽，軒轅之得大魚。若夫祖和半天，公超五里，占彼羣猾，推其隱士。覩𨿅丘之神井，識茂陵之芳氣，且憂陰盛，俄聞雨至。淮南被遷而不還，雄鳴弗迷而遠逝。則有結同行而飲酒，逢仙客之乘黿，嗟五侯之見封，憂漢高之被圍。

譬諸善人，置以文犀。宜都則飛煙縹緲，曲江則積素霏微。或以困蚩尤之術，或以傳玄女之機。識夏桀將亡之兆，想伊尹既卒之時。文王得姜公而共載，衛瓘見樂廣而稱奇。

亦有竟寧白樹〔一〕，德陽翳日，淮南仙客，東海奇術。猛獸吐嗽以往來，鄧公呼吸而

〔一〕竟寧：原作「景寧」，據原注及四庫本、《漢書》卷九改。

徐疾[一]。斯輕霧之侵淫，蓋騰水之上溢。宋紹興刻本《事類賦》卷三。

露賦

吴淑

夫露者，蓋陰陽之氣，神靈之精。淪軒轅之積粹，含天乳之純英。承以漢宫之仙掌，擢以魏室之金莖。或感至孝於趙郡，或表善政於零陵。若夫色媲渥丹，味侔勺蜜，既號天酒，亦名陰液。取自方諸，飲聞姑射。承木蘭之曉墜，挹吉雲之五色。湛湛露斯，匪陽不晞，詎能綴冕，猶堪飲龜。履怵惕而見《禮》，行厭浥而聞《詩》。亦有其凝如脂，其甘如飴，享遐壽於摇山，零甘液於三危。至若盛在囊中，取於雲表，既溥博以增海，亦霑濡而潤草。若乃被蒹葭之蒼蒼，零蔓草兮瀼瀼，爲瑞既聞於如雪，因寒常見於爲霜。若夫貯之寶器，承之瓊爵，遠遊始訝於騰蛇，宵警仍聞於白鶴。子胥豫見其霑衣，少孺假言於捕雀。亦有著木凝素，下地騰文，傳美味於仙丘，識運氣於崑崙。爾其畢勒

[一] 徐疾：明秦汴校刊本、四庫本作「除疾」。

含丹，揭雩布紫，終陽氣而斯凝，應立秋而下委，唱《蓷》歌以申哀，宴諸侯而有禮。嘉零露之溥兮，含滋廣被。宋紹興刻本《事類賦》卷三。

霜賦

吴淑

蒹葭蒼蒼，白露爲霜。物當收縮，義取喪亡。庭樹槭以落，桑葉欝其黄。非宜介樹，無爲檻羊。動感時之悽愴，增正月之憂傷。爾其皎絜凝條，紛披殺木，皚然皓白，凛乎慘毒。伯奇被逐以援琴，鄒衍遭讒而慟哭。既聞地升，還知露凝。房星見而衣裘具，百工休而膠漆停。至於嵰州味甘，廣延色碧，鴻鴈厲翼而南飛，鷹隼順時而始擊。於是行冬令，成婦功，覆員嶠之寒竈，振豐山之洪鍾。亦聞鷓鴣蔽葉，崑崙運氣，知馬蹄之所踐，思葛屨之曾履。當陰氣之始凝，至堅冰而馴致。或應候而挫物，或當春而大摯。若其神爲青女，威立侯文，故不殺知其失政，夏隕表其暴君。然則道義得則時令順，夫復何云？宋紹興刻本《事類賦》卷三。

雪賦

吴淑

雪之時義遠矣哉！蓋陰氣之凝，五穀之精。始布同雲之影，俄飄六出之霙[一]。謝女之風中絮起，侍臣之衣上花明。

若夫雪苑創於梁王，雪宫建於齊國，應時而不必封條，爲瑞而每聞盈尺。角哀道窮而併衣，東郭履穿而留迹。武王之五車兩騎，楚子之翠被豹舄。焦先露寢以自若，袁安高卧而不出。

至於王恭鶴氅，齊國麻衣，麗見相如之賦，皓如姑射之肌。楚客之歌《陽春》，周文之詠「來思」，曾子《梁山》之操，穆滿《黄竹》之辭。訪戴逵而乘興，葬滕文而弛期。訝雲南於五月，怪空桑於四時。

爾其玄陰晦，朔風厲，當空而初認散鹽，入夜而猶能映字。青雨廣延之國，赤布河陰之地，周王駭昆明之唱，西母貢嵰州之味。亦嘗見蘇武之持節，明漢女之無罪，悟晏

[一] 霙：原作「英」，據原注及秦汴校刊本、四庫本改。

子而流恩，感負薪而施惠。豈獨獵鈃山而爲樂〔一〕，獲玉馬而稱瑞云爾而已哉！宋紹興刻本《事類賦》卷三。

雪賦

晏殊

元聖善謀，時寒順之。若六出之嘉貺，乃玉精之所滋。生積潤於重坎，發萌生於后祇。克肇陰陽之序，用成天地之宜。觀夫玄律行周，愁雲亟積。北陸司紀，青女蒧職。驅屏翳兮涓灑，仗飛廉兮掃滌。初晻曖以蓬勃，倏森嚴而悄寂。隨蟣蠓以汎汎，徑扶摇而弈弈。乍拂廡兮桀樹，忽穿窗兮逗隙。壓叢竹之虚籟，點喬松之秀色。委巖穴以含垢，赴波瀾而滅迹。獸族處兮休影，鳥歸棲兮接翼。原野漫其一平，羲舒爲之雙匿。晝黮霸以迷昏，夕精熒兮誤晨。導和氣於葭穀，茁幽芳於荔芸。晦金鑪之郁郁，混縹瓦之鱗鱗。疑月桂之飄蕩，惑星榆之糾紛。酌凍醑兮柸蟻灔，緩清歌兮眉粟嚬。拂紈袖兮多思，照瓊顔兮有神。

〔一〕樂：明秦汴校刊本、四庫本作「藥」。

爾乃邃館曾臺，彤墀紫闥。垂壺之漏方耿，程石之書未徹。驚釦砌之葱鬱，訝綺疏之騷屑。龍銜燭兮崑嶠，鮫泣珠兮貝闕。晃藻井之窕葯，奪琁題之皎月。絮非柳以摇颺，木先梅而銲發。旌馮豹之奏事，納晏嬰之進説。覆衾被兮臣款忠，出衣裘兮民感悦。息黄竹之哀思，略嵰州之奇絶。

至如藻扃繡户，金屋蘭堂，或端居而憫默，或慘别以悽傷。諷班姬之比物，吟謝媪之聯章。炳明燭兮蕭寂，儷幽蘭兮抑揚。雜風流之雅舞，映拂額之殘粧。緘錦字兮途遠，數瓊籤兮夜長。玉爲田兮藍水[一]，銀作宫兮鯨海光。歎川路兮難越，念音塵兮不忘。

又如葱極西遐，龍城北距。班晉鉞以命將，約齊瓜而遣戍。伏甌脱兮窮徼，望兜零兮薄暮。始粲粲於林莽，漸瀌瀌於隴路。浮塞草以横絶，卷磧沙而徑度。駭罽幕之無色，眩龍堆之失素。杖漢節兮毛盡，擊燕歌兮淚注。生贖罪兮實憲，没思歸兮温序。禪姑衍兮何日，焚谷蠡兮未遇。天山極目兮同縞，崑岫亘空兮連璐。詠雅什之來思，愴他鄉而永慕。

則有地分上下，畝號南東。競寸陰而昏作，祀先嗇以勤農。利銚鎒於平日，飭畎畦

[一] 此句當脱一字。

於凛冬。既浙瀝兮霟濶，復連翩兮降衷。願體足兮霑洽，慶存瘥兮不逢。覩盈尺之儲瑞，識載塗之兆豐。驗郭履於阡陌，辨蕉廬於灌叢。初見晛以消解，遂膏腴而液融。藺弱土兮疆畔，漬原野兮稑穜。振襏襫以增氣，沐臺簦而動容。噴其饁兮胥悦，耦而耕兮必躬。

巾屨惰民，圭符假守。臨涣水之封域，訪梁臺之苑囿。玩珪屑之華楚，感密縈之紛糅。赧尸素兮重席，寄歡康兮旨酒。軫渥恩於天末，續長謡於客右。歌曰：北風凉兮雵霰飛，露同甘兮陽共晞。沼有蘋兮山有薇，道攸長兮誰與歸？《新刊國朝二百家名賢文粹》卷一七六。

《夢溪筆談》卷九　晏元獻公爲童子時，張文節薦之於朝廷。召至闕下，適值御試進士，便令公就試。公一見試題，曰：「臣十日前已作此賦，有賦草尚在，乞别命題。」上極愛其不隱。及爲館職，時天下無事，許臣寮擇勝燕飲。當時侍從文館士大夫，各爲燕集，以至市樓酒肆，往往皆供帳，爲游息之地。公是時貧甚，不能出，獨家居，與昆弟講習。一日選東宫官，忽自中批除晏殊。執政莫諭所因，次日進覆，上諭之曰：「近聞館閣臣寮，無不嬉游燕賞，彌日繼夕，唯殊杜門，與兄弟讀書。如此謹厚，正可爲東宫官。」公既受命，得對，上面諭除授之意。公語言質野，則曰：「臣非不樂燕游者，直以貧無可爲之具。臣若有錢，亦須往，但無錢不能出耳。」上益嘉其誠實，知事君體，眷注日深。仁宗朝，卒至大用。

春雪賦

錢惟演

癸亥歲二月晦訖季春旦，霧，霰雪雜下，平地二尺。寒威於是凌厲，陽和爲之潛伏。問諸農，曰：「田有傷矣。」問諸圃，曰：「果不實矣。」考諸史，曰：「陰陽戾矣。」予守土者，豈不以民爲心？因愴然而賦：

春陽已中，百昌俱作。彼陰冷而忽興，何飛霙之驟落？始蒙蔽於陽烏，遂潛藏於天幕。冰霰雜下，温寒相搏。纔衮衮而紛揉，更霏霏而交錯。因方就圓，填溪滿壑。迷匹練於素鷳，混高雲於皓鶴。七盤頓失乎巇嶮，一室僅存乎峎崿。

我有爰田，既鋤既耰；我有條桑，且楰且柔。豈滅裂而是取？顧沃若之待收。罹此暴殄，予心則憂。亦有庶草群木，千芳萬琲，粉落絮起，珠傾玉碎。建森纚之高牙，垂陸離之長珮。掩藩匽之鬱棲，覆臺塘之畏隹[一]。病李殭於井幹，芳蘭沉於林會[二]。有卉夐夐[三]，有鳴嚶嚶，趍薦草以無所，戀危巢之欲傾。顧澤中而罷釣，之壠上而輟耕。

手足瘴瘃，吾道不行。吾乃詩歎麻衣，歌悲黄竹。兔園靡召於游客，鈃山遂仆於王屬。隔瑶水之來使，没騷人之行轂。東郭歎不完之衣，梁山作思歸之曲。豈由漢女之寃，遂至衛民之哭？已而違時令，反天常，氣雖淒而不烈，風雖暴而不揚。忽曜靈之委照，佇消釋於輝光。《皇朝文鑑》卷一。

喜雪賦

范純仁

余謫守於山城兮，唯土瘠而民窮。加農事之莽鹵兮，仰雨暘之適中。昧豐凶之迭有兮，蓋天道猶張弓。雖唐、商之盛兮，亦難恃乎全功。賴睿明之在上兮，常十雨而五風。偶愆陽之微疹兮，候甫涉乎季冬。既四聰之旁達兮，復親覽乎奏封。詔禱祠於群望

[一] 隹：原注：「醉癸切。」四庫本作「壘」。
[二] 會：四庫本作「薈」。
[三] 卉：原作「奔」，據四庫本改。

兮，戒守牧以稠重。邁成湯之憂民兮，軫淵衷而有忡。宜小臣之承命兮，增惕懼而虔恭。豈人子之失職兮，煩慈父而尸饔。走名山以展祀兮，忘崖巘而谷穹。致帝命之丁甯兮，爰震起乎蟄龍。矧聖人之先天兮，固天心之所同。降嘉雪於八紘兮，與和氣而並充。唯駿德之昭格兮，方有變乎時雍。寧止瑞於一朝兮，穫麥黍之芃芃。民既富而後教兮，將神化之日隆。當刑清而訟息兮，士得委蛇而自公。嗟一人之餘慶兮，賚億兆以何豐。元刻明修本《范忠宣公文集》卷一。

雷賦

吴淑

夫動萬物者，莫疾乎雷者也。若夫虢虢方來，虺虺未已，挺出萬物，震驚百里。既明罰而敕法，亦驚遠而懼邇。若夫名之天鼓，主以軒星，驗雊雉之先覺，知玉虎之晨鳴。君子所以作樂崇德，折獄致刑，敬天之怒，雖夜必興者也，爾其天地大駭，陰陽相薄，或入夜推車，或先時奮鐸。

至夫地中爲《復》，澤中則《隨》，納大麓兮弗迷，在南山而殷其。徒聞蓋醬之爲忌，豈容掩耳而先知。隱耳發聲，轟然急激，或以歌梁子之引，或以破高禖之石。則有蔡順環塚，樊重置室，會稽曾擊於羊羣，臨賀嘗觀於斧迹。既爲長子，還喻人君。觀繇嘗聞於《噬嗑》，考象亦著於經綸。撞八荒千里之鼓，爲折衝拒難之臣。亦有食飛魚而不懼，服嘉榮而靡畏；去不祥而弗蔭，指石室而云避。

至其成於積風，起自金門，傷王哀之繞墓，嘉竺彌之伏墳。太初焦衣而自若，諸葛倚柱而無聞。亦云其聲出地，其形連鼓，擊東海之菑丘，感齊臺之庶女。至於碎滕放之石枕，震王導之栢樹。既觀作解，還聞奮豫。稟精已聞於黄帝，感氣仍傳於子路，仰乎一震之威，無忘恐懼。四庫本《事類賦》卷三。

宋代辭賦全編卷之三十四

賦 歲時 一

春賦

吴淑

春日遲遲，采蘩祁祁。翫柔風兮韶景，睠芳節兮嘉時。勾芒兮太皥，乘震兮執規。遒人遵路以徇鐸，太師奉職而陳詩。候當振蟄，時將釁龜。或以命樂正而習舞，或以勑獄吏而決辭。爾其舉正於中，履端於始。瞻青旂之在御，見斗杓之東指。農祥晨正，土膏脈起。望三素之雲，飲八風之水，既布令於五時，復傷心於千里。風已解凍，魚方上冰。戴勝降桑而翔集，王雎鼓翼以嚶鳴。若夫孔門浴沂之詠，老氏登臺之樂，知盛德之在木，見平秩於東作。雨潤榆莢，雲飛白鶴，既薦鮪以乘舟，亦先雷而奮鐸。若乃佩蒼璧，施土牛，其祀户，其兵矛。

至若綵樹初頒，含桃始薦。舉此青旛，戴之綵燕。渟神水以釀酒，用桃花而靧面。亦復歌《豳》詩，舞雲翹。后妃之穜稑初獻，東宫之琴瑟方調。亦云候屬青陽，氣漸東陸，食以蓬餌，飲之漿粥，進彼柔良，去其桎梏。復聞青鳥司啟，玄鳥司分，萬物孚甲之際，精華結紐之辰，可以論爵賞之序，可以流寬大之恩。東郊方見於朝日，靈臺靡忘於書雲。既而日已載陽，時惟獻歲，必埋胔而掩骼，亦行慶而施惠。祭馬祖而祀高禖，薦鞠衣而修蠶器。元日祈穀，東郊迎氣。女夷鼓歌，土人秉耒。

若乃三朔三元，時惟正始。進椒花以獻壽，酌白獸以言事。設五木之湯，列五辛之味。戴憑重席而譚經，江夏舉衣而告瑞。畫雞葦索以皆陳，柏酒桃湯而具備。放邯鄲之鳩，獻凋胡之米。或懸羊而磔雞，或獻琛而執贄。斯謂上日，四時肇啟。至其元日，命社以祈農祥。伊句龍之所主，在水土而允臧。漢祖治榆而事著，陳平分肉而道光。實以陰而主殺，豈伐樹以斯亡？

亦以封土達氣，報本返始，或爲羣姓而立，或以百家共置。爾其寒食之節，禁火藏煙。鬬雞蹋鞠，佐以鞦韆。桐華始秀，榆火將然。古有司烜之禁，俗有介推之言。故周舉之書已布，而魏武之令方傳。

又有暮春之首，布和之辰。臨流高會，禊飲斯陳。過平陽之第，臨薄洛之津。集彼張裴，翫兹洧溱。復有蕙肴輕泛，犢車見尋。周公之城洛邑，秦昭之受水心。或執蘭而容與，或暴藥以沉吟。天淵則壇名積石，華林則隄號千金。叢花繞練以凝望，流鶯滿枝而囀音。斯并著於時令，故存之於翰林。宋紹興刻本《事類賦》卷四。

春賦 並序

趙昚

比以聽政之暇，嘗製《春賦》一篇，因嘉雨暘之時，而喜農功之興也。今書以示卿等。

玉曆告新，春令既班。覽天宇之澄穆，喜物情之舒閒。乃思高明之觀，歌《七月》之詩，而知王業之艱難。厥初有神，勾芒司權。木德在行而東啟，斗杓直寅而左旋。鼓一氣於羣動，紛萬生之自然。羲和於是以緩轡，而逶迤乎北陸之躔。曉光曈曨，寒威乍收。輕塵不驚，晴煙飛浮。聊憑虚以注目，欣芳郊之可游。想都人其往來，莫不意適而心休。俯觀長江，東並海門。息靈胥之怒濤，浴扶桑之朝暾。越山前陳，蒼翠穹隆。雲氣杳靄，疑神人之所宫。千巖萬壑雖不可以歷覽，而足以想像於胸中。遐瞻原隰，彌望不窮。浹土膏之流潤，將勸功於九農。碧草萋其帶露，游絲飄其曳空。丹緑兮衆芳，超遥兮春風。春風兮來歸，信吹萬之不同。散霏雨之漠漠，泛平波之溶溶。

若夫朝霽夕陰，異態殊觀，回薄太虚，不可控摶者，春之容也。總總林林，萬彙一律，魚躍鳶飛，各遂所適者，春之功也。雖然，天地之氣，猶環無端。既莫索其至隱，顧孰窺乎本原。惟寒暑之迭運，蓋陰陽之相生。彼三春九夏之異，其亦猶大道之强名。且夫碧實朱英，穠苞艷葩。榮於春者冬必瘁，枿於夏者秋必花。擢喬松於歲寒，出奇卉於天涯。知深仁之被物，曾何間四時與幽遐。吾將觀登臺之熙熙，包八荒而爲家。穆然若東風之振槁，灑然若膏雨之萌芽。則生生之德無時不在，又何羡乎眩目之芳華！已而舉觴，襟懷豁焉。望飛雲之縹緲，送歸鴻之翩躚。心游乎造物之表，寄妙用於無言。《咸淳臨安志》卷四。

洪邁《跋御製春賦》（《玉海》卷三一） 乾道四年正月庚寅，詔賜臣邁《春賦》一首，凡四百七十有三言，雲漢爲章，奎璧絢耀，昭回之光，下飾萬物。臣拜而言曰：古今能文者多矣，惟廣大高明，開闔造化，然後足以爲帝王之文章；帝王之文多矣，惟經緯天地，鼓舞動植，然後足以盡聖人之能事。《元首》之歌，《薰風》之辭，湯盤之銘，方策所載，昭然若揭日月。漢祖沛中之歌，高簡雄伉，讀之竦然，使人毛髮欲立。武帝悼河功之不成，作《瓠子》之歌，紆餘屈折，可以一倡而三歎。然鴻鵠高飛之謳，連娟修嫮之賦，惑於嬪嬙，心折氣沮。彼二君者，豈真帝王之所以爲文者哉？陛下以天縱之聖，高視萬古，肆筆成書，震撼一世，巍乎其如天，暖然其如春，嵩衡岱華不足以爲高，黄鍾大吕不足以爲清。乾坤施生之妙，陰陽動化之賾，探端索至，發其機緘。大哉言乎，直與《詩》、《書》、《丘》、《索》相表裏。天之斯文，於是無復餘地。

蔣芾《御製春賦石刻跋》（《咸淳臨安志》卷四）　皇帝宅位之六載，儲精思道，求所以調四氣、育萬物者。動静語默，以天爲宗，雨暘以時，農事將興，帝心樂焉。乃二月辛丑，出御書御製《春賦》以賜臣等。臣等既下拜登受，竊伏思念帝王之德，莫大於法天。天道之妙，不可得而見也，可得而見者，天時之運行而已。四氣之序而春首之，萬物之衆而春生之，溥博淵深，無所不被。求天道之端，孰要乎此？孔子作《春秋》，書春於王之上而以正次焉。春者，天之所爲也；正者，王之所爲也。欲使王者上承天之所爲，而下以正其所爲，蓋一經之大要也。陛下聰明睿知，得孔子不傳之學於千有餘歲之上，故能承天意以從事。宏謨廓度，包括幽遐，則與春同其大；湛恩厚澤，涵濡微小，則與春同其仁。範圍著於德業，發揮彤於賦詠。大哉！帝王之言，其視《春秋》之書，異代而同旨，鍧乎雷霆之聲也，焕乎雲漢之章也。漢高《大風》之歌，武帝《瓠子》之作，方斯遠矣。臣等待罪邇列，獲拜非常之賜，口誦心惟，以謂陛下法天之德於此乎見。顧惟昧陋，無以仰賛財成輔相之妙，唯是倡率在位，毋聚衆以妨農，毋嚴刑以傷生，毋竭川澤，毋殺胎天，日夜思所謂布德和令、行慶施惠者，以稱陛下仁民愛物、兼容并包之意，庶於代工之義無愧焉。謹以宸章刻之樂石，復敘鑽仰之誠，書於下方，以對揚天子之丕顯休命。

《庚溪詩話》卷上 今上皇帝躬受内禪，踐祚以來，未嘗一日暫忘中興之圖，每形於詩辭。如《新秋雨過述懷》有曰：「平生雄武心，覽鏡朱顏在。豈惜常憂勤，規恢須廣大。」如《春晴有感》「春風歸草木，曉日麗山河。物滯欣逢泰，時豐自此多。神州應未遠，當繼沛中歌。」觀此則規恢之志大矣。如幸祕閣宴羣臣，賦詩曰：「稽古右文慚菲德，禮賢下士法前王。欲臻至治觀熙洽，更罄嘉猷爲贊襄。」俯和史浩丞相詩有曰：「誰歌元首明，自得股肱喜。」又曰：「虚心欲受人，忠言資逆耳。朕瘠天下肥，至樂無易此。」觀此則任賢聽諫，虚己愛民之心切矣。至如詠德壽宫冷泉亭古風有曰：「孰云人力非自然，千巖萬壑藏雲烟。上有峥嶸倚空之翠壁，下有潺湲漱玉之飛泉。一堂虚敞臨佳沼，密蔭交加森翠葆。山頭草木四時芳，閲盡歲寒常不老。」又曰：「日長雅趣超塵俗，散步逍遥快心目。山光水色無盡時，長將挹向杯中醁。」觀此則篤於奉親，盡天下之養者無不至矣。如《春賦》曰「浹土膏之流潤，將勸功於九農，……則生生之德無時不在，又何美乎眩目之芳華」，觀此則所以贊天地化育，一視而同仁者深矣，真帝王之用心也。

高斯得《跋黄給事鈞所藏孝宗皇帝御製》 臣嘗伏讀國史，乾道四年二月庚子，孝宗皇帝出御製《春賦》以示大臣，言農事方興，要使無失其時，蓋與《七月》之詩相爲表裏。今觀賜臣鈞等《苑中即事》詩，感念春和，有「與民同樂」之句，其月庚戌也。上距《春賦》之出，十日而近，是時講解初定，域中晏然，時和歲豐，百姓安樂，而孝皇留意民事如此。其後乾、淳二十年間，阜康之美，比跡成康，猗歟盛哉。

《貴耳集》卷上　壽皇未嘗忘中興之圖，有《新秋雨霽》詩云：「平生雄武心，覽鏡朱顏在。豈惜嘗憂勤，規恢須廣大。」曾作《春賦》，有曰：「予將觀登臺之熙熙，包八荒之爲家。穆然若東風之振槁，洒然若膏雨之萌芽。生生之德，無時不佳，又何羡乎炫目之芳華。」示徐本中，命其校訂，曾覿因譖徐云：「上《春賦》，本中在外言曾爲潤色。」壽皇頗不悦。本中自知閣換集英殿修撰、江東漕。後許國用此典故，换文階。端平間試詞科，出《壽皇春賦頌》，試者皆不知之。此無五十年間事，士大夫罔聞之矣。

春色賦 以「暖日和風，春之色也」爲韻

田錫

芳景晴空，春曦暖融。霽花天之一雨，泠蕙徑之來風。宫闕參差，晻靄朝煙之上；山川明潤，森羅遲日之中。揔而賦之，春之色也。化工運丹青之筆，真宰以天地爲冶[一]。仙家乍至，桃花映武陵之谿；南國未歸，楊柳繞瀟湘之野。

[一] 真：原作「貞」，據《古今圖書集成·歲功典》卷一一、《歷代賦彙》卷一〇改。

始乎言太簇之辰，書曰王春。北闕引青旂之仗，東郊馳蒼輅之輪。和氣倏來，襲冕旒而盡悦；朝陽既出，麗藻火以交新。逦後革陰遷陽，更寒易暖。暖襲物兮舒釋，陽爲光兮布滿。明霞淡靄，初發色於樓臺；清奏雅歌，始均和於律管。言其狀也，則明婉而融怡；狀其體也，則喧妍而艷曦。

宮漏晝永，天光日遲。散梨花兮似雪，垂柳線兮如絲。古渡輕波，望孤舟之去矣；平蕪落日，惜晴山之遠而。大都芳景之妍，物華非一。美梁王之苑囿，閲漢家之宮室。珠閣摩雲，金莖爍日；奇樹綺錯，幽禽錦質。盈空兮嘉氣曉浮，映水兮晴雲晚密。丹帷翠幄[一]，因藉草以駢羅；寶馬鈿車，遇看花以闐溢。

景麗何多，情怡若何？藻飾兮神化之巧，融明兮時氣之和。美其近焉，謂彙花而澮柳；賦其遠者，憐被山而帶河。稱含筆以閑吟，生於豔意；宜倚樓之遠望，流入横波。唯有多士逢時，覩光上國，金榜中太常之第，玉階謝帝皇之德。柳陌杏園，花驄寶勒，雪袍綴行，桂枝新折。覩者如堵，有以見滿身春色。傅增湘校訂淡生堂鈔本《咸平集》卷九。

〔一〕幄：原作「屋」，據四庫本及《古今圖書集成·歲功典》卷一一改。

剡溪春色賦

王十朋

地屬甌越，邑爲剡溪，氣聚山川之秀，景開圖畫之齊。雖禹穴之小邦，樓臺接境；實仙源之勝地，桃李成蹊。竊原清環戴水之流，翠列姥岺之岫。登樓而望也，南接台、温之左；按圖而察也，北據越、杭之右。藹極目之雲霄，簇連甍之綿繡。一十八里春風，城郭觸處争新；二十七鄉暮雨，溪山望中發秀。臺榭入萬家風月，簾櫳捲百里江山。雕鞍驟兮落花亂，香陌晴兮芳草閒。畫槳逵溪，摇蕩綠波之上；流鶯剡塢，緡蠻紅樹之間。豈不以柳暗東門，梅肥西嶺？美地秀玉山之嶂，洞天麗金庭之景，酒旗摇翠幕之風，池水浸紅樓之影。滌塵僧舍，瀑飛二鹿之泉；泛雪茗甌，香汲五龍之井。非獨一時之秀，實爲千古之奇。琴蹟不存，尚垂芳於安道；墨池猶在，更留譽於羲之。自是雨中横東渡之舟，月下引南樓之笛。青山東望，曾經安石之遊；綠水南流，尚有阮仙之蹟。雨過煙墟，叢叢綠蕪。渭水依稀之景，輞川彷佛之圖。或氣融於廣莫，或嵐霽於虚無。翠滴嵊峰，多步花朝之履；碧分越水，曾回雪夜之桴。信乎此地，誠有可觀者焉。民國《嵊縣志》卷二四。

感春賦

華鎮

遺微公子玉韞東山，淵嘿蘭澤。結丹桂爲華寢，製荃荷爲縫掖。蓺道術之嘉種，蒐德園之鮮食。掇英榮於藝圃，銓朋遊於虛寂。從容卒歲，泊然自適者久矣。一日乘春晴，駕華軨，歷三川，瞰太清，出入關河，徜徉都城。俛焉有傾，仰焉有營。心動氣變，怫鬱紛紜。若有所感，而中失其平。於是拂衣整巾，旋轅動輪。馳鶩康莊，造乎高明丈人而問焉。

即席，丈人曰：「吾聞意態愁如者，飢於食也；筋節乏弛者，勞於力也；神奪氣褫者，屈於理也；膚革萎蕤者，傷於疾也；精耗神散者，老而衰也；吟秋賦雪者，感節物也；蹙頞嚬眉者，懷憂危也。此皆物觸於外，志變於內，情動其中，發興形容，故嗜好失常，而色理不類。今公子胸腹便便，其中果然，養固豐矣；曳裾垂佩，徊翔容與，靡有勞矣；志大氣剛，采色孔揚，無所屈其豪矣。且食息平和，既安且寧；凝脂點漆，又非頹齡。娠粲粲之嘉時，詠詩禮於趨庭。從事無獨賢之勞，出疆無荷戈之征。奉慈嚴以致養，合孺稚以樂生，無憂危之懷矣。遲日逶迤，微風扇和，草木欣榮，淥水騰波，非感憀慄而傷遲暮之日矣。然而公子色變意沮，頽然心醉。若有羡而弗得，慨所慕之莫致。何爲而然乎？敢聞其説。」

公子曰：「若丈人者，可謂見其一而知其二，視其表而得其裏者也。鄙心之私，信若所教。方將濯塵垢於言泉，發矇瞶於辯囿。辱問，敢不敬告。僕投跡隱約，棲情素朴。頌詠前修，尋研方策。積腐草之微曜，映晛消之殘白，蓋亦有年矣。生於清夷無事之日，睹芳時之屢更，曾未嘗揚眉明目，視天日之佳麗；解顔發齒，道物色之榮華。前日脱屣下國，拭目神皋，覽豐鎬之作京，歷成周之四郊。其山則伊闕、轘轅，如墉如門。底柱、大伾，折柳洪源。嵩少維屏，峻極於天。二崤闕關，三峰竦蓮。岐梁挾石，太一在前。傍引九嵕，斜界甘泉。包籠牛首，至於黄山。其水則滎洛經其南，大河緯其後。温液效其珍，鄭白資其富。涇渭灌於都中，伊瀍夾於左右。其邑則都城言言，崇高九雉。廣路三條，通門十二。九市鱗差，千閭櫛比。皇居在中，蔚然壯麗。其宮則東有永安，西有未央，前有栢梁，後有建章。桂宮、五柞，長樂、明光。蓬萊、大明，興慶、上陽。崨嶪歙艴，千載相望。琢雙璧以抗門，飾威鳳以表闕。南端俯瞰於清泚，應門上切於膠轕。雲龍神虎，左陪右列。金狄瞰晛，仙莖條達。神明聳臺以突兀，井幹飛樓而焕爛。華清繡錯於泉流，翠微綺結於山半。屬玉、飛廉之館，平樂、上蘭之觀。濯龍、芳林之囿，西園、上林之苑。太液寫景於溟渤，昆明擬跡於雲漢。列三島以鼎峙，抗牛女而中判。迎風、露寒、長楊、豫章之館，三十有六，徧於圻甸。金、張甲第，許、史之廬。冠軍寵賜，汾陽宴居。中通永巷，跨坊兼閭。緑野、金谷，裴、石所除。華堂綺閣，文疎藻櫨。窮美極觀，宸居是模。嘉木成林，清流溢渠。鳴禽馴獸，瞻聆可娱。於是師尹常伯，三事大夫，金馬、瀛洲之彦，蘭臺、麗正之儒，宴私夕退，禁省晨趨。飛華纓於紫闥，交文駟於通衢。五公族姓，七相華胄；邠、寧、岐、薛之客，田、竇、閻、梁之友；三選州郡之豪，五都貨殖之後；朱、劇、趙、張之倫，探丸剔鼓之醜；販脂粥脯之室，灑削馬醫之叟。靡不聯騎鳴珂，介雞走狗，捐百萬以呼盧，輕千金而貰酒。攬芬秀於宫蘂，蔭葱蒨於禁柳。追物色以遊衍，既目前之所有。若夫鱗介隱伏，羽毛細微；卉木生殖，無情無知，亦皆揚鬐鼓鬣，振迅羽儀。含英發秀，方鶩乘時。故王鮪萃於龍門，擘天波而奮飛；谷鶯遷於上林，占喬木之高枝。蜂蝶翕集，拂箔穿帷；燕雀來往，頡頏差池。井梧凝露而載華，宫槐遡日而合舒。長楊飛絮於天池，弱草成茵於金堤。僕曾未嘗躡上林之輕塵，依觚稜之清影；沐微和於暖律，承末光於麗景。是鶯鮪蜂蝶、燕雀槐柳之未若，又安可鄙馬醫之賤，而慕豪右世族之侈哉！且難得而易失者，明時也；既往而不再者，壯年也；流逝迅激、曾不我與者，節物也。

芳華九十，忽焉云暮。隙駒石火，未足喻其疾。方强壯而遘盛明，不得極春遊之歡虞，覽上國之勝麗，與有生者欣發育而樂交泰。是猶守糠秕於豐年，違大明於暗室，豈不戚歟！此僕之所感而自憐者也，願幸承教，無使久其病。」

丈人曰：「惡有此哉！公子不以是爲樂則已矣，如其樂之，何病之有？且山川之勝，則融結於郊圻；都城雖峻，而高門洞開；宮闕之麗，焕乎天街。名園甲第，羅列如棊。天子弛園囿之禁，如周文之治岐。雖蒭蕘雉兔，亦往焉而如歸，況遊覽之佳士，復何虞於禁司？彼裴石之林壑，固寓目其奚疑？雖然，乏許生之勝具者，浪投跡於山水；無廉卿之大嚼者，徒垂涎於屠門。君子探奇索偉，必有軼越之器；賞物覽景，必有虞樂之事。然後遼闊迥末，咸暨而無違；美情寫興，適極耳目之好，而不負所值遇。公子之蓄積，諒既美矣，予特未之聞也，試言其概。」

公子曰：「何謂也？」

丈人曰：「園客之絲，獨繭飛緒。修纖縞潔，繹之無纇。吳蜀之工，經理色素。搴蒨葉於夕煙，擷朱華於朝露。丹之青之，式改其故。如漆如金，玄黃間錯。翻新騁工，以織以組。綺錦繁緻，綾紈修姱。綃縠虛匀，羅紋交布。縟若文貝，輕如流露。素手運刀，明眸審度。引以南金之針，紝以冰蠶之縷。旋員應規，直方中矩。温清之適，與時無迮。此服飾之美也，公子有之乎？」

曰：「蜉蝣楚楚，風人所刺，則不敢爲；奢儉之間，稱時之製，亦有之矣。」

丈人曰：「西山之檀，産於厓石，本支碩大，有樛有直。根聯絡於礌砢，梢凌摩於岝崿。夏則畏日火雲，照射爆爍，融熬脂液；冬則霜風戛擊，條披枝折，積雪層冰，下沍其側。縝理而堅，與石同色。於是使奚仲操式，輪扁運斤。因直爲轅，合曲成輪。浮沈應準，輕重符鈞。服以代北之騮，驂以渥洼之駰。王良秉轡，纖阿執鞭。駛如流水，輕不動塵。此陸遊之具也，公子有之乎？」

曰：「美澤可鑑，見譏前史，敢不爲戒。柴車款段，致遠之備，亦有之矣。」

丈人曰：「江湖之間，地極東南。其土塗泥，疏而不㬇〔一〕。其氣多陽，雖冬寡寒。南風無時，四節常暄。清泉潄石，淡泊潺湲。是生良材，厥名木蘭。理疎而柔，輕而善浮。在水益堅，可以爲舟。公輸之徒，翦落條枝；以剔以刳，使其中虛。參四載於神禹，稽涣象於庖犧。繚以青瑣，覆以篘廬。魚文鷁首，龍鱗陸離。剡菌桂以爲楫，紉貝

〔一〕原注：「按『㬇』原本作『映』，語不可解，韻亦不叶，當是『㬇』字之訛。㬇，而宣切。亦作堧、壖、𡒊，沙土也，於義正合，韻亦適諧。緣字形與映相類，故原本誤作『映』耳。」

錦以爲維。凌文波而蕩瀁，若鷗鷺之虚徐。此川遊之具也，公子有之乎？」

曰：「通達之道，水泉處其半。舟楫不備，行路斯難。刳剡之器，亦有之矣。」

丈人曰：「鄒嶧之陽，泗水之陰，猗梧特生，擢秀百尋。温淳清越，樂磬之石，負抱而孕育，玲琅而激冽。鳴泉之響，潆洄而浸淫。資所感於朝夕，含太和之雅音。披翦孫枝，爲瑟爲琴。固以醇漆，絃以檿絲。軫以玉珥，徽以兼金。播蘭雪之絶唱，詠薰凱於棘心。息虧成之奇辨，役賞悟於高深。淵魚鼓舞而出没，六馬仰秣而沉吟。此聲樂之美也，公子有之乎？」

曰：「君子無故，琴瑟不去。僕雖不美，敢不從事？絲桐之器，亦有之矣。」

丈人曰：「會稽之楮，業結杳冥。碧葉蒙籠，瑶珂枝撑。零露沉瀣，朝以滲漉。雲腴煙素，觸而宵凝。剡川之湄，蜿蜿垂藤。纖根旁引，絡莫稜層。紫梢高驤，凌霄上騰。剔輕膚之柔素，和寒液之清澄。密若繭緻，潔於層冰。膩比凝脂，匀如垂繒。蜀麻腐脆而未工，簡策滓滯而非朋。代截裂於邊幅，便舒卷於纖縢。中山之兔，栗林之鼠。褐毛紫穎，修髯勁尾。剔以象櫛，齊以霜匕。沐以蘭湯，纏以繒紙。束員筠以就握，運煙膠於秋水。揮灑縱横，淋漓披靡。既小大以成體，又愜心以順指。上黨之松，其壽千年。凌厲霜霰，枝目攣拳。爨化石之赤心，飛脩突之珠煙。代郡之獸，騂質素斑。卧石飲冰，便險能寒。結幽朔之勁厲，戴雙觡之石堅。液銛端之流膏，就芳煤之脩員。發華采於毫素，飾文辭於簡編。良玉推其縝栗，醇漆慙其未玄。漳河之湄，齊魏故都。冰井舊物，銅雀之餘。翡翠顏色，鴛鴦規模。人世非兮，川河未改；棟宇傾兮，堙淪路隅。霜鴻千度過，煙草幾番枯。邈歲月之淹久，飽泉壤之霑濡。或僅存於圭角，時見獲於犂鋤。含精耀黑，不頑不秠。肖員方於珪璧，角温潤於珣玗。若夫愜賞遇之心，覯物象之勝，激涌泉之藻思，感凌雲之逸興。寫雕章於長謠，述妍辭於流詠。維此四物，無一則病。公子亦有之乎？」

曰：「登高能賦，昔人所善。雖匪大夫，敢不强勉？文室之美，備之久矣。」

丈人曰：「檿楮如錦，生於荆山；豐末之角，産彼幽薊。三均六良，往來有體。董澤之叢，東南之美。金鏃石砮，鵰鶚翎羽。和氏騁巧，工倕運伎。槩合矯殺，以爲弧矢。鳴鏑朱絃，魚服象弭。激若奔星，張如流水。射遠則超忽，中深則披靡。春氣微和，可以張弛。貫楊葉於脩埒，破采侯於高時。仰虚落於孤鴻，傍得儁於雙雉。侑賓俎之甘鮮，啟瓠犀之皓齒。公子有之乎？」

曰：「桑弧蓬矢，赤子之訓。依仁游藝，前聖所傳。僕無負薪之憂，寧敢有缺於斯器？」

丈人曰：「良金之壺，脩徑有度。矢以柘棘，物因其故。制之用扶〔一〕，堂室異數。侑以貍首之樂，節以魯薛之鼓。既慶馬而告賢，斯有懲於不武。可以肄禮於燕射，可以侑樂於賓主。公子有之乎？」

曰：「文物之制，戴經所記。祭遵軍中，猶用不廢。哨枉之具，亦有之矣。」

丈人曰：「褭褭之贈，加以繁弱。一蠶所吐，聯以爲繳。凌虛緲於游絲，乘風輕於遺籊。籊籊荊篠，綿綿絲緒。屈芒針以爲鉤，屑芳桂以爲餌。規輕輪於盈魄，式卷舒於弱縷。蒲苴得之，以聯鴻鵠；詹何習之，以制鱣鮪。下逸翮於高雲，出潛鱗於淵水。乍應響以星隕，或翻波而錦綷。既俯仰而有觀，亦殊甘而擅旨。公子有之乎？」

曰：「弋鳧與雁，風人所美。桐江磻溪，有嚴有吕。禽漁之器，亦嘗具矣。」

丈人曰：「文楸之枰，青石之局，縱横歧道，錯落金碧。綴象犀以爲比，琢員玉之黑白。呼梟叱盧，三行五格。華巾揮拂，手敏心愜。味陶唐之遺制，揆奕秋之良策。輕陳郡之十萬，掩東府之一擲。可以忘憂，可以永日。酒闌樂闋，賞心未適。太昊司晨而

〔一〕原注：「按二語用《禮記·投壺》『籌室中五扶，堂上七扶，庭中九扶』，孔穎達疏：『四指曰扶。』原本作『符』，誤。」

方舒，羲和鞭日而未夕。以侑樽俎，以宴賓客。公子有之乎？」曰：「張而不弛，道非文武。猶賢之訓，聞之夫子。奕者雖非所嗜，則亦有其物矣。」

丈人曰：「公子春服既成，舟車云具；有禮有樂，既文既武。弋釣棊博，亦習之素。斯可以窮勝賞於人境之表，極餘樂於名教之内。縱目力以遐覩，偶尤絶而無愧。真芳蹊之佳客，樂遊之奇侶。此吾宿昔願得與之周旋者也。子歸而嚴子之具矣，吾今載脂載舝，請爲子先矣。」

公子曰：「唯唯。」於是逌避席逡巡，再拜受賜。四庫本《雲溪居士集》卷一。

感春賦

朱熹

觸世塗之幽險兮，攬余轡其安之？慨埋輪而縶馬兮，指故山以爲期。仰皇鑑之昭明兮，眷余衷其猶未替。抑重巽於既申兮，徇耕野之初志。自余之既還歸兮，畢藏英而發春。潛林廬以静處兮，闃蓬户其無人。披塵編以三復兮，悟往哲之明訓；嗒掩卷以忘言兮，納遐情於方寸。朝吾屣履而歌商兮，夕又賡之以清琴。夫何千載之遥遥兮，乃獨有會於余心。忽嚶鳴其悦豫兮，仰庭柯之葱蒨。悼芳月之既徂兮，思美人而不見。彼美人之脩嫭兮，超獨處乎明光。結丹霞以爲綬兮，佩明月而爲璫。悵佳辰之不可再兮，懷德音之不可忘。樂吾之樂兮，誠不可以終極；憂子之憂兮，孰知吾心之永傷！四部叢刊本《晦庵先生朱文公文集》卷一。

《黄氏日抄》卷三四　皆用騷體，而無其愁思，寄興悠遠矣。

《朱子可聞詩集》卷五　陳亦韓云：朱子之樂在讀書，亦不在讀書。蓋天地萬物之理，皆書中之理，故四時之趣，皆讀書之趣，無内無外，是一是二。孔得之而忘流水，顔得之而安簞瓢，曾點識之而陶莫春。其曰「綠滿窗前草不除」，所謂與自家意思一般，滿腔是惻隱之心也。曰「瑤琴一曲來薰風」，則解愠阜財，對時育物，氣象充乎天地矣。至於秋夜讀書，韓、歐陽之詩賦具在，説到如許而止。此則曰「起弄明月霜天高」，不更纖塵不染而壁立萬仞乎。爲老氏之學者曰吾喪我，此則曰見真吾，喪我者寂滅也，真吾者貞固也。刊落浮華，本體乃見，所謂收奇功於一原也。然心如活火，異於死灰，剥於上，旋復於下，闔斯闢，静斯動，當窮陰沍寒之時，而數點梅花，早已漏泄春光矣。得此意以讀書，文章性道，一以貫之，孔、顔樂處，何患尋覓不著耶。嘗讀朱子《感春賦》，一則曰「披塵編以三復兮，悟往哲之明訓。嗒掩卷以忘言兮，納遐情於方寸」，再則曰「朝吾屣履而歌商兮，夕又賡之以清琴。夫何千載之遥遥兮，乃獨有會於予心」，實從讀書中指出樂來。

土牛賦　春祀牛設，農作無忒

文彦博

國家以上遵古典，下示蒸民，出土牛而應候，俾農事以知春。塊然不群，自取授時之制；卓爾可象，殊無引重之因。原夫欲示農時，爰陳春祀。命圬人以備物，俾司存而謀始。遂合土以爲牛，非任重而服軛。有典有則，成形而既取坤爲；不欹不傾，尚象而爰因脈起。徒觀夫寂然不動〔一〕，莫與之儔。雖顯逸風之狀，實非喘月之流。在泥蟠而著美，豈肉視以包羞。俯以觀之，異伯陽之芻狗；逼而察也，殊葛亮之木牛。於是當解凍之嘉辰，乃立春之令節。覩其儀之攸序，見斯牛之遂設。禮無違者，俾三務之罔愆；人必知之，得四時之有别。

美哉！土者五行之本，牛者六畜之宗。何瑩蹄之成象〔二〕，假聚壤以爲容。爰殊木

〔一〕夫：原作「天」，據四庫本、《歷代賦彙》卷一〇改。
〔二〕成：四庫本作「有」。

偶，匪類泥龍。用還非於薦廟，義實本於勸農。庖刃如投，破塊之虞是切；甯歌或叩，擊壤之名可從。五色爰資，一毛靡落。其用也待時而動，其制也因人而作。規模乍設，想覆簣以無虧；丹艧俄施，諒衣繒而有若。是何觀形象以雖著，考動静而則無。耕耘自我以無爽，先後因茲而不逾。候日土圭，信方斯而異類；翔風石燕，實并此以殊途。盛矣哉！標祀典而聿脩，稽舊章而罔忒。觀其形，雖類於角立，賾其本，爰符於土德。所以示諸溥率之民，俾常勤於力穡者也。明嘉靖刻本《文潞公文集》卷二。

夏賦

吴淑

夏，大也，養萬物令長大者也。若乃節號朱明，時惟長嬴。祝融作輔，炎帝持衡。含桃先薦，反舌無聲。或見三星之在户，或以五彩而辟兵。苦菜秀而靡草死，丘蚓出而王瓜生。

若夫四月維夏，六月徂暑，或聞蟋蟀之居壁，或見莎雞之振羽。獵西土而陳議，濫泗淵而斷罟。天毒則草木皆乾，朱提則飛禽不度。嘉賓詣謝安而交扇，王公見真長而吴語。或以節嗜欲而止聲色，或以教車甲而觀才武。顧此溽暑，誠爲任方。吴猛不敺於蚊蚋，子平每避於清涼。越王念吳而握火，陸機在洛而思鄉。戀嵇康之鍛竈，翫武子之螢囊。念師文之飛雪，憶鄒衍之降霜。

若夫宗伯之禬凶荒，周穆之游濩澤。已見班馬，復聞鳴鶤。火既鑽於棗杏，兵亦先於劍戟。爾其長風扇暑，茂樹連陰。輕箑薦而纖絺御，甘瓜浮而朱李沉。葛洪之見仙翁，每乘醉而入水；延陵之逢高士，豈披裘而取金。當此南訛，時惟龍見。天子飲酎，后妃獻繭。蜀相嘗見於渡瀘，禮將不聞於操扇。復聞浚井改水，當風鼓翣。孫登容與於草裳，羊茂逍遥於版榻。

及夫腐草爲螢，朱索連葷。柞氏之刊陽木，羊欣之衣練裙。亦聞肅氏居巢，賈生賦鵩。當清和之首夏，見恢台之化育。凌人頒冰，山虞斬木。或以服玄冰之丸，或以聽秋霜之曲。

至於平叔流汗，仲都暴日。驗秀葽之應候，識蕤賓之中律。獸既希革，物皆華實。知離氣之初來，見陽蟲之乍出。既而衣暑服，戴赤旂。冷則飲明義之井，寒則涉樊山之溪。清露滴崑崙之氣，夏扈趣耕稼之期。

若乃南郊迎氣，方丘祀地。知盛德之在火，見斗杓之指巳。於是惠賢良，施爵位，挺重囚，行慶賜。既升黿而伐蛟，亦補腎而助肺。南宮御女之繁奏，北牕羲皇之傲睨。

若乃角黍應時令之制，綵絲通問遺之情。縈朱索以飾户，帶靈符而辟兵。鴝鵒之舌初剪，蟾蜍之角俄生。菹龜義著，鑄鏡功精。蹋百草以遐騖，棹飛鳧而迅征。蓄蘭爲沐，縛艾成形。投汨羅而楝葉斯在，祠蒼梧而童舞方呈。世偉曹娥之節，俗傳介子之名。田文以高户獲舉，胡廣以流瓮復生。彼鎮惡之與紀邁，王鳳之於信明。并兹辰之誕育，咸垂世而揚名。

若夫火行畏金，伏於庚日。曼倩之割賜肉，張氏之祠黄石。羊酪既云其供費，巴蜀亦聞其自擇。嵇含困熱以思風，程曉閉門而避客。玄謨之井方開，秦穆之祠始益。河朔有避暑之飲，鄴下有頒冰之錫。遵湯餅於時俗，薦麥瓜於宗祏。斯皆夏令之所施，故紀之以備遺逸也。宋紹興刻本《事類賦》卷四。

夏日郊行賦

王炎

四月維夏，先晦三日，子王子散策於東皋之上。爾汝老農，問勞既畢，遂曳履乎委巷之間。反而息肩乎喬木之側，喟然嘆曰：以吾流目之所見，物化之亟如此哉！麥穟而餅餌，桑陰陰而繭絲，麻旆旆而没人，秧芃芃而布畦。蜩解甲而效鳴，鸎遷喬而載飛，雀遶屋而孳尾，烏俯巢而哺雛。是孰斡其機緘，至於日運而不齊也耶？吾聞二氣嘘吸，一瞬不留。向之温然者俄而爲今日之夏，今之燠然者又且爲後日之秋。所以使人慷慨增懷，踴躍自激，感歲月之遄邁，畏功名之湮没。故志士之競時，殆不容乎寢食。如予之椎鈍遲魯，則姑苟安而休息者也。人方逐逐，我獨徐徐，人方役役，我獨于于。諒愚智之懸隔，宜動静之殊塗。其在武水之曲，有先人之敝廬。一裘一葛，日飯一盂，非掃軌以謝物，且杜門而讀書。付榮枯於自然，庶順命而無違。抑古人有言，曰「優哉游哉，聊以卒歲」，是其獲我私者乎。四庫本《雙溪集》卷九。

病暑賦

劉敞

伊年六月，天久不雨，陽亢而不能反，陰笮而不能舉。赫兮歊歊，上下瘅暑。其中人也，蠹蜳鬱蠖。若曛若曜，若烹若灼。若病大甚而不可救藥，若壯士之困而莫之解縛。若昔酒之酲，若毒蠱之螫。若漬膠漆，若債溝壑。若商之季懔乎厥角，若秦之敝無所措手足。目眩白黑，耳亂清濁。噫，其甚也哉！

彼天地之上，信有所謂造化者耶？陰陽之樞，信有所謂陶冶者耶？一動一静，信有所謂槖籥者耶？彼其鎔之爍之，炊之沃之，萬物職職，其所以作也耶？惟其若是，是以少者且壯而老矣，鮮者且花而槁矣。若膏之燃，若薪之傳，若影之改，而不見其眹焉，豈不悲夫？孰能違俗之昏昏，去物之汶汶，款大莫之所極，超無有而獨存？亘萬古而一息兮，吾請從其後云。四庫本《公是集》卷一。

病暑賦 和劉原父作

歐陽修

吾將東走乎泰山兮，履崔嵬之高峰。蔭白雲之摇曳兮，聽石溜之玲瓏。松林仰不見白日，陰壑慘慘多悲風。邈哉不可以坐致兮，安得仙人之術解化如飛蓬？吾將西登乎崑崙兮，出於九州之外。覽星辰之浮没，視日月之隱蔽。披閶闔之清風，飲黄流之巨派[一]。羽翰不可以插余之兩腋兮，畏舉身而下墜。既欲泛乎南溟兮，瘴毒流膏而鑠骨。何異避暄之趨市兮，又如惡影之就日。又欲臨乎北荒兮，飛雪層冰之所聚。鬼方窮髮無人迹兮，乃龍蛇之雜處。

[一] 流：原注「一作『河』」，《古今事文類聚》前集卷九作「河」。

四方上下皆不得以往兮，顧此大熱吾不知夫所逃。萬物并生於天地，豈余身之獨遭？任寒暑之自然兮，成歲功而不勞。惟衰病之不堪兮，譬燎枯而灼焦。矧空廬之湫卑兮，甚黿蝸之跼縮。飛蚊幸余之露坐兮，壁蝎伺余之入屋。賴有客之哀余兮，贈端石與蘄竹。得飽食以安寢兮〔一〕，瑩枕冰而簟玉。知其無可奈何而安之兮，乃聖賢之高躅。惟冥心以息慮兮，庶可忘於煩酷。宋慶元刻本《歐陽文忠公集》卷一五。

《黄氏日抄》卷六一　《蟬聲賦》、《秋聲賦》之脱灑，《病暑賦》、《憎蒼蠅賦》之布置，皆當成誦。

《古賦辯體》卷八　賦也。全用《招魂》、《大招》意脉，鄰於騷人之賦矣。張子平《四愁詩》亦用此體。

病暑賦

張耒

皇昌運之元祀兮，予出守乎清潁之區。背國門而南騖兮，弭楫乎太昊之墟。方炎夏

〔一〕以安：原注「一作『與晝』」。

之隆赫兮，閔時澤之不濡。魃乘時而行虐兮，盜威烈乎暘烏。駕畢方而驂熒惑兮，回禄爲其前驅。爚所及於一燎兮，何有瓦石與璠璵？豐隆致其微陰兮，飛廉蕩覆而無餘。野曈曈而揚塵兮，何蕭艾之芬敷。應龍矯首於下澤兮，僅自免於槁枯。烏呀咮而忘飛兮，獸逃穴而深居。嗟人胡獨不能兮，無乃欲息而被驅。昔蘄山之秋筠兮，因冰卷而玉舒[一]，效功能於幺麽兮，曾何足以寧吾軀？飽風而爲蜩兮，又欲泳水而爲魚。出寒泉於深井兮，竭筋力於轆轤。不計腹之所受兮，尚問山蕷麪麥之有無。

辭曰：陰陽循環，靡窮極兮。時至而變，有常則兮。融液金鐵，爍山石兮。謹視其報，在朔易兮。玄陰大冬，冰雪積兮。無畏其機，備其極兮。補完裘褐，戒紡績兮。保我歲寒，以終吉兮。明趙琦美鈔本《張右史文集》卷三。

張耒《答李推官書》（《柯山集》卷四六） 李君足下：南來多事，久廢讀書。昨送簡人還，忽辱惠及所作《病暑賦》及雜詩等，誦詠愛歎，既有以起其竭涸之思，而又喜世之學者，比來稍稍追求古人之文章，述作體製，往往已有所到也。

[一] 卷：原作「巷」，據四部叢刊本、四庫本改。

《古賦辯體》卷八　文潛與山谷、少游、晁補之同出於蘇門，時號爲蘇門四學士。

《復小齋賦話》卷上　張文潛《病暑賦》：「陰陽循環，靡窮極兮。時至而變，有常則兮。融液金鐵，爍山石兮。謹視其報，在朔易兮。」與昌黎《和皇甫持正陸渾山火》詩「時行當反慎藏蹲，視桃著花可小騫，月及申酉利復怨」同一意。

却暑賦

周紫芝

仲夏之月，星鳥司晨。暑候蘊隆，赫如惔焚。老人衰疲，晝掩衡門。如坐深甑，眩乎沈昏。況乃澤國湫隘，江雲鬱興。蝸廬蟻垤，日炙雲蒸。雖脱帽以終日，亦對食而不能。乃復悠然遐想，戲作寒語。一笑爲樂，以却煩暑。於是顧謂客曰：「子獨不見時當窮冬，元冥用事。朔風號空，飛雪凌厲。徹重水於九淵，凝陰雲於萬里。土僨木僵，凍裂厚地。深山窮谷，行人不至。手足軟瘃，流血墮指。當是之時，吾願與君據案飲冰，褰裳揭水，更雲卧而風乘，庶炎蒸之可洗。」客大笑曰：「夫子之室，枵然中空。囊無敗絮，衣衾不重。念鶉衣而莫得，況狐裘之蒙茸。秋風颼颯，露泣草蟲。稚子號寒，老婦改容。不於未寒而求衣，乃反大言以自盲聾。」周子曰：「嘻！吾儕小人，朝夕偷安。聊復念此，以滌吾煩。豈謂夏蟲，而不可以語寒。願子速退，無敗吾歡。」四庫本《太倉稊米集》卷四一。

大暑賦

崔敦禮

盛夏之月，龍宿明，鶉火棲，赤熛奮怒，炎帝施威。有客瞻翔陽之騰翥，望火雲之燒空，氣鬱陶兮蒸體，汗淋漓兮沾裳。乃授簡於崔子曰：「暑至此極矣，抽子秘思，騁子妍辭，爲余賦之。」

崔子曰：「唯唯。昔者侯湛成章於晉代，繁欽流詠於東都，在隋有盧生之麗句，於魏摛子建之奇詞。仲宣仰庭槐而長嘯，孔璋寓陶燭以興悲。周人垂癉暑之詠，明遠成「苦熱」之詩，皆所以發騷人之妙思，歌隆暑之歊歔者也。且夫勾芒既往，祝融乃來，紫纛丹幢，左右從陪，炎官熱屬，前導後隨。朱冠緹顏，噓呵火維，煽以烈焰，奮以毒威。御燭龍以長驅兮，駕火輪而飛馳。前執衡使舉麾兮，麗朱鳥而承旗。環天地以爲爐兮，播造化於冶中。運陰陽以爲炭兮，爍萬物其猶銅。採扶桑之高燎兮，熾中街之朱光。温風攪乎萬里兮，氣鬱煙而迷空。土潤溽以蒸熇兮，時澒汨而藴隆。凝赤崒而聳岳兮，閃紅倏焉而驚虬。豐隆盤旋而空鳴兮，灝郊斐亹而復收。於是陰壑煩，寒谷焦，冷泉沸，冰天熇，玉井煙合，凌陰埃生。西域消長積之雪，北極無不釋之冰。乘清風而遊廣寒兮，廣寒燠其增煩；排閶闔而入凌兢兮，凌兢翕焉如蒸。天丁退聽以屏息兮，旱魃健行而肆志。飛廉嘘以喘息兮，吁號渴而欲斃。豐山之神人，心鬱乎清泠之宫；姑射之仙子，汗浹乎冰雪之體。

「噫！神焦與鬼爛兮，彼將焉其逃避。若乃層潭之府，極深之淵，毒陽激爍，陰火潛然，熺炭重燔，吹炯九泉，與日噴薄，流耀揚焆，朱爓緑煙，要眇嬋娟，河漢沸兮若煮，川瀆湧兮如湯。螭龍喘以鱗折兮，鯤鯢躁而甲張。長鯨嚇鰓以吐沫，巨鰲暴骼而且僵。沙石爲之熟爛，水恠爲之糜揚。虎蛟鉤虵遭鼎烹之毒，象鹿狐貉有釜遊之傷。馮夷陽侯，渴死乎重淵之窟；馬銜蜩蟟，鬱勃乎波濤之鄉。

「至夫沈陽騰射，散越山林，赫然其暉，齊攻錯陳。原兮欲燎，野兮欲焚，木枯兮欲爇，葉卷兮欲焦。隆曦穿漏，林無清陰。視萬木之結蔭，猶火傘其迷雲。良田龜坼而塵飛兮，泥塗化而爲緹騂。嗟空翔與陸走，遭焆炰以飛奔。鳥苦熱而不敢飛兮，惟塌翼而浴泥。牛喘甚於焚角兮，徒使人而增悲。猛獸垂鼻以吐氣兮，韓盧露舌而涎垂。蠅晝飛以繁案兮，蚋宵集而侵肌。煩蟬咽以噪風兮，風既至其猶火。鳴鳩應以呼雨兮，雨不至而奚爲？

「於是陸有交蓋，河無行舟，宵不明燭，晝不遠遊，食不飲渴，衣不襲裘。行者暍道而欲仆，居者執熱而露頭，負者澀旋而肩赬，耘者膚裂而脂流。走通衢兮如履乎身熱之坂，上層巒兮如陟乎暘谷之丘。單絺甚狐貉之燠，當風有環爐之憂。冰臺風軒如坐乎溫室，陰谷寒澗變而爲炎洲。飲寒泉以禦渴兮渴不止，欲化鯨而吞海；氣嘘吸以祛躁兮躁之極，思凌雲而上天。佩壬甲之靈符兮，於煩懷其奚益；食鼷鼠之寒脯兮，雖萬斤爲徒然。又安可責效於抱朴不可熱之藥，而服飛雪之散與夫元冰之丸者哉！此少陵所以願作冷秋菰，昌黎所以思欲狃寒門，袁紹所以有避暑之飲，傅咸所以開感涼之尊者也。」

詞未竟，客躍然而前曰：「子賦暑至矣，讀之若坐火井而居炭谷，遊焦溪而沐湯泉，有可以清暑者，得聞其說乎？」

崔子曰：「大冥之墟，孤桐生焉，下瞰冰淵之湄，上直寒涯之巔，左當風谷，右臨雲谿，遡九秋之驚飈，凋三冬之寒威。零雪積其根，霏霜封其枝，神泉漱其濇，清露潤其皮，此蓋木之清泠而寒潔者也。於是翦寒柯，剖孤莖，匠石運斤，師襄均聲，寒水之玉以爲徽，冰蠶之絲以爲弦，水精之珥以爲弣，精冰之金以爲懸。爾乃歌南風之古曲，奏緑水之清音，迸流泉之幽韻，動積雪之悲吟。弄羽則紅雲含霜，叩商則烈日成霖。躍流魚於澄淵，舞鸞鷲於庭陰。此聲音之至清也，可以清暑乎？」客曰：「未可也。」

崔子曰：「虚堂清室，涼軒寒館。含寒露以植臺，迎清風而立觀。月牖對晃，風櫺蕭疎。左峙冰山，右直雪宫，暌罛庨豁，閜敞開通。危樓欝其將起，遂凌虚而上躋；鳥騰翅於甍標，咸乘風而欲飛。齊獸口以湧霤，時梗槩於滮池。軼星辰於大半，垂雲迴帶於棼楣。伏櫺檻以俯聽，聞雷霆之霍揮。消霧埃於中天，集微涼之澄清。問素娥若有答，察雲師之所憑。上飛闥而仰觀，正瑶光與玉繩。爾乃躡露舄，開雲扃，鳳簫吟，鼉鼓鳴。攀井幹之巙嵯，登延閣之岧嶢。引雄風於洞穴，植仙掌於良宵。拂琉璃之珍簟，弄明月之圓綃。動颼飀於翠帳，散霏微於綺寮。曜冰渠而發霜硎，寫詩人之風騷。詠楚臺披襟之語，歌漢宫大風之謡。此宫室之至清也，可以清暑乎？」客曰：「未可也。」

崔子曰：「雕胡之飯，錦帶之羹，霜蓄之茹，露葵之英。藕菰蒲筍，間之香芹，銀絲鱠鯽，散雪飛硎。飭以冰犀，盤以水精。庖霜淅玉，滿坐風生。汲冷漬穲，其清如冰。攜綵籃於中園，掇槐葉於高枝。糅桃木之玉屑，和寒滓兮與俱。乃使元冥適鹹，蓐收調辛，味兼芍藥，施和既醇，色碧鮮以照飭，相香飯以苞蘆。經齒冷以嚼雪，人争勸於投珠。志欲隨於驟裹，暇則飲夫屠酥。獻君王之寒殿，薦開冰之清壺。乃若盧橘，熟素奈成，陸採檎桃，淵摘芡菱，林珍水實，錯雜扶檠。浮甘瓜於寒水，沉朱李於清泉。食曹林之新梅，擘太華之芳蓮。壺盛甘醴之液，坐列飲中之仙。環曲池以流杯，如長鯨之吸川。及其至也，酒罷更闌，風留月軒。試谷簾之絶品，破龍焙之香團。湯發雲腴之釃，盞浮花乳之圓。濺七甌之輕雪，兩腋淒其生寒。此飲食之至清也，可以清暑乎？」

客曰：「未可也。」

崔子曰：「洞庭長湖，洪波翻瀾，長江會宗，六月不暄。溟漭渺沔，汗汗沺沺。即之無窮，察之無邊。駭浪瀑洒，驚濤飛湍。崩雲屑雨，蕩日連天。雷奔電激，鼓作砯岩。望之者使人毛髮聳立，心悸而膽寒。爾乃命水客，泛輕舟，齊棹妓，發棹謳，奏淮南，度陽阿，篙工唱，楫師和，鞭蝄蜽，憚蛟螭，罨翡翠，斬鼋鼍，戮水豹，殄鱗族，招白鷳，下高鵠。然後乘勁風，揭百尺，泝洄沿流，千里一息，訪乎鮫人之居，入乎淵客之室，造乎江妃之館，追乎海童之迹。擊長楫於中江，想萍實之復形。訪蓬萊之清居，思漢武之所經。臨澄流而沾襟，弔屈原與靈胥。而又昧潛險，搜瑰奇，摸瑇瑁，捫蛸蠵，剖明月之胎珠，濯夜光之流離。若乃浮情博覽，忘夕宵歸，渾星辰而涵泳，俯仰與之俱迷。觀藍田之出月，吐元珠於淵驪，瀉千尋之縞練，堆萬頃之琉璃，此遊樂之至清也，可以清暑乎？」

客曰：「未可也。」然淒涼之色，已動於眉宇之間。崔子又從而言曰：「丘壑之勝，林泉之奇，南山之巔，北山之崖，有風月以爲助，有雲煙以相隨。有鴻鳥以爲侶，有田園以時耔，有魚釣以自適，有琴書以自怡。木欣欣而帷成，泉涓涓而練飛。清風颯其來臨，幽鶴乘而下之。爾乃漱白石，枕流泉，傲睨乎風塵之表，笑談乎溪壑之間。居水中以築室，葺荷蓋以爲房。啟蕙帳兮松闢，繚琅玕兮成堂。琢寒犀兮爲鎮，緝薜荔兮爲裳。飲蒼岑之玉醴，斞白水以爲漿。羞玉芝以療饑，餐沆瀣而爲糧。紉緑芰以爲佩，又綴之以蕙纕。於是或命巾車，或漾輕舟，或窈窕以尋壑，或崎嶇而經丘，或採蕨於崇岡，或緡魚於清流，或濯纓於滄浪，或開襟於山樓，或鼓琴以自娛，或彈鋏而悲謳，或脱帽以縱適，或杖藜以遨遊，或掘雲於嵂嵲之岑，或採月於澄泓之洲。此山林之至清也，可以清暑乎？」

客曰：「善！吾之願也。」

崔子曰：「善則善矣，而未大也，請爲子言夫清暑之大方。今聖天子在上，灑掃宇宙，清寧乾坤，仁風惠氣，劘刷上下。無嚴威虐焰之刑以爍民之肌膚，故其民漻然休然，相安以生；無星火疾馳之令以驚民之耳目，故其民蕭然怡然，相嬉以寧；無竭源涸澤焦熬峻急之征，故其民得以潤澤其家室；無蹈湯赴火汗肌浹膚之役，故其民皆得逍遥於田里。恩同祥風翶，德與和氣游，蒸而爲清氛，疏而爲泠風。垂髫戴白，無小大無遠近，蕭蕭乎如遊清涼之境、太清之世，不知暑之爲暑也。若乃渠魁元惡，肆厥暴怒，斲斮屠剔膏流節離之，毒日作而人不得全其形體；焚拆抵掎脅驅迫逐之，禍日興而人不得集其族類，凡厥烝民，莫不沸湧灼爛，號呼驚蹈，無有救止，羣望而赴愬。皇帝於是丕降霖雨，雷厲風行，天戈所麾，咸順使令。舊染之俗，攸徂之民，徒奮袒呼，壺漿以迎。慰望雲於大旱，釋徯蘇於羣情，救之火穽，置之安平。清暑之道，不其大哉！」

客聞之，離席而前，拱手而立，再拜稽首，霍然暑退。四庫本《官教集》卷一。

溽暑賦

劉子翬

病翁筋骨支離，當暑彌劇，望雨於南齋之上，拊檻而歌曰：「使天賈珠，不可以清煩裾；使天賈玉，不可以消炎酷。」想墨螟之躍淵，快商羊之僊陸。」已而飛霾斷野，細電摇嶽，簾綃蟄潤，柱礎流渥，心煩冤而若糾，思淫裔而增濁。疑環居乎曲突，乍窘跡乎重橐。

客有問曰：「溽暑何氣哉？」翁曰：「陰陽之争氣也，席威者窮而未沮，鼎盛者出而見閉也。陰出爲《姤》，陽來爲《復》。自一卦推之，消長盈虛，曾不離乎六也。蕤賓之日，陰一在内，陽五在外，而六者之運，如星循於次，如輻旋於轂，向之微者益大，大者日益蹙也。肇於豕蹢，極於龍戰，貫魚以柔順，履虎而驕僭。蓋弱則隨，强則睽，隨則睦而安，睽則競而危。兩雄不並居，終必爲之變也。方其争也，奇偶互生，剛柔雜襲，奔騰海逝，蹇嵼山立，勢均力等，屹若勍敵。初如秦晉交綏而返旆，又似漢楚相持而堅壁。彼瀜瀜潰潰者鑠爲大焦，熙熙曜曜者煦爲蒸濕也。其氣煙熅滃濛，底滯膠滃，洪溷油湊，濡汩汙浥，被金石而消耎，襲草木而萎蕤，天地汩其清明，日月昧其晶曄。薄而爲雷，則隱轔呼硠，喑噫嗢咽，旋空欲震，鬱而不渫。激而爲風，則�院蓬勃，燥冒翕忽，揚汙發穢，原谷呀呷。歷庚而伏，凡四五旬，時猶未歇也。」

客曰：「然則氣之爲沴厲者耶？」翁曰：「不然，夫惟争也，四時之序乎。萬化之機行也，子獨不聞烹飪之事乎？實水以釜，傳火以薪，燀炥烜列兮滋熾，汹湧潏溢兮驟驚。既山鳴而澗吼，亦霧蓊而雲蒸。靡堅革熟，鼎俎之味成焉，故水火不争爲爨者怠，麴蘖不争爲醪者壞，輔弼不争爲國者敗。斯言雖小，可以喻大也。」

客曰：「問一得三，蒙昧曉然，惟清論之慰沃，斯煩歊之可捐者耶。」明刻本《屏山集》

暑賦

晁公遡

盛夏之月，風緘土囊，鬱伏不興，陽亢滋驕，鑠石流金，草木焦燃，氣蒸山冥。客有過其主人而告之曰：「吁，可畏哉，暑也！吾聞朝歌令質，從魏公子浮瓜清泉，沈李寒冰。嗟人壽之無幾，須富貴其何時！南皮之樂，僕甚慕之。試與主人觀乎崤函伊闕，東西二京，平樂畢圭，長楊上林，高臺雖毀，故基猶存。菀多灌叢，交映紛披。渭濱雒脽，彌皋被隄。風來鳴枝，影爲參差。散於平中，清清泠泠。涼丘爽塏，不煩不蒸。則主人亦欲游此耶？試又倘佯四方，彭蠡洞庭，太湖松江。龍淵金隄，汨羅瀟湘。澒洞浩瀰，周數千里。蛟龍鬱怒，水涌波起。山谷震動，草木盡靡。觀者凛然，髮立膽悸，則主人亦欲游此耶？試又薄游東陲，四明會稽，衡廬九疑。玉霄赤城，高唐峨嵋〔一〕。大木千章，崇巘百常。含陰翳陽，不見日光。深林窅冥，六月飛霜。則主人亦欲

〔一〕峨嵋：清鈔本《新刊嵩山居士文全集》卷一作「蛾眉」。《歷代賦彙》卷一一作「峨嵋」。

游此耶？」

主人笑曰：「佚者不視勞，崇者不覩庳。終身慼慼，何時樂爲？今夫大農之廛，櫛比鉤聯。穀稚草壯，晝日出田。攜畚荷鍤，長後幼先。此人適逢，綫溜濫觴，如驥赴泉。齊魯之交，平原廣野。黍稷盈疇，百里一舍。脩途曼曼，日赫如赭。車殆人罷，汗浹牛馬。舉首而望，不見尺瓦。此人思得一丘，息肩稅駕，止咸陽，游邯鄲。鄭衛《溱洧》，五都之間。迎夏之陽，群女條桑。柔柯沃葉，密不蔽日。炎光下射，膚澤沾溢。此人登菅蒯之廬，意猶自得。從軍出戍，奉車挾轂。象弭百鈞，甲裳三屬。荷戈而趨，足蹈平陸。毒陽中體，炎沙燀目。此人幸得休徒止舍，以爲至足。繩樞之子，宅不盈畝。外逼闤闠，縱步無所。行者接武，如穴中鼠。銜窶齟齬，偪仄環堵。中置錡釜，煬竈之煙。煩冤勃鬱，衝牖襲户。此人困於煩囂，不得動作。一見天宇，猶以爲樂。今吾偃仰一室，息交謝客。散髮弛帶，蕭然終日。客猶喔咿，不滿於色，豈不過矣哉？客無乃貪佚忘勞，挾崇棄庳？視我之居，若絆若縻，儯不得馳。我實不然，自適其適。以休以息，其樂易給。故自居此室，而暑不我疾也。且夫與客清談，相對危坐。隱几吾心，湛然清若。止水屏囂，塵其已除。視紛華而不起，尚何有於暑哉？而當世之士，惡寒附炎，焦爛不止。弗内省於厥躬，徒歸咎於一氣，亦甚矣！」

客起而謝曰：「僕小人也，實不及此。」四庫本《嵩山集》卷一。

誚暑賦

李韡

火官之臣，職夏九旬。月屬徂暑，氣猶氤氲。赫赫朱轂，駕於銀河之津。喝黔首於原野，困鳥獸於荆榛。風如焚以灼石，水如烹而沸鱗。采蘋老人，鬢已焦禿。旅寄中吳，假住地屋。倚喘弗蘇，百骸罹毒。朝面祟牆，炎暉炙目；夕坐短簷，返照爍肉。南北無十弓之長，東西才兩尋之廣。旁之林藪，蔑有蔭障。況迫近於淤河，遂蒸熇而愈王。病婦釋針而倦紉，稚女洗粧而退帳。於是作歌曰：斗柄西指，涼風秋矣。火熱斯極，金伏收矣。積陽上升，兹日瘳矣。火官之臣，行且休矣。重曰：桂芳兮蘋香，素月兮清光。赤雲滅兮白雲揚，沐冠巾兮浴衣裳。拔火聚於髁國，撤烘燎之吟床！《江湖後集》卷二〇，影印文淵閣四庫全書本。

避暑賦

丁亥閏五

李曾伯

淵獻編年，蕤賓紀律。當梧葉之十三，餘蓂莢之六七。庚金始明，離火正棘。於時雲蓋張空，日馭鑠石。猶酷吏之堪畏，類權門之可炙。復以暑雨積潤，温風致濕。動小民之怨咨，起庶人之鬱邑。遂使都會，達於閭閻，嘆燠若以暘若，皆炎如而焚如。喘形乎宰相之牛，躁見乎丈人之烏。重以小寇之攻兮，營營乎肆其擾；細人之蠅兮，紛紛乎爲之驅。凡厥俯仰之内，俱無賢愚之殊。雖碧紗兮爲之呵禦，白羽兮爲之吹嘘，晏子爽塏之宅，不韋高明之居，蓋未有不受乎陰陽之炭，而獲出乎造化之爐者也。

是日客有屋不擡頭，室僅容膝，新浴而振靈均之衣，當暑而袗尼父之絺，陳以珍盤，佐以篚實。然而背與汗以相浹，纓雖泉而莫滌。雖袁紹之酒未遑飲，而方朔之肉不暇食。遠懷乎高山流水之勝，近想乎修竹茂林之僻，環視六合，神遊八極。卑驪山之仙遊，陋摩詰之舊跡。颸無扇金，景已含璧。顧無地之可避，姑惟意之是適。

於是舉義扇，披楚襟，拄西爽之笏，撫南薰之琴。枕桃笙而高卧，倚胡床而長吟。已而月明星稀，籟静機沉。虚室生白，玄關不扃。頓覺耳洗巢父之水，不待面障元規之塵，逡巡而肺腑之疾去，逶迤而毛髮之寒生。恍兮如駕黄鵠而訪河漢，忽兮如跨青鸞而上蓬瀛。殆莫知其爲朝市不避風雨之吏，而其或爲山林不知寒暑之人也耶？心既休，夜漸永，皤然而作，若有所警。乃思天地兩間，寒暑一證，以四序之推遷，猶兆人之告病。而況中宇宙而立，司民物之柄，與其處唐帝之風殿兮，人間苦乎炎熱，孰若罷漢文之露臺兮，海内庶乎清浄！

彼二老之避海濱兮，得不以其炮烙之刑？四皓之避商山兮，又焉非以其棄灰之冷？倘不思有司之酷於暑兮，毋乃使元元之不堪命。已矣哉！兔没兮烏升，燕去兮鴻賓。毋炎上其性兮，毋熱中其情。存乎我之夜氣兮，聽夫物之秋聲。彼赤熾之鬱鬱兮亦欲東耳，天固將起涼風於青蘋。四庫本《可齋雜藁》卷二一。

宋代辭賦全編卷之三十五

賦 歲時 二

秋賦

吴淑

秋日淒淒，百卉具腓。溽暑闌而清商至，鴻鴈來而玄鳥歸。月下清吟，賞袁宏之自適；吳中歸思，伏張翰之知機。爾其縮内在時，貙膢是祭。其事言，其性義。藏帝藉於神倉，命樂正而習吹。敕司爟而行火令，歌《豳詩》以迎寒氣。白露斯零，寒蟬則鳴；絡緯悲啼，蟋蟀宵征。於是行肅殺，務收成，既決獄而斷刑，亦選士而厲兵〔一〕。爾其天地始肅，鷹隼方擊，青女降霜，司裘率職。見一葉而可知，觀萬物之成實。

〔一〕選士：明秦汴校刊本、四庫本作「選將」。

其帝少皞，其神蓐收。當乘《兑》而執矩，推《巽》廢而《離》休。見斗杓之西指，識大火之斯流。

若其取柞楢之火，樹槐柘之木，壽星既見於南極，日馭亦行於西陸。羣鳥由其養羞，司矢以之獻箙。詔司馬而治兵，命輶軒而採俗。

若夫寅餞納日，盛德在金。吟嘯成羣，感李陵於塞上；應接不暇，勞子敬於山陰。可以修城郭，可以謹門閭。漢徹淋池之神物，穆滿羽陵之蠹書。望高丘之雲，潛通吉夢；會凋房之弈，自叶祥符。

及夫草木黄落，蟄蟲坏户。見神龍之潛淵，識絲囊之盛露。至若金氣方勁，清風戒寒。嚴霜舉侯文之職，飛蟬集朱弁之冠。露始滋於園菊，風已敗於叢蘭。則有鷹祭鳥而無差，豺祭獸而靡失。西宫之鐘既撞，蕭丘之火自息。露凝冷以淒清，蟬含風而蕭瑟。若夫蒹葭蒼蒼，白露爲霜；菊有黄華，雲見羣羊；木葉微脱，緑草芸黄。肅清景於素節，循時令於白藏。

若乃雲漢靈匹，見於七夕。阮巷矜綈錦之衣，魏宫愴琉璃之筆。或張雲錦之帷，或履玄瓊之舄。道武則參合分祥，漢帝則猗蘭告吉。層城嬉戲，開襟縱適。西母則青鳥侍傍，竇后則神光照室。亦有針穿七孔，燈燃九微。命五龍之駕，臨百子之池。登舜山而騁望，侍玄圃以裁詩。晉宣曝書而迫遽，郝隆曬腹而逶迤；陶安騎龍而遐騖，子喬乘鶴而難追。

若其重陽令辰，時惟九日。落孟嘉之帽，傳長房之術。白衣王弘之遺，黄菊魏文之錫。登高飆而爲樂，指戲馬而爰出。三隥則山簡登躋，九井則仲文游陟。耽靈運之吟思，諷謝瞻之詩筆。晉則執經以明道，齊則講武以應律。斯九日之盛集，見前賢之軌迹。宋紹興刻本《事類賦》卷五。

秋賦

宋徽宗[一]

楚襄王以雲夢新秋，章華遥矚，顧謂侍者，言於宋玉：「吾聞白帝令行，金烏景促，淒涼兮天地之内，摇落兮山川之曲。昔恨何已，今悲不足。」玉曰：「臣聞泬寥兮空高水清，寂寞兮傷心軫情。況溽暑方退，涼飈乍生，楚岫添

[一] 此賦未見他書載録，原題「徽宗皇帝秋賦御書」，未言撰者。考篇末「宣和殿御書」及岳珂《贊》云「偉楚臣之托辭兮，侈肆筆之特書」，或即宋徽宗自撰自書。

碧，吳江更明。或當別浦，或在邊城，莫不對景魂斷，嗟時骨驚。至如晃曜天區，蕭條帝里，有柳色初減，有蟬聲自起，會牛女於銀漢，別昏明於漏水。金盛難測，火流河已，漠漠淒淒，乃孟秋之節矣。又若律建南呂，風驚北邊，氣分琴怨，時當月圓，燕將蝶以朝別，螢照蛩而夕翻。葉黄兮露灑秦地，草白兮雲愁朔天，凛然肅爾，乃仲秋之節候焉。洎乎始漲湘波，初驕代馬，木落江上，霜飛天下，衣可授於中土，菊方開於四野。既混川岳，寧殊夷夏？憀慄颼飀，乃季秋之氣也。古往今來，悲乎信哉！爽徹誰運，昏沈洞開，漢宫之扇詠垂誡，鄭國之蘭香亦摧，自然夕景方寒，晨光不熾。雨洗高而更碧，煙凝遠而逾翠，千門之絺綌無彩，五夜之星河有次。此時羣鴈，飛來絶塞之聲；何處孤砧，擣出幽閨之思。斯則天道推移，人事盛衰，鷹祭鳥以當候，雷收聲而應期。」

楚王乃悄爾凝睇，端然益悲，察榮枯之至理，戒驕奢於是時。

《秋賦》，宣和殿御札。

右徽宗皇帝御書《秋賦》真蹟一卷，金縷百花裝縹緑朱界玳瑁雙龍軸，太平盛時，百工技巧咸精。其事臣固聞而未之見也。嘉定癸未歲九月初，遣諜者得此蹟於燕。時距宣和已百年矣，而縹褫砥平，雖間關毀摺，不少損動。金縷之妙，細比毛髮，殆與神工鬼能較奇逞異於秋毫間。臣是以知史漢之稱孝宣，初無溢辭。驚喜歎息，又幸神蹤之迨還，殆天所畀，將復見如本始地節之中興也。四庫本《寶真齋法書贊》卷二。

徽宗皇帝秋賦御書贊

岳珂

帝宣和之太平兮，忻朝野之多娛。偉楚臣之託辭兮，侈肆筆之特書。猗百工之精能兮，璨玳軸而金朱。宛百年其如砥兮，方日卷而霞舒。維宸筆之天縱分，臣固不得而議也。若一藝之必極其致兮，亦盛時之細也。彼舞衣與竹矢兮，猶三代之秘也。知苟且之必無兮，亦可觀其治也。在本始與地節兮，漢室稱爲中興。豈尚方之工萃兮，反有愧於西京。紛天葩其在前兮，晃銀海其欲眩。縷黄金以爲飾兮，駭萬態而千變。雙龍宛其在軸兮，森毛髮以骨寒。歷潺潤與埃塵兮，曾不可乎犯干。巫咸下招兮，天門詄蕩。臣得而藏兮，徒慨歎以興想。鸞翔龍翥兮，太平之蹤。神睒鬼哭兮，太平之工。五陵松柏兮，蕭蕭秋風。此賦之傳兮，與天無窮。四庫本《寶真齋法書贊》卷二。

續秋興賦 並序

周邦彦

某既遊河朔三月而見秋，居僻近郊，雖無崇山峻嶺之崔嵬，飛泉流水之潺湲，而蔬園禾畹，棊布雲列，圍木蓊鬱而竦尋，野鳥鳴侶而呼儔，紵麻桑柘，充茂蔭翳。間或步屧於高原，前阻危壘，下俯長濠，寓目幽蔚，心放形適，似有可樂。今既秋也，草衰而微徑見，露冷而丹葉殞，薄日黯淡而映野，遊飆蕭瑟而鳴條。其既夜也，宇宙澄寂，纖雲不飛，庭木蕭疎，素月流光，穿予窗而照余席，弄嬋娟而助淒涼。闃兮不聞人聲，唯腐牆敗壁之隈，有唧唧然鳴者，若吟若嘯，若歎若泣，其作而忽輟，若倦而自止，其斷而復續，若怨未已而再訴。予方開軒以迎風，鈎簾以延月，隱几而坐，愀然變容，亦將有所感者。既而悟曰：彼物爲陰陽所役，有口者不得嘿，有身者不得息，故爲此唧唧也。今予又將爲唧唧者役乎？因思古之人悲秋，豈非情爲之累！不唯見役於陰陽，而更爲物役者耶？將有終身之憂，託意於秋而發其狂言耶？將有幽憤滿心，戚醮遇景而增劇耶？不然，則所以悲秋者果焉在耶？古人已死，不可得而問，請斷之以理。因抽毫進牘，作賦以自廣。潘岳嘗有《秋興賦》，故此賦謂之續賦焉。其辭曰：

嗟時之不可留兮，倏如飛筈之離弦。忽此素秋之來兮，氣憭慄而淒然。奪青爲黃兮，而變盛爲蔫。萬實離離兮，大者如杯而小者如拳。萬葉飄飖兮，上者游空而下者淪淵。蚊蠅收聲而離席，鶡鴨得勢而盤天。微雨供涼而蕭颯，鮮雲結陰而連綿。

余方縱步乎高明而遊目於虛曠，見其爲氣也，非煙非霧，非氛非坱，森然骨清而肌慄，慽然意適而神爽。嗟鉗口而結舌，不能託物以形像。嘉哉秋之爲氣也，不媚不媠，不煩不縟，虛曠而澄鮮，簡勁而嚴肅，幾似乎壯士之凝思，烈女之守獨。其靜聽也，如塤如篪，如笙如竽，清清泠泠，不類乎人聲，而在乎扚斬之比竹與穿穴之枯株。其下視也，水生漣漪，瀰漫織文，細如魚鱗，滉瀁乎萍面而縈環乎蘆根。尋余衣而沐余髮，攬之不得，但欲輕舉而飛騰。曰：「豈非所謂秋風者耶?」

造化密移，不可察知，變四時爲寒暑，記北風而噓吹。徒見春花之綺靡，秋葉之離披，文禽嚶嚶於佳木，寒蟄切切於空幃，妄追逐於外物，淫思慮而歡悲。豈知夫衰樂榮盛，相尋反衍，伊四時之去來，猶人事之展轉，來兮不可推，去兮不可挽，知已毁者不完，故甑墮而不覘。胡用逃江湖而長逝，啜糟粕而沉沔。廼欲銷日而忘憂，可嗟除患而術淺。

天下之患，金木爲輕。陰陽之患，無甚人情。其熱焦火，其寒凝冰。不息其火兮而與火增明，不釋其冰兮而與冰凝。或扃扃然而笑，或覤覤然而驚。凡一得一失，則一死一生。居處狹隘，則勃蹊而不寧，方寸不虚，則宜乎爲哀樂之所嬰，故覩節物之晼晚，則索然而涕零。彼物之枿者復茂，而黄者復青，唯汝豐肌改而憔悴，美鬚變而星星。知彫年急景之易盡，何以銜哀懷恤，撑腸柱腹而填膺！吾將倘佯乎馮閎，盱衡乎太清，開襟延佇，冒秋氣而嘗秋風，觀秋色而聽秋聲，豈知有哀樂得喪之不平。《聖宋文海》卷五。

擬秋興賦 並序

毛滂

僕少多難，初無宦情，不知委曲以向物。七年荷鍤灌園，追蹤丈人。自惟遭世清平，朝廷有道，君子在治，貧賤恥矣。妻孥糠豆，日覺不贍。前得郡掾曹，故自勉以行。時去先廬而將南，泊郊寺而逢秋，舍館高明，山水秀合，夕飆入簾，曉涼侵榻，爬搔隱几，星髮垂脰。昔潘安仁三十有二，始見二毛，寓直散騎省，而有江湖山藪之思。僕少潘安仁八歲，時異事殊，而其志不同，顧頭獨蚤白耳。今兹遠畏日之煩歊，接蕭辰之清厲，追數節物之變，摹寫田家之樂，驅除肺肝之鬱滯，作《擬秋興賦》以自見。

羲和策轡於丹衢兮，雲崥崹而迢遞。御絺綌以交箑兮，膚漫瀾而汗渥。企西風之來斯，中悶然以求濯。允天吏之周旋，夏獨使人而心癉。冬凌兢而沍結，景慘慄而窮短。悵修夜之悠永，眷布帛之餘煖。至春則氣回於和，物蠢而舉。風亹亹而披離，雲娟娟而容與。弱草紛以無名，希蘭芷而並萸。軒微禽之啁啾，滋乘居而匹處。被生生之大德，咸桀驁而自怙。凜乎清哉，旻天之窿穹，蒼無痕而廓寥。森松栢之勁氣，傷凡木而先彫。遡鷹鶻之蕭爽，横空闊而飄飖。伊鳥雀之奔迫，拆頭顱於霜骹。鴈噰噰而懷歸，燕索索而辭巢。掃鬱滌滯兮，惟秋之有力，古之人亦何爲愴恨以悲而無聊！田家之樂兮，秋日歸吾田而經吾籬垣。稻已實而穲稏，菊含英而敷腴。鷄肥酒熟，薄税既輸，芋栗堆盤，葵薤充廚。紛舉酌以交勸，翩既醉而相扶。

僕時有江南之役，足將行而屢却。絶城市之迫塞，得紺園之虚泊。溪山迎前，竹栢森若。晝則諸峰無雲，軒昂磊落。雨斷晚虹，山氣綽約。翠色潤活，飛上簾箔。方潦收而水清，露下而蘋老。鷗落園沙，烟抱疎蓼。僕方登臺而四望，知天遠而無所至極。庶幾躍九萬而升暘谷兮，挾日車以效余力。蹇淹留乎昆吾，耿中正以照此下國。意悠悠兮，隨雲烟而泮奂；目瞭瞭兮，見飛翮之出没。既而曜靈晼晚，崦嵫陸離。蟬既咽而涔急，葉已脱而復吹。燈炯炯而出簾，螢的的而投帷。夜參半而不寐，澹偃蹇而有懷。彼娥娥之佳人，居華陰之雲崖。敬持南金以交驩，又參差而願乖。睇蒼茫而莫致，秖奄奄而霧霾。

吁嗟兮，僕將行乎四方，汀濘不可以浮舟，而世無驌驦。又將家以休兮，翳薈不可以爲柱，豆萁不可以爲梁。逝將去兹而棲遲兮，步滋蘭之畹，而襲此蕙纕。飾以崑崙之璧兮，又申以東海之夜光。擷朝菌而不饑兮，仰沆瀣而内涼。攬浮雲之輪囷，坐鵬翮而相羊。驚白髮之侵凌，省余年其未央。詎星星之見髭，或種種而未長。獨引吭以思晨，中耿介而激昂。將策足以升高，則階何爲而可致？將引手以汲深，則綆何爲而可索？又將必得僊芝爲僊，舍常何爲客耶？誠人力之可爲，將天理之不亮。參苓桂芝，則病者必畜；賢良俊乂，而治世所訪。彼豐城之夜氣，干斗牛而直上。顧延平之未歸，蓋已驚人之觀望。爲珪璋者必知其非石，亦徘徊而待價。鼓刀者意在鼎羹，操築者卒成此大廈。豈知神奇之不爲臭腐，兹又豈可以久假？譬風雨寒暑之序焉，蓋紛相轉以榮謝，何必求服而驟進，貪餒而妄食？將潛淵泉而濯鱗，將憑風雲而開翼。忽來去之難把，盡秋毫於帝德。

噫嘻！僕其南征哉。無東方之滑稽兮，將不可以自薦。彼封侯廟食兮，孰敢誰何？彼投筆而起者，不幾於狷也？拂外物之儻來，詎趙孟之能賤。

亂曰：風露既降，淒以清兮。壯懷掛摽，撫以驚兮。氣横蘐矇，浮雲平兮。赤心易感，白髮生兮。蕭然夜榻，一影并兮。天潢洗月，相對平兮。孤吟聆響，無人聲兮。疏飈過竹，翻簾旌兮。四庫本《東堂集》卷一。

《施註蘇詩》卷二八《次韻毛滂法曹感雨》注　毛滂字澤民。元祐初，公在翰苑，澤民自浙入京，以書贄文一編自通。公出守錢塘，澤民適爲掾。紹聖初謫惠州，澤民以書問安否，又寄所擬《秋興賦》，公答之曰：「《秋興》之作，追配騷人多矣。遇不遇自有定數，然非厄窮無聊，何以發此奇思，以自表於世耶？」

《復小齋賦話》卷下　詩有擬古，賦亦然。……毛滂有《擬秋興賦》，李忠定有《擬騷賦》。

秋興賦

陳普

金風西來，嘘一氣於清商；蕭颯瑟飀，肇六合之寒凉。煙雲飛兮縹緲，穹昊高兮青蒼。溪流嗚咽以竭涸，林木於邑而凋傷。枯荷池館，敗葉垣牆。幽情芳杜，愁心垂楊。燕謝跡於泥巢，鴻馳聲於瀟湘。豆花蟲兮訴恨，腐草螢兮流光。傷流年之翕忽，覽時物而徬徨。

吟清風兮歌滄浪，懷美人兮天一方。寄遊心於千里，極雲海之微茫。微茫兮不可涉，夕陽影兮楓葉。想羹膾之蓴鱸，欠松檜之舟楫。美人兮美人涕淚沾巾，恨不得學長房而縮地兮，把瑤草兮相親。明萬曆刻本《石堂先生遺集》卷一五。

秋興賦

陳普

維天動而地静兮，陰陽隨其運行；四序因而代謝兮，萬物遂其枯榮。若夫秋之爲令兮，誕金德之純精。迴飈忽以狂厲兮，萬籟托於商聲。天沉寥而晃朗兮[一]，露零零而淒清。

微陽短晷，涼氣迴薄。遊絲編線，槁葉隕落。夜色冷而扃扉，晨光澹乎樓閣。蛩蟲

[一] 沉：原作「沉」，據《歷代賦彙》卷一二改。

修其坯户，鷹鷙奮其搏攫[一]。於斯之時，則屏纖絺，襲重裘，曳瘦竹，涉高丘。雲留陰兮暮色，泉托語兮寒流。軒堦行其㸌耀，枯樹鳴其鵂鶹。慨浮生之爲寄，悲急節之難留。

嗟乎！世人蒼皇，羈迫塵鞅。或趨利於宦途，或劬情於遠客。或折脅之范雎，或頷頤之蔡澤。亦有雲路翺翔，風波扞格。是皆一時之蹭蹬，終不免於沉默也。已矣哉！白日兮西飛，明月兮盈虧。百川水兮歸海，華表鶴兮不歸。曷若理扁舟於五湖，對白鷗而忘機！明萬曆刻本《石堂先生遺集》卷一五。

秋聲賦

歐陽修

歐陽子方夜讀書，聞有聲自西南來者，悚然而聽之，曰：「異哉！」初淅瀝以蕭颯，忽奔騰而砰湃，如波濤夜驚，風雨驟至。其觸於物也，鏦鏦錚錚，金鐵皆鳴。又如赴敵之兵，銜枚疾走，不聞號令，但聞人馬之行聲。余謂童子：「此何聲也？汝出視之。」童子曰：「星月皎潔，明河在天，四無人聲，聲在樹間。」

[一] 奮：原作「奪」，據《歷代賦彙》卷一二改。

余曰：「噫嘻，悲哉！此秋聲也，胡爲而來哉？蓋夫秋之爲狀也，其色慘淡，煙霏雲斂；其容清明，天高日晶；其氣慄冽，砭人肌骨；其意蕭條，山川寂寥。故其爲聲也，淒淒切切，呼號憤發。豐草緑縟而争茂，佳木葱籠而可悦〔一〕，草拂之而色變，木遭之而葉脱。其所以摧敗零落者，乃其一氣之餘烈。

夫秋，刑官也，於時爲陰；又兵象也，於行用金〔二〕。是謂天地之義氣，常以肅殺而爲心。天之於物，春生秋實。故其在樂也，商聲主西方之音，夷則爲七月之律。商，傷也，物既老而悲傷；夷，戮也，物過盛而當殺。

「嗟乎！草木無情，有時飄零。人爲動物，惟物之靈。百憂感其心，萬事勞其形，有動於中，必摇其精。而况思其力之所不及，憂其智之所不能，宜其渥然丹者爲槁木，黟然黑者爲星星。奈何以非金石之質，欲與草木而争榮？念誰爲之戕賊，亦何恨乎秋聲！」

童子莫對，垂頭而睡，但聞四壁蟲聲唧唧，如助余之歎息。宋慶元刻本《歐陽文忠公集》

〔一〕籠：四庫本及《皇朝文鑑》卷三、《古今事文類聚》前集卷一〇、《古賦辯體》卷八、《唐宋八大家文鈔》卷六〇、《歷代賦彙》卷一二作「蘢」，是。

〔二〕用：四庫本及《崇古文訣》卷一八、《古賦辯體》卷八、《歷代賦彙》卷一二作「爲」。

卷一五。

李之儀《與友人往還手簡》一六（《姑溪居士文集》卷三一）　近時歐陽文忠公《秋聲》，乃規摹李白，其實則與劉夢得、杜牧之相先後者。東坡自以前後《赤壁》爲得意，不知馳騁，前人當在，是何步武？　間擊節高妙，因幸垂教。

周必大《歐陽文忠公集後序》（《周文忠公集》卷五二）　《歐陽文忠公集》自汴京、江、浙、閩、蜀皆有之。前輩嘗言公作文揭之壁間，朝夕改定。今觀手寫《秋聲賦》凡數本，劉原父手帖亦至再三，而用字往往不同，故别本尤多。後世傳録既廣，又或以意輕改，殆至訛謬不可讀。

楊萬里《跋歐陽文忠公秋聲賦及試筆帖》（《誠齋集》卷九八）　六一先生墨妙每見石刻，未見真蹟也，今乃得見《秋聲賦》、《試筆》帖。先生之孫提幹不來歸故鄉，安得此奇觀？　提幹云：「尚有《集古録跋》及家書四百餘紙。」某聞之，雖喜，然未敢盡求觀也。

《崇古文訣》卷一八　模寫之工，轉折之妙，悲壯頓挫，無一字塵涴。

《經鉏堂雜誌》卷一　《秋聲賦》云：「奈何思其力之所不及，憂其智之所不能。宜其渥然丹者爲槁木，黟然黑者爲星星。」此士大夫通患也。夫力所不及，而思徒思耳；智所不能，而憂徒憂耳。吾嘗有多憂多思之患，方壯而遽老，未老而先衰，坐此故耳。

劉克莊《答陳卓然書》（《後村先生大全集》卷一三一）　足下賦此閣，當於《列子》書中采至言妙義，以發其超出形氣、遊乎物初之意，今自首至尾，字字句句不離一部騷辭，與韓、柳軸異，與近世《秋聲》、《鳴蟬》、《赤壁》、《黄樓》之作亦異，與山谷自鑄偉辭之説尤異，此僕所未喻也。然僕捐書惰學久矣，聞足下師太常洪公，其往問焉。僕新哭猶子，悲惱無聊，或足下未行，尚謀欵盡。

《黄氏日抄》卷六一　《蟬聲賦》、《秋聲賦》之脱灑，《病暑賦》、《憎蒼蠅賦》之布置，皆當成誦。

《山中之樂》一首，贈慧勤者，摹寫變化，亦一大奇。

《宣和畫譜》卷一二　内臣馮覲字遇卿……畫《金風萬籟圖》，怳然如聞笙竽於木末，其間思致深處，殆與《秋聲賦》爲之相參焉。惜乎覲性習未寧，但恐他日參差耳。

王若虚《文辨》（《滹南集》卷三六）　歐公《秋聲賦》云：「如赴敵之兵，銜枚疾走，不聞號令，惟聞人馬之行聲。」多卻「聲」字。又云：「豐草緑縟而争茂，佳木葱蘢而可悦。草拂之而色變，木遭之而葉脱。」多却上二句。或云「草正茂而色變，木方榮而葉脱」，亦可也。

《隱居通議》卷五　歐陽公《秋聲賦》，清麗激壯，摹寫天時，曲盡其妙。《憎蒼蠅賦》次之，用事寫情，俱無遺憾。

《古賦辯體》卷八　晦翁云：「宋朝文明之盛，前世莫及。自歐陽文忠公、南豐曾公與眉山蘇公三人相繼迭起，以其文擅名當世，傑然自爲一代之文。獨於楚人之賦，有未數數然者。」愚按此言，則宋朝古賦可知矣。此等賦實自《卜居》、《漁父》篇來，追宋玉賦《風》與《大言》、《小言》

等，其體遂盛，然賦之本體猶存。及子雲《長楊》，純用議論説理，遂失賦本真。歐公專以此爲宗，其賦全是文體，以掃積代俳律之弊，然於《三百五篇》吟咏情性之流風遠矣。《後山談叢》云「歐陽永叔不能賦」，其謂不能者，不能進士律賦爾，抑不能風所謂賦耶？迂齋云：「此賦模寫工，轉折妙，悲壯頓挫，無一字塵涴，自是文中著翹者。」

《山堂肆考》卷一二九　《秋聲賦》，劉禹錫作，「碧天如水，窅窅悠悠，百蟲迎暮，萬葉吟秋，欲辭林而瀟颯，潛命侣以啁啾」，歐陽亦有此賦。

劉嵩《題山水畫》之三（《槎翁詩集》卷四）　群木颯蕭蕭，虚堂坐寂寥。秋聲方永夜，月色自中宵。目倦青編過，眠遲絳蜡消。平生江海志，及此歎飄摇（右歐陽永叔《秋聲賦》）。

《歐陽文忠公文選》卷一〇孫鑛評　果是以文爲賦，稍嫌近切，然説意透，亦自俊快可喜。　歸有光評　形容物狀，模寫變態，末歸於人生憂感，與時俱變，使人讀之，有悲秋之意。

《山曉閣選宋大家歐陽廬陵全集》卷一鍾惺評　秋聲，無形者也，卻寫得形色宛然。讀之使人悄然而悲，肅然而恐，真可謂繪風手矣。　孫琮評　作賦本意只是自傷衰老，故有動於中，不覺聞聲感歎。一起先作一番虚寫，第二段方作一番實寫，一虚一實已寫盡秋聲。第三段止説秋之爲義耑以肅殺，引起第四段自傷衰老爲一篇主意。結尾「蟲聲唧唧」亦是從聲上發揮，絶妙點綴。讀前幅，寫秋聲之大，真如狂風怒濤，令人怖恐；讀末幅，寫蟲聲之小，真如嫠婦夜泣，令人慘傷。一個「聲」字寫作兩番筆墨，便是兩番神境。

《唐宋八大家文鈔》卷六〇茅坤評　蕭瑟可誦，雖不及漢之雅，而詞緻清亮。

《弇州四部稿》續稿卷一六二　趙承旨此書，英標勁骨，諤諤有松風意，要當與《秋聲》鬬雄。而行間茂密，丰容縟婉，春氣融融波拂間，故賦所不能兼有也。承旨書與歐陽少師文，皆中古而後最鮮令標舉者，惜不能脱本來面目。盡脱之，何必減羊中散、褚愛州。

《古文析義》卷一四林雲銘評　總是悲秋一意。初言聲，再言秋，復自秋推出聲來，又自聲推出所以來之故。見得天地本有自然之運，爲生爲殺，其勢不得不出於此，非有心於戕物也。但念物本無情，其摧敗零落，一聽諸時之自至，而人日以無窮之憂思，營營名利，競圖一時之榮，而不知中動精摇，自速其老。是物之飄零者，在目前有聲之秋；人之戕賊者，在意中無聲之秋也，尤堪悲矣！篇中感慨處帶出警悟，自是神品。

《評注才子古文》卷一二王之績評　以文爲賦，雖非正體，然賦之境界如天海空闊，何所不有？學者論文，當大其眼以對之，勿玉日而毁月可矣。天地之大德曰生，誰謂以肅殺爲心？歐陽文成粘壁，出入覷改，甚至有通篇不留一字者，何不及此？　**金人瑞評**　賦每傷於俳儷，如此又簡峭，又精練，又徑直，又波折，真是後學作文之點金神術也。

《唐宋十大家全集録·六一居士全集録》卷一儲欣評　賦之變調，别有文情。賦至宋幾亡矣，此文殊有深致。

《古文評注》卷八過珙評　秋聲本無可寫，卻借其色、其容、其氣、其意，引出其聲。一種感慨蒼涼之致，淒然欲絕。末歸到感心勞形，自爲戕賊，無時非秋，真令人不堪回首。王鳳洲曰：「孫巨源《秋怨辭》云：『黄葉無風自落，秋雲不雨常陰。天若有情天亦老，摇摇幽恨難禁。惆悵舊歡如夢，覺來無處追尋。』大略即此段意，古今以爲奇絕，可以參觀。」

張綸《林泉隨筆》　歐陽公《秋聲賦》寓意深遠。九秋之時，草木零落，百物變衰，亦由當時危亂將至而氣象悲慘也。元城劉公與馬永卿論國事，亦以春風秋霜生殺爲言。公之此賦，豈以王安石引用群邪，妄行新法而作也歟？

《義門讀書記》卷三九　雖非楚人之辭，然於體物自工，至後乃推論人事，初非純用議論也。識之者只是不識，公於文章變而不失其正爾。「異哉！初淅瀝以蕭颯」，「胡爲而來哉」，先賦聲。「又如赴敵之兵」與後「殺」字相映。「四無人聲」，「人聲」二字上顧「赴敵」，下爲「在樂」一段起本。「蓋夫秋之爲狀也」，「乃其一氣之餘烈」，此賦秋。「故其爲聲也」，合到「聲」字。「亦何恨乎秋聲」，反結「悲哉」句。「但聞四壁蟲聲唧唧」，以細聲結。韓子云：「以蟲鳴秋結，仍渾成該括。」

《賦話》卷五　《秋聲》、《赤壁》，宋賦之最擅名者，其原出於《阿房》、《華山》諸篇，而奇變遠弗之逮，殊覺剽而不留。陳後山所謂一片之文押幾個韻者爾！

《古文眉詮》卷六二浦起龍評　古不如漢，麗不如唐，超解亦讓從來坡老，而其機法之楚楚，可以津逮幼學。

《古文觀止》卷一〇 秋聲，無形者也，卻寫得形色宛然，變態百出。末歸於人之憂勞，自少至老，猶物之受變，自春而秋，凜乎悲秋之意，溢於言表。結尾蟲聲唧唧，亦是從聲上發揮，絕妙點綴。

《古文釋義》卷八余誠評 借景言情，不徒以賦物爲工，而感慨悲涼中，寓警悟意，洵堪令人猛省。通篇凡十四易韻。

《古文經訓》江皋居士評 用心之要，謀於理，愈返而愈靜；逐於欲，愈紛而愈馳。勞逸休拙之故，亦視用心何如，非遂冥然寂守爲得其養也。昔人言近因學道，思慮心虛。伊川先生曰：「人之血氣固有虛實，疾病之來，聖賢所不免，然未聞自古聖賢因學而致心疾者。」蓋理實無形之範，欲乃潰防之川，迥然各別。篇中言思其力之所不及，憂其智之所不能，一切行險僥倖，叩寂求虛，皆其類也。善讀者當明辨而自得之。

《古文一隅》卷下朱宗洛評 秀。首一段摹寫秋聲，工而切矣，卻不放出「秋」字，於空中想像形容，此實中帶虛之法也。次段先就童子口中摹寫一番，然後接出秋聲，振起全篇，此文家頓挫搖曳之法也。三段實寫「聲」字，卻不徑就「聲」字說，先用「其色」、「其容」、「其氣」、「其意」等作陪，此四面旁襯之法也。四段就「秋」字發揮，即帶起下段，此前後相生法也。五段是作賦本旨，末段是用小波點綴，收束前後感慨，尤見情文絕勝。

《國文經緯貫通大義》卷二 《秋聲賦》滿紙皆秋聲，此文滿紙皆琴聲。「桃花流水杳然去，別有天地非人間」，文境彷彿似之，神乎技矣！琴説在結末點出，高絕，此亦自然天籟也。歐公文最善唱歎，以多有選入別法者，故本法僅録二首，學者但求其神足矣。

又卷八　自《天保》、《大明》諸詩以陽庚韻與入聲韻間用，退之用之作《張徹墓銘》，永叔用之作《秋聲賦》，而皆間一句成韻，音節之妙，乃繹如以成，古人三昧法全在於此，學者切宜熟讀注意。

依韻和吕抗早秋賦

田錫

《楚詞》若曰：洞庭始波兮，木葉微脱。今藻麗之所賦，彼詞采之可奪。秋之爲狀也，湘天江兮晝清，雲土夢兮晴闊。肅風日之澹白，爽乾坤之虚豁。蓐收其神，少皞良辰，天子居總章之左个，載白其輅，靡朱其輪。詔扈隨之有司，與侍從之輿臣[一]。迎氣也，雨師灑西郊之道，風伯清北闕之塵。順暑革故，微涼鼎新。當詞臣之在列，承睿睠之何頻。謂秋之可賦也，月紀靈娥，風清少女；珠連五緯，

[一] 與、輿：原作「輿」、「與」，據四庫本、宋人集丁編本及《歷代賦彙》卷一一、《古今圖書集成·歲功典》卷六二乙。

鱗差四序。當暑往以涼迴，若露晞而霞舉。方朔之辨，既逸君子之可稱；相如之文，乃爲時人之見許。於是抽毫進牘以就位，研精覃思乎多士。增雅詠於新唱，徵博聞於舊史。始沈鬱以麗則，終鏗鏘而綺靡。逸韻金奏，妍詞鋒起。詞云：

秋之可賞也，初蕭瑟於玉關，旋澄暉於帝里。律生遡管以先變，雲聳奇峰而未已。日居月諸，景象何如？桐葉潛零，下玉欄兮金井；桂花增朗，鑑珠簾兮綺疎。白露降兮，庭蕪已滋；寒蟬鳴兮，塞草未衰。太史奏在金之日，詩人稱流火之時。華皓兮潘安易感，離騷兮宋玉何悲。人雖其咨，彼亦云嘻。蓋楚風之掩抑，夫郢曲兮高卑。蘭宇清兮，風期自遠；玉繩長兮，日馭可縻。當羲軒之景運，樂堯舜之昌期。皇猷有截，聖理無遺。歌事曰風，而布義曰賦，賦可金門而獻之。傅增湘校訂淡生堂鈔本《咸平集》卷六。

乞巧賦

梅堯臣

孟秋七日，夕户未扃。余歸自外，見家人之在庭。列時花與美果，祈織女而丁寧。乞天巧之付與，惡心手之鈍冥。余既寢而弗顧，又烏辨乎列星？兒女前曰：「故事所傳，餘千百齡，何獨守拙，迷猶未醒？」

遂起坐而歎曰：「吾試語汝，汝其各聽。夫芒忽之間，變而有氣，氣而有形，形而有生，生而有靈，愚愚慧慧，自然之經。賦已定矣，今返妄營，則何異高山之木兮，不能守枝葉之亭亭，欲戕而爲犧象兮，利塗飾乎丹青。且復天巧與人巧將不同也，天孫又安得此而輒私？天之巧者，總陰陽，運四時，懸日月星辰而不忒其璇璣，鼓雷風雨雪而不失其施，生萬物，死萬物，而物得其宜，此天之所以任大巧而不虧。人之巧者非它，直心口手足也。心巧於慮，口巧於詞，手巧於技，足巧於馳，亦各有極，不可强爲。故慮之巧不過多智謀，使爾多謀多智，則精鶩而魄離；詞之巧不過多辯言，使爾多言多辯，則鮮仁而行遺；技之巧不過多能藝，使爾多能多藝，則藝成而迹卑；馳之巧不過多履歷，使爾多履多歷，則速老而筋疲。如是，則吾焉用而乞之？吾學聖人之仁義，尚恐没而無知。肯乞世間之輕巧，以汩吾道而奪吾之所持。吾決守此而已矣，爾勿吾疑。」明正統刻本《宛陵先生文集》卷六〇。

暮秋賦

張耒

嗟余志之莫就兮，哀天時之不予謀。歲冉冉以將暮兮，無以蕩吾之幽憂。昔吾之既有知兮，獨信道而不顧。鞭吾駒之不戒兮，眇一世而獨騖。儼章甫以自好兮，安知越人之異容？恃所持之不欺兮，謂彼此之情同。

夫何事物之多故兮，因少愚而老智。彼善惡豈有常兮，固繫夫一世之賤貴。或指礫以爲玉兮[一]，人皆知其不然。衆既訛而莫返兮，事隨信而名遷。僞言實於衆舌兮，至寶賤於獨知。

正無助者必危兮，惡乘朋而或濟。決大河而東奔兮，挽余舟而上泝。嗟爾檝之幾何兮，蛟龍鬱其方怒。外既揆而內度兮，考舊好之同異。韜九襲以深藏兮，固可死而不可試。卷杜蘅之幽佩兮，苞芳蘭之翠衣。畏久畜之不揚兮，時竊陳以自戲。怨所資之不售兮，非達人之宏規。彼廢興之有命兮，何憂樂之足繫？奏吾琴之憤怨兮，酌吾酒之洌清。攬芳桂與秋菊兮，聊以駐吾之頹齡。

吾又將之夫深山兮，遂絶世而遠去。身九浴而後衣兮，齒三漱而後咀。納冰霜於胸中兮，蕩焦膈之宿污。求仙人之奇術兮，與彭咸乎爲伍。彼君子之蹈道兮[二]，曷急世之

[一] 或：原無，據四部叢刊本、四庫本補。
[二] 道：四庫本、民國刻本作「常」。

有知？聊逍遥以卒歲兮，樂天命而不疑。明趙琦美鈔本《張右史文集》卷二。

秋色賦 並序

李綱

潘岳賦《秋興》，劉禹錫、歐陽永叔賦《秋聲》，玉局賦《秋陽》。予來閩中，七八月之交，霖雨乍晴，始見秋色，因援毫以賦之，以「秋色」名篇。其辭曰：

宿雨初霽，大火西流。涼生暑退，物華始秋。李子與客登凝翠之閣，遊泛碧之齋，覽谿山之勝概，嗟草木之變衰。天高氣清，迥無纖埃。月出夜涼，孤光滿懷。李子慨然，顧謂客曰：「此古之所謂秋色也。」

客曰：「願先生賦之。」李子曰：「唯唯。少陰用事，金王火囚。天地始肅，萬物以收。故其見於氣者，寂寞憭慄，泬寥蕭瑟。薄寒中人，愴怳悽惻。託物賦象，是爲秋色。悲哉，秋之爲色也！漠兮無形，肅兮無聲。非赤非白，非黄非青。爽氣無朕，潛來滿盈。窅窅悠悠，奪人目精。爾乃桂影扶疎，冰輪皎潔。澹然如水，皓然如雪。風露淒涼，星河明滅。冷浸空庭，蛩螿韻咽。此秋色之在月也。夜氣既除，清晴晝宣，掃去氛祲，静無雲煙。萬里凝碧，穹隆虚圓。蒼茫杳靄，不可殫言。此秋色之在天也。蒲柳先衰，梧桐早脱。飄零委落，色瘁香歇。惟蘭菊之芬芳，與松筠之茂密，露冷風高，不改其節。此秋色之在草木也。水落石出，境寂雲閒。清波如席，遠峰如鬟。煙林映帶，浦嶼廻環。優哉游哉，吾方自適於其間。此秋色之在溪山也。」

客曰：「美則美矣，願先生少進之。」李子曰：「陰陽相摩，日星争騖。孰主張是，春與秋兮代序。彼春之色，一氣藏兮。下騰上降，品物昌兮。韶光駘蕩，百卉芳兮。譬猶美女，耀新粧兮。被服纖麗，繡襦裳兮。温然可親，象姬姜兮。彼秋之色，一氣清兮。天地揫斂，萬寳成兮。風霜高潔，兆嚴凝兮。譬猶烈女，懷幽貞兮。鉛華不御，體端誠兮。肅然可敬，有典刑兮。春之色近乎令，而秋之色近乎介。是以君子，惟秋是貴。或感其聲，或悲其氣。鋪張比興，曲盡其態。從而賦之，於是乎在。」

客曰：「美則美矣，願先生少進之。」李子曰：「秋，金氣也，天地之所以肅殺也，其猶介胄之士，凛然有不可犯之色者耶？秋，義氣也，天地之所以閉固也，其猶節槩之士，毅然有不可奪之色者耶？秋日烈烈，其朝廷之士，骨骾之臣，正色以率下者耶？秋霜言言，其忠義之士，社稷之臣，厲色以赴難者耶？灑然蕭然，猶山林高蹈之士，恬澹寂寞，有無求之色也。晬然儼然，猶盛德之士，正容悟物，有不可親疎之色也。若夫廣大清明，不言而令行，無爲而物成。則若黼座當陽，顒顒昂昂，朝廷正而天下治，刑政脩而中國强。所謂天子穆穆而淒然似秋者，其幾是歟。」客曰：「至矣盡矣，不可以有加矣！」請辭而退。四庫本《梁谿集》卷二。

秋暑賦[一]

楊萬里

楊子心疲於詩而病臞，目疲於書而病眚，故其畏熱如喘牛之見月，其喜冷如渴井而得綆。丁亥八月秋暑特甚，蓋歲行之十期，未有今歲秋陽之强梗。楊子不堪其熱，仰而歎曰：「江南何物以餉餽，惟春寒秋暑之二味，古諺有謂也。安得萬里之長風，吹層冰滿太空[二]，以蕩此秋陽之餘紅者耶？」

疇昔之夜，袒肩露足，呼竹君以爲床，命桃笙而同宿。見一熒之青燈，猶憎其助秋暑而爲酷。夜半驚起，飛雨驟至，劃悲風之怒號，借一鼓之聲勢。淅淅乎牖户之欲洒急雪也，洶洶乎松竹之摧落枝葉也，礫礫乎茅屋之震響將壓也。犬雞夜鳴，兒女呷嚶，縮

[一] 暑：原作「雨」，據汲古閣本、四庫本及賦文改。
[二] 冰：原作「雲」，據汲古閣本、四庫本改。

頸入腹，皆作寒聲。楊子亦震掉，瑟縮而不寧。視絺綌其若雠，嘆衣褐之未營。既不能寐，坐而太息曰：「凍者願烈日之不夕，暍者思秋氣之一滌。不得則思，既得則悲。悲與思其循環，老忽至而不知。俛仰千載，孰能逃造物之化機[一]？蓋有能逃之者矣，春不能燠，秋不能肅，天地不能老，今古不能局。聞之前修，太上立德，次功次言，所立惟擇。三者必不得已而去，惟功則繫乎通塞；至於德也者，照宇宙之珠玉也；言也者，載仁義之舟轂也。稟焉於穹，富以其躬，莫歉其豐，莫塞其通，不曰國功而曰聖功。楊子則窮且老矣，抑知其有未嘗老，未嘗窮者耶？彼造物者，自寒自暑，自風自雨，亦何關於汝？」四部叢刊本《誠齋集》卷四三。

泣秋賦

鄭思肖

受命大謬兮身於危時，議論迂闊兮謀不及寒與饑。哀歌悲激兮聲洞金石，洒淚弔終古兮周覽冥迷。南仰炎邦兮黃矗杳杳，北俯陰域兮枯草淒淒。東望蓬萊兮，熢煙昏於日

[一] 化：原作「此」，據四庫本及《南宋文範》卷一改。

本；西憶錦城兮，妖氣絶其坤維。天地之大兮，既無所容身。所思不可往兮，今將安之？

禮廢兮道喪，氣變兮時推。夭喬短闕兮，殺氣何盛？陰寒癡慘兮，生意何微？黄花傲榮兮，睇曉而若泣；賓鴻感氣兮，逢秋而來飛。日月無情兮，積昏曉而成歲；翠華巡北岳兮，六載猶未耑歸。野鬼巢殿兮梁上而嘯，妖獸據城兮人立而啼，大塊鼓災兮庶物命斷，問汝羣兒兮知而不知？

每泣血漣如兮，爲大恥未報；誓挺空拳兮，當四方驅馳！非我自爲戾兮弗安厥生，惟理之不可悖兮雖死亦爲。金可銷兮鐵可腐，萬形有盡兮此志不可移！天雖高兮明明在上，一忱罄槩兮，寧不監予衷私？謀爲仁義吐氣兮，人不從之，天必從之。太誓死死不變兮，一與道無盡期。踽踽涼涼兮，獨立獨語；彼沐猴而冠兮，反指唾其癡。安知我之志氣兮其動如雷，我之正直兮其神如著！外被汙垢之衣兮，内抱瑩浄之珠；終身一語兮，不敢二三其思！死灰𣋡紅暖兮，易一哭爲衆笑；倏於變以道兮，萬世其春熙！　明崇禎十三年刊本《心史·雜文》。

冬賦

吴淑

冬，終也，萬物於是而終者也。若夫冬日烈烈，飄風發發，履此玄英，感兹陽月，知盛德之在水，慨窮陰之殺節。

若乃地氣下降，天氣上騰，水澤腹堅，閉塞而成。既習射而角力，亦聽獄而論刑。爾其磬擊北宫，禮成長樂。方乘坎而執權，見水凝而木落。魏則季冬而平夷，唐則孟冬而磽确。燧竈必脩，槐檀斯改。日馭行北，斗杓指亥。無祁寒而怨咨，蓋呼吸而藏内。善卷方衣於皮毛，孝子更驚於梅奈。或求堇而流漣，或泣竹而悲慨。

至於應北陸而藏冰，當南至而書雲。循薙氏之去草，美顔斐之致薪。孝武嘗被於單衣，西華猶衣於練裙。至有問來歲之吉凶，獻羣臣之夢寐。詔司寇而獻民數，命司空而論地事。歲既暮而時既昏，月窮紀而日窮次。延年流血於决獄，温舒頓足於用事。盛吉書法以垂泣，虞經斷囚而流涕。此時令之攸遵，而循酷之異致。

至若守關梁而塞蹊徑，謹蓋藏而閉門閭。凌人斬冰，天子嘗魚。趙衰之賢同愛日，和叔之職在幽都。農既云其事畢，學方勤於歲餘。笑田夫之負暄，美掾史之送徒；歎黄香之無袴，偉王祥之得魚。嘗窟攸居，旨蓄以禦。以黄鍾爲天統，謂良月爲盈數。若志而越王抱冰，勵俗而隱之披絮。

若乃周正在候，履長伊始。閉蘆灰而潛應黄鍾，獲寶鼎而自當天紀。融風布序，亞歲迎祥，立以八神，成以三光。或以安形性而去聲色，或以繕宫室而修囷倉。日軌巽維，風行廣莫。動彼水泉，解兹麋角。或以合八能之士，或以從五日之樂。君道方長，天地交讓。斯長至之令旦，故時訓之攸尚。復有嘉平之節，祭本伊耆。索饗有《戴記》之説，問賀有徐氏之儀。鳴楚鼓以逐疫，出土牛而應時。蓋一日之澤，而百神是祠。故其新故交接，星回歲終。或遊於魯觀，或祈彼天宗。於是先以大儺，次之小歲。吹《豳詩》以愉樂，覽魏臺之訪議；慕范喬之寬恕，識五倫之悲涕。長文有江源之政，何鳳有建安之治。景興慕子魚之德，魯公旌母師之禮。斯清祀之嘉辰，而前賢之遺美也。宋紹興刻本《事類賦》卷五。

長至賦

田錫

伊沍寒之嘉節，美長至之良辰。考天時於司曆，驗星昴於疇人。陰極陽生，《復》

卦應連山之象；珠聯璧合，斗樞迴析木之津[一]。魯太史登樓以觀祲，周天王服袞以嚴禋。黄鍾應律兮，《咸》《韶》韻逸；緹幕飛灰兮，山川氣新。表權輿於陽德，信兆朕於芳春。圭測而羲和漸永，衡懸而土炭交陳。始觀玉殿歡呼，金觴獻壽，慶一陽之肇至，祝千齡而永久。廣庭燎設，明環珮於儀容；蒼海日升，照冕旒於元首。或恩緣長至而賞加，或禮罷圜丘而赦宥。歡聲大洽於寰中，至信旁孚於飛走。所以金、張貴戚，田、竇權門，喜近增於爵土，悦新益於封勳。遇履長之納祐，符元吉而承恩。歌鍾鼎沸，朱翠雲繁。華堂列席，高燭羅軒。輝煌暐耀，雜遝嘩喧。賓榮以玳瑁餙簪，主貴以珊瑚映樽。或饋履襪於舅姑，或祝弓箕於子孫，協周正之故事，慶堯歷之垂文。唯有羈旅之客，流年可惜。長亭近歸，孤懷自戚。殘陽晚簾，寒燈夜室，形影相弔，精誠未適。雖有樽酒，誰飛觴而舉白？雖有鑪火，誰方襟而比席？將何消遣，自圖悦懌。天既付我以文，遂擄懷而命筆。傅增湘校訂淡生堂鈔本《咸平集》卷七。

[一] 析：原作「柳」，四庫本、宋人集丁編本及《歷代賦彙》卷一三、《古今圖書集成・歲功典》卷八九並作「柳」。今按析木爲星次名，《國語・周語下》：「日在析木之津，辰在斗柄，星在天黿。」據改。

宋代辭賦全編卷之三十六

賦 地理 一

地賦

吴淑

夫地者，蓋元氣所生，萬物之祖。成於積塊，始於撮土。性既生草，道惟敏樹。曠矣禹迹，遼哉穆馭。亦可以考四遊之上下，識八寅之風雨。至哉坤元，萬物資生。厚德以載物，承天而時行。故其列三壤，存十形。東西爲緯，南北爲經。牝爲川谷，牡則丘陵。義既存於含養，道亦聞其牧生。或説絶維而莫繫，或謂行舟而靡停。設準望於裴秀，驗動静於張衡。

若乃闢令説自然之柱，張華識相牽之軸。布之以原隰丘陵，錯之以山川陵谷。爾其含弘光大，博厚直方。形有高下，氣有柔剛。既配天而色黄，亦含物而化光。至於八澤八紘，四極四荒，盡豎亥之所及，極大章之所量。懿彼柔祇，至哉牝馬，既上順於乾，亦本親乎下。

若乃考五土之動植，度九州之廣輪。桓公問之而知數，墨子對之而稱仁。既曰無私，亦云後定。道卑而上行，德方而至静。至若立土訓以詔事，命火正而是司。六合四極之廣，七表九域之宜。極罔罠之窮野，與汗漫而爲期。

若夫成以積陰，寧於得一，振河海而不洩，起畢昂而右闢。承之八柱，分之九則。石骨而草毛，土肉而川脈。著以瘞薶之法，示以謙虚之德。川流既集於東南〔一〕，形勢亦高於西北。然則方地之爲輿，沈潛剛克。宋紹興刻本《事類賦》卷六。

山賦

吴淑

夫山者，宣也，宣氣生萬物者也。爾其天孫日觀，終南太一，蓬萊九氣，崑崙五色，天台赤城，龍門積石。訪至道於崆峒，識神人於姑射。江郎之一子還家，林慮之雙

〔一〕川流：明秦汴校刊本、四庫本作「百川」。

童不食。節彼南山，始於一拳。皮懸之祭，配林是先。故梁爲晉望，岷實江源。聳香爐之秀出，抗射的之高懸。

至若觸石吐雲，含澤布氣。鳴陳倉之寶雞，翔淳于之白雉。既留情於度木，亦遊心於覆簣。登宛委而得書，出器車而表瑞。黄帝之游具茨，夏王之登會計。爾其探禹穴，紀秦功，或形標九子，或禮視三公。著屐嘗聞於靈運，朽壤曾詢於伯宗。

至若汶爲天井，岐爲地乳，維應桐柏，畢連鳥鼠。嘉無恤之臨代，美仲尼之小魯。或形類冠幘，或狀同枹鼓。感叱馭之忠臣，識擣衣之玉女。縣圃嘗留於穆滿，疏屬曾拘於貳負。則有石帆孤出，砥柱分流。巨靈之擘太華，共工之觸不周。秦望則金簡玉書，靈秘之所潛隱；羅浮則璿房瓊室，神仙之所嬉遊。

又聞嬴政曾驅，愚公欲徙。覿修羊於華陰，見王喬於緱氏。指闕遠屬於牛頭，積甲遥齊於熊耳。至有群玉冊府，崑崙下都，洞臺瀠霍，員嶠、方壺。觴百神者帝臺，迎四皓者高車。及夫瞻挂鶴之悠揚，望盤龍之宛轉。聞蘇門之清嘯，披西陽之逸典〔一〕。詠干言之飲宿，紀云亭之封禪。亦有蘭巖唳鶴，金華叱羊，再成三襲，朝陽夕陽。桂陽話

〔一〕披：明秦汴校刊本、四庫本作「訪」。

石，吳宫採香。凜冽而風門激吹，晶熒而火井揚光。

若其戴石爲砠，多草爲岵。摘天柱之仙桃，采華容之雲母。尋謝敷之紫石，訪桓温之白紵。駭媧宫之臺榭，識仇池之樓櫓。亦有烏龍、白騎，紫蓋、青泥，羊腸、鳥翮，馬鞍、牛脾。猿門聳拔，雁塞逶迤。仙翁種玉，烈女磨笄。言聽蔡誕，約信安期。見祝融之降祟，聞鸑鷟之鳴岐。復聞馬援壺頭，羊公峴首。挹少室之玉膏，飲洞庭之美酒。

又若望朝霞於赤岸，祀黄石於穀城。雖陽岐之能買，豈北邙之可平？陳音以之而立號，張嵊因之而得名。雲氣或成於宫闕，風雨曾避於崤陵。已夫少室登仙之臺，句曲華陽之洞。燕然勒銘，祁連作家。或功伐攸彰，或靈仙所重。若過之而身熱，經之而頭痛，徒爲患於蠻貊，而無資於材用。宋紹興刻本《事類賦》卷七。

壺公山賦

陳靖

莆水之陽有壺山兮，巍峨岌嶪，峥嶸嵴崒。接閩嶺以削成，干海天而秀出。跨百里兮奇勢千端，聳八面兮瑰狀一律。紓洞壑兮幽邃無垠，班崗巒兮高低有秩。其巍然而踞視群峰也，若大帥坐幕以指揮；其儼然而雄鎮四野也，若端士垂紳而拱立。鴻鵠度而翅摧，烏兔飛而影失。左右前後兮共壤而異宜，風雨晦明兮殊候而同日。

乃若絶壁摩漢，層巖造天，海上之日華未出，雲外之嵐光已鮮。漠漠悠悠，蒼煙倏聚而忽散；杳杳靄靄，素霧乍鬱而復宣。巨石嶄嶄乎矗而如礪，方池溶溶乎研而成淵。千林黛飾兮，密葉秀而競發；百谷霞舒兮，繁卉華而争妍。孔鸞、鸑鷟、玄鶴、黄鵠兮，巢松而宿篠；鳧鷖、鶬鴰、鵁鶄、翡翠兮，唼菱而喋蓮。許由、巢父依巒而晦跡，赤松、王喬假道而騰仙。復有名儒巨賢稟其淑也，釋子道侶棲其寂也，驪龍蛟螭蓄其神也，貙兕虎豹伏其猛也，璆琳琅玕韜其光也，梌楠杞梓育其材也。千奇萬異，不可殫而述也。

伊五嶽之穹崇乎，處華夏之中；而此山之突屹乎，出荒服之外。控南浦之咽喉，作東甌之襟帶。儲精孕秀，雖著於今時；生甫及申，未昭乎往代。時巡肆覲，則鑾輅莫至；燔柴檢玉，則祀典未載。吁嗟望秩兮蔑爾無聞，仰止高山兮於是乎在！《古今圖書集成·山川典》卷一八〇。

仰山賦 並序

李問

孫興公賦天台山，特遥想逸興、馳神奮藻於吟望之間；梁武帝賦遊山寺，惟寫其景物之佳，諷詠一時遊覽之勝。至於依本以美物，堆實以贊事，山林川澤之富，鳥獸草木之美，宮廟之輪奂，人物之魁梧，悉未聞也。予既思摹前作而賦仰山，非欲離出異俗，高論藻詞，爲遠寄冥搜、散懷投興之事，恐山靈誚作逋客。姑詠其所聞，纇其所見，以謝其所移而已。

烏顯仰山，岌嶪京峙，據乎春臺之陽，阻乎秀水之涘，枕吳頭以盤固，壓楚尾而仰止。連屬群峰，迴環千里。北跨羅霄，東下堵田，西接安成，南曜螺川。岡巒襞積而疊翠，洞穴谽嘲而宿雲，修竹阿那以蓊茸，嘉木青葱而紛紜。谿壑錯雜以繚繞，翠微縹緲而菈劃菈。草茂靈根，花敷錦繡，或抱石以莚蔓，或含煙而吐秀。木末翱翔乎飛鳥，厓巔駓騃乎走獸，絶網依樹以織空，罬房聯窠而托阜。峰入漢而猶亘，崖欲骫而不絶。春草鋪碧以摇風，秋潭澄淨而納月，盛夏含霜，先冬霏雪。龍湫渟水於山腰，佛刹倚殿於巖腹。在晉則二神示現於靈蹤，於唐則高僧始來而卜築。膴膴田原，芃芃菽粟，茶芽藥苗，珍果嘉穀，亦莫得殫論而備録也。

其峰則有集雲、獅子、唐興、仰峰，峭峻嶕崒，嶕嶢穹崇。嶮若太行，高侔祝融。俯視三峰於木平，左顧百疊之盤龍，聳崻嶸以入望，計膠葛而難窮。巉嵌谷澳，嶺屬岡連，巍巍峨峨，拔秀磨天。望鍾山之水若繞帶，瞰萍實之墟如點煙。凋溜懸厓，而噴沫以奔遁；藤蘿繞翠，則猗儺而連牽。一日之間，而氣候不齊，或雨或暘，而乃寒乃暖。蓋天龍之所宅，而人莫測其所以然而然也。

其水則濶瀑碭突，合流異源，一出集雲之腰，一出獅子之巔。注厓度澗，汨活飛泉，測激滂流，吐漱潺湲。高則迅湲增澆[一]，洶湧頽流；下則潤瀾縈紆，鱗倫窊窨。乃若經巖鼓石，雷震雹激，不平成聲，砦確礐硌。乃若坳積潭澄，回旋漫平，撓之不濁，瀇滉汪洸。集雲之源[二]，其穴如箕，實爲閭尾，有石廣畝，當前如砥，其淵渌浄以湛湛，其流清泠而瀰瀰，是謂上潭也。其流未長，有石如梁，隘雨而横卧，豬一水以爲潰，是謂中潭也。出梁而下，千尺蜚瀉，徑委注於石渦，曾晝夜之不捨[三]，是謂下潭也。獅子之源，瀑流天半，界塔影而三分，至山麓而共貫。接獺逕龍潭之水，繞靈濟古祠之岸，槩乎合衆委而下梅州，然後澔澔而淠淠。

[一] 則：原無，據文意補。
[二] 之：原作「文」，據下文「獅子之源」改。
[三] 捨：原作「拾」，據文意改。

厥田惟上，厥土黑壤，陸複而平，地高而埉。於是田以水而東作，原以火而冬耕。麻菽稻粱，粘黍薌秔，或先種而後熟，或戮力而共成。

木則有山梨櫻桃，赤栢白楊，榱桐檀樺，松柟櫧樟。栩翕張以應時，楓招摇而抱陽。總青條而握翠，布緑葉以森陰。分枝列幹，擢本千尋。谷風欻起以增悲，秋蟬得蔭而長吟。于而樂者檸櫟，業而蔚乎鄧林。

其竹則篁淡毛苦，簩白燕黄。玉板枝横，而簳直曰箭；猫頭最巨，而莖瘦曰方。藹青風而颯至，戛碧玉而鳴琅。禀蒼潤之高節，宜有實以來凰。

其草則葴莎蘇蒿，薜荔芭蕉，苧葛黄精，萍蓼蒲茭。含芬吐芳，而可結以佩；鋪茵展緑，而可藉以遨。

毛群羽族，陸離紛汨。春戲白鷳，秋陣黄雀，燕鶯子規，鶬鶊烏鵲，蜚生夜鳴，山雞畫啄。或㐆芳林以讙譟〔一〕，或弄煙蕪而揮霍。野猪以類而群熊，山麂時鳴而驚鹿，猨連臂以飲澗，猱矜捷而升木。高無畢弋之患，下絶網羅之逐，飲啄各得其性，飛潛自遂

〔一〕㐆：原作「烏」，下注音「衣」，當爲㐆之形近而誤。《説文》：「㐆，歸也，從反身。」徐鍇曰：「古人所謂反身修道，故曰歸也。於機切。」

其欲，悉孔翠於羽毛，盡克肥於肌肉。

蟲則有山黽水蛭，蜓蜓虺蛇，螳蜋伏冀，蜈蚣蝦蟆。絡緯暗織，黄蜂曉衙。蟻循緣於古木，蝶徘徊乎芳英。蚊蚋入夏以遠適，寒蛩經秋而苦鳴，憤未伸於屈蠖，朗孤照於流螢。

花則有蜀葵赬桐，芙蕖山丹，罌粟巨霜，玫瑰幽蘭，山茶金燈，石榴木蓮。瑞香異康廬之色，莎蘿同西竹之妍，木犀噴九里而芬馥，月桂吐四時之紅鮮。

藥則有梫桂細辛，百合菖蒲，黄蓮白芨，牛膝雞蘇，厚朴緣幹而夏剥，薯蕷尋苗而冬鋤。

果則蓮藕菱芡，黄橙丹橘，棗李梅柿，木瓜茅栗。唐興之紅桃，梅州之紫梨，剖之若胭脂，食之如厓蜜。

園圃則有苦巨波稜，蘘荷芘蕈，芥藍决明，蔓菁蘭香，又有紫芋蒟蒻，紅莧白茄，合蕈甕缶，草頭芹芽，春蕨夏筍，秋茶冬瓜。

由古由今，若動若植〔一〕，無容支離而徧誇。粤有高人，來自王莽，觸霧披雲，沿溪

〔一〕植：原作「直」，據文意改。

而上。乃與二神，邂逅相遇，丐山卜菴，展一坐具，神敬聽而弗康，徙下流而遠去。遂遷廟像，空山拔樹，夜半密移，朝成區宇。驅鬼役魅，靁霝風雨，爵封公王，以福茲土。精祈必應，誠禱則與，其靈威莫得而縷數也。

由是於第三峰下，開大施法門。更代易世，經晨越昏，營辦之力相繼，土木之功益繁。殿堂樓閣，高下相呑，廊廡垣牆，左右維藩。虹梁偃蹇，横臥驚湍，浮柱飛欀，高櫨廣楣。曲枅環搆而相扶，重簷杈枒而横蜚，堦戺屈曲而嶙峋，欞檻璀璨而流離。飾以金璧，文以丹漆，衣以赭堊，繪以雲物。或螭蟠而虬停，或龍出而魚没，或流曜以含英，或暉天而地日。微風萃而簷鈴亂鳴，碧雲合而樓鍾更遠，響金磬之鏗鏘，流梵唄之婉轉。於是破竹逗泉，同源異口，繞砌穿渠，填鏤注缶。導之於近，則瀰滿於池沼；決之於遠，則灌溉乎畎畝。蓋神靈密扶其棟宇，將歷千載而不朽。其中則有大澙之圓鏡，南唐之浄瓶，貝多則羅漢攜來自乾竺，佛牙則郡侯得之於胡僧，本國錫以泰山之芝草，賜之御札於廷平，皆自昔以傳今，將永鎮而常寧者也。

至若聖世時康，育王塔現，挺特千尺，端方四面，下臨不測之懸厓，旁分瀑流而劈箭。蓋天造地設而難知，信神功鬼勣而莫辨。菩薩現而靈雀群噪，羅漢出而祥雲忽變，其燈光聖相之殊異，實象季末法之所未見者也。又有唐將軍避難之古寨，鄭中郎掛冠之書堂，耕夫時得其劍戟之舊物，詩僧有比之巢由而成章。由唐至今，三錫寺額之徽號，一徙基構而更張。於是白足浄侣，林樂雲堂，治心養性，仁壽而昌。顧帝力之何有，咏佛日之何長，實斯人之幸也。乃若重熙累洽，代遭聖神，天地氤氲，萬物化醇，風雨以時，寒暑更循。鳥無虞於覆巢，獸不傷於掩群，淵津潤而崖不枯，草木不夭於斧斤，則豈特斯人之幸歟，又兹山之甚幸者也！道光三年刻本《宜春縣志》卷三一。

首陽山賦　並序

蔣堂

余守蒲中，訪首陽山，見伯夷、叔齊墓存焉。旁有祠宇，皆荒圮不葺。因增而修之，立石篆字，以表其墓。遂作賦云：

太華之北，雷首之西，粤有岑嶺，切乎霞霓。古木蒼蒼，愁煙淒淒。圖誌所按，史傳是稽，兹所謂首陽之山，昔隱乎夷、齊者焉。嗚呼！賢者去世，幾千其歲。逮今齊民，猶懷餘懿。而荒祠之下，俎豆不廢；古墳之側，樵蘇不至。吁，可異也！時余清旦，出乘朱轓，傍自沙渚，危躋石門。因慨思於往躅，遂一弔於羈魂。虔揖遺像，悵然遥想。何餓骨之幽淪，而窮山之蒼莽。山之雲兮薈蔚而興，山之風兮清微有聲，意夷、齊之光靈兮倏變而成。山之木兮歲寒不折，山之蘭兮香摧不滅，意夷、齊之氣質兮既化而結。可勝言哉！

嗚呼！青青者薇，在彼山蹊，胡爲作歌而悲？芃芃者粟，在彼郊圻，胡爲不食而飢？賢乎哉！救時以仁，垂教以義。生有一朝之恥，歿無萬世之媿。激貪夫廉，立懦夫志。宜乎竦聞其風，無泯厥祀。余來山坰，識之以銘，銘曰：

山之上，古之塋。兹孤竹之子，聖人之清者也。慶曆六年冬十一月三日。光緒刻本《山右石刻叢編》卷一三。

《山右石刻叢編》卷一三　堂好學工文辭，延舉晚進，至老不倦。尤嗜作詩，有《吳門集》二十卷。按今拓本堂賦，前有序……是此賦堂知河中時作。……希魯《吳門集》二十卷已佚，今存《春卿遺稿》一卷，爲明天啓元年其二十世孫鑛所輯，無此賦，當補入。

羣玉峰賦

以「玉峰聳峭，鮮潔新明」爲韻

田錫

昔穆王以閬苑希風，宸遊縱欲，適玄圃之仙界，悦靈峰於羣玉。乃顧謂祭公謀父曰：「斯山也，拔厚地，摩穹天，含珍蓄寶，藏神宅仙。軼銀臺之比峻，踰太白之相鮮。歷落排空，有處類巫山十二；嵯峨倚漢，有處如蓮峰五千。朕知卿之才者，卿爲朕而賦焉。」

祭公乃拜手對敭，揮毫應詔，心騖嶒崒，情忘聳峭。或勞想於璘玢，或馳神於窅窱。以爲一氣初判，三才既生，融而流者有四瀆之靈，結而粹者有五嶽之名。雖羅封而列爵，謂生賢而誕英，未若我傑出紫府，高踰赤城。虎踞龍盤，聳圭璋而疏朗；霜華雪彩，皆琬琰之融明。或孤而高，或峭而絶，或掩映以相翼，或谽呀而半缺。遠而望也，則仙家青瑣，含秀氣以玲瓏；類而言之，則春宴金盤，點蘇山而皎潔。宜乎培塿玉壘，奴隸圭峰。藍關之英，安足比於形勝；荆谿之秀，固亦陋其聲容。若揔而狀之，則高者如飛，欹者如恐，背者如遯，向者如聳。瑰姿琦態兮信匪尋常，戛翠摩青兮可以瞻奉。

祭公既筆不停綴，辭妍若春，賦詠既就，箴規載伸。以爲士林之羣，蓺圃之人，有道有德，有賢有仁。磨琢材能而益峻，切磋名節而尤新。儻一人之延納，則多士之來親。穆王乃曰：「吾願益求賢哲，比羣玉之嶙峋。」傅增湘校訂淡生堂鈔本《咸平集》卷八。

崆峒山賦 並序

劉攽

臨汝西有崆峒山，其下即廣成澤。按《莊子》，黄帝聞廣成子居於崆峒之上，故往見之。《莊子》雖多寓言無實，然此崆峒、廣成，適皆同處，意其真有所謂廣成子者也。又大隗居具茨之山，黄帝至襄城之野而迷，皆與崆峒相近，事未必皆虚也。予因作《崆峒山賦》。

馳平原之曠曠兮，登隱弅之高丘。林蓁蓁而雲茂兮，樹參天以相繆。烏哀矜而思侶兮，獸銜草而群羣。即崆峒之舊址兮，訪成子之所留。烏乎！服天下之爲至美兮，夫豈知聖人之緒餘！獨修身爲妙本兮，窈静默以玄虚。何軒轅之徇齊兮，而猶特室白茅，三月而閒居。順下風而稽首兮，曾南面而晏如。彼非至人不能以下人兮，信崇高之叵娱。謂莊生之寓言兮，羌林麓其未改。瞻具茨之髣髴兮，知大隗之所在。嘗迷道於襄野兮，七聖偕而無悔。得要道於牧馬兮，稱天師於再拜。悲世俗之狹隘兮，疑至言於否癯。航污瀆之淺狹兮，僭瀛海之浮匯。守突奥之熒燭兮，昧白日之輝曬。追古人之不可及兮，獨臨風而悲慨。彼六相之輔治兮，曷四海而弗寧。名百物而垂衣裳兮，雲門用而告成。尚紆思於荒澤兮，勉聞道於長生。豈在野之不可蔽兮，固前修之所營。眇抽思而成章兮，庶來今而作程。四庫本《彭城集》卷一。

石姥賦

文同

上嶜崟之飛泉兮，披薈藰之榛莽。酐倦紖而膌喘兮，窮其巔於絶岨。爰有石而跂跂兮，旁無他而相伍。色黤黕而骨勁省兮，具支節而帶文縷。其遠睨之若人兮，迫猶疑其蹲虎。里俗神而甚恭兮，號相尊其曰姥。謂遽亟而丐況兮，緣其求而下予。忽旱陽赫而上爇兮，飛光流而燎土。燀多稼以巨甗兮，烹群命於碩鬴。走群靈而莫答兮，後率歸而此愬。役稚耄而竭蹷兮，來號呶而詘譸。會諸力以掀揭兮，使轉移其常處。靈嶔然而見景怪兮，衆外愕而中怖。愉堀垸而下發兮，轡黯靉而上布。憎砰磕而中作兮，漭滂沱而四注。回極熾而施大潤兮，曾不暇乎旋步。已復還其故立兮，各再拜而引去。問其端而何從兮，年皆失其幾許。吾聞懷澤之與符陽兮，亦有石爲牛鼓。彼民釁而擊之兮，常以旱而取雨。宛其於爾爲類兮，彼又載於國譜。

噫！惟皇之大職兮，繫陰陽之煦嫗。奚磊砢之頑質兮，輒矯權而自主？事豈無於適然兮，而惑者概從而爲語？皇忽寤而震恚兮，列罪目而爾數[一]。訶星士以施棓兮，勑雷將而揮斧。赫電火而灰爾兮，鼓箕風而蕩汝。闐大空而泮散兮，一摩抚其處所。俾愚黎之偭正兮，識惟皇之覆露。皇未寤而民尚惑兮，徒吾髀之長拊。四部叢刊本《丹淵集》卷一。

歷山賦 並序

王安石

餘姚縣人有與季父争田於縣、於州、於轉運使[二]，不直，提點刑獄令余來直之。將歸，閔然望歷山而賦之。歷山在縣西上虞縣界中，或曰舜所耕云。

歷山之峨峨兮，予汝耕之，孰汝彊之？此匪予私云然兮誰汝使，子人之子兮余師。歷山之峨峨兮則維其常，人之子兮云曷而亡。云曷而亡兮我之思，今孰繼兮我之悲，嗚呼已矣兮來者爲誰？宋紹興刻本《臨川先生文集》卷三八。

[一] 列：原作「烈」，據四庫本、明萬曆刻本《新刻石室先生丹淵集》、《歷代賦彙》卷二三改。
[二] 餘姚：原作「餘杭」，據龍舒刻本《王文公文集》及《皇朝文鑑》卷三改。

《愛日齋叢鈔》卷三　王文公《歷山賦》云：「曷而亡乎我之思，今孰見兮我之悲，嗚呼已矣兮，來者爲誰？」不若柳子厚詩「誰爲後來者，當與此心期」，猶有以啟來世無窮之思，否則，夫子何以謂「焉知來者之不如今也」。

感山賦 有序[一]

崔公度

客有爲予言太行之富，其山一名皇母，一名女媧。或云於此煉石補天[二]，今其上有女媧祠。因感其説，爲之賦。其辭曰：

曲輳先生從先大夫之南征，省黑許於紫霄，訪武王於朱陵，授羅浮之隱書，擷三茅

[一] 有序：原無，據《古今圖書集成·山川典》卷四七、《歷代賦彙》卷一七補。
[二] 云：原無，據《古今圖書集成·山川典》卷四七、《歷代賦彙》卷一七補。

之神英，息肩淮泗之濱，閉關弦歌[一]，與世無營。一日，梁國公子、銅鞮處士闖然踵門[二]，悦然相親，曰：「先生倦遊者矣，祈有異聞。」先生不對，賓請愈勤。於是爲論山中之物，山中之民，敘山中之遺懽，詠山中之淳文。二客相視而笑曰：「先生唐相之家，族蕃西京。京於吾鄉，駕材累程，連聯高山，見於群經，兹其不言，疑未之行。試爲先生陳之，何如？」公子贊之。

處士曰：「夫坤厚之勢，猶一人之體，崑崙爲之首。自首而下，峡岠屹嶬，無復平地，陵轢百國。有陰山焉，横二千餘里，北爲戎狄，南爲古聖之所治。測中言之，殆吾國之乾位，昕天銅渾，《周髀》保章，参地之形，兹爲最詳。上正樞星，下開冀方，逢胃而畢，自柳以張。亂則冀安，弱則冀强。起爲名丘，妥爲平岡[三]，巋乎甚尊，其名太行。挾大河於楚東，瞰北嶽其在旁。其高也，邐迤而上。始莫知其高也，登躡千里，昂目而前望，駭實與夫天當。其深也，繚繞盤辟，始莫知其深也，馳朔東而左轉，垂三月

[一] 關：原作「闢」，據《聖宋文海》卷六、《宋文鑑》卷六、《三續古文奇賞》卷三上、雍正《山西通志》卷二二〇、雍正《澤州府志》卷四七、乾隆《潞安府志》卷三六、乾隆《鳳臺縣志》卷一三改。

[二] 國：《古今圖書集成·山川典》卷四七、《歷代賦彙》卷一七作「園」。

[三] 岡：原作「罔」，據《聖宋文海》卷六、《宋文鑑》卷六改。

而見脊盛，連延乎碣石。《傳》曰：『東海之水不盡，而此山也，吾莫知其所極。』此其知言哉！

「如彼大邦，圻鉤壤連；如彼大川，洲維浦聯。殊鄉異觀，習乎所傳。坳然若鞍者曰鞍山，突然若竈者曰竈山，色黑者黑山，形方者方山。如此之類，名何可殫！

「墨翟察而知驥之貴，尸佼過而辨牛之難。穆王升由雀道而出，世宗行自大河而還。孝明嘗登，幸上黨郡；章帝以遊，至天井關。孟德北上，紀摧輪之恐；謝公西顧，引憂生之端。阮籍失路而詠懷，劉峻懷交而發嘆。歸晉陽子惠之便道，對二坂祖濬之祥觀。開元錫問於逢車，武德置縣而當煩。霍裹吾襟，共附吾肘，纏午壁之勢，探長城之口。天門揭其部分，烏嶺支其躪蹂。姑射、王屋，隆慮雷首；靡迤嶔岑，參錯飣餖。或拱其左，或捧其右。或道其前，或贅其後。讓以奇巘，貢以重岫。曾夸娥之輪力，攤大帝之寶授。上晻曖兮鵬擊，下砰磕兮鯨鬬。又若王畿之外，五等諸侯，奉命守土，率屬千萬，悉面內而騰輳。此山之形也。

「汾、潞、丹、洹、滹、池、溷、易，涑、沁、淇、潼，清、源、濟、湨，奄呴將迎，縱橫嗽激。安陽巨馬出其夸，白絜北涿度其液。觸遥阜以孤引，激縈光而歷冪。凝染漸漬，裛青貯碧。此山之容也。

「奠荒有神，開社有伯。以風主威，以雲主澤。翻手熯陽，覆手霹靂。近靡百城，遠霈萬域。暴暑亟寒，暗天一白。煙不得爲瘴，氣不得爲疫。豈其幽深也，深其欲而難期；其并合也，合其力則無敵。此山之氣候也。

「軒后以來，至於成王，自時建都，遷徙不常。遠近表裏，其陰其陽。春秋之前，封國既多，春秋之後，唯晉爲彊。大抵以兵爲阻，以險爲防。守不敢弛，戰不敢忘。越至卑耳，而齊桓以霸；一入孟門，而平公幾亡。燕、趙、中山，衛、韓與魏，或主山東，或主河內，或主山西，或主河外，或城其限，或據其會，或保作咽頸，或恃爲腹背。屯留有常阻，山陽有常界，跬步之側，萬人死之。復驅萬人，而地不少退。如羆斯林，如虬斯壑，左顧右睨，爪牙鋒鍔。秉間薄人，肝腦塗地，以搴旗虜將而爲樂，不然假息竊視，扞以城郭。從姬歌兒，名琲重璞，不敢不獻，雖欲藏之，亦終歸乎攫搏。駭乎哉！固嘗一朝之中，一舍之間，烹四十餘萬之衆，築頭顱之山，舉長平爲鼎鑊。舊壁荒城，豆分棋錯，今千餘年，幽陰寂寞。此山之勢勝也。

「當時雄豪，迭指交質。行野者非樂其野，逐獸者非即其獸。裴徊陵陸，踰跐阪阜。裁約六國，眥睨九道。孰爲龍首，孰爲天竈。向背孰徙，草木孰遘。器械孰便，憑倚孰厚。東西孰廣，南北孰袤。爲蛇孰尾，爲鸛孰噣。孰方孰圓，孰牝孰牡。衝輪孰敏，沮贗孰懋。孰利襲掩，孰利藏覆。孰此出擊，孰此入冠。孰可徒搏，孰可騎驟。孰可啗誘，孰可斥候。孰可接戰，孰可挑鬬。孰最恐夜，孰不欲晝。勝此孰遂，敗此孰救。佯遁孰止，乘亂孰走。孰要於邇，孰閉其後。記省在目，陳説在口。憑軾結靷，岔拳去就。所過之邑，鸇視狼吼。詰無不講，嚮無不偶。入軍則建旗鼓，入朝則佩印綬。以國試膽，以民試手。爲縱横家，隨以此售。闞警遲速，稱晝貧富。矯尾厲角，恐愒翻構。鬼神不能窺其密，賢畯不能糾其繆。中人主之利欲，移將相之恩舊。其後或主或臣，建功立業，尤顯聞於後世，則有決羊腸之險，壍此山之道，攻滎陽，伐韓以威天下，應侯爲秦昭王之謀也。據敖倉之粟，杜中山之阨[一]，距飛狐之口，守白馬之津，使天下知所歸者，酈食其爲漢高祖之謀也。踰此山，入射犬，破青犢之衆，殺謝躬於鄴，以收復天下爲心者，漢光武之謀也。濟河降射犬之衆，還軍敖倉，屬魏种以河北事，然後西向以爭天下者，魏武帝之謀也。進據武牢，扼其襟要，俾竇建德不能踰山，入上黨，收河東之地，而卒以併天下者，唐太宗之謀也。徐思以觀，亦吾之近藩。北壓燕薊，西臨順檀。籠裹控外，聯區接寰。州開其隅，邑疏其間。衡而爲壘，缺而爲關。有朝歌、内

[一] 中：《聖宋文海》卷六、《宋文鑑》卷六、《古今圖書集成·山川典》卷四七作「此」。

黄、黎陽之支離，有五原、高平、廣武之依攀。前規成臯，逆嬰邯鄲，收褰帷趣駕之威，宰簪笏假轡之官。大城望之如雲，小城夾而金完。各負城勢，態驤虺蟠。宿貔貅之倘佯，峙芻粟之巑岏。此又其山古今因人以明效者也。

「偏隅之祲，蒸鬱成象，或爲樓闕，或類亭障。下利墾闢，其土白壤。穀備五種，穎粟豐穰。以陶則不窳，以牧則易長。騂、騧、騂、騆、騧、驪、驖、駰，繁鬣赤喙，黄脊白額。奇毛異骨，駉、駾、駃、騠，或出凹擹，或會廣敞，或隨齕而乍散，或就飲以群往。秦青覩之而目眩，造父逢之而伎癢。若乃邊風夜號，寒氣朝蕩，木葉晝脱，川原蕭爽，挺逸彩之踈瞬，厲雄心之倜儻。分騰而郊野暗，聚鳴而阮谷響。最下者籯糧載士，日中而馳百里，鳳臆蘭筋，探前抉後，何止乎蹄間三丈。馬之所施，險之所依，有德者然後能之。其或守之不以道，用之失其宜，則是二者在所爲盜賊之資。司馬侯告晉侯以先王之不務者，非棄之也；而吳起言商紂之國志，有激於當時。何則？宣帝處先零金城，而終貽漢患；武帝倚元海并州，而俄傾晉基。自後聰、曜、石勒、姚萇、季龍、元魏、高齊、諸苻、慕容，呼侶嘯類，提羌占戎，或屯於定襄，或保於居庸，或建都鄴下，或渡軍河中。或改元離石之北，或僭號沙河之東。胡塵一踰，三關遂空。長安之城，洛陽之宫，摇轡長驅，傳國都而扼蹤，暴衣北冠於塗炭，客宗廟於妖兇。更帝迭王，抑爲盛衰。其四方簡冊，不可得而書者，凡幾戰而幾攻。由是觀之，爲彼君者，始失之一朝，遂使天下之人親戚離散，一百二十六載掛性命於兵鋒。此又當世賢人君子登高慮遠，所宜追述，爲萬世深誡者也。

「當彼之時，國中窄而山中寬，天下危而山中安。外憸人苟容以盜官兮，内浩歌乎《考槃》。外吁嗟愁涕之辛酸兮，内遊鹿豕其方歡。外窮奢極侈以相殘兮，内交讓乎瓢簞。外仍椹縮劍以銜冤兮[一]，内樂天其盤桓。仁智所依，仙聖所迹，其動如龍，非迅雷烈風不起；其出如鳳，非醴泉甘露不食。服皇媧之妙道，藏補天之神石。或餌术而采芝[二]，或吞陽而嗽液。或自耦於樵釣，或偶懷於老《易》。引公和之餘韻，振文舉之歸策。壄王二老，猶自輕之士；壺關令狐，殆多言之客。至精元以友造化，緒餘尚足以治萬國。此其山之隱逸也。

「即以仰之，首名歸山。嶺嶒紆餘，巉巖孱顔。曳泉紳之飄颻，束雲衣之迴還。樌梟精於寶姥，糝靈氣於天丹。矗雰霞之朝覆，豁光怪之宵環。其金則鈑、錫、鏐、銑、

[一] 仍：《宋文鑑》卷六、《古今圖書集成·山川典》卷四七作「伏」。
[二] 术：原作「木」，據《聖宋文海》卷六、《宋文鑑》卷六、《古今圖書集成·山川典》卷四七改。

鐐、鏒、鏋、鑁〔一〕，其玉則瓊、玖、瑭、琄、璒、琪、璵、璠。石黄緑而青碧，珠玟瑰而木難。餘糧石脂之磽砐，赭堊理長之斕斒，陰映宛倚，穹注蟠聯。絲絺氈纈，鉛鹽銅礬〔二〕，備先賦之不名，距三方而祖繁。復有紫沙黄霧，神鋼是取，逗落液於庳潤，萃堅英於弱土。播蚩尤之遺勇，回歐冶之靈顧。下分擅乎百源，上夾輸於六務。此其山之琛賂也。其鳥五色豪鷹，窟生峻峻〔三〕，貌如秋胡，目如明星〔四〕。㖃撥利戟，足卷枯荆。鵰趨鶚隨，往還青冥。木棲則鴰、鶡、鸒、鸖，水止則鴇、翠、鳧、鶺。殊種詭類，莫可殫名。其狀如麋有距，四角馬尾。聲若鍾磬，以出爲瑞。赤虎文豹，黄熊封豕，麢鹿瑞貜，行搏坐噬。草則紫團之蓡勤漏盧，麋銜牡蒙，蓯容首烏，牛膝豹足，龍沙虎須，赤節紫蒨，如雷茈胡，雲英玉支，解蠡菴蕳，鹿腸鶴虱，彭根屈據。澤態夭糅，芳臭粉敷。或同葩異實，或冬榮暑枯。或珍傳太一，或用講臾區。

〔一〕鑁：原作「鎏」，據《聖宋文海》卷六、《宋文鑑》卷六改。
〔二〕鉛：《聖宋文海》卷六作「鉛」，《宋文鑑》卷六、《古今圖書集成·山川典》卷四七作「鉛」。
〔三〕峻峻：《聖宋文海》卷六、《宋文鑑》卷六作「峻嶒」。
〔四〕目如：原作「明星」，據《聖宋文海》卷六改。《宋文鑑》卷六、《古今圖書集成·山川典》卷四七作「皎月」。

「木則有榛有栗，其桐其椅。篁篠懷風，桃李成蹊。梗、柟、楓、檜，思仲、蕪荑，梓、漆、樞、栲，青檀、紫葳，樅、檍、槐、棗，棠、榴、梈、黎，陽櫨、檿桑，枌、榆、棪、梘，交抵并節，韜唐陰隄。身緣中材，實資療肌〔一〕。松栢千歲，蹇金石姿，彌根萬仞之峰，落影千丈之溪。孤榦直出，百尋而後有枝。遠而望焉，或如翔鸞，或如蟠螭。其大蔽牛，其圓中規。參差欑槮，下隔百步，猶樛戞而相羉。」

公子矍然曰：「陸産之盛僕知焉，不若是之詳也。且聞之漢甘泉肇於武帝，唐含元建於高宗。或決事於上，或受計其中。始用材之有餘，終興利於無窮。陛下臨御以來，四十餘年，未聞圖苑囿之觀，事土木之工。户牖朱緑之飾，詔五歲而一易；服玩帷帳之具，雖屢補而尚供。四方黎元，自視怵然，咸願獻力京師，進娱皇躬。聽鐘鼓管籥之音，瞻車馬羽旄之容。儻有司因億兆之心，率懷、衛、磁、相、澤、潞之人，披蒼莽、伐峪巃，賤新甫之得，簡徂徠之封，激春淫之悍豪，扶丹濟其來東，經營庶民，作爲新宫，以壯閶乎中區，以周嚴乎九重，高閛祕廬，侍從兮蜿蟬；翠華黄屋，往來其冲融。追三雍養老之法，申其孝慈；復延英訪問之迹，考其邪正。更取士之弊法，著久官之

〔一〕肌：《宋文鑑》卷六、《古今圖書集成·山川典》卷四七作「飢」。

新令。明刺舉勸沮之典，絶苟簡異同之政。廣廡長廊，翼其兩旁。左選天下經術辯通之士，以爲議郎，居講朝廷疑難之義，補百司之闕，出委觀民決獄之事，以信其所詳；右選天下材勇温恭之人，以爲衛士，居講司馬軍機之要，掌諸門之禁，出委偏裨别屯之任，以觀其近蒞。興利如此，顧不爲偉歟！山日以開，貨日以通，衆庶習知，勿爲牢籠。欲發者發，欲攻者攻。登者搰者，剥者斲者，烹者掇者，縶者弋者，四時憧憧，皆民所同。庶寶之輪幽，萬模之紛紜，雕艧彩製，羽須毛群，弓矢鎧楯之材，輿馬骨革之倫，被服纖華，鼓鑄精珍，三十取一，歸於縣官，寧有聞子富而父貧？興利如此，顧不爲偉歟！」

公子再言，處士再思之曰：「公子之惠，亦云善矣。且民可與樂成，不可與慮始。況乃三晉，人號沉鷙，孕鶉火之流烈，感斗極之勁氣。瞻顧端巧，手足便利。蔑蠱淫狂厲之感，無喘夜皸瘃之累。專思慮而喜任俠，貴然諾而多懻忮。重淪姦侈之化，孤守而莫變；由滲唐虞之澤，彌久而未墜。平居之際，以氣義相視，馳馬射獸以爲樂，投石拔距以爲戲。悲歌慷慨，以攄其鬱；矜誇功名，以見其志。自古受命之主，不先得其土，則先得其士。不得其地，不足以控諸夏；不得其兵，不足以威萬寓。粤天寶失御之後，事雖近而不復言。而五代不綱之時，其迹甚明而可以數。朱梁失守，則晉人南下而急攻河陽；師厚不死，則魏博六州，據山口之路。莊宗之禍，由鄴郡而起；清泰之敗，緣上黨之助。蕃戎陷相而石滅，鄴兵過河而劉去。或群盜乘隙而並出，或前軍自此而先渡。河東之舉，昧李驤疾度，控孟津之策；世宗之征，賴車駕倍程，有南平之遇。可畏也，如人懷心腹之疾；難去也，如木受根柢之蠹。故吾太祖皇帝之興也，踐祚五月，親平澤、潞。念賊失仲卿之計，不西下而直趨懷孟，而我用向拱之言，速濟河而擊其未聚。離穴成擒，吴祚之前料；登無難色，李氏之深論。如洪波薄江，借海以爲力；大霆擊空，與電而俱赴。交廣、閩、蜀之區，淮、海、江、漢之壖，彊侯暴王，襲頓蹁躚，納土稱臣，冠佩鄰聯。雖天命之所在，亦主威之使然。其勢如此，猶藏太原，謝將休戎，十有九年。太宗之弔伐也，指師爲林，轉糧如川。斷石嶺之應，剗隆成之壁。躬擐甲胄，劘鋒易弦。晝夜圍督，六師争先。壓之以天下之重，然後始能破焉。迨我真宗，撫養其人，留蹕授關南之師，促使益安陽之屯。許北虜之通和，勑猛將之疏軍。以至陛下仁風德澤，扶導長養，踰八十春，賦不聞竭其才，力未嘗疲其身。憙辯者不知約從連衡之謀，尚勇者不知收城奪邑之勳〔一〕。室家熙熙，老於耕耘。如養虎者不與

〔一〕勳：《聖宋文海》卷六、《宋文鑑》卷六、《古今圖書集成·山川典》卷四七作「勤」。

之全物，賞先至者不導於一津。茲奈何合之？深山觸鷙，猛而爲勍。敵之怒心，鐵鑿棘矜。若南國之茶，海濱之鹽，千百良民，化爲頑兵。或蒙欲而拒捕，或負恃而貪凌。始逭罪而群亡，終盛氣而横行。鎮之常員，則威有所不足；列之大誅，則民轉相震驚。陸機謂興利不足以補害，君焉孰懲？」

公子曰：「不然。古初生民，禽獸雜居。無機械以荐食，無衣裳以被軀。累聖哀之，俻其所無，鑽燧取火，鑠金於鑪。鋭以鋒刃，俾持以趨。逐其蟲蛇，創其室廬。刳木成舟，結繩爲罛。剡木爲矢，弦木爲弧。以飲以食，以畋以漁。服牛軺馬，紡績钁鋤。後王因之，訖今以娛。安有至治之世導民以利，復争亂之是虞！太公封齊，熊繹封楚，魚鹽之義[一]，山林之阻。公一發之，民往如騖。不數十年，齊楚以富。彼諸侯之國，民且守法，豈天下之廣，人或敢侮？調發存邑里之籍，出入視保伍之名。倚之守令之良，護以使者之能。蓋建隆初興通餽之役，奚今日之政姑息而艱行？是有司不復舉因民之利，四方無時有可勞之氓。弗卹所治之法何如，而已亟此禁山搉海之圖，疑所思之未明。」

[一] 義：《古今圖書集成·山川典》卷四七、《歷代賦彙》卷一七作「利」。

處士曰：「君不聞天子之建宫乎，厭江陵之瑰幹，空鄧林之巨樹。山鬼見榮而儵爍，坤后斥緼而容與。青帝執規，白帝司矩。攝離朱之魄，覼其徽纆；捨倕蔄之神，相其斤斧。裁魯鎮以爲址，判湘巒以爲礎。趨步而翬鳥正，叱咤而虹蜺舉。星覆重橑，雲縮萬堵。塗以齊赭，甓以虢土。華薦金石之美，梁修牙角之賦。揚瑶琨與織貝，荆砮丹而箘簵。蒙羽之纖縞，澗瀍之枲紵。優尊而百禮六樂，華國則東房西序。邦賄豐息，寧主是耶！」

公子曰：「嘻！上方東被於流求，西薄乎羊同，南暢於訶陵，北憺乎空峒。積摯鴻臚，填貨大農。天人之交，何求而不充？徒念覃懷之域，三河之衝，滑斷乎滄溟，背棲乎犬戎。齊楚甌越，魯鄭巴邛，轅有所不適，檝有所不通。重兵之常處，列城之所宗，將帥之治守，詔使之過從，壤地所生，衣食所庸，不疲其貲，即疲其力；不出於官，則出於農。帑焉而乏，府焉而空。或驕陽淫雨之災，或戍發備河之逢，流離其民，易資梟雄。或陰會於朋仇，或椎埋以成風。故先諸權，俾恰其衷。禹散歷山之金，而贖賣子之虐。湯鑄莊山之幣，而救無糧之凶。非先君不足以説士，非首衆不足以就功。如彼泉源，我發其蒙。如彼委藏，我啟其封。設坐視天財而不知發，猶有此民而不以爲兵，徒示二虜之涵容。」

處士曰：「君知其一，未覩其二。琉璃之河，華林之莊，昔居臣民，今遊犬羊。然黠虜奚民，視此而莫敢乘焉，吾非有以守之，殆由天設於王公，帝限乎豺狼。若之何侵而夷之，以紓其行，餌之可欲，以發其狂？義未聞於灌瓜，兵或興於爭桑。投蒭生心，文子之至喻；牛甘必鬬，管堅之所量。國家近邊，雖上腴之地，久禁而不耕，所棄甚輕，爲利甚明。發丁以通驛，隋政之已失；治氣而未盡，魏室之旋傾。彼烏足陳於治朝哉！山東之兵，三十五將之師，君所聞也，請置其說。」

公子曰：「大農之家，不患穿墉而廢囷倉；善賈之行，不念胠篋而捐金珠。備得其術，則害何能擾；利果大人，則小或可疎。今防秋之兵，不寄之土豪，而歲起屯戍；繕治之物，不蓄於逐州，而授於京都。不募人訪銅，而私或自鑄；重給民曠土，而爭糴於胡。遺計若此，庸爲利歟？由衆人焉，南牧之慮；將智者兮，北伐之涂。推石傳土，決其成功，束馬懸車，胙乎能事。突收燕樂，捐范陽、涿郡三道之師；直壓懷柔，拒虎北、石門四兵之勢。引輕軍，發羌夏之東穴；出奇道，斬匈奴之右臂。」

二客紛辯既久，色相不平，抗袂俱起，質於先生。先生囅然而笑，適然而興曰：「坐，吾告汝。夫有財而弗取，無道者之言也。取而不以先王之制，無法者之言也。二者，吾聖人之深惡。不順乎冬夏，不相乎陰陽，禽獸之殄暴，貨幣之誅戕。不時而源枯，不禁而山傷。逆於天元，降爲災祥。則雖傳道之人，豈容無責哉？古者大德大功之人，天子尊之公侯之爵，殊其奉養之方。功厚者享亦厚，德長者報亦長，推之四海之内，入爲公卿，出爲牧伯，盛不過數十，土地所育，人民所藏，其貨易供，其財易當。然報非天子之獨私焉，蓋天下皆樂其有以報也。故其民賢者勉焉以脩其業，愚者雖甚欲焉而無敢望。其志易平，其勞易償。今高貲大姓之家，列肆侔於府庫，邸第羅於康莊。金紺采綴，鏤劘焜煌。被以黼繡，裹以雕牆。狗馬棄齊民之食飲，輿妾賤士夫之衣裳。賓昏祠葬，隳敗紀綱。通吏買法，陰淫陸梁。其憑荒負險之民，擅彌山絡野之疆，畜奴如兵，占田論鄉。主逋豢冠者攸衆，賣龜藏甲者爲常。州縣徒史，私爲之視察；鄉亭部夫，公隨之奮攘。是天下山林之出，除公上之賦，守令吏寺，略有常制，每郡每邑，宛轉麋潰，輪幾侯而幾王。

「彊桀相師，極欲爲威。怒網而川貧，笑斧而林飛。孰察諸刊剥水火之遺製，孰恤乎堅稺曲直之所宜？積之徒多而器用殊寡，舉之或遠而民資自疲。富者售之益輕，貧者勞而愈微。晢窮原藪之饒，而況膏腴之歸。乃方乃州，或蝗或饑，民以爲災，而彼反爲宜。從是其氓，匿税併田之不暇；益令群猾，藏租隱地之無疑。南方諸山，非復昔時，材不愛而木不蓄，木不蕃而獸不滋。迨有千里不毛，裹餱莫支。是天地陰陽，晝夜長養，猶不能以充其欲，則吾民何負，獨爲貍而畜雞？「蓋馭民無予奪之政，厚生無發斂之期，萬物失『由儀』之道，四海廢『崇丘』之詩。或者縣官列膠幹皮羽之須，營棟宇舟車之材，上苛之以敲笞，下撓之以追催。索之於邇則此既莫有，求之於遠則險孰能來。方此之時，跱蓄之家，驩相比朋，固所以制百姓之命，期年而篡其業，更歲而竭其財。如是不已，饑寒怨愁，不委於溝壑，則聚爲盜賊。非此二者，吾不知其安所爲哉！

「始於傷財，則終於害民，察其蠹國，必固乎亂俗。故國家以皇祐之版書，較景德之圖録，雖增田三十四萬餘頃，返減賦七十一萬餘斛。由是言之，土地財利，名制約束，不用先王之法，其爲弊也，民失其平，若之何而可復！高者愈貪而肆蛇豕，下者抵禁而趨口腹。刑罰日增，裁害日續。蓋兼并不去，不足以語政；制度不立，不足與言治。禁錫存省米之説[一]，賤肉有愛牛之意。此言雖小，可以推類。

「事爲之法，物爲之制，數罟之得，非不多也，先王禁之，以其傷生。原蠶之利，非不博也，先王禁之，以其害氣。果實未熟，木不中伐，用器不中度，禽獸不中殺，鬻

[一] 錫：原作「錫」，據《宋文鑑》卷六、《古今圖書集成·山川典》卷四七、《歷代賦彙》卷一七改。

於市者，執而有罰。不以其時，不順其教，捕一禽、折一草，謂之不仁；斷一樹、伐一木，謂之不孝。

「公卿大夫，群士黎庶，居室有品，器械有度。車馬有等，衣服有據。飲食有常味，人徒有常數。戮民不敢服絻，君子不履絲屨。爲農者不得爲工，爲士者不得爲賈。天王之尊也，合圍猶惡其盡物；諸侯之貴也，殺牛尚戒於無故。小既無越，大豈容負。草木鳥獸而舜以命益，水火土穀而堯以任禹。名山大川，縱封國而不盼；至其漆林，獨二十而征五。著於後王，脩之愈明。典之於天官，圖之於地卿，任之九職之事，辨其五物之征。主山而有虞，主林而有衡。中士下士，贊其政令；府史胥徒，頒其所行。豺祭而弓矢陳，隼擊而罻羅興。司險達其道路，山師辨其物名。鷙獸在前，穴氏火物而誘之出；阱擭既設，冥氏伐鼓而使之驚。然後萬民隨之，詔焉以程，斬材者有期日，竊木者有常刑。至於金玉錫石，丱人之專取〔一〕；犀象麋鹿，角人之所登，率避其孳育，以待其豐成。必以其時，素王稱其大順；不可勝用，孟軻陳其養生。貴賤有差，六器五輅之資，民得而無所用；興造不妄，五金六材之屬，民用而無所傷。禁發之有期，重

〔一〕丱：原作「丱」，據《聖宋文海》卷六、《宋文鑑》卷六改。

輕之有常，天生時而寒暑平，地生財而品類昌。碩以盆鼓，蓄以谷量。暴暴如山岳，渾渾如河江。山出銀甕丹甑，椒聚麒麟鳳凰。

「追前世之盛，被於此時；以吾君之聖，方諸先王。陶唐之二宮，姚虞之總章，商人之重屋，周人之明堂，雖尨眉耆耇，愛惜朝夕，期有以必覩也。子之言曾何比今於漢唐？陛下慈仁如天，廣厚如地。任臣則勿疑，聞諫而必喜。賞罰不濫，切愛乎民命；祭祀罄虔，動交乎天祉。遠民之弊，雖守臣不知而知之甚詳；克己之誠，在匹夫難行而行之甚易。至若五帝憲老之禮，三王觀風之制，六典建官之法，三適進賢之例，患有司不得其術，不患朝廷之不行；患臣下不舉其職，不患信任之不至。今也輔相大臣，左右良士，重君子爲臣去就之節，思古人得君功烈之致。施以善俗爲本，學以力行爲貴。居朝廷不以先後持其嫌，守藩鎮不以內外疑其勢。同德一心，齊力協議。臯陶謨而矢契稷之業，伯夷讓而中夔龍之志，以共察天下之善，不使有蓋虛驕士之黨；以共收天下之傑，不使有妬功蔽賢之吏。以衆人之耳爲耳，聽衆耳之所不聽；以衆人之目爲目，視衆目之所不視。授百司因革於吏，而總其成績；委二邊軍賦於將，而責其必治。法制素具，東南既饒，天府宏壯，講練有時。吳越皆霸王之兵，朝令乎西，西納十四州之地；夕使乎北，北歸十三州之城。渾然臨之，以至健隤，然載之以不傾。伊洛之水畫乎其前，戎夷畏之，踰黄河之湍；丘垤之山簀乎其旁，戎夷阻之，甚太行之横。與其邀近功於一山，增衆糅之弊，牽危疑於往代，汩因循之名，使王者之興，百有餘年，神聖在位，而仁愛之澤獨未及於禽獸草木，曷可同世而語哉！」

二客離席踼跽，媿謝不敏，請爲弟子。既而少進曰：「問阜財得阜民之法，問治山得治國之風。且昔者將大有爲之君，必有所不召之臣，欲有謀焉則就之，不得已而後起。有學焉而後臣者，有不可得而臣者。今山之隱逸，亦如是而後至乎？」曰：「莫可得而知也。神農之於悉諸，黄帝之於崆峒，顓頊之於緑圖，高辛之於柏招，帝堯之於務成，帝舜之於尹壽，禹之於國先生，湯之於伊尹，文王之於鬻熊，武王之於尚父，周公之於虢叔，齊桓之於管仲，然尊德樂道，説者如此也。吾觀之彼數子者之心，將如是而已乎，莫可得而知也。」二客怳若自失，再拜而罷。《皇朝文鑑》卷六。

《孫公談圃》卷上　崔公度伯易自號曲轅先生，作《太行山賦》，以太行近時忌，改作《感山賦》。裴煜得之，獻魏公，未及品藻，示永叔。永叔題其後曰：「司馬子長之流也。」魏公因薦其文。英廟欲擢以館職，魏公言：「未見其人之賢否，召與語未爲晚也。」後數日，伯易與友人會話，坐上忽賫告身至，乃授伯易潁川防禦推官、國子監直講。荆公嘗云：《感山賦》不若《明珠賦》。

《習學記言》卷四七 賦雖詩人以來有之，而司馬相如始爲廣體，撼動一世。……後世猶繼作不已，其虚夸妄説，蓋可鄙厭。故韓愈、歐、王、蘇氏皆絶不爲。今所謂《皇畿》、《汴都》、《感山》、《南都》之類，非於其文有所取，直以一代之制，一方之事，不可不知而已。《皇畿》以事實勝，而《汴都》惟盛稱熙豐興作，遂特被賞識。

《續資治通鑑長編》卷二〇五（治平二年七月）壬午，三班差使、殿侍崔公度爲和州防禦推官，充國子監直學。……歐陽修得公度所爲《感山賦》以示韓琦，琦言公度守道甚篤，文章雄奇瞻逸，故有是命。

《宋史》卷三五三《崔公度傳》 歐陽修得其所作《感山賦》以示韓琦，琦上之英宗，即付史館，授和州防禦推官。

楊慎《太行山》（《升菴集》卷七六）《山海經》大行山一名五行山，《列子》作大形，則行本音也。《河圖括地象》云：「大行，天下之脊。」郭緣生《述征記》：「大行首始河内，自河内至幽州，凡有八陘。」崔伯陽《感山賦》「上正樞星，下開冀方，起爲名丘，妥爲平岡。巍乎甚尊，其名大行」，蓋趂韻之誤耳。

宋代辭賦全編卷之三十七

賦 地理 二

麻姑山賦

李覯

巍乎高哉！兹山之爲異也，吾不知夫幾百千里之廣。但見土老而石頑，頂天而直上。驗地勢之所極，固亦東南之藩障者乎？路蹊蟠鬱，前後相失。岡巒崒嵂，左右馳突。嗚泉百雷，躍下雲窟。喬杉萬矛，舞破煙骨。靈奇怳惚，變見出没。匱耳目之觀聽，曾不究夫萬一。

其間則有名天之洞，禮神之堂。高臺層瑶，吸日月之光；繚垣築粉，孕芝蘭之香。偏門曲廊，入迷其方。斜軒亂窗，或温而涼。況乎御龍膏之酒，倚雲和之瑟，一飲一石，一醉千日。安知億萬人，塵衣飛蚤虱。其或黯然而霧，飄然而雨，跬步之内，則朦無所覩。夜長漫漫，山空月寒。鶴群戲風，舞羽蹁蹁。老猨抱子，吟聲欲乾。怪物參差，松柯水湄。或步或馳，或嘯而悲。仙乎鬼乎？千態萬狀而使人心疑。

別有澗石之迤邐，圜潭之無底，是曰蛟龍之所止。嬾而爲旱，怒而爲水。嗟我力耕之民，輟衣食之資，而爲禱祠之費。巖岫冥冥，古無人行。百獸飢死，虎狼夜鳴。是何假上真之名，而神姦之所憑也？

悲夫！以地之奇，以物之靈，而逋客之經營。全形養氣，采朮茹菁，未嘗有笳簫之聲，鸞鳳之迎。謝人品而凌太清者，徒見山寒兮青青，水秋兮泠泠，雲路咫尺，而不能以升。豈非仙可得而不可求，道可悟而不可學？彼其叛稼穡之功，遺室家之樂，越天常而慕冥寞，宜乎白首於丹竈之下，幽死而無所託也。四部叢刊本《直講李先生文集》卷一。

樓鑰《麻姑山顔魯公祠記》（《攻媿集》卷五五）　太學甯君居麻姑山下，與觀相望，慕公之爲人，以私財撤而新之，求記於余。又以李盱江《麻姑山賦》求宇文樞密之書。……因誦平日所聞，以授甯君，使刊之，以袪世人之惑，亦不失曾、張二公之本意，又與盱江一賦詞旨暗合云。

《復小齋賦話》卷上　《麻姑山賦》末云：「以地之奇，以物之靈，而逋客之經營。全形養氣，采朮茹菁，未嘗有笳簫之聲，鸞鳳之迎。謝人品而凌太清者，豈非仙可得而不可求，道可悟而不可學？」真名言也。

羅浮賦

李南仲

羅浮二山，東西相聯。通句曲之洞，號朱明之天。連延大江之外，崛起滄溟之壖。乃百粤羣山之祖，與南嶽而齊肩。鐵橋鎖乎絶頂，石樓峙乎半巔。登覽遐極，眇睇芊綿。

爾其周迴五百七十二里，森列四百三十二峰〔一〕。迴谿峻谷，巑岏崆峣。藻石璀璨，瀑水玲瓏。山出玳瑁，竹茂蘢葱。羣雀五色，靈藥千叢。寂寞兮丹砂遺竈，岌嶪兮瑶臺隱空。懸崖斗折，徑路難通。祥雲瑞霧，晝夕矇朧。時有岸幘羽服，野人山翁，忽去倏來，不知其蹤。謂長生而久視，亦往往寓乎其中。時有萬舶乘風，不知西東，瞻我峻極，煙光蒙茸。洞谷昏黑，開乾闢坤。怒風叫號，轟騰四門。恍然之内，隱隱若萬兵之屯。呼吸號

〔一〕四百三十二：《歷代賦彙》卷二〇作「四百三十三」。

召，鬼神湊奔。徐而萬籟息，朝霞暾，日月晃耀，氣象始温。又或五夜蕭森，樂池奏音，彷彿仙籟，彈絲擊金。疑有雲和之瑟，空桑之琴，青谷閟邃，列仙下臨。聚會靈族，朋來盍簪，列席環坐，開廓沖襟。疏楹廣庭，竇除翠林。海桃霞漿，左右酬斟。樂真言之恬淡，憫世網之浮沉。倏然往來，不繼以淫，瞬息萬里，馭飈騣騣。變化倏忽，孰能究尋。

其上則有惟金三品，楩楠杞梓。翡翠羽毛，虎豹犀兕。竹箭丹砂，絺纊絲枲。珍角穄桶，元龜象齒。石蜜山蕉，黄精白芷。蛾眉龍骨，桂花桐子。先供賞以充庭，何九州之敢擬。真足以燦上國之文章，增皇家之盛美。

矧夫當祝融之宅位，贊真主之乘離。雲行雨施，産英孕奇。其在國家，有大禱祈，驛使奔走，帝誠肅祇。投金龍與玉版，指道路以交馳。將事之夕，明靈鑑斯，乃至翔鸞舞鶴，繞殿紫芝。仙壇祭訖，宣室受釐。萬有景福，允王保之。帝子王孫，慶流本支。獻南山之壽，歌《天保》之詩。與夫他山奠璧，徒當乎四達之逵；巠飾别館，止可事乎遊嬉。於功業兮何補，於造化兮何裨？豈止增高福地，薦美天基，鞏固四極，鎮安外夷。巍巍隆隆，無騫無虧。宸毫秘軸，文采葳蕤。瑞牒顯著，又奚論乎真區之遠，而名嶽之危？康熙刻本《羅浮山志會編》卷一四。

遊碧山賦

蔣之奇

天風吹我，行遊作客。尋邪谿於羞見，訪突兀之天壁。宛碧霄兮駕五彩虹，望鴛鸞兮搏雲行翼。欲得白也之棲，豁然清光之挹。謫仙安在，人世翱翔。逸才天藻，沉湎帝旁。左揮妃子，右跣巨璫。授紫極之道籙，鑑囚纍之汾陽。散十萬金於落拓士，而脱九死於夜郎。於是潯陽赦還，税駕宣城。北樓懷謝，不厭敬亭。哭無老春之醲，鼓枻涇水之濱。乃遊天宫，卜藍岑，泛桃潭，涉漆林。題詩半醉，山水深情。恐遊興之未酣，獨棲碧山而沉吟。

斯山崙崒，九子迤遞。高聳參雲，碧青墮地。松枝老秃，柏勢嫵媚。空翠掩映乎苔蘚，酣緑鮮發於眉際。杳靄霏微，似雨仍霽。水團團其常灣，花燁燁其自麗。我懷伊人，厥心高邈。盤九萬之仙翮，見遐蹤於綺皓。斂豪宕乎恣睢，迴太空之灝灝。花與水而俱去，天無情而奚老。暢余情之飄摇，欽風義於月皎。酌羽觴而坐嘯，山青青其不了。

亂曰：氣吐虹霓兮，衝斗犯牛。緬彼心懷兮，閒逐雲浮。碧山一抹兮，何事棲留。

有問莫答兮，一笑悠悠。別有天地兮，花開水流。明月清風兮，詩魂來遊。嘉慶《涇縣志》卷三〇，民國三年涇縣翟氏石印本。

巫山賦

蘇轍

過瞿唐之長江兮，蔚巫山之嵯峨。雲孤興其勃勃兮，北風慨其揚波。山嶔崟而直上兮，越至神女之所家。峰連屬以十二兮，其九可見而三不知。蹊遂蕪滅而不可陟兮，玄猿黄鵠四顧而鳴悲。覽松柏之青青兮，紛其若江上之菰蒲。維其大之不可知兮，有撓雲之修柯。蔓草蒙茸以下翳兮，飛泉潔清而無沙。

亭亭孤峰，其下蘖木交錯而不明兮，若有美人慘然而長嗟。斂手危立以右顧兮，舒自遠望悦然而有所懷。儼峨峨其有禮兮，盛服寂寞而無譁。臨萬仞之絶嶮兮，獨立千載而不下顛。

追懷楚襄之放意肆志兮，泝江千里而遠來。離國去俗兮，徘徊而不能歸。悲神女之不可以朝求而夕見兮，想遊步之逶遲。築陽臺於江干兮，相氛氣之參差。惟神女之不可以求得兮，此其所以爲神。湛洋洋其無心兮，豈其猶有懷乎世之人？

朝雲蔚其晨興兮，暮雨紛以下注。變化倏忽不可測兮，俄爲鳥而騰去。忽然而爲人兮，佩玉鏘以琅琅。愛江流之清波兮，安燕處乎高唐。彼蛟龍之多智兮，尚不可執以罝�。高丘深其蒼蒼兮，怳誰識其有無？明清夢軒本《欒城集》卷一七。

二山賦 並序

孔武仲

武仲嘗從清源王敏仲祠南岳[一]，登福嚴南臺寺。既又泊舟九江，望廬山。浩乎有遺世獨往之志[二]，而未能也。乃作二山賦以寄之。

衡之麓兮幽幽，衡之泉兮斷流。方歲晏之凝沍，慘風雲以悲愁。忽青春之時至，散沉陰以飄浮。上玲瓏以交滴，下青葱其若抽。谷鳥語兮關關，澗鹿鳴兮呦呦。使君來兮此時，歷巖徑兮鳴騶。奉尚方之寶炬，擁北荒之輕裘。會時雪之未應，扣嚴祠以精求。星斗煥兮臨墀，河漢杳兮明樓。珮淒瑲兮振玉，冠璀璨兮鳴旒。奉南帝與高真，若交與

[一] 王敏仲：原作「正敏仲」，據豫章叢書及《清江三孔集》卷八《次韻和王敏仲望祝融峯四首》改。

[二] 之：原無，據豫章叢書本補。

兮綢繆。既畢事兮逍遥，盍翺翔兮林丘。路虹霓之脊脅，摘中天之斗牛。松翳翳兮千幢，竹樅樅兮萬矛。窺三生之晏坐，尋魏閣之仙遊。興徜徉而未盡，遂秣馬而迴輈。水悲鳴兮而惜客之去，山回環兮而邀客之留。顧人事之不可遂，徒惝恍乎離憂。公鞔虒兮巴陵之車，我出没兮重湖之舟。既望履於潯陽，復登門於邦溝。語欸曲兮有數，迹浩蕩兮無由。公雖寓兮天都，心獨喜兮南州。謂古鄉亦無以異於傳舍，閔世俗之人齪齪而拘囚。慕遠公之蓮社，營淵明之秫疇。我亦久思兮此邦，奉先子之松楸。願歸來兮卜鄰，偷歲月之優遊。挹明波於天地，摻高袪於浮丘。浩乎遼哉，斯樂不可得而言也，彼何爲乎公侯？衡山之往兮，今不遑再；廬山之居兮，公其早謀。四庫本《清江三孔集》卷三。

廟山賦

孔武仲

太儀坱圠兮，孰闢其初？東爲滄海兮，南爲江湖。謂其有意於物耶，胡爲土斷壤絶，不容駕馬與牽車？謂其漠然無意耶，胡爲積水之中，截然起爲丘墟？惟洞庭之汗漫兮，號巨浸於一隅。指天爲幕兮，視地爲無。上飛鳥而下行舟兮，濟未半而力無餘。

使無所棲息兮，其將困阨乎蛟魚。

乃有廟山兮，圪然以中峙。洲渚回環兮，瀦以流水。力憊者得休兮，見險者得止。若被邊郡縣前臨不測之敵兮，猶幸有城郭之可恃。夜安以眠兮，晝徐以起。雖扶摇拔山兮，如蝱雀之過耳。上青蒼兮薄浮雲，中安帖兮旁無隣。收縮以爲秋兮，浩渺以爲春。觀於此兮，可以知陰陽之屈伸。

山有民兮居甚樂，緝茅以爲室，編篁以爲落[一]。以獵爲刈兮，以漁爲穫。夕與雞栖兮，旦與鳧作。生長於是，老死於是而已矣，孰謂官府與城郭[二]？漢澆唐漓兮，吾獨全太古之淳朴。視日出爲朝兮，視月升爲夜。膚冰而後知臘兮，纇洮而後知夏[三]。無功可録兮，無罪可赦。與黿鼉並遊兮，與蜉蝣俱化。

我欲留此兮捐詩書，視居居兮行于于。不飲酒而樂兮，不撞鐘而娱。波濤以爲琴瑟兮，風飈以爲笙竽。賓虞舜兮友軒轅，傲賈生兮卑屈原，訪鴟夷兮追魯連。四庫本《清江三

[一] 落：原作「樂」，據豫章叢書本改。
[二] 謂：豫章叢書本作「詒」。
[三] 原注：「一作『氣和而後知春兮，膚冰而後知夏。』」

孔集》卷三。

清涼山賦

張商英

夫清涼山者，大唐東北，燕、趙西南，山名紫府，地號清涼。乃菩薩修行之地，是龍神久住之鄉。冬觀五頂如銀，夏觀千峰似錦。寔文殊之窟宅，號衆聖之園林。鐘磬響碧嶂之間，樓臺鎖白雲之内。常人遊禮，解脱忘軀；禪客登臨，群魔頓息。此乃不離聖境，有十二區之大寺，乃號百處之名藍。

時逢春夏，亂花攢就極樂天宫；每遇秋冬，松影排成兜率内院。八池霧罩，九洞雲遮。瑞草靈苗惆悵，吉祥妙理難窮。文殊現老相之中，羅睺化嬰孩之内。閑僧貧道，多藏五百龍王；病患殘歿，每隱十千菩薩。歌樓茶店，恆轉回諦法輪；酒肆屠沽，普現色身三昧。飛蠅蠓蟻，皆談解脱之門；走獸熊羆，盡演無生之法。

今覩諸方遊禮、遐邇友朋，若到清涼境内，莫生容易之心。此乃識則不見，見則不識，龍蛇混雜，凡聖同居者矣。宛委别藏本《續清涼傳》卷上。

登黄鶴臺下臨金山賦

米芾

余登黄鶴之高臺，臨紫金之奇岫，下風輪以槃根，中百川而露秀。抱群山之勝勢，儼化城之寶構。二塔立而角具，五洲落而珠鬬。幽怪集而洪鐘舉，梵侶萃而香積奏。泛海濤以出像，過龍宫而一嗅。水府明威以護法，神龍降光於秘呪。航冥陽之津途，會四海之奔走。其或浮玉焦山之名掩霧，石牌落潮，倒洪流而夜響，援淡墨其難描。靈鼉屹乎波起，天花雨而仙遨。有時江練夜白，秋清月高，冰壺無底，下徹秋毫。吾嘗中濡弭檝，寒露泫袍。追夸父以逐日，呼龍伯以連鼇。得長鯨而可跨，或拔劍以逐蛟。吾方老丹徒，此戲卒未艾也。每回興兹臺，招酒侣，命文豪，劇太平藻飾之談，以窮年而逍遥也。宋嘉泰刻本《寶晉山林集拾遺》卷一。

壯觀賦

米芾

米元章登北山之宇，徘徊四顧，慨然而歎曰：壯哉，江山之觀也！開闢敻古，逖哉邈矣！帝德所被，北幽南趾。王功未宣，六合阻異，明翳視其消長，來叛從而間起。去古無章，水濱莫委。比世可悼，晉裂漢毫。披蓁芟莽，且代且盜。豈地具而天設，特資獪而附暴者乎？乃物偶然，而人乘以智巧爾？

若夫真符秉中，萬派朝宗。稽顙納質，不黷兵鋒。版圖入而地合，氛祲廓其大同[一]。遠琛近賈，千里不風。鑑湛一色，折葦可通。其或弱吹砌鱗，疾焱湧山。九地出没，千峰上攢。如嶺並亘，連雲俱還。長鯨齒巨，天吳腹斑。閏運未既，生民道艱。宜乎曹郎託詞以按甲，怫鬱而永歎也。

吾每登是宇，覽是土，當日杲天，清嵐開練，布邀太平君子，引吳醇，舞越女，破千歲之長憂，擲森然之萬古。有杞初登，由儀再旅，至甚醉而乃去也。宋嘉泰刻本《寶晉山林集拾遺》卷一。

蘇軾《與米元章》（《蘇文忠公全集》卷五八） 某啟：兩日來，疾有增無減。雖遷閒外，風氣稍清，但虚乏不能食，口殆不能言也。兒子於何處得《寶月觀賦》，琅然誦之，老夫卧聽之未半，

[一] 廓：《涉聞梓舊》本作「明」。

躍然而起。恨二十年相從，知元章不盡，若此賦，當過古人，不論今世也。天下豈常如我輩憒憒耶！公不久當自有大名，不勞我輩説也。願欲與公談，則實未能，想當更後數日耶？

米憲《寶晉山林集拾遺跋》　先祖南宫以文章、翰墨雄視一代。……如《寶月觀賦》一出，巨儒若東坡最擊節賞音，他可知矣。

南山賦

寄張嘉甫[一]

張耒

南山巖巖兮，其下有人佩玉而握珠，剋意魯叟之古經，不習世儒之臆書。我頃見之於宛丘，貌秀晳而眉疏。别去忽兮幾時，面蒼瘠而垂鬚。愛德器之老成，資巧琢於璠璵。問所與之爲誰，亦黄槁之仙癯。禁八馬之超騖，同芻豆於羣駑。時慷慨而長鳴，恥賤工之附輿。

我行世之多艱，三年困兮江湖。幸天恩之放還，過都梁兮躊躇。奉兩月之周旋，越長淮之馳驅。屢飲我於山間，出翩躚之兩姝。舟師告余以當行，具篙檝於斯須。歲方暮

〔一〕寄張嘉甫：原無，據民國刻本補。

而寒驕，犯冰雪於野墟。雲漫漫兮垂天，風栗栗兮切膚[一]。稺𦺚翳於宿莽，妍柳秀於羣枯。泛羽觴之清泠，聊覽物以爲娱。思佳人兮天末，望莫見兮愁予。明趙琦美鈔本《張右史文集》卷三。

《施註蘇詩》卷三二《送張嘉父長官》張嘉父名大寧，山陽人。登元豐八年第，治《春秋》學，政和間爲司勳郎。張文潛嘗作《南山賦》以贈之，其畧曰：「南山巖巖兮，其下有人佩玉而握珠，刓意魯叟之古經，不習世儒之臆書。過都梁兮躊躇，奉兩月之周旋。」其所居當是泗之南山，今爲盱眙也。

《續歷代賦話》卷九　銑按：南山名都梁山，出都梁香故也。見東坡《泗州南山》詩自注。

柯山賦

張耒

入東門而右回兮，原迤靡以相屬。拔磅礴以陸起兮，是爲柯山之麓。其上蕭森而晻靄兮，冠萬竿之修竹。下磽确而堅密兮，拱高林與喬木。散雞犬於危阨兮，雜茅茨與夏

[一] 切膚：原作「攻膚」，據趙琦美鈔本卷四七《寄嘉父》及四部叢刊本、四庫本改。

屋。通漁樵之蹊遂兮[一]，路縱横而斷續。狠土石列[二]，暗竇谷虚。鳴鳥上下，伏獸號呼。俯江流之蕩潏，招列山之蟠紆。林巒作態而蔽虧兮，風雲效技而卷舒。固可以開闔陰陽於一氣，賓餞日月於天衢。

爰有窮人，瞿然無歸。曠四海無所投其足兮，后帝命我於山之隈。庇蓬茅之數椽兮，撫枵腹而常飢。時醉飽而自得兮，亦杖履而遨嬉。逾山而東，席門草藩。爰有君子，於兹考槃。自種自食，鄰里莫干。圖書滿家，兒稚飢寒。相見輒喜，有時不冠。寄萬事於一笑兮，不知食糲而衣單。吾不加物以一毫兮，亦莫愛人之燠寒。悟紛華之多虞兮，幸寂寞之至安。飲我薄酒懽有餘，啜我豆羹甘而腴，隱几而休讀我書。

乃曳杖歌曰：「升柯之巔，明遠眺兮。築柯之庵，可以老兮。終古不忒，天之道兮。于于而行，無喪吾實兮。」明趙琦美鈔本《張右史文集》卷一。

〔一〕蹊遂：四庫本、民國刻本作「蹊徑」。
〔二〕狠土：四庫本、民國刻本作「撮土」。

武當山賦 並序

李廌

僕聞武當爲名山舊矣。元符改元之二年，屠維單閼，自鄭之平陵。越明年，上章執徐。正歲元日，自平陵往遊。世家古鄭，故自以爲太華逸民，而均陽乃南鄉古郡，於是設平陵丈人爲對問，以賦其事云。

太華逸民適乎南鄉，值平陵丈人植杖道周，敬修容而問焉，曰：「僕旅荆州，歷楚囿，按載籍，諏耆舊。遊遨鳳闕，嘯傲峴首。睨碑征南之坂，捫鹿習池之岫。策筇梅埡之巘，飲馬雙池之瀏。雖清潤之可喜，實奇雄之未覯。比泝滄浪，至於鄖郊。卧岡走阜，複沓平坳。布若聚米，沸若翻濤。藏溪隱木，險於幽都。夾漢爲塹，隘比成皋。邑或巖於鄭制，獸或彊於齊獳。雖弗逮乎鴈門，已可方於虎牢。第陵陸之可踐，恨形勢之非豪。何一山之巨麗，俯列岫以彌喬。卓犖倔起，造天其高。如鳳於翼，如麟於毛。如人之傑，如士之髦。居衆莫掙，拔於其曹。吾弗知其何山也耶？」丈人曰：「此吾邦之武當也。惟兹奥區，叟之所詳。天樞隨旋，四七相望。壽星步之，角亢曰壽星。乾緯是綱。天根昭回，抵於龍亢。氐爲天根。蒼龍左角，距夫明堂。房心爲明堂。下臨豫野，故韓之邦。自河及荆，綿亘沮漳。方城爲郭，漢水爲隍。楚以之爲北鄙，晉以之爲南鄉。河汾沃翼，叔虞之唐。逮重耳之主盟，此周室之所疆[一]。篳路啟林，芊熊允荒。洎變夷而爲夏，輒由子而自王。東姬不競，霸府代强。載書歃血，胥會衣裳。乃封郵之徼境，惟犇命之靡遑。干戈間興，以争尋常。介二邦之兩間，兹屢爲乎戰場。秦噬六國，拊背扼吭。席卷方輿，括於一囊。韓社既墟，徙治南鄉。卯金典午，下暨齊梁。僑立始平，名誣實違。鬱悒百代，今遘盛時。以聖繼聖，七葉重熙。西越流沙，東漸嵎夷。北撫幽都，南控雕題。際天所燾，率郡縣之。惟南鄉之故民，其苗裔之所遺。陶冶道化，舊俗丕移。昔尚豪夸，侈靡以嬉。今服禮訓，惟儉惟儀。昔喜任俠，使氣敢爲。今鄉義方，謹畏自持。知射利之去本，咸盡力於耘菑。悟漁獵之暴殄，悉弦誦於書詩。此並山之民，其風聲性習之梗槩也。

「兹山曰參，設險自古。或曰天中，氣之所祖；或曰仙室，以真靈之攸處。繄漢皇之訪仙，遂名之以爲武。自我朝之御極，常默輔於民主。嘻爲祥風，嘘爲時雨。薫爲豐年，兼此荆豫。上原下隰，墳壚壤土。千流秩秩，膏我黍稌。漆千章其幽幽，皋萬圃其

[一] 室：原作「索」，據宋人集丙編本《濟南集》改。

膴膴。水浮艅艎，雲積廩庾。良功纖纊，無苦絺紵。貢篚輸筐[一]，充牣王府。農服先疇，市藏大賈。擾畜皆蕃於五牸，素封或比於萬户。惟静重而安宅，故無私而利溥。此並山之地，其土宜物性之饒美也。

「子嘗窮山之所以爲山乎？肇自混茫，初有太極。腪胚結融，元化埏埴。清濁剖判，坤闔乾闢。大塊載持，以土與石。磅礴兩儀，天地之骨。無山其間，何恃爲力。彼佛藏之文，暨道家之書，辨須彌與鐵圍，矜蓬萊與方壺。或以爲西天之所治，或以爲列仙之所居。既莫究其信誕，又安議其有無。盍攷乎職方所紀，輿地之圖。天孫惟東，旁帶醫閭。龜蒙云亭，鄒碭之罘。祝融司南，九疑蒼梧。五嶺延袤，百粤三吴。金天太白，股引天都。終南褒斜，連亘坤隅。冀方常山，上黨飛狐。天下之脊，燕翼之郛。太室軒轅，四顧諸夏。太行伊闕，襟帶洛社。各據方而稱嶽，以形勢之可詫。觀此山之形勢，敢論嶽以諭借？勿論岱宗，能小天下。儗秀厚於恆嵩，埒清雄於衡華。可顔行而差肩，或並驅而方駕。彼設位之既尊，此宜處乎流亞。昔吾子之所觀，徒闒茸於千里。蔽翳者岵，童顛者屺。蜀者特寡而愲愲，嶧者屬連而靡靡。襲至於三者，惟名之以陟；

[一] 輸筐：原作「灌輸」，據宋人集丙編本《濟南集》改。

成止於一者，惟名之以伾。密則其奧也，如堂之可處；盛則其裦也，如防之禦水。曰章者下欹而上正，曰隆者宛中而四起。雖大而卑也，以坡陁而爲扈；雖衆而小也，以瑣細而爲巋。厥類參差而不一，是皆界邱而邐迤。大頂居中，衆山來宗。屹如長人，撫摩諸峰。獲附麗而邇者，遂夤緣而亦崇。却顧醜夷，莫之與隆。傍立而九，若分職佐理者，曰卿寺之列；前嚮而三，若視品同秩者，曰槐府之公。侍側若承顔而温敬者，則以爲世子；居内若儷體而順附者，則以爲後宫。曰主簿者，曲拳有文墨小有司之意；曰將軍者，岸崿有介胄不可犯之容。堆曰萬斛，若倉箱之積；崖曰竈門，若膳羞之饔。鋭前端方若柱史，則惟筆鋒；擁後合沓若車騎，則惟五龍。曰朝趨者，或右或左，或南或東。若子男，若附庸。若臣若屬，若賓若從。若冕弁劍履之序立，若旃斿和鸞之會同。此三十六峰之形，業業乎與五嶽之同倫也。

「泛觀兹山，韻粹氣整，巑岏奇峰，巀業峻嶺。植若宿邸之主，隱若塞門之屏。騰凌閶風，滅没倒影。斗柄垂焉而可挹，日御過焉而莫騁。俯其陘則截然而斷下，欲臨乎無地；仰其椒則聳然而上升，恐摩乎有頂。參斗龍湫，宅於絶境。類括蒼之鑑湖，同太華之玉井。雲移一勺，可雨萬頃。浸脈千仞，下爲天池。天池洑流，瀵乎巖陲。懸若匹練，散爲明璣。飛流濺沫，走派成溪。黑谷冥冥，翠壁巉巉。笮棧履空，繚通下巖。

徑若窮而復永，石欲墮而相銜。樅檜栝柏，豫章楩楠。萬牛莫曳，匠石所瞻。蔦蘿轇轕，篠簜糾攙。細大蓊鬱，紫翠相參。蔽虧掩苒，曛晝凝嵐。林集孔翠，穴產鸞鷟。歈晨風，擊鶖鶚。菊花黃鵲，輪目異鵲。息運海之鵬，巢唳天之鶴。蔚然蓬蒿，棼然叢薄。亦有乎搶榆之鳩，啄場之雀。鷙鴿徘徊，烏鳶棲託也。赤草楂栟，醜石磽确。玄熊嗥，蒼兕攫。虎吟風而振迅，豹隱霧而溟漠。嚙鐵芒毛之貊，噉獸鋸牙之駮。介然之蹊，坦然之壑。亦聚沐猴，亦隱狐貉。鼪飛而鼯啼，鹿犇而兔躍也。天地寶藏，振古逮今。璞韞萬鎰之玉，礦化三品之金。璀璨琅玕，陸離璆琳。丹砂納錫，文犀爲琛。蘭芬薌而盈畹，芝艷翕以成林。紫蔓玉膏，則有仙花之藷；縹莖雪指，則有肖人之參。檿桑簵楛，可以足武庫之弧矢；梧桐杞梓，可以中清廟之瑟琴。若乃據洞谷之勝，玩林泉之幽。暑袗芰製，寒擁羊裘。飯糗以爲食，捽茹以爲羞。欲礪齒則漱石，欲滌耳則枕流。著書自怡，遯世無求。此癯儒肆業，而巖以孔子爲名者也。

「悲朝菌之晦朔，慕靈椿之春秋。媾龍虎於丹鼎，餌日月於玉樓。友廣成，揖浮丘。蛻迹林壑，於焉淹留。此戴生不返，能繼徐福之迹；關令求道，終從藏史之遊。而幼安希夷之徒，各以其居而名其巖也。

「面壁作觀，問法立雪。觀墮空之落蕊，悟澄潭之印月。境靜心虛，身閑相絕。不染色空，究竟生滅。此忠公安禪定之心，玄奘注釋經之説。而七師佛子之徒，各以其居而名其巖也。

「飛錫御風，隨錫而東。越葱嶺，踰崆峒。來駐於兹，若將從容。神祈徙處，回雁南峰。錫摧狼嶠，故巖遂空。此思大之禪庵也。苾芻誦經，有叟曰聽。曰吾非人，實處東溟。敢獻宅室，爲師户庭。潭空巖出，上下杳冥。此俞公之龍室也。凡兹諸巖，或完或隳。悵昔人之安在，棄舊隱以如歸。或蒼苔之封户，或垂蔓以穿扉。匪直時遷而事異，抑亦物異而人非。但餘梵宫，炫焕翠微。碧瓦鱗布，朱欄翬飛。蓋故唐太一延昌之舊刹，蕭代二帝用以奉國師之隆儀。我宋太宗，益宏故規。錫以宸翰，耀於璇題。定陵昭陵，復寵賁之。頒天章日星之集，拓寶文龍鸞之碑。湛恩波於河漢，燦光華於斗奎。草木欣榮，天龍護持。裕陵妙天人之學，聽臣民之祈，詔其道場，俾奉禪者。多方開士，海會雲棲。四后之德，民曰惟宜。與山俱傳，與天斯齊。此皆山中之故事，圖經之所紀，吾子可閲而知者也。」

「雖然，書生執迂，方冊是取；烏知簡編，筆削罔據。惟咨故老，折證古語。圖經可恨，弗載真武。雖祀烈威，名字弗著。子其志之，傳信自汝。惟昔神君，隱耀屏處。實鍊陰陽，遊息洞府。惟勇義而果德，誓鹹毒而禦侮。功聞玄天，白日仙去。上帝將之，升列四輔。統虛危而肅殺，直元枵之凝沍。躡靈蔡以靜鎮，馳率然而猋怒。寶旌六纛，天騶萬旅。玄冥奉輿，豐隆先路。巨靈右戎，夸父爲御。伐鼓崑崙，弭節玄圃。敷福施刑，調節寒暑。遊徼下方，歸侍帝所。時顧舊山，千載旦暮。當攷玉文，祠以琳宇。無文咸秩，矧此宜舉？祀典報功，匪私其人。扞裁禦患，興雨致雲。或功垂於後世，或德感於烝民。事雖既往，其迹已陳。利及方來，其澤日新。民俎豆之，其情則親。抑有太山之麓，大川之濱，國爲祇而載祀，實異時之名臣。主錢塘之潮汐，乃胥門之伍員。掌洞庭之重湖，惟伏波與靈均。壽亭享於玉泉，西鄉祠於郢津。制一江於灌堋，祭冰子而自秦。伊南州之孔明，乃威力之兹神。偉歟是公，惟人之龍。夭矯玩世，卧於西隆。遊心羲皇之域，味道周孔之宫。鄙千駟，輕萬鍾。憤阿瞞之大猾，藐景升之狂童。繫用舍於彼天，閟經綸而弗庸。何玄德之合契，因徐子以爲容。却雖再而猶顧，我幡然而肯從。曾不陋乎庸蜀，欲儷迹於漢中。礪一州而抗八，卒鼎峙以爭雄。觀夫戴后牧民，撫軍董國。以義行仁，以刑輔德。喜焉以禮樂爲具，怒焉以干戈爲飾。託孤不欺，無愧於曲阜；行罰無怨，愈賢於駢邑。馭英雄則關張奮其武，登儁良則龐蔣善其職。兵銜恩而效戰，木運糧而足食。決籌筭於帷幄，付笑談於巾幗。彌年耕渭而卒走仲達，五月度瀘而屢禽孟獲。功高任重，心勞身瘠。委塵編之國誠，遺濤江之陣蹟。公歸九原，德名彌白。予觀此山，去天咫尺。名曰太嶽，必以峻極。儲英毓秀，宜產賢特。豈是公之生也，於焉而降神；及厭世而歸也，於焉而廟食。同符甫申，可貫今昔。與荆蜀之共祀，非宇宙之異域。故威烈之殊號，乃武靈之同蹟。愧文獻之莫徵，矧人神之敢惑！今天子治鑑太清，道法自然。合明於日月，體德於坤乾。文德充四表，武節暢八埏。仁動植，昭天淵。豐登屬續，珍符羅駢。神璽出地，榮光燭天。山中之民，或以謂瞻象瑜之炟耀，與卿雲之眇綿。巖出器車，澗流醴泉。蓋以當五百歲之運，邁七十二君之前。藪有四靈之畜，貢有三脊之菅。是宜舉巡狩之典，稽封禪之篇，嘉告丕績，升中名山。輯圭瑞，奉牲牷。泥金檢玉，燎檦升煙。市納賈，邦興賢；攷律曆，禮高年。雖駐蹕於方嶽，亦望秩於山川。惟吾民之望幸，豈此山之無傳。惟吾子其賦之，以竢夫采詩之官。」

太華逸民曰：「諾，僕將言。」於是結衽蠟敝，屣披荆榛，褰裳泉石。緣雲而升，弗遑食息。趼足龜手，悸心殫力。徧詣其處，浹日乃悉。歸謂丈人，曳語可續。告成紀功，詞臣有職。草埜賤儒，所不敢識。四庫本《濟南集》卷五。

三十六峰賦[一] 並敘

樓异

余少聞洛邑之盛，在唐、宋爲東西都，而山川形勝之富，視它州爲傑觀。昔韓退之、白樂天見於歌詩，形容勝槩，有詠歎不足之意。後歐陽文忠與梅、謝諸賢相繼爲僚友，數遊嵩少間，至今以爲美談。余幸以不敏得令嵩高，縱觀諸境，未有過少室者，而巉巖聳拔，乃在戶牖間，朝夕博望，歷歷可數，因作《三十六峰賦》以自廣，非敢竊比古詩之流云。

伊浮雲之公子兮，訪道於林丘，而棲神於巖谷。超然有遊方之志兮，乃東升於岱頂，而西謁於華麓。雖衡陽之南兮，與夫恆山之北，靡不窮探歷踐兮，游心而騁目。獨怡然而忘歸兮，内欣然而自足。忽御風而行兮，排空濛而造中域。徐睥睨以四顧兮，意惚恍而有失。遭嵩高之丈人而問津兮，曰：「遊四方而真有得，何高之不登兮，何危之不陟？今乃西望兮，岌然而聳特。雄柱天綱兮，横亘於地軸。連絡偃覆兮，龍盤而虎

[一] 題下原署：「四明樓异試可。武林僧曇潛參寥書，監寺僧宗證題額。」

伏。雖華以九而巫以十二兮，曾未睹奇峰之六六。」

丈人放杖而笑兮，秋水方至而河伯自溢。子烏睹海若之難匹兮，獨不聞中天之少室。其高則嶢屼嶒崒崟岑鬱茀兮，十有六里而疊有十八；其深則環紆縈繞盤糾紛錯兮，上方十里而周圍一百。包嵩陽以作鎮兮，截轘轅以爲郭。眷歌山之所聞兮，觀舞水之所樂。其上則有嘉禾甘菓兮，神芝與仙藥。石柱若承露之盤兮，帝休若楊枝之葉。石脂所滴兮，飲之可以長上古；玉膏在巔兮，服之可以揖羽客。雲母之井兮寶所聚，光明之穴兮書所鑠。一丈之鍾乳兮可飡，千歲之資糧兮不絕。其中可避兵水之災兮，自有經書之博。其神異則玉女爛織錦之文兮，金人迷白露之落雲。洞警時聞之鐘兮，石井泣哀鳴之鶴。王子晉環之以爲壘兮，阿育王寶之以爲塔。潘岳記曰：「少室山有十八疊，周圍一百里。」《西征記》曰：「少室山上方十里。」《元和郡國圖志》曰：「少室山其高十六里。」《山海經》曰：「少室之山有木焉，名曰帝休，葉如楊，其枝五衢。」郭璞曰：「少室山巔有白玉膏，服之得仙。」《郡國志》曰：「少室有金像，人往視，則有白霧起迷人。」道書曰：「少室之陽可避兵水之災。」《嵩山記》曰：「少室山有雲母井，出雲母。」《神仙傳》曰：「少室山有自然五穀、甘果、神芝、仙藥。周太子晉學道上仙，有千年資糧留於山中，下有石室，中有自然經書，自然飯食，與世無異。石室前有石井，似承露盤。有石脂滴下，食之一合與天地畢。」《郡國志》又曰：「有王子晉壘，猶有九十年資糧在山中。」《河南志》曰：「歌山舞水，在諸峰口[一]。阿育王塔在山北，玉女織錦臺并堂在東北，堂内石色爛斑，焕如紋錦。鍾乳穴在山東南，穴中有鍾乳，徑頭大一丈。光明穴在山東南角，深三里餘。直上五百尺，晝夜長明。雲鍾洞，樵人往，聞鍾聲。石穴井[二]，昔有二人，得道一人，誤傷而死，一人化爲鶴，求其死者，哀鳴泣血，滴石成穴。」此皆公子之所未知兮，而丈人之所安宅。

丈人曰：名生於實兮，義設於適。子知其一兮，未知其二。子識其外兮，未識其内。是徒知六六之所有兮，而烏睹六六之名義。東朝嶽祠，儼百神兮。西望洛邑，鬱千宫兮。下瞰洛陽，其形如拱揖嶽祠。太陽少陽，山之明兮。在山之南、明月峰之左，日月之象，故名太陽，居衆峰之南，故云少陽。石城石筍，天所形兮。上有石，天然峭如城壁狀，似筍秀拔萬尋。檀香丹砂，寶所鍾兮。山多出檀峰，皆紅色光明，亦云出朱砂。鉢盂香爐，狀所肖兮。形如鉢盂覆其上，狀若香爐然。連天紫霄，勢之穹兮。以最出群峰，上插於天漢，以差低於連天，亦接雲霄。羅漢七佛，像設留兮。上有羅漢洞，隱現莫測，巖中有銅像七尊。靈隱來仙，洞府深兮。皆是聖所隱之處。古老云：此峰是神仙洞，時有見者。清涼寶勝，梵刹標兮。昔有清涼寺居其下。又云：尼寺名寶勝云。瑞應瓊璧，祥

[一] 口：《嵩陽石刻集記》卷下作「内」。

[二] 石：原作「□」，據《嵩陽石刻集記》卷下補。

光紛兮。峰多祥瑞，夜有神人，通體紅色，面東一壁，日出而色若銀彩。紫蓋翠華，煙靄凝兮。色紫秀宛若幢蓋，以其翠靄華茂，故云。藥堂紫薇，花草靈兮。多生奇藥，若王屋藥圃，峰上生紫微花。白道天德，名字偉兮。昔有道人白道猷隱此，上有天然「帝」字，一云帝字峰。卓劍白雲，形實紀兮。狀若卓劍。峰上四時多起白雲。金牛明月，色像起兮。色若黄金，其狀若牛，峰中時現圓像如月。凝碧迎霞，天光聚兮。上多翠碧石，在衆峰之東，而迎其朝霞。玉華寶柱，金石瑩兮。上皆玉石[一]，華茂於諸峰，而形如柱，皆五色，或云有金玉故。繫馬白鹿，神仙衆兮。下有子晉拜馬澗[二]，峰如馬柱，或云仙人繫馬於上，峰上多白鹿，或云仙鹿，其色皆白。此則六六之名義兮，而未睹六六之景氣。

丈人曰：方春陽之盎盎兮，燒痕蕪没而青青。紛紅紫之繡錯兮，引百囀之幽禽。雄樓傑觀兮，切星辰而上侵。玉仙神女兮，乘輜軿而下征。朱明草木之扶疎兮，蔽大明之午升。山椒雲氣之冉冉兮，若覆甑而鬱蒸。忽雨聲於天外兮，勢翻盆而倒傾。唯紫芝與黄鶴兮，舞長空而産英。金飈之驚葉兮，山空落石，若仙人之鍜聲。夜月白而風泠泠兮，玉笙清澈而弭聽。曁元陰林柯之脱盡兮，山形瘦而骨稜稜。冰雪横積於千仞兮，玉

[一]上：原作「□」，據《嵩陽石刻集記》卷下補。
[二]拜：原作「□」，據《嵩陽石刻集記》卷下補。

龍飛而白虎亭亭。惟四時之出没變態兮，顯晦陰晴不可得而盡名，豈特仰觀俯聽？自辰及酉，應接之不暇兮，以盡朝昏。此雖丈人之所不能形容兮，而豈公子之所可預聞？

丈人曰：突兀撑空兮，千變萬狀。山經地志兮，不可究量。或背若相戾兮，或面若相向。或竦若相鬭兮，或揖若相眄。或散若相忘兮，或聚若相訪。或後者若和兮，而前者若唱。或卑者若下兮，而尊者若上。或喜兮若相攜，或怒兮若相抗。或若秦晉兮相匹，或若楚越兮相望。或聳瘦兮若峨冠，或臃腫兮若挾纊。或蹲伏兮若駝虎，或崇聚兮若甕盎。或威嚴兮若壯王，或勇猛兮若梟將。或決驟兮若風馬，或浮空兮若舡舫。或若遊郊原兮，纍丘墳而包樞槨。或若入宗廟兮，紛豆登而鬱秬鬯。戢戢兮森劍戟，落落兮列屏障。勢領略兮斷而還連，狀容與兮宛而復壯。超然若三十六天兮，神仙之洞宅。姹然若三十六宫兮，妃嬪之遊燕。昂霄聳壑，冠珮悠兮。泉飛霞傾，爵斝流兮。天闊星熒，玉枰成兮。松篁瑟瑟，鈞天迎兮。嬌雲曲月，鬢眉新兮。煙斜霧蒸，龍麝焚兮。霞舒霓卷，舞袖張兮。雷霆轟轟，宫車還兮。言未既而公子頹然如醉兮，洒然如醒。非丈人無以藥之使瘳兮，刮之使明。僕未能窮兹山之勝踐兮，究兹山之曜靈。請執杖屨兮，以從後塵。

建中靖國元年九月廿三日，住持少林禪寺傳法沙門清江上石，洛陽張士寧刊。《金石萃編》卷一四二。

樓鑰《跋先大父嵩嶽圖》（《攻媿集》卷七六）嵩高維嶽，峻極於天，巍然居四岳之中，蓋天下之絶境也。大父爲登封宰，家間舊有《嵩山圖》，丹青故暗。揚州伯父設於雲岫堂屏間，而書大父《二十四峰》詩於左右，鑰幼時猶及誦之。先是，建炎中四明遭兵燹最酷，諸父僅得生全，故廬焚蕩，一物不遺，亦不知嘗刻之石也。嘉定三年，鑰叨居政地，鄉人張致遠巽仕京西，一日得書，謂北客有以雜碑至榷場貿易，忽見《嵩山圖》碑下有序文及詩，知其爲大父遺蹟，遠以見寄，如獲拱璧，真我家舊物也。惜其歲久，細字欲漫，乃敬書之，移於樂石。於是鑰年七十有四矣，不能更作注字，使第三子治書之。碑不載歲月，知縣伯父生於元符二年，小名曰嵩，家藏詩序書元符庚辰。大父又於少室山達磨面壁處作菴其上，後山先生陳無己爲記，今在集中云。建中靖國元年，則辛巳歲也。曇潛書，潛即參寥子。以二者攷之，在縣首尾凡三年。大父字試可，參寥集中多有唱和。如《登嵩山絶頂》等詩，大父遺文顧無傳焉。《三十六峰賦》亦不知何在，故此碑尤當寶之。嗚呼！大父薨於宣和五年甲辰，後十四年，是爲紹興七年丁巳，而鑰始生，既不獲逮事，而登封舊治尚淪於胡塵中，北望慨然，何能自已？大父登元豐八年乙科，文氣政術過人遠甚。讀此碑者，可以想見大概。受知祐陵，官至徽猷閣直學士。嘗守鄉郡，再任涉五載，其詳見於神道碑銘中。後諸父累贈至少師，鑰始追贈太師齊國公云。

《嵩陽石刻集記》卷下　右《少室三十六峰賦》，樓异撰，僧曇潛書。按异有太室二十四峰詩，殊不足觀。而此賦敘述詳贍，可備參考。書亦不惡，録之。

全祖望《樓楚公三十六峰賦石碑跋》（《鮚埼亭集》卷三八）　樓墨莊知鄉郡，塞廣德湖以爲田。予每過其祠，未嘗不心薄之。然墨莊有祖爲慶曆之人師，有孫爲嘉定之大老，故豐惠之祠，晝錦之堂，梓里不加廢斥也。墨莊知登封，最與參寥厚，故《三十六峰賦》乃參寥所書。予裝界之，以充四明文獻，而抄墨莊《嵩山》之詩以附其後。吾聞墨莊嘗攜嵩山之石以歸，高孝而後，南北隔絕，攻媿乃築閣曰登封，而貯石於其上。其自有記也，三致意於京洛之遺。五百年以來，喬木消沉，閣與石俱滅没，而碑刻尚無恙，斯杜元凱所以惓惓於身後歟！

宋代辭賦全編卷之三十八

賦　地理　三

堯山賦　並序

趙鼎臣

堯山在縣北十里，不甚高大，四望皆平川，而居中巋然特起。按《圖經》，堯嘗登此以望洪水。後人思之，立廟其上，故以名山，因以山名縣。元祐己巳冬，余以童子侍親過之，追感遺跡，爲賦以敘之。

當季冬之嚴凝兮，馳燕路之駸駸。攬征轡而躊躇兮，過堯山之嶔岑。按圖牒之所傳兮，得遺迹而追尋。曰堯嘗登於兹山兮，望洪水之湍淫。嗟皇天於艱難兮，在聖人而憂患。物何生而不樂兮，獨水行之漫漫。曾九載之莫息兮，舞魚龍於波瀾。惟聖心之焦勞兮，念元元之不食。舉鰥民於側陋兮，登咎夔與禹益。雖群后之奏功兮，匪自安而用逸。登兹山而四顧兮，憂蓋深於己溺。余誠無心於黄屋兮，哀赤子之將魚。苟一身之可濟國兮，固何有於捐軀？賴文命之底績兮，卒大安而晏如。嗟殷季之怠荒兮，侈天位而自康。峻瑶臺於深宫兮，民或亡於蓋藏。犬馬飫夫粱肉兮，士或未充於糟糠。惟口腹以縱汰兮，孰卹民之否臧？既上下之覆隔兮，終淪胥於喪亡。

仰堯帝之孔仁兮，軫父母之至慈。流惠澤而到今兮，民愈久而慕之。即山巔之崔嵬兮，尚經營其神祠。儼衣冠與環佩兮，猶髣髴乎天日之姿。瞻遺像以興嘆兮，故老對余而嗟咨。悵徘徊而不忍去兮，夫孰知余之所思？四庫本《竹隱畸士集》卷一。

小山賦 爲鄒志完侍郎作[一]

程俱

何崔嵯之千嶂兮，峊森萃乎中唐。厝瀠廬之峭極兮，納浩漫之湖湘。仰炎曦之翕翕兮，俯霧雨之滄涼。微風過而淪漪兮，激珠琲而潄琳琅。擢含冰之令姿兮，氣已蓋乎千

[一] 志完：原作「至完」，據四庫本改。志完爲鄒浩字。

章。灌江蘺與叢桂兮，蔭草樹之幽芳。喝禽顧而下息兮，遊鯈鼓鬐以洋洋。儼高堂之隱几兮，一與之爲徜徉。望磴道之回折兮，轉陰岑而入杳茫。念平生之遠遊兮，寄一戲於何鄉。

或曰：先生其猶未耶，何樂此一簣與坳堂？彼烏知夫子之達觀兮，固已行天壤而隘八荒。以百世爲旦夜，以千里爲尋常。濯足洞庭之波，晞髮南衡之陽。眇雲海之變幻，弔蒼梧之有亡。曶曳屣而徐歸，朱顏渥而瞳方。撫環堵之大囿，味藜莧之牛羊。視拳窪與溟岱，等微塵之集毫芒。顧何有而非幻，又奚小大之足量哉！四部叢刊本《北山小集》卷一二。

憶菁山賦

葛立方

己酉之秋，羯胡入寇，飲馬於江，衣冠震讋，奔遁僻壤。我乃流宕越佚，孤蓬夜馳，辭山墩之衡茅，棲景山之招提，遠兵戈之騷屑，翳林巒之幽奇。方且倚沼畦瀛，飲酒賦詩，豈謂突不黔而又轉而他之也！於是西陽含山，東林射里，傷去櫂之匆匆，悼郊墟之遍徙。方兵躔於紫微，諒繹騷之未已。

蒼崖翠嶂，鬱乎在望，怨山人之不來，吟夜鶴於空帳，愓羽翰之難傳，第神馳而心嚮。徒想夫蓮宮琳館，藻繡編連，紅壁紗板，彫當綺筵。紫霄西竺之像設絢映乎金碧，而緇衣黃冠飛錫控鶴，往往躡虛以沖天，而曾未遂於周旋。榛荆薈蔚之場，響泉下灑，觸巖觝限，紆餘透迆，怪石涵淵，而崩濤搜疏，有客剡戈鋋而激矢，而吾又未得洗耳而礪齒。瑞草新英，羃歷青春，雀舌鷹爪，原隰畇畇。千夫噉山，若筐若筥，采擷如雲，製騎火而飛麴塵，則蒙頂、鵶山、日注、雙井，殆埒美而並珍，而吾未得瀹以娛賓。環山之麓，圜屋齊畝，玄微沖漠之儔，蔑彼名級，棲心蘿薜，鹿冠芒屩，容與於雲阿者常數十計，而吾又未得於草堂而竊吹。是皆有憾焉。

客有告余者曰：「子獨不知夫山椒幾楹，仙翁所營，上設丹竈，下種黃菁。雖其人已蟬蛻於埃壒之外，而風月之夕猶聞金策之鈴鈴？子盍歸尋鼻祖之仙扃乎？玄語真詮，或以私其孫，則可以相從於椒庭，尚何惴惴於斯世之兵？」余曰：「唯唯。」宋刻本《侍郎葛公歸愚集》卷九。

武夷山賦 並序

李綱

武夷山水之勝爲七閩最，《圖志》載之詳矣。予，閩人也，遊宦四方，每以未至其下爲恨。宣和改元，承乏螭頭，寓直左省。晝寢，夢遊山間，四顧峰巒玉色，秀美瓌奇，不可模狀。既覺欣然，竊意所夢殆非塵世也。已而都城積水，奏疏論事，謫官沙陽。渡淮歷浙，道江南，入閩境，遂遊武夷。道士導予乘小舟，泛九曲溪，抵晞真館。奇峰怪石，顧接不暇。迴舟雪作，山色盡白，恍如夢中。怛然驚笑，信乎好慕之極，達乎精神，而出處分定，非人力之所能致也。留山中，賦詩幾五十篇，又廣其意而爲之賦。予於武夷可謂無負，亦足以償平昔之願矣。其辭曰：

太虛寥廓，浮清凝濁。融爲川瀆，結爲山嶽。山嶽之奇，萃於坤倪。秀氣磅礴，實鍾武夷。武夷之山，蜿蜒鬱蟠。作鎮南服，千里奠安。噴雲洩雨，噫風嗽霧。蔽虧日月，變移寒暑。崖谷窈窕，峰岫巃嵸。雕鏤刻削，孰尸其功？一溪九曲，演漾寒渌。貫於山中，鳳翥虬蹙。洞户杳然，棲神宅仙。蟬蜕羽化，靈骨猶傳。雲封霧鎖，玉潤金堅。稽於祕籍，是爲昇真玄化之天[一]。

若其瓌偉絶特之觀[二]，則有幔亭之麓，天柱之峰，鐵障延袤，鑑池空濛。巖嘯彫虎，

[一] 玄：原脱，據道光刻本補。
[二] 若：原無，據道光刻本補。

潭藏老龍。儼金仙之容睟，粲遊女之肌紅。儲芝玉於二廩，鑄欒乳於三鍾，聳層峰之疊翠，落飛瀑之長虹。千巖萬壑，競秀争雄。蕩心駭目，不可殫窮。其仙聖遊戲之地〔一〕，則有换骨之巖，睹婦之石，掌印掬蹤，膝存跪跡。繪胎禽之縹緲，插仙舟於罅隙。留丹竈於層巔，置雞棲於峭壁。組織就而杼軸空，篇翰終而几案寂。案圖以求，祕怪難測。

其植物則有翠栢毛竹，緑李丹橘，翳薈芬芳，擢榦垂實；其動物則有舞鶴鳴鶡，遊羊戲鹿，棲息飛翔，分群萃族。其内則有瓊樓珠殿，玉圃芝田，創見天地，自開山川，靈仙之所周旋也；其外則有長松茂草，異卉嘉葩，枕流漱石，朝煙夕霞，幽遯之所考槃也。合而觀之，山意深，水容湍，石色温潤，溪流屈盤。地靈而木秀，景寂而雲閒。信能騰譽今古，垂光簡編，廁三十六洞，而别爲一天也。

惟昔仙君，來宴曾孫，彩梁虹亘，幔屋雲屯。翠旄絳節，紫褥芳裀。虚座鼎設，華筵翼分。漿瓊液玉，羞鳳脯麟。鏘金石之間作，奏古曲曰《賓雲》。歌人間之可哀，歎光景之易熛。紛鸞鶴以迴馭，但流水與空山。悵真遊之已遠，時笙簫之夜聞。此又詭異恍惚，叵得而具論也。若夫岱宗、太華之穹崇，終南、太行之險阻，或峻極而降神，或

〔一〕仙聖遊戲：道光刻本作「仙遊聖戲」。

登臨而小魯。四明、天台，衡嶽、廬阜，度長絜大，雖雄偉之不侔，而幽邃巧妙，固不可同日而語也。

爰有狷介之士，學陋識迂。誤入世網，偶聯簪裾。跡朝市而心山林，究地志而閲仙書。馳精神於夢寐，覿幽眇於畫圖。嵗峥嶸以遒盡，因謫宦而假途。步煙霞之岑寂，仰神仙之有無。覽魏子之遺躅，訪劉公之舊廬。嘉泉石之可樂，寄吟哦以自娛。倒冠落佩，與世闊疎。眷兹山而無斁，將狗其愚而隱居者乎！四庫本《梁谿集》卷一。

鴈蕩山賦 有序

薛季宣

走家東甌，有祠祭田在鴈蕩山下，行年三十，而未之到。隆興初赴調，因取途焉。愛其巖谷秀異，無虞無録，莫之能名，念其山水奇甲天下，而未有文賦，欲賦之未可也。歸得建炎間郡丞謝君升俊山圖石本，字多漫滅。已而得樂清洪丞蔵所鑱新圖并賦。嵗正月望，始得皇祐校書郎章君望之山記，又假舊圖於葉氏以補圖缺，於是圖籍大備。顧皆敘次疏闊，洪賦工矣，而猶有未盡，故爲集略成賦。得而覆覽，誠何望於左思；擲地有聲，信多慙於孫綽。聊依凖實，寄意山泉云爾。

溟渤轉乎東南，鴈蕩嵬其高峙。抱層巒之四合，聳羣峰之崛起。仙凡道絶，類隔一塵。摩空下望，儼若屯雲。聊登臨以寄傲，循石磴之縈紆。移顧步於觀瞻，訾風氣之懸殊。幽谷之中，別有天地。玉筍排空而剡翠，瓊館憑虛而綺麗。微埃不入其方寸，纖土不留其度内。峰夏雲之競秀，均倚劍於崆峒。峥萬仞之嵯峨，羅巧妙之寵嵸。粤若遂初，天愛其道。靈山秘秀，孰知其寶，傳西域之仙書，肇棲神於羅漢。睠人寰之緬邈，極希夷之汗漫。偏爲幽獨，蓋始得於唐僧之詠。看之不足，此樵翁爲之浩歎者也。

我國家太平興國之二祀，天下車書始同。有禪師曰全了，菴廬初結於芙蓉。行亮、文吉踵於前，甄昂作尉從而後。靈巖碧霄，巑岏而並露；南閣白巖，孱顏之盡剖。起初凡七十有三年，而後隴斷之不遺，蓋成終於皇祐之己丑。稱始開於祥符之伐木者，故適當其會；謂遷就於貫休之詩者，見不臻乎首。是知水鑒之爲睫論，其又何知造化功成之不有。乃其東望秀嶺，道屬天台，山川襟帶於四明，風雲呼噏於會稽，無非仙人三乘窟之宅，誰能見其一日而數相往來！其西則蓋竹、雲門，白巖、白鶴。魔軍退舍而真宅斯建，至人入竹而誠明可作。洞天高遠以誰訊，福地潛通而叵度。陰有楠溪，其陽際海。斡地軸之盤踞，望天涯之斯在。崖有千里之石，壑有萬年之松。金雀么而不大，金猿綫而多茸。樂官羣處而和聲，山羊歷險而純素。若夫王孫麞鹿、鷹鸇烏鵲，衆獸常禽之類，他山既多有之，兹故不詳其名數。山之狀也，崇倚青天，峻連霄碧。凌霞傑出於疎雲，疊嶂牽聯於紫極。工如大巧，特若小高。三巨相形而岞崿，獨秀孤立而嶶嶆。瑞星明而治世皆見，霹靂轟而聵者不聞。常雲舒而莫卷，白雨霽而猶雰。牛女從橋而星河可度，雷、張望氣而龍泉可得。璧月懸空而夜夜長滿，朝陽薄暮而光明烜赫。貫香珠之落落，起祥雲之疊疊。玉峰高並於兩巒，利孔開通於雙穴。積翠合於拾羽之衆，紫微居而衆星拱列。觀架海之騰波浩浩，望平霞之火炎烈烈。苞有菡萏，菌有靈芝。立筍圓而削玉，丹桂茂而欒枝。蓮花芬拆而木末可采，圓蘿糾結而鱗比相差。其於人也，總者如角，直者如指，圓者如臍，礪者如齒。佛掌高而頂可摩，神迹巨而武可履。詣方丈而問維摩之居士，行妙高而見香嚴之童子。龕巧合於佛影，樹有同於僧寶。五通變化之有靈，三清逍遥而適道。天王朝祭而明堂斯在〔一〕，西真翔集而瓊臺莫訪。對人道術之相忘，招賢仁義之爲尚。尋朝賢之舊隱，得侍郎之菴居。觀音行而隨形示現，羅漢遊而飛錫騰虚。三傑際風雲之會，七賢從竹林之下。五老來兮書籍校，千聖會兮德星聚。朝天義重

〔一〕天王：四庫本《浪語集》卷二作「天下」。

於尊君，抱兒愛均於慈母。爾乃展旗障日，立戟排雲。闢弓飲羽[一]，長劒倚天；射垜遠而破的，馬鞍跨而絕塵。文筆擅場於文會，戴仁踐履於安仁。寶印得之而如斗，金鼎負之而調羹。啓槖籥而布化[二]，鳴鐘鼓而振聲；碑磨崖而没字，鏡無心而鑑形。乃有琢雙玉，獻連珠，咀文英，讀靈書，對棊枰，舉覆盂，振藥杵，火茶爐。盍簪加導於仙冠，折角尚賢於巾子。藏珠媚而淵水不涸，爐藥就而羽人不死。行道周遭於石佛，栖貞高蹈於迎雲。空洞虛而無物，雲霧合而神興。郛有石城，度有石梁，入有天門，窺有天牕。有堂有室，有斛有倉，旌有石表，蓋有板藏。門樓高屹以超雲，嶤闕對峙以迎陽。澡身莫便於浴室，修道何樂於禪林。考室而柱金矗立，蔽風而翠屏是陳。版障駢而可隱，行廊修而可循。像有獅子、鹿影、靈龜、鯽魚[三]。三燕頡頏而穿幕，戲龍驤攫而含珠。飛翬鳳之徘徊，戲雙師之矍鑠。猴不可以加冠，魚有時而登陸。羚羊挂角以棲止，回鸞翥以翱翔。犬以警而司門，猫以游而在堂。龍倦游而或卧，虎已蹲而更伏。御火共施於

[一] 闢：四庫本《浪語集》卷二作「彎」。
[二] 啓：四庫本《浪語集》卷二作「鼓」。
[三] 獅子：原作「師子」，據四庫本《浪語集》卷二改。下同改。

鴟尾，照水熟然於犀角。天柱之峰，上凌空碧。其旁無附，其趾無蹤。削貞珉而介出，崇高切於青雲。圓度於規，直中於繩。望之者目極，倚之者驚神。疑共工氏之不作，不周未觸而今存。此峰巒之峉立者，餘蓋不得而縷陳。彼有同名而不相似者，於彼吾又何言！其水則二龍之湫，東瀑、西瀑，合掌、摩訶，劍鋒、乳酪。水簾眩日以舒耀，新月弓彎而出谷。清涼之滴滴無已，照膽之澄泓可矚。彼潭之泳者湖鰻，或澗而流之斤竹。決而下也，銀河瀉而垂練；委而去也，錦文鮮而漬淥。觸潛虯而聲韻鸞和，漱堆埼而皴如皺玉。委蛇而動，行乎巖石之間者，何容窮盡，又豈秖清溪之幾曲也。泉流之冠，大者龍湫。崖犇如仆，氣凜如秋。界青山而澎湃，吸蕩水之宗流。上擬青空，下臨無地。霏微雨霧之飄散，晃朗白虹之下墜。乍垂雲而零露，恍山崩而川至。雖淮流破荆山之堰，曾不足以言其髣髴。衆水之淵，發源鴈蕩。厲巍巒之峻極，浸山椒之修廣。箴竹叢生以蒙翳，娑羅挺榦以駢羅。征鴻攸聚，牡礪生之。浮鐵船之蕩漾，沉古鐘之逸響。派旁泄之崩波，羌不以五水九旱而爲之消長。傳或謂滄海此遺波焉，今固莫詳於既往矣。乃若浮圖天成，古塔神造，香爐既設，寶幢載好。《楞嚴》翻大乘之典，寶陁襲白衣之號。高僧梵唄之相和，仁祠金碧之相耀。惟兹華頂，花壇是陟。居者有積，行者有食。無芸仙者之田，每駐遊人之屐。然雖曠世而彌年，猶未覩周遊而涉歷者也。爾乃樂成首路，東鶩幽尋。絶白沙之古塞，陟峭嶺之芳林。秣馬於芙蓉之驛，驅車於長徼之原。招提寶塔，屏障横焉；千巖萬壑，是途伊始。扶笻竹以自杖，屐登山而後齒。於是奇巒卓犖，怪岫崢嶸，傍顧而塵慮都息，相羊而油然意生。登寶冠之蘭若，跨飛瀑之修梁。引仙簪而峩首，裛熏爐之裊香。前眺諸峰，岦焉亭直。揖雙人而問道，屈凌雲而一息。九龍垂頭而來下，梅霖飄灑以雺零。洗余心之宿累，拂襟袖之泠泠。望銜珠而返顧，跨伏虎於石門。里連霄之十五，窺蕩水之靈源。凝神寓目，千里爲近。羣玉浮天，全乎一瞬。度東岡之桐嶺，禮化士於雙巒。指游龍與戲舞，鏡三京而贍寒。

大屏之下，寺曰能仁。四溪交流，並輳天門。舞羣鳳之垂天，儼華陽之挺立。呑衆壑以朝宗，拱萬山之環揖。是雖奇峭無多焉，固已冠峰巒之嶫岋也。羊腸回於六八，俯在下之蕖山。羌有鳥而有花，悟達士之微言。回巒之嶂，隱若金城。漢唐道隔，言訒天升。惟隱顯之有時，殆匪由於人力。何先古之神閟，須後來之抉剔。載旋余步，溪澥攸行。小柱華嚴，接阜連岡。躐曾巖之鹿苑，窮逶邐之淵泉。屏彩翠之蒼蒽，聽天樂之喧闐。仰大龍之懸水，飛小雨之濛濛。樂尊者之優遊，得從容於下風。指普明而回御，探龍窟於飛泉。勒鞍馬而東之，望奇峰之隱天。觀音大士，如住虛空，漠漠行雲，誰尋舊蹤？安禪之谷，萬崿宗焉。大筆書空，一柱擎天。重樓峻傑以連甍[一]，雙闕當塗以相向。天牕玲瓏其四達，自在慈悲而有像。龍蜿蜒而歸洞，離小湫而擁曳。發在定之熏聞，鼻凹窪而出涕。奮天然之鱗鬣，回玄造之頭顱。諒兹山之多怪，猶斯巖之匪如。其闕伏龜，重樓雙峰；其巖橐籥，金柱石書。

摩虎口以東逝，瞻石城而近止。訪浄名於丈室，挹乳泉而一洗。乃觀初月，乃下虚簾。鮫人織素，近在危簷。閲靈峰之景物，奇特亞於靈巖。犀黑闇而通天，龍神游而處潭。五雲閣道，應真犄犄。谷有靈珠，欻生芝草。入會賢之硿洞，仰虚室之谽谺。信真如之可學，烹乳茗而生葩。金掌高呈，亭亭空際。訪三賢而景行，遂回車於真濟。過胡公之棲宅，遵靈運之迷途。造石室於東梁，高禮佛之勤渠。亭白若而下道，窮二閣於蕩陰。忘散漫之岡巒，蓀無隱於追尋。北有白巖，石谿九折，山橋跨焉，巉巖影絶。斯蓋水之奇也。履芝田而種玉，煉爐火以飛霞。羌仙人之不反，厭時俗之囂譁。過湖坑於南閣，戕土藏之孤高。壯瀑水之滂流，訪仙隱而遊遨。至窮途而輒哭，等遊夢於華胥。問山僧以前路，固有匪吾人之所如者。殆不可以窮竟，又安得而論諸？

[一] 峻：原作「俊」，據永嘉叢書本《艮齋先生薛常州浪語集》卷二改。

至若大洞神山，仙靈是宅。龍湫宴坐者，諾矩羅之住世；虎蹲守護者，蔓定僧之衣裓也。至人遐造，踐迹無同。運無方之玄化，闡不二之宗風。説法詎離於在定，經行何間於神通。聞縮地於偷桃之客，神飛於窺鏡之童。龍丹成於老父，九二讖於元豐。了世緣於國秉，夢頽像之形容[一]。神屠履崖以如地，聞思光錟以如虹。盜石而江波激怒，觸鼻而涓泉不通者。非人耳目之所到，而又烏得以議其洿隆也？惟兹山之神秀，嗟近在於人間。曾跬步之不到，乃窮人而上天。化石橋於北閣，企斤竹之飛泉。抑子晉未成於羽化，而謝客不得擅於遊山也。

今夫天下之山，江東居最。永嘉富甲於江外，而鴈山爲大焉，可爲超羣而拔萃矣！他山之秀，么麽稱妍，陽臺十二，秋浦九蓮。詩文振古，名字喧天。僅得此山之一丘一壑，猶拳石之夫何足言！所謂夷泰山而吞雲夢者，惟鴈山之蕩爲然。《歷代賦彙》卷二二。

天台山賦

葛長庚

天台之山，神仙景象。周迴八百餘里，高聳萬八千丈。實金庭之洞天，乃玉京之福

[一]「了世緣」二句：原脱，據四庫本《浪語集》卷二、雍正《浙江通志》卷二六九補。

壤。霓裳羽節之隱顯有無，天籥雲璈之清虛嘹亮。赤烏吳王之修崇，景雲睿宗之興創。琳宮蘂殿而壯麗千載，煙嶠松崖而瑰奇萬狀。雲隨羽客，在瓊臺雙闕之間；鶴唳芝田，正桐柏靈墟之上。丹元真人之身居赤城，左極仙翁而坐斷翠屏。衆妙臺空而曠古陳跡，法輪院在而何年授經；藤蘿蔦蔓而夜月照白，蒿莽荆榛而曉煙鎖青。勢吞吳越而峻極紫霄，見彼柳使君之什；地接蓬萊而臨滄海，形於韓擇木之銘。千丈瀑布而上跨石橋，萬頃雲花而横書佛壟；三井龍蟠而水激石吼，九峰虎嘯而風生樹壅。紫檜封丹兮老幹不死，碧泉漱玉兮飛流自湧。元璵蒼武之怪石天成，黄精白朮之靈苗仙種。

刳苔剔莓而尋訪真跡，斬竹縛茅而逃其俗冗。昭慶院、法輪院，雲間之雞犬相聞；元明宮、洞天宮，煙深之樓臺争聳。知天開地闢之久矣，信神刓鬼劃之奇哉。萬頃碧琉璃之水，千層青翡翠之崖。風響笙響而子晉何在，花香水香而劉郎不回。月洞風林之野鶴夜唳，雲溪月隴之山猿曉哀。幽鳥一聲兮花落青澗，飛螢數點兮露沾蒼苔。丹霞飛華頂之峰，拔天峻極；紫霧鎖方瀛之路，峭壁崔嵬。椿庭檜殿之金磬敲風，竹院松齋之玉琴弄月。翠檻丹楹兮山楶藻棁，碧眼蒼髯兮星冠羽褐。丹爐灰冷而久已不火，仙蜕壇高而知誰換骨？金漿玉醴兮泉冽石髓，瓊樹琪林兮花開春雪。

鄰峰古寺之或顯靈異，古德聖僧之相傳衣鉢。寒山、拾得興國清之伽藍，智顗、普明起定光之法窟。釋子耘藥，仙翁種茶。春紉素蘭而秋摘黃菊，曉吸玄露而暮餐赤霞。倚松長嘯而落月悲鶴，採芝歸來而斜陽噪鴉。唐有甘泉而坐此翠石，漢有高察而隱於白沙。憑雲翼於岑頭，種玉蓮而結子；徐默希於巖頂，栽鐵樹以開花。文章不療山水癖，身心每被溪山縛。躡芒履而杖蒼柯，披麻蓑而戴青篛。攜《黃庭》而歸冲塞之庵，吟洞章而登凌虛之閣。野鳥鳴嚶嚶，山花開灼灼。玉霄峰上水鳴咽，華林峰前雲寂寞。煙駕浮空天渺渺，雲騈入洞無鎖鑰。登翠微而望香林，陟紫霄而顧玉泉。仙花靈草而蒼翠無邊，千巖萬壑而森羅目前。吟李白天台之詩，賡張籍天台之篇。塵襟俗垢俱洗盡，兩袂飄飄身欲仙。我欲駕青龍而呼白鶴，乘風飛去瀛洲之外、方丈之巔。《古今圖書集成·山川典》卷一二三。

華蓋山賦

葛長庚

客從廬山來，揭六尺之蒼藤，躡三寸之青舄。浮空雲兮航綠萍，笑天風兮撼翠梧。鶉衣兮蝨褌，黧面兮垢膚。身同青霄一點淡煙之輕，心同古洞三更明月之孤。謂神仙兮必有，視塵世兮若無。獨步天荒兮謔浪笑傲，飛爽八極兮悲號叫呼。揖霄漢諸仙而朗吟，抱虚空一氣而長吁。弔混沌而不回，禁清爽之揶揄。過西山許旌陽之遊帷，訪苦竹李真元之靖廬。一葉泝臨川之水，四郵抵羅山之郛。巍巍兮渺蒼煙之崔嵬，磊磊兮礴白雲而模糊。揖三仙兮款三峰之絶頂，陟千仞兮嗟千古之居諸。方夫至兮不倦，若有逢兮問途。指青青黯黯煙霞之窟，謂高高遠遠仙靈之都。行行且止兮少憩，羊腸鳥道兮縈紆。彼巴陵華蓋之山兮，豈吾眼梢之寸碧者乎？

時也村村梅林，處處榴火。緑田始秧，黄麥已槁。天氣鬱蒸，日色炎烈。汗兮顆顆珠，淚兮滴滴血。湧泉爲之一酸，華池爲之一竭。入林若喪家之狗，登山如石鏄之鼈。彼鄉人者，渠豈知夫真青都之散郎，非紅塵之鄙夫。心入九流之竅，胸藏三教之書。絳宫有嬰兒之室，丹田安偃月之罏。渺天地兮黍粟，視造化兮錙銖。即曩日富貴榮華之我，爲今生逍遥快樂之徒。已矣乎！吾弗較也，彼豈知此！

謁紫元之洞天，訪浮丘之仙子。拍王、郭可拊之肩，躡鍾、吕不維之趾。友漆園之蝴蝶，師槐宫之螻蟻。已而客於華頂之菴，禮彼賓仙之閣。在憩霞眠雲之軒少息，留湧翠凝碧之臺甚樂。天高兮風聲寒，野迥兮煙光薄。空悠悠兮白雲，不復返兮黄鶴。此修真之泉石，而宅靈之林壑。儼乎三峰之巔，插彼一天之角。

余於是正襟危坐，静慮凝神。含太乙於泥丸，客鴻濛於天津。少焉，振衣兮肅若，袖香兮敬之。啟霄斑之户，扣地靈之扉。此爲江南之孤迥，古云有仙兮沖飛。我來兮烏有，或問兮罔知。但藥爐與丹井之猶存，若真巖與斗壇之空遺。金雞唱曉兮洞雲出，玉磬敲暮兮山禽歸。古潭兮卧蒼蛤之與赤虬，峭壁兮走青鹿之與黄羆。煙畹兮種紫芝九節之木，霜畦兮耕碧雲千載之芝。電旌絳節兮縹緲不可見，黄冠羽衣兮指顧其所之。遂悄然自謂曰：彼浮丘之爲仙也，生於商，仕於周，隱於漢，化於晉，至隋開皇之時尚在。乃巴陵華蓋之人也，所謂死而不亡、磨而不磷者。彼美王、郭之二子，爲方平之從姪。乃兄之姓不移，而其弟之姓輒易。初於霍童之洞天，復隱金華之石室。過羅浮而尋朱明之高真，歸臨川而謁浮丘之仙伯。飛符走印兮興僵起仆，呼雷召雨兮飛沙走石。洞門兮荆棘之冥迷，山下兮虎蛇之放逸。彼三仙兮登九霄，今千載兮如一日。所謂仙人隱逸之都鄙，道士修煉之窟宅。

於是三頓首，九點額。謁仙既已，登巉巖，披蒙茸，召蜚廉，呼靈靂。四騁既久，萬象無窮。倏焉風雷之飛迅，忽焉煙霧之溟濛。有金虬之隱耀如燈，有玉橋之窈窕如虹。夜深兮星斗掛簷甍，旦起兮月露侵簾櫳。鶴唳於竹，猿巢於松。四時之頃，風景不常；一日之象，杳冥莫測。方陰翳而忽晴，乍紫翠而復白。或六月而霰飛，未五更而日色。飛鳥過其上兮，戢足斂翼而不聲；落霞拂其票兮，飛綫散絲而無跡。山之形若浪湧而泉奔，山之骨如玉藏而冰積。然則陰晴顯晦之不常，變化出没之非一，余之所觀者小。如欲觀之，當考苔碑於翠崖，披雨碣於蒼磧也。

余於是豁然而悟，愴然而悲，凝然而恐，黯然而思。此心兮對風月而莫訴，非猿鶴之可知。盼三江於廬山之腹，瞻七澤於洞庭之湄。顧岷峨之峭拔，而天台之委蛇。嗟乎！一身兮四海其如窮，寸抱兮兩腋不可飛。清都絳闕兮今何夕，滄海桑田兮今何時？幽恨暗怨兮若舞壑之潛蛟，急景迅光兮如白駒之過隙。吾能制玉膏而煉金液，吾能擒龍魂而縛虎魄。所以悲者，若烏鵲之南飛，嗟惸然而無依。或徉狂而爲奴，或行丐而似癡。吾非蒯通箕子之事，甘於顔子萊蕪之爲。古有隱橘，亦有采薇，亦有滄松，亦有茹芝。吾所以未能若然者，慮此父母之遺體，恐有風雨之飄零。況劍法之未就，而丹砂之未成。

且夫人之生成也，鍾天地五行之精，稟山川二氣之靈。天與之文章，地與之氣形，日月與之以秀麗，星斗與之以聰明。落紙使風雷之走，下筆使神鬼之驚。既不佩六國之印，又不掌天子之兵。是將何爲乎？必曰：吾學仙也。既爲此學，未能訪古人者何也？若夫隱於山之阿、水之隈，是將與狸豹以爲徒；隱於市之居人之宅，是將與名利以爲匹。或者疑之，居山林之下以弔名，處王侯之門以賈利，吾亦未能從適，每一發念，亦黯然而垂涕者矣。

嗚呼！三仙往矣，吾不勇也。進道在己，成功則天，夫復何言，莫非自然。遂置之不問，又從而歌之曰：「望長天而溯遠水，悲落葉而哀流年。思美人兮不見，倚蒼松兮潸然。飛鳥過兮空蒼天，顧影自歎兮誰能憐？」歌罷，忽有峨其冠翩其衣，長揖而問余曰：「夫子若有感者？」俯而不答。又復問曰：「夫子豈非海南白其姓、玉蟾其名者乎？」又不答。客乃鼓袖長嘯於山之巔，遂爲詩曰：「華蓋山前聞杜鵑，瘦藤扶力倦攀緣。路逢紫電清霜客，日落碧雲紅樹天。松鎛翠猿驚月上，洞前白鹿咬花眠。明朝屐齒印苔髮，長嘯天風躡曉煙。」《古今圖書集成·山川典》卷一四八。

續囚山賦 並序

張嵲

余居山二年，汲汲鮮況。讀柳先生《囚山賦》，因嘆曰：旡桎梏而獨居於人之地，真囚也。或曰：柳先生得罪於時，放逐湘南，欲去不可，故云。今子非得罪居此，其去也，顧不在子耶？余曰：子厚之所爲囚者，人也；其不可去者，罪也。余之所爲囚者，天也；其不可去者，勢也。客未解，作賦以曉之，因命之曰《續囚山賦》，其辭曰：

環麋庯其幾里兮，中間櫛比乎山丘。如疾風之過鉅海兮，翠濤競起而漂浮。窘束偪仄紛以回互兮，氣壅結而不流。産毒孕怪兮，土風殊異乎中州。陂陁綿亘若圜土兮，草樹鬱叢棘之相樛。仰天俯地了不見其隆寬兮，懷壹鬱而增憂。

嗟余生之不辰兮，偶託跡而淹留。何懷安而不去兮，乃獨堪此牢愁！豈不樂通都之是處兮，與群俊而遨遊。顧世路方險絶兮，羊腸莫之與侔。風波蕩潏兮，行客沉舟。讒口听听兮，又將操彼戈矛。余雖厭是而欲往兮，復懾讋而更休。明方夷而未融兮，時方剥而未賁。忍尤而攘垢兮，甘作山之孤囚。四庫本《紫微集》卷一。

後囚山賦

陳造

余子爲房之獄官四十閲月，代者乃來，而以事留，留非其罪。房風土甚不宜人，袖二賦見投。時秋高矣，有可憐者。因作《後囚山》、《秋蟲》二賦寬之，且以自尉旅寓也。

柳先生蜕迹中朝，落身南州，即因山而命賦，寫胸次之幽憂。讀者哀之，至今心爲之悽悅，而聲爲之悲啾。

房陵斗州，窮巖絶隘。裂石廩之一罅，瞰千室而斯在。層峰疊嶂，自蜀而東，亘二千里，此焉未沫。嘗憑高而舒望，取羣愁之一快。掩頑蒼、繚寒碧兮，了不究其所屆。騰陵勃怒，崩轟閶沓，植則囷，縈則帶，矗焉如郛，鋭焉如鐓，馳萬馬於曠莽，翔羣龍於霏靄。又似夫颶風之鏖萬艘，翻濤瀾於渤澥。天雲若可手擥，而日月爲之隔閡。

嗟予與子，胡此焉仕？按亦簿領，庭亦卒史。居無以泰吾心，而遊無以投吾趾。時則誦柳先生之賦，而知其有以也夫！其猿顛鳥仆，窮號慴墮，真狴犴之可駭也。出不易入，入不可出，幽僻塊處。荒傖瘦民，悍容而獰音，日接乎前，幾刻木之與對也。嵐昏澇朝，黯掩曀晦，僵人骨而酸鼻，亭午未已，仡仡者病，壯者廢也。由漢暨唐，王公貴人悖而罪劣可矜貸，毋此來之昧也。自我解裝，歲律甫還，向行止之坎流，今匣兕而針氈。

嗟若余子，盤薄四年，局不得歸，欲語復茹，反諸己而靡愆。袖長賦而見投，慨今昔而潛然。痛亂山之見囚，束寸步而莫前。牢愁幽憤，掐腸淪髓，匪接槢而踣頓，不紲檻而掎止。何高高之不仁，而使我至於此也！蓋嘗繹子辭、究諸理，子之所以惻愴而自悼，我之所以感動而促戚者，君子有弗是也。彼漢唐之逐臣，例庸房之廢徙，則亦干國之憲，不容自已。吾與子來，其始誰使？非以其窮塗之絶援，資身之無策，博斗升以飽饑而逭死，如庸賈之走荒裔，罷農之守墝埆，曾不暇計去取於彼此也耶？

以吾校子，又進退之異趨，齒髮之懸殊。環索吾中，稿涸而空，無彼子柳子，跐劉躪吕，豪韓與徒。若韋中立、吴武陵之桀然，方且望塵躡影，蔑齊其驅。彼其一旦跼蹐於嵌嶄巉阻之幽深，宜其號鳴悼唶，不能一朝以居。予之朱愚，質之樸疎，才之卑迂，萬非時須，而遽乃顰頞悼中，悄焉慘焉，以賊和而傷生，夫何爲乎？訊歸計於蟾蜍，第圓缺之六七。付古今於俛仰，聽寒暑之更迭。雖浩劫之悠長，尚激矢之漂疾。吾方左右圖史，深居簡出，揖勝友於南山，斟春色於九室。壹不假犢背之書，超然乎縶維繫攣之表，非三花老仙孰其委悉？子以吾言爲何如？余子謝之曰：沈憂滯懣，吾已失矣。

明萬曆刻本《江湖長翁文集》卷一。

紫陽山賦

韓補

承嘉命以宅牧，實歙州之故封。覽山川之明秀，懷典刑乎晦翁。念宣德與流化，豈簿書之蒙茸！緊先正之闕里，儼紫陽之孤峰。非仰高而景行，曷淑艾乎厥躬！休五夫之扁室，乃締建乎祠宮。

方營度之云初，得良友以獻議。謂城阿之南偏，有道院之廢址。枕烏聊之形勝，挹練溪之清泚。環披雲之諸岫，若或朝而或跪。臨崇朝而弗勞，遠市廛而弗邇。稱神靈之幽棲，亦藏修之攸止。協鴿原以展勞，程工能而錯事。

曾日月之幾何，矗棟宇其中起。屬旂虔之勸誦，萃鴻寶之名儒。曰緝熙之典學，嘗鋭精乎《四書》。既表章乎鹿洞，宜敷錫乎枌榆。皇穆穆以間納，卻紛靡而弗娛。奮神毫而染翰，媲河洛之龜圖。偉四字之昭揭，儼逢掖之所廬。炳中天之赫曦，昭萬古而莫渝。開羣迷之瞶瞶，正流俗之奔趨。紛來遊之雋茂，明明德而具學。審道體之無窮，企模範乎先覺。既内美之均具，胡前修之獨卓！志莘摯之所志，樂顏巷之所樂。辨義利之界限，守經訓之郛廓。以致知爲入門，究深造之安宅。苟天爵之尊榮，亦何羡乎人爵！辭曰：山崚嶒兮，概先生之儀刑；水湍駛兮，想先生之音聲。考亭非遠，此户庭兮；維垣非貴，此冠纓兮。欲明明德，將孰程兮？味緒言而自淑，亦先生之復生兮！

《歷代賦彙》卷二一。

崿山賦

王十朋

名境崿山，程途往還，望高坡而峭峻，登聳嶠以填灣。上與雲齊，霧擁於煙蘿之内；下臨水際，舟横於巨派之間。原夫勢接江湖，歧分台越。嵲嶷峰巒，崔巍孰埒？懸崖則時時瀑布，深谷則年年積雪。華岡蔚密，南乘謝眺之巖；崧徑陰森，北倚趙公之阜。上多名木，内足坑溪。猛獸或過酒蕩，靈禽忽翥蘆棲。兩畔澗流，四面雲低。武肅王駐舸吟哦，歎斯境絶異；謝靈運彈飛巖嶂，慕此地堪棲。夜夜雲生，朝朝霧起，岩峉嶔崟，岧嶢峊嵓。三春之桃李芳芬，九夏之林巒蔚翠。梁王别室，歸建業以登天；陳廓漂流，立靈祠於此地。杳杳冥冥，勢連嵊亭。龍吟虎嘯，水白松青。上館嶺兮龍宫梵宇，箬嶼嶺兮夫人石形。有良工而巧琢，或走獸兮奔星。豈勞嬴政役鬼神之力，休説梁元呈圖畫之靈。邑一邑之黎元，疲民蘇矣；鎮三方之土地，訟者咸寧。

至異哉，玩此山！體面最奇，形容殊麗。黄沙碌磏兮水岸，碧嶂嵯峨兮雲際。樹矗崚嶒，枝纏薜荔。石闌干險以崎嶇，何皤水渺而摇曳。周圍四顧，相同華頂之前；宛轉羣峯，猶若苧蘿之勢。

西源伏豹，東埻飛龍，墩突兀兮白竹，水潺湲兮烏峰。緑雲映於野外，翠羽鳴於山中，洞倚巑岏之石，巖欹偃蹇之松。嶺峻則月華易度，林高則霜霰難融。郟郭祠前，且見井坑之蹟；皇書亭畔，又看麐滯之蹤。莫不雲雨蕭蕭，枝柯浩浩。或賢者玩而昇騰，或智者賞而辭藻。懿乎可以尋真，思之而即悟道。民國《嵊縣志》卷二四。

鍾山賦

周文璞

陟古阜兮逶遲，望故鄉兮徘徊[一]。日忽忽兮欲下，抒予心兮訴哀。昔王氣之初發，

[一] 故：原作「古」，據《江湖小集》卷五七改。

有神人之稱孤。逮温雒之弗競，亦中興於此都[一]。乃因融結以作鎮，倚崔嵬而在東。指牛首以立闕，背龍盤而作宫。後季嗣興，規模屹隆。張皇帝圖，咨謀國工。陰陽既調，清寧亦同。司馬岌業而引前，太極穹窿而當中。華林挂鼓，璇室歌鐘。矗丹楹兮曁曁，森翠氛兮融融。殿簿苑記，密如魚鱗。中納元氣，仰規大辰。將欲賓毳裘於九夷，負黼扆於萬春。攝提紀歷，卷舒效珍。回皇風於太初，散靈雨於無垠。

及乎分代易姓，滅没變遷，厚禍隱毒，實生其間。紫髯鼎來，黄鬚載奔。索蜜口苦，辭鴆涕潸。近奮身而倒戈，亦反袂而張拳。則見天衣晝章，意貌孔武。太白連蜷，出渡江渚。麗色登梯，明雲鏡空。愴舊艷新，遄歸閟宫。列事著幘，誇戰負劍。閣像未塵，街首將變。飲血擊賊，舉烽燭夷。戎鼓愔愔，轞車纍纍。受詔下令，燒香諷詩。妖祥昏淫，廢興乖離。傳之到今，文字峻峭，音節凄悲。雖衽席之上，巖石之下，可聽可詠而不可思矣。

有如斯山，則偃蹇干霄，隱天蔽日。雖涉世兮毋害，蓋與時而出入。哀園楸兮江

[一] 此：《江湖小集》作「南」。

旋灰飛兮雨泣。殺祲纏郭，晨暗夜明。處子傷内，老夫填阬。匹馬羣死，淫羊衡行。豈曰作鎮，而能忘情？凡今齊民，肯復記憶？但能聯絡相命，趣具酒食。上蕭齋而膜拜，撫漫碑而口嘖。吉祝於蔣侯之廟[一]，遐眺於周顒之宅。野芳敷蒲，山嘯嗅嘀。渺歸興兮亡盡，畀興衰於戲劇。

嗟夫！系緒悠遠，條流煩貿。若錫椵於肥水兮，亦嘗併力以扶捄。彼大勳之未集兮，自賢庸之弗究。緣義類以畯詞兮，庶兹山之可弔。四庫本《方泉詩集》卷一。

西山賦

林學蒙

仰止兮西山，卓絶兮閩南。玉立兮揚休，屹天柱兮鎮波流。若夫煙雲闔闢，晦明瞬息，而是山依然在其中，殆如陋巷之癯生，坐視紛華之汲汲。江湖震蕩，朝吳暮楚，而是山巍然其千古，殆如平原之守，坐視奔軍之降虜。寒暑推移，榮欣瘁悲，而是山怡然其不知，殆如商山之老，坐觀秦漢之興衰。

[一] 吉祝：《江湖小集》作「告祝」。

夫天地之間，騰輝烜耀，擢秀含奇，以鼓盪斯人之心目，決不少矣。至於崇重而秀傑，氣完而禀異，烈風迅雷所不能撼，斧斤牛羊所不能至，蓋千百而一遇也。予向者懵不知道，馳鶩功名，松菊荆榛，轉蓬流萍。翟□之交見於□□，阮籍之眼，不知其幾白而幾青。惟彼西山，相對清癯，傾蓋之語，金石弗渝，於今幾載，凛乎如初。嗚呼噫嘻，蓋亦有幾！白頭如新，往往而是，故有生不自愛而死於無知。況是山也，飛仙與之居，逸士與之遊，俗子鄙夫可問而不可即，通侯貴人可往而不可留。夫其閲人亦多矣，而於予何有也哉，乃接之愈淡而遇之愈深。風光晏温，野芳幽馨，有即其址，萬物皆春；秋高氣清，瘦骨爽神，有棲其巔，環海無人。洗我萬斛之塵，復我先天之真。至此金章可抑也，明珠可斥也，是心之靈德渺無極也。余窮時老世，非吾耦晢，將策枯笻，繫短袖，擷芳馨以爲良，酌溷流以爲壽，睨婢娟以賦詩，臨宇宙而舒笑，竟吾生以徜徉，寄此山而不朽。舉酒東酹，矢心永久，山乎山乎，以爲然否？民國《永泰縣志》卷八。

楓，